ALLENDAS
Hondor

Nadine T. Güntner

# Allendas

## Hondor

PERPICX MEDIA

Besuchen Sie Allendas im Internet:
www.allendas.com
-
Hören Sie die original Musik zum Buch:
»Allendas«
komponiert und arrangiert von Jan Glembotzki



Nadine T. Güntner, »Allendas - Hondor«
© 2006 der vorliegenden Ausgabe:
PERPICX Media ®, Langwiesenweg 16, D-61267 Neu-Anspach
www.perpicx.com

Satz: PERPICX Media ®
Umschlag und Illustrationen: Jens P. Conradi
Druck und Bindung: Advantage Printpool GmbH

ISBN-10: 3-00-019415-0
ISBN-13: 978-3-00-019415-3

*Ich danke Jens, der Allendas »auf Raten« lesen musste,*
*Bruno, Jochen und allen, die mich inspiriert*
*und mit Rat und Tat unterstützt haben!*

# Hembras

In Allendas glaubte man, dass Hembras die Welt in eintausend-zweihundertsiebenundneunzig Tagen erschaffen hat. Gut, mancher mag nun denken: ‚Da kenne ich andere, die dies schneller vollbracht haben'. Das ist wohl war, doch Hembras verwendete die größte Sorgfalt darauf, für jeden Baum, jeden Strauch, jedes Tier und natürlich für jeden Menschen den rechten Platz zu finden.

Zur Seite stand ihm seine Gemahlin Enimeda, die Herrin über den Himmel und alles, was untrennbar damit verbunden war. Ihr Zeichen war die Sonne und in ihrer Verantwortung lagen der Wind, der Regen, Tag und Nacht. Doch Enimeda war eine launische Frau und ebenso wie ihre Stimmungen wechselte auch das Wetter.

Hembras und Enimeda hatten zwei Töchter: Alinda und Seloni. Da Hembras sich schon bald nach der Vollendung der Welt mit dem Gedanken trug, sich zur Ruhe zu setzen und seine Töchter sein Werk weiterführen zu lassen, fertigte Hembras zwei Amulette aus dem schwarzen Stein Hemalton an. Er gab ihnen, seiner Frau zu Ehren, das Aussehen zweier schwarzer Sonnen und belegte sie mit unterschiedlichen Mächten, sodass seine Töchter gemeinsam und gerecht die Welt leiten und lenken mochten.

Seloni, der jüngeren Tochter, gab er das Hos-Amulett, das Amulett der Zeit, mit dem sie in die Zukunft blicken und den Verlauf der Dinge beeinflussen konnte.

Alinda, die ältere Tochter, erhielt das Han-Amulett, das Amulett der Allmacht, mit dem sie über alle Dinge der Welt walten und herrschen konnte.

Doch anstatt friedlich Hand in Hand über die Welt zu herrschen und alles, was darin lebte, zu schützen, gerieten die Schwestern bald in Streit. Als er das sah, wurde Hembras zornig und entriss Alinda und Seloni die Amulette. In seinem Zorn schleuderte der Gott sie hinunter auf die Welt, wo sie verschwanden, sodass nicht mal er sie finden konnte. Seine Töchter verbannte Hembras in das Meer, wo sie sich auf ewig weiter streiten konnten. Seitdem lenkt Hembras selbst die Geschicke der Welt, während Enimeda den Himmel bewacht.

# Kurena

## I

»Ihr solltet auf meine Worte hören, mein König!« Kurena blickte über den langen Tisch im großen Saal hinweg, an dessen anderem Ende der Herrscher von Allendas saß. Wie immer schenkte ihr Hondor keine Beachtung, gleichgültig, welchen Nachdruck die alte Seherin in ihre Worte legte.

Er sah zwar von den Spielkarten in seiner Hand auf, lenkte seinen Blick jedoch nicht zu der Seherin, sondern musterte den Mann, der ihm gegenübersaß. Auch Herras, Hondors Hauptmann und Freund, schielte über den Rand seiner Karten hinweg und grinste hämisch. Der König wusste nicht zu deuten, ob es an dem Blatt lag, das er auf der Hand hatte oder an Kurenas unaufhörlichem Gerede, von dem Herras wusste, wie sehr es seinem König an den Nerven zerrte.

»Es lässt sich nicht abwenden«, versuchte Kurena es nochmals unbeirrt. »Die Zeichen sind eindeutig. Es wird nicht mehr lange dauern.«

Hondor brachte sie mit einer unwirschen Handbewegung zum Schweigen. »Hör' auf mit deiner Schwarzmalerei, Alte. Seit Jahren prophezeist du den Untergang«, brummte er, während Herras seine Karten offen legte. Hondor verzog das Gesicht. »Mein einziger Untergang ist dieses Spiel.«, seufzte er.

»Das Nächste wird besser für Euch laufen.« Herras lachte, und begann die Karten zu mischen.

Auch Kurena seufzte. Sie war kein anderes Verhalten von ihrem König gewohnt. Dabei belog sie ihn nicht einmal. Die Zeichen waren unverkennbar, nur der Zeitpunkt ließ sich nicht genau deuten. Doch er rückte näher, das wusste die Seherin, wenn sie den Anhänger, den sie um ihren Hals trug, berührte. Hondors Mutter wäre niemals so kurzsichtig gewesen, doch sie war tot und Hondor in Kurenas Augen als König zu unbekümmert. Leider schien sie die Einzige zu sein, der das auffiel, denn das Volk liebte seinen König. Sie würden schon sehen, was sie davon hatten.

Nach weiteren drei verlorenen Spielen entschied Hondor, zu Bett zu gehen. Herras löschte die Fackeln und Kurena raffte ihre Sachen zusammen. Dann verließen sie den dunklen Thronsaal und zogen sich zurück.

# Hondor

## I

Die laue Herbstnacht neigte sich bereits dem Morgen entgegen, als König Hondor aus dem Schlaf erwachte. Kampfgeschrei und das Klirren von Schwertern drangen von der Stadt unterhalb des Schlosses zu seinen Gemächern herauf und bahnten sich mit dem kühlen Nachtwind ihren Weg durch die offenen Fenster in das Bewusstsein des Königs. Der ungewöhnliche Lärm in dem sonst so friedlichen Alland Pera verursachte im verschlafenen Geist Hondors zuerst Verwirrtheit, bevor ihn die Erkenntnis mit ihrer ganzen, erbarmungslosen Härte traf und ihm schlagartig klar wurde, dass in seiner Hauptstadt etwas vor sich ging. In Alland Pera hatte es seit vielen Jahrhunderten keine Geräusche gegeben, die an Krieg und Tod erinnern ließen und so erschienen sie nun umso erschreckender.

Herras, Hauptmann der königlichen Wachen und des Königs bester Freund, seit dem sie sich vor achtzehn Sommern zum ersten Mal in den Stallungen des Schlosses begegnet waren, stürmte, ganz gegen das höfische Verhalten, ohne anzuklopfen in die Gemächer seines Herrn. Hondor jedoch hatte ihn bereits mit Ungeduld erwartet. Obwohl erst kurze Zeit vergangen war, seitdem sein Schlaf unsanft unterbrochen worden war, hatte der König bereits seine Kleidung übergestreift. Herras brachte ihm nun sein Schwert.
»Warum kommt Ihr erst jetzt? Was geht dort draußen vor?«, fragte der König erzürnt, bevor Herras Gelegenheit hatte, ihm Bericht zu erstatten.
Sein Hauptmann keuchte. Schweiß stand ihm auf der Stirn und verklebte sein blondes Haar. Der König sah höchste Besorgnis in den blaugrauen Augen glitzern, als er seinem Getreuen den Gürtel mit dem Schwert abnahm. Herras half ihm dabei, den schweren Lederriemen umzulegen. Seit Generationen wurde das Herrschaftsschwert von Allendas von König zu König weitervererbt, doch schon seit Ewigkeiten war es nicht mehr zum Kämpfen benutzt worden.
»Ich konnte nicht früher zu Euch kommen, Majestät«, entschuldigte

Herras sich, noch immer schwer atmend. »Sie sind über uns hergefallen. Hunderte sind es, wenn nicht gar tausende. Es ging alles zu schnell. Plötzlich waren sie überall. Die Stadtwachen und alle fähigen Männer befinden sich im Kampf, aber es werden stetig mehr Eindringlinge und sie sind gekonnte Kämpfer. Unsere Turmspäher melden, dass sie das ganze Land überfallen haben. Soweit man sehen kann, brennen die Dörfer.« Herras konnte nur stockend berichten. Noch immer fehlte ihm der Atem. Es war nicht einfach gewesen, zu den Gemächern des Königs durchzudringen. Die Fremdlinge hatten bereits einen großen Teil des Schlosses in ihrer Hand.

»Wer sind sie?«, fragte der König. Durch die schmalen Fenster seiner Räumlichkeiten konnte er hinunter auf die Dächer der Stadt blicken. Für gewöhnlich genoss er den Ausblick, den er von dort über seine Hauptstadt hatte, doch an diesem frühen Morgen erfüllte ihn das, was sich seinem Blick darbot, mit Entsetzen. Einige der Häuser brannten lichterloh und im rötlichen Schein der Flammen konnte er unzählige Gestalten umherirren sehen. Die Schreie seines Volkes drangen bis hinauf in die hohen Räume des Königs.

Herras schüttelte verzweifelt den Kopf. »Ich weiß es nicht, Majestät. Solche Wesen habe ich noch nie in meinem Leben gesehen. Sie sind von kleiner Gestalt, mit grauer, horniger Haut und hässlichen Fratzen. Manchmal laufen sie nur auf zwei Beinen, manchmal bewegen sie sich auch auf allen Vieren fort. Obwohl sie einem erwachsenen Mann in aufgerichteter Haltung nur bis zur Schulter reichen, sind sie trotzdem schnell und stark. Sie treten in Gruppen auf und überfallen einen, bevor man sich ihrer Gegenwart überhaupt bewusst werden kann.«

Der König seufzte. Zum ersten Mal, seitdem Hondor den Thron bestiegen hatte, konnte Herras tiefe Sorgenfalten in dem sonst ebenen Gesicht seines jungen Königs und Freundes sehen.

»Lasst uns gehen!« Ohne weitere Umschweife machte sich Hondor daran, den Raum zu verlassen. Er war entschlossen, zu kämpfen, für sein Land und für sein Volk.

Hondor war ein gerechter und kluger König, aber er war kein kampferprobter Anführer und kein Kriegsherr. Er hatte den Thron vor beinahe sechs Jahren von seinem Vater geerbt, so wie dieser ihn davor nach dem Tod seines Vaters bestiegen hatte. Es war lange her, dass die letzte Schlacht in Allendas geschlagen worden war - weit über neun Jahrhunderte. Damals hatte Helaras, der Urvater von Hondors Geschlecht, das

Land für sich erobert und die dort lebenden Menschen von der Versklavung ihrer Peiniger befreit.
Seitdem war sehr viel Zeit vergangen und die Erinnerungen an die Vergangenheit fast erloschen. Die Menschen in Allendas hatten sich zu einem friedlichen Volk entwickelt. Sie bestellten ihre Felder und ernteten ihre Früchte. Sie waren zufrieden mit dem, was sie hatten. Darüber vergaßen sie beinahe, dass sie nicht allein auf der Welt waren. Sie erfreuten sich gerne an den grünen Wiesen und herrlichen Wäldern ihres Landes und hätte man einen Allendasser gefragt, warum es ihn nie in die Ferne zog, so hätte der wohl geantwortet, dass er es als sinnlos erachtete, denn für die Allendasser gab es ohnehin kein schöneres Land als das eigene[1].

Herras nahm all seinen verbliebenen Mut zusammen und folgte seinem Herrn, als dieser entschlossen die schweren Türen seines Gemachs aufstieß und den Gang betrat. Für den Hauptmann der königlichen Wachen gab es in einem derartig friedlichen Land nicht viel zu tun, was mit Kampf und Gewalt zu tun hatte. Seine Männer mussten sich um Nachbarschaftsstreitigkeiten und Taschendiebe kümmern, doch noch nie hatten sie einem Gegner im Krieg gegenübergestanden. Herras fehlte es nicht an Entschlossenheit und Tatendrang, doch, ebenso wie seinem König, an Erfahrung.
Herras' Mund war ausgetrocknet und seine Muskeln angespannt, als er Hondor dicht auf den Fersen blieb. Er war bereits dort draußen gewesen und wusste, wie es um Alland Pera und seine Bevölkerung stand. Viele waren bereits getötet oder überwältigt worden, bevor er die Gemächer des Königs erreicht hatte. Herras zweifelte daran, dass es außerhalb des Schlosses noch eine lebende, freie Seele gab. Aber es war bereits zu spät, den König aufzuhalten und Herras beeilte sich, ihm zu folgen. Es stand ihm nicht zu, die Entscheidung des Königs anzuzweifeln, aber er würde ihm zumindest folgen und sei es in den sicheren Tod. Herras' Familie stand seit langen Zeiten in den Diensten des Königsgeschlechts. Sie hatten ihm Treue geschworen und er würde seinen Schwur halten, komme was wolle.
Der König und sein Hauptmann kamen nicht weit. Noch bevor sie die erste Stufe der breiten Treppe erreicht hatten, die den Südtrakt des

[1] Wobei diese Meinung auf nur sehr wenigen verbliebenen Überlieferungen beruhte.

Schlosses, in dem sich die Gemächer des Königs befanden, mit dem Hauptteil verband, bekam der König zum ersten Mal seine Feinde zu Gesicht.
Sie hatten bereits das Schloss und die Stadt besetzt und sie waren wahrhaftig zufrieden mit sich. Ihr Anführer hatte sich des Thrones bemächtigt und sie waren diejenigen, die dazu auserkoren waren, den König zu holen. Sie sollten ihn lebendig gefangen nehmen und obwohl diese Anordnung den Instinkten ihrer Rasse widersprach, zeigte sich doch ein begeistertes Grinsen in ihren hässlichen Fratzen. Ihre Zähne stachen dunkel hervor und ihr stinkender Atem verbreitete sich schnell in den Gemäuern des Schlosses.

Hondor roch sie bereits, bevor er ihre schemenhaften Gestalten im Schein des Mondes, der durch die offenen Fenster fiel, sehen konnte. Er zog sein Schwert und Herras tat es ihm gleich.
Dann griffen die Kreaturen an. Sie hatten kaum eine Chance. Hondor tötete drei von ihnen mit seinem Schwert, aber es waren zu viele. Sie überwältigten ihn, nahmen ihm seine Klinge ab und warfen ihn hart zu Boden. Er spürte, wie ihm die Hände auf den Rücken gefesselt wurden. Dann hoben sie ihn auf und trugen ihn fort, ohne dass er sich dessen hätte erwehren können. Hilflos musste er alles über sich ergehen lassen. Sie waren in der Überzahl und sie waren erstaunlich stark. Aus den Augenwinkeln konnte der König noch sehen, wie sie Herras das Gleiche antaten.

# Kalerid

## I

Kalerid war zufrieden mit seinen Kriegern. Doch noch mehr war er es mit sich selbst. Sein Schlachtplan hatte sich als vortrefflich und erfolgreich erwiesen und dazu war es noch so herrlich einfach gewesen. Während er das belebende Gefühl des Sieges genoss, fragte sich der Heerführer der sellagischen Truppen, warum sein Vater und alle vor ihm so lange gezögert hatten, Allendas zurückzuerobern.
Zu lange hatte das Volk der Sellag in den hohen Gebirgszügen Gerlands hinter der westlichen Grenze des Landes hausen müssen, zu lange hatten sie sich in Höhlen und Felsspalten verkrochen, ausgeharrt und den schlechten Witterungsverhältnissen getrotzt. Endlich war ihr Tag gekommen.
Berild, Kalerids Vater, hatte, wie seine Väter zuvor, viele Jahre darauf verschwendet, eine übermächtige Truppe aufzustellen und auszubilden. Er hatte Späher nach Allendas ausgesandt, um das Volk und ihre Gepflogenheiten zu studieren und er hatte seine Befehlshaber gezwungen, sogar die Sprache der Allendasser zu lernen, ohne jemals den Befehl zum Angriff gegeben zu haben. Zu viele Krieger waren alt geworden und gestorben, ohne dass jemals ihre Gelegenheit gekommen war. Lange hatte Berild über seinen Feldzug gebrütet. Kalerid konnte darüber nur lachen. Auch mit der Hälfte an Kriegern hätten sie die verweichlichten und einfältigen Menschen überwältigen können. Innerhalb einer Nacht hatten die Sellag-Truppen die Grenzen Allendas' überschritten und das Land in ihre Gewalt gebracht. Und nun, die Sonne war noch nicht einmal aufgegangen, hatte Kalerid bereits den Thron übernommen. Die Tat, auf die sein Vater über so lange hingearbeitet hatte, war in lächerlich kurzer Zeit vollbracht worden.
Den König hatte er während der Schlacht nicht einmal zu Gesicht bekommen. Wahrscheinlich verkroch sich der hochwohlgeborene Jüngling in seinen Gemächern unter weichen Daunen. Aber auch das würde ihm nichts helfen. Kalerid hatte ein Dutzend seiner besten Krieger losgeschickt und sie würden den gefallenen König von Allendas holen und ihm seinem neuen Herrn vorstellen.

Er hatte ihnen befohlen, ihn lebend zu bringen, denn der Heerführer der Sellag wollte seine Schmach bis ins Letzte auskosten. Ein toter König konnte nicht mehr wimmern und flehen.
Hocherhobenen Hauptes saß Kalerid auf dem Thron im großen Saal des Schlosses von Alland Pera. Seine Krieger beseitigten die Zeichen der kurzen Schlacht. Sie schafften die Leichen der Menschen, die bei dem kläglichen Versuch, das Schloss zu verteidigen, gefallen waren, hinaus. Der selbst erwählte, wenn auch ungekrönte[2] Herrscher von Allendas, natürlich würde er auch den Namen seines Reiches bald ändern, wollte keine Toten in seinem neuen Heim. Er verabscheute den süßlichen Geruch des menschlichen Blutes. Zudem hatte Kalerid angeordnet, die Banner und Fahnen mit den Zeichen des gefallenen Herrschergeschlechts zu entfernen. Kahle, steinerne Wände gaben ihm das Gefühl, zu Hause zu sein. Kalerid lehnte sich gegen die hohe und aufwändig geschnitzte Rückenlehne des allendassischen Throns und grunzte genießerisch, während er seinen Untergebenen bei der Arbeit zusah.

Dann wurden die mächtigen Türflügel des Thronsaals mit einem kräftigen Stoß aufgeschwungen. Früher als erwartet schleifte man den König und einen weiteren Gefangenen in den Saal und warf sie Kalerid vor die Füße. Hart schlugen die Gefesselten auf dem Steinboden auf und Kalerid begutachtete seine noch wertvolle Beute (bald würde der König von Allendas und dessen Leben keine einzige Goldmünze mehr wert sein) mit aufmerksamen Augen.
»Sieh einer an!« Seine Stimme triefte vor Hohn, als er sich von seinem Platz erhob, um seine Gefangenen näher zu betrachten.
Hondor erwiderte den Blick der schwarzen Augen kalt. In seinen grünen Pupillen glänzte Stolz. Er hatte seine Würde noch nicht verloren, auch wenn seine Lage aussichtslos schien.
Auch Herras hielt dem durchdringenden Starren des Sellag stand. Obwohl seine Furcht ihn im Inneren erzittern ließ, fand nichts davon den Weg in seine Augen.

[2] Das Herrschergeschlecht des Landes Allendas besaß seit vielen Jahrhunderten keine Krone mehr als Zeichen ihrer Macht. Es wird vermutet, dass sie zur Zeit der Versklavung in die Hände der Belagerer gefallen und dann verschwunden war. Helaras, der Befreier verweigerte aus unbekannten Gründen die Anfertigung einer neuen Herrscherkrone und als Zeichen der Verehrung und des Dankes wurde diesem Wunsch auch lange nach seinem Tod entsprochen.

Kalerid war beeindruckt, auch wenn er es niemals zugegeben hätte; er hatte den Menschen nicht so viel Stolz zugetraut. Er stelle sich auf seine Hinterbeine und richtete sich zu seiner vollen Größe auf. In dieser Haltung war er größer, als die meisten Angehörigen seiner Rasse. Seine großen Füße, deren Nägel sich zu Krallen ausgewachsen hatten, klatschen plump auf dem Boden, als er einmal um die auf dem Boden knienden Gestalten herumging. Speichel tropfte auf den König und seinen Begleiter herab, als sich der Heerführer zu ihnen herunterbeugte.
»Was für jämmerliche Gestalten«, zischte Kalerid herablassend. »Der edle König Hondor und, wie ich annehme, einer seiner treuen Diener.« Kalerid umrundete seine Gefangenen noch einmal und ein heiseres Lachen entrann seiner Kehle. Er hatte nur ein Problem. Er wusste nicht, wer von den zwei rosahäutigen, kindergesichtigen Schwächlingen der König sein sollte. Beide trugen sie Kettenhemden und auch in ihrer restlichen Kleidung konnte er keinen bedeutenden Unterschied erkennen. Er hatte allerdings Mittel und Wege, um sich Gewissheit zu verschaffen.
»Wer von Euch ist der König?«, fragte er und entblößte dabei zwei spitze Eckzähne. Herras zweifelte nicht daran, dass der Sellag allein damit seine Opfer in Stück reißen konnte, wenn er nur wollte.
»Ich wüsste nicht, was Euch das angeht«, gab Hondor zurück und bekam für dieses ungebührende Verhalten von einem Sellag einen harten Tritt in die Rippen, der ihm für einen kurzen Augenblick den Atem raubte. Kein Schmerzenslaut kam über seine Lippen.
»Was mich das angeht?« Kalerid lachte abermals. Sein langer grauer, mit Bergziegenfell besetzter Mantel schlug Hondor ins Gesicht, als er sich umdrehte und die drei Stufen zum Podest des Thrones wieder hinaufstieg. Selbstgefällig ließ er sich hineinsinken und ordnete beiläufig die Falten seines Umhangs. »Ich bin der neue Herrscher dieses Reiches. Mich geht alles etwas an. Also, wer von Euch beiden Schwächlingen ist der König?« Diesmal klang Kalerids Stimme deutlich fordernder.
Hondor versuchte, davon unbeeindruckt zu bleiben. Er war der rechtmäßige König von Allendas und daran würde sich, solange er lebte, auch nichts ändern. Noch bevor er aber dazu kam, etwas zu erwidern, vernahm er Herras' Stimme.
»Wer seid Ihr?«, stieß der Hauptmann hervor und er bekam dafür einen kräftigen Schlag in den Nacken, der ihn ein kurzes Stöhnen ausstoßen ließ.

Kalerid lachte erneut und mit jedem Mal klang es abstoßender und gehässiger. »Wer ich bin!?!« Der Heerführer der Sellag fühlte sich so selbstsicher in seiner Lage, dass es ihm nichts ausmachte, ein wenig über seine Herkunft zu erzählen. »Mein Name ist Kalerid, Sohn von Berild, Herrscher und Heerführer der Sellag, dem Volk aus dem Gebirge Gerland. Ich bin gekommen, um mir das zu nehmen, was mir und meinem Volk schon lange zusteht. Und wie Ihr seht, ist es mir auch mühelos gelungen. Ich hätte nicht gedacht, dass Ihr es mir so einfach machen würdet, mein Land zurückzuerobern. Man könnte meinen, Ihr habt nur auf mich gewartet. Euer Volk ist verweichlicht. Es braucht einen König, der ihm wieder ein wenig Disziplin beibringt. So wie es in den alten Tagen war.« Kalerid machte eine Pause und wartete eine Reaktion der beiden Gefangenen, doch diese blieb aus. Hondor und Herras starrten ihn stumm mit festem Blick an. In ihren Köpfen jedoch raste eine Unmenge von Gedanken. Noch nie hatten sie etwas von den Sellag gehört und seit vielen Jahren, wenn nicht Jahrhunderten, war kein Mensch mehr im Gerland-Gebirge gewesen. Niemand hatte gewusst, dass sich dort ein ganzes Volk verbarg oder gar geahnt, welche Gefahr Allendas von dort drohte.
Kalerid wurde missmutig. Er hatte mit mehr Respekt angesichts seiner Worte gerechnet. »Genug geredet!«, sagte er unwirsch, als er wusste, dass er keine Reaktion mehr erwarten durfte und bleckte abermals die hässlich gelb verfärbten Eckzähne. »Heraus mit der Sprache! Wer von Euch ist der König? Ich habe keine Zeit mehr, mich mit Euch zu beschäftigen. Es gibt viel zu regeln in diesem verkommenen Land«, erklärte er und entschloss sich, das Gesprochene mit einer Drohung zu unterstreichen, um dieser zähen Verhandlung endlich ein Ende zu setzen. »Sprecht, oder ich werde Euch beide auf der Stelle töten lassen.«
Die umstehenden Wachen wurden bereits unruhig. Einige zogen ihre Waffen, andere fletschten ihre Zähne und richteten sich auf ihre Hinterbeine auf. Kalerid zischte etwas in der Sellageigenen Sprache. Er rief seine Untertanen zur Ruhe, um zu verhindern, dass sie sich gleich auf die Gefangenen stürzten. Der Heerführer hatte andere Pläne für den König und auch seinen Diener würde er noch gut gebrauchen können.
Herras wurde angst und bange, doch weniger um sich selbst als um seinen König. Obwohl sich die zischenden und fauchenden Sellag-Krieger nun wieder beruhigten und wieder auf allen Vieren zusammenkauerten, zweifelte er nicht daran, welches Schicksal Hondor ereilen

würde, wenn er sich zu erkennen gab. Kalerid würde ihn töten lassen, wahrscheinlich sofort. Wenn der König von Allendas starb, gab es keine Hoffnung mehr für sein Volk. Sie würden ihren Peinigern hoffnungslos ausgeliefert sein. Es gab nur eine Möglichkeit, dem Volk den letzten Funken Hoffnung zu bewahren. Er nahm seinen letzten Mut zusammen und sagte mit fester Stimme: »Ich bin Hondor, König von Allendas.«

Hondor erstarrte, als er Herras' Worte vernahm. Er blickte seinen Freund an und in seinen Augen stand sowohl Stolz als auch Trauer, als er dessen Absichten erkannte. Dann schüttelte er den Kopf, sah zu Kalerid hinauf und seine Pupillen verdunkelten sich, als er sagte: »Nein, ich bin Hondor.«

»Nein, glaubt ihm nicht!«, stieß Herras heftig hervor. Trotz der verzweifelten Lage machte es ihn sehr stolz, dass sein Freund beabsichtigte, sein Leben zu retten, aber er durfte es nicht zulassen. Hastig versuchte er, auf die Beine zu kommen, aber die Fesseln um seine Fußgelenke machten dieses Vorhaben unmöglich. Schneller, als er sich versehen konnte, war er von drei Sellag-Kriegern umringt, die ihn zurück auf den Boden drückten. Sein Blick begegnete den Augen Hondors.

»Ich danke, Euch Herras«, flüsterte er leise, aber doch laut genug, dass alle Anwesenden es hören konnten. »Aber es hat keinen Zweck. Es muss sein!« Herras erschien es, als könnte er einen feuchten Glanz in den Augen Hondors erkennen, aber er konnte keine Sicherheit erlangen, denn der König wandte sein Gesicht ab und ließ den Kopf sinken. Kalerid konnte angesichts dieses Schauspiels abermals nur ein raues Lachen ausstoßen. Für ihn war die Lage der Dinge klar. Mit Schwung stieß er sich von seinem frisch eroberten Thron ab und sprang die wenigen Stufen herunter. Sein Umhang blähte sich dabei und ließ ihn mächtiger wirken, als er war. Ein fünftel Barret[3] vor Hondor kam er zum Stehen und beugte sich zu dem König herunter. Sein stinkender Atem wehte dem Menschen ins Gesicht und raubte ihm für den Moment die Sinne.

»Das war ein ehrenhafter Versuch, Diener Herras.« In seinen tief liegenden, dunklen Augen funkelte Belustigung. »Aber wie du siehst, ist dein Herr nicht bereit, dein Opfer anzunehmen.«

Hondor fand nicht die Kraft, den Kopf zu heben. Bewegungslos starrte

[3] Barret = Längenmaß (1 Barret = 1,27 Meter)

er auf den steinernen Boden. Er kämpfte gegen seine Trauer und Verzweiflung. Herras hatte über sich selbst sein Todesurteil verhängt. Er hatte es für seinen König getan und es gab nichts, was Hondor jetzt noch tun oder sagen konnte, das Kalerid vom Gegenteil überzeugt hätte.
Mit schweren Schritten stapfte der Heerführer hinüber zu Herras. Einen Augenblick betrachtete er ihn nur, genoss die Vorfreude, auf das, was er sich für ihn ausgedacht hatte. Dann ergriff er den Menschen mit einer schnellen Handbewegung fest am Kragen und zog ihn hoch. Speichel triefte von seinen scharfen Eckzähnen und sein Gestank verursachte Übelkeit bei Herras. Für einen Moment befürchtete der Leibwächter, der Sellag würde sich sofort auf ihn stürzen und ihn zerreißen. Sein Herzschlag stockte. Er schloss die Augen und erwartete das, was nun kommen würde. Doch es geschah nichts.
Kalerid ließ ihn wieder los und Herras fiel auf die Knie. Als er seine Augen wieder öffnete, starrte er geradewegs in Kalerids Gesicht.
»Ich habe mir etwas Wunderbares für Euch ausgedacht«, grollte Kalerid freudig, als er sich umwandte, erneut zu seinem Thron zurückzukehren. »Ihr werdet die Gelegenheit bekommen, einen ehrenvollen Tod zu erlangen. Ihr werdet den besten meiner Männer gegenüberstehen, bevor Ihr Euren letzten Atemzug tut. Lasst Euch überraschen, Majestät.« Kalerids letzte Worte quollen vor Hohn über, als er sich auf dem breiten Königsstuhl nach vorne beugte. In den Reihen der anwesenden Sellag brach wieder Unruhe aus. Obwohl sie noch nicht erfahren hatten, was ihr Anführer mit seiner Beute geplant hatte, wussten sie doch, dass Kalerid immer ein besonders gutes Händchen für solche Angelegenheiten hatte. Herras verstand die zischenden Laute, die zwischen ihnen ausgetauscht wurden, nicht, aber er konnte trotzdem erkennen, dass sie in Vorfreude schwelgten.
»Bring ihn hinaus!« befahl Kalerid seinen Leuten und deutete mit seinem langen knochigen Zeigefinger auf Herras. »Kettet ihn auf ein Fuhrwerk und bewacht ihn gut.« Dann wandte er sich einem kleineren Sellag mit einem äußerst unterwürfigen Gesichtsausdruck zu. »Marek, lass meine zehn besten Truppenführer zusammenrufen. Sie sollen sich im Schlosshof einfinden. Sobald sie vollzählig sind, ziehen wir los!« Kalerid hatte sich die Mühe gemacht, seinen Befehl in der allendassischen Sprache zu formulieren. Wahrscheinlich, um dem König die ‚Vorfreude' zu gönnen.

»Jawohl, Majestät«, erwiderte Marek in der Sprache der Sellag und stürmte auf allen Vieren hinaus. Herras sah ihm nach. Er fragte sich, was Kalerid mit ihm vor hatte und er hatte sich in seinem ganzen Leben noch nie so unwohl in seiner Haut gefühlt. Dann wandte er seinen Blick hinüber zu Hondor. Der König hatte seinen Kopf wieder gehoben und sah seinen Leibwächter mit traurigen Augen an. Ein stummer Vorwurf, aber auch Verständnis waren darin zu erkennen. Gerne hätte Herras ein paar letzte Worte an seinen Freund gerichtet, ihm erklärt, dass er einfach tun musste, was er tat, dass er keine andere Wahl hatte. Aber sie waren nicht allein und er durfte nicht riskieren, ihr Geheimnis jetzt zu verraten. Bevor er Gelegenheit bekam, seine Gedanken zu Ende zu bringen, umfassten zwei Sellag seine Handgelenke. Zwei weitere ergriffen seine Knöchel und er wurde hinausgeschleift.
»Bringt diesen zu den anderen. Er wird mir vielleicht noch nützlich sein«, rief Kalerid den verbliebenen Wachen zu. Sie ergriffen Hondor und auch er wurde unsanft aus dem Saal gezerrt.

# Herras

## I

Noch nie waren Herras die Gänge des Schlosses so unendlich lang vorgekommen. Er hatte sein ganzes Leben am Hof König Harus' verbracht und hatte auch später, als dessen Sohn Hondor den Thron bestiegen hatte, und er in seinen Dienst getreten war, nur selten Alland Pera verlassen. Er kannte jedes Barret, jede einzelne Stufe und doch schien sich der Weg ins Freie ins Unendliche zu dehnen.
Das, was er aus seiner unbequemen Haltung erkennen konnte, schien nicht mehr das Schloss zu sein, in dem er seine Kindheit verbracht hatte. Die dicken Teppiche und kostbaren Wandbehänge waren heruntergenommen worden. Viele der Fackeln waren ausgebrannt und niemand schien es für nötig zu halten, sie zu erneuern. Die langen Flure des Schlosses wirkten nun wie dunkele, finstere Höhlen. Von der einstigen Pracht war nichts mehr übrig geblieben. Überall schlichen Sellag umher und nicht selten blieben sie stehen, um den vermeintlichen König mit gaffenden Blicken zu betrachten und ihn in ihrer eigenen Sprache schändlich zu beschimpfen.
Die Sellag liefen unregelmäßig, schienen sich nicht auf eine Gangart einigen zu können, sodass Herras' Körper zeitweise straff zwischen den Sellag, die ihn an Händen und Füßen in eisernen Griff hielten, gespannt war und er das Gefühl hatte, sie würden ihm seine Gliedmaßen herausreißen. Dann wieder hing sein Körper schlaff zwischen den laufenden Sellag und sein nach unten gewandtes Gesicht schleifte über den kahlen Steinboden. Mehrmals schlug sein Kopf auf die Stufen auf. Als sie endlich den Schlosshof erreichten, war sein Gesicht mit unzähligen Schürfwunden übersät. Er hatte eine Platzwunde auf der Stirn und seine Schultern und Nackenmuskeln waren gezerrt. Die Sellag scherten sich nicht darum. Sie warfen ihn auf einen offenen Pferdekarren, wie ihn die Bauern in Allendas verwendeten, und zwangen ihn auf die Knie. Mit schweren Eisenketten wurde er gefesselt, bis er sich nicht mehr bewegen konnte. Seine vier Peiniger hockten sich neben dem Wagen auf den Boden und ließen ihn nicht aus den Augen, um ihm nicht die geringste Möglichkeit auf eine Flucht einzuräumen. Aber

an Flucht wäre in seiner momentanen Lage ohnehin nicht zu denken gewesen.
Es dauerte nicht lange, dann wurden Herras' Beine taub. Sein Nacken schmerzte und Blut floss aus dem Riss auf seiner Stirn in sein linkes Auge. Er konnte nicht abschätzen, wie lange er so ausharren musste. Es erschien ihm wie eine Ewigkeit, doch im Nachhinein war es eine viel zu kurze Zeit. Er versuchte sich zu entspannen, versuchte Kraft zu schöpfen, für das, was auf ihn warten würde, aber er konnte seine ständig kreisenden Gedanken nicht beruhigen. Der Heerführer würde ihm seinen Tod nicht leicht machen, soviel war ihm klar, aber welche Gräueltat sich der neue Herrscher über Allendas für ihn ausgedacht hatte, vermochte er noch nicht zu erahnen.
Nach und nach trafen die ersten Truppenführer im Schlosshof ein. Aus dem, was er erfahren hatte, schloss Herras, dass sie sich im Land verstreut aufgehalten hatten. Doch allzu weit konnten sie nicht von der Hauptstadt entfernt gewesen sein. Dafür war nicht genug Zeit vergangen. Allendas war zwar kein besonders großes Land, doch ein geübter Reiter brauchte immerhin drei Tage, um es von Norden nach Süden zu durchqueren. Herras schätzte, dass er vier- oder fünfmal fünfzig Kils[4] im Hof ausgeharrt hatte. Marek musste es gelungen sein, in dieser kurzen Zeit Boten auszusenden, die den Truppenführern die Nachricht ihres Befehlshabers übermittelten, sich im Schloss der Hauptstadt einzufinden. Die Truppenführer schienen diesem Befehl nur zu gerne gefolgt zu sein. Jetzt mussten es noch ungefähr zweimal fünfzig Kils bis zum Mittag sein und es hatten sich bereits acht der erwarteten zehn Sellag im Schlosshof eingefunden. Begeistert unterhielten sie sich mit den Anwesenden und berichteten von ihren Taten. An den freudig entblößten Reißzähnen und den Jubelrufen ihrer Zuhörer konnte Herras erkennen, dass sie sehr erfolgreich gewesen sein mussten und ihm wurde das Herz mit jeder verstreichenden Kil schwerer. Wie mochte es nun in dem einst schönen Land aussehen?
Die Herbstsonne hatte bereits ihren höchsten Stand überschritten, als Kalerid, gefolgt von Marek und zwei weiteren Sellag, den Hof betrat. Er lief auf seinen Hinterbeinen und hielt den Kopf hoch erhoben, um einen möglichst würdevollen Eindruck zu machen. Seine Truppenführer begrüßten ihn mit lautem Beifall und Jubelrufen. Herras konnte

[4] Kil = Zeiteinheit (1Kil = 1, 736 Minuten)

nicht einmal den Kopf heben, um den Auftritt zu verfolgen, aber ihm lag auch nicht sehr viel daran.
Kalerid richtete ein paar Worte an seine Krieger und die begeisterten Rufe wurden nochmals lauter.
Dann bestieg der Heerführer das Pferd, das man für ihn ausgewählt hatte. Es war das größte und prächtigste Pferd, dass sie in den königlichen Stallungen hatten finden können. Es war Samlas, das Pferd des Königs.
Man brauchte kein geübter Reiter zu sein, um zu erkennen, dass Kalerid zum ersten Mal in seinem Leben auf einem Pferd saß. Seine Haltung war ungelenk, wirkte verkrampft und auch Samlas, der schöne Rappe, schien über seinen neuen Reiter unglücklich zu sein. Er bockte und bäumte sich unter Kalerid auf. Beinahe wäre der Sellag rücklings auf das Pflaster des Schlosshofes gefallen, aber es gelang ihm, sich mit seinen langen Fingern am Zaumzeug festzukrallen und diese Peinlichkeit zu verhindern. Bei der Unruhe, die plötzlich im Schlosshof herrschte, zwang sich auch Herras, den Kopf zu heben und auf den Tumult zu schielen. Hätte er einen letzten Wunsch gehabt, so hätte er sich gewünscht, dass Kalerid von dem Pferderücken stürzte und sich das Genick brach, aber dieser Wunsch wurde ihm verwehrt.
Samlas beruhigte sich langsam und Kornos, der Truppenführer, der als Letzter eingetroffen war, da er den weitesten Weg hinter sich hatte, lenkte sein Pferd ein wenig näher an Kalerid heran und gab ihm leise einige Instruktionen im Umgang mit diesen Tieren. Man sah, dass er schon geübter war und Kalerid hörte ihm einen Augenblick zu. Er versuchte Kornos Haltung nachzuahmen und nach einer Weile saß er tatsächlich sicherer im Sattel. Als Dank gab er Kornos einen kräftigen Stoß in die Rippen; Höflichkeit war bei den Sellag auch untereinander keine weit verbreitete Eigenschaft. Der Truppenführer fügte sich wieder in die Reihe der anderen.

Auf einen kurzen Befehl des Heerführers hin setzte sich der Trupp in Bewegung. Allen voran Kalerid, flankiert von Marek und einigen anderen Sellag, die keine Pferde zugeteilt bekommen hatten. So liefen sie abwechselnd auf zwei oder vier Beinen neben dem Ross ihres Herrn. Entweder hatte der Heerführer seinen Untergebenen keine Rösser zugestanden, oder ihnen waren die Reittiere nicht geheuer. Hinter Kalerid folgte der Karren, auf dem sich Herras befand. Der Wagen war ange-

spannt worden und wurde von einem kräftigen Sellag gelenkt. Neben dem Pferdefuhrwerk ritten Kornos und ein weiterer Truppenführer, dahinter kamen in Zweierreihen die acht anderen. Hinter den Truppenführern marschierte noch eine Gruppe von etwa zwanzig Sellag aus Kalerids Hofstaat, die dem Zug ebenfalls zu Fuß folgen mussten; darunter waren auch die vier Wachen, die Herras in der Nacht hinunter auf den Hof gebracht hatten.
Langsam verließ der Trupp den Schlosshof durch das große Tor und bog in die Hauptstraße von Alland Pera ein, die geradewegs den Hügel hinunter zum östlichen Schlosstor führte. Sie kamen nur stockend voran. Kalerid fühlte sich keineswegs sicher auf seinem Pferd und zog es vor, nicht schneller zu reiten, als es unbedingt nötig war. Herras bekam dadurch die Gelegenheit, festzustellen, welche Verwüstungen in der Stadt angerichtet worden waren. Obwohl die Erschütterungen des Wagens seinem schmerzenden Nacken noch mehr zusetzten, konnte er seinen Blick nicht abwenden. Viele der kleinen Häuser waren niedergebrannt, die Gärten zertrampelt. Die Fenster waren zerbrochen und die Türen eingetreten. Es war ein Bild des Jammers. Wo er hinsah, liefen Sellag herum. Sie plünderten die Häuser, die sie übernommen hatten, und schafften die Leichen der Menschen weg, die auf den Straßen lagen. Männer, Frauen, Kinder - sie hatten kein Erbarmen gekannt. Lebende Menschen konnte Herras nirgendwo entdecken und er begann sich zu fragen, ob überhaupt jemand das furchtbare Gemetzel überlebt hatte.

Als sie das östliche Stadttor passiert hatten, musste Herras mit ansehen, was die Sellag mit den sterblichen Überresten der getöteten Menschen taten. Etwa tausend Barret von Alland Pera entfernt, hatten die Fremdlinge einen riesigen Scheiterhaufen errichtet. Widerlich stinkender Rauch stieg in einer schwarzen Wolke davon auf. Herras musste gegen seine aufsteigende Übelkeit ankämpfen. Immer mehr Leichen wurden auf den Haufen geworfen und die Flammen leckten gierig nach ihnen.
Herras senkte den Kopf und gedachte der Toten. Wie viele davon mochte er wohl gekannt haben? In ihm keimte der Wunsch auf, ihnen so schnell wie möglich in Hembras' Reich zu folgen. Wie jedes Volk, glaubten auch die Allendasser an einen Schöpfer, denen sie die Gunst oder die Last (je nach der momentanen Lage) ihres Seins verdankten. Die Allendasser nannten ihn Hembras.

Bald hatten sie den Scheiterhaufen hinter sich gelassen, aber Herras glaubte, den üblen Geruch der verbrannten Körper noch immer in der Nase zu haben. Sie befanden sich weiterhin auf der Straße nach Osten, die sie durch grüne saftige Wiesen, zwischen Hügeln und kleinen, friedlichen Tannenhainen entlang führte. Der Schönheit des Landes hatte die schreckliche Belagerung noch nichts anhaben können. Es war ein lauer Herbsttag und die Vögel sangen, denn sie ahnten nicht, welche dunkle Gewalt sich des Landes bemächtigt hatte. Herras war jedoch weit davon entfernt, etwas von der Herrlichkeit seiner Heimat wahrnehmen zu können. Noch immer hatte er keine Ahnung, welche Pläne Kalerid mit ihm hatte. Warum machten sich die Sellag eine solche Mühe mit seinem Tod? Alles, was er sich an diesem sonnigen Tag wünschte, war ein Ende des entsetzlichen Wartens und eine schnelle Hinrichtung.
Kalerid hingegen war frohen Mutes. Er war noch immer zufrieden mit sich und der Welt. Er hatte sein ganzes Leben in dunklen Höhlen und auf öden Gebirgspässen verbracht. Wiesen und Bäume kannte er nur von den Hochweiden, auf denen die Sellag ihr Vieh hielten, doch das war nichts im Vergleich mit dieser prächtigen Vielfalt der Natur. So etwas kannte er nur aus den alten Erzählungen seines Volkes und aus den Berichten seiner Späher, die für seinen Vater und ihn das Land schon seit langer Zeit unbemerkt erkundet hatten, um den Feldzug vorzubereiten. Wenn Kalerid ehrlich zu sich selbst war, musste er gestehen, dass es ihm gefiel und wenn er sich bewusst machte, dass alles, was er sah, nun ihm gehörte, gefiel ihm alles noch viel besser. Vorfreude erfüllte sein Herz. Sein Plan, den er sich für den gefallenen König ausgedacht hatte, würde den gelungenen Abschluss eines erfolgreichen Feldzugs darstellen. Boran, einer seiner erfahrensten und fähigsten Späher, hatte ihm von dem Land berichtet, das an Allendas angrenzte. Er hatte ihm von den dunklen Wäldern erzählt, deren dichtes Unterholz beinahe undurchdringlich war. Die Allendasser nannten das Land Lemberus und sie hatten es mit vielen Sagen und Mythen belegt[5]. Es würde die perfekte Umgebung für sein Vorhaben bilden. Seine Truppenführer würden begeistert sein, davon war der Kalerid überzeugt.

[5] Wie gesagt, es gab in Allendas nicht viel Stoff für gute Geschichten und so beschäftigten sich die Allendasser zumindest auf diese Weise mit dem, was sich um sie herum befand.

Sie hatten hervorragende Arbeit geleistet und seine Erwartungen bei weiten übertroffen. Der Tag war wunderbar für eine Treibjagd geeignet und der Gewinn war nicht zu verachten. Der Heerführer würde den Sieger zu seinem persönlichen Stellvertreter ernennen.
Kalerid saß mittlerweile fester im Sattel und zog das Tempo an. Er wollte nicht zu spät ankommen und damit riskieren, noch eine weitere Nacht auf sein Vergnügen warten zu müssen.

# Hondor
## II

Sie brachten Hondor hinunter in den Kerker seines Schlosses und behandelten ihn dabei nicht weniger unsanft, als Herras. Er war übersät mit Prellungen und kleineren Wunden, als sie endlich ihren Weg durch die tristen Gänge des ehemals prächtigen Schlosses beendet hatten und in seinem düsteren Gefängnis angekommen waren. Ein erschreckender Anblick bot sich seinen Augen. Die Kerkerräume waren überfüllt mit Angehörigen seines Volkes. Noch nie, seit Hondors Geschlecht die Macht über Allendas übernommen hatte, hatte der Kerker so viele Gefangene beherbergen müssen. Schwere Verbrechen gab es in Allendas so gut wie nie. Nur selten wurde einem Strauchdieb oder kleinen Trickbetrüger eine Lehre erteilt, in dem er ein oder zwei Nächte in den feuchten Gemäuern verbringen durfte.
Nun kauerten überall in den Räumen verängstigte und hilflos wirkende Menschen, Männer, Frauen und Kinder aus Alland Pera, die in ihrer Verzweiflung völlig aufgelöst zu sein schienen.
Ein Ruck ging durch die Menge, als Hondor hineingeschleift und unsanft in eine Ecke geworfen wurde. Seine Hände und Füße waren noch immer gefesselt und er fiel hart auf den strohbedeckten Steinboden. Die meisten Anwesenden erkannten den Neuankömmling sofort, aber sie wagten es nicht, auch nur einen Ton von sich zu geben. Es mangelte nicht an Sellag-Wachen und diese zögerten auch nicht, von ihren Schwertern Gebrauch zu machen, wenn jemand ein falsches Wort wagte. Diese Erfahrung hatten sie bereits gemacht. So starrten sie den König nur mit schreckgeweiteten Augen an.
Zorina, eine junge Frau, überwand als Erste ihre Starre. Sie saß dicht neben dem König an die Wand gelehnt und streckte ihre Hände aus, um dem auf dem Boden liegenden Mann in eine sitzende Position zu helfen. Als Hondor sie ansah, erkannte er sie sofort. Sie war die Tochter des Hofschmieds. Er hatte sie schon oft beobachtet, wenn er seinen treuen Samlas selbst zum Beschlagen der Hufe gebracht hatte.
»Danke«, flüsterte Hondor leise, als er sich schwer mit dem Rücken an die Mauer stützte.

»Ich bin glücklich, Euch lebendig zu sehen, Majestät! Was tut Ihr hier?«, fragte Zorina und musterte ihn verwundert und auch erleichtert mit ihren großen braunen Augen. »Wir dachten, Ihr seid tot. Die Wachen sagten, dass man Euch...«
Hondor schüttelte heftig den Kopf. Sie hielt sogleich inne und der König schaute sich vorsichtig nach den Wachen um. Die Sellag schienen nicht bemerkt zu haben, mit welchem Titel sie ihn angeredet hatte. Mit einer kurzen Bewegung deutete er ihr, ein wenig näher zu kommen und sie rückte unauffällig ein Stück an ihn heran.
Leise, so leise, dass Zorina ihn kaum verstand, flüsterte Hondor ihr zu: »Ihr dürft mich nicht mit meinem Titel anreden. Unsere Feinde dürfen nicht erfahren, wer ich bin. Herras hat meine Stellung eingenommen. Er hat sich für mich den Sellag gestellt und wir dürfen sein Opfer nicht entweihen, indem wir meine Identität vorschnell preisgeben.« Ein dunkler Schatten legte sich über Hondors Gesicht, als er an seinen ergebenen Freund dachte und an das Schicksal, das ihn ereilt haben mochte. Trauer erfüllte ihn. »Ich bin jetzt Herras, Hauptmann des Königs.«
Zorina nickte verstehend. »Kein Wort wird über meine Lippen kommen, Herras.« Es klang fast wie ein Schwur. »Sellag heißen sie also, diese Ungeheuer«, bemerkte sie nach einer Weile. »Sie haben Schreckliches angerichtet. Ohne Gnade haben sie uns überfallen. Viele wurden getötet. Das ist der klägliche Rest, der von uns übrig geblieben ist.« Sie ließ ihren Blick durch den Raum schweifen und Hondors Augen folgten ihm. Er konnte ihre Trauer deutlich spüren, die nicht geringer als seine eigene war.
»Wir werden aber nicht aufgeben, auch wenn sie in der Überzahl sind.« Hondor versuchte ihr Hoffnung zu machen, die er selbst kaum empfand.
Nun wurde eine der Wachen auf ihr Flüstern aufmerksam. Mit einem wilden Fauchen ging er zwischen die beiden Menschen und drängte Zorina ein Stück von Hondor weg.
Die Zeit schlich langsam dahin. Hondor spürte die aufmerksamen Blicke der Sellag genauso auf sich ruhen, wie die erwartungsvollen und verängstigten seiner Untertanen. Er hätte sich gewünscht, er könnte ihnen Mut zusprechen und ihnen ihre Angst nehmen, aber ihm waren im wahrsten Sinne des Wortes die Hände gebunden und so blieb ihm nichts anderes übrig, als tatenlos auszuharren.

Als der Tag herangebrochen war und helles Sonnenlicht durch die kleinen, vergitterten Fenster in die dunklen, feuchten Gemäuer fiel, hatte das Warten noch immer kein Ende genommen. Die Sellag-Wachen streunten unruhig zwischen ihren Gefangenen umher und Hondor gewann langsam den Eindruck, dass sie selbst nicht genau wussten, was sie mit ihnen anfangen sollten. Sie schienen noch keine Befehle von ihrem Anführer bekommen zu haben und ihre Unruhe nahm ebenso zu wie Hondors.

# Herras
## II

Am frühen Nachmittag hatte der Trupp sein Ziel erreicht. An der Grenze, die Allendas von Lemberus trennte, brachte Kalerid den Zug zum Stehen. Als Allendas vor vielen Jahrhunderten als Land vermessen und die Grenzen festgelegt wurden, mussten die damaligen Herrscher sehr wählerisch gewesen sein. Jenseits der Landesgrenze befand sich ein düsterer Wald. Auf Allendas' Seite hingegen erstreckten sich weite, saftige Wiesen, die von bunten Blumen übersät waren. Der landschaftliche Kontrast hätte nicht größer sein können.
Herras war noch nie an diesem Ort gewesen. Wie schon erwähnt, waren die Menschen von Allendas nicht besonders reiselustig; nur selten verließ jemand sein Dorf oder seine Stadt und wenn, dann nur, wenn es sich unter keinen Umständen vermeiden ließ und niemals länger, als es unbedingt sein musste. Lemberus kannte Herras nur aus Geschichten und Erzählungen und alle hatten einen schauerlichen Charakter, handelten von bösen Hexen und Zauberern oder von wilden Kreaturen, die Lemberus bewohnten. Aber auch die Furcht erregendsten Märchen seiner Kindheit konnten Herras nun nicht mehr erschrecken, angesichts des Grauens, das er an diesem Tag gesehen hatte.

Kalerid stieg ungelenk vom Pferd. Auch seine Truppenführer sprangen nach und nach von ihren Tieren, doch keiner schien so erleichtert wie der Heerführer, wieder festen Boden unter den Füßen zu haben. Mit einer Handbewegung deutete Kalerid den Wachen, Herras vom Wagen zu holen. Dann begann er mit seiner Ansprache, die er sich auf dem Weg zurechtgelegt hatte. Sie klang erstaunlich höflich, zumindest für einen Sellag. Der Heerführer schien sich in seiner Rolle als König hineinfinden zu wollen. Irgendjemand musste ihm erzählt haben, dass man sich als König auch königlich zu verhalten hatte, doch so recht schien er mit diesen Begriffen nichts anfangen zu können. »Truppenführer und getreue Sellag«, sagte er und richtete sich dabei zu seiner vollen Größe auf. »Wir haben einen großen Sieg errungen. Das Land, das einst uns gehörte und das uns auf schändlichste Art und Weise genommen wurde, befindet sich nun wieder in unserem Besitz. Jeder von Euch hat seine Aufgabe ehrenvoll erfüllt. Der ehemalige König von Allendas befindet sich in unserer Hand und wir werden ihn nun seinem gebührenden Ende zuführen. Allerdings soll auch sein Tod nicht ohne Nutzen für uns sein. Wir werden ihn nun freilassen und derjenige, dem es gelingt, mir seinen Kopf zu bringen, wird zu meinem Stellvertreter ernannt werden.« Die Sellag, die bisher gebannt den Worten ihres Anführers gelauscht hatten, brachen in tosenden Jubel aus. Die Aussicht, bald stellvertretender Herrscher zu sein, ließ in ihren Augen wilde Gier funkeln.

Herras verstand kein Wort von dem, was Kalerid sagte, und selbst wenn er der sellagischen Sprache mächtig gewesen wäre, hätte er auch kaum Gelegenheit gehabt, der Ansprache zu folgen. Die Wachen befreiten ihn von den schweren Ketten und auch die Hand- und Fußfesseln wurden ihm abgenommen. Dann stießen sie ihn vom Wagen. Durch das lange, bewegungslose Ausharren fehlte ihm jedes Gefühl in den Beinen und er fiel haltlos wie ein Stein ins Gras. Während sie ihn brutal auf die Füße rissen, konnte Herras einen Blick nach Westen werfen, wo in weiter Ferne Alland Pera auf dem sanften Hügel, der das Land überragte, zu erkennen war. Noch vor kurzer Zeit musste es ein herrlicher Anblick gewesen sein, die Stadt von diesem Ort zu betrachten, und Herras wünschte sich, er hätte ihn zumindest einmal in seinem Leben genießen können. Jetzt war nichts mehr von der strahlenden Pracht übrig geblieben. Grauer Dunst umhüllte die verbrannten Gebäude und ließ die Stadt unwirklich erscheinen. Der Schmerz, den er verspürte, als sich die langen Krallen der Sellag-Wachen in seine Oberarme bohrten, riss ihn aus seinen Gedanken und brachte ihn wieder in seine eigene harte Realität zurück. Die beiden Sellag stützten ihn widerwillig, nur um zu verhindern, dass er wieder das Gleichgewicht verlor, während Kalerid seine letzten Worte sprach.

Eine weitere Handbewegung folgte und die Wachen drängten Herras näher an den Wald heran, bis er direkt an dessen Rand stand, dort wo das weiche Gras von herabgefallenem Laub bedeckt wurde. Sein Blick war dem tiefen Dunkel zugewandt, das vor ihm lag und er gewann den Eindruck, dass der Wald ihn verschlingen würde, sobald er auch nur einen Fuß hineingesetzt haben würde. Im Vergleich zu dem hellen Sonnenschein, der die gesamte Wiese erfüllte, schien der Wald wie eine düstere Höhle, in der die Gefahren nur darauf warteten, über das erste

lebende Wesen herzufallen, das es wagte, in ihn vorzudringen.
Herras bemerkte nicht, dass Kalerid von hinten an ihn herantrat. Der Wald und seine dunkle, magische Anziehungskraft ließen ihn nicht mehr los - er zog ihn an und schreckt ihn zugleich ab. Erst als Kalerids übel riechender Atem in seine Nase stach und er hörte, wie er ihm leise, aber gefährlich etwas zuflüsterte, wurde er sich seiner Anwesenheit bewusst.
»Lauf... lauf um dein Leben, du erbärmliche Kreatur«, zischte der Heerführer ihm in der Sprache, die er verstand, ins Ohr. Herras begann zu ahnen, was sie mit ihm vorhatten und sein Herz fing an zu rasen.
Lachend drehte sich Kalerid um und ging wieder ein Stück aus den Schatten, die die mächtigen Bäume warfen, zurück in das helle Sonnenlicht.
Die Wachen ließen Herras los und gaben ihm noch einen kräftigen Stoß in die Lenden. Ohne sich nochmal umzusehen, stolperte Herras los. Er wusste, dass sie ihm bald dicht auf den Fersen sein würden. Sie würden ihn jagen, bis sie ihn in ihren Krallen hatten. Er würde wohl nicht weit kommen. Trotzdem rannte er, so schnell ihn seine Füße trugen, geradewegs in den Wald hinein, der wie ein weit aufgerissenes Maul auf ihn zu warten schien. Das Gefühl in seinen Beinen kehrte nun allmählich zurück, sein Blut raste durch seine Adern, trotzdem wankte er noch und hatte Mühe, voranzukommen. Nach wenigen Barret stolperte er über eine Wurzel und fiel. Er rappelte sich wieder auf und rannte weiter, ohne nachzudenken. Es war seine einzige Chance und er würde sie nicht verstreichen lassen.
Die Truppenführer starrten ihm gebannt nach, als er im Dunkel des Waldes verschwand. Speichel rann über ihre entblößten Eckzähne und sie hatten ihre Schwerter gezogen. In angespannter Erwartung scharrten sie mit ihren Füßen, hofften darauf, dass ihr Anführer endlich das Kommando geben würde. Kalerid zögerte den Moment noch ein wenig hinaus und mit jeder verstrichenen Kil steigerte sich seine Freude. Der Tod des Königs würde jeden Zweifel an seiner Herrschaft auslöschen.
Endlich war es soweit. Kalerid hob die Hand und wandte sich seinen Truppenführern zu. »Lasst die Jagd beginnen«, fauchte er und noch ehe die Worte völlig ausgesprochen waren, stürmte die Meute los, in den Wald hinein. Kalerid bedauerte fast, dass er nicht dabei sein konnte.

Herras hörte ihre Schreie, als sie seine Verfolgung aufnahmen. Es war ihm bereits gelungen, ein ganzes Stück in den Wald vorzudringen und je tiefer er kam, desto dichter wurde das Unterholz. Immer öfter stolperte er auf dem unebenen Boden oder blieb an den Zweigen der niedrigen Sträucher hängen. Bald war seine Kleidung zerrissen und scharfe Dornen verursachten unzählige kleine Wunden auf seiner Haut. Die Bäume rückten immer dichter beisammen und es kostete ihn viel Kraft, ihnen auszuweichen. Ihre Stämme waren kahl, aber ihre Wipfel waren dicht mit Laub bewachsen, das sich nun im Herbst braun zu verfärben begann.

Der Hauptmann des Königs von Allendas rannte weiter, so schnell, wie er in seinem ganzen Leben noch nie gerannt war. Sein Atem ging stoßweise und sein Herz klopfte heftig und schmerzhaft gegen seinen Brustkorb. Aber als er einen hastigen Blick über seine Schulter warf, trieb es ihn dazu, seine Schritte weiter zu beschleunigen.

Er konnte sie sehen. Ihre gebückten Körper hasteten hinter ihm her und zeichneten sich als Schatten im fahlen Licht gegen den hellen Waldrand ab. Er konnte ihr Getrampel näher kommen hören.

Die Sellag hetzten wild hinter ihrem Opfer her. Auf allen Vieren und mit hängenden Zungen kämpften sie sich durch das dichte Gebüsch. Ihre Schwerter hielten sie mit ihren langen Fingern fest umklammert oder hatten sie gleich zwischen ihre Zähne geklemmt.

Die Gruppe Sellag kam nicht so gut voran, wie sie es sich erhofft hatten. Die ungewohnte, dichte Fauna machte den, an felsige und kahle Gebirgsgegenden gewöhnten Kreaturen, schwer zu schaffen. Immer wieder schlugen ihnen Zweige ins Gesicht oder sie verfingen sich in den stellenweise hoch wachsenden Gräsern.

Zudem war die von Kalerid bereits erhoffte Rivalität innerhalb der Gruppe aufgetreten. Die Truppenführer kämpften gegeneinander und behinderten sich in ihrer Jagd gegenseitig, denn sie kämpften nicht für eine gemeinsame Sache und waren sich selbst ihre ärgsten Gegner. Es konnte nur einen stellvertretenden König geben und jeder würde alles für dieses viel versprechende Ziel geben. So kam es, dass immer öfter einer der Sellag durch einen heftigen Stoß in die Rippen oder einen gezielten Schlag auf den Schädel von einem anderen niedergestreckt wurde und sich erst wieder mühsam aufraffen musste, bevor seine Jagd weitergehen konnte.

Als die Hetzjagd bereits über fünfzig Kils andauerte, waren nur noch fünf der zuvor zehn Verfolger übrig. Zwei hatten sich gegenseitig die Kehle durchgeschnitten, zwei weitere waren von Kalmog, dem größten und kräftigsten der Verfolger erschlagen worden, der Fünfte hatte seinem Leben selbst ein Ende gesetzt, als er unachtsam und in blinder Gier gegen einen Baum gerannt war. Der Aufschlag hatte ihm den Schädel zerschmettert und sein spritzendes Blut hatte noch die Gräser einige Barret weit entfernt dunkelrot verfärbt.

Herras bekam kaum etwas von alldem mit. Er rannte und rannte, ohne sich ein weiteres Mal umzusehen, immer in der furchtbaren Erwartung, dass einer seiner Verfolger ihm von hinten in den Rücken fallen und sich auf seinen Hals stürzen würde. Verzweiflung machte sich in ihm breit. Er spürte, wie seine Kräfte nachließen. Seine Beine zitterten und jeder Schritt wurde mehr und mehr zur Qual. Die Rufe der Sellag dröhnten in seinen Ohren, obwohl sie noch ein ganzes Stück hinter ihm waren, und übertönten sogar noch das Rauschen seines rasenden Blutes.

Kornos war seinem Opfer am dichtesten auf den Fersen. Er war der Besonnenste der wilden Gruppe, er hatte seine Zeit nicht damit verschwendet, sich mit den anderen zu zanken oder zu versuchen, seine Mitstreiter aus dem Weg zu schaffen. Das hatte ihn weit nach vorne gebracht. Zudem verfügte er über die beste körperliche Kondition, wobei er weniger massig war als Kalmog, aber über eine ausgeprägte Muskulatur verfügte. Kornos hatte die anderen Sellag weit hinter sich gelassen und sah Herras deutlich vor sich. Doch trennte ihn noch ein gutes Stück von seinem Triumph.

Weitere dreißig Kils später konnte Herras sich kaum noch auf den Beinen halten. Er stolperte nur noch mühsam. Jeden Schritt musste der Mensch sich schwer erkämpfen. Kornos sah seinen Sieg nun deutlich vor Augen. Er sah, dass sein Opfer kurz vor dem endgültigen Zusammenbruch stand und das gab ihm noch weiteren Antrieb. Es war nur noch eine Frage der Zeit.
Die restlichen Truppenführer (um genau zu sein, waren es noch drei, denn Kalmog hatte einem weiteren ein schnelles Ende beschert, indem er ihm das Genick brach) waren weit abgeschlagen.
Herras' Knie gaben unter seinem Gewicht nach. Er versuchte mit aller

Macht, dagegen anzukämpfen, doch es half nichts. Er brach zusammen. Kornos war nur noch wenige Schritte von ihm entfernt. Er fletschte die Zähne, erhob sein Schwert und erfüllte Herras schlimmste Befürchtung. Er stürzte sich von hinten auf den Menschen, drückte ihm mit dem Rücken ins Laub und umkrallte mit einer Hand seine Kehle. Ein Furcht erregendes Grinsen stand auf seinem Gesicht, als er dem Menschen sein Schwert auf die Brust drückte. Herras war nicht imstande, Gegenwehr zu leisten. Er hatte nicht mehr die Kraft, zu kämpfen. Ergeben schloss er die Augen und erwartete sein unvermeidbares Ende. Er verdrängte den widerlichen Gestank des schwitzenden Sellag, alle Schmerzen, die in seinem Körper herrschten und die Dunkelheit des Waldes. Er stellte sich eine wunderschöne Wiese in Allendas vor und wie er mit seiner Familie an einem lauen Sommertag darauf feierte. Ein dünnes Lächeln umspielte seine Lippen und mit diesen glücklichen Gedanken wollte er in Hembras Reich eintreten.

Aber das Unerwartete geschah. Kornos wollte gerade sein Maul öffnen um Herras ein paar bitter-süße Abschiedsworte mit auf den Weg zu gaben, als ein kaum hörbares Zischen die Luft durchschnitt. Es folgte ein leises, dumpfes Geräusch, als Kornos hornige Haut unter dem Leder seines Wamses durchstoßen wurde und etwas sein Fleisch bis tief zum Herzen durchdrang. Der Mund des Sellag formte sich zu einem lautlosen Aufschrei und seine Augen irrten für den Bruchteil eines Augenblickes überrascht und ziellos umher, bevor sie ihren Glanz verloren. Dann brach er tot über Herras zusammen.

Herras erstarrte, als Kornos' Kopf auf seiner Brust aufschlug. Zuerst dachte er, der Sellag hätte ihm sein Schwert in den Leib gerammt, aber der erwartete Schmerz blieb aus. Verwirrt schlug Herras die Augen auf und sah den toten Köper auf dem seinen liegen. Vor Schock und Verwunderung blieb der Mensch einige Augenblicke starr liegen, dann überwand er sich und versuchte, den leblosen Sellag von sich herunterzuschieben. Kornos war schwerer, als er aussah, und es kostete Herras einige Anstrengung, sich von ihm zu befreien. Als es ihm gelungen war, saß er einen Moment schwer atmend da und starrte seinen toten Verfolger an. Ein dünnes Rinnsal dunklen Blutes lief über dessen Rücken und versickerte im Waldboden. In der Wunde steckte ein kurzer Pfeil.

Erneut stieg Angst in Herras auf, die ihm neue Kraft verlieh. Ohne nachzudenken, von wem der Pfeil wohl stammte oder wer sein Leben gerettet haben könnte, sprang er auf die Füße. Kopflos und ohne sich umzublicken, rannte er weiter in den Wald hinein.

Als Kalmog und die beiden anderen verbliebenen Sellag Kornos fanden, war der Mensch bereits außer Sichtweite. Grunzend und fauchend begutachteten sie die Verletzung, die das Leben des Truppenführers beendet hatte. Unmut machte sich unter ihnen breit, denn sie wussten nicht, wer Kornos getötet hatte. Herras verfügte über keine Waffen. Unsicher sahen sie sich um, beobachteten mit argwöhnischen Augen jeden Baum und jeden Strauch in ihrer Nähe, aber sie konnten nichts Außergewöhnliches entdecken. Trotzdem ließ ihre Unruhe nicht nach. Mit gezückten Schwertern und entblößten Zähnen drehten sie sich um sich selbst, bis sie beinahe die Orientierung verloren hatten. Ihre Lage schien für den Moment sehr unvorteilhaft zu sein. Die Spur ihres Opfers hatten sie bereits vor einiger Zeit verloren, aber jetzt sahen sie sich einem unsichtbaren Gegner gegenüber, der sich auf die Seite des verfolgten Königs geschlagen zu haben schien. Obwohl sie Rivalen waren, fühlten sich die Sellag nun verbunden und in der Schusslinie eines verborgenen Feindes.
»Wir sollten zurückgehen«, meinte Kalmog nach einer Weile. Er fühlte sich nicht nur unwohl, angesichts der drohenden Gefahr, er sah auch keine Möglichkeit, die Spur Herras' wieder aufzunehmen. Zudem machte ihm seine Leibesfülle zu schaffen und er war ausgelaugter als die anderen, sehr viel kleineren und drahtigeren Truppenführer.
»Zurück gehen?«, fragte Bawog entgeistert. »Und Kalerid berichten, dass wir den Schwächling verloren haben? Er wird vor Zorn außer sich sein. Er lässt uns vierteilen oder noch etwas Schlimmeres, wenn ihm etwas einfällt.« Bawog hatte, während er sprach, begonnen, aufgeregt auf und ab zu schleichen. Sein Blick glich dem eines gefangenen Tieres.
»Er hat Recht, wir können nicht zurück«, stimmte Nukan dem verstörten Bawog zu. Er war mutiger als Bawog und schwerer aus der Ruhe zu bringen, aber der Gedanke, in Kalerids Klauen zurückzukehren, schien ihm keineswegs erstrebenswert. »Wir sollten weitergehen. Diese Kreatur kann nicht mehr weit gekommen sein. Es wird nicht lange dauern, bis wir ihn wieder gefunden haben. Wir sind zu dritt und es wird sich niemand so schnell wagen, uns anzugreifen.« Um seine Worte zu unterstreichen, hielt er sein Schwert kampfbereit in die Luft, gerade so,

als wolle er seinem unsichtbaren Gegner drohen. Nukan wollte noch etwas hinzufügen, aber er kam nicht mehr dazu.
Erneut pfiff ein Pfeil durch die Luft und traf den überraschten Nukan mitten in die Brust. Wie ein gefällter Baum fiel der Sellag rücklings in das weiche Moos neben Kornos' Leiche. Bevor Bawog und Kalmog sich bewusst werden konnten, was geschehen war, folgte ein dritter Pfeil. Besonders zielsicher durchschlug er Bawogs festen Schädelknochen genau zwischen den Augen. Der Sellag verdrehte den Blick und sank ohne einen Laut in sich zusammen.
Kalmog ergriff die Flucht. Ohne sich um seine Kameraden zu kümmern, denen ohnehin nicht mehr zu helfen war, drehte er sich um und hetzte, so schnell ihn seine stämmigen Beine trugen, hinaus aus dem Wald. Der Pfeil, der für ihn bestimmt war, flog nur einen zehntel Barret an seinem Kopf vorbei.

Herras rannte weiter, ohne einen Gedanken daran zu verschwenden, wie weit er gelaufen war oder ob seine Verfolger ihm noch auf den Fersen waren. Schweiß rann ihm von der Stirn, verklebte ihm das blonde Haar und vermischte sich mit dem Blut aus der Platzwunde, die wieder zu bluten begonnen hatte. Er achtete nicht darauf. Er rannte einfach weiter, bis seine Sinne, die von seiner rasenden Angst bereits völlig verwirrt waren, ihm ihren Dienst versagten. Schwärze übermannte ihn und er brach ohnmächtig zusammen. Blutend blieb er auf dem Waldboden liegen.
So fanden sie ihn. Fast hatten sie ihn aus den Augen verloren, denn er war schneller, als sie es erwartet hatten. Zudem hatten sie viel Zeit mit den drei Kreaturen verbracht, aber das hatten sie für nötig gehalten. Leider war ihnen einer der Fremden entkommen, doch sie konnten nicht noch mehr Zeit auf ihn verschwenden, denn der Mensch schien dringend ihre Hilfe zu brauchen. Außerdem hatten sie sich bereits sehr viel näher an den Waldrand gewagt, als sie es für gewöhnlich taten.
Sie hatten sich auf ihrer täglichen Jagd befunden, hatten einen besonders schönen und prächtigen Hirsch verfolgt, als sie die Geräusche hörten - laute Stimmen, die in einer unbekannten Sprache ertönten, unvorsichtige Schritte, die schnell und wild durch den Wald stampften. Sie hatten sofort gewusst, dass dies keine Angehörigen ihres Volkes sein konnten. Es dauerte nicht lange, bis sie sie erspäht hatten. Zuerst hatten sie ihn gesehen; er war ein Mensch, aber keiner von ihnen. Er

trug Kleidung, die sich von der ihren unterschied, hatte blondes Haar und bewegte sich schnell aber unbedacht vorwärts. Sein Blick war der eines gehetzten Tieres. Dann hatten sie auch seine Verfolger entdeckt und solche Wesen hatten sie noch nie erblickt. Es waren kräftige, graue Kreaturen mit fester Haut und einem gedrungenen Gang.
Sie waren ihnen ein Stück gefolgt, unbemerkt, mit leisen Schritten und unsichtbar hinter den Bäumen verborgen. Einer der Fremden war bereits sehr nahe zu dem Menschen aufgeschlossen und ihm hatten sie schließlich ihre Aufmerksamkeit zukommen lassen.

Als der Fremde sein Opfer erreicht hatte und sich todbringend über den Wehrlosen beugte, konnte Merit nicht anders. Trotz aller Bedenken seiner Gefährten hatte er seine Armbrust angelegt und die abstoßende Kreatur niedergestreckt. Ehe sie sich entschlossen hatten, sich dem Menschen zu offenbaren, denn für gewöhnlich waren sie scheue Wesen, die nicht gerne Fremde in ihrem Wald sahen, hatte dieser bereits seinen Weg fortgesetzt und sie hatten die anderen kommen gehört. Auch diese hatten sie schließlich getötet, denn sie erschienen ihnen gefährlich und ungezügelt.
Dann hatten sie sich erneut auf die Suche nach dem Menschen begeben. Er hatte einen so erbärmlichen und heruntergekommenen Eindruck auf sie gemacht, dass ihr gutes Herz nicht unberührt geblieben war. Zudem war er tiefer in den Wald hinein gelaufen, geradewegs auf ihr Lager zu.
Er war weiter gekommen, als sie vermutet hatten, aber Korin, ihr Vorspäher, mit den besten Augen des ganzen Stammes, hatte ihn gefunden. Behutsam hoben sie ihn auf und trugen ihn in ihr Lager.

Sollas beäugte sie misstrauisch, als die Jäger in ihr Lager zurückkehrten. Ihre Zelte waren in einem großen Kreis aufgestellt; so war es die Sitte ihres Volkes und so bot es dem Lager den besten Schutz. In der Mitte saß der alte, grauhaarige Mann auf seinem Stuhl und beobachtete mit seinen scharfen, klaren Augen das Geschehen, das sich auf dem runden Platz, inmitten ihrer Behausungen, abspielte. Zu seinen Füßen brannte ein Feuer, das ihn wärmte, denn in dem schattigen Wald war es immer ein wenig kühl. Seine Hand stützte er auf einen dicken, knorpeligen Stock. Das Alter hatte ihn gezeichnet, hatte seinen Rücken gebeugt und ihm das Gehen schwer werden lassen, aber sein Verstand war noch im-

mer klar und seine Sinne scharf.
»Wen bringst du uns da, mein Sohn?«, fragte er mit fester Stimme, der das Alter noch nichts hatte anhaben können, als Merit vor ihn trat und sich tief verbeugte. Sollas betrachtete seinen jüngeren Sohn mit einem gutmütigen Blick, ließ seine Augen dann wieder zu dem bewusstlosen Menschen gleiten, den die beiden anderen Jäger auf den weichen, moosbedeckten Boden gebettet hatten, um vor ihrem Ältesten auf die Knie zu gehen.
»Ich kenne ihn nicht, Vater«, antwortete Merit mit der ergebenen Stimme eines guten Sohnes, der nicht nur vor seinem Vater, sondern auch vor dem Oberhaupt seines Stammes stand. Er wusste, dass sein Vater es nicht schätzen würde, dass er einen Fremden in ihr Dorf hatte bringen lassen, aber der Stammesvater war ein gerechter und gutherziger Mensch. Er würde seine Gründe verstehen. »Wir stießen nahe dem Waldrand auf ihn. Er wurde in den Wald gehetzt und eine Meute scheußlich aussehender Kreaturen war hinter ihm her. Ich habe solche Wesen noch niemals zuvor gesehen, aber sie führten nichts Gutes im Schilde, das war ihnen anzusehen. Wir haben einen von ihnen getötet, als er sich auf den Menschen stürzen wollte und zwei weitere, die ihn verfolgten.«
Sollas nickte. »Warum, meinst du, haben sie ihn verfolgt?«
»Auch das weiß ich nicht, Vater«, antwortete Merit und senkte den Kopf. Ihm war klar, dass sein Vater befürchtete, er hätte ihm einen Verbrecher in ihr Lager gebracht. Der Stammesvater sorgte sich sehr um sein Volk. »Aber ich bin der Überzeugung, es ist nichts Böses in ihm.«
Sollas fuhr sich durch den sauber geschnittenen, grauen Bart und brummte kurz, während er nachdachte. »Gut, ich vertraue der Intuition meines Sohnes. Wir werden sehen, ob dieses Vertrauen gerechtfertigt ist. Der Mensch ist nun hier und wir werden uns um ihn kümmern, bis er in der Lage ist, alleine seines Weges zu ziehen. Bringt ihn in ein Zelt und lasst nach der Heilerin rufen!« entschied er. Sein Sohn sah ihn mit dankbaren Augen an. Merit hatte das Schicksal des Mannes mit den verängstigten, blauen Augen sehr bewegt. Er war froh, ihm helfen zu können.

Erneut wurde Herras in eines der aus gegerbtem Tierleder gefertigten Zelte gebracht. Sie betteten ihn auf eine niedrige Holzliege. Eine Wache wurde vor dem Zelt aufgestellt, denn Sollas wollte nicht zu viel

riskieren.
Merit ließ nach der Heilerin schicken, doch diese war nicht aufzufinden. Sie hatte sich in den Wald begeben, um Heilkräuter zu sammeln und wurde so bald nicht zurück erwartet. Dafür eilte ihre Tochter Maleris an das Lager des Bewusstlosen. Das Mädchen befand sich bei ihrer Mutter in der Lehre und verfügte trotz der zwanzig Sommer, die sie zählte, bereits über ein ansehnliches Wissen in der Kunde der Kräuter und Heiltränke.
»Was ist mit ihm geschehen?«, fragte das Mädchen, als sie sich die Wunden des erschöpften Mannes ansah.
»Man hat ihn gejagt«, erklärte Merit, der am Eingang des Zeltes stand und das Tun der jungen Heilerin beobachtete. Er kam nicht dazu, mehr zu sagen, denn Maleris ging davon, um aus den Vorräten ihrer Mutter die benötigten Heilkräuter herbeizuholen. Als sie zurückkehrte, fertigte sie daraus in einem hölzernen Mörser eine feste, streng riechende Paste an.
Herras war noch immer ohnmächtig. Er bemerkte nicht, wie sie ihm die zerrissenen Kleider entfernten. Maleris ließ sich heißes Wasser bringen und wusch vorsichtig das schmutzige Gesicht und den Körper des unbekannten Mannes. Dann trug sie die grüne Paste auf die unzähligen kleinen Wunden auf. Sie würden die Verletzungen reinigen und dabei helfen, schneller zu heilen.
»Mehr kann ich für ihn nicht tun«, sagte Maleris, als sie damit fertig war. »Ich denke, er wird sehr erschöpft sein, wenn er wieder zu sich kommt. Mutter soll sich aber seine Wunden noch einmal ansehen, wenn sie zurückkommt.«
Als Maleris' Mutter in das Lager zurückkehrte, war sie mit der Arbeit ihrer Tochter zufrieden. Auch sie konnte nicht mehr für Herras tun.

Am frühen Abend, als auch das letzte Sonnenlicht aus dem Wald gewichen war und das Lager von vielen Feuern erhellt wurde, erwachte Herras. Merit, der die ganze Zeit nicht von seiner Seite gewichen war, betrachtete den Fremden mit erleichterten aber auch neugierigen Augen, als Herras die seinen flatternd öffnete und sich verwirrt umsah. Eine kleine Fackel erhellte das Zelt und Herras konnte nur dunkle Schatten und wage Umrisse erkennen. Dann sah er Merit an. Herras' Blick war noch trübe und ein wenig verschwommen. Trotzdem konnte er die offenen und ehrlichen grünen Augen in dem von roten Locken umrahmten Gesicht des Waldmenschen erkennen und ihr Ausdruck nahm ihm die Angst, die angesichts der fremden und unbekannten Umgebung in ihm aufgestiegen war. Sein Herzschlag beruhigte sich etwas. Vorsichtig versuchte er, den Kopf zu heben, ließ ihn aber sogleich wieder zurück auf das flache Kissen sinken. Er fühlte sich unsagbar schwer an.

»Wo bin ich?«, fragte er den Mann, der ihn so neugierig musterte, und er bemerkte, wie trocken sein Mund war. Seine Zunge klebte an seinem Gaumen und machte ihm das Sprechen schwer.

»Ihr seid in unserem Lager. Das Lager des Stammes Arond. Ich bin Merit. Sollas, mein Vater, ist das Oberhaupt unseres Stammes und er hat Euch Unterkunft bei uns gewährt, bis Ihr wieder gesund seid.«

Herras empfand die Situation unwirklich. Das Letzte, was er wusste, war, dass er um sein Leben gelaufen war, mit der verzweifelten Gewissheit, diesen Kampf nicht gewinnen zu können, und nun lag er gut behütet in einem, wie er zugeben musste, gemütlichen Zelt und sprach mit einem Mann, der ihm ganz offensichtlich wohl gesonnen war. »Wie bin ich hierher gekommen?«

»Wir haben Euch schon eine ganze Weile beobachtet und bemerkt, in welcher verzweifelten Lage Ihr wart. Als ihr zusammengebrochen seid, haben wir uns Eurer angenommen und Euch hierher gebracht«, antwortete Merit.

»Dann bin ich ihnen also entkommen«, flüsterte Herras leise.

»Ja«, antwortete Merit mit einem dünnen Lächeln, »auch wenn ich zugeben muss, dass es Euch ohne unsere Hilfe wohl nicht gelungen wäre. Es hat nicht viel gefehlt, und sie hätten Euch überwältigt. Aber seid unbesorgt, wir haben die fremden Kreaturen getötet.«

»Dann wart Ihr es, der den Pfeil geschossen hat«, stellte Herras dankbar fest. Er erinnerte sich an den Moment, in dem ihn der Sellag bereits in seinen Krallen hatte.

Merit nickte bestätigend. »Es gibt Leute, die behaupten, ich sei der beste Armbrustschütze unseres Stammes.« Merit sagte diese Worte nicht ohne Stolz.

»Dem kann ich mich nur anschließen. Ich danke Euch, Merit.« Herras war nun klar, was er diesem Fremden zu verdanken hatte.

»Jetzt lasst mich Euch aber eine Frage stellen.« Merit wollte nun endlich auch seinen Wissensdurst gestillt sehen. »Wer seid Ihr und wer waren diese Kreaturen, die Euch verfolgten?«

Der Mensch aus Allendas seufzte. Erst jetzt wurde ihm bewusst, wie unhöflich er war. Er hatte sich seinem Retter noch nicht einmal vorgestellt. Aber die Erschöpfung vernebelte ihm noch immer die Sinne. »Ich bin Herras. Bis gestern war ich Hauptmann der Wachen Hondors, König von Allendas, aber jetzt bin ich nur noch ein einsamer Verfolgter auf der Flucht.« Herras machte eine kurze Pause. Das Reden fiel ihm schwer. »Wer meine Verfolger waren, kann ich Euch auch nicht sagen. Sie fielen gestern Nacht über unser Land her und unterwarfen es gnadenlos.«

»Woher kamen sie?« Merit war beunruhigt über das, was er hörte.

Herras schloss kurz die Augen. »Sie sagten, sie kämen aus dem Gerland-Gebirge, westlich von Allendas, aber wie sie so plötzlich in unser Land eindringen konnten, weiß ich nicht.« Merit konnte sehen, dass Herras das Sprechen anstrengte.

In diesem Augenblick betrat Maleris das Zelt. Die Wache hatte sie herbeirufen lassen und nun brachte sie einen großen Becher mit kaltem Tee, den sie für Herras zubereitet hatte.

»Wie ich sehe, seid Ihr endlich erwacht«, begrüßte sie den Menschen mit sanfter Stimme und ließ sich auf dem Rand der Lagerstatt nieder.

Herras bemerkte ihre fein und elegant geschnittenen Gesichtszüge, ihre großen, grünen Augen und ihre langen, roten Locken. Das Mädchen reichte ihm mit zierlichen Händen den Becher und Merit stützte ihn, als er sich aufrichtete, um in hastigen, kurzen Zügen davon zu trinken. Die Flüssigkeit benetzte seine trockenen Lippen und seinen ausgedörrten Gaumen, stillte seinen brennenden Durst und gab ihm neue Kraft. Dabei machte sie ihn wunderbar schläfrig, und als er auf sein Kissen zurücksank, hatte er das Gefühl, als könne er hundert Jahre und länger schlafen.

Das Mädchen nahm ihm den Becher wieder ab und sah ihn mit einem bezaubernden Lächeln an. »Mein Name ist Maleris. Meine Mutter ist die Heilerin unseres Stammes. Ich hoffe, ich konnte Euch Eure Leiden ein wenig erträglicher machen.«

Erst jetzt blickte Herras an sich herab, sah, dass man ihm seine Kleidung entfernt und seinen Körper mit einer braunen Decke verhüllt hatte. An den unbedeckten Stellen konnte er eine grüne Paste erkennen und er bemerkte, dass er kaum mehr Schmerzen verspürte. Nur seine Müdigkeit erinnerte noch an die Strapazen, die er erlitten hatte.

»Ja, das habt Ihr sehr wohl«, entgegnete er. »Ich bin Herras... » Maleris

hinderte ihn daran, weiter zu sprechen, indem sie einen Zeigefinger an ihre sanft geschwungenen Lippen legte und ihm deutete, still zu sein.
»Ihr solltet nicht so viel sprechen, Herras. Ruht Euch aus. Ihr benötigt Schlaf.« Ihre Stimme verzauberte ihn mit ihrem Klang.
»Ja«, fügte Merit hinzu, »gönnt Euch nun Ruhe. Wir werden später über alles sprechen können.«
Gehorsam schloss Herras seine Augen und es dauerte nicht lange, da war er in einen tiefen, traumlosen Schlaf gefallen.

Herras schlief die ganze Nacht und als er am nächsten Morgen erwachte, fühlte er sich erholt und viel kräftiger. Maleris kam und brachte ihm etwas zu essen. Danach erlaubte sie ihm aufzustehen und umherzuwandern, solange er sich nicht überanstrengte. Sie führte ihn durch das Lager, erzählte ihm viele Dinge über ihr Volk, und Herras bestaunte die Lebensweise dieser fremden Kultur. Die Lemberusken oder auch Waldmenschen, wie sie sich selbst nannten, unterschieden sich völlig von den Allendassern. Sie waren ein Wandervolk und zogen mit ihren Zelten durch den Wald, bis sie eine Stelle fanden, die ihnen gefiel. Dort ließen sie sich dann für einige Zeit nieder. Sie ernährten sich von dem, was ihnen der Wald bot. Herras erfuhr, dass es über einhundert Stämme gab, die auf diese Weise in den weitläufigen Wäldern von Lemberus lebten. Ihre Zahl schwankte, denn immer wieder gab es Gemeinschaften, die sich trennten oder sich zusammenschlossen. Sie teilten sich auf in nördliche und südliche Stämme. Warum das so war, erfuhr Herras allerdings nicht. Der Stamm Andor gehörte zu den südlichen Stämmen. Andor war ein verhältnismäßig kleiner Stamm, er zählte nur an die hundert Waldmenschen. Es gab jedoch auch Stämme, denen sogar weit über fünfhundert Waldmenschen angehörten.
Die Männer waren gekonnte Jäger, die Frauen sammelten Beeren und Kräuter. Alles was sie zum Leben brauchten, fertigten sie aus Holz. Ihre Schwerter und Dolche waren die einzigen Gegenstände, die aus Metall geschmiedet worden waren, stellte Herras überrascht fest und Maleris erklärte ihm, dass sie schon sehr alt waren. Die Lemberusken verfügten nicht über die Fähigkeit, neue Schwerter anzufertigen und sie besaßen auch nicht die Rohstoffe dafür, deshalb pflegten sie die kostbaren Stücke, die bereits seit unzähligen Generationen von Vater zu Sohn weitergeben worden waren.
Herras bewunderte besonders die Bauweise der Zelte. Sie waren aus

graubraunem oder grün eingefärbtem Leder, mit Tiersehnen zusammengenäht und passten sich perfekt ihrer Umgebung an. Zwischen den Bäumen waren sie kaum zu erkennen. Auch ihre Kleidung fertigten die Waldmenschen aus weichem Leder und sie kleideten sich in denselben Farben, sodass sie mühelos zwischen den Bäumen verschwinden konnten. Nur die Haare der Lemberusken waren eine Abwechslung zwischen den Erdtönen, die ihre Umgebung beherrschten. Alle miteinander hatten rotbraunes bis hellrotes Haar, das sich bei den Älteren schneeweiß färbte und sich meist in widerspenstigen Locken wellte. Die Waldmenschen hatten ein freundliches und offenes Gesicht, auf dem sich oft ein breites Lachen zeigte. Überhaupt schienen die Lemberusken friedvolle und fröhliche Geschöpfe zu sein, die gerne lachten. Das ganze Lager war von den Lauten ihrer angenehmen Stimmen erfüllt und hin und wieder stimmten sie ein Lied an, während sie ihrer täglichen Arbeit nachgingen. Kinder liefen spielend und jauchzend zwischen den Erwachsenen herum und es erschien Herras, als müssten sie die glücklichsten und unbeschwertesten Lebewesen auf der Welt sein.
Mitten auf dem großen, von Zelten umschlossenen Platz[6], saß Sollas auf seinem bescheidenen Thron und beobachtete mit wachsamen Augen das Tun seines Volkes. Ab und zu streifte sein wohlwollender Blick Herras, den dieser dankbar erwiderte.
Überhaupt überraschte es Herras, wie freundlich und offenherzig ihn die Gemeinschaft aufnahm. Sie legten ihre Scheu, mit der sie wohl jedem Fremden gegenüber traten (von denen auch nicht sehr oft welche zu ihrem Stamm kamen), schnell ab und begegneten ihm mit liebenswürdigem und großherzigem Gebaren, sodass Herras sich bald als ein willkommener Gast fühlte. Sie ähnelten nicht im Geringsten den Wesen aus dem gruseligen und schaurigen Märchen, die er in seiner Kindheit über die Bewohner des dunklen Waldes gehört hatte.
Maleris stellte ihm viele ihrer Freunde vor und ihm schwirrte bald der Kopf von den vielen ungewohnt klingenden Namen. Er ertappte sich immer wieder dabei, wie er das hübsche und grazile Mädchen mit großen Augen bewunderte. Sie hatte etwas, das ihn magisch in ihren Bann zog, aber er riss sich immer wieder zusammen und zwang sich, seinen Blick abzuwenden.

[6] Insgesamt waren es achtundzwanzig größere und kleinere Zelte, die alle mit dem Eingang zur Mitte hin ausgerichtet waren.

Trotz der angenehmen Lage, in der er sich momentan befand, vergaß Herras nicht sein eigenes Volk und das Leid, das es ertragen musste. Er hatte bereits den festen Entschluss gefasst, zu versuchen, sein Land zu befreien, egal was es ihn kosten würde. Nur wusste er noch nicht, welchen Weg er dafür wählen sollte, denn er war allein und der Feind ihm weit überlegen.
Am frühen Nachmittag kam Merit von einer erfolgreichen Jagd zurück und er zeigte ihm, ein wenig abseits der Zelte, einige Kunststücke mit seiner Armbrust, die er in Herras' Augen beherrschte, wie kein anderer (zugegebenermaßen hatte Herras auch noch niemand anderen mit einer Armbrust umgehen sehen). Dann gab der Waldmensch Herras einige Unterweisungen im Umgang mit seiner Waffe. Der Mensch erwies sich als gelehriger Schüler, denn nach wenigen Schüssen konnte er zumindest leidlich mit der Armbrust umgehen, auch wenn er noch weit davon entfernt war, es mit Merits Künsten aufnehmen zu können. Merit versprach, ihm eine seiner Waffen zu überlassen, wenn der Mensch weiterziehen würde, denn er würde etwas brauchen, mit dem er jagen und sich verteidigen konnte, wenn er allein im Wald unterwegs war. Auch versprach Merit dem Menschen, ihm noch weitere Unterrichtsstunden im Gebrauch der Waffe zu geben, damit er sein erworbenes, leidliches Können noch verbessern konnte.

Als der Abend hereinbrach, kehrten sie in das Lager zurück. Die Vorbereitungen für das gemeinsame Abendmahl waren bereits in vollem Gange und es wurde als selbstverständlich angesehen, dass Herras daran teilnahm. Wenig später nahmen alle in dem großen Kreis auf dem Boden oder auf Baumstämmen und -stümpfen Platz und es wurde in ausgelassener Stimmung das Mahl eingenommen. Es gab gebratenes Fleisch der erlegten Hirsche und Waldhasen, dazu Brot und Gemüse, das aus den gesammelten Pflanzen zubereitet worden war, frisches Quellwasser und kalten Tee. Herras erschien es, als hätte er in seinem Leben nie etwas Besseres gegessen. Der Tag an der frischen Waldluft hatte ihn hungrig gemacht und er griff reichlich zu.
Man hatte ihm den Platz links neben Sollas zugewiesen. Für gewöhnlich war Merit, als jüngerer Sohn des Anführers, dieser Platz vorbestimmt, aber er trat ihn gerne an den Gast ab und begnügte sich mit dem Platz neben Herras. Korin saß rechts von Sollas. Herras erfuhr, dass er Merits älterer Bruder war, und als er näher hinsah, bemerkte er

auch die Ähnlichkeit zwischen den beiden Männern.
Als das Essen beendet war und Herras sich satt und behaglich mit gekreuzten Beinen an einen Baumstumpf zurücklehnte, richtete Sollas das Wort an ihn. Der Stammesvater hatte sich während der Mahlzeit mit seinen Jägern über den vergangenen und die Vorhaben für den kommenden Tag unterhalten, doch jetzt wollte er sich ihrem Gast widmen. Er sah Herras mit klaren und durchdringenden Augen an.
»Nun Herras, jetzt wo wir gegessen und die Bedürfnisse unseres Körpers gestillt haben, wird es Zeit, dass Ihr auch endlich meine Neugier befriedigt«, begann er mit sonorer Stimme. »Mein Sohn berichtete mir, Ihr kämt aus Allendas. Lange hat sich niemand mehr von dort in unseren Wald verirrt. Doch Merit sagte mir auch, dass Ihr nicht freiwillig kamt. Also erzählt mir Eure Geschichte.«
Herras trank einen großen Schluck Wasser aus seinem Becher, um seine Kehle zu befeuchten, und begann, zu erzählen. Er berichtete von dem Angriff auf Alland Pera, ihre Gefangennahme, das Zusammentreffen mit Kalerid, wie er sich für den König ausgegeben und sie ihn zum Waldrand verschleppten hatten, und schließlich darüber, wie er gejagt wurde. Er versuchte, so gut es ging, sich an jede Einzelheit zu erinnern, obwohl er merkte, dass ihm bei der Hetzjagd einige Teile entfallen waren. An diesen Stellen konnte Merit helfend einspringen und die Lücken mit dem, was er beobachtet hatte, füllen.
Sollas hörte ihm aufmerksam zu und als Herras seine Ausführungen beendet hatte, hatten sich die Augen des alten Mannes verfinstert. »Ihr sagt, die Kreaturen seien Euch unbekannt, obwohl sie aus einem Gebirge kamen, das an Euer Land angrenzt?«
Herras machte einen niedergeschlagenen Gesichtsausdruck. »Wir Allendasser haben uns nie sehr viel darum gekümmert, was um uns herum geschah. Selten oder vielleicht sogar niemals hat einer von uns das Land verlassen. Wir haben niemals mit einer Gefahr gerechnet, denn es hat lange Zeit keinen Krieg in unserem Land gegeben. Vielleicht sind wir etwas zu unvorsichtig geworden und verblendet gegenüber dem, was um uns herum alles lauern mag.«
Sollas nickte nachdenklich. »Ja, man neigt schnell dazu, das Schlechte zu vergessen, wenn es einem gut geht.« Der Anführer machte eine kurze Pause und nahm einen Schluck Kräutertee aus seinem Becher. »Wie dem auch sei, auch wir müssen jetzt vorsichtiger sein. Es ist nicht ausgeschlossen, dass diese Kreaturen auch eines Tages über uns herfal-

len werden.«
»Das glaube ich nicht, Vater«, warf Merit ein. »Wir haben nichts, was für sie von Bedeutung sein könnte. Bei uns gibt es keine Häuser und Burgen, die sie in Besitz nehmen könnten. Bei uns würden sie nichts vorfinden, außer Bäumen und Sträuchern und mit denen scheinen sie nicht besonders viel anfangen zu können, wie ich selbst sehen konnte.«
»Mag sein, aber wir müssen uns trotzdem in Acht nehmen.« Es schien, als würde Sollas etwas unausgesprochen in der abendlichen Waldluft stehen lassen und Herras beschlich ein unangenehmes Gefühl, als der Anführer plötzlich das Thema wechselte. »Und was habt Ihr nun vor, Herras?«
Dieser überlegte einen Augenblick. Dann zuckte er entmutigt mit den Schultern. Sein Ziel hatte er klar vor Augen, aber er sah keine Möglichkeit, es zu erreichen.
»Ich werde versuchen, mein Land zu befreien«, antwortete er schließlich. »Nur ist das eine große Aufgabe für einen einzelnen Mann wie mich. Ich bräuchte eine große Zahl guter Krieger oder ein ganzes Heer, um gegen diese Übermacht anzukämpfen. Aber egal, wie lange es dauern mag, oder was es für mich bedeutet, ich werde nicht ruhen, bis Allendas wieder ein freies Land geworden ist. Ich weiß nicht, ob es noch einen lebenden Menschen in meiner Heimat gibt, aber auch wenn alle Allendasser getötet wurden, werde ich nicht aufgeben, bis ich ihren Tod gerächt habe.« Entschlossenheit stand in Herras' Augen, als er diese Worte sprach und als sie an sein eigenes Ohr drangen, wurde ihm bewusst, wie innig sein Wunsch war. Er dachte dabei nicht nur an seine Verwandten, Freunde und an den König, für den er bereit gewesen wäre, in den Tod zu gehen und der nun vielleicht durch die Hände der Feinde den Tod gefunden hatte, er dachte auch an alle anderen Allendasser, die durch den hinterhältigen Überfall der Sellag niedergemetzelt worden waren. Er hatte die Bilder des Scheiterhaufens und der unzähligen Toten vor Augen und fuhr sich kurz mit den Händen durch sein Gesicht, um diese albtraumhaften Eindrücke zu vertreiben.
Sollas musterte ihn mit einem verständnisvollen Blick und schüttelte den Kopf. »In Lemberus werdet Ihr nicht viele kampferprobten Krieger finden«, entgegnete er. »Es würde zudem Tage und Wochen in Anspruch nehmen, bis Ihr alle Stämme zusammengerufen hättet und nur die Wenigsten wären wohl bereit, Euch bei Eurem Unternehmen zu

unterstützen.«
»Ich wünschte, Ihr könntet mir jemanden nennen, der in der Lage wäre, mir zu helfen«, sagte Herras, dessen gerade neu gefundener Mut wieder zu schwinden begann.
Sollas dachte eine ganze Weile nach. Sein Blick reichte in die Ferne und es schien, als versuchte er, sich an etwas zu erinnern. Merit, Korin und Herras musterten ihn erwartungsvoll, als er endlich sagte: »Es gibt ein Königreich weit im Norden mit dem Namen Lohringen. Dort soll ein mächtiger König herrschen. Ich selbst war noch nie dort und hatte auch noch nie Kontakt zu den dort lebenden Menschen, aber die nördlichen Stämme treiben so manchen Handel mit den Lohringern. Ich habe gehört, sie sollen von großem Wuchs und kräftiger Gestalt sein und sie unterhalten ein gewaltiges Heer. Bei ihnen könntet Ihr vielleicht Hilfe erbitten.«
Es dauerte seine Zeit, bis er das Gehörte verarbeitet hatte, dann traf er eine Entscheidung: Er musste sich auf den Weg machen. Dabei empfand er die Vorstellung nicht besonders verlockend, tage- oder gar wochenlang durch die Wildnis zu irren. Noch nie in seinem Leben hatte er eine längere Reise unternommen und er wusste nicht, wie er sich zurechtfinden sollte, aber sein Gewissen und der Gedanke an Allendas siegten über alle seine Bedenken.
»Ich werde gleich morgen früh aufbrechen«, sagte Herras bestimmt. »Wie weit ist es bis Lohringen?«
»Etwa acht Tagesmärsche von hier«, entgegnete Sollas.
»Dann werde ich eine lange Zeit unterwegs sein«, stellte Herras fest und seine Stimme klang nicht mehr ganz so selbstsicher, wie er es sich gewünscht hätte.
»Und ich werde Euch begleiten!«, warf Merit ein, bevor Sollas noch etwas sagen konnte. Dessen Blick verriet sogleich den Unmut über die Worte seines Sohnes, aber Merit blieb davon unbeeindruckt. »Ich kenne den Weg nach Norden, obwohl ich noch nie selbst dort war. Ihr werdet sicherlich etwas Unterstützung gut gebrauchen können.«
Herras schüttelte heftig den Kopf. »Nein, das kann ich nicht annehmen. Ich kann nicht verlangen, dass Ihr Euch mit mir in eine ungewisse Zukunft begebt.« Er musste sich eingestehen, dass es ihm wohler gewesen wäre, wenn der junge Jäger mit ihm gezogen wäre, aber er konnte nicht das Leben eines ihm beinahe völlig fremden Menschen beeinflussen, auch wenn er ihn nach dieser kurzen Zeit sehr zu schätzen gelernt hat-

te.
Merit lächelte. »Für uns ist die Zukunft nicht so ungewiss, wie für Euch.« Der Waldmensch legte ihm freundschaftlich die Hand auf die Schulter. »Ich kenne den Wald und seine Gefahren. Ich bin das Leben hier gewohnt. Allein wäret Ihr in den Wäldern verloren und Euer Unternehmen ohne gute Aussichten.«
»Mein Sohn hat einen sturen Kopf«, fügte Sollas mit einem tadelnden Blick hinzu, der verriet, dass er über den Entschluss seines Sohnes verärgert war. »Das werdet Ihr noch feststellen.« Er machte eine kurze Pause. Dann fuhr er fort: »Es wird wohl vergebene Mühe sein, zu versuchen, ihn von seiner Entscheidung abzubringen, daher gebe ich Euch mein Einverständnis dazu.« Sollas wandte sich an seinen Sohn. »Allerdings unter der Bedingung, dass du Herras nur bis zu den nördlichen Stämmen begleitest. Sie werden ihm den Weg hinein nach Lohringen weisen. Ich erwarte, dass du danach unverzüglich zurückkehrst.«
Merit senkte den Kopf. »Ich werde deinem Wunsch Folge leisten, Vater«, antwortet er mit ergebenem Tonfall.
Bevor Herras etwas zu diesem Gespräch zwischen Vater und Sohn beitragen konnte, ertönte eine weibliche und ihm mittlerweile wohlbekannte Stimme.
»Auch ich werde mit Euch kommen.« Maleris hatte bereits eine ganze Weile hinter den Männern gestanden und alles mit angehört. Der Gedanke, Herras alleine gehen zu lassen, machte ihr das Herz schwer und sie wusste, dass sie es nicht ertragen würde, ihn einsam und schutzlos im Wald zu wissen. Lieber würde sie mit ihm gehen, als im Schutz des sicheren Lagers über sein Schicksal zu grübeln.
»Das kommt gar nicht ihn Frage!«, widersprach Sollas energisch und sein Tonfall ließ dieses Mal keinen Zweifel daran, dass er keinen Widerspruch duldete.
Trotzdem setzte Maleris trotzig nach: »Warum nicht?«
»Weil es zu gefährlich ist. Noch nie ist eine Frau allein, ohne den Schutz ihres Stammes, durch den Wald gezogen.«
»Aber ich wäre nicht allein. Und meine Fähigkeiten könnten Herras und Merit von Vorteil sein.« Das Mädchen gab nicht auf, aber Sollas schüttelte noch immer energisch den Kopf. Sein Blick hatte sich verfinstert. »Du wärest ihnen mehr eine Last, als eine Hilfe. Du wirst hier bleiben und damit ist mein letztes Wort gesprochen, Tochter.«
Herras' Blick fuhr hinauf zu Maleris, als er das letzte Wort vernahm.

Sie hatte ihm nicht erzählt, dass sie die Tochter des Anführers war. Ein trauriger Schatten hatte sich über ihr Gesicht gelegt.
»Wie du wünschst, Vater«, flüsterte sie leise und ging davon.
Sollas nickte zufrieden. »Gut.« Damit war das Thema für den Stammesvater abgeschlossen.
»Gleich morgen bei Sonnenaufgang werden wir losziehen«, hörte Herras Merit voller Begeisterung sagen, die er nicht so recht zu teilen vermochte. Es schien gerade so, als würde sich der junge Waldmensch auf ihr unerwartetes Abenteuer freuen. Herras hoffte nur, dass seine Freude nicht verfrüht war.
»Kommt, wir haben noch einiges zu tun, bevor wir aufbrechen. Wir müssen viele Dinge zusammenzupacken.« Mit diesen Worten stand Merit auf und griff nach Herras' Arm, um ihn mit sich zu ziehen, aber Sollas erhob noch einmal seine Stimme und sie hielten in ihrer Bewegung inne.
»Aber seid vorsichtig!«, warnte der alte Stammesvater und seine Stimme hatte nun einen merkwürdigen Klang. »Nicht überall ist der Wald so friedlich, wie an diesem Ort. Es gibt viele Gefahren, die im ewigen Düstern lauern.«
»Ach, das sind alte Märchen und Schauergeschichten, mit denen man kleine Kinder das Fürchten lehrt.« Merit lachte und machte eine abwinkende Handbewegung. »Mein Vater liebt es, hin und wieder ein wenig zu übertreiben.« Mit diesen Worten wandte sich der junge Mann ab und ging zu seinem Zelt. Doch Herras verharrte noch einen Augenblick. Er erkannte denn ehrlich besorgten Blick des alten Mannes.
»Ich danke Euch für alles, Sollas«, sagte er leise.
Sollas nickte nun langsam und bedächtig. Dann stand auch Herras auf und folgte seinem neuen Weggefährten in dessen Zelt.
Sollas sah ihm lange nach, dann wandte er sich an Korin, der schweigend der Unterhaltung zugehört hatte.
»Lass' die Wachen für diese Nacht verdoppeln!«, wies er seinen älteren Sohn an. »Ich habe kein gutes Gefühl. Diese Sellag, wie sie der Allendasser nannte, werden ihn suchen. Ich glaube, sie sind schon sehr nahe.«
Mit einem kurzen Nicken stand Korin auf, um die Wachaufteilung für diese Nacht zu ändern.

# Kalerid
## II

Kalmog rannte, als ginge es um sein Leben (was aus seiner Sicht auch nicht allzu abwegig war). Er hatte den Rückweg in weniger als zwanzig Kils zurückgelegt. Hätte ihn jemand gesehen, wäre er wohl auf den Gedanken kommen, eine ganze Horde wilder Waldmenschen wäre hinter ihm her. Tatsächlich jedoch war weit und breit kein Verfolger zu sehen.

Als er sich dem Waldrand näherte und bereits die ersten Sonnenstrahlen von der Lichtung durch die Bäume fallen sah, verlangsamte er seine Schritte. Während er schwer nach Luft rang, geriet er mit sich selbst in Zwiespalt. Die Furcht, die ihm im Nacken saß, trieb ihn weiter, hinaus aus dem Wald, in dem unsichtbare Kreaturen mit tödlichen Waffen auf ihn lauerten. Doch der Gedanke, auf Kalerid zu treffen und ihm berichten zu müssen, dass ihnen der König entkommen war, entsetzte ihn nicht weniger.

Für einen Moment dachte der Sellag daran, nach Norden oder Süden auszuweichen und entlang des Waldrandes das Weite zu suchen, aber seinen Gedanken in die Tat umzusetzen, kam ihm nicht in den Sinn. Er war allein und er wusste nicht, wo er hingehen sollte. Sellag waren keine Einzelgänger, sie traten nie alleine auf, denn nur in der Gruppe fühlten sie sich stark. Kalmog hätte nicht gewusst, was er alleine tun sollte.

Dann schoss ihm der Gedanke durch den Kopf, dass er Kalerid einfach belügen könnte. Er könnte seinem Heerführer sagen, dass er den Gefangenen getötet hatte. Aber er verwarf auch diese Idee schnell, denn Kalerid hatte den Kopf des Königs verlangt und er würde kaum eine Ausrede finden, die glaubhaft erklärte, warum er dem Befehl seines Herrn nicht entsprochen hatte. Es blieb ihm nichts anderes übrig, als sich seinem Schicksal zu stellen und zu hoffen, dass Kalerid Gnade gegenüber seiner Feigheit walten lassen würde.

Noch atemlos und mit hängender Zunge stapfte Kalmog nun bedächtig der Lichtung entgegen und trat bald aus den Bäumen heraus in das rötliche Licht der sinkenden Nachmittagssonne.

Kalerid musterte seinen Truppenführer neugierig, als er ihn auf sich zukommen sah. Der neue Herrscher von Allendas hatte sich im Schatten eines der Pferdefuhrwerke auf einem reich verzierten Teppich niedergelassen, der einst als wertvoller Wandbehang gedient hatte, und ließ sich von Marek den mitgebrachten Proviant offerieren.
Die anderen Sellag hatten sich um ihn herum ins Gras gesetzt. Sie hatten ein Lagerfeuer entfacht, über dem ein Feldhase hing. Davon wimmelt es auf der Wiese geradezu. Sie hatten gleich ein Dutzend davon erlegt, denn es war erstaunlich leicht gewesen, sie zu fangen und ihr Fleisch schmeckte den Sellag besser, als das der zähen Bergziegen, von denen sie sich bisher ernährt hatten.
»Was ist los, Kalmog? Warum lässt du den Kopf hängen? Hat ein Anderer dir die Trophäe abgenommen?«, rief Kalerid seinem Truppenführer lachend entgegen und ließ ein großes Stück gebratenes Fleisch in seinem Mund verschwinden.
Kalmog überwand die letzten Schritte, die ihn von der Gruppe trennten, und ließ sich ehrerbietend vor Kalerid auf die Knie sinken.
»Ich wünschte, es wäre so, Majestät.« Mit gesenktem Kopf bereitete er sich auf sein Geständnis vor. »Bedauerlicherweise ist uns der König entkommen.«
Wie erwartet, verfinsterte sich Kalerids Blick sogleich. Er warf die Keule achtlos beiseite, Marek direkt ins Gesicht, dann sprang er mit einem Satz auf seine Hinterbeine. »Wie konnte das geschehen? Wie konntet ihr den Menschen entwischen lassen?«, grollte er und trat dabei auf Kalmog zu.
Vorsichtig hob dieser den Blick und der lodernde Zorn in den gefährlich blitzenden Augen seines Herrn ließ in erzittern.
»Uns trifft keine Schuld, Majestät«, wimmerte er. »Wir wurden unerwartet angegriffen. Es waren Dutzende und sie waren uns weit überlegen. Sie haben alle anderen Truppenführer getötet. Nur mit Glück konnte ich entkommen.« Kalmog vertrat die Ansicht, dass es seiner Lage nicht schaden konnte, ein wenig zu übertreiben. Zudem beschloss er vorsichtshalber, zu verschweigen, dass er zuvor die Hälfte der Truppenführer in blinder Gier selbst niedergestreckt hatte.
»Wer hat euch überfallen?«, fragte Kalerid weiter.
Kalmog schüttelte verzweifelt den Kopf. »Ich weiß es nicht, Herr. Ich konnte sie nicht sehen«, jaulte er und spürte, wie ihm kalter Schweiß auf die Stirn trat.

»Du weißt, dass es Dutzende waren, aber du hast sie nicht gesehen?«, zischte der Heerführer misstrauisch und beugte sich näher an Kalmog heran, um ihn mit stechendem Blick zu mustern.
Kalmog senkte wieder sein Haupt. Er konnte dem durchdringenden Blick Kalerids nicht länger standhalten. Er fühlte sich in die Enge getrieben und die Angst um sein Leben ließ seine Stimme beben. »Sie haben sich verborgen. Keiner von uns konnte sie sehen, aber ihre Pfeile waren überall. Es müssen eine Unmenge gewesen sein.«
»Schweig, du elender Lügner!«, fauchte Kalerid. Er hatte genug von dem Gewinsel. Der König war entkommen und nur das was ausschlaggebend. Was mit seinen Truppenführern geschehen war, war ihm egal. Sie waren überschätzte Schwächlinge, soviel war ihm jetzt klar, und er würde sie ersetzen müssen. Aber auch das war jetzt zweitrangig; er wollte den Kopf des Königs.
Kalmog war bei Kalerids Worten zusammengezuckt. Er duckte sich nun noch mehr in das Gras und hoffte darauf, dass sich unter ihm ein Loch auftun würde, in dem er verschwinden konnte. Seine Befürchtung, dass Kalerid keine Gnade mit ihm walten lassen würde, verfestigte sich immer mehr. »Majestät, ich werde alles tun, um Eure Wünsche zu erfüllen. Gebt mir ein paar Krieger und ich werde Euch nicht nur den König, sondern auch die Kreaturen, die Eure Männer getötet haben, bringen«, bettelte er, in dem elendigen Versuch, Kalerids Zorn zu besänftigen. Doch damit steigerte er die Wut des Heerführers nur noch mehr.
Er umfasste Kalmogs Hals mit festem Griff und zog den stämmigen Truppenführer auf die Füße.
»Du hattest deine Gelegenheit«, zischte er dem zitternden Sellag ins Gesicht, »und du hast sie verspielt. Eine weitere wirst du nicht bekommen.«
Kalerid entblößte seine Reißzähne und ohne eine weitere Vorwarnung versenkte er sie tief in Kalmogs Hals. Dem Truppenführer entfuhr ein letzter, schriller Schrei, dann sackte er in sich zusammen. Kalerid ließ ihn los und Kalmogs Körper sank leblos zu Boden. Mit weit aufgerissenen, glasigen Augen und zerfetzter Kehle lag der Sellag im Gras.
Für einen kurzen Augenblick hatte Kalerid das befriedigende Gefühl, Vergeltung geübt zu haben, aber es hielt nicht lange an, denn sein Ziel hatte er dadurch noch nicht erreicht. Die anderen Sellag hatten sich, während der makaber geendeten Unterhaltung zwischen dem Heerführer und Kalmog, ein Stück zurückgezogen und hockten nun schwei-

gend zusammen. Wenn sie auch nicht zimperlich waren, so wussten sie doch, dass nun ein Moment gekommen war, in dem es von Vorteil war, nicht unnötig aufzufallen.

In einer geschmeidigen Bewegung wandte Kalerid sich um und sein Blick fiel geradewegs auf Marek.

»Du... », Er deutet mit einem langen Finger auf seinen Lakaien und dieser erhob sich hastig, »du wirst den König verfolgen und mir seinen Kopf bringen. Wähle dir einen Trupp aus den anwesenden Kriegern aus und dann zieht los. Kommt nicht eher wieder, bis ihr ihn gefunden und getötet habt. Wenn es dir gelingt, werde ich dich zu meinem Stellvertreter ernennen. Die anderen werde ich reich belohnen. Solltet ihr allerdings versagen, dann werdet ihr das Schicksal mit diesem Feigling teilen, sofern ihr es wagt, mir nochmals lebend unter die Augen zu treten.«

Mareks Blick irrte zwischen dem toten Kalmog, dessen Blut langsam im Gras versickerte, und Kalerid, der ihn um ein ganzes Stück überragte und mit lodernden Augen auf ihn herabstarrte, hin und her. Das erste Gefühl, das Marek durchschoss, als er die Worte seines Herrn vernahm, war blankes Entsetzen. Doch schnell folgte Stolz und letztendlich kroch auch Mareks Mut wieder aus der hinteren Ecke seiner Eingeweide hervor, wo er sich instinktiv versteckt hatte. Endlich war seine Zeit gekommen. Lange hatte er ergeben und aufopferungsvoll dem Herrscher gedient und nun bekam er die Gelegenheit, für all seine Mühen und Entbehrungen angemessen entlohnt zu werden. Er musste nur noch diese letzte Hürde überwinden.

Marek war kleiner als die meisten Sellag, aber er war zäh. Zudem war er klüger und handelte bedachter, als die anderen Angehörigen seines Volkes. Das wusste auch Kalerid, und diese Eigenschaften würde er sich zum Vorteil machen.

»Ich werde Euch nicht enttäuschen, Herr«, sagte Marek und verbeugte sich tief. Kalerid nickte zufrieden. »Das hoffe ich für dich!«

Bald hatte Marek sieben Krieger ausgewählt, die ihn begleiten würden. Kalerid gewährte ihnen einen Teil des Proviants und eine angemessene Anzahl an Waffen. Ungefähr zwanzig Kils später zogen sie in den Wald hinein, um die Spuren des Königs und der gescheiterten Truppenführer zu verfolgen.

Kaum, dass Marek und seine Krieger zwischen den Bäumen verschwunden waren, gab Kalerid den Befehl, den Rückweg nach Alland

Pera anzutreten. Er konnte nicht noch länger untätig an diesem Ort herumsitzen, und schon gar nicht konnte er bis zu Mareks Wiederkehr warten. Es gab noch andere, und vielleicht sogar weitaus wichtigere Angelegenheiten, um die es sich zu kümmern galt.

# Marek

## I

Bedächtig setzten sie einen Schritt vor den anderen. Marek schritt voran und seine Krieger folgten ihm weit verstreut und in einigem Abstand. Marek hatte sie angewiesen, ihre Blicke umherschweifen zu lassen, damit ihnen nichts entgehen würde, was sie auf die Spur des Menschen bringen konnte. Da Sellag keinen ausgeprägten Geruchssinn vorweisen konnten, mussten sie sich auf das verlassen, was sie mit ihren dafür umso schärferen Augen zu sehen vermochten.
So folgten sie den Pfaden, die von den Truppenführern vor kurzem in das Unterholz getrampelt worden waren und es dauerte nicht lange, da erreichten sie die Stelle, an der sich die ersten beiden Sellag gegenseitig umgebracht hatten. Da nichts zu erkennen war, was darauf schließen ließ, dass ihr Ableben von dem Zutun der geheimnisvollen Fremden herrührte, zogen die Krieger weiter.
Wenig später fanden sie den dritten, von Kalmog erschlagenen Truppenführer, kurz darauf den vierten. Als sie schließlich auch den Sellag mit dem zerschmetterten Schädel und dann Kalmogs letztes Opfer hinter sich gelassen hatten, waren sie mit ihren Erkenntnissen noch keinen Schritt weiter. Doch zumindest blieb ihnen die Gewissheit, dass sie sich noch immer auf dem richtigen Weg befanden.
Nun erreichten sie den Ort, an dem sie die Leichen von Kornos und den beiden letzten Truppenführern fanden und zum ersten Mal begann Marek zu glauben, dass es sich bei Kalmogs Schilderung nicht nur um eine Lüge gehandelt hatte. Er zog Korin den kurzen, aber kräftigen Pfeil aus dem Rücken und betrachtete ihn genau. Die Machart dieses Geschosses war ihm völlig unbekannt und es wurde ihm schlagartig bewusst, dass sie möglicherweise wirklich nicht allein in diesem Wald waren, auch wenn Kalmog mit den Angaben zur Anzahl und Stärke der Gegner eindeutig übertrieben zu haben schien.
Jetzt sahen sich Marek und seine Gefolgsleute einem neuen Problem gegenüber: An dieser Stelle riss die Spur ab. Es gab keine weiteren Anhaltspunkte, in welche Richtung der König gelaufen sein konnte. Egal, wie weit Marek seine Krieger ausschwärmen ließ und ganz gleichgül-

tig, wie sorgfältig sie jedes Barret des Waldbodens absuchten, sie fanden nichts, was ihnen weiterhalf.
Mittlerweile war der Abend vorbeigezogen und die Nacht hereingebrochen. War der Wald bisher nur düster gewesen, so war es nun so finster, dass sie kaum ihre Hände vor Augen sehen konnten.
Marek sah sich gezwungen, eine Entscheidung zu treffen. Es widersprach seinem Instinkt und seiner Gier, die Verfolgung für diesen Tag aufzugeben und auszuharren, bis die Sonne wieder aufging. Außerdem würde er dem König damit die Gelegenheit geben, seinen Vorsprung noch weiter auszubauen. Andererseits schien es Marek zu gefährlich, seine Männer weiterhin ausschwärmen zu lassen, denn in der schwarzen Dunkelheit waren sie den verborgenen Feinden schutzlos ausgeliefert. Daher rief er die Krieger zusammen und befahl, dass sie gemeinsam weitergehen würden. Einige seiner Gefolgsleute murrten. Es war ihnen nicht wohl bei dem Gedanken, in der Schwärze der Nacht und vor den (möglicherweise sehr viel besseren) Augen der unsichtbaren Feinde durch den Wald zu marschieren. Aber Marek blieb unnachgiebig und so blieb ihnen nur zu hoffen, dass die Bogenschützen im Dunklen ebenso wenig sehen konnten, wie sie selbst.
Marek bestimmte die Richtung und ging voran. Er hatte sich entschlossen, ein wenig nach Süden abzuweichen, denn dort war, soweit er es erkennen konnte, der Wald ein wenig lichter und die Bäume standen nicht ganz so dicht beieinander. Auch war das Unterholz nicht so hoch. Der König würde wohl den einfachsten Weg gewählt haben.
So kämpften sich die Sellag stolpernd und knurrend Schritt für Schritt voran und sahen kaum den Waldboden unter ihren Füßen. Sie bückten sich tief zu Boden und liefen zumeist auf Händen und Füßen, in dem aussichtslosen Versuch, eine Spur des entflohenen Königs zu finden. Die Zeit verstrich erbarmungslos.

Als die Sonne am Ende des nächsten Tages unterging, hatten auch die Zähesten der Sellag-Krieger den Mut verloren. Sie litten an Hunger und Müdigkeit. Marek gestattete ihnen, ihren Durst an den dünnen Rinnsalen oder kleinen Bächen zu stillen, die den Wald kreuzten, aber er gestand ihnen keine Rast zu. Der Proviant, den sie mitgenommen hatten, war bereits jetzt fast völlig aufgebraucht und sie würden bald verweilen müssen, um etwas Essbares zu erlegen.
Marek stampfte mit der Entschlossenheit eines Verzweifelten voran. Es

hatte sich bereits früh, schon als die ersten Sonnenstrahlen nur dürftig den Wald erhellten, abgezeichnet, dass er wohl den falschen Weg gewählt hatte. Weit und breit gab es keine Spuren, die auf den Verbleib des Königs hingewiesen hätten. Zu allem Unglück hatte Marek im Laufe der Nacht in der unbekannten Umgebung und dem ungewohnten Gelände gänzlich die Orientierung verloren. Sie hatten mehrfach die Richtung gewechselt und trotzdem hatte der Sellag das Gefühl, im Kreis gelaufen zu sein.

Als das rare Sonnenlicht, das durch die wenigen Lücken der Äste fiel, bereits wieder fahler wurde, hatte auch eine hinterlistige und falsche Kreatur wie Marek einmal Glück. Er war kurz davor, das Unternehmen für diesen Tag abzubrechen und einen Lagerplatz für die Nacht zu suchen, als er den Klang heller Stimmen vernahm. Sie konnten nicht weit entfernt sein. Seinen Kriegern entgingen sie ebenfalls nicht und ein aufgeregtes Gemurmel machte sich unter den Sellag breit. Marek deutete ihnen, zu schweigen. Dann pirschten sie sich so leise, wie es ihnen möglich war, heran.

Bald erspähten sie ein Lager, dessen braune und grüne Zelte sich so unauffällig dem Walde anpassten, dass es den Sellag wahrscheinlich entgangen wäre, hätten seine Bewohner nicht unbekümmert gesungen und gelacht.

Sie schlichen sich noch ein wenig näher heran. Nahe genug, dass sie sehen konnten, was in der Mitte des großen Zeltkreises vor sich ging. Geduckt hinter Bäumen und Sträuchern, spähten die Sellag gebannt durch die Lücken zwischen den Zelten, aber den König entdeckten sie nicht.

Doch gerade, bevor in Marek auch noch der letzte Funke Hoffnung erlöschen konnte, betrat der Gejagte plötzlich den Platz. Gefolgt von einem der merkwürdig gekleideten Lagerbewohner, ließ sich der ‚König' neben dem vermeintlichen Anführer der Lagerbewohner zum Essen nieder.

Marek stieß einen fauchenden Laut der Freude aus, als er ihn erblickte. Er fühlte sich seinem Ziel näher, als jemals zuvor (was er zugegebenermaßen in diesem Moment auch war). Nur noch ein paar Meter und mehrere Dutzend der fremden Kreaturen trennten ihn von der Belohnung für all das, was er in seinem Leben hatte erdulden müssen. Beflügelt von seinen hoffnungsvollen Aussichten, schmiedete er seinen Plan und deutete seinem Gefolge, bis zum Einbruch der Nacht auszuharren.

# Herras
## III

Herras bewunderte den Mut, mit dem Merit ihrem Vorhaben entgegenblickte. Man konnte geradezu sagen, dass der Waldmensch mit Begeisterung dabei war, das Nötigste zusammenzusuchen. Er besorgte einen Rucksack für Herras, der aus widerstandsfähigem braunen Leder gefertigt war. Dann packte er so lange Proviant und Feuersteine hinein, bis die Nähte zu platzen drohten. Als er damit fertig war, hob Merit die Säcke prüfend an und stellte zufrieden fest, dass sie trotzdem nicht zu schwer waren. Herras betrachtete sein Tun eine Weile schweigend.
»Warum freut ihr Euch so auf das, was auf uns zukommen wird?, fragte der Allendasser schließlich, dem es gar nicht wohl bei der Vorstellung war, auf eine solch lange Wanderung zu gehen. Aber im Gegensatz zu Merit hatte er keine andere Wahl. »Euer Vater sagte, es können eine Menge Gefahren dort draußen lauern«
»Wisst Ihr, Herras«, entgegnete der Jäger mit einem breiten Lächeln, »mein Vater ist ein alter Mann und er hält gerne an den alten Geschichten und Sagen unseres Volkes fest.« Merit griff nach seinem Gürtel, an dem ein kurzes Schwert befestigt war, und überprüfte ihn, während er fortfuhr: »Allerdings könnte in allem auch ein Funken Wahrheit stecken. Genau das werden wir herausfinden.« Er legte den Gürtel sorgfältig neben seinen Rucksack und nahm seine Armbrust zur Hand, bevor er Herras ansah. »Ich habe mein ganzes Leben auf diese Gelegenheit gewartet. Solange ich denken kann, habe ich gut behütet in der Gemeinschaft unseres Stammes gelebt. Nie ist mir ein wirkliches Abenteuer widerfahren. Als Kind habe ich gebannt den alten Geschichten über die einsamen Jäger gelauscht, die nur auf sich alleine gestellt durch den Wald streiften und den haarsträubendsten Gefahren ins Auge blicken mussten. Ich habe mir immer gewünscht, auch irgendwann einmal so wie sie zu sein, aber mein Vater hat mich nie gehen lassen. Er hat mir immer meine Verantwortung dem Stamm gegenüber vorgehalten, obwohl Korin sein Nachfolger sein wird. Doch jetzt lässt er mich ziehen und ich werde mein Glück nicht lange hinterfragen.«
»Dann können wir nur hoffen, dass Euer Glück uns auch auf unse-

rem Weg hold sein wird.« Herras konnte Merits Vorfreude noch immer nicht teilen. Schon jetzt wünschte er sich zurück in das friedliche Alland Pera, wo er sein ganzes Leben verbracht hatte. Aber er wusste, dass er einen weiten Weg gehen musste, bis vielleicht eines Tages alles wieder wie früher sein würde.

Er spürte, wie Merit ihm die Hand auf die Schulter legte. »Macht Euch nicht zu viele Sorgen, mein Freund. Auch wenn ich nie weit aus dieser Region herausgekommen bin und ich nie den Norden unseres Landes besucht habe, so weiß ich doch, dass es keine Gefahren gibt, die wir nicht überwinden können, wenn wir zusammenhalten. Seht die Zukunft nicht so schwarz.«

Herras nickte nur und es erschien Merit, als wären die trüben Gedanken seines neuen Weggefährten weit entfernt, an einem anderen Ort. Er beschloss, Herras ein wenig aufzumuntern und griff unter seine Lagerstatt, um etwas hervorzuholen, was er für ihn zurechtgelegt hatte. »Das möchte ich Euch schenken. Vielleicht könnt Ihr sie während unserer Reise gebrauchen, auch wenn wir Euren Umgang damit noch ein wenig verbessern müssen.« Er überreichte Herras die beiden Gegenstände feierlich und dieser betrachtete sie ehrfürchtig. Es handelte sich um eine fein geschnitzte Armbrust, die überraschend leicht war, obwohl sie aus massivem Holz gefertigt zu sein schien, und einen Ledergürtel mit einem Kurzschwert, der dem Merits glich.

Rührung stand in Herras' Augen. »Das kann ich nicht annehmen.«

Merit winkte ab. »Ihr müsst! Ich habe Euch versprochen, dass ich Euch eine Armbrust schenke und ein Versprechen ist in unserem Stamm bindend. Außerdem kam man nicht in den Wald hinausziehen, ohne eine anständige Armbrust und ein Schwert bei sich zu haben.«

»Danke.« Mehr brachte Herras nicht hervor. Er hielt noch für eine Weile die Geschenke andächtig in den Händen, dann legte er sie behutsam neben den Rucksack, den Merit für ihn gepackt hatte.

»Wir sollten uns nun schlafen legen!«, bemerkte Merit nach einer Weile des Schweigens und Herras stimmte ihm zu.

»Ich wünsche Euch eine gute Nacht!«, sagte er und schlug die Zeltplane zurück.

»Das wünsche ich Euch auch, Herras«, rief Merit ihm nach, »und macht Euch nicht zu viele Gedanken heut' Nacht.«

Mit einem letzten, kurzen Blick über die Schulter, verließ Herras das Zelt. Im Lager war es bereits ruhig geworden, als er durch die Bäume

zu seiner Unterkunft ging.
Es dauerte lange, bis er in in einen unruhigen Schlaf fiel.
Die Nacht lag schwarz über dem Lager. Die meisten der Feuerstellen waren bereits erloschen, als Korin ein leises Rascheln in den Gebüschen, nicht unweit der Zelte, vernahm. Zuerst hielt er es für einen Fuchs oder ein anderes Tier, das sich, durch den Geruch des gebratenen Fleisches angelockt, so nahe an das Lager herangewagt hatte, aber als er den grauen Schatten sah, der sich schnell und auf zwei Beinen dem Lager näherte, wurde ihm klar, dass es sich um kein Tier handelte. Zwei weitere Schatten folgten dem ersten.

Marek hatte einen ausgefeilten Plan, soweit es ihm mit den beschränkten Mitteln, die ihm zu Verfügung standen, möglich war. Drei seiner Männer würden die Vorhut bilden. Sie würden sich von einer Seite an den Zeltkreis heranpirschen, bis sie entdeckt wurden, und Marek zweifelte nicht daran, dass dies schnell geschehen würde. Dann, wenn die Wachen ihnen ihre volle Aufmerksamkeit widmeten, würde Marek mit den restlichen fünf Sellag von der anderen Seite in das Lager eindringen. Ihre Aufgabe bestand ausschließlich darin, den König zu finden. Marek wusste, dass seine Strategie verheerende Verluste in den Reihen seiner Krieger zur Folge haben würde, aber das konnte ihm gleichgültig sein. Sein Ziel war der Kopf des Königs. Ihn musste er in den Händen halten und lebend zu seinem Herrn zurückkehren. Alles andere war nicht von Bedeutung und Kalerid würde nicht nach seinen Kriegern fragen, wenn er ihm den Kopf des Königs brachte.

Sie waren bereits ein deutliches Stück näher gekommen, als Korin ihre gezückten Schwerter im Schein des Lagerfeuers glänzen sehen konnte. Ihre Augen und Zähne glitzerten hell in der Dunkelheit.
Korin hob seine Armbrust und schoss den ersten Pfeil, noch während er die Wachen zusammenrief. In der Dunkelheit verfehlte das Geschoss sein Ziel, doch der zweite Pfeil traf. Die erste der grauen Kreaturen brach während des Laufens zusammen. Mittlerweile hatten sich auch die anderen Wachen um Korin geschart und ein ganzer Schwarm von Pfeilen hagelte auf die verbliebenen zwei Eindringlinge nieder.
Trotzdem gelang es zumindest einem der beiden Krieger, sich bis zur Reihe der Wachen durchzuschlagen und obwohl bereits zwei Pfeile seine dicke Haut durchstoßen hatten, hob er mit letzter Kraft sein

Schwert. Sein mächtiger Hieb traf Korin unerwartet, der vom Schmerz betäubt und blutend zusammenbrach. Dann durchdrang ein gezielter Schuss den Schädel des Sellag.

Die Schreie der Wachen hatten die Lagerbewohner geweckt und so kam Mareks Überraschungsangriff nicht so überraschend, wie dieser es sich erhofft hatte. Mit gezückten Schwertern und schussbereiten Waffen kamen sie aus ihren Zelten und noch ehe der Sellag und seine Gefolgsleute das Lager betreten hatten, sahen sie sich bereits in Bedrängnis. Trotz ihrer schlechten Lage gaben die Sellag nicht auf. Sie schlugen mit ihren Schwertern wahllos auf die Menschen ein und versuchten, sich zum König durchzuschlagen, der ein Stück von ihnen entfernt stand.

Herras war durch die Unruhen aus seinem ohnehin leichten Schlaf gerissen worden und sogleich mit einer schrecklichen Vorahnung hinaus ins Freie gestürzt. Dort war Merit bereits zur Stelle gewesen und hatte ihm Schwert und Armbrust gereicht. Nun bezogen beide, Seite an Seite, Stellung auf einem umgefallenen Baumstamm. Von dieser Erhöhung konnten sie die Eindringlinge leichter im Auge behalten.

Marek erkannte schnell die Aussichtslosigkeit seines Unterfangens. Er kam nicht näher als fünfzehn Barret an den König heran und die Pfeile der Lagerbewohner zischten oft nur knapp an seinen Ohren vorbei. Er hatte, abgesehen von den drei Sellag der Vorhut, auch auf seiner Seite zwei Krieger verloren und so sah er sich gezwungen, den Rückzug anzutreten. Er stieß einen kurzen, schrillen Schrei aus und die verbliebenen drei Krieger folgten ihm, als er sich umdrehte und im Wald verschwand.

Die Waldmenschen folgten ihnen, aber in der Finsternis der Nacht hatten sie die fremden Kreaturen bald verloren. Niedergeschlagen kehrten sie zurück und machten sich daran, bei der Versorgung der Verletzten zu helfen.
Für eine Weile saß Herras benommen auf dem Baumstamm. Er konnte nicht fassen, was geschehen war, konnte nicht begreifen, dass sie ihn gefunden und das Lager angegriffen hatten. Er beobachtete die Verletzten und wie sich ihre Angehörigen um sie kümmerten. In Herras' Kopf hämmerte nur noch ein einziger Gedanke: Es war seine Schuld.

Beunruhigt sah er sich um. Plötzlich dachte er an Maleris und ihm wurde bewusst, dass er das Mädchen nirgendwo gesehen hatte. Er wollte wissen, ob es ihr gut ging. Plötzlich entdeckte er sie ein Stück entfernt. Sie schien wohlauf zu sein und kümmerte sich um einen Verwundeten. Herras wurde das Herz ein wenig leichter.

Auf der anderen Seite des Zeltkreises sah Herras Korin liegen. Sein Arm blutete stark. Der Allendasser stand auf und ging mit weichen Knien zu ihm herüber. Merit, Sollas und einige Wachen standen bereits um ihn herum und Herras konnte Besorgnis in ihren Augen erkennen, als er an die Gruppe herantrat.

Rulind, die Heilerin und Maleris' Mutter, hatte sich über Korin gebeugt und behandelte seine Wunde mit getrockneten Kräutern, mit deren Blättern sie den tiefen Riss in seinem Arm bedeckte. Das Gesicht des Jägers war schmerzverzerrt und aschfahl, aber er war bei Bewusstsein und seine Augen waren klar. Ein gutes Zeichen, wie selbst Herras wusste, und er fühlte Erleichterung in sich aufsteigen.

»Er wird durchkommen«, sagte Rulind schließlich, als sie sich aufrichtete und zwei der Wachen ein Zeichen gab, Korin fortzubringen. »Seine Wunde ist tief, aber sie wird heilen.«

Herras glaubte, Sollas aufatmen hören zu können. Gemeinsam blickten sie Korin nach, als dieser in eines der Zelte getragen wurde. Dann sah der alte Stammesvater Herras an und seine Augen waren dunkel. In diesem Augenblick war nichts mehr von der Freundlichkeit und dem Wohlwollen darin zu erkennen, mit dem er Herras am Abend bedacht hatte. Herras verstand ihn.

»Ihr habt Leid über unser Lager gebracht, Herras«, sagte Sollas mit eisiger Stimme. »Seit Langem hatten wir keine Feinde mehr zu fürchten. Nun habt Ihr sie zu uns geführt.«

Herras senkte schuldbewusst den Kopf. »Ich bitte Euch um Verzeihung, Sollas. Ich bin mir bewusst, dass ich für das, was geschehen ist, ganz allein verantwortlich bin. Aber Ihr müsst mir glauben, dass ich...«

»Ich weiß, dass es nicht Eure Absicht war, und, dass Ihr nicht für das Geschehene zur Rechenschaft gezogen werden könnt«, unterbrach Sollas ihn brüsk. »Doch Ihr müsst nun unseren Stamm verlassen. Ich kann Euch nicht länger Unterkunft in meinem Lager gewähren. Noch hat niemand sein Leben verloren, aber man kann nicht wissen, was noch geschehen mag. Ich wünsche Euch alles Gute für die Zukunft.« Er ließ Herras keinen Zweifel daran, dass sein Entschluss feststand.

»Ich werde sogleich losziehen«, erwiderte Herras niedergeschlagen.
»*Wir* werden losziehen!«, fügte Merit bestimmt hinzu und spürte Herras' überraschten Blick auf sich ruhen. Der Mensch hatte nicht damit gerechnet, dass Merit ihm nach dem, was geschehen war, noch immer beistehen würde.
»Mein Sohn wird Euch begleiten. Mit ihm habt Ihr die beste Unterstützung, die ihr Euch wünschen könnt«, fügte Sollas hinzu.
»Ich danke Euch, Sollas, für alles, was Ihr für mich getan habt.« Herras wandte sich ab und ging, um seine Habe zu holen. Merit machte sich daran, ihm zu folgen, aber Sollas' Blick ließ ihn noch einen Moment verharren.
»Sei achtsam!«, sagte sein Vater und Sorge lag in seinen Worten.
Merit nickte kurz und ein zuversichtliches Lächeln umspielte seine Lippen. »Das werde ich sein, Vater, und ich werde bald zurückkehren.« Sie reichten sich die Hände, so wie es zwischen Vater und Sohn üblich war.

# Hondor
## III

Ein langer, zermürbender Tag war vergangen, ohne, dass sich etwas an der Lage der Gefangenen verändert hätte. Erst, als erneut die Nacht über Alland Pera hereingebrochen war, kamen sie, um ihn zu holen. Dieses Mal gewährten sie ihm die Gunst, sich auf seinen eigenen Beinen zu bewegen, was sich durch die Fußfesseln jedoch als hoffnungsloses Unterfangen erwies. Die Wachen stießen ihn hinauf in den Thronsaal. Mit einem dumpfen Schlag fiel er dort zu Boden. Seine Gelenke waren von den Fesseln wund gescheuert und offen. Seine Hände und Füße waren blutleer, seine Muskeln verspannt und verkrampft. So blieb er regungslos liegen. Nur mit Mühe konnte er seinen Kopf heben. Sein Thron war verlassen und Kalerid offenbar nicht anwesend.
Hondor brauchte jedoch nicht lange zu warten. Bald kam Unruhe bei den anwesenden Sellag auf und er vernahm, wie die große Tür aufgestoßen wurde.
Kalerid betrat den Saal und begab sich gemächlichen Schrittes zu seinem Thron. Sein Gesicht mit der vorstehenden Nase und dem breiten Mund quoll über vor Selbstzufriedenheit und war zu einem hässlichen Grinsen verzogen. Hondor beobachtete den Sellag, wie er sich langsam auf den hölzernen Stuhl sinken ließ, und er zweifelte nicht daran, dass Kalerids Freude auf dem Schicksal beruhte, das Herras ereilt hatte.
Nichts konnte Hondor verraten, dass er sich irrte, aber er tat es. Innerlich war Kalerid jedoch noch immer erzürnt über den Verlauf dieser Angelegenheit. Auch war ihm vor kurzem aufgefallen, dass er in der Ausführung seiner Rache gegen den König einen Fehler gemacht hatte: Er hätte ihn zuerst verhören müssen, bevor er ihn seinem gerechten Ende zugeführt hatte, aber dazu war es jetzt zu spät. Kalerids Blick klebte an dem geschundenen Mann zu seinem Füßen. Vielleicht konnte auch er ihm sagen, was er wissen wollte.
*Der Schatz!* Kalerids Augen leuchteten bei dem Gedanken an ihn. Unzählige Male hatte sein Vater ihm von dem unermesslichen Reichtum erzählt, der in Allendas verborgen lag. Er war sicher verwahrt und wartete seit fast tausend Jahren darauf, wiedergefunden zu werden.

Woher der Schatz kam, wusste heute niemand mehr. Er hatte schon immer zu Allendas gehört. Früher war er im Schloss von Alland Pera aufbewahrt worden, auch zur Zeit der Versklavung war es noch so gewesen. Wenige hatten ihn jemals gesehen. Vor der Belagerung hatten nur die Könige das Recht, die Schatzkammern aufzusuchen und den Muteral, wie der Schatz auch genannt wurde, zu erblicken, doch jeder in Allendas wusste, dass es ihn gab. Später waren es nur die größten Fürsten der Belagerer, die ihn zu sehen bekamen. Nach der Befreiung, als Helaras das Land erlöst und den Thron bestiegen hatte, verschwand der Schatz. Er wurde aus Alland Pera weggeschafft, König Helaras hatte es so gewollt. Außer einigen Wenigen wusste niemand, wohin, und so, wie der Muteral aus den Schatzkammern des Schlosses verschwunden war, so war er bald auch aus den Köpfen der Allendasser verschwunden, bis schließlich kaum jemand verblieben war, der wusste, dass er einst existiert hatte.

Kalerid klatschte in die Hände und Rofin eilte herbei. Der kleine, aber stämmige Sellag hatte nun Mareks Stellung eingenommen. Mit gebeugtem Rücken näherte er sich seinem Herrn. In seinen Händen hielt er eine kleine Truhe, die aus rötlich schimmerndem Holz gefertigt war. Das gute Stück war eindeutig kostbar und schon sehr alt, aber man hatte es gut gepflegt, denn nicht ein einziger Kratzer verschandelte seine blank polierte Oberfläche. Rofin reichte Kalerid das Kästchen. Der Heerführer nahm es mit erstaunlicher Behutsamkeit entgegen. Mit gesenktem Blick zog Rofin sich wieder ein Stück zurück und blieb neben dem Thron seines Herrn stehen. Ehrfurcht stand in seinen Augen, als er den Kopf hob; er schien zu wissen, was nun geschehen würde.

Hondor blieb der Sinn des Ganzen jedoch noch verborgen. Bisher hatte ihn Kalerid weitgehend ignoriert.

Behutsam öffnete der sellagische Heerführer die kleine Truhe mit den dunklen Eisenbeschlägen und entnahm ein zusammengerolltes, vergilbtes Stück Leder.

Unvermittelt wandte er sich Hondor zu. Es war ihm unter größten Anstrengungen gelungen, sich umzudrehen und aufzurichten. Nun kniete er vor dem Heerführer und Schweiß stand auf seiner Stirn, als dieser ihn mit einem beinahe wohlwollenden Blick musterte.

»Du weißt von dem Schatz?«, fragte Kalerid den gefallenen König, den er noch immer für dessen Hauptmann hielt, beiläufig, als würde er ein geselliges Gespräch mit einem Freund führen, und entrollte dabei acht-

sam die Schriftrolle.
Ja, Hondor hatte schon von dem Muteral gehört, wenn es dieser Schatz war, von dem Kalerid sprach. Aber alles, was er jemals davon gehört hatte, waren Legenden, die so alt waren wie sein Geschlecht. Niemand wusste, wohin der Muteral gebracht worden war, nachdem er Alland Pera verlassen hatte. Die Geschichte erzählte, dass von Helaras eine Karte angefertigt worden war, aber auch ihr Verbleib war so unbekannt wie der des Schatzes selbst.
Misstrauisch und mit vorgetäuschtem Unverständnis in den Augen, erwiderte Hondor Kalerids Blick. »Von welchem Schatz sprecht Ihr?«
Er hatte offensichtlich den falschen Weg gewählt, als er sich entschlossen hatte, Unwissenheit vorzugeben. Mit einem Schlag verlor Kalerid seine Beherrschung und beugte sich zu ihm herab.
»Welchen Schatz!?!«, wiederholte er fauchend. »Muss man euch elenden Nichtnutzen wahrhaftig alles erklären?«
Hondor wich ein Stück zurück, denn er befürchtete, Kalerid würde ihm sogleich an die Kehle springen, und fiel dabei beinahe hinten über.
Kalerid atmete mehrmals pfeifend tief durch und blies dabei Hondor seinen stinkenden Atem ins Gesicht. Nur langsam fand er wieder seine Beherrschung.
»*Diesen* Schatz meine ich. Den Schatz, den man Muteral nennt.« Der Heerführer hielt Hondor das entrollte Leder dicht vor das Gesicht. Der König erkannte, dass es sich um eine Karte handelte. Sie zeigte eine aufwändige, wenn auch alte Darstellung von Allendas. An einer Stelle, genau über einem Hügel, unter dem der Name Paratul stand, ein wenig entfernt von Alland Pera, war ein großes, auffälliges Kreuz eingezeichnet.
Konnte das wirklich sein? Hatte Kalerid die Karte, auf dem die Lage des Muterals eingezeichnet worden war? Eine Flut von Fragen schoss Hondor mit einem Mal durch den Kopf. Woher wusste Kalerid von dem Schatz? Wie kam er in den Besitz dieser Karte und wie konnte er wissen, dass das Kreuz die Lage des Muterals und nichts Anderes kennzeichnete? Seine Gedanken formten ein Bild. Handelte es sich bei den Eindringlingen möglicherweise um das Volk, welches Helaras vor fast tausend Jahren aus Allendas vertrieben hatte? Hondor hatte Zeichnungen von Angehörigen des alten Volkes gesehen. Sein Vater hatte Bücher besessen, in denen sie abgebildet waren. Sie hatten sich nicht von dem Antlitz der friedlichen Menschen unterschieden und schon

gar nicht hatten sie Ähnlichkeit mit den abscheulichen Kreaturen, die nun sein Land verwüsteten.
Hondor wurde bewusst, dass Kalerid noch immer auf eine Antwort von ihm wartete. Der Heerführer stieß ein warnendes Knurren aus.
»Ach, diesen Schatz meint Ihr.« Hondor versuchte, betont unbeeindruckt zu bleiben. »Natürlich habe ich von ihm gehört. Vor allem, dass es ihn gar nicht geben soll.« Er wusste, dass er viel aufs Spiel setzte, wenn er Kalerid mit etwas reizte, was ihm viel zu bedeuten schien.
Kalerid kniff die Augen zusammen und stieß ein heiseres Lachen aus.
»Dann habt ihr ihn also nicht gefunden.« stellte er zufrieden fest. Seine größte Befürchtung war, dass die Menschen den Schatz geborgen und geplündert hatten.
»Nein!«, antwortete Hondor ehrlich und hielt dem Blick des Heerführers eisern stand. Er hatte einen Großteil seiner Würde wiedergefunden und hielt nun den Kopf stolz erhoben.
»Ich habe nicht anderes von euch schwächlichen Gestalten erwartet.« Kalerid war seine Freude deutlich anzumerken.
»Das dürfte doch zu Eurem Vorteil sein, wie ich annehme«, erwiderte Hondor trocken. »Obwohl ich bezweifele, dass Ihr ihn finden werdet.«
»Oh doch, das werde ich!« Kalerid wirbelte herum und stieg die wenigen Stufen zum Thron hinauf. Von dort konnte er auf seinen Gefangenen buchstäblich herabsehen. Das würdevolle Gehabe des ehemaligen Hauptmanns des Königs missfiel ihm zutiefst. »Ich habe die Karte und ich habe dich, der mich zu der eingezeichneten Stelle führen wird. Außerdem habe ich eine Menge unnützer Gefangener deines erbärmlichen Volkes, denen ich eine Daseinsberechtigung geben muss. Du wirst für mich mit ihnen den Hügel abtragen, Stück für Stück, bis wir meinen Schatz gefunden haben.«
Hondor erwiderte nichts. Er bemühte sich, den Heerführer unbeeindruckt anzublicken.
»Ich nehme an, du bist mit meinem Plan einverstanden, Herras«, sagte Kalerid mit gönnerhaftem Tonfall. Er gefiel sich in seiner überlegenen Rolle.
»Habe ich eine andere Wahl?« Hondor hob fragend die Augenbrauen.
»Den Tod!«
Hondor nickte. Er hatte keine andere Antwort erwartet. »Dann werde ich wohl Euren ersten Vorschlag annehmen müssen.«
»Ich schätze gute Zusammenarbeit.« Kalerid klatschte zufrieden in die

Hände. Dann sah er wieder auf die Karte. »Ich nehme an, du kennst den Weg nach Elland?«
Elland war der Landstrich, in dem sich der Hügel befand, der Paratul genannt wurde. Darunter lag, laut der Karte, das Versteck des Muteral. Hondor kannte Elland gut, denn er hatte es oft durchquert, wenn er auf seinen Reisen das Land durchstreift hatte. Hondor war wohl der am weitesten gereiste Mann in seinem Land.
Selbstverständlich hätte Kalerid auch einen seiner Männer als Führer berufen können. Einige seiner Späher kannten Allendas vielleicht sogar besser, als die Allendasser selbst. Er sah zu Hondor. Der Mensch wurde nun eigentlich nicht mehr benötigt, denn Kalerid wusste bereits, was er wissen wollte.
»Ich kenne ihn.« Hondor war es zuwider, sich dem Sellag kampflos ergeben zu müssen, doch blieb ihm keine andere Wahl. Ihm waren sowohl im wahrsten Sinne des Wortes als auch im übertragenen Sinne die Hände gebunden. Wenn er sich widersetzte, würde Kalerid ihn sofort töten lassen und trotzdem sein Vorhaben durchführen. Der Sellag konnte auch einen anderen Führer finden, der ihm den Weg nach Elland wies, doch ein toter König würde seinem Volk nicht mehr beistehen können. Damit hätte er auch Herras' Opfer entehrt.
»Gut, dann können wir bei Morgengrauen losziehen!« Kalerid lehnte sich in seinem Sessel zurück und gab Rofin ein Zeichen. Dieser beeilte sich sogleich, seinem Herrn das Abendmahl bringen zu lassen.
»Bringt ihn zurück in den Kerker«, wies Kalerid dann die Wachen an und sogleich ergriffen sie Hondor. Dabei machten sie sich nicht die Mühe, ihn auf die Beine zu zerren. Kalerid sah ihnen selbstzufrieden nach, während sie ihn hinausschleiften.

Während Kalerid im Thronsaal sein Abendessen verschlang, mussten die Gefangenen im Verließ eine weitere Nacht darben. Sie wurden sorgsam bewacht und Hondor fand keine Gelegenheit, Zorina oder einem der Anderen von dem zu berichten, was er erfahren hatte. Hungernd und frierend verbrachten er und seine Schicksalsgenossen eine weitere beklemmende Nacht in den feuchten Gemäuern unter dem Schloss von Alland Pera.

# Herras
## IV

Die Blicke der Lemberusken begleiteten sie, als sie das Lager verließen. Herras konnte die unterschiedlichsten Gefühlsregungen auf ihren Gesichtern erkennen, als er ein letztes Mal über seine Schulter zurück sah. Von Mitgefühl und Trauer, über Erleichterung bis hin zu Zorn bot sich ihm alles dar. Herras hatte sich einen anderen Abschied gewünscht. Nur von Maleris war nirgendwo etwas zu sehen. Er hatte gehofft, das hübsche Mädchen noch einmal zu sprechen, bevor er ihren Stamm verlassen musste, hatte sich gewünscht, ihr einen letzten Abschiedsgruß übermitteln zu können, bevor er sie wahrscheinlich nie mehr wieder sehen würde, aber sie war nicht gekommen. Wahrscheinlich half sie ihrer Mutter dabei, sich um die Verletzten zu kümmern, versuchte sich Herras halbherzig zu trösten.
Mit einem leisen Seufzen wand er seinen Blick wieder Richtung Norden, wo seine Zukunft lag, und eilte hinter Merit her, der bereits ein Stück voraus gegangen war. Dem jungen Jäger fiel der Abschied von seinen Verwandten und Freunden erstaunlich leicht. Die Abenteuerlust schien seine Sinne zu beflügeln. Herras wünschte sich erneut, er könnte die Einstellung seines Weggefährten teilen. Doch war dankbar, dass Merit ihn begleitete, denn er war sich nicht mehr sicher, ob er allein den Mut aufgebracht hätte, seinen Weg zu gehen.
Herras' Gedanken wanderten erneut in seine Heimat. Er fragte sich, was wohl aus König Hondor geworden war. Ob sein Freund noch lebte? Wäre es besser gewesen, wenn er sich nicht für ihn ausgegeben hätte? War er vielleicht wahrhaftig der letzte Überlebende seines Volkes? Gleichgültig, wie es auch sein mochte, Herras hatte sich selbst einen Schwur geleistet. Er hatte sich geschworen, sein Land von den Besetzern zu befreien und er würde alles tun, um dieses Versprechen einzulösen. Der Gedanke daran erfüllte ihn nicht mit Zuversicht, aber mit Kraft, und als er zu Merit aufschloss, war er fest entschlossen, seinen Weg zu Ende zu gehen - was auch immer ihn erwarten mochte.

Vorerst kamen sie gut voran und als der Morgen hereinbrach, hatten sie bereits das Lager ein gutes Stück hinter sich gelassen. Bald fiel das erste Sonnenlicht durch die Wipfel der hohen Bäume. In diesem Teil des Waldes standen sie nun weniger dicht beieinander und ihr Blattwerk ließ genug Licht hindurch, um die Umgebung nicht mehr so düster wirken zu lassen.

Die Sonnenstrahlen färbten den Waldboden in satten Grün- und leuchtenden Goldtönen und die Luft war klar und rein. Als die Vögel zu singen begannen und auch Merit anfing, ein munteres Lied zu pfeifen, gelang es Herras tatsächlich ein wenig, seine Umgebung zu genießen. Er begann, sich etwas zu entspannen und mit einem Mal erschien die Last, die auf seinen Schultern lag, leichter zu werden. Die friedliche Stille des Waldes schien sich auf sein Gemüt zu übertragen.

Er folgte Merit, der geübt und leichtfüßig über den unebenen Waldboden lief, mühelos Baumstämme und Steine überwand und immer den richtigen Weg durch das Unterholz zu finden schien.

Plötzlich blieb Merit stehen und sein Pfeifen verstummte unvermittelt. Beinahe wäre Herras, der verträumt umhergeschaut hatte, gegen ihn gelaufen. Verwundert musterte er den Waldmenschen, dessen Blick sich plötzlich geschärft hatte.

»Habt Ihr das gehört?«, fragte Merit und deutete auf einen dichten Busch, den sie bereits ein Stück hinter sich gelassen hatten.

Herras schüttelte den Kopf. Er hatte kein Geräusch vernommen, dass ihm verdächtig erschienen wäre. Doch es wunderte ihn nicht, dass das geübte Gehör des Jägers mehr vernahm, als sein eigenes.

»Wir werden verfolgt«, stellte Merit fest und ließ dabei das Gebüsch nicht aus den Augen. Auch Herras bemühte sich, etwas zu erspähen, aber es war vergeblich.

»Könnt Ihr etwas sehen?«, fragte er und spürte, wie die Anspannung in ihm wieder anwuchs. Ein flaues Gefühl breitete sich in seiner Magengrube aus.

Merit zog sein Schwert. »Nein, aber ich habe Geräusche gehört, die eindeutig nicht von einem Tier stammen.«

»Und von wem oder was stammen sie dann?« Herras' Aufregung klang deutlich in seiner Stimme mit. »Von den Sellag?«

»Möglich!« An Merit war noch immer kein Anzeichen von Furcht oder Unruhe zu erkennen. Sein Tonfall war noch immer gelassen. Er offenbarte nur ein großes Maß an Aufmerksamkeit. »Am Besten, wir finden es heraus.«

»Wie wollt Ihr das anstellen?« Merit hörte, wie Herras hinter ihm einen Schritt zurück trat und wandte sich um. Der Mut schien den Menschen endgültig verlassen zu haben. Mit Missfallen zog Merit ein wenig die Augenbrauen zusammen.
»Herras, ich bitte Euch.« Der Waldmensch ließ sein Schwert sinken und stemmte beiden Hände in die Hüften, während er Herras tadelnd musterte. »Ihr müsst versuchen, ein bisschen mehr Willensstärke und Standhaftigkeit aufzubringen, wenn wir diese Reise gemeinsam bestehen wollen. Seid Ihr nicht der Hauptmann des Königs? Gab es denn überhaupt keine Gefahren in Eurem Land?«
Herras schüttelte erneut den Kopf. Gleichzeitig wurde ihm klar, dass Merit ihn offensichtlich für einen Feigling hielt. Vielleicht lag der Lemberuske mit dieser Vermutung auch gar nicht so falsch, gestand sich Herras ein. Doch er wollte vor seinem Gefährten nicht wie ein Schwächling dastehen und so nahm er all seinen Mut zusammen und straffte seine Gestalt. Dann zog er sein Schwert.
»Also, wie sieht Euer Plan aus?« Seine Stimme klang nun fester und Merit blickte ihn wohlwollender an.
»Ihr werdet vorgehen und ihn oder es aus seinem Versteck locken. Ich werde Euch mit meiner Armbrust den Rücken decken.«
Dem allendassischen Hauptmann behagte der Gedanke gar nicht, sich mit einem oder gleich mehreren Sellag konfrontiert zu sehen. Warum, bei Hembras, ging Merit nicht vor?
Herras musste diese Frage geradezu ins Gesicht geschrieben stehen, den Merit fügte hinzu: »Natürlich kann ich auch vorgehen und Ihr bleibt mit der Armbrust hier, aber ich darf Euch daran erinnern, dass Eure Schießkünste sehr zu wünschen übrig lassen.«
Diesem Argument hatte Herras nichts entgegenzusetzen und so wandte er sich, ohne weiter darüber nachzudenken, dem Strauchwerk zu und ging entschlossenen Schrittes darauf zu. Besser, er brachte es schnell hinter sich. Hinter ihm steckte Merit sein Schwert zurück in den Gürtel. Dann nahm er seine Armbrust vom Rücken und holte einen Pfeil aus dem Köcher. Er näherte sich Herras noch ein Stück und legte an.
Für seinen Geschmack hatte Herras das Gesträuch viel zu schnell erreicht. Als er nun davor stand, erschien es ihm, als konnte er durch das dichte Grün tatsächlich eine Gestalt dahinter kauern sehen. Aber er konnte nicht erkennen, um wen oder was es sich dabei handelte.
Mit erhobenem Schwert und einem letzten Blick zu Merit, der ent-

schlossen seine Armbrust schussbereit hielt, streckte er zögernd seine freie Hand aus und griff zwischen die Zweige. Der Mensch rechnete damit, dass ihm sogleich jemand in den Arm beißen würde, doch das blieb ihm erspart. Dann bekam er etwas zu fassen, was sich nach weichem Stoff oder Leder anfühlte und zog mit einem Ruck daran. Zu seiner Überraschung brachte man ihm keinen Widerstand entgegen und kurz darauf erschien ein roter Haarschopf hinter dem Blattwerk. Wie vom Blitz getroffen, riss Herras die Augen auf und vor Erleichterung wurde es ihm beinahe schwindelig.

»Maleris!«, entfuhr es ihm überrascht. Fast ließ er sein Schwert fallen.

»Ich hatte erwartet, ihr würdet früher auf mich aufmerksam«, sagte das Mädchen und warf Merit einen schelmischen Blick zu. Dieser hatte seine Armbrust herunter genommen und schaute nicht weniger verdutzt, als Herras.

»Was macht du hier?«, fragte er scharf, als er seine Fassung wiedergewonnen hatte.

»Ich hab doch gesagt, dass ich mitkommen möchte.« Maleris trat hinter dem Strauchwerk hervor und blickte ihren Bruder trotzig an.

»Und Vater hat es dir verboten!« Nachdem Merit seine Armbrust wieder auf den Rücken gebunden hatte, verschränkte er die Arme vor der Brust und sah seine Schwester streng an.

»Mag sein, aber ich bin kein kleines Kind mehr und er kann mich nicht für ewig einsperren.« Maleris verschränkte ebenfalls ihre Arme und schob ihre Unterlippe ein wenig nach vorne. Ihre Augen funkelten entschlossen. »Außerdem bin ich noch immer der Meinung, dass euch meine Fähigkeiten von Vorteil sein können.«

Herras hatte sprachlos der Unterhaltung gelauscht. Er gewann den Eindruck, dass in Maleris eine ähnliche Abenteuerlust schlummerte, wie in ihrem Bruder.

»Aber werden Eure Eltern sich nicht sorgen?«, warf er ein.

»Ich habe ihnen ein paar Zeilen hinterlassen. Sie wissen, dass ich euch gefolgt bin«, erklärte sie gelassen.

»Wunderbar, wenn du dich beeilst, bist du zurück, bevor sie deine Nachricht finden und ersparst dir damit eine Menge Ärger«, sagte Merit, während er zu ihnen herantrat. Sein Ton glich dem seines Vaters.

»Ich werde nicht zurückgehen«, erwiderte Maleris eigensinnig.

»Doch das wirst du!«

»Nein!«
»Doch!«
»Nein!«
»Ihr werdet sie doch nicht allein durch den Wald zurückschicken wollen?« Herras konnte selbst kaum glauben, dass er die Worte laut ausgesprochen hatte. Wenn er jedoch ehrlich zu sich selbst war, freute er sich sehr darüber, dass die junge Heilerin bei ihnen war und er hätte sie nur schweren Herzens wieder ziehen lassen.
Merit machte eine hilflose Geste mit den Schultern und stieß ein leises Stöhnen aus. »Wie ich sehe, bin ich wohl überstimmt.« Er blickte Herras an und tat bewusst so, als wäre seine Schwester nicht anwesend, nur um sie ein wenig aufzustacheln. »Außerdem würde sie uns wahrscheinlich ohnehin die ganze Zeit nachlaufen.«
So einfach ließ sich Maleris allerdings nicht von ihrem Bruder aufziehen. »Das siehst du ganz richtig, Merit«, sagte sie trocken und ihr Bruder verdrehte kurz die Augen.
»Dann sind wir jetzt zu dritt?«, fragte Herras, um sich zu versichern, dass die Meinungsverschiedenheit zwischen den Geschwistern nun beigelegt war.
»So sieht es wohl aus«, erwiderte Merit missmutig. »Wir sollten jetzt weitergehen, denn wir haben bereits genug Zeit mit Kindereien verschwendet.« Ohne auf eine Antwort zu warten, drehte sich Merit um und ging davon. Maleris warf Herras ein Lächeln zu und folgte ihrem Bruder. Herras steckte sein Schwert zurück in die Scheide und folgte ihnen.

Während sich die Geschwister einige Meilen entfernt aufmachten, um ihren Weg mit Herras fortzusetzen, wurde im Lager des Stammes Andor Maleris' Verschwinden bemerkt. Rulind fand den Brief auf der Lagerstatt ihrer Tochter, als sie Maleris am Morgen holen wollte, um mit ihr die Kräutervorräte aufzufüllen, die durch die bei dem nächtlichen Angriff verwundeten Männer fast völlig erschöpft waren. Sie las ihn mit Bestürzung und brachte ihn dann zu Sollas.
Der alte Anführer stieß ein leises Seufzen aus, als er die wenigen Zeilen gelesen hatte und sah die Sorge in Rulinds Augen. Ehrlich betrachtet wäre er verwundert gewesen, wenn seine Tochter anders reagiert hätte.
Sanft legte er die Hand auf Rulinds Arm. »Sie werden gut auf sie auf-

passen, davon bin ich überzeugt«, flüsterte er ihr zu und wischte die Träne weg, die über ihre Wange rollte.

# Marek
## II

Marek und der armselige Rest seiner Gefährten hasteten durch die Dunkelheit, bis sie sich ein gutes Stück vom Lager der Waldmenschen entfernt hatten. In einem kleinen Tannenhain fielen sie keuchend und schnaufend zu Boden. Die drei Sellag lauschten gebannt, aber außer ihrem eigenen stoßweise gehenden Atem konnten sie nichts hören. Sie schienen ihren Verfolgern entkommen zu sein. Eine Weile blieben sie reglos liegen, wagten es nicht, sich zu bewegen, aber noch immer war kein verdächtiges Geräusch zu hören.

Plötzlich bemerkte Marek, wie sich hinter ihm etwas regte. Wuran kroch zu ihm heran. Er konnte ihn in der Dunkelheit kaum erkennen, obwohl die Augen der Sellag Dunkelheit gewöhnt waren; die meiste Zeit hatten sie in finsteren Höhlen verbracht, aber in dem dichten Hain herrschte tiefste Schwärze. Berol, der andere überlebende Krieger, lag schnaufend ein Stück hinter ihnen und brachte noch nicht die Kraft auf, sich zu bewegen.

»Dein hervorragender Plan hat unsere Lage nur noch verschlechtert«, flüstere Wuran bissig und Marek konnte sich vorstellen, wie er grimmig sein Gesicht verzog. »Wir haben fünf Männer verloren. Wie sollen wir jetzt noch etwas ausrichten?«

Marek war überrascht, dass Wuran überhaupt bis fünf zählen konnte.

»Wir werden nicht aufgeben«, gab er zurück und unterstrich seine Entschlossenheit mit einem tiefen Knurren.

»Und was hast du nun für unsere weitere Vorgehensweise geplant? Sollen wir hier ausharren, bis sie uns finden oder wir verhungert sind?« Wuran ließ keinen Zweifel daran, dass er mit Mareks bisher erbrachten Leistungen unzufrieden war.

Marek schnaufte abfällig durch seine großen Nasenlöcher. »Ich danke dir für dein Vertrauen, Wuran«, zischte er spitz. »Aber um dich zu beruhigen, wir werden nicht hier auf unseren Tod warten. Stattdessen werden wir uns an den Rand dieses Tannenwaldes begeben, an eine Stelle, von der aus wir das Lager beobachten können. Es wird sich schon eine Gelegenheit für uns bieten.«

Um genau zu sein, hatte Marek selbst noch keine Ahnung, wie diese Möglichkeit aussehen könnte, aber solange er nicht sehen konnte, was zwischen den Zelten der Waldmenschen vor sich ging, war es ihm schlecht möglich, weiterführende Pläne zu schmieden.
»Und dort werden wir dann auf unser Ende warten«, kam es nun von Berol, der auch wieder zu Kräften gefunden hatte.
»Nein, das werden wir nicht!«, entgegnete Marek heftig und sprang auf seine Beine. Dabei verfing er sich mit seinem Kopf in den niedrigen Ästen und fluchte heftig, bis er sich wieder von ihnen befreit hatte. Als er seine Würde wiedergefunden hatte, fügte er hinzu: »Du kannst aber auch gerne zu Kalerid zurückkriechen und bei ihm auf dein Ende warten. Es wird sicher nicht lange dauern.«
Berol und Wuran erwiderten nichts und Marek war zufrieden damit.
»Da uns, wie es scheint, niemand mehr gefolgt ist, gehen wir jetzt zurück zu dem Rand dieses Dickichts und werden dort über unsere Lage nachdenken, soweit ihr überhaupt des Denkens mächtig seid.«
Mit einer heftigen Bewegung drehte sich Marek um und ging auf zwei Beinen in die Richtung, aus der sie gekommen waren. Er musste aber bald feststellen, dass es einerseits sinnlos war, seine Führungsposition durch den aufrechten Gang zu unterstützen, denn die beiden anderen Sellag konnten es in der Dunkelheit ohnehin nicht erkennen, und andererseits behinderte ihn diese Haltung beim Gehen mehr, als dass sie von Vorteil war. Fortwährend schlugen ihm die niedrigen Äste ins Gesicht, bis es bald völlig zerkratzt war. Letztendlich ließ er sich doch wieder auf seine vorderen Gliedmaßen sinken und kroch durch das Unterholz. An dem Murren und Fauchen hinter sich konnte er erkennen, dass Berol und Wuran ihm folgten. Sie erreichten den Rand des Tannenhains zum richtigen Zeitpunkt und Marek kam zu dem Schluss, dass dies heute doch sein Glückstag sein musste, auch wenn er einen herben Rückschlag erlitten hatte: Als die Sellag ihre Köpfe durch die Zweige der letzten Tannen streckten und in den weitläufigen Laubwald hinausspähten, sahen sie im Licht der wieder entfachten Feuer, wie sich zwei Gestalten von dem Lager entfernten. Marek hätte beinahe einen Jubelschrei ausgestoßen, als er erkannte, dass der König unter ihnen war. Er stieß die Ellenbogen in die Rippen seiner beiden Krieger, die sich zu beiden Seiten dicht neben ihm postiert hatten. Das Glitzern in ihren Augen verriet, dass auch sie den Wink des Schicksals erkannt hatten.

»Da ist unsere Gelegenheit«, zischte Marek leise, um ihr Versteck nicht zu verraten. »Bin ich nun ein guter Anführer, oder nicht?«
»Das war reiner Zufall, sonst nichts«, knurrte Wuran zurück und Berol unterstütze ihn mit einem kurzen Brummen.
»Aber wenn ich nicht angeordnet hätte, hierher zurückzukehren, wäre er unerkannt an uns vorbeigezogen.«
Wuran hatte keine Lust, sich auf Streitereien mit seinem Anführer einzulassen und so entschloss er sich, nicht weiter auf die Aussagen dieses Emporkömmlings einzugehen. »Folgen wir ihnen jetzt, oder wollen wir es weiterhin dabei belassen, ihnen nachzuschauen?«, fragte er stattdessen.
»Da mir nicht bekannt ist, dass du dich zwischen den Bäumen so unauffällig fortbewegen kannst wie ein Waldtier, werden wir noch etwas warten müssen«, erwiderte Marek zischend.

Als die schemenhaften Gestalten des Königs und seines Begleiters schon beinahe in der Dunkelheit verschwunden waren, lösten sich die drei Sellag aus den Schatten der Tannen und schlichen hinter ihnen her. Es fiel ihnen nicht leicht, sich unbemerkt durch das Unterholz fortzubewegen und als der Tag hereinbrach und das Sonnenlicht den Wald erhellte, wurde es noch schwerer für sie. Sie mussten sich anstrengen, die beiden Menschen nicht zu verlieren, denen es sehr viel leichter fiel, durch den Wald zu wandern, während die Sellag hinter dichten Büschen entlang kriechen oder sich durch das Unterholz ducken mussten. Dazu zerrte die ständige Aufmerksamkeit, die sie aufbringen mussten, um keinen unbedachten Schritt zu tun und sich durch ein Geräusch zu verraten, an ihren Kräften - mehr als es jemals ein Kampf getan hatte. Sellag waren gute Krieger, die es verstanden, gewaltig aufzutreten, aber auf eine leise und unauffällige Vorgehensweise verstanden sie sich nicht besonders gut und es begann, ihnen bald auf die Nerven zu gehen.
Mehr als einmal machte Wuran Marek den Vorschlag, die beiden Wanderer von hinten anzugreifen und ihnen ein schnelles Ende zu bescheren, aber Marek winkte stets ab. Er würde sich nicht nochmal auf einen vorschnellen Angriff einlassen und das Gelingen seiner Mission damit aufs Spiel setzen. Er würde auf den Moment warten, in dem nichts mehr schief gehen konnte.
Da sich die Sellag auf ihren eigenen Weg konzentrieren mussten und

nicht besonders geübt im Beobachten des Waldes waren, fiel ihnen nicht auf, dass nur ein kleines Stück voraus ein weiterer Verfolger den beiden Wanderern dicht auf den Fersen war. Erst, als Herras und Merit stehen blieben, wurden auch Marek und seine Begleiter darauf aufmerksam. Geduckt hinter einer Hecke, die über und über in blaugelber Blüte stand, beobachteten die Sellag, was geschah. Mareks Unmut stieg erneut in ihm auf. Die Gruppe ihrer Opfer hatte sich auf drei erweitert. Auch, wenn es nur ein schwaches Weib war, das zu ihnen gestoßen war, so schwanden damit Mareks Chancen zumindest geringfügig. Die Gruppe verfügte nun über ein weiteres Schwert und eine weitere Armbrust, deren Durchschlagskraft Marek mittlerweile fürchten gelernt hatte.

Weiterhin auf ihre Gelegenheit wartend, krochen die Drei hinter den Menschen her, als diese ihren Weg fortsetzten.

# Hondor
## IV

Als durch die kleinen, vergitterten Fenster des Kerkers zu erkennen war, dass über Alland Pera ein neuer Tag anbrach, kamen die Sellag-Wachen mit schweren Eisenketten, mit denen sie die Gefangenen zu einer langen Reihe zusammenketteten. Die Menschen bekamen Hand- und Fußfesseln, die es ihnen ermöglichten, zu laufen, aber jeden Gedanken an Flucht unterbanden. Dann wurden sie hinauf in den Hof geführt.
Unruhe und Angst kamen auf, als man sie durch die langen, schmalen Gänge stieß. Sie fürchteten, dass man sie nun zu ihrer Hinrichtung bringen würde und Hondor konnte hören, wie hinter ihm Gebete und Bitten an Hembras gemurmelt wurden, bis ein lauter Aufschrei der befehlshabenden Wache jedes Geräusch verstummen ließ. Dann waren nur noch das Rascheln der Ketten und das Geräusch mühevoller Schritte in den feuchten, unbeleuchteten Gängen zu vernehmen.
Hondor wusste, was sie jetzt erwarten würde, aber er konnte auch nichts tun, um seine Landsleute zu beruhigen. Kalerid würde ihnen nichts antun, schließlich brauchte er ihre Arbeitskräfte. Er würde sie nach Elland bringen lassen und, wenn er ehrlich war, erwartete Hondor das Kommende mit gemischten Gefühlen. Er fürchtete das, was Kalerid nun seinen Leuten antun würde, zu welchen Schindereien er sie zwingen und mit welchen Mitteln er sie zum Arbeiten antreiben würde, aber er war auch neugierig darauf, ob sie den Muteral wirklich finden würden, ob es den Schatz tatsächlich gab. Gegen diese Neugier konnte er nichts tun, auch wenn ihn zeitgleich sein schlechtes Gewissen plagte.

Im Hof erwarteten sie bereits einige angespannte Pferdefuhrwerke. Hondor erkannte sie wieder. Es waren die Karren, die für gewöhnlich benutzt wurden, wenn er mit seinem Gefolge zu einer Treibjagd ausritt. In ihnen wurde die Hundemeute transportiert, damit sie sich nicht schon vor der eigentlichen Jagd müde gelaufen hatte. Zu diesem Zweck waren große, eiserne Zwinger auf der Ladefläche angebracht, deren Türen nun weit offen standen, und dort hinein zwangen die Sellag ihre Gefangenen. Da Hondor an der Spitze der Reihe lief, musste er als Ers-

ter einsteigen, danach folgten Zorina und einundzwanzig weitere Gefangene. Am Schluss war der Zwinger zum Bersten gefüllt und Hondor wurde unsanft an die eisernen Gitterstäbe gedrückt.
Den Sellag wurde allerdings klar, dass sie sich verschätzt hatten, denn mindestens die Hälfte der Gefangenen wartete noch auf dem Hof. So sahen sie sich gezwungen, weitere Wagen herbeizuholen, wobei Hektik ausbrach, denn Kalerid würde bald den Hof betreten. Er schätzte Verzögerungen nicht besonders. Während zwei weitere und damit auch die letzten Handwagen auf den Hof gebracht wurden, trat Kalerid, gefolgt von Rofin, durch das Hauptportal und begutachtete das Tun seiner Männer. Er schien sich nicht sonderlich an der Verzögerung zu stören, denn sie war nicht von langer Dauer. Als Kalerid sein Pferd bestieg, wurden bereits die letzten Gefangenen eingeladen und die Türen der Zwinger mit dicken Eisenketten verschlossen.
Hondor spürte einen Stich in seinem Herzen, als er sah, wie Kalerid im Sattel seines gutmütigen Samlas Platz nahm. Niemand außer ihm hatte jemals sein geliebtes Pferd geritten (nicht einmal Herras, dem er es als Einzigem anvertraut hätte) und er konnte sehen, wie unzufrieden das Tier mit seinem Reiter war. Kalerid zog die Zügel zu straff an und stieß die Hacken zu fest in die Seiten des Tieres. Samlas bockte zweimal und bäumte sich auf, schien sich aber schnell mit seiner Lage abzufinden.
Dann kam Kalerid zu Hondor, der ihn durch die Gitterstäbe hindurch zornig anblickte.
»Ihr seid ein ganz hervorragender Reiter«, bemerkte er, während eines Anflugs von Galgenhumor ironisch, als der Heerführer Samlas mühsam neben ihm zum Stehen brachte.
Der Sellag überging die Bemerkung mit hocherhobenem Kopf und sah Hondor mit herablassendem Blick an.
»Du weißt, wohin unsere Reise geht!«, sagte er gelassen. »Also zeig mir den Weg!«
Der König sah ein, dass es wenig Sinn haben würde, sich Kalerids Wunsch zu widersetzen oder ihn auf einen falschen Weg zu leiten, daher schloss er kurz ergeben die Augen, bevor er gedrückt antwortete: »Wenn wir aus dem Schlosshof heraus sind, müssen wir uns nach rechts wenden, dann führt eine kleine Straße den Berg hinab bis zum nördlichen Stadttor. Wenn wir dieses passiert haben, müssen wir uns vorerst nur geradeaus halten.«
Kalerid nickte kurz und ritt an die Spitze des Trupps. Die Sellag hatten

zu allen Seiten der Wagen Aufstellung bezogen und der Heerführer hatte dieses Mal all seinen Wachen Pferde zugestanden, denn er wollte so schnell wie möglich Elland erreichen.
Rofin erwartete ihn in der vordersten Reihe. Der neue Lakai fühlte sich sichtlich unwohl auf seinem Pferd. Er hatte Mühe, das Tier ruhig zu halten, als Kalerid mit Samlas neben ihm zu Stehen kam und zerrte verbissen an den Zügeln. Der Heerführer gab ihm einen Schlag zwischen die Rippen, ein überdeutliches Zeichen dafür, dass er sich gefälligst nicht so anstellen sollte.
Kurz darauf hob Kalerid den Arm und fauchte einige Worte in der sellagischen Sprache. Unter Jubel setzte sich der Trupp in Bewegung, dem Schlosstor entgegen.
»Wohin bringen sie uns, Majestät?«, fragte Usadim leise, als das Gespann und der Zug die schmale, gepflasterte Seitenstraße hinunterholperte. Der stämmige Mann saß neben Hondor und sein braunes Haar klebte strähnig in seiner Stirn. Usadim war der Meister der Schlossküche, doch jetzt war er nur noch ein Schatten seiner selbst.
»So darfst du ihn nicht nennen.« warf Zorina flüsternd, aber energisch ein. »Sie dürfen nicht erfahren, wer er ist. Er ist Herras!« Usadim betrachtete sie verständnislos.
Die anderen zusammengekauerten Gefangenen auf dem Wagen musterten die Sprechenden neugierig.
»Ja, mein Name lautet nun Herras«, bestätigte Hondor Zorinas Worte und erklärte das Thema damit für beendet, bevor sie noch die Aufmerksamkeit der Sellag auf sich zogen. Erklären konnte er es vielleicht später. Stattdessen beantwortete er Usadims Frage: »Sie bringen uns nach Elland.«
»Und zu welchem Zweck?«, mischte sich nun eine weitere Stimme ein und unterbrach ihn damit, bevor er seine Erklärungen fortführen konnte. Diese etwas raue Stimme gehörte der alten Kurena, der königlichen Seherin. Hondor hatte sie im Kerker nicht zu Gesicht bekommen und, um ehrlich zu sein, hatte er sie auch nicht sonderlich vermisst. Aus irgendeinem Grund war er davon ausgegangen, dass sie tot war. Und wäre es so gewesen, hätte er ihr auch nicht sonderlich nachgetrauert. Sie hatte als Seherin im Dienste seiner Mutter gestanden. Die Königin hatte Kurena an den Hof geholt und nach ihrem viel zu frühen Tod hatte Hondors Vater sie dort behalten. Hondor hatte sie noch nie sonderlich gemocht. Ihre stechenden, grauen Augen schienen stets unan-

genehm bis ins Innere seiner Seele zu blicken und trotzdem schien sie selbst fortwährend etwas zu verbergen. Hondors Mutter hatte viel auf ihr Können gehalten, doch Hondor empfand ihr Geschwätz bestenfalls als lästig.
»Weil dort der Muteral verborgen sein soll«, erklärte Hondor ruhig, »Dies müsstet Ihr doch bereits wissen.« Er musterte Kurena abschätzend.
»Muteral? Ihr meint den Schatz?«, fragte Usadim ungläubig und errettete damit Kurena von dem Zwang einer Antwort. »Aber es heißt doch, dass er überhaupt nicht mehr existiert.«
Hondor nickte zustimmend. »Jedoch hat der Heerführer eine Karte, auf dem seine Lage eingezeichnet ist. Er soll unter dem Paratul liegen und dieser Sellag glaubt fest daran, dass er ihn dort finden wird.«
»Und er braucht uns, um die Drecksarbeit zu machen?«, folgerte Zorina richtig.
Hondor nickte erneut. »Ja, das dürfte aber besser sein, als uns sofort zu töten.«
»Doch was wird sein, wenn wir den Schatz tatsächlich finden, oder wenn dieses Biest einsieht, dass er nicht dort ist?«, fragte Zorina.
»Ich habe nicht vor, so lange zu warten, um das herauszufinden«, erwiderte Hondor entschlossen. Er kam nicht dazu, noch etwas hinzuzufügen, denn der Wächter, der dicht neben ihm ritt, war auf ihre Unterhaltung aufmerksam geworden. Knurrend stieß er zweimal mit dem Schaft seines Schwertes fest gegen Hondors Oberarm. Der König verzerrte schmerzerfüllt das Gesicht. Die Gefangenen wussten, dass sie nun zu schweigen hatten. Nur Kurena, die in der Mitte des Wagens saß und somit vor Angriffen von Außen am besten geschützt war, wagte es noch einmal, sich näher an Hondor heranzubeugen.
»Habe ich es Euch nicht gesagt? Immer und immer wieder? Aber Ihr wolltet einfach nicht auf mich hören.« Sie klang sehr selbstgefällig und das war in ihrer Lage, die nicht anders war, als die , in der sie sich alle befanden, recht unpassend.
Hondor versuchte zuerst, sie zu überhören, doch der Ärger, der in ihm empor quoll, gewann letztlich doch die Oberhand. »Warum seid Ihr dann hier, wenn Ihr es bereits gewusst habt?«, zischte er sie zornig an. Die Seherin schwieg angesichts dieses ungehaltenen Ausbruchs. Der König würde sich niemals einsichtig zeigen. Er war wahrhaftig nicht geeignet. Doch sie musste sich eingestehen, dass sie unvorsichtig gewe-

sen war; sie hätte es ebenfalls vorgezogen, nicht gefangen genommen zu werden. Doch in all den Kampfeswirren war es schon allein schwer genug gewesen, darauf zu achten, am Leben zu bleiben. Das Schicksal hatte andere Pläne für sie, das wusste Kurena, und es sah es ganz und gar nicht gerne, wenn man sich nicht an seine Pläne hielt.

Sie hatten bereits vor einer Weile das Nordtor passiert und befanden sich nun auf der geraden, aber etwas hügeligen Straße nach Norden. An ihnen zogen grüne Wiesen und kleine Haine vorbei. Hondor konnte sehen, wie hinter ihnen Alland Pera kleiner und kleiner wurde und es machte ihm das Herz schwer, als er sah, was aus seiner schönen Stadt geworden war. Etwas westlich von Alland Pera, am unteren Rand des Hügels, auf dem die Stadt lag, konnte der König eine dunkle Rauchwolke aufsteigen sehen, aber er konnte sich nicht erklären, wovon sie stammte.

Normalerweise konnte ein geübter Reiter Elland in weniger als viermal fünfzig Kils erreichen, aber der Zug kam nicht annähernd so gut voran. Hondor schätzte, dass sie erst am frühen Abend an ihrem Ziel eintreffen würden.

Auch Kalerid hatte auf ein schnelleres Vorankommen gehofft. Er war zwar ein zäher, wenn auch ungeschickter Reiter, der seinem Gefolge keine Rast gönnte, aber mehrfach brach einem der im Reiten ebenso ungeübten Sellag das Pferd aus und es kostete jedes Mal Zeit, dem Abgeworfenen wieder auf die Beine zu helfen und das Pferd einzufangen. Kalerid wurde über die so entstandenen Verzögerungen mehr und mehr ungehalten.

Bei den Gefangenen rief diese Abwechslung ein wenig Erheiterung in ihrer tristen Trübseligkeit hervor, bis Kalerid drohte, ihnen die Zunge herausschneiden zu lassen. So setzte der Tross die Reise schweigend fort.

# Herras
## V

Merit hatte seine gute Laune bald wieder gefunden. Fröhlich pfeifend lief er voran, Maleris und Herras folgten ihm. Sie hatten gerade eine Rast an einer kleinen Waldquelle hinter sich, an der sie ihre Wasserbeutel gefüllt hatten. Erfrischt und gestärkt fiel ihnen das Laufen noch ein wenig leichter. Sie schwiegen in freundschaftlichem Einvernehmen. Herras versuchte, die Schönheiten des Waldes in sich aufzunehmen und mit ihnen seine dunklen Gedanken zu vertreiben. Maleris war vergnügt. Leichtfüßig schwebte sie geradezu über den unebenen Waldboden und machte sich einen Spaß daraus, ihrem Bruder hin und wieder einen falschen Zwischenton zuzupfeifen, um ihn aus seiner Melodie zu bringen. Ihr Lachen klang hell und klar durch den Wald und erhellte Herras' Seele, wenn Merit sie mit einem gespielt strengen Blick bedachte.

Schließlich durchbrach Herras das Schweigen. »Warum hast du mir nicht gesagt, dass du die Tochter von Sollas bist?« Sie waren ganz unbewusst in eine mehr vertraute Anrede übergegangen, nachdem sich Maleris den beiden Männern angeschlossen hatte.

Ihr Blick verfinsterte sich ein wenig, als sie ihn kurz anblickte. »Wäre das von Bedeutung gewesen?«, fragte sie hart.

Herras wurde klar, dass er die falsche Frage gestellt hatte. Nun konnte er aber nicht mehr zurück. »Nein«, antwortete er zögernd, »es fiel mir nur auf. Du hast mir so viel über dich und dein Volk erzählt, daher wundert es mich, dass du gerade dies nicht erwähnt hast.«

Maleris schwieg einen Augenblick und Herras gewann schon den Eindruck, dass sie nicht weiterreden wollte, als sie leise seufzte. »Sollas ist nicht mein wahrer Vater, aber er nahm sich meiner Mutter und mir an. Er kümmerte sich um mich, als wäre er mein Vater. Er hat mir alles beigebracht, was eine Tochter von ihrem Vater lernen muss und hat mir alles gegeben, was ich brauchte. Es war seine Pflicht als Stammesführer. Meine Mutter und ich haben ihm viel zu verdanken...« Sie stockte.

»Aber?«, sprach Herras das unausgesprochene Wort aus, das zwischen ihnen hängengeblieben war.

»Nichts aber!«, erwiderte Maleris trotzig.
»Und was ist mit deinem leiblichen Vater geschehen?«, fragte er weiter, auch wenn er bereits damit rechnete, keine Antwort zu bekommen.
Der Schatten auf Maleris' Gesicht verdunkelte sich noch weiter und ihre Wangenknochen zeigten, dass ihr Kiefer mahlte. Es war offensichtlich, dass es ihr nicht angenehm war, darüber zu reden.
»Er ist verschwunden«, antwortete sie schließlich. »Mein Vater war ein Einzelgänger. Er gehörte zwar zu unserem Stamm, aber hat immer seine eigenen Wege gesucht. Allerdings kam er immer wieder zurück, um sich um mich und meine Mutter zu kümmern ...bis er eines Tages nicht mehr kam.«
Wut und Trauer zeigten sich in ihrem Gesicht und bedrückendes Schweigen machte sich breit, als ihre letzten Worte verklungen waren.
»Das tut mir leid«, sagte Herras nach einem Moment leise.
Das Mädchen sah ihn mit traurigen Augen an. »Es braucht dir nicht leid zu tun. Es ist nicht deine Schuld und du konntest es nicht wissen, als du fragtest.«
Damit setzte Maleris der Unterhaltung ein Ende und beschleunigte ihren Schritt, um ein Stück vorauszugehen. Sie lief an Merit vorbei, der stehen geblieben war, als er bemerkt hatte, dass seine Begleiter ein Stück zurückgefallen waren. Er hatte den letzten Teil der Unterhaltung verfolgen können und trat nun neben Herras, als dieser zu ihm aufschloss. »Sie ist noch immer nicht darüber hinweg«, sagte er leise zu dem Allendasser und dieser nickte verstehend.
Es würde lange dauern, bis Maleris' Stimmung sich wieder besserte. Schweigend lief sie voran und die Männer konnten ihre Tränen nicht sehen. Doch Herras und Merit ahnten, dass sie da waren.

Als der Abend nahte, wählte Merit einen geeigneten Platz für ihr Nachtlager. Unter einem großen Baum entfachte er ein Feuer und zog aus, um etwas Essbares zu erjagen. Auch Maleris entfernte sich ein Stück, um ihre spärlichen Kräutervorräte zu ergänzen.
Herras wurde die Aufgabe zugeteilt, auf ihre Habe zu achten. Allein und im Schein des Feuers übte er mit seiner Armbrust.
Die Gelegenheit für die Sellag wäre nun günstig gewesen, wenn sie nur da gewesen wären. Doch sie stampften schnaufend, mehrere hundert Meter entfernt, durch das Gebüsch. Über ihre Bemühungen, unentdeckt zu bleiben, hatten sie die drei Wanderer verloren und sie fluchten

verbittert in sich hinein. Es dauerte noch seine Zeit, bis sie das Lagerfeuer einige Barret entfernt erspähten, doch dann war ihre Chance bereits ungenutzt verstrichen.
Herras' Bemühungen verliefen leidlich. Als Maleris mit einen gefüllten Beutel zurückkehrte und sich mit dem Rücken an die große Eiche lehnte, unter der sie die Nacht verbringen würden, beschmunzelte sie sein Tun gutmütig.
Kurz darauf kehrte auch Merit zurück. Er war erfolgreich gewesen und brachte ihnen einen großen Vogel mit grau-braunem Gefieder. Herras hatte noch nie ein derartiges Tier gesehen.
»Eine Waldwachtel«, erklärte Merit auf seinen fragenden Blick hin. »Sie schmecken wirklich ganz hervorragend.«
Während der Vogel gerupft und ausgenommen unter Maleris' wachsamen Augen über dem Feuer gebraten wurde, gab Merit Herras einige Unterweisungen im Umgang mit seiner bevorzugten Waffe. Herras' Fertigkeiten besserten sich unter Merits Aufsicht stetig; seine Hände und Augen wurden ruhiger und bald traf jeder Pfeil mehr oder weniger genau sein Ziel (oder bewegte sich zumindest in dessen Richtung).
Nach dem reichhaltigen Abendmahl legten sich Maleris und Herras auf den belaubten Waldboden nieder und wickelten sich in ihre Decken. Merit hatte freiwillig die erste Wache übernommen. Er würde sich von Herras nach der Hälfte der Nacht ablösen lassen.
Es dauerte nicht lange, da war Herras in einen tiefen Schlaf gesunken.

Mitten in der Nacht riss ihn unvermittelt ein schriller, durchdringender Laut, der nach dem Schrei eines riesigen Raubvogels klang, aus dem Schlaf. Vor Schreck regungslos blieb Herras liegen und lauschte, doch es folgte kein weiteres Geräusch. Dann herrschte wieder Totenstille.
Maleris schien von dem Geräusch nicht geweckt worden zu sein, denn sie bewegte sich nur kurz im Schlaf und rührte sich nicht weiter.
Herras' angstvoller Blick streifte den Merits.
»Nur ein Vogel«, meinte dieser ruhig.
»Das muss aber ein außergewöhnlich großer Vogel gewesen sein.« Herras schob seine Decke beiseite und kroch ein Stück näher an Merit heran.
»Ja, unser Stamm nennt ihn Olog«, erklärte Merit. »Vor fünfzehn Sommern hörten wir ihn zum ersten Mal. Seitdem scheint er uns immer zu begleiten, obwohl ihn noch nie jemand zu Gesicht bekommen hat. Er

hat uns noch nie etwas zuleide getan. Mein Volk glaubt, die Götter haben ihn geschickt, um uns zu beschützen.« Er machte eine kurze Pause. »Ich denke, er fühlt sich einfach nur wohl bei uns. Er scheint allein zu sein und manchmal hört sich sein Schrei einsam und traurig an.«
Ologs Schrei erfüllte in dieser Nacht noch mehrmals den Wald, aber Herras fürchtete sich nun nicht mehr, denn Merit schien Vertrauen zu dem dunklen Schatten zu haben, der einmal im Schein des fahlen Mondlichts über sie hinweg flog. Doch so sehr er auch in die Dunkelheit hinausspähte, er konnte Olog nicht entdecken.

Die Sellag, die ein Stück entfernt unter einer dornigen Hecke lagen und Marek verfluchten, da er noch immer nicht bereit war, ihnen die Erlaubnis zum Angriff zu geben, vernahmen ebenfalls Ologs Schreie. Sie rückten ein wenig näher in der Dunkelheit und der Kälte der Nacht zusammen, denn die fremdartigen Laute hatten etwas Furcht erregendes und Gewaltiges an sich, etwas, das sie noch nie in ihrem Leben vernommen hatten.

# Hondor
## V

Im Landstrich Elland, zu Füßen des Paratul, lag eine kleine, aber nicht unbedeutende Stadt namens Zurnam. Neben Alland Pera war Zurnam wohl die wichtigste Stadt in ganz Allendas.
Vor dem Angriff der Sellag war Zurnam ein Ort, in dem stets lebhaftes Treiben geherrscht hatte, denn Zurnam bildete das Zentrum des Handels zwischen dem stärker besiedelten Süden von Allendas, in dem die Bevölkerung den Anbau von Wein, Obst und Getreide bevorzugte und dem spärlicher bewohnten Norden, wo sich die Menschen besonders auf handwerkliche Tätigkeiten verstanden und aus dem dort reichlich vorhandenen Holz allerlei nützliche Dinge fertigen.
So florierte in Zurnam seit jeher der Handel. Der große Marktplatz, auf dem täglich die Geschäfte abgewickelt wurden und die Händler ihre Ware anboten, war stets stark belebt gewesen. Eingemachtes und frisches Obst und Gemüse, Kleider, Vieh, Kunst- und jede Form von Gebrauchsgegenständen, die das Herz begehrte, konnte man dort erstehen. Und obwohl, wie schon oft erwähnt, die Allendasser nicht besonders gern ihr Heim verließen und sich auf Reisen begaben, unternahm doch jede Familie zumindest einmal im Jahr eine Reise ins Landesinnere (denn Zurnam lag ziemlich genau in der Mitte des Landes), um ihren Hausstand wieder mit dem Nötigsten zu versorgen. Zumeist kamen allerdings Händler nach Zurnam, die ihre eigene Ware verkauften und neue Ware einkauften, um sie zu Hause in ihren Dörfern anzubieten.
Die Sonne hatte bereits begonnen, sich Richtung Horizont zu senken und den Himmel in ein kräftiges Rot zu verfärben, als der Trupp auf dem großen Markplatz in Zurnam eintraf. Nichts war von dem einstigen Trubel, der die Stadt seit jeher erfüllt hatte, übrig geblieben. Die Marktstände waren abgebrannt oder eingerissen worden. Die Straßen waren leer. Nur hin und wieder war ein Sellag zu sehen, der sich beim Anblick des Heerführers tief niederbeugte.
Kalerid stieg von seinem Pferd und sogleich stürzte ein verhältnismäßig dürrer Sellag aus einem der anliegenden Häuser (vor dem Angriff war es das Rathaus von Zurnam gewesen) auf ihn zu.

»Heerführer, ich kann es nicht glauben, dass Ihr uns hier, in dieser Euch unwürdigen Stadt beehrt«, schwatzte der Sellag mit einer, sogar für den Heerführer beinahe widerwärtigen Schleimigkeit, während er sich mehrmals tief verbeugte.
»Ich kann es auch kaum glauben, aber die Umstände verlangen es nun mal«, erwiderte Kalerid in überheblichem Tonfall. »Wer bist du?«
Der Sellag verbeugte sich erneut, so tief, dass seine lange Nase fast den Boden berührte. »Mein Name lautet Perlug. Ich bin der Statthalter dieses erbärmlichen Ortes. Eure Anwesenheit ehrt mich zutiefst, Heerführer.«
»Ich denke, es reicht jetzt.« Kalerid machte eine abwinkende Handbewegung.
»Ja, Heerführer, natürlich Majestät«, winselte der Statthalter weiter und verbeugte sich nochmals tief. Er schien nicht besonders viel Erfahrung im Umgang mit der Obrigkeit zu haben und Kalerid nervte sein übertriebenes Gehabe. Mit eine kurzen Handbewegung schlug er Perlug gegen den Schädel.
»Genug jetzt«, fauchte der Heerführer und Perlug hielt entsetzt in seinem Gehabe inne. »Habt ihr Gefangene hier?«
»Ja, Heerführer, sie werden sicher verwahrt.«
»Gut, dann lass' sie hierher bringen«, ordnete Kalerid an, während er sich umblickte.
Perlug winkte einem der umstehenden Sellag zu und dieser eilte davon, um den Befehl des Heerführers auszuführen.
»Ist die Frage erlaubt, wozu ihr die Menschen benötigt?«, fragte der Statthalter vorsichtig.
»Das werde ich dir später erklären.« Kalerid deutete seinen Wachen an, die Gefangenen von den Wagen zu holen. »Vorerst benötige ich noch einige deiner Wachen und ich verlange, dass du mir eine geeignete Unterkunft herrichten lässt, bis ich zurückkehre«, fügte er noch hinzu.
Perlug verbeugte sich abermals tief. Der Statthalter nickte eifrig, als Kalerid sich umdrehte und ihn stehen ließ.
Mühsam kroch Hondor hinter den anderen aus dem Wagen. Seine Beine waren taub und seine Knochen schmerzten vom langen Ausharren in dem engen Zwinger. Er versuchte gerade, seine gefesselten Arme und Beine zu bewegen, um die Durchblutung wieder in Gang zu bringen, als er Kalerid auf sich zukommen sah.
»Kennst du den Weg zum Paratul, Herras?«, fragte ihn der Heerfüh-

rer.
»Selbstverständlich.« erwiderte Hondor und deutete nach Westen. Selbst wenn er es nicht gewusst hätte, wäre es nicht sonderlich schwer gewesen, den Hügel zu finden. Der Paratul erhob sich dort über den Dächern der Stadt. Man musste den Markplatz nur über den westlichen Weg verlassen und der Straße folgen, um geradewegs dorthin zu gelangen.
Kalerid folgte seinem Blick und lachte zufrieden. »Wunderbar, dann können wir sofort losgehen«, verkündete er.
Hondor wandte alarmiert den Blick. »Ihr wollt uns ohne Rast weiterjagen?«
Kalerid unterbrach ihn. »Ohne Rast?! Ihr habt euch doch auf dem Karren lange genug ausgeruht, nichtsnutziges Gesindel.«
»Aber meine Leute brauchen Wasser und etwas zu essen. Wir haben seit Tagen nichts bekommen«, sprach Hondor unbeirrt weiter. Kalerid lachte ihn aus.
»Deine Leute? Haben sie dich zu ihrem Anführer gewählt?« Hondor erwiderte nichts. »Essen gibt es erst, wenn ihr etwas gearbeitet habt. Bis jetzt wart ihr nur eine Last für mich.« Hondor Blick verdunkelte sich und Kalerid genoss es. »Aber ich will nicht so sein.« Kalerid schien sich in der Rolle des Großzügigen zu gefallen. Er wandte sich an seine Wachen und rief ihnen zu: »Bringt Wasser für die Gefangenen!«
Mehrere Eimer wurden herbeigeschleift und das Wasser mit großen Schöpfkellen an die Menschen verteilt, die gierig ihren Durst daran stillten. Mittlerweile waren auch die Gefangenen von Zurnam auf den Marktplatz geführt worden. Sie boten einen ebenso erbärmlichen Anblick wie die Menschen aus Alland Pera. Und auch die sellagische Verstärkung war nun eingetroffen. Perlug hatte eine große Anzahl seiner Krieger zur Verfügung gestellt.
Nachdem die Wassereimer bis auf den letzten Tropfen geleert waren, gab Kalerid den Befehl zum Aufbruch, und die Gefangenen trabten widerwillig los. Zusammengebunden in einer langen Reihe und umringt von Sellag-Wachen, zogen sie dem Paratul entgegen.

Die Nacht war schon über das Land hereingebrochen und am klaren Himmel funkelten die Sterne, gerade so, als wüssten sie nichts von dem, was sich unter ihnen abspielte, da hatten sie endlich den Fuß des Hügels erreicht. Für Fackeln und Arbeitsgeräte hatten die Sellag ausreichend gesorgt. Kalerid hatte bereits in Alland Pera daran gedacht und vorsorgen lassen, obwohl das gar nicht nötig gewesen wäre, denn gerade in Zurnam gab es solche Dinge zur Genüge. Nun ließ der Heerführer die Fackeln rings um den Hügel in die Erde stecken und die Schaufeln an die Gefangenen verteilen. Die Sellag-Wachen befreiten die Menschen voneinander, entfernten ihnen aber nicht die Hand- und Fußfesseln. So blieb den Allendassern genug Bewegungsfreiheit zum Arbeiten, machte eine Flucht aber so gut wie unmöglich. Die Gefangenen mussten gleichmäßig verteilt um den Hügel herum Stellung beziehen. Kalerid hatte beschlossen, den Hügel von allen Seiten zugleich abtragen zu lassen. Schließlich musste es einen Eingang oder etwas Derartiges geben, der zu dem Schatz führte, auch wenn sich beim ersten in Augenschein nehmen nichts entdecken ließ, was darauf hinwies. Auf diese Art würden sie ihn am schnellsten finden können.

»Los, fangt an zu graben!«, rief er den Menschen erbarmungslos zu, die sich bereits jetzt müde und erschöpft auf die Spaten stützten. Doch ihnen blieb keine Wahl. Wer nicht sogleich zumindest den guten Willen zeigte, der Aufforderung des Heerführers nachzukommen, bekam die Fäuste der Sellag zu spüren. So fügten sich die Menschen ergeben ihrem Schicksal und begannen, den ungefähr hundert Barret hohen Hügel abzutragen.

Zu Anfang ging ihnen die Arbeit noch leicht[7] von der Hand. Der Erdboden unter dem weichen Gras war locker und gut auszuheben. Doch bald wurde der Untergrund fester und steiniger. Vor allem die Frauen und Kinder stießen schnell an die Grenzen ihrer Kräfte und als die Mitte der Nacht vorbeigezogen war, fiel es vielen schwer, sich noch auf den Beinen zu halten. Kalerid kannte jedoch kein Erbarmen. Er wies seine Wachen an, die Menschen weiterhin zur Arbeit anzutreiben und diese führten seine Befehle ohne Gnade aus.

Erst, als die ersten Sonnenstrahlen hinter dem Horizont hervor krochen, sah Kalerid ein, dass seine Taktik wenig erfolgversprechend war. Einige Menschen waren ihm bereits aufgrund ihrer Schwäche ausgefallen. Entweder waren sie ohnmächtig geworden oder sie waren so ausgezehrt, dass sie regungslos am Boden lagen und sich auch durch keine Drohung oder Handgreiflichkeit der Wachen zum Weiterarbeiten bewegen ließen. Wenn er diese Arbeitsweise weiterhin fortsetzte,

[7] Solche Begriffe sind stets relativ zu sehen!

würde er bald keinen einzigen einsatzfähigen Allendasser mehr haben. Schweren Herzens entschloss Kalerid sich daher, die Gefangenen in zwei Gruppen einzuteilen, die sich im Abstand von zwölfmal fünfzig Kils abwechseln konnten. Er befahl seinen Wachen, Zelte aus Zurnam herbeizuschaffen und ein notdürftiges Lager zu errichten, in dem sich die Menschen ausruhen konnten. Dann ließ er die erste Gruppe einteilen und in das Lager führen. Er verfluchte die Schwäche der Menschen. Trotzdem, oder gerade deswegen, ordnete er an, Nahrung in der Gruppe verteilen zu lassen, nicht aus Mitleid, aber im Sinn seiner Pläne.
Ausgelaugt und müde sanken die Menschen innerhalb des Zeltes zu Boden und blieben vorerst regungslos liegen, zu müde, einen klaren Gedanken zu fassen oder sich über die Aussichtslosigkeit ihrer Lage bewusst zu werden.

Es kam genau so, wie Hondor sein Glück eingeschätzt hatte: Er gehörte der ersten Gruppe an, die weiterhin zum Arbeiten getrieben wurde. Er blickte hinüber zu Zorina, die ein Stück entfernt auf dem Boden hockte. Sie war zu erschöpft, sich weiterhin auf den Beinen zu halten, geschweige denn, einen einzigen weiteren Klumpen Erde zu bewegen. Sie kniete zusammengesunken auf dem Boden und scharrte verzweifelt im Dreck. Mehrfach hatten die Wachen versucht, sie zum Arbeiten zu bewegen, aber all das hatte keinen Sinn gehabt. Hondor wusste nicht, ob es Mitleid war oder ob sie einfach eingesehen hatten, dass es keinen Sinn mehr hatte, aber irgendwann hatten sie von ihr abgelassen und ließen sie gewähren. Zu Hondors Linken schuftete Usadim mit verbissenem Gesichtsausdruck. Der kräftige Mann schien noch nicht am Ende seiner Kräfte angekommen zu sein, aber sein Unwille stand ihm deutlich ins Gesicht geschrieben.

Zwanzig Kils vor Mittag traf endlich die von Kalerid ungeduldig erwartete Verstärkung an Gefangenen ein. Er hatte sie aus den umliegenden Dörfern anfordern lassen. Nun gönnte der Heerführer auch dem Rest der ersten Gruppe endlich Ruhe. Todmüde und mit wunden und offenen Gelenken, stützte Hondor Zorina, als sie in eines der Zelte wankten. Usadim folgte ihnen mürrisch und erschöpft.
Gemeinsam ließen sie sich in eine freie Ecke fallen und blieben dort liegen, ohne sich zu rühren oder einen Laut von sich zu geben.
»Wenn das so weitergeht, haben wir uns bald alle zu Tode geschun-

den«, raunte Zorina irgendwann.
»Wir dürfen nicht aufgeben. Wir müssen versuchen durchzuhalten, bis uns etwas eingefallen ist, wie wir ihnen entkommen können.« Hondor versuchte, seine Begleiter zu beruhigen, aber es klang nicht so entschlossen, wie er es sich gewünscht hatte.
Usadim sagte nichts. Er lehnte mit dem Rücken gegen einen Pfosten und schnarchte bereits vor sich hin. Auch Zorina fielen bald die Augen zu.
Hondor bemühte sich redlich, sich endlich eine genaue Vorstellung darüber zu machen, wie es weitergehen sollte, wie sie dieser misslichen Lage entfliehen konnten, aber sein Körper forderte bald ebenfalls seine Rechte und die harte Arbeit ihren Tribut. Er sank erschöpft in einen traumlosen Schlaf.

Als man sie am Abend wieder zur Arbeit holte, fühlten sich die Vier wieder kräftiger. Sie hatten etwas zu Essen und ausreichend Wasser bekommen. Das Abtragen der Erde fiel ihnen zumindest zu Beginn ihrer Schicht nicht allzu schwer. Doch es hatte nun zu regnen begonnen und dies erschwerte die Arbeit zusätzlich. Das Erdreich war nun schlammig und schwer von Wasser. Es dauerte nicht lange, dann waren die Gefangenen über und über mit Schlamm bedeckt. Die Feuchtigkeit in ihren Kleidern ließ sie zittern. Es war bereits ein beachtliches Stück des Hügels aufgewühlt worden, und Kalerid war geradezu begeistert über die Fortschritte, die seine Arbeiter machten. Schnell verwarf er den Gedanken, nach Zurnam zurückzukehren und verweilte lieber weiterhin in der Nähe des Paratul, um nichts von dem, was dort vor sich ging, zu verpassen.

# Herras
## VI

Herras hatte, wie versprochen, die zweite Hälfte der Nacht Wache gehalten. Trotzdem fühlte er sich frisch und ausgeruht, als sie am Morgen nach einem ausgiebigen Morgenmahl wieder aufbrachen. Merit hatte mit dem Proviant nicht gespart und der Vorrat, den er aus den Rucksäcken zauberte, schien geradezu unerschöpflich zu sein. Zudem erfüllte der Wald Herras geradezu mit Leben.

Sie kamen gut voran. Doch etwa viermal fünfzig Kils nach Mittag veränderte sich das Wetter. Es begann zu regnen. Die Luft kühlte sich merklich ab, sodass sie ihre Mäntel aus den Rucksäcken hervorholten und die Kapuzen tief ins Gesicht zogen.

Trotz des schlechten Wetters konnte Herras es nicht verhindern, dass sein Blick immer wieder nach oben wanderte. Er hoffte, irgendwo zwischen den Bäumen den geheimnisvollen Vogel Olog zu sehen, aber er war nirgends zu entdecken. Nur zweimal konnten sie ihn schreien hören, ein Zeichen dafür, dass er sie noch immer begleitete. Merit berichtete, dass er ihn schon am Vortag mehrfach gehört hatte. Es wunderte den Waldmenschen, dass sich Olog so weit vom Stamme Andor entfernte, denn bisher hatte er den Stamm nie für längere Zeit verlassen. Wäre Merit ein gläubiger Waldmensch gewesen, hätte er gesagt, dass die Götter ihn als Beschützer für ihre Reise geschickt hatten, aber da er weder religiös noch abergläubisch war, freute er sich einfach über seine Anwesenheit.

Der Regen hielt nur eine Weile an und auch nachdem er aufgehört hatte, blieb der Himmel bedeckt. Nur langsam zogen die Wolken westwärts und da die Sonne verborgen blieb, war es düster und kühl unter den Wipfeln der Bäume.

Am späten Nachmittag wurden Herras die Beine schwer. Seit ihrer ausgiebigen Rast zur Mittagszeit hatten sie nur eine kurze Pause eingelegt, um ihre Wasserflaschen an einem kleinen Bach zu füllen. Es war zu nass und ungemütlich, um sich auf dem Waldboden niederzulassen. Merit hielt bereits seit längerer Zeit Ausschau nach einem trockenen

Platz, an dem sie die Nacht verbringen konnten.
Herras trottete mürrisch vor sich hin. Die Nässe kroch langsam an seinen Beinen hinauf und seine Stimmung sank auf ihren Tiefpunkt seit Beginn ihrer Wanderung.
Während er sich und die Welt verdammte, blieb sein Fuß plötzlich an einem ungewöhnlich hohen Hindernis hängen und er stolperte. Gerade noch konnte er sich abfangen, bevor er das Gleichgewicht verlor und ins feuchte Laub fiel. Er schob seine Kapuze aus dem Gesicht und drehte sich um, um zu sehen, was ihn beinahe zu Fall gebracht hatte. Er war über eine kleine Mauer gestolpert, die ungefähr ein Fünftel Barret aus dem Boden herausragte. Herras wunderte sich. Bisher hatte er noch nichts im Wald gesehen, was aus Stein gebaut war. Er blickte sich wieder um und wollte Merit und Maleris auf diese Merkwürdigkeit ansprechen, als er sah, wozu die Mauer gehörte. Vor ihm ragte ein mächtiges Bauwerk auf, genauer gesagt, musste es einst mächtig gewesen sein. Nun war davon nur noch eine Ruine übrig. Zu seinen Glanzzeiten musste es ein riesiges Haus oder vielmehr eine Burg gewesen sein. Jetzt war das Dach eingestürzt und Teile des Mauerwerks zusammengefallen, aber noch immer war zu erkennen, wie gewaltig das ganze Bauwerk einst gewirkt haben musste und wie völlig fehl es an diesem Ort war. An der rechten Seite befand sich ein noch fast vollständig erhaltener Turm, der sogar die Spitzen der Bäume überragte. Herras schätze, dass man von dort einen guten Ausblick über den Wald haben musste.
»Was ist das?«, fragte er, als er zu den beiden Waldmenschen aufgeschlossen war. Es schien ihm, als könnte er einen andächtigen Ausdruck in ihren Augen erkennen.
»Das ist Golid«, erwiderte Maleris und vergaß, dass Herras mit dieser Aussage nicht viel anfangen konnte.
»Wir sind besser vorangekommen als ich dachte«, fügte Merit hinzu. »Wir sind bereits in einen Bereich des Waldes gekommen, in dem ich mich nicht mehr so gut auskenne, aber dass wir heute schon Golid erreichen, hätte ich nicht erwartet. Dies ist der nördlichste Punkt, den mein Stamm jemals besucht hat.«
»Und was ist Golid?«, fragte Herras weiter, der noch immer keine aufschlussreiche Antwort auf seine Frage erhalten hatte.
»Golid war einst eine mächtige Festung. Sie stammt noch aus der Zeit, als Allendas und Lemberus ein Land waren und unsere Völker eines

waren. Ich denke, hier werden wir einen trockenen Ruheplatz für die Nacht finden«, erwiderte Merit und sie gingen durch einen verfallenen Torbogen hinein in das mittlerweile unüberdachte Innere der Festung. Die Reste einer verwitterten Treppe waren zu erkennen und Herras schätzte, dass es sich einst um den Haupteingang gehandelt hatte. Er blickte sich mit geweiteten Augen und offenem Mund um. Von innen wirkte das Gebäude (oder das, was im Laufe der Jahrhunderte davon noch übrig geblieben war) noch riesiger. Einige Wände standen zum Teil noch, aber die meisten waren völlig in sich zusammengefallen und lagen als Geröllhaufen oder einzelne große Steine herum. Nur die äußeren Mauern waren noch größtenteils erhalten und sie ließen Herras erahnen, welches Ausmaß die gesamte Burg einmal gehabt haben musste. Bäume wuchsen zwischen den herumliegenden Steinen und der Boden war von Laub und Gras bedeckt. Die Burg musste zu ihrer Glanzzeit mindestens zwei Stockwerke besessen haben, aber davon war kaum noch etwas zu erkennen.

»Ich wusste nicht, dass wir einmal ein gemeinsames Volk waren«, sagte Herras zu Maleris, die neben ihn getreten war.

»Ihr Allendasser schätzt das Wissen über eure Vergangenheit nicht sonderlich, oder?« Das Mädchen blickte ihn von der Seite her tadelnd an.

»Anscheinend nicht.« Herras zuckte bedauernd mit den Schultern.

Maleris' Gesichtsausdruck veränderte sich. Sie bedachte ihn mit einem merkwürdigen Blick, den Herras nicht recht zu deuten wusste. Es schien eine Mischung aus Traurigkeit und Belustigung zu sein. Dann wandte sie sich ab und ging hinüber zu Merit, der nun im Eingang zu dem großen, runden Turm stand. Herras folgte ihr und er hoffte, dass es vielleicht eine Möglichkeit gab, den Turm zu besteigen. Er hätte zu gerne den Wald einmal von oben gesehen.

»Ich denke, hier können wir die Nacht verbringen«, rief Merit ihnen zu und legte bereits seinen Rucksack ab, als sie sich ihm näherten.

Zu Herras' Enttäuschung gab es keine Treppe innerhalb des Turmes. Einige Reste im Mauerwerk wiesen darauf hin, dass es einst eine gegeben haben musste, doch sie war vollständig zerfallen. So konnte er nur nach oben starren. Sein Blick verlor sich in undurchdringlicher Dunkelheit. Der Raum im Turminnern war kahl und dunkel und der Eingang recht niedrig und schmal. Dadurch waren sie wenigstens vor Wind und Wetter geschützt.

»Wir können hier drinnen kein Feuer entfachen«, stellte Herras fest. »Der Rauch würde nicht abziehen.« »Aber ein paar Kerzen werden bestimmt nicht schaden.« Maleris begann, in ihrem Rucksack zu kramen. Sie fand, was sie suchte und stellte die Kerzen im Raum auf. Dann entzündete Maleris sie und ihr Licht verbreitete eine angenehme Atmosphäre. Sie ließen sich auf den erdigen Boden sinken und holten ihren Proviant hervor.

»Wann war das?«, fragte Herras zwischen zwei Bissen getrocknetem Fleisch. »Wann waren wir ein Volk?«

»Vor sehr, sehr langer Zeit.« entgegnete Merit. »Vor vielen hundert Jahren.«

»Und was passierte dann? Warum haben sich die Völker getrennt?« Es wunderte ihn, dass der sonst so gesprächige Lemberuske an diesem Tag nur so spärlich mit der Sprache herausrückte. Herras wusste nicht, ob es daran lag, dass er erschöpft war, oder ob etwas anderes dahinter steckte.

»Es kam zu einem Zerwürfnis, als die anderen Menschen kamen.« ergriff Maleris nun das Wort. »Sie kamen über das Meer und die heutigen Allendasser verbündeten sich mit ihnen. Die Fremden und die verbündeten Allendasser vertrieben alle, die nicht bereit waren, sich ihnen anzuschließen. Sie erkannten die bösartigen Absichten der Neulinge nicht. Die Vertriebenen zogen sich in die Wälder zurück und gründeten unser Volk. Sie versuchten noch einige Male, eine Einigung zwischen ihrem Volk und den Allendassern herbeizuführen, aber die Allendasser waren uneinsichtig, vertrieben oder töteten unsere Gesandten und so schwand der Kontakt immer weiter, bis er irgendwann völlig abbrach.«

»Der Verlauf der Geschichte hat gezeigt, dass wir recht hatten«, fuhr Merit fort. »Die Fremden, die über das Meer gekommen waren, gewannen immer mehr an Macht und unterdrückten die Allendasser mehr und mehr, bis sie irgendwann völlig versklavt und enteignet worden waren. Die Familie von Ralirand, dem König des vereinten Landes, das Aurantien genannt wurde, wurde getötet und die Fremden setzten einen der ihren auf den Thron. Ein Vorgänger aus Ralirands Geschlecht ließ auch diese Burg bauen. Sie diente als Wachposten für die östlichen Grenzen. Unsere Länder wurden erst sehr viel später Allendas und Lemberus genannt.«

Nun gelangten sie an den Teil der Geschichte, der auch Herras bekannt war, auch wenn in Allendas nicht viel davon gesprochen wurde. Die Allendasser dachten nicht gerne an die schlechten Zeiten, bevor Helaras nach Allendas kam und das Land in eine bessere Zeit führte. Herras schwieg betroffen. Es dauerte eine Weile, bis er den neuen Blickwinkel, den er nun über die Vergangenheit seines Landes erhalten hatte, richtig verstand.[8]

»Und nun sind wir wieder am gleichen Punkt angekommen, an dem wir damals schon waren«, sagte er nach einer Weile leise. »Doch dieses Mal war es nicht unsere Schuld.«

»Damals kam Helaras, um euch von euren Peinigern zu befreien und auch diesmal werden wir einen Weg finden, die Eindringlinge zu vertreiben«, entgegnete Merit zuversichtlich.

»Und mit etwas Glück wird es diesmal nicht über ein Jahrhundert dauern«, fügte Maleris ebenso entschlossen hinzu.

»Es scheint das Schicksal meines Volkes zu sein, immer die Geretteten zu sein - sofern mein Volk überhaupt noch existiert.« Herras spielte mutlos mit einer der Kerzen.

»Das werden wir nur herausbekommen, wenn wir unseren Weg fortsetzen. Diesmal wird der Retter deines Volkes vielleicht aus dessen eigenen Reihen kommen«, erwiderte Maleris und Herras bemerkte, dass ihre Anrede vertrauter geworden war.

»Ich weiß noch immer nicht, ob ich dieser Aufgabe gewachsen bin«, antwortete er schwach.

»Das wirst du.« Merit legte ihm freundschaftlich und ermutigend die Hand auf den Arm. »Man wächst mit den Bürden, die einem auferlegt werden. Das Schicksal wählt immer den Richtigen.«

»Aber ich habe dem Schicksal ins Handwerk gepfuscht. Eigentlich sollte Hondor nun an meiner Stelle sein.« Herras ließ die Schultern hängen.

»Das Schicksal lässt sich nicht beeinflussen«, erwiderte Merit. »Es war dir so vorbestimmt, sonst wärst du nicht hier.«

Herras erwiderte nichts. Die bedrückte Stimmung blieb, als sie die Ker-

[8] Dem aufmerksamen Leser wird aufgefallen sein, dass den Allendassern der erste Teil dieser wahren Geschichte nicht mehr so geläufig ist. Wie es mit vielen Taten und Ereignissen geschieht, die für den Erzählenden nicht sehr ruhmreich ausfallen, wurde dieser Teil unter den großen Teppich des Vergessens gekehrt. Also wollen auch wir es damit auf sich beruhen lassen. Die unglückliche Rolle, die König Ralirand bei der Versklavung seines eigenen Landes spielte, soll an dieser Stelle nicht näher erwähnt werden. Es wäre für ihn ganz und gar nicht ruhmreich.

zen löschten und sie sich schlafen legten.
Auch in dieser Nacht übernahm Merit die erste Wache. Er holte aus seinem Rucksack eine Decke hervor und ließ sich unter dem Steinbogen des Eingangs nieder. Seine Armbrust legte er griffbereit an seine Seite. Den Rücken an die Steine gelehnt, blickte er hinaus in die Nacht.
In dieser Nacht fiel es Herras nicht so leicht, Schlaf zu finden, obwohl ihm die Müdigkeit und Erschöpfung tief in den Knochen saßen. Eine Fülle von Gedanken, die unermüdlich in seinem Kopf kreisten, ließen ihn nicht zur Ruhe kommen. Die Arme hinter dem Kopf verschränkt und mit weit offenen Augen, starrte er hinauf in die unendlich wirkende Dunkelheit des Turmes und grübelte über seine und die Zukunft seiner Gefährten nach. Was würde sie erwarten? Würde er den Aufgaben gewachsen sein, die auf ihn zukommen mochten? Er versuchte, sich das Land im Norden vorzustellen, wohin sie ihr Weg führen sollte. Wie würden ihn die Menschen dort aufnehmen? Wie würden sie auf sein Anliegen reagieren? Was würde geschehen, wenn sie ihn nicht anhören würden?
Maleris hatte sich in ihre Decke gerollt und ihr ruhiges Atmen verriet, dass sie schon seit einiger Zeit eingeschlafen war. Herras allerdings starrte noch lange in die Schwärze über ihm, bevor auch er in einen flachen und unruhigen Schlaf fiel.

# Marek
## III

Marek streckte sich im feuchten Laub aus und fühlte sich unwohl. Berol und Wuran taten es ihm gleich und ihr Anführer konnte im fahlen Mondlicht die unzufriedenen und wütenden Blicke sehen, mit denen sie ihn fortwährend bedachten. Berol knurrte unwillig und Marek konnte es ihm nicht mal verdenken. Der Regen machte ihnen allen zu schaffen. Selbst jetzt, wo er aufgehört hatte, lag noch immer Feuchtigkeit in der kühlen Nachtluft und kroch den Sellag in jede Ritze ihrer hornigen Haut. Für feuchte Wetterverhältnisse waren Sellag nicht geschaffen. Wären sie zu Hause in ihrem Gebirge gewesen, hätten sie sich in die tiefsten Räume ihrer Höhlen zurückgezogen und ausgeharrt, bis sich das Wetter besserte und die Nässe aus der Luft verschwunden war. Doch diese Möglichkeit bot sich ihnen nun nicht. Sie hatten keinen Unterschlupf für die Nacht und so hatten sie sich im Windschatten einer niedrigen Mauer zwischen die Büsche geduckt.

Einen Vorteil hatte der Regen ihnen gebracht: Der König und seine Begleiter waren unaufmerksamer geworden. Sie hatten sich die Kapuzen ihrer Mäntel tief ins Gesicht gezogen und so fiel es ihren Verfolgern leichter, ihnen auf den Fersen zu bleiben. Das feuchte Laub und das Prasseln des Regens dämpften die Schritte der Sellag.

Wuran und Berol machten Marek Vorwürfe, dass er noch immer keinen Angriff gewagt hatte und der Anführer wusste, dass er bald handeln musste, wenn er nicht riskieren wollte, dass die beiden Krieger etwas auf eigene Faust unternahmen.

Von seinem Versteck aus konnte Marek mühelos hinüber zu dem Unterschlupf der Menschen blicken, er musste sich nur vorsichtig ein wenig nach oben schieben und über die Mauer schielen. Innerhalb des verfallenen Gemäuers wuchsen nur wenige Bäume und das Licht des Mondes, der nun wieder am wolkenlosen Himmel strahlte, konnte bis auf den Waldboden dringen, ohne von Bäumen und hohen Hecken daran gehindert zu werden.

Marek konnte erkennen, dass die Menschen ihr Lager bewachten. Auch konnte er erkennen, dass der Turm nur einen Ausgang besaß und darin

würde sein Vorteil bestehen. Wenn sie ihren Angriff geschickt durchführten, würden ihre Opfer innerhalb des Turmes in der Falle sitzen.
‚Es dürfte nicht schwer werden, sie dann zu überwältigen', dachte Marek gerade bei sich, als er bemerkte, dass Wuran ein Stück näher an ihn herangekrochen kam.
»Wir dürfen uns diese Gelegenheit nicht entgehen lassen!«, knurrte er.
Marek nickte unwirsch. Er wusste, dass Wuran Recht hatte, auch wenn ihm nicht gefiel, es sich anhören zu müssen.
»Wir werden heute Nacht unseren Angriff durchführen!«, entgegnete er bestimmt.
»Dann lass uns nicht noch länger warten«, warf Berol ein. Der Sellag zog sein Schwert und richtete sich auf die Hinterbeine auf. Nun überragte er die Mauer um fast zwei Köpfe und es wirkte, als wollte er sofort losstürmen.
»Du Trottel!«, zischte Marek zornig und gab Berol einen harten Schlag in die Kniekehle. Dieser sank mit einem kurzen Aufjaulen wieder zurück auf alle Viere. »Du wirst uns mit deiner maßlosen Dummheit noch verraten!«
Vorsichtig lugte abermals Marek über die Mauer hinweg und hielt unwillkürlich den Atem an, als er hinüber zu dem Versteck der Menschen starrte. Die Wache schien sie gehört zu haben. Zumindest blickte sie nun geradewegs in ihre Richtung. Marek wagte es nicht, sich zu bewegen. Zu seiner Erleichterung schien die Wache sie nicht gesehen zu haben. Der rothaarige Waldmensch wandte den Blick wieder ab und widmete seine Aufmerksamkeit etwas anderem, das sich innerhalb des Turmes verbarg.
Mit einem zornigen Glitzern in den Augen wandte sich Marek nach einigen Augenblicken des Abwartens wieder seinen Begleitern zu.
»Wir dürfen nichts überstürzen«, flüsterte er ihnen nachdrücklich zu. »Wir werden uns dicht an den Mauern halten, bis wir uns auf der rückwärtigen Seite des Turms befinden. Dann werden wir sie von hinten, um den Turm herum, angreifen. So können wir sie überraschen.«
Mareks Tonfall schloss jeden etwaigen Einspruch seiner Begleiter aus. Berol und Wuran stimmten murrend zu und Marek gab den Befehl zum Aufbruch. Sie kamen gut voran, als sie an dem niedrigen Gemäuer entlang krochen. Mittlerweile hatten die Sellag reichlich Übung im Schleichen zwischen Büschen und Bäumen.

Mareks Herz schlug vor Aufregung ein wenig heftiger; er hatte jetzt keine Zweifel mehr an dem Gelingen seines Planes. Dann geschah etwas Unerwartetes.
Zuerst sah er nur zwei leuchtende gelbe Augen in der fahlen Dunkelheit. Dann hörte er Berols Aufschrei, bevor dieser mit zerfetzter Kehle zu Boden fiel. Erst jetzt konnte er den massigen Körper und die entblößten, weißen Reißzähne sehen, gerade, als sich die Bestie auf Wuran stürzte. Ein weiteres Augenpaar erschien in der Dunkelheit, dann ein drittes. Panik ergriff Marek. Er vergaß auf der Stelle all seine Pläne, wandte sich um und rannte los, ins Innere der Ruine.

# Herras
## VII

Herras schreckte aus seinem Schlaf auf, als ein heiseres, lautes Krächzen die Stille der Nacht durchbrach. Sein Atem begann sich zu beschleunigen und sein Herz schlug schneller, als er eilig unter seiner Decke hervor kroch und nach seinem Schwert griff. Ein weiterer Schrei schallte durch die Dunkelheit und Herras wurde plötzlich bewusst, von welchem Wesen er stammte - Olog.

Mit einem leisen Stöhnen ließ er sich wieder zurücksinken. Vor seinen Augen tauchten die letzten Erinnerungen an den Albtraum auf, der ihn gequält hatte, bevor sein Schlaf unterbrochen worden war. Er hatte von Allendas und dem Schicksal des Landes geträumt. Herras schüttelte den Kopf, um die hässlichen Bilder abzustreifen und blickte hinüber zum Eingang des Turmes, durch den silbernes Mondlicht hereinfiel und den Innenraum matt erhellte. Dort saß Merit und musterte ihn verwundert.

»Alles in Ordnung?«, fragte der Waldmensch.

Herras Atem beruhigte sich langsam wieder. »Alles bestens!«, erwiderte er und lächelte, zumindest bemühte er sich. »Nur ein Albtraum.«

Merit nickte verstehend und schaute wieder nach draußen. Seine Aufmerksamkeit schien etwas anderem zu gelten. »Olog ist da«, sagte er, während er mit seinen Augen die Dunkelheit durchstreifte.

»Und er scheint näher zu sein, als jemals zuvor«, erklang plötzlich die Stimme von Maleris hinter Herras. Erst jetzt wurde ihm bewusst, dass auch sie erwacht war. In ihren großen, mandelförmigen Augen glitzerte das silberne Licht des Mondes. »Noch nie waren seine Rufe so laut.«

»Trotzdem kann ich ihn nicht sehen.« In Merits Stimme war Niedergeschlagenheit zu hören. »Ich wünschte, ich könnte ihn nur einmal in meinem Leben erblicken.«

Herras und Maleris krochen unter ihren Decken hervor und gesellten sich zu ihm. Schweigend durchforsteten ihre Augen die Nacht, doch Olog war nirgendwo zu sehen.

Herras fröstelte, als er die Ruinen um sich herum betrachtete. Im Schein des Mondes hatten sie etwas Unheimliches und Unwirkliches an sich,

boten ein Zusammenspiel von Licht und Schatten, das unzähligen Gefahren Unterschlupf bieten konnte. Als Herras nach Norden schaute, verlor sich sein Blick in der undurchdringlichen Schwärze des Tannenwaldes, der dort an die verfallenen Mauern angrenzte. Plötzlich hatte er das Gefühl, dass sich das Böse, von dem er den Eindruck hatte, dass es seit Anbruch der Nacht über der Ruine lag, von dort herankroch.
»Warum ist euer Stamm nie über diesen Ort hinaus und weiter nach Norden gezogen?«, fragte Herras plötzlich unverwandt und durchbrach damit das Schweigen zwischen den drei Weggefährten. Die Frage brannte bereits seit einiger Zeit auf seiner Seele.
»Weil dort der Togos, der *schwarze Wald*, liegt«, entgegnete Merit und als er Herras in die Augen sah, meinte der Mensch darin einen merkwürdigen Ausdruck zu erkennen, mit dem er nichts anfangen konnte. »Keiner der südlichen Stämme ist jemals weiter nach Norden gezogen, als bis zu diesem Punkt und keiner der nördlichen Stämme ist weiter nach Süden gekommen, als bis zum gegenüberliegenden Rand dieses Tannenwaldes«, erklärte der Waldmensch weiter. »Nur wenige Wanderer nehmen den Weg auf sich, den Wald zu umgehen, und hin und wieder einige Jäger.« fügte Maleris hinzu. »Hinein hat sich nur sehr selten jemand gewagt.«
Herras konnte seinen Blick nicht von der tiefen Schwärze abwenden. Der Tannenwald, Togos, wie ihn Merit nannte, schien nun einen völlig anderen Charakter zu haben. Das Böse wurde stetig greifbarer. Herras schluckte trocken.
»Warum wagt sich niemand in diesen Teil des Waldes?«, fragte er vorsichtig weiter und war sich nicht sicher, ob er die Antwort überhaupt hören wollte.
»Weil es der *schwarze Wald* ist«, entgegnete Merit wie selbstverständlich, doch Herras' verständnisloser Blick verriet ihm, dass ihm dies nicht genügte. »Er erscheint nicht nur schwarz, auch seine Seele ist es«, fügte er daher hinzu. »Der Wald mag keine Fremden und keine Eindringlinge auf seinem Boden.«
Erneut schallte Ologs Ruf durch die Nacht.
»Und wir werden ihn durchqueren?« Herras verzog das Gesicht. Ihm war es alles andere als wohl bei dem Gedanken. Es erschien ihm, als wollte der Wald ihn schon jetzt davor warnen, auch nur einen Schritt in ihn hinein zu setzen.
»Wir haben keine andere Wahl. Merits Tonfall verriet, dass auch er

nicht glücklich darüber war, aber er schien es nicht so schwer zu nehmen, wie Herras. »Den Wald zu umgehen, würde uns einige Tage kosten, denn er reicht fast bis zur östlichen Grenze unseres Landes.«
»Aber so schlimm wird es schon nicht werden.« Maleris hatte Herras' Unmut bemerkt. »Es sind nur Märchen, die über den Togos erzählt wurden. Man sagt, die Tiere, die darin leben, hätten einen bösen Charakter und es würden magische Wesen in ihm hausen, Hexen und Zauberer. Aber wenn du mich fragst, ist das alles Unfug.« Ihre Worte sollten Herras aufmuntern, sie erzielten allerdings mit unglücklicher Sicherheit genau den gegenteiligen Effekt.
»Wir müssen versuchen, die Richtung zu halten und uns nicht zu verirren. Das ist die einzige Gefahr die ...« Merit beendete seinen Satz nicht. Sein Kopf fuhr herum und er blickte angestrengt hinaus in die Ruine.
»Was ist?«, fragte Herras beunruhigt.
Auch Maleris reckte nun den Kopf.
Merit antwortete nicht sofort. Angespannt starrte er auf einen Punkt, der einige Barret entfernt war.
»Mir war, als hätte ich ein Geräusch gehört... von dort«, sagte der Lemberuske schließlich, als sich seine Anspannung ein wenig gelöst hatte und deutete in Richtung der niedrigen Ruine, die einst die äußere Mauer der Burg gebildet haben musste.
»Es wird wohl ein Tier gewesen sein«, vermutete Maleris.
Merit nickte zustimmend. Schweigen legte sich über die Gruppe und sie hingen ihren Gedanken nach, überlegten, was sie im Togos wohl erwarten mochte.

Wenige Kils später kam Unruhe in die nächtliche Stille der Burgruine. Zuerst durchriss ein erneuter, markdurchdringender Schrei Ologs das unheilvolle Schweigen der Nacht. Der Schrei war um ein Vielfaches lauter, als all die Male zuvor und Merit war mit einem Satz auf den Beinen. Dann stürmte eine graue Gestalt durch die wenigen Bäume, die auf der Lichtung innerhalb der Ruine wuchsen. Bevor Merit erkennen konnte, um wen oder was es sich handelte, sah er auch schon die Verfolger. Der massige Körper zeichnete sich deutlich gegen das Mondlicht. Die Kreatur besaß den Körperbau eines Wolfes, aber seine Größe war die eines ausgewachsenen Bären. Solch eine Kreatur hatte Merit in seinem Leben noch nicht gesehen.

Das Untier verfolgte sein Opfer mit großen Sprüngen und es dauerte nicht lange, da hatte sie es eingeholt und sich darauf gestürzt. Zwei weitere folgten ihm.
Ohne lange zu überlegen, legte Merit seine Armbrust an und sein Pfeil traf das Ungeheuer zwischen die Schulterblätter. Der Aufschlag ließ das Untier für einen Moment innehalten, schien es aber kaum zu beeinträchtigen. Erst, als wenige Augenblicke später ein zweiter Pfeil den Schädel des Ungeheuers durchbohrte, jaulte es ein letztes Mal auf, brach zusammen und begrub sein Opfer unter sich.
Alles ging so schnell, dass Maleris und Herras dem Geschehen kaum folgen konnten. Die anderen Kreaturen hielten in ihrem Lauf inne und erspähten die Menschen. Nun hatten sie ihr neues Ziel gefunden. Zähnefletschend wandten sie sich auf der Stelle um und stürmten auf die Menschen zu. Die erste Bestie brauchte nur wenige Sätze, bis sie Herras erreicht hatte. Der Mensch kam gerade noch dazu, sein Kurzschwert, das er in den Händen hielt, fester zu umklammern, doch er konnte die Starre, die ihn vor Angst überkommen hatte, nicht überwinden. Wie in Trance spürte er, wie ihn die riesigen, mit langen Krallen besetzten Tatzen an der Brust trafen und er rücklings auf den Waldboden prallte. Die Pranken zerfetzten seine Kleidung und rissen tiefe Wunden in seine Haut. Ziellos stach Herras mit seinem Schwert auf das Untier ein, doch es ließ nicht von ihm ab. Verzweifelt versuchte er, die Kehle der Bestie zu treffen; es gelang ihm nicht. Das Untier entblößte seine langen Reißzähne und Herras begann, mit seinem Leben abzuschließen. Obwohl alles nur wenige Augenblicke dauerte, schien sich die Zeit in die Unendlichkeit zu dehnen.
Merit blieb keine Zeit, den Schrecken, der seine Glieder durchfuhr, bewusst wahrzunehmen. Als Herras von dem Ungeheuer angefallen wurde, holte er einen weiteren Pfeil aus dem Köcher an seinem Gürtel und legte erneut an. Er vergeudete nicht mehr Zeit, als unbedingt nötig, um sein Ziel ins Visier zu nehmen. Der Pfeil durchschnitt die Luft mit einem leisen Pfeifen und drang dumpf in den Schädel des Tieres ein. Die Augen des Ungeheuers verloren ihren gefährlichen Glanz und es fiel krachend auf die Seite. Regungslos blieb Herras liegen und rang nach Atem, bis er begriffen hatte, was geschehen war. Dann erst konnte er sich wieder aufraffen.
Währenddessen hatte das andere riesige Wolfswesen Maleris zu seinem Opfer erwählt. Mit gewaltigen Sätzen sprang es auf sie zu und

zeigte seine langen Eckzähne. Das Mädchen zögerte nicht, wich dem Monstrum aus und ergriff die Flucht, quer über die Lichtung der Ruine. Leichtfüßig rannte sie über den unebenen Waldboden. Der Wolf brauchte einen Moment, um zu begreifen, dass ihm sein Opfer entflohen war. Wütend schnaufend schüttelte er seinen massigen Kopf und seine Augen funkelten zornig, als er seinen schweren Körper erstaunlich wendig herumdrehte und die Verfolgung aufnahm. Maleris hatte einen kleinen Vorsprung, den sie jedoch nicht lange halten konnte. Bald konnte sie schon den heißen Atem des Untiers in ihrem Nacken spüren. Eine Wolke schob sich nun vor den Mond, als wollte dieser sich dahinter verstecken. Die Lichtung verdüsterte sich und Maleris fiel es schwer, zu erkennen, wohin sie lief. In diesem Moment tauchte plötzlich, aus der Dunkelheit der Nacht, über ihr ein großer, schwarzer Vogel auf. Maleris konnte seine Schreie hören und den Luftzug spüren, als er niedrig über sie hinweg glitt. Sie blickte über ihre Schulter und sah, wie sich der gewaltige Rabenvogel auf das Wolfswesen stürzte und seine Krallen tief in dessen Fell und die darunter verborgene Haut grub.

‚Olog', dachte Maleris andächtig, als sie ein Stück entfernt stehen blieb und das Geschehen mit ungläubigen Augen betrachtete. Der Vogel hatte sich tief in dem Nacken des Untiers verkrallt und hieb mit seinem langen Schnabel auf dessen Schädel ein, versuchte seine Augen zu treffen. Der Wolf warf sich fauchend und jaulend hin und her, in dem verzweifelten Bemühen, den Angreifer von sich abzuschütteln. Es gelang ihm nicht.

Hinter ihnen kamen Merit und ein noch immer angeschlagen wirkender Herras herbeigerannt. Der Allendasser stieß einen überraschten Laut aus, als er sah, was dort geschah. Auch Merit war das Erstaunen deutlich ins Gesicht geschrieben, als er noch ein Stück näher herantrat. Und sogar der Mond lugte nun wieder neugierig hinter seiner Wolke hervor. Merit legte seine Armbrust an und zielte. Sein Pfeil traf den massigen Körper des Wolfes zwischen die Rippen. Ein weiter blieb im Hals stecken. Mit einem letzten Aufschrei knickten dem Ungeheuer die Beine unter dem Körper weg und nach einem letzten Zucken blieb es reglos liegen.

Olog ließ von dem toten Wolfswesen ab und breitete seine weiten Schwingen aus. Mit wenigen Flügelschlägen schwang er sich auf einen niedrigen Ast an einem der umstehenden Bäume und blickte auf die Wanderer herab. Seine gelben Augen wirkten beinahe traurig in der

Dunkelheit, als er die drei Gefährten musterte, die langsam näher traten und mit ehrfürchtigen Blicken zu ihm aufsahen.
Maleris brachte als Erste ein Wort über die Lippen. »Ich danke dir, Olog. Du hast mir das Leben gerettet«, sagte sie und erstarrte im selben Augenblick, als sie die Kette sah, die der Vogel um seinen Hals trug, und die im Licht des vollen Mondes glitzerte. Sie konnte den Anhänger, der daran hing, nur schemenhaft erkennen, aber es gab keinen Zweifel, denn er war ihr so vertraut wie ihr eigenes Spiegelbild im Wasser eines klaren Waldsees. Ein erstickter Laut kam über ihre Lippen und Tränen traten in ihre Augen. Herras und Merit bemerkten den Anhänger nicht und so bedachte der Mensch das Mädchen nur mit einem erstaunten Blick. Merit hingegen hielt ihr Verhalten für eine verständliche Reaktion auf das eben erlebte und die Konfrontation mit dem sagenumwobenen Rabenvogel. Was wirklich in Maleris vorging, vermochte er nicht zu erahnen. Auch Olog sah ihre Tränen, die still über ihre Wagen liefen und er stieß einen traurigen und klagenden Laut aus. Mit einem letzten Blick auf Maleris erhob er sich in die Lüfte und verschwand am Nachthimmel. Maleris, Merit und Herras standen noch eine lange Weile schweigend da und starrten hinauf zu dem nun verwaisten Ast, als müssten sie sich erst versichern, dass es auch wahr war, was sie soeben erlebt hatten.
»Was hast du?«, fragte Herras Maleris schließlich. Noch immer verstand er die Tränen des Mädchens nicht.
Sie wischte sich mit dem Handrücken die Nässe aus dem Gesicht. »Nichts!«, erwiderte sie und ihr Tonfall ließ nicht daran zweifeln, dass sie jetzt nicht darüber sprechen wollte. »Was ist mit ihm?«, fragte sie stattdessen und deutete auf die bedauernswerte Kreatur, die das erste Untier unter sich begraben hatte. Sie wussten nicht einmal, wer, oder was es gewesen war, denn sie hatten ihr Augenmerk fast ausschließlich auf die Wolfswesen gerichtet, von denen es verfolgt worden war. »Sollten wir nicht nachsehen, wie es ihm geht?«
Merit nickte zustimmend und riss endlich seinen Blick von dem verlassenen Ast los. Noch immer konnte er nicht glauben, dass er Olog wirklich gesehen hatte.
Gemeinsam ging sie zurück zu ihrem Lagerplatz hievten den schweren Kadaver zur Seite. Herras begann zu fluchen, als er erkannte, was sich darunter verbarg.
»Bei Hembras, verflucht soll er sein, das ist ein Sellag«, stieß er voller

Zorn hervor. »Wie kommt er hierher?«
»Er muss uns gefolgt sein«, vermutete Merit.
Der Sellag hatte die Augen geschlossen und rührte sich nicht. Maleris beugte sich zu ihm herunter und tastete an seinem Hals. Vielleicht konnte sie so etwas wie einen Puls oder ein anderes Lebenszeichen finden. In der Beuge zwischen dem hornigen Körper, der unter einem Kettenhemd steckte, und dem weicheren Halsansatz konnte sie etwas erfühlen. »Er lebt noch«, stellte sie fest.
»Dann sollten wir ihn töten, bevor er aufwacht und uns alle umbringt.« Herras griff nach seinem Schwert. Er war bereit, dem Sellag sofort die Kehle durchzuschneiden. Merit streckte die Hand nach seinem Arm aus und hielt ihn davon ab. Er selbst hatte bereits seine Armbrust schussbreit angelegt, hielt sich aber zurück.
»Nur nichts überstürzen«, versuchte er Herras zu besänftigen. »Vielleicht kann er noch hilfreich für uns sein.«
»Hilfreich? Der?« Herras' Augen funkelten wild. »Ich wüsste nicht, wie der uns hilfreich sein sollte.«
»Das werden wir sehen«, entgegnete Merit ruhig. »Wir sollten ihn zuerst einmal fesseln.«
Herras verstand die unausgesprochene Aufforderung Merits und machte sich widerwillig auf den Weg, die Stricke zu holen, die er in Merits Rucksack wusste. Als er zurückkehrte, hatte Maleris sich daran gemacht, den bewusstlosen Sellag zu untersuchen, soweit es ihr bei dem ihr unbekannten Wesen möglich war. »Er scheint nicht weiter verletzt zu sein, außer der Fleischwunde an seinem Arm. Ich habe eine Salbe dabei, die wir für seine Heilung verwenden können. Seine gepanzerte Haut und das Kettenhemd scheinen das Schlimmste verhindert zu haben«. Sie banden dem Sellag Hände und Füße zusammen und trugen ihn, unter heftigem Protest von Herras, in das Innere des Turmes.

Als er aus seiner Bewusstlosigkeit erwachte, fand Marek sich in einer ihm sehr unangenehmen Situation wieder. Er hatte noch nicht die Augen geöffnet, als er bereits die Stimmen der Menschen vernahm.
»Was sollen wir nun mit ihm machen?« Es war eindeutig die Stimme des ‚Königs', die er hörte.
Vorsichtig versuchte Marek, sich zu bewegen, aber es gelang ihm nicht. Er öffnete die Augen einen Spalt weit und schielte unter seinen Lidern hervor. Ganz offensichtlich hatten sie ihn in eine Ecke des Turmes ver-

frachtet, Hände und Füße fest zusammengebunden und miteinander verschnürt. In seine Nase stieg ein widerlicher Geruch und aus den Augenwinkeln konnte der Sellag erkennen, dass sie wohl von der grünen Paste zu kommen schien, die auf die Wunde an seinem Arm aufgetragen worden war. Schmerzen verspürte er kaum.
Langsam kehrte auch seine Erinnerung zurück und ihm wurde klar, wie er in diese missliche Lage geraten war. Er entsann sich an die riesigen Untiere, die ihn aus seinem Versteck hinter den Büschen gejagt und ihn dann verfolgt hatten, nachdem seine Krieger ihre Opfer geworden waren. Als er bereits erwartet hatte, dass sein Leben nicht einmal mehr einen Wimpernschlag lang währen würde, brach das Biest plötzlich über ihm zusammen und begrub ihn unter seinem massigen Leib. Das Gewicht seines Angreifers hatte ihm die Luft aus den Lungen geraubt, bis ihm schließlich schwarz vor Augen geworden war. Den Tod des Untiers musste er den Menschen zu verdanken haben und diese hatten ihre Gelegenheit nicht ungenutzt verstreichen lassen und ihn gefangen genommen.
Marek wurde elend zumute, auf eine sehr wütende und hilflose Weise. An seiner Aufgabe war er nun endgültig gescheitert und zudem befand er sich in der denkbar schlechtesten Lage, die er sich hätte vorstellen können.
‚Obwohl', dachte der Sellag bei sich, während er überlegte, was die Menschen wohl mit ihm anstellen würden ‚vielleicht ist dies besser, als unverrichteter Dinge zu Kalerid zurückkehren zu müssen.'
Der Sellag begann sich zu fragen, warum die Menschen ihn nicht schon längst getötet hatten.
Eine lange Stille war auf die Frage des ‚Königs' gefolgt. Anscheinend waren die Menschen sich selbst noch nicht über ihre weitere Vorgehensweise im Klaren.
»Wir werden versuchen, so viel wie möglich über ihn und sein Volk aus ihm herauszubekommen. Je mehr du über die Fremden weißt, umso besser sind deine Voraussetzungen, wenn du gegen sie in den Krieg ziehen willst«, antwortete Merit schließlich.
‚Das planen sie also!', schoss es Marek durch den Kopf. Seit Beginn ihrer Verfolgung hatte sich Marek gefragt, mit welchem Hintergrund der ‚König' und seine Begleiter so zielsicher losgezogen waren. Bis jetzt hatte er keine Antwort auf diese Frage gefunden. ‚Wahrscheinlich wollen sie sich irgendwo Verstärkung für einen Gegenschlag verschaffen.'

Marek geriet in diesem Moment in einen Zwiespalt. Eine Stimme in ihm sagte ihm, dass er, so schnell es ging, nach Allendas zurückkehren musste, um Kalerid vor diesem drohenden Gegenangriff zu warnen; ein anderer, sehr viel vernünftigerer Teil von ihm, entgegnete dieser Stimme sehr bestimmt, dass, sofern er überhaupt jemals den Weg zurück finden würde, Kalerid ihn gar nicht dazu kommen lassen würde, überhaupt ein Wort darüber zu verlieren, sondern ihm wahrscheinlich sofort den Kopf abreißen würde.

»Und was machen wir danach mit ihm?«, hörte er wieder den Mann fragen, den er für den König hielt.

»Das hängt ganz von seinem Benehmen ab«, erwiderte Merit und kam unter den fragenden Blicken von Herras und Maleris aus dem Schneidersitz auf die Beine. Der Waldmensch hatte längst im Schein der Kerzen bemerkt, wie sich Mareks Lider bewegten. Es bedurfte nur wenige Schritte, dann stand er neben den Sellag, griff nach den Fesseln, die dessen Hände zusammenschnürten, und zog ihm mit einem kräftigen Ruck in eine sitzende Position. Marek riss mit einem Schlag die Augen auf und fauchte den Menschen an. Die Geste sollte seine Stärke zum Ausdruck bringen, wirkte aber eher hilflos.

Merit ließ sich davon nicht beeindrucken. Er musterte den Sellag mit durchdringendem Blick. »Ich denke, du hast mitbekommen, was wir von dir hören wollen.«

»Von mir werdet ihr nichts erfahren«, zischte Marek auf allendassisch mit einem wilden Glitzern in den Augen und zerrte an seinen Fesseln, obwohl er bereits wusste, dass es sinnlos sein würde.

»Gut!«, Merit nickte ruhig, aber er spürte, dass Herras hinter seinem Rücken mit sich selbst ringen musste, um nicht auf den Sellag loszugehen. »Ich denke, wir werden Mittel und Wege finden, dich zum Reden zu bringen.«

Maleris beobachtete sie schweigend. Sie war seit Ologs Auftauchen sehr still geworden, das war sowohl Merit als auch Herras aufgefallen, aber es hatte sich noch keine geeignete Gelegenheit geboten, sie darauf anzusprechen. Mit gekreuzten Beinen saß sie auf der Erde und blickte mit glasigen Augen zu dem Sellag und ihren Gefährten hinüber. Ihre Gedanken schienen weit entfernt zu sein. Trauer umhüllte sie wie ein Mantel und die beiden Männer konnten sich nicht erklären, woher ihre niedergeschlagene Stimmung rührte.

»Ich sage nichts!«, fauchte Marek erneut.

Merit zuckte gleichgültig mit den Schultern. »Wie du meinst!« Der Waldmensch zog sein Schwert aus der Scheide und hielt es dem Sellag an die Kehle. »Vielleicht möchtest du uns jetzt etwas über dich erzählen.«

Marek zuckte zurück und Angst blitzte in seinen Augen, doch dann meldete sich sein Verstand wieder zu Wort und sagte ihm, dass es gleichgültig war. Er würde sowieso sterben. Spätestens nachdem er ihnen gesagt hatte, was sie hören wollten, würden sie ihn umbringen und selbst, wenn sie ihn laufen ließen, würde ihn in Allendas der Tod durch Kalerids Klauen erwarten. Er konnte also ebenso gut schweigen, so konnte er wenigstens mit ruhigem Gewissen dem Tod entgegentreten. Ein heiseres Lachen entrann seiner Kehle, angesichts seiner ausweglosen Situation. Die Menschen dachten doch tatsächlich, sie könnten ihn auf diese Art und Weise unter Druck setzen. Konnten sie sich nicht denken, dass er sein Leben ohnehin bereits verwirkt hatte?

»Stoß doch zu!«, sagte der Sellag und begegnete Herras' und Merits Blicken gelassen. Die plötzliche Ruhe in seiner Stimme überraschte die Männer. »Was habe ich noch zu verlieren? Nur ihr könnt dabei verlieren. Wenn ich tot bin, kann ich Euch nichts mehr sagen.«

Merit dachte über Mareks Worte nach und er musste sich eingestehen, dass sie nicht ohne Sinn waren. Er musste einen anderen Weg wählen, auch wenn er jetzt schon ahnte, dass er bei seinem Kameraden auf wenig Zustimmung stoßen würde. Er drückte sein Schwert noch ein wenig fester gegen die Kehle des Sellag, um seinen Worten Nachdruck zu verleihen.

»Ich denke, du hast Recht!«, sagte er mit gutmütigem Tonfall, der so gar nicht zu seinem Gesichtsausdruck passte. »Aber ich habe eine ganz wunderbare Idee, wie wir alle noch eine Zeit lang etwas voneinander haben können. Du wirst uns ein Stück begleiten.«

Ein entsetzter Ausruf klang durch den Raum, als er seine Aussage beendet hatte. Zuerst dachte Merit, der Sellag hätte ihn ausgestoßen, doch dieser musterte ihn nur mit finsterem Blick und brummte einige Worte in seiner eigenen Sprache. Herras war der Verursacher des Geräusches gewesen.

»Das kann doch nicht dein Ernst sein!«, entfuhr es dem Allendasser entgeistert. »Du willst ihn verschonen?«

»Nein, sei unbesorgt. Er wird bekommen, was er verdient«, entgegnete Merit und versuchte, Herras' erhitztes Gemüt zu beschwichtigen. »Wir

werden ihm nur ein wenig mehr Zeit geben, sich die Sache zu überlegen.«
Erzürnt fuhr sich Herras durch das zerzauste Haar und ließ sich auf den Boden fallen. Er zweifelte nicht daran, dass Merit mit dem, was er tat, Recht hatte. Schließlich fiel es dem Lemberusken leichter, in dieser Situation einen kühlen Kopf zu bewahren, aber ihm selbst gelang kaum, seinen Zorn gegenüber den Verbrechern, die sein Volk überfallen hatten, unter Kontrolle zu halten. Sein Hass verursachte ihm Magenschmerzen und er hätte sich am liebsten direkt auf diese gewissenlose Kreatur gestürzt.
Der Sellag vernahm Merits Worte nicht ohne eine gewisse Zufriedenheit. Auch wenn es ihm keineswegs zusagte, den Menschen weiterhin Gesellschaft leisten zu müssen, hatte er das Bestmögliche erreicht. Er hatte seinen Tod noch ein wenig herausgezögert. Man wusste ja nie, was noch geschehen würde.
Merit versetzte Marek einen Stoß, sodass dieser wieder hintenüber fiel. Durch seine Fesseln war es ihm nicht möglich, sich aus eigenen Kräften wieder aus dieser Position zu befreien und er fühlte sich wie ein Käfer, den man auf den Rücken gelegt hatte.
Merits Worte hatten auch Maleris aus ihren Gedanken gerissen. Sie sah Herras mit verständnisvollem Blick an. Sie konnte seine Gefühle gut nachempfinden. Auch ihr behagte es nicht, die Kreatur als Begleiter auf ihrem Weg zu haben. Wie musste sich erst Herras fühlen, der die Verbrechen miterlebt hatte, die diese Wesen an seinem Volk begangen hatten?
»Er wird uns eine Menge Zeit kosten!«, sagte sie zu ihrem Bruder, als er wieder zu ihnen trat und sich niedersinken ließ. »Und wir haben nicht genug Proviant, um ihn mit durchzufüttern.«
»Wir werden im *schwarzen Wald* sowieso nicht gut vorankommen, da wird seine Anwesenheit kaum auffallen«, erwiderte Merit ruhig. »Und ich werde schon dafür sorgen, dass er uns nicht zu viel Proviant wegfrisst. Was nach dem Togos mit ihm geschehen soll, werden wir dann sehen. Wir können ihn noch immer jederzeit los werden.«
»Wie du meinst«, antwortete Maleris knapp. Noch immer beschäftigten sich ihre Gedanken mit anderen Dingen, sodass es ihr schwer fiel, dem Sellag viel Aufmerksamkeit zu widmen.
»Wir sollten jetzt versuchen, uns noch ein wenig auszuruhen. Der Tag bricht bald heran und es gab viel Aufregung in dieser Nacht« sagte

Merit schließlich. »Ich werde die restliche Wache übernehmen.« Der Waldmensch setzte sich in eine Position, von der aus er sowohl den Sellag als auch den Zugang des Turmes und die Lichtung innerhalb der Ruine im Auge hatte, und lehnte sich mit dem Rücken an die Wand. Herras sagte in dieser Nacht nichts mehr. Widerwillig schlüpfte er unter seine Decke und streckte sich neben Maleris aus. Sein Versuch, noch etwas Schlaf zu finden, scheiterte. Er konnte nicht verhindern, dass sein zorniger Blick immer wieder zu dem Sellag schweifte, der regungslos und mit geschlossenen Augen in der Ecke des Turmes lag.

# Hondor VI / Kalerid III

Als der Morgen über den Paratul hereinbrach, waberte Nebel um den geschundenen Hügel. Die Arbeiten kamen gut voran, was Kalerid in einen Zustand reinster Euphorie geraten ließ. Beinahe die ganze Nacht hatte er sich persönlich dazu herabgelassen, zwischen den schuftenden Menschen umherzuschreiten und diese bei ihrer Arbeit zu überwachen. Immer mehr Gefangene waren inzwischen hinzugekommen, sodass es um den niedrigen Berg nur so von Menschen wimmelte. Noch nie hatte der Paratul eine solch riesige Menschenmenge um sich herum versammelt gesehen - nicht einmal während des Sommerfestes, das die Zurnamer Bürger jedes Jahr auf dem Hügel veranstalteten, nicht ahnend, auf welch undenkbarem Schatz sie die erste Sommernacht des Jahres durchtanzt haben sollten.

Von dem saftigen Gras, für das Elland bekannt war und das den gesamten Paratul bedeckt hatte, war wenig übrig geblieben. Die wenigen schlanken Bäume und die niedrigen Büsche waren aus dem Boden gerissen worden. Der Untergrund war nur noch eine schlammige Masse. Erst, als die Nacht beinahe vorüber gezogen war, zog Kalerid sich in das für ihn errichtete Zelt zurück. Zuvor hatte er noch einen Trupp seiner Wachen nach Zurnam geschickt. Sie sollten weitere Schaufeln, Spaten und Pickel aus dem geplünderten Dorf besorgen, um die neu angekommenen Gefangenen damit zu versorgen. Trotzdem reichte die Ausrüstung lange nicht für jeden. Viele mussten gezwungen werden, mit ihren bloßen Händen die nasse, schmierige Erde abzutragen.

Hondor erschien es bereits eine Ewigkeit, die er damit verbracht hatte, seine Hände in die feuchte Erde zu graben und sie nach hinten wegzuschaufeln. Usadim hatten sie befohlen, sie von dort in große Tongefäße zu packen, die er sich mit einem Lederriemen auf den Rücken laden konnte, um sie ein Stück entfernt abzuladen. Die beiden Männer arbeiteten verbissen, aber ihre Kräfte ließen mehr und mehr nach. Hondors Hände waren blutig und die Fingernägel brüchig und abgerissen. Strähnig und stumpf klebten ihm die braunen Haare an der Stirn, seine Kleidung war zerschlissen und starr vor Schmutz. Sein verdreck-

tes, schweißbedecktes Gesicht hatte verkrustete Schrammen und seine Miene war starr. Er war nicht mehr fähig, irgendeinem Gefühl Ausdruck zu verleihen. Die Schmerzen in seinen Gliedern waren beinahe unerträglich und er fragte sich, wie lange er wohl noch durchhalten mochte.
Zorina kämpfte dicht neben ihm mit sich und dem immer fester werdenden Erdboden. Schwer atmend stützte sie sich auf ihre Schaufel, dankbar dafür, sie zu haben, denn sie verlieh ihr letzten Halt. Ein Stück entfernt hockte Kurena auf dem Boden. Die alte Frau war schon seit einiger Zeit nicht mehr in der Lage, sich auf den Beinen zu halten. Trotzdem ließen die Wachen sie in Ruhe, beachteten sie nicht. Sie hatten schon lange keine Zeit mehr, sich um die Schwachen und Kränklichen zu kümmern, denn die Gruppe ihrer Arbeiter war mittlerweile so groß geworden, dass sie Schwierigkeiten hatten, den Überblick zu bewahren. So schenkten sie ihre Aufmerksamkeit in erster Linie denen, die ihrer Sache am dienlichsten waren, sorgten dafür, dass sie ihre Aufgabe erfüllten. Kalerid hatte angedroht, sich Maßnahmen für diejenigen zu überlegen, die den Anforderungen nicht gewachsen waren, aber auch dies konnte die Meisten nicht zum Weiterarbeiten überreden und so ließ er sie gewähren. Tote hätten nur wieder mehr Arbeit verursacht und seine Pläne verzögert.
Hinter sich hörte Hondor, wie Usadim wieder eine weitere Fuhre Erde ächzend auf seinen breiten Rücken lud. Die Hände des stämmigen Küchenmeisters waren von offenen Blasen übersät und als Hondor über seine Schulter blickte und ihn davonstapfen sah, war sein Gang tief gebeugt.

Hondor wartete seit einiger Zeit darauf, dass seine Gruppe endlich abgelöst werden würde. Er hatte schon bei Sonnenaufgang damit gerechnet. Zwar ließen die Sellag unter ihren Arbeitern Wasser und hin und wieder etwas Brot verteilen, aber bisher gab es noch keine Anzeichen auf ihre Erlösung. Hondor kam zu dem Schluss, dass die Sellag entweder vergessen hatten, die Gruppen abwechselnd arbeiten zu lassen, oder dass sie in ihrer Gier von diesem Plan wieder abgekommen waren. Die schuftende Masse um den Hügel war so groß, dass sich der König kaum vorstellen konnte, dass es noch weitere Gefangene innerhalb des Lagers geben sollte.
Als die Sonne ein Stück den Horizont hinauf gekrochen war, kam dann

plötzlich freudiger Aufruhr in die Reihen der Sellag. Die Gefangenen waren zu erschöpft, irgendetwas zum Ausdruck zu bringen, sofern sie überhaupt etwas empfanden; bestenfalls eine Art von Erleichterung über eine kurze Pause.
»Holt Kalerid!«, hörte Hondor die Wachen rufen. »Holt den Heerführer! Das muss er sehen.« klang es zwischen den Sellag.
Hondors Neugier war geweckt. Zwar schmerzten seine Beine, als er sich aus der Hocke erhob und sich ein Stück von seinem Platz entfernte, aber er wollte sehen, was einen solchen Tumult verursachte. Er sah, dass Zorina ihm folgte, wenn auch nur mühsam, und auch Usadim, der gerade eine weitere Ladung Erde davon schleppen wollte, ließ sein tönernes Gefäß auf den Boden sinken und kam ihnen nach. Sie waren einige der wenigen Gefangenen, die sich noch auf den Beinen halten konnten. Die meisten saßen schwer atmend auf dem Boden, dankbar, endlich eine Pause zu bekommen, da die Wachen nun mit etwas anderem beschäftigt waren.
Als Hondor und seine Gefährten den Hügel ein Stück umrundet hatten, stießen sie auf eine ganze Horde Sellag, die sich aufgeregt um etwas scharrten, das sich im oder an dem Hügel zu befinden schien. Zu seinem Bedauern konnte Hondor nicht erkennen, worum es sich handelte, denn die Sellag versperrten ihm den Blick.
»Sie scheinen etwas gefunden zu haben«, flüsterte Zorina ihm zu, als sie endlich zu ihm aufgeschlossen war.
Der König nickte. »Ich möchte wissen, was es wohl sein mag«, entgegnete er und reckte noch ein wenig den Kopf.
Usadim brachte nur ein unartikuliertes Brummen zustande. Dann wurden sie unsanft zur Seite gestoßen.

Kalerid hatte in seinem Zelt einem ausgiebigen Morgenmahl gefrönt. Das lange Umhergehen hatte ihn hungrig werden lassen. Anschließend begab er sich sogleich wieder hinaus. Er konnte wunderbar das Gefühl der Macht und das Prickeln der Vorfreude genießen, wenn er zwischen den arbeitenden Gefangenen stand. Zudem war er sich nur auf diese Weise sicher, dass ihm nichts vorenthalten blieb.
Während der Heerführer zufrieden den Fortschritt der Grabungsarbeiten beobachtete, ließ er sich von Rofin über das, was von den Spähern und Boten aus seinem neuen Reich zusammengetragen wurde, Bericht erstatten. Er hatte eine Nachricht von Marek erwartet, aber diese war

ausgeblieben. Kalerid begann, Groll gegen seinen Lakaien zu hegen und er bereute, dass er sich nicht von Anfang an selbst um diese Angelegenheit gekümmert hatte.

Dafür war eine andere, unerfreuliche Nachricht eingetroffen: Zwar war nun beinahe ganz Allendas in der Hand seiner Männer, aber ein verspätet eingetroffener Truppenführer aus einem abgelegenen Gebiet im Norden, den man aus Alland Pera nach Zurnam weitergeleitet hatte, berichtete von einer Festung (einen anderen Begriff dafür kannte er nicht) namens *Bernam*, die nahe der nördlichen Grenze lag und sich vehement den Eroberern widersetzte. Der Truppenführer konnte nicht genau erklären, um wen es sich handelte, aber sie besaßen eine Festung, in der sie sich verschanzt hielten und waren gut mit Waffen und Rüstungen ausgestattet. Zwar war die gesamte Festung von Sellag-Truppen umlagert, aber es war ihnen noch nicht gelungen, sie einzunehmen. Es würde allerdings nicht mehr lange dauern, versicherte der Truppenführer. Mit ungehaltenen Worten schickte Kalerid ihn wieder zurück und wies ihn an, die Angelegenheit so schnell wie möglich aus der Welt zu schaffen. Der Heerführer war sich nicht bewusst, dass nicht weit entfernt einer der hart arbeitenden Gefangenen nicht weniger interessiert den Berichten aus Allendas lauschte. Hondor konnte die sellagische Sprache nicht verstehen, doch es fielen Namen, die er sehr wohl verstand. Und er konnte aus Kalerids Reaktionen seine eigenen Schlüsse ziehen.

Einige Zeit später wurden plötzlich begeisterte Rufe auf der anderen Seite des Paratuls laut, und einer von Kalerids niederen Untergebenen eilte, tief gebückt, auf den Heerführer zu, um untertänigst um seine Aufmerksamkeit zu bitten. Kalerid gewährte sie ihm und was er hörte, versetzte ihn in schiere Verzückung. Hastig ließ er sich von seinem Untertan zu der Entdeckung führen. Rofin beeilte sich, ihnen zu folgen.

Mit kräftigen Schritten, die tief in der feuchten Erde einsanken, erreichte Kalerid den Fundort und stieß einige umherstehenden Gefangenen beiseite, die er als störend empfand.

Rofin, der die Seite seines Herrn flankierte, rief: »Tretet zur Seite! Macht Platz für den Heerführer!« Auch die aufgeregten Sellag wichen ehrfürchtig zur Seite und gaben Kalerid den Blick auf ihre Entdeckung frei.

Sie war beinahe von enttäuschender Unauffälligkeit, wie der Heer-

führer feststellen musste, aber sie ließ Großes erahnen. Eine Tür, oder besser ein Loch inmitten des Hügels, ummauert mit groben, wenig behauenen Steinen, um ihm Halt zu geben, offenbarte einen dahinter liegenden Tunnel, dessen Ende sich in tiefster Dunkelheit verlor. Man hatte die Pforte, so wie den ganzen Hügel, mit Erde zugeschüttet, um sie zu verdecken, aber der Gang war, soweit Kalerid erkennen konnte, frei und begehbar. Der Heerführer konnte sehen, dass er gemauert war, um ihn vor dem Einstürzen zu bewahren. Ein kleiner Erdrutsch hatte ihn nun freigegeben.
Kalerid hätte vor Begeisterung in die Hände klatschen können, doch er ließ sich inmitten der Gefangenen nicht dazu herab. Mit grimmigem Gesichtsausdruck begutachtete er unter den erwartungsvollen Blicken der umstehenden Sellag das Mauerwerk, trat vorsichtig ein paar Schritte in den Tunnel hinein, aber unterdrückte den Drang, einfach hineinzustürmen und den Schatz, der ihn am Ende der Schwärze erwarten würde, in Besitz zu nehmen. Prüfend fuhr er mit seinen langen, spröden Fingern über das Mauerwerk. Es schien massiv und stabil zu sein.
»Geht nicht zu tief hinein, Majestät«, hörte er Rofin hinter sich flüstern. »Man weiß nicht, was einen erwartet. Vielleicht gibt es Fallen.«
Kalerid musste seinem Diener Recht geben. Widerwillig verließ er den Tunnel und trat wieder hinaus in das Tageslicht.
»Wir müssen einen Kundschafter vorausschicken«, stellte er fest und hörte, wie sich unruhiges Gemurmel unter den umstehenden Wachen breit machte. Kurz entschlossen erwählte er den nächstbesten Gefangenen, der sich im näheren Umkreis befand und noch einen einigermaßen kräftigen Eindruck machte. »Er wird gehen.« Hondors Herz setzte für einen Schlag aus, als er Kalerids grauen Finger auf sich zeigen sah. Zorina stieß einen entsetzten Laut aus. Sie wollte protestieren, aber es hätte ohnehin keinen Sinn gehabt. Usadim brummte kurz und murmelte etwas, das Hondor aber nicht verstand. Er erwiderte gebannt Kalerids kalten Blick mit dem erwartungsvollen Funkeln darin, während er spürte, wie er von zwei Wachen gepackt und nach vorne gezerrt wurde.
»Bindet ihn an eine Kette, damit er nicht fliehen kann«, ordnete der Heerführer an. »Und gebt ihm eine Fackel, damit er sich im Dunkeln nicht das Genick bricht.«
Zwei Sellag rannten los, um das Befohlene zu holen. Ein ausreichend

langes Seil wäre wohl leicht ausfindig zu machen gewesen, doch ein einfaches Hanfseil, eine Fackel, welche die Dunkelheit erhellen sollte und ein Gefangener, den er noch gerne behalten wollte, schienen dem Heerführer eine zu gefährliche Kombination.
Einige Kils später schnappte das schwere Schloss zu, das die lange Eisenkette mit Hondors Fesseln verband. Die Fackel wurde entzündet und in Hondors Hand gedrückt.
Der König wusste nicht, was er denken und fühlen sollte. Er hatte nicht die geringste Vorstellung, was ihn im Inneren des Baus erwarten würde. Er empfand Furcht aber auch eine gewisse Aufregung. Würde er nun wirklich den sagenumwobenen Schatz zu Gesicht bekommen?
Unsanft wurde er in den Gang hinein geschoben und es blieb ihm nichts anderes übrig, als einen Fuß vor den anderen zu setzen. Zurück konnte er nicht. Der Eingang war verstopft von neugierigen Sellag, allen voran Kalerid, der selbst die Kette in seinen Händen hielt und sie Stück für Stück nachließ. Vorsichtig tastete sich Hondor Schritt für Schritt voran. Der Gang war dunkel, aber der Fackelschein erleuchtete ihn ausreichend. Feuchtigkeit und abgelagerte Mineralien glitzerten an den Wänden. Der Weg führte in einem sanften Gefälle nach unten, aber er war eben und Hondor hatte keine Schwierigkeiten, voranzukommen. Nach einer Biegung verschwand der Eingang hinter ihm und der König hatte das Gefühl, nun ganz alleine mit sich und der ihn umgebenden Dunkelheit zu sein, die nur durch den Schein seiner Fackel ein Stück von ihm fern gehalten wurde. Nur das Klirren seiner Ketten begleitete ihn, doch ihr Klang wurde von dem Rauschen seines Blutes übertönt, das durch seinen Körper raste. Hondor schlug das Herz bis zum Hals, er konnte es in seinen Schläfen pochen spüren.
‚Genau genommen gehört der Schatz mir', fuhr es ihm durch den Kopf, aber er schob den Gedanken schnell von sich. Er durfte sich jetzt nicht von solchen Überlegungen ablenken lassen. Er musste achtsam sein. Niemand wusste, ob sich doch unvorhersehbare Gefahren zwischen dem arglos anmutenden Schwarz der Wände verbargen. Jeder Muskel in Hondors Körper war bis zum Zerreißen gespannt. Alle Erschöpfung und Schmerzen durch die lange, harte Arbeit waren für den Moment vergessen. Mit seinen Augen suchte er die Wände ab, versuchte die Schwärze, die vor ihm lag, zu durchdringen, um vorauszusehen, was auf ihm zukam. Doch es kam nichts. Die einstigen Besitzer des Schatzes und Erbauer dieses Gemäuers mussten sehr sorglos gegenüber

Eindringlingen gewesen sein, denn sie hatten anscheinend keine Maßnahmen unternommen, um sie fern zu halten. Hondor schätzte, dass er bereits mehr als hundert Barret in den Hügel hineingegangen sein musste. Kalerid ließ die Kette stetig mit neuen Teilstücken erweitern, was für ein wenig Hektik vor dem Höhleneingang sorgte.
Der Gang begann nach kurzer Zeit steiler abzufallen und mündete nach weiteren hundert Barret überraschend in einer großen Höhle.

Dem König stockte der Atem, als er sah, was sich ihm dort offenbarte. Es war so unglaublich, dass es nicht in Worte zu fassen gewesen wäre, hätte Hondor jemandem beschreiben müssen, was er sah. Es war prächtiger, als es jede Erzählung oder Sage jemals beschrieben hatte. Jahrhunderte lang im Dunkel verborgen, glitzerte und glänzte es nun aus jeder Ecke, jedem noch so versteckten Winkel golden und silbern. Der Fackelschein wurde um ein Tausendfaches widergespiegelt und verstärkt, sodass die ganze Höhle erhellt wurde. Goldene und silberne Münzen, glänzende Vasen, edelsteinbesetzter Schmuck und herrliche Königskronen lagen unachtsam aufgehäuft und wahllos verstreut herum. Trotzdem verlor der Schatz nichts von seiner Pracht und Hondor konnte verstehen, warum ihm einst Bauern wie Könige verfallen waren. Es war mehr Reichtum in dieser unscheinbaren Höhle aufgehäuft, als man in seinem ganzen Reich hätte finden können.
Rechts an die große Höhle schloss sich ein kleinerer Raum an. Das wenige Licht, das durch den kleinen Eingang hineinfiel, reichte aus, um es dort glitzern und glänzen zu lassen. Neugierig ging Hondor hinein und erneut glaubte er, seinen Augen nicht trauen zu können. Unzählige Edelsteine in den schillerndsten Farben lagen dort zu mannshohen Bergen aufgehäuft und an den Wänden hingen dutzende aufwändig gearbeiteter und fein geschliffener Schwerter.
Für einen Augenblick dachte Hondor daran, eine der Waffen an sich zu nehmen, hinauszustürmen, die Macht wieder an sich zu reißen und den Schatz als den Seinen zu ernennen. Doch er wusste, dass er nicht weit gekommen wäre. Dieser Gedanke riss ihn aus seiner ehrfurchtsvollen Starre. Das Atmen fiel ihm mit einem Mal schwer und das lag nicht an der stickigen Luft, tief unter der Erdoberfläche. Bald würde er wieder zurückkehren müssen. Er meinte schon jetzt zu fühlen, wie Kalerid ungeduldig an der Kette zerrte. Doch er wollte noch nicht wieder gehen. Langsam ging er wieder zurück in die große Höhle, hob

dabei das eine oder andere wertvolle Stück auf, drehte es ehrfürchtig in seinen Händen, um es dann wieder vorsichtig abzulegen.
Dann fiel ihm ein weiterer dunkler Nebenraum auf, der links von ihm an die Höhle angrenzte.
Hondor hätte ihm wohl kaum viel Beachtung geschenkt, denn er war dunkel und ließ aus der Entfernung keine Anzeichen auf weitere Schätze erkennen, wenn ihm nicht plötzlich der durchdringende Geruch von Schwefel aufgefallen wäre, der in der Luft lag. Je mehr er sich der Höhle näherte, umso stärker stach er ihm in die Nase. Als er noch ein Stück näher trat, konnte er etwas hören und seine Verwunderung stieg weiter an. Es klang wie gleichmäßige Atemzüge. Hondor konnte sich nicht erklären, von wem sie stammten. Er trat ein weiteres Stück heran, was sich durch seine Ketten als nicht einfach erwies. Kalerid schien ihm nicht mehr Freiheit gewähren zu wollen, denn er ließ nur noch unter Aufbringung von einiger Anstrengung weiter nach. Als Hondor endlich nahe genug herangekommen war, stellte er fest, dass der Durchgang größer war, als er zuerst gewirkt hatte. Er leuchtete hinein und was er erspähte, erstaunte ihn noch weitaus mehr als der Anblick der unschätzbaren Reichtümer.
Zusammengerollt und den Kopf auf den verschränkten Vorderbeinen ruhend, lag dort ein riesiger Drache. Sein gezackter Schwanz und sein breiter Körper mit den angelegten Flügeln waren mit silbrig-grün schimmernden Schuppen bedeckt und seine Nüstern flatterten bei jedem Atemzug. Er schien tief und fest zu schlafen.[9]
Hondor hatte in seiner Kindheit Märchen und Sagen über Drachen gehört, doch er hatte niemals damit gerechnet, jemals einem gegenüberzustehen. Es hieß, sie wären schon lange ausgestorben.
Als sich sein Schreck gelegt hatte, keimte in Hondor der Gedanke an Flucht auf. Er wollte nur noch hinaus, musste entkommen, bevor der Drache erwachte. Ohne den Blick abzuwenden, tastete er sich ein paar Schritte rückwärts, versuchte, so leise wie möglich aus der Höhle zu verschwinden. Doch er kam nicht weit, dann stolperte er über einen

[9] An dieser Stelle sei angemerkt, dass Drachen einen entscheidenden Vorteil hatten. Er bestand darin, dass sie lange Zeit an einem Ort ausharren konnten, ohne Wasser und Nahrung zu benötigen. Sie verschliefen einfach hundert oder tausend Jahre und erwachten eines Tages, als wäre nichts geschehen. Deshalb wurden sie gerade in früheren Zeiten gerne von Königen und Herrschern zum Bewachen ihrer Schätze eingesetzt. Die Unterhaltskosten waren verschwindend gering.

kleinen Goldhaufen der hinter ihm lag. Mit einem dumpfen Schlag fiel er zu Boden, seine Ketten klirrten und die Schätze polterten, als der kostbare Haufen teilweise einstürzte und Gold und Silber durcheinander rollten.
Regungslos blieb Hondor liegen, wagte es kaum, zu atmen und blickte in Richtung des Drachen, den er schemenhaft in der dunklen Seitenhöhle sehen konnte. Hatte er eben eine Bewegung gesehen? Oder spielten ihm seine überanstrengten Nerven einen Streich?
Mühsam rappelte sich Hondor auf seine zittrigen Beine auf und versuchte dabei, so leise wie möglich zu sein. Er drehte sich um, auch wenn ihm nicht wohl dabei zumute war, dem schlafenden Drachen den Rücken zuzukehren, aber er wollte auf keinen Fall noch einmal einen solch geräuschvollen Zwischenfall riskieren. Langsam tat er den ersten Schritt.
»Warum wollt Ihr schon wieder gehen?«, grollte es plötzlich mit tiefer Stimme hinter ihm. Die Worte ertönten in einem alten allendassischen Dialekt und obwohl sie ungewohnt klangen, konnte Hondor sie verstehen. Er erstarrte mitten in seiner Bewegung. Der König brauchte nicht lange zu überlegen, von wem sie stammten, auch wenn er niemals gehört hatte, dass Drachen sprechen konnten. Langsam drehte er sich um.
Der Drache hatte sich mit einer einzigen geschmeidigen Bewegung erhoben und streckte nun den Kopf durch den Zugang der Seitenhöhle. Nicht deutete darauf hin, dass er soeben wahrscheinlich aus einem Jahrhunderte andauernden Schlaf erwacht war, als er Hondor mit seinen orange-roten Augen anblickte. Dieser konnte seinerseits nur mit großen Augen zurückstarren.
»Seit Ewigkeiten hat sich niemand bei mir blicken lassen und nun wollt Ihr wieder gehen, ohne wenigstens ‚Seid gegrüßt' gesagt zu haben«, fuhr der Drache in einem Plauderton fort, als hätte er sich für heute mit dem König zum Tee verabredet.
Auf Hondor wirkte die gesamte Situation grotesk und er ließ sich mit einem dumpfen Plumps wieder auf den Haufen Gold sinken, über den er zuvor gestolpert war. Der Drache machte keineswegs den gefährlichen und Furcht einflößenden Eindruck, den er von einem solchen Wesen erwartet hätte. Obwohl er mindestens viermal so groß war, wie der Mensch und die Krallen, die seine Pranken zierten, ihm mühelos den Kopf hätten abreißen können, stand in seinen Augen eine gewis-

se Freundlichkeit. Hondor fehlten noch immer die Worte. Er brauchte eine Weile, um zu begreifen, was geschah.
Den Drachen schien das nicht zu beeindrucken. Er schwatzte einfach weiter, als wäre es das Natürlichste von der Welt. Wenn man es genau nahm, war es das für ihn wohl auch.
»Da wollt Ihr einfach verschwinden und lasst nicht einmal etwas mitgehen. Wofür halte ich hier eigentlich Jahr um Jahr die Stellung, wenn der einzige Mensch, der hier auftaucht, nicht einmal etwas stehlen will?«
Der Tonfall des Drachen klang nun beinahe beleidigt und Hondor erschien es, als würde er schmollend die Unterlippe ein wenig nach vorne schieben, während er seinen lang gestreckten, massigen Körper wieder sinken ließ und es sich bequem machte.
»Würde es dir helfen, wenn ich vielleicht etwas mitnehmen würde?«, stammelte Hondor, als er endlich seine Sprache wiedergefunden hatte und kam im selben Moment zu dem Schluss, dass es nicht das Schlauste gewesen war, was er hätte sagen können.
Der Drache legte den Kopf schief und dachte einem Moment über das nach, was Hondor gesagt hatte. »Ja, ich denke schon, dass mir das weiterhelfen würde«, entgegnete er schließlich und Hondor fragte sich, was er wohl davon halten sollte, »aber für Euch wäre es wohl nicht das Beste. Ich müsste Euch dann nämlich töten und das wäre wohl nicht besonders fein. Immerhin haben wir uns ja gerade erst kennen gelernt und Ihr scheint ja auch gar nichts stehlen zu wollen. Ich frag mich nur, was Ihr hier unten wollt, wenn ihr nicht an meinem wunderschönen und glanzvollen Schatz interessiert seid.«
»Das ist eine lange Geschichte!«, erwiderte Hondor mit einem leisen Seufzen. Die Unruhe, welche die Anwesenheit des Drachen in ihm ausgelöst hatte, legte sich langsam. Aber es war noch immer die merkwürdigste Situation, in der sich Hondor jemals befunden hatte, soviel stand fest.
Der Drache nickte verstehend. »Sie würde mich schon interessieren«, meinte er »ich weiß ja nicht, wie es mit Euch steht, aber ich habe jede Menge Zeit.«
Hondor wollte gerade etwas erwidern und dabei erschien es ihm, als würde Kalerid wieder von außen ungeduldig an seiner Kette zerren, als dem Drachen plötzlich etwas einzufallen schien und er sich ruckartig ein wenig aufrichtete.
»Wie unhöflich von mir«, entfuhr es ihm und Hondor überlegte, ob er

ihm nun wohl doch eine Tasse Tee anbieten würde. Immerhin schien es sich um einen Drachen mit sehr guten Manieren zu handeln. »Ich habe ganz vergessen, mich vorzustellen. Mein Name ist Toranus.« Mit einer, für seinen massiven Körper überraschend eleganten Bewegung, neigte der Drache den Kopf und deutete damit eine Verbeugung an.
»Angenehm!« Hondor verbeugte sich ebenfalls. »Mein Name ist Hondor. Ich bin König von Allendas - oder zumindest war ich es, bis vor nicht allzu langer Zeit.«
»Hondor, ein sehr angenehm klingender Name«, entgegnete Toranus anerkennend. »Aber König?« Der Drache runzelte misstrauisch die Stirn. »Ihr seht ganz und gar nicht wie ein König aus.« meinte er irritiert und zeigte mit einer spitzen Kralle auf Hondor zerzaustes Haar und seine zerrissene Kleidung. »Zu meiner Zeit waren Könige ordentlicher gekleidet. Oder ist das in deinem Land so Sitte? Wie nanntest du es noch – *Allendas*? Wo liegt dieses Königreich?«
»Genau hier!«, antwortete Hondor und machte eine allumfassende (soweit es seine Fesseln zuließen) Handbewegung. »Über uns und um uns herum.« Dem König wurde klar, dass Toranus in den letzten Jahrhunderten einiges verpasst haben musste.
»Oh«, meinte der Drache nur und nickte verstehend, »früher nannte man dieses Land Aurantien. Es hat sich wohl vieles verändert, seitdem ich das letzte Mal den blauen Himmel gesehen habe. Er ist doch wohl noch blau?«
»Wenn es nicht gerade bewölkt ist.« Hondor betrachtete den Drachen mitleidig. »Es lässt sich wohl nicht bestreiten, dass du einiges verpasst hast«, stimmte er zu.
»Und laufen jetzt alle Könige so herum, wie Ihr?«, hakte Toranus nochmals nach.
Hondor schüttelte den Kopf. »Für gewöhnlich nicht, aber wie gesagt, es ist eine lange Geschichte.«
»Möchtet Ihr mir nun diese lange Geschichte erzählen oder nicht?« Der Drache schien wirklich neugierig zu sein.
Hondor zuckte kurz mit den Schultern. »Warum nicht«, meinte er und begann zu erzählen.

Sein Gefühl hatte den König nicht getäuscht. Draußen vor der Höhle stand Kalerid hoch aufgerichtet und zog ungeduldig an der Kette. Nicht, dass es ihn beunruhigte, dass sein Gefangener so lange in der

Höhle verschwunden war, aber dass sich bereits seit einiger Zeit nichts mehr geregt hatte, störte ihn sehr. Die Kette hatte sich schon seit einer Ewigkeit, wie es dem Heerführer schien, kein Stück mehr vor- oder zurückbewegt. Egal, wie fest er daran zog, es geschah nichts. Zu Beginn hatte er zumindest spüren können, wie der Mensch am anderen Ende ein wenig nachgab, wenn er fest an den eisernen Ringen zog, aber nun rührte sich nichts mehr.

Was Kalerid nicht wusste, war, dass sich, zu Hondors Glück, die Kette durch das ständige Gezerre des Sellag an der scharfen Biegung in einer kräftigen Baumwurzel verfangen hatte, die das Gemäuer des Höhlenganges durchstoßen hatte, und nun dort fest hing. Daher konnte der Heerführer soviel ziehen und zerren, wie er wollte, es hatte nicht den geringsten Sinn.

»Was mag da los sein? Warum kommt diese elende Kreatur nicht zurück?«, kläffte er den armen Rofin an, der sich, als er die aufkeimende Wut seines Herrn bemerkt hatte, tief hinunter auf den Boden gekauert hatte.

Der Lakai zuckte ein Stück zurück. »Ich weiß es nicht, Majestät«, wimmerte er kläglich, in der Hoffnung, Kalerid würde seinen Zorn nicht an ihm auslassen. »Vielleicht ist er tot.«

Der Heerführer hielt einen Moment in seinen Bemühungen inne und dachte über diese Aussage nach. »Verdammt!«, zischte er schließlich.

Rofin warf einen Hilfe suchenden Blick in die Runde. »Es ist ja nicht gesagt, dass er wirklich tot ist. Vielleicht sollten wir einfach noch ein wenig warten.«

Kalerid brummte zustimmend. »Gut, wir werden ihm noch etwas Zeit geben.« Er zog erneut an der Kette. »Wenn er dann noch immer nicht wieder zum Vorschein gekommen ist, schicken wir dich rein.«

Rofin schluckte hart und duckte sich noch ein wenig tiefer auf die Erde. Diese Wendung gefiel ihm ganz und gar nicht. Er konnte nur hoffen, dass der Gefangene bald aus dem dunklen Loch herauskommen würde.

Zorina und Usadim saßen ein Stück entfernt auf dem Boden und beobachteten, was geschah. Im Stillen beteten sie inständig für ihren König und dafür, dass er sein ihm aufgezwungenes Unternehmen unbeschadet überstehen würde. Sie wagten es nicht, etwas zu sagen, denn um sie herum standen, saßen und lagen ihre Feinde und sie fühlten sich alles andere als wohl in dieser Gesellschaft.

Zuerst berichtete Hondor dem Drachen alles, was er über die Geschichte seines Landes wusste, über seine Könige, seine Städte und deren Bewohner. Hondor ließ sich Zeit dabei, denn er hatte es nicht besonders eilig damit, die Höhle wieder zu verlassen und zu den Sellag zurückzukehren. Toranus erwies sich als aufmerksamer Zuhörer. Nachdenklich spielte er mit der Spitze seines gezackten Schwanzes, den er um seinen ausgestreckten Körper herumgelegt hatte und immer wieder durch seine langen Krallen gleiten ließ.
Ab und an schloss der Drache die Augen, geradeso, als versuchte er, sich das eine oder andere Ereignis bildlich vorzustellen. Ein anderes Mal schnaubte er abfällig, als wäre er mit dem Verlauf der Geschichte ganz und gar nicht einverstanden, wobei grünlich-gelber Rauch aus seinen Nüstern strömte und einen unangenehm riechenden Schwefelgeruch verbreitete. Hondor beschwerte sich allerdings nicht darüber. Mit der Zeit konnte man sich auch daran gewöhnen. Es gab unangenehmere Zeitgenossen als diesen Drachen.
Letztendlich kam Hondor zu den Vorfällen der letzten Tage. Er berichtete von dem nächtlichen Einfall der Sellag und von den Grausamkeiten, die sie seinem Volk antaten, von Kalerid, ihrem Heerführer und von seinem Vorhaben, den Muteral an sich zu reißen. Je mehr Hondor erzählte, umso mehr verdüsterte sich das schuppige Gesicht des Drachen. Seine Augen wurden zu schmalen Schlitzen und der Rauch, der aus seinen großen Nasenlöchern hervortrat, wurde noch eine Spur beißender.
Als Hondor am Ende seiner Erzählungen angelangt war, schwieg Toranus noch eine ganze Weile. So lange, dass der König sich zu fragen begann, was wohl hinter der breiten, hornigen Stirn vorgehen mochte. Endlich stieß der Drache ein tiefes Knurren aus, das den ganzen Boden erzittern ließ.
»Es ist überhaupt nicht fein, was sie da mit Eurem Volk gemacht haben«, sagte er brummend.
»Allerdings!«, stimmte ihm Hondor nur zu gerne zu und war froh, dass der Drache die Dinge ebenso sah wie er selbst.
»Und es ist ebenfalls nicht fein, dass sie es auf meinen Schatz abgesehen haben«, fuhr der Drache fort. Er hatte einen nachdenklichen Gesichtsausdruck und es schien eine ganze Menge in seinem Kopf vorzugehen.

»Aber sie werden ihn nicht bekommen.«
»Vielleicht sollten wir uns zusammentun«, schlug Hondor vor. Dieser Gedanke schwirrte ihm schon seit einiger Zeit im Kopf herum. Ganz offensichtlich schien dieser Drache namens Toranus ihm und seiner Sache wohlgesonnen zu sein. Er war groß und stark und Hondor zweifelte nicht daran, dass er auch in der Lage war, Feuer zu speien, auch wenn er diese Kunst bisher noch nicht unter Beweis gestellt hatte. Sein Volk hatte eine solche Unterstützung bitter nötig. Es konnte einen großen, starken Verbündeten, der vielleicht sogar den einen oder anderen gewitzten Kniff im Kampf aufweisen konnte, gut gebrauchen. Auch wenn der Drache wohl nichts gegen die gesamten versammelten Sellag-Truppen in Allendas tun konnte, so konnte er doch ihre Lage deutlich verbessern. Und immerhin hatte der Drache auch ein eigenes Interesse an dieser Sache.
»Wisst Ihr, was ich mir überlegt habe?«, fragte Toranus, ohne auf Hondors Worte einzugehen.
Hondor schüttelte den Kopf. Woher sollte er auch wissen, was sich im Kopf eines über tausend Jahre alten Drachen so alles abspielte?
»Der Schatz gehört zu Allendas«, begann Toranus zu erklären. »und derjenige, der Allendas beherrscht, ist sein Besitzer.«
Dem konnte Hondor nur zustimmen. Er selbst hatte sich auch bereits mit diesem Gedanken beschäftigt, aber ihn schnell weit von sich geschoben. Er war zu dem Schluss gekommen, dass alle Reichtümer weit an Wichtigkeit verloren angesichts des Leides, das sein Volk ertragen musste. Trotzdem gönnte er sich einige Augenblicke, um zumindest die verworrenen geschichtlichen Zusammenhänge zu überdenken, die mit dem Muteral verbunden waren.
Er existierte bereits seit Menschengedenken. Niemand wusste, wer ihn einst zusammengetragen hatte. Allendas, oder Aurantien, wie es früher genannt wurde, war damals von größeren Ausmaßen. Hondor wusste nicht, wie weit es sich erstreckt hatte. Der Muteral, daran konnte sich Hondor aber noch erinnern, war, der Überlieferung nach, von König zu König weitervererbt worden, bis die Fremden (Hondor konnte sich nicht entsinnen, jemals einen richtigen Namen für sie gehört zu haben, denn alle Erinnerungen an diese grausame Zeit wurden, so gut es ging, verbannt) über das Meer gekommen waren und das Land, wie auch den Schatz, an sich gerissen hatten. Die Zeit der Unterdrückung dauerte viele Jahre an, bis Helaras Allendas befreit hatte.

»König Helaras selbst hat mir aufgetragen, den Schatz zu bewachen«, unterbrach der Drache plötzlich Hondors Überlegungen, gerade so, als hätte er Hondors Gedanken lesen können. »Er war ein guter König, müsst Ihr wissen, aber er hielt nicht viel von Geld und Gold. Man hätte fast meinen können, der Reichtum wäre ihm zuwider. Er wollte davon nichts wissen, das wusste jeder, auch wenn er nie darüber gesprochen hat, woher diese Abneigung herrührte. Ich habe ihm versprechen müssen, den Schatz im Auge zu behalten, sodass er nicht in falsche Hände gerät und ihn nur an den rechtmäßigen Herrscher von Allendas zu übergeben, sofern dieser mir als geeignet erscheint.«

Hondor lauschte mit weit aufgerissenen Augen den Worten des Drachen, ohne genau zu wissen, worauf dieser eigentlich hinaus wollte, und nickte dabei eifrig.

»Das bringt mich in ein großes Dilemma...« Der Drache spitzte die Lippen und tippte mit einer seiner langen Krallen dagegen, während er seine weiteren Worte zurechtlegte. »Nach Euren eigenen Worten ist dieser Kalerid nun der Herrscher von Allendas und der Schatz gehört damit ihm.«

Hondor fiel darauf nichts ein, nur seine Augen wurden noch ein Stück größer. Hembras sei Dank, hielt dieser Schreckensmoment nicht lange vor, denn der Drache sprach weiter: »Doch, was er gemacht hat, war überhaupt nicht fein und er hat den Schatz ganz und gar nicht verdient. Ich kann ihn nicht ausstehen, obwohl ich ihn noch nicht einmal kenne und deshalb stehe ich zu Euren Diensten.« Toranus richtete sich ein wenig auf und verneigte sich vor Hondor.

Dieser lächelte zufrieden. »Ich danke dir«, erwiderte er erleichtert. »Dann möchte ich dich bitten, mit mir die Höhle zu verlassen und mich im Kampf gegen die Eindringlinge zu unterstützen.«

Toranus schnaubte kurz. »Darum hättet Ihr mich gar nicht bitten müssen.« grollte er in bester Kampfesstimmung. »Ich möchte gerne hinausgehen und mir persönlich ansehen, wer sich an meinem Schatz vergreifen möchte.« Dann hielt der Drache einen Moment inne. »Ihr solltet Euch aber nicht zu viele Hoffnungen machen. Ich fürchte, auch ich werde nicht gegen alle eure Eindringlinge ankommen, wenn sie so zahlreich sind, wie Ihr sagt.«

Hondor schüttelte verständnisvoll den Kopf »Das verlange ich auch gar nicht. Du sollst nur deinen Schatz verteidigen und meinen Leuten helfen, zu fliehen, indem du dich ein wenig um unsere Feinde küm-

merst.«
Wieder stieß Toranus eine Wolke grünlichen Rauches aus. »Ich denke, das dürfte keine Schwierigkeit sein.« Der Drache wirkte zuversichtlich. »Aber es wird sicherlich gar nicht fein werden.«
»Das muss es auch nicht«, beeilte sich Hondor zu antworten. »Ich danke dir schon jetzt für deinen Beistand, Toranus, und verspreche dir, dass du reichlich dafür entlohnt werden wirst, sobald alles wieder beim Alten ist.«
Der Drache winkte ab und schien nicht darauf antworten zu wollen.
»Dann sollten wir uns beeilen!« Hondor stand von seinen Goldhaufen auf. »Kalerid ist sicherlich schon ungeduldig.« Erst jetzt bemerkte Hondor, dass er schon lange kein Zerren an seiner Kette mehr gespürt hatte und er fragte sich, was wohl geschehen sein mochte. Er wandte sich zum gehen und Toranus erhob sich geschmeidig, um ihn zu begleiten.
»Eine Bitte habe ich noch.« Hondor drehte sich nochmals zu Toranus um. »Befreie mich von diesen elenden Ketten.« Der König deutete auf die massiven Eisenringe.
»Nichts leichter als das.« Toranus nickte gutmütig und griff mit seinen Krallen nach der mächtigen Kette. Es bedurfte nur einen kurzen Zug, der nicht einmal mit großem Kraftaufwand verbunden war, und die Glieder gaben nach. Dann durchtrennte der Drache noch die Hand- und Fußfesseln.
Hondor bedankte sich und gemeinsam betraten sie den schmalen Gang, der nach oben führte. Der Drache musste sieh mächtig ducken, um sich durch den engen Tunnel zu winden, aber schließlich war er auch vor vielen Jahren über diesen Weg hineingekommen.
Hondors Fackel war mittlerweile so weit heruntergebrannt, dass er sie löschen musste, aber das sorgte ihn wenig, denn es bestand keine Gefahr, dass er sich verlaufen würde. So tastete er sich vorsichtig voran. Er hörte die leisen, dumpfen Schritte des Drachen hinter sich und hin und wieder gab es ein scharrendes Geräusch, wenn die hornigen Schuppen des Drachen an den Mauersteinen rieben. Dann gelangte er an die Biegung und sah, etwas entfernt, das Tageslicht.

# Herras
## VIII

Die Geschehnisse in der Nacht verzögerten den Aufbruch am nächsten Morgen. So kam es, dass die Sonne bereits hoch am Himmel stand und die Stimmung in der Gruppe sehr gemischt war, als die vier, mehr oder weniger freiwilligen, Weggefährten den Togos betraten.
Merit fühlte sich trotz wenig Schlaf merkwürdig beschwingt und der Gedanke an den Furcht erregenden Wald schreckte ihn kaum. In der letzten Nacht hatte sich einer seiner größten Wünsche erfüllt. Er hatte den Rabenvogel Olog zu Gesicht bekommen. Er war so beeindruckend gewesen, wie er ihn sich immer vorgestellt hatte. Zwar hatte er nicht sein Geheimnis lüften können oder ergründen, was seine wahre Berufung war, aber diesen Vogel, der für sein Volk eine große Bedeutung hatte, mit eigenen Augen gesehen zu haben, war ein erhebendes Gefühl. Er fühlte sich fast wie ein Auserwählter. Zu seinem Bedauern hatte es nach dem Zwischenfall der letzten Nacht und auch den ganzen Morgen kein weiteres Anzeichen für Ologs Anwesenheit gegeben. Seine Schreie waren verstummt und kein Rascheln im Geäst oder Flügelschlag waren zu hören.
Merit machte sich Sorgen um Maleris. Seit ihrer Begegnung mit Olog war sie ungewöhnlich ruhig und sehr bedrückt. Er musste mit seiner Schwester darüber reden.
Herras hingegen hatte sich seit seinem Erwachen wieder voll und ganz dem Hass gegen den Sellag hingegeben. Seine Abscheu gegen ihn erschreckte Merit geradezu. Er hatte dem bisher so friedlich wirkenden Menschen nicht solche gewaltigen Gefühle zugetraut. Herras hatte fest darauf bestanden, die Überwachung des Sellag namens Marek selbst zu übernehmen. Merit hatte ihn gewähren lassen und aus seinem Rucksack einen festen Lederriemen hervorgezogen, mit dem Herras den Sellag hatte an die Leine legen können. Mit verbissenem Gesichtsausdruck umklammerte der Allendasser den Riemen und zerrte den Sellag unbarmherzig hinter sich her, während er vor seinen beiden Begleitern dahin stapfte.
Marek war sich nun nicht mehr sicher, ob es wirklich ein Vorteil für ihn

war, dass man ihm sein Leben geschenkt hatte. Der König, zumindest hielt Marek ihn noch immer dafür, war ihm verständlicherweise nicht wohl gesonnen. Das hätte den Sellag nicht sonderlich gestört, hätte er nicht das unangenehme Gefühl gehabt, diesem Menschen hilflos ausgeliefert zu sein. Seine Fesseln gaben ihm kaum Bewegungsfreiheit und ließen nur kleine Schritte in aufrechter Haltung zu, was sich sehr bald als anstrengend erwies.

Langsam drangen sie tiefer in den Togos vor und um sie herum wurde es immer dunkler und kühler. Bald standen die Tannen so dicht, dass kaum noch Tageslicht durch ihre dunkelgrünen, beinahe schwarzen Wipfel dringen konnte. Im Wald herrschte ein diffuses Zwielicht und graue Nebel umwaberten den Moos bewachsenen Boden. Feuchtigkeit hing in der Luft und Tautropfen perlten sich im Moos und an den Bäumen.

Das Laufen fiel nicht nur Marek schwer. Immer wieder glitten sie an den umherliegenden rutschigen Felsen aus oder blieben an den sich am Boden schlängelnden Farnen hängen.

Die Stille, die den gesamten Wald zu beherrschen schien, schaffte eine erdrückende Stimmung. Kein Vogel, kein Rascheln kleiner Tiere war zu hören. Durch das fehlende Sonnenlicht wirkte der Wald grau-grün bis schwarz und Furcht einflößend. Die Bäume wuchsen immer dichter, sodass ihre Äste sich ineinander verschlungen, gerade so, als wollten sie ihnen den Weg versperren. Immer öfter mussten die Wanderer sich ducken oder sogar auf die Knie gehen, um weiter vorankommen zu können.

Bald war Herras' Hass auf den Sellag in den Hintergrund getreten und Furcht ersetzte das innige Gefühl. Es wurde zur Routine, den Sellag stetig weiterzuziehen, während er selbst um sein Vorankommen kämpfte. Und mit jedem Schritt wurde seine Angst stärker und sein Magen krampfte sich immer mehr zusammen.

Maleris, Merit und sogar Marek erging es nicht anders. Der Sellag hatte jeden Gedanken an Flucht aufgegeben und stolperte zwar widerwillig, aber doch ergeben hinter dem Menschen her. Sein Herz pochte schmerzhaft gegen seine Brust.

Obwohl nirgendwo etwas Gefährliches zu erkennen war, schien die Bedrohung fast greifbar in der Luft zu liegen. Merit ertappte sich immer häufiger bei der Überlegung, ob er wirklich die richtige Entscheidung getroffen hatte, als er beschlossen hatte, den Wald zu durchqueren.

Doch er schob diesen Gedanken beiseite. Sie hatten keine Zeit, um den langwierigen Umweg zu gehen. Außerdem wollte er sich nicht von Geschichten und Erzählungen beeindrucken lassen. Wenn man genau hinsah, gab es keinen Anlass zur Furcht. Alles wirkte friedlich, wenn auch ungewöhnlich und dunkel.
»Warum warst du gestern Nacht, nachdem wir Olog gesehen haben, so seltsam?« begann Merit nun endlich ein Gespräch, einerseits, weil er sich selbst von seinen unangenehmen Gedanken ablenken wollte, andererseits, weil ihn diese Frage seitdem beschäftigte.
Maleris hob den Blick, den sie bisher fest auf den Boden gerichtet hatte, da Merit sie bereits zweimal vor einem Sturz bewahren musste, und sah ihren Bruder an. Sie entschloss sich, es ihm zu sagen, obwohl sie es bisher nicht hatte tun wollen. Sie befürchtete, ihre Begleiter könnten sie für verrückt erklären. Doch es sollte in ihrer Gemeinschaft keine Geheimnisse geben und so seufzte sie leise und musterte ihren Bruder mit traurigen Augen. »Hast du seinen Anhänger gesehen?«
Merit schüttelte den Kopf. »Nein, welcher Anhänger?«, fragte er verwundert.
»Olog… er hatten eine Kette um seinen Hals mit einem hölzernen Anhänger.« Maleris stockte wieder. Es war tatsächlich schwerer, darüber zu reden, als sie gedacht hatte. Merit beobachtete sie eindringlich und das Mädchen spürte, dass er darauf wartete, dass sie weiter sprach. Aber es kostete sie eine Menge Überwindung. »Ich habe ihn wiedererkannt, Merit. Ich bin mir ganz sicher!«, stieß sie hervor.
Merits Blick zeigte noch immer kein Verstehen, ganz im Gegenteil. Er blickte nun noch verwirrter drein. »Wen hast du wieder erkannt? Olog?«, hakte er nach, begierig darauf, das Geheimnis endlich zu lüften.
»Nein, Merit«, erwiderte Maleris unwirsch. Sie wollte, dass es endlich vorbei war. Es schmerzte zu sehr. »Den Anhänger. Er gehörte meinem Vater.« Jetzt war es heraus.
Merit blieb wie vom Donner gerührt stehen und blickte Herras an, der mittlerweile seine Schritte ein wenig verlangsamt hatte, sodass die beiden Waldmenschen zu ihm aufgeschlossen waren. Interessiert hatte er ihre Unterhaltung verfolgt. Verblüffung stand Merit und Herras nun ins Gesicht geschrieben. »Was hast du gesagt?«, fragte Herras, der nicht glauben konnte, was er gehört hatte.
Maleris war noch ein paar Schritte weiter gegangen und drehte sich

nun zu den beiden und dem am Boden kauernden Sellag um.
»Ich habe gesagt, dass der Anhänger, den Olog an seiner Kette um den Hals trug, derjenige ist, den mein Vater stets getragen hat«, erklärte sie noch einmal ungeduldig. Sie wünschte sich nichts mehr, als dass dieses Gespräch endlich beendet war.
»Und wie, meinst du, ist Olog in den Besitz des Anhängers gekommen?«, fragte Merit, als er sich wieder gefangen hatte.
Maleris zuckte mit den Schultern. »Woher soll ich das wissen?«
»Vielleicht hat er deinen Vater getötet und ihn gefressen«, warf Herras ein und wusste im selben Moment, dass es kein guter Einfall gewesen war. Maleris verzog angewidert das Gesicht.
»Das kann ich mir nicht vorstellen.« entgegnete Merit überzeugt. »Er hat unseren Stamm so viele Jahre begleitet und niemandem etwas zuleide getan. Ich glaube nicht, dass er so etwas Böses tun könnte.«
»Aber wie soll er dann in seinen Besitz gelangt sein?«, fragte Herras.
Maleris schüttelte unwillig den Kopf. »Ich weiß es nicht! Und ich möchte nun auch nicht mehr darüber sprechen!« Sie verschränkte die Arme vor der Brust. »Ich wollte sowieso nicht darüber sprechen, denn ich wusste, dass es keinen Sinn haben würde. Wir werden es womöglich nie herausbekommen. Vielleicht sehen wir Olog sogar niemals wieder. Und vielleicht wäre das auch besser so.« Mit diesen Worten drehte sich Maleris um und ging festen Schrittes voraus.
Herras, Merit und der Sellag sahen ihr nach.
»Wahrscheinlich hat sie sogar recht«, brummte der Sellag, aber die beiden Männer beachteten ihn nicht. Dann zerrte Herras an seinem Riemen und sie gingen, jeder seinen Gedanken und Spekulationen nachhängend, weiter.

# Hondor
## VII

»Du solltest dich bereitmachen«, zischte Kalerid dem zusammengesunkenen Rofin zu, der sich dicht an den aufgewühlten Berg kauerte und damit beschäftigt war, mit seinem Schicksal zu hadern. »Ich werde nicht mehr lange warten. Wir haben bereits mehr als genug Zeit verschwendet.«

Als hätte er nur auf sein Stichwort gewartet, trat Hondor aus den Schatten der Höhle hinaus ins Tageslicht. Rofin erlaubt sich ein erleichtertes Aufatmen und die anderen umstehenden Sellag stießen überraschte Laute aus, als sie ihn erblickten. Kalerid fuhr herum und für einen Augenblick erstarrte er. Er blickte verwundert auf die Kette in seinen Hände, sie hatte sich kein Stück bewegt, geschweige denn nachgegeben. Dann sah er wieder auf Hondor und dessen zertrennte Fesseln. Schnell fand Kalerids seine Fassung wieder, auch wenn es nicht von langer Dauer sein sollte.

»Wie kommst du dazu...!«, fuhr er den Menschen an, kam aber nicht dazu, seinen Satz zu beenden. Hondor trat einen Schritt zur Seite und ein wissendes Lächeln umspielte seine Lippen.

Zorina und Usadim waren, wie auch die meisten der Sellag, aufgesprungen, so, als spürten sie schon, dass nun etwas Unerwartetes geschehen würde. Ob es Instinkt war, oder ob es an dem so selbstsicheren Ausdruck in Hondors Gesicht lag, vermochten sie nicht zu sagen, aber sie bemerkten, dass auch die Sellag unruhig wurden.

Dann kam er. Zuerst streckte er nur seinen breiten Schädel durch die schmale Öffnung, dann folgte auch der Rest des massigen Körpers. Seine Schuppen glänzten prächtig im Sonnenlicht. Als er den Tunnel verlassen hatte, breitete Toranus seine Flügel aus. Das ließ ihn noch beeindruckender wirken. Giftgrüner Rauch trat in dicken Wolken aus seinen großen Nasenlöchern aus und als er sein Maul öffnete und Einblick in seinen riesigen Rachen gewährte, erschütterte ein markdurchdringender Schrei die Erde um die Anwesenden.

An einen Augenblick des Schreckens und des sprachlosen Staunens

schloss sich Entsetzen an. Um die ohnehin spärliche Disziplin der Sellag war es nun endgültig geschehen. Wild rannten sie durcheinander, fielen gegen- und übereinander, als sie in der schlammigen Erde ausrutschten. Sie behinderten sich immer mehr gegenseitig, während jeder von ihnen versuchte, fauchend und knurrend, so schnell wie möglich, das Weite zu suchen. Rofin war bereits verschwunden. Flink und von blinder Angst getrieben, hatte er sich in die Herde verschreckter Sellag geschlängelt und die Flucht ergriffen.
Kalerid versuchte, mit lautem Gebrüll und wilden Drohungen, seine Krieger wieder zur Ordnung zu rufen, während der Drache alles tat, um das Gegenteil zu bewirken. Mit schweren Schritten hatte sich Toranus bereits in die Mitte der aufgebrachten Sellag begeben und schwenkte nun seinen kräftigen Schwanz, mit dem er sie nun mühelos reihenweise von den Beinen holte. Zusätzlich machte er sich einen Spaß daraus, seinem Rachen kleinere und größere Stichflammen entweichen zu lassen und den Sellag damit die letzten wenigen Haare auf ihren kahlen Schädelplatten zu versengen. Den Flüchtenden wurde immer heißer unter ihrer hornigen Haut. Hin und wieder ergriff der Drache mit seiner Pranke eine der Kreaturen und schleuderte sie einige Male umher, um ihr mehrere Barret entfernt eine unsanfte Landung zu bescheren.
Kalerids Bemühungen stießen bei seinen Untergebenen auf taube Ohren. Nur wenige, um genau zu sein achtzehn, ließen sich von ihm wieder zur Ruhe bringen und scharten sich um ihren Anführer, der ein Stück entfernt mit gezücktem Schwert die Stellung bezogen hatte. Angestrengt überlegte er, wie er diesem Untier und der unerfreulichen Wendung, die es mit sich gebracht hatte, Herr werden konnte. Er war keineswegs bereit, seine Position oder den Schatz aufzugeben.
Dann ließ er seine wenigen treuen Anhänger eine v-förmige Aufstellung beziehen. Gemeinsam wagten sie sich Stück für Stück näher an den Drachen heran.
Toranus musste beinahe lächeln, als er die kleine, aber offensichtlich entschlossene Gruppe auf sich zukommen sah. Beiläufig ließ er den Sellag, der jammernd zwischen seinen Krallen hing, fallen und machte es seinen Angreifern ein wenig leichter, indem er ihnen etwas entgegen kam.
Kalerid und seinen Begleitern wurde es sichtlich unwohl, als sie dem Drachen nun direkt in die Augen blicken konnten. Der Wunsch, zu flüchten, wurde immer stärker, doch sie kam gar nicht mehr dazu, ihn

sich zu erfüllen.
Pfeilschnell schwenkte Toranus seinen schuppigen Schwanz und warf mit einem einzigen Schlag eine ganze Traube Sellag zu Boden. Den anderen nahm er mit einer erneuten Stichflamme den letzten Rest Mut. Ehe Kalerid sich versehen konnte, blieb er allein zurück. Nur noch der Geruch von angekohltem Horn lag in der Luft.
Trotzdem, so schnell war Kalerid nicht bereit, klein beizugeben. Nicht umsonst war er der Heerführer seines Volkes (wenn man einmal von der Erbfolge absah, die ihm zugute gekommen war). Wutentbrannt und mit zornig funkelnden Augen schwang er sein Schwert und hieb es mit aller Kraft, die er aufbringen konnte, in das Bein des Drachen, bevor dieser Gelegenheit bekam, zu erkennen, was geschah. Die glänzenden Schuppen splitterten und das Schwert fuhr tief in das darunter verborgene Fleisch. Vor Überraschung und durch den Schmerz, der ihn durchfuhr, fauchte Toranus kurz auf. Dann drehte er sich um, wobei das Schwert, das der Heerführer noch immer umklammert hielt, abbrach und Kalerid auf den Rücken fiel, das Heft noch immer in der Hand haltend. Der Drache fixierte ihn mit seinem stechenden Blick. Das Feuer, das er spie, verfehlte den Sellag nur knapp, als dieser blitzschnell auf die Beine kam. Toranus bekam ihn nicht mehr zu fassen, als der Heerführer sich umdrehte und so schnell, wie er auf allen Vieren konnte, davon hetzte.
Kalerid war zwar ein Sellag, dem es schwer fiel, eine Niederlage einzugestehen, aber er liebte sein Leben. Vielleicht war es sogar das Einzige, was er außer Macht (und seit Neuestem auch Reichtum) in seinem Leben liebte und er war schlau genug, zu wissen, wann es an der Zeit war, sich aus einer Schlacht zurückzuziehen. Doch seinen Schatz hatte er noch lange nicht aufgegeben und er würde wieder zurückkehren, sobald er einen neuen Plan hatte.
Toranus schaute Kalerid verwundert hinterher. Er hatte nicht erwartet, dass ein so plump wirkendes Geschöpf so schnell laufen konnte. Nun waren kein Sellag mehr auf dem ausgetretenen Platz vor dem Eingang der Höhle zurückgeblieben. Zumindest keine, die noch am Leben waren. Ein paar der Wachen hatten den unsanften Schlag des Drachenschwanzes nicht überlebt, zwei andere waren unter die Drachenklauen geraten und hatten dadurch ihr Leben verloren.
Der Schmerz in seinem Bein behinderte Toranus, aber er war erträglich. Vorsichtig zog der Drache das abgebrochene Schwert aus seiner

Wunde und erhob sich dann, ohne langes Zögern, und mit eleganten Flügelschlägen in die Luft und folgte den Sellag. Er hatte noch keine Lust, die Schlacht enden zu lassen.

Als sich der Drache in die Luft erhoben hatte, gab Hondor seine Deckung, die er sich an den aufgewühlten Hängen des Paratuls gesucht hatte, auf und rannte hinüber zu Zorina und Usadim, die hinter einem der letzten verbliebenen Sträucher Schutz gesucht hatten.
Erschöpfung und Müdigkeit waren vergessen, angesichts der unerwarteten Wendung, die ihnen das Schicksal gewährt hatte. Hondor überwand die gut fünfzig Barret, die ihn von seinen Gefährten trennten, mit fliegenden Schritten.
»Wir müssen hier weg!«, rief er ihnen zu, und musste sich beinahe zwingen, einen Augenblick bei ihnen zu verweilen. Er verspürte den Drang, einfach weiterzulaufen, soweit ihn seine Füße tragen würden. Sie durften diese Gelegenheit nicht ungenutzt lassen.
Doch Zorina und Usadim lösten sich nur widerstrebend aus ihrem schützenden Versteck. Zwar hatten sie schnell erkannt, dass der Drache (es erschien ihnen noch immer unbegreiflich, dass es sich wirklich um einen Drachen gehandelt hatte, der dort aus dem Dunkel aufgetaucht war), es nur auf die Sellag abgesehen hatte, aber sie waren noch nicht davon überzeugt, dass wahrhaftig alle Sellag das Weite gesucht hatten.
»Sind denn wirklich alle fort?«, fragte Zorina ungläubig, als sie zögernd über die Äste des Strauches spähte. Sie konnte von ihrer Position aus nicht den ganzen Platz überblicken.
»Ja, sie sind alle geflüchtet«, erwiderte Hondor drängend. »Und das sollten wir auch tun, solange noch Zeit dafür ist.«
Der König war bereits ein paar Schritte weiter gelaufen und seine beiden Gefährten kamen nun auch endlich auf die Beine. Ohne lange nachzudenken, wandten sie sich nach Norden.
»Lauft!«, rief Hondor den anderen Gefangenen zu, an denen sie vorbeikamen. »Lauft, so schnell ihr könnt!«
Die Meisten hätten diese Aufforderung gar nicht benötigt. Obwohl sie sich zuvor kaum auf den Beinen halten konnten, hatte sich dies nun schlagartig geändert. Viele waren bereits geflüchtet und auch die Letzten liefen nun, von neuer Hoffnung beflügelt und so schnell es ihre Fesseln erlaubten, davon.
Gerne hätte Hondor alle Gefangenen zusammengehalten, anstatt sie

allein oder in kleinen Gruppen ihrem Schicksal überlassen zu müssen, aber er wusste, dass das ganze Land von Sellag belagert war. Es würde schon schwer sein, allein unentdeckt durchzukommen, wohin auch immer, aber als Gruppe wären sie zu zahlreich gewesen, um unentdeckt zu bleiben, aber auch zu wenige, um sich gegen die Sellag behaupten zu können. So blieb dem König nichts anderes übrig, als seinen Untertanen im Stillen Hembras' Segen zu wünschen und sich auf sein eigenes Ziel zu konzentrieren, von dem er noch nicht einmal wusste, was es sein mochte.
Zorina und Usadim folgten ihrem König mühsam. Ihre Fußfesseln machten ihnen das Laufen schwer und durch die Handfesseln hatten sie Schwierigkeiten, das Gleichgewicht zu halten. Immer wieder musste Hondor stehen bleiben, um ihnen Gelegenheit zu geben, zu ihm aufzuschließen.
Er sah sich kurz suchend um. Kurena war nirgendwo zu sehen. Eigentlich war es ihm auch gleichgültig, dennoch wunderte er sich, gerade in diesem Moment an sie denken zu müssen, hatte er sie doch in den letzten Tagen nur wenige Male gesehen. Hembras, oder mit welchen Mächten Kurena auch immer im Bunde stand, würde ihr wohl das passende Schicksal bescheren.
Während Hondor diesen knappen Gedanken nachging, bemerkte er nicht, wie Zorina sich zu Boden bückte und etwas aufhob, was dort zwischen Schlamm und Schmutz völlig fehl am Platz zu sein schien. Sie ließ es in ihre Tasche verschwinden, ohne selbst lange darüber nachzudenken, warum sie es tat. Es schien ihr einfach von Bedeutung zu sein.

Kalerid hetzte mit hängender Zunge die kurvige Hohlstraße Richtung Zurnam hinunter. Mittlerweile hatte er bereits die ersten seiner Wachen eingeholt. Der dunkle Schatten des Drachen, der über ihn hinweg glitt, begleitete ihn. Einige Male senkte sich Toranus auf ihn hinab und versuchte, ihn zu erwischen, aber Kalerid schlug geschickte Haken und so gelang es ihm immer wieder, sich den Klauen des Drachen zu entziehen.
Toranus sah darin jedoch keinen Grund zur Sorge, er konnte dem Sellag mühelos folgen.
In kürzester Zeit, zumindest im Vergleich zu der, in der man unter gewöhnlichen Umständen diesen Weg zurücklegte, erreichte Kalerid das Stadttor von Zurnam und dort erwartete ihn und Toranus eine erfreu-

liche oder eher unerfreuliche (das kommt ganz darauf an, von wessen Standpunkt man es sehen will) Überraschung. Eine große Anzahl von Sellag hatte sich vor und auf dem Stadttor versammelt. Alle waren mit langen Speeren und Schwertern bewaffnet und sie schienen schon auf ihren Heerführer und seinen Verfolger zu warten. Bereitwillig machten sie eine Gasse frei und ließen Kalerid hindurch in die Stadt. Sobald er das Stadttor durchquert hatte, verharrte der Heerführer und atmete schwer.

Toranus verlangsamte seinen Flug und wunderte sich über das, was er sah. Er beobachtete die schreiende und fauchende Meute unter sich und begann nachzudenken. Letztendlich kam er zu dem Schluss, dass er gegen diese wilde Sellag-Horde nicht ankommen würde. Es waren zu viele, sie standen dicht beieinander und ihre Waffen waren lang und massiv. Bedauernswerterweise sah er in ihren Gesichtern auch nicht den Ausdruck von Entsetzen und Furcht, den er zuvor so genossen hatte. Vielmehr wirkten sie entschlossen und vorbereitet. Verdrossen drehte der Drache einige Runden. Es gefiel ihm gar nicht, aber er musste sich vorerst geschlagen geben. Wenn er sich jetzt auf den Boden niederlassen würde, würden sie sich auf ihn stürzen und er wäre ihnen trotz seiner Größe und seiner Stärke unterlegen. So entschloss er sich, den Rückzug anzutreten. Zumindest hatte er seine Aufgabe bis hierher erfüllt. Er hatte den Menschen die Gelegenheit zur Flucht ermöglicht und seinen Schatz verteidigt. Er drehte einen letzten eleganten Bogen über den Sellag, gewann dann an Höhe und flog zurück zu seinem Hügel.
Die Sellag jubelten und freuten sich über ihren vermeintlichen Sieg, zu dem sie eigentlich nicht viel beigetragen hatten. Einige warfen ihre Speere in die Höhe, erreichten den Drachen aber nicht annähernd. Dabei wären sie allerdings fast von ihren eigenen Waffen erschlagen worden.

Hinter Kalerid schloss sich das Stadttor. Aus der Wachkammer innerhalb des, aus grauen, grob behauenen Steinen errichteten Torbogens[10],

[10] Die Befestigungsanlage, die Zurnam umschloss, stammte noch aus der alten Zeit. Neben Alland Pera und Zurnam besaßen nur wenige Orte in Allendas Stadttore und -mauern. Da sich in Zurnam stets viele Händler mit ihren Waren aufhielten, war man um ihre Sicherheit besorgt.

trat der Statthalter Perlug auf ihn zu.
»Ich hoffe, Ihr seid zufrieden mit dem, was ich für Euch arrangieren konnte, Majestät«, sagte Perlug und Kalerid konnte Selbstzufriedenheit in seinen Augen erkennen.
Der Atem des Heerführers hatte sich wieder beruhigt und Kalerid richtete sich zu seiner vollen Größe auf, um die Würde auszustrahlen, die seiner Position angemessen war. Schließlich hatte es keinen besonders guten Eindruck gemacht, als er sich feige hinter die Reihen seiner Soldaten geflüchtet hatte. Aber ein Kalerid würde niemals den Fehler machen, so etwas einzugestehen, vor allem nicht vor jemandem, der ihm untergeben war.
»Ja, es hat seinen Zweck durchaus erfüllt«, erwiderte er herablassend. »Nur sag' mir, wie hast du von unserer misslichen Lage erfahren?«
»Euer Lakai kam in die Stadt und hat Alarm geschlagen«, erklärte Perlug und Rofin trat seitlich hinter ihm hervor, sodass er sich erst jetzt in Kalerids Blickfeld schlich.
Kalerid knurrte zufrieden. »Sehr gut, Rofin.« Kalerid sprach selten ein Lob aus und wenn, dann tat er es nur sehr ungern, vor allem, wenn dadurch seine eigenen Fehler deutlicher zum Vorschein kamen. »Zum gegebenen Zeitpunkt werde ich dich dafür entlohnen.«
»Ich habe nur meine Pflicht getan, Majestät.« Rofin senkte ergeben den Kopf und ließ sich durch nichts anmerken, dass auch er mit sich zufrieden war.
Für Kalerid war die Angelegenheit damit erledigt und er ordnete seinen sehr in Mitleidenschaft gezogenen Umhang. Zwar konnte man den Ausgang des Vorfalls als glücklich bezeichnen, aber sein gesamtes Vorhaben hatte dadurch einen herben Rückschlag erlitten.
»Zeig mir das Quartier, das du für mich hast herrichten lassen!«, befahl er Perlug und trat unter dem Torbogen hervor. »Es wird Zeit, dass ich meine Pläne neu überdenke.«

Als Toranus zum Paratul zurückkehrte und sich auf dem bemitleidenswerten Hügel zwischen Erdhaufen und langsam trocknenden Schlammlöchern niederließ, waren Hondor und seine Begleiter schon ein gutes Stück entfernt. Auch die anderen Menschen waren, wenn überhaupt, nur noch als kleine, sich bewegende Punkte in der Ferne zu erkennen, als es sich der Drache auf dem Paratul bequem machte und die wärmenden Strahlen der Sonne genoss. Er konnte, obwohl der Hügel nicht besonders hoch war, vom Paratul aus fast ganz Elland überblicken, denn der Landstrich war eben und es gab nur wenige kleine Tannenhaine, die ihm den Blick versperrten.

Es hatte sich kaum etwas verändert, seit er das letzte Mal Tageslicht gesehen hatte, stellte der Drache fest. Südlich von ihm, viele tausend Barret entfernt, konnte er Alland Pera als schemenhafte Umrisse erkennen. Der Hügel, auf dem sich die Hauptstadt befand, überragte den Paratul und die umliegenden Wälder um einiges. Die Türme des prächtigen Schlosses zeichneten sich am Horizont ab und waren nun, nach einem starken Regen, vom Dunst eines schönen Herbsttages umgeben.

Westlich von ihm, nahe am Hügel, lagen Zurnam und der Hohlweg, der von dort zum Paratul und in einem sanften Bogen daran vorbeiführte und gut zu überblicken war. Toranus würde sein Augenmerk hauptsächlich darauf richten müssen, denn ihm war klar, dass sich die Sellag nicht so einfach von seinem Schatz vertreiben lassen würden.

Im Norden, der Blick darauf wurde durch eine Schneise im größten Wald Ellands, dem Mirn-Wald, freigegeben, lag etwa achthundert Barret entfernt das kleine Dorf Brugen. Mit dem Mirn-Wald und Brugen fühlte sich Toranus auch nach all den Jahrhunderten noch immer besonders verbunden. In einer Höhle inmitten dieses hellen und freundlich anmuteten Waldes war er vor unzähligen Jahren aus seinem Ei geschlüpft. Vom ersten Moment an war er auf sich selbst gestellt gewesen[11]. So schlug sich Toranus[12] alleine durch, bis eines Tages Pillon, ein Bauer aus Brugen, durch Zufall auf ihn gestoßen war und schnell die Außergewöhnlichkeit und das friedliche Gemüt dieses besonderen Wesens erkannt hatte. Er hatte den kleinen Drachen mit zu sich nach Hause genommen und in seinem Stall untergebracht. Der Bauer und seine Familie waren gut zu ihm gewesen. Sie hatten ihm seinen Namen gegeben, und Toranus hatte sich stets wohl bei den Menschen gefühlt. Bald waren auch die besonderen Talente des kleinen Drachen zum Vorschein gekommen. Zur Überraschung aller hatte er bald die Sprache der Menschen erlernt und so wurde deutlich, dass er nicht nur ein beson-

[11] Drachen waren bekanntermaßen niemals besonders gute Eltern. Sie legten ihre Eier in versteckten und gut geschützten Höhlen ab und überließen sie dann ihrem Schicksal.

[12] Selbstverständlich hatte er diesen Namen zu dieser Zeit noch nicht, denn wie sollte ein völlig allein lebendes Wesen auf den Gedanken kommen, sich selbst einen Namen zu geben, geschweige denn wissen, was ein Name überhaupt ist.

deres, sondern auch ein intelligentes Wesen war. Er wuchs stetig und war bald zu einer großen Hilfe für den Bauern und auch für die anfangs argwöhnischen Dorfbewohner geworden. Der Drache hatte nicht nur eine Bereicherung für das Leben aller dargestellt, er hatte auch durch seine Größe, Kraft und Ausdauer ihre Arbeit erleichtert.
Dann eines Tages, Pillon war bereits viele Jahre Tod und seine Enkel hatten seinen Hof weitergeführt, waren die Fremden über das Meer gekommen und hatten sich auf heimtückische und hinterhältige Weise Allendas bemächtigt. Als die Situation immer ernster wurde und das ganze Land bereits eingenommen worden war, war Brugen das einzige Dorf, das nicht von den Fremden belagert werden konnte, denn Toranus hatte es tapfer verteidigt. So hatte der Drache all die Jahre der Belagerung verhindern können, dass Brugen eingenommen wurde und die Dorfbewohner waren ihm von Herzen dankbar dafür. Als dann Helaras mit seinen Truppen von Norden gekommen war und niemand diese plötzliche Unterstützung und Erlösung erwartet hatte, kam es auch in Brugen zu großen Verlusten, denn die Schlacht war gerade in Elland besonders hart gewesen. Die Eindringlinge hatten Zurnam besonders hartnäckig verteidigt, doch letztendlich hatte Helaras den Sieg davontragen können. Er hatte unter großem Jubel den Thron von Allendas bestiegen und Toranus gebeten, die Bewachung des Schatzes Muteral, gegen den Helaras einen großen Unmut gehegt hatte, zu übernehmen. Dieser hatte eingewilligt, auch wenn er sich nicht hätte träumen lassen, dass seine Aufgabe so eine lange Zeit in Anspruch nehmen würde.
Toranus seufzte, angesichts all dieser schönen und traurigen Gedanken und bettete seinen großen Kopf auf seine verschränkten Vorderpfoten, den Blick fest auf den Weg nach Zurnam gerichtet. Er überlegte, ob es Pillons Hof wohl noch immer gab und ob er noch immer von seinen Nachkommen geführt wurde. Er entschloss sich, Brugen einen Besuch abzustatten, sobald die Situation geklärt sein würde. Als er an die vergangenen Stunden dachte, fiel ihm auf, wie sehr ihn das Verhalten der Sellag an das Gebaren der früheren Eindringlinge erinnerte und er schloss daraus, dass wohl alle bösen Lebewesen gleich waren. Aber er hatte es damals geschafft, sich erfolgreich zu verteidigen und es würde ihm auch diesmal wieder gelingen.

Hondor, Zorina und Usadim liefen, ohne noch einmal zurückzuschauen, über die dicht bewachsene, grüne Wiese. Die Fesseln machten Zorina

und Usadim das Laufen schwer und sie hatten Mühe, voran zu kommen. Weit und breit war kein anderer Gefangener mehr zu sehen. Alle schienen andere Wege gewählt zu haben.
Erst als sie den Rand der Schneise, die den Mirn-Wald teilte, erreicht hatten, blieben sie, verborgen hinter den ersten Bäumen, stehen, um nach Atem zu ringen. Sie blickten noch einmal zurück und konnten den Paratul und den Drachen, der sich darauf niedergelassen hatte, erkennen.
»Meint ihr, wir können ihn dort allein lassen, Majestät?«, fragte Zorina, als sie wieder ein wenig zu Atem gekommen war und deutete in Richtung des Drachens.
»Ich bin sicher, er kann auf sich aufpassen.« erwiderte Hondor zuversichtlich.
»Hembras muss ihn geschickt haben«, fügte Usadim schnaufend hinzu. »Wer weiß, was die Sellag uns angetan hätten, wenn sie unsere Arbeit nicht mehr benötigt hätten.«
Keiner der drei wollte sich vorstellen, was wohl mit ihnen geschehen wäre, wenn die Sellag ihren Schatz bekommen hätten und sie verzichteten darauf, es sich auszumalen.
»Er verdient wirklich unseren Dank.« sagte Usadim nach einem Moment.
Hondor nickte zustimmend. »Ich werde ihn für seine Hilfe entlohnen, sobald es mir möglich ist. Obwohl ich nicht weiß, womit man eine solche fleischgewordene Sagengestalt belohnen kann.«
»Es wird sich bestimmt etwas Entsprechendes finden«, meinte Zorina und fügte dann neugierig hinzu: »Ich möchte zu gern wissen, was in der Höhle geschehen ist.« Sie war wirklich gespannt darauf, zu erfahren, wie es zu dieser erfreulichen Wendung der Dinge gekommen war.
»Das werde ich Euch alles berichten«, versprach Hondor. »Nur jetzt haben wir keine Zeit dazu. Wir sind noch lange nicht in Sicherheit.«
»Aber wohin sollen wir gehen?«, fragte Usadim besorgt. »Das ganze Land ist von diesen Kreaturen befallen. Es wird keinen Ort geben, an dem wir sicher sind.«
»Vielleicht doch«, antwortet Hondor mit einem hoffnungsvollen Funkeln in den Augen. »Ich habe gehört, wie zwischen den Sellag der Name *Bernam* fiel. Zwar konnte ich nicht verstehen, was sie sagten, aber die Laute und Gesten ihres Anführers ließen mich zu dem Schluss kommen, dass es ihnen noch nicht gelungen ist, das dortige Kloster zu

besetzen. Es liegt weit im Norden, mitten im Rorgan-Wald und ist gut befestigt. Vielleicht können wir uns bis dahin durchschlagen und dort Unterschlupf finden, bis uns etwas einfällt, wie wir die Sellag bekämpfen können.«

Hondor kannte das Bernam-Kloster. Zwar war er noch nie selbst dort gewesen, aber er hatte bereits viel darüber gehört, vor allem aus den Erzählungen seines Vaters. Harus hatte, wie viele Könige vor ihm, während der Zeit seiner Herrschaft mehrmals das Kloster besucht, um dort Ruhe und Besinnung zu finden und Rat für seine Entscheidungen bei den belesenen und weisen Mönchen einzuholen. Zudem waren auch die Mönche einige Male nach Allendas gekommen, um dort ihre Geschäfte abzuwickeln, wobei sie stets bei ihrem König vorgesprochen hatten. Hondor war immer beeindruckt von den diszipliniert und Ehrfurcht einflößenden Dienern Hembras' gewesen und es erstaunte ihn nicht, dass sie in der Lage gewesen waren, sich den Eindringlingen zu widersetzen. Zudem war das Bernam-Kloster eine große und gut geschützte Festung. Sie war von den alten Königen gebaut worden, um sich gegen Feinde aus dem Norden zu verteidigen und im Kampf gut zu halten.

»Aber es ist ein weiter Weg bis in die nördlichen Wälder«, gab Zorina zu bedenken. »Wie sollen wir es bis dorthin unentdeckt schaffen?«

»Es ist unsere einzige Chance.« Hondor zuckte kurz mit den Schultern. Er gab vor, ruhig zu sein, aber natürlich hatte er sich auch bereits seine Gedanken darüber gemacht. »Wenn wir uns fernab von allen Straßen und Siedlungen halten, wird es schon irgendwie gelingen.«

»Wir werden nicht sehr schnell mit unseren Fesseln vorankommen«, warf Usadim nun ein.

»Allerdings!«, stimmte Zorina ihm zu. Sowohl ihre als auch Usadims Hand- und Fußgelenke waren bereits wund und blutig gescheuert und auch Hondor wurde, wenn auch die Ketten durchtrennt waren, noch immer von den dicken Eisenringen um seine Gelenke behindert.

»Dort hinten befindet sich ein Dorf. Ich konnte es vorhin durch die Schneise sehen.« Zorina deutete in Richtung des kleinen Ortes Brugen, der nun von Bäumen verdeckt wurde. Natürlich hatten auch Hondor und Usadim zuvor die hübsch mit Stroh gedeckten Dächer gesehen, die in der Sonne dunkelgelb geleuchtet hatten.. »Vielleicht können wir dort eine Möglichkeit finden, die Ketten loszuwerden.«

»Aber es ist zu gefährlich, uns jetzt, am helllichten Tag, in eine besetzte

Ortschaft zu wagen.« Hondor schürzte die Lippen. »Wir müssen warten, bis die Nacht hereingebrochen ist, dann haben wir bessere Voraussetzungen, nicht entdeckt zu werden.«

Zorina und Usadim nahmen Hondors Entscheidung ohne Widerworte an. Sie entschlossen sich, tiefer in den Wald hineinzugehen und dort auf die Dunkelheit zu warten. Es war früher Nachmittag und es würden noch gut viermal fünfzig Kils verstreichen, bis die Nacht hereinbrechen würde.

Als sie schließlich gemeinsam auf dem laubbedeckten Waldboden saßen und sich an einen dicken Baum lehnten, fielen Zorina schnell die Augen zu. Auch Hondor wurde bald von der Erschöpfung übermannt und ohne es selbst zu bemerken, schlief er ein. So übernahm Usadim mehr oder weniger freiwillig die erste Wache für seine beiden Gefährten.

# Herras
## IX

Als der Abend dämmerte, soweit man in der ewigen Finsternis des Waldes überhaupt eine Veränderung erkennen konnte, begann Merit, ein Nachtlager zu suchen. Sie waren an diesem Tag nicht so gut vorangekommen, wie es sich der Waldmensch erhofft hatte. Er wusste auch nicht zu sagen, wie weit der Weg sein mochte, den sie noch zurücklegen mussten, bevor sie diesen unsäglichen Wald durchquert hatten. Das bedrückende Gefühl hatte mit jedem Schritt, den sie getan hatten, zugenommen. Am Liebsten wäre Merit die ganze Nacht hindurch gelaufen, um diesen Ort hinter sich zu bringen, doch sie waren alle zu erschöpft. Die unsichtbare Gefahr, die sie zu umgeben schien, lastete auf ihren Schultern. Merit und seine Begleiter fühlten sich ausgelaugt und die Kälte, die mit der Nacht über sie hineinbrach, zehrte zusätzlich an ihren Kräften.

Es war nicht leicht, einen geeigneten Schlafplatz zu finden, denn der Boden war feucht. Doch dann fand Merit eine kleine Höhle, nicht in einem Felsen, sondern in einem großen Dornengebüsch und sie krochen vorsichtig hinein. Die Dornen an den Ästen des dichten Gesträuchs waren lang und sie mussten aufpassen, sich daran nicht die Kleidung und die Haut zu zerreißen. Aber zumindest war der Boden dort trocken und sie waren leidlich vor der aufziehenden Kälte geschützt. Auf ein Feuer mussten sie auch in dieser Nacht verzichten, denn sie fanden kein trockenes Holz und so griffen sie wieder auf Maleris' Vorrat an Kerzen zurück, die sie mit den Feuermachern aus Merits Vorrat entzündeten.

Nicht weit von der Höhle schlängelte sich ein kleiner Bach durch den Wald. Das Wasser war klar, aber trotzdem trank Merit nur zögernd davon. Die Bedrohlichkeit, die der Wald ausübte, ließ ihn achtsam werden. Doch das Wasser bekam ihm gut und so füllten sie ihre Trinkbeutel damit.

Sie aßen schweigend. Niemandem war es an diesem Abend nach Reden zumute. Im Schein der Kerzen quälte jeder von ihnen ein paar Bissen getrocknetes Fleisch aus Merits Vorrat herunter. Trotz des anstrengenden Tagesmarsches verspürten sie kaum Hunger. Irgendetwas schien

ihnen die Kehle zuzuschnüren.
Den Sellag hatte Herras außerhalb der Höhle an einem Baum fest verschnürt und Maleris hatte ihn mit Wasser und Trockenfleisch versorgt.
Marek fühlte sich elend bei dem Gedanken, die ganze Nacht alleine und wehrlos draußen verbringen zu müssen. Auch an ihm ging der merkwürdige Einfluss des Waldes nicht spurlos vorüber. Er verspürte Angst, größere Angst, als er sie bisher jemals in seinem Leben verspürt hatte. Verzweifelt zerrte er an den Lederriemen, die ihn an den Baum banden, auch wenn Marek keine Vorstellung davon hatte, was er hätte tun können, wenn er sich von seinen Fesseln hätte befreien können. Sich alleine davonzumachen, behagte ihm gar nicht. Es war aber auch nicht von Nöten, dass sich der Sellag viele Gedanken darüber machte, denn die Riemen rührten sich kein Stück.
»Sollen wir ihn nicht hereinholen?«, fragte Maleris auf einmal in die Stille hinein, nachdem sie die Bemühungen des Sellag eine Weile beobachtet hatte. Schon als sie ihm das Essen gebracht hatte, war ihr die Angst in den Augen der Kreatur aufgefallen. »Es wird bestimmt kalt heute Nacht.«
»Das kommt überhaupt nicht in Frage.« antwortete Herras empört. »Es ist so schon eng genug hier.« Außerdem verspürte er nicht das geringste Mitleid mit dem Sellag.
»Aber…« Maleris wollte widersprechen, als Merit sie unterbrach. Er war müde und ausgelaugt und er hatte nicht die geringste Lust auf Streitereien. Und auch wenn er Herras' inbrünstigen Hass gegen den Sellag nicht teilen konnte, so war er ihm trotzdem nicht sympathisch. Sie hatten noch immer nicht viel über ihn und seinen Charakter herausbekommen und daher war Vorsicht angeraten, wenn sie keine unangenehmen Überraschungen erleben wollten. Maleris hatte ein gutes Herz, aber so etwas konnte auch böse enden.
»Nichts aber«, sagte er bestimmt. »Herras hat Recht. Der Platz reicht gerade für uns drei und der Sellag ist dort, wo er ist, gut aufgehoben.«
Maleris gab sich mit einem Schulterzucken geschlagen. Wenn sie ehrlich war, konnte sie die Bedenken verstehen und sie wollte auch nicht die Schuldige an einem unglücklichen Zwischenfall sein. Auch wenn der Sellag gefesselt war, konnte man nie sagen, was passieren mochte.
Die drei Gefährten bereiteten sich auf die Nachtruhe vor. Maleris und Merit entrollten ihre Decken, Herras übernahm die erste Wache und

bezog Stellung im Zugang der Dornenhöhle. Die Armbrust legte er schussbereit neben sich. Zwar hätte er sich mit seinem Schwert sicherer gefühlt, aber er war fest entschlossen, einen möglichen Angreifer gar nicht erst so nah an sich herankommen zu lassen, dass er es hätte gebrauchen können.

Ihre ruhigen Atemzüge verrieten ihm bald, dass Maleris und Merit eingeschlafen waren, während er angestrengt seinen Blick durch die Dunkelheit schweifen ließ. Hin und wieder streifte er dabei den angebundenen Sellag, der seine Bemühungen, sich aus den Fesseln zu befreien, noch immer nicht aufgegeben hatte. Doch das beunruhigte ihn wenig. Herras vertraute auf seine Knoten.

»Du solltest dich lieber ausruhen«, rief er zu dem Sellag leise hinüber. »Morgen erwartete dich wieder ein anstrengender Tag.« Alles was er zur Antwort bekam, war ein zorniges Knurren.

Als es kam, machte das Unerwartete ein gewaltiges Aufsehen. Es verursachte einen mächtigen Knall oder, wenn man es genau nahm, waren es zwei. Dicke Rauchwolken begleiteten das Spektakel. Das Unerwartete trat in Form zweier Gestalten auf - einer Frau und einem Mann.

Gerade in dem Moment, als Herras' Aufmerksamkeit ein wenig nachließ und er mit der Müdigkeit kämpfte, die ihn zu übermannen drohte, tauchten sie auf. Der Sellag stieß einen überraschten Schrei aus und Merit und Maleris fuhren von ihren Lagern auf.

Herras verdrängte seinen Schrecken und griff nach seiner Armbrust. Es dauerte eine ganze Weile, bis der graue Rauch verflogen war und er etwas erkennen konnte. Dann erst konnte er seinen Pfeil abschießen. Für einen Augenblick schien es so, als würde er sein Ziel nicht verfehlen, doch plötzlich, ohne erkennbaren Grund, änderte der Pfeil seine schnurrgerade Flugbahn und flog in einen eleganten Bogen an ihnen vorbei. Herras stieß vor Überraschung einen kurzen Laut aus und griff nach einem weiteren Pfeil.

»Das würde ich an Eurer Stelle nicht tun«, sagte die männliche Gestalt mit donnernder, tiefer Stimme. Sie passte nicht so recht zu seiner schmalen, zierlichen Statur. Der Fremde vollführte eine kurze, unauffällige Handbewegung, die ihre Wirkung jedoch nicht verfehlte. Ein Lichtblitz zuckte durch die Dunkelheit und schlug nur zwei Finger breit vor Herras' gekreuzten Beinen in den Boden ein. Ein verkohlter Fleck blieb zurück, von dem eine kleine Rauchwolke aufstieg. Erschreckt fuhr

Herras hoch und ließ dabei seine Armbrust fallen.
Auch Maleris und Herras zuckten zurück. Die weibliche Gestalt musterte sie mit herablassendem Blick und streckte die Hand nach den drei Menschen aus, als wollte sie sie berühren, doch sie war zu weit weg. Weniger als einen Wimpernschlag später, spürte Herras, was sie damit bezweckte. Er konnte sich nicht mehr bewegen. Es schien, als wären seine Glieder innerhalb eines Augenblicks zu Eis erstarrt. An den überraschten Lauten, die hinter ihm ertönten, erkannte Herras, dass es Maleris und Merit nicht besser erging, als ihm.
'Nun haben wir also die Hexen und Zauberer aus den Erzählungen gefunden', schoss es Herras durch den Kopf. Doch sahen sie nicht annähernd so aus, wie er sie sich vorgestellt hatte. Für Herras waren Hexen und Zauberer immer alte, bucklige Gestalten gewesen, mit schneeweißen Haaren und langen Bärten (zumindest die Zauberer und nur wenige der Hexen). Diese beiden, die nun vor ihm standen, hatten kurzes rotes Haar, nicht so wie das rotbraune von Merit und Maleris, sondern feuerrot. Ihre glatten, ebenen Gesichter zeigten kein Zeichen des Alters. Herras hätte nicht sagen können, wie alt sie waren. Die wallenden, dunkelgrünen Gewänder, die sie trugen, waren reich mit feinen, goldbraunen Stickereien verziert.
Das weibliche Wesen fixierte sie mit ihren hellblauen Augen und streckte noch immer die Hand nach ihnen aus.
»Es ist alles so verlaufen, wie du es vorgesehen hast, Anan. Einige von ihnen werden es nie lernen«, bemerkte sie mit kühler, aber melodischer Stimme. »Was machen wir jetzt mit ihnen?« Sie fragte ihren Begleiter, ohne dabei den Blickkontakt zu den Menschen zu unterbrechen. Herras gewann den Eindruck, dass es wichtig für den Bann war, den sie über sie gelegt hatte. Aus den Augenwinkeln konnte er den Sellag sehen, der nun noch heftiger an seinen Fesseln zerrte. Er war ganz offensichtlich nicht von dem Bann getroffen. Herras überlegte, ob sie ihn nicht bemerkt hatten, was er für unwahrscheinlich hielt oder ob sie ihn in seiner gefangenen Lage nicht für gefährlich erachteten.
»Wir sollten sie nicht unterschätzen, Lusa«, stellte Anan fest und kniff dabei nachdenklich die Augen zusammen »Sie konnten sich gegen unsere Somon-Wölfe behaupten. Noch keinem ist das zuvor gelungen.«
»Wir hätten uns eben von Anfang an selbst darum kümmern sollen«, entgegnete Lusa. »Die Wölfe waren stark, aber auch dumm.«
»Aber bisher hatten sie ihre Aufgabe stets zu unserer Zufriedenheit er-

füllt.« erwiderte Anan. »Dies müssen besondere Wesen sein. Vielleicht sollten wir die Versammlung zurate ziehen, um zu beschließen, was wir mit ihnen machen sollen.«
Lusa schüttelte unwillig den Kopf, ohne dabei den Blickkontakt zu unterbrechen. »Nein, wir bewachen seit jeher unseren Wald und wir hatten schon immer das Recht, selbst zu entscheiden, was mit unseren Gefangenen geschehen soll.«
»Wer seid Ihr? Und was habt ihr in unserem Wald zu suchen?«, fragte Merit unvermittelt. Es gefiel ihm ganz und gar nicht, dass man sich in seiner Anwesenheit über ihn und seine Begleiter unterhielt, als wären sie gar nicht vorhanden und schon gar nicht gefiel es ihm, dass man sie als Gefangene bezeichnete.
Lusa legte den Kopf ein wenig schief. Ihr Tonfall klang, als würde sie mit einem einfältigen Kind sprechen, als sie sich dazu herabließ, ihm zu antworten. »Es ist nicht euer Wald, sondern der unsere! Schon seit jeher! Wir sind die Grunen!«
»Das ist nicht wahr. Der Wald gehört den Stämmen der Waldmenschen!«, warf Maleris ein.
Anan brummte unwillig und sagte zu Lusa. »Siehst du, es ist seit jeher das Gleiche. Sie sind so ignorant und so undankbar!«
Trotz der unangenehmen Situation, in der sie sich befanden, kam in Herras ein Gefühl des Triumphes auf. Anscheinend war er nicht der Einzige, der nicht alles über die Geschichte seines Landes wusste.
»Wenn ihr uns verraten würdet, wer ihr seid, dann könnte uns das helfen, weniger ignorant und undankbar zu sein«, sagte er vorsichtig, mit dem Ziel, das Gespräch in eine Richtung zu leiten, die ein wenig aufschlussreicher sein würde.
Anan lachte kurz. »Ich wage zu bezweifeln, dass euch das noch etwas nützen dürfte, aber warum nicht.«
Dann sprach Lusa weiter: »Unser Volk lebt schon seit ewigen Zeiten in diesem Wald. Eines Tages kamt ihr Menschen und habt euch dieses Waldes und des Landes westlich davon, bemächtigt. Wir nahmen euch auf, denn unser Volk war neugierig und friedliebend und lange Zeit lebten wir friedlich zusammen. Dann kamen die Fremden über das Meer und spalteten euer Land und seine Bewohner in zwei Teile. Die einen zogen sich in diesen Wald zurück, um nun fortwährend dort zu leben, die anderen blieben bei den Fremden im Westen. Wir halfen den Menschen, die mit uns den Wald bewohnten, mit unseren magi-

schen Kräften. So konnten sie sich gegen die Eindringlinge verteidigen, bis die Befreier kamen. Als Dank dafür bekamen die Waldmenschen, wie ihr euch nanntet, Angst vor unseren Fähigkeiten. Ihr fürchtetet euch vor uns, und deshalb habt ihr begonnen, uns zu verfolgen und zu vernichten, bis nur noch wenige von uns übrig waren. Wir sahen uns gezwungen, uns in diesen ungastlichen Tannenwald zurückzuziehen, denn nur hier hatten wir die Aussichten, uns gegen euch zu verteidigen und zu überleben.«
Lusa beendete ihren unerwartet ausführlichen Bericht und die drei Reisenden schwiegen betroffen. Merit und Maleris fiel es schwer, zu glauben, dass ein solches Unrecht von ihrem Volk verübt worden sein sollte. Sie verspürten beinahe Mitleid mit diesen fremden Wesen und fragten sich gleichzeitig, warum sie nie etwas von diesen Ereignissen erfahren hatten.
»Was werdet ihr jetzt mit uns tun?«, fragte Maleris beunruhigt.
Bevor sie allerdings eine Antwort bekam, zuckte ein erneuter Lichtblitz durch die Luft. Als der Knall verhallt war und der Rauch verzogen, stand dort ein weiterer männlicher Grune.
»Sind das die Fremden, denen es gelungen ist, die Somon-Wölfe zu besiegen?«, fragte der Neuankömmling unvermittelt.
»Ja, Tuna, das sind sie«, bestätigte Anan und verbeugte sich tief. Lusa nickte nur. Sie konnte sich weder umdrehen noch umblicken. Es hatte nicht nur Vorteile, wenn man mit seiner magischen Kraft und durch Blickkontakt seine Feinde bewegungsunfähig machen konnte.[13]
»Gut.« Tuna. schien zufrieden, »Hana hat von ihnen erfahren. Er möchte sie sehen.«
»Wenn er es so will.« Lusa schien nicht glücklich darüber, dass man ihr ins Handwerk pfuschte.
»Er erwartet euch umgehend auf dem Versammlungsplatz.« Mit diesen Worten machte Tuna eine kreisende Handbewegung und war ebenso schnell wieder verschwunden, wie er gekommen war, merkwürdigerweise nur mit weniger Aufhebens.
Das Letzte, was Herras sah, war, dass Lusa eine ähnliche Handbewegung machte, die sie alle zu umfassen schien.

[13] Von den Haltungsschäden, Muskelverspannungen und dem Spott, den man bei dem teilweise recht eigentümlichen Anblick, den man bot, ganz zu schweigen.

Das grelle Licht verschwand und Herras fühlte, wie Übelkeit in ihm aufstieg. Die Welt um ihn drehte sich – mal schneller, mal langsamer. Vorsichtig wagte er es, sich umzublicken. Bewegen konnte er sich nun wieder, doch alles schien sich im Nebel zu befinden. Dicht neben ihm standen Merit und Maleris und ein Stück entfernt auch Marek. An ihren Gesichtsausdrücken konnte Herras erkennen, dass es ihnen nicht anders zu ergehen schien, als ihm selbst. Erst nach einer Weile erkannte Herras, dass der Nebel um ihn herum keineswegs nur von seiner Benommenheit kam, sondern, dass er wirklich und wahrhaftig davon eingeschlossen war. Sie standen inmitten einer übel riechenden Rauchwolke. Der graue Dunst lichtete sich langsam und Herras sah nun auch wieder Lusa und Anan, die ein Stück von ihnen entfernt standen.
Der Rauch schwand mehr und mehr und gab ein immer größer werdendes Blickfeld frei. Nun konnte der Mensch auch erkennen, wo sie sich befanden.
Sie standen inmitten einer Lichtung, einer der letzten Dinge, die Herras in dem dichten Tannenwald erwartet hätte. Am Rande der Lichtung standen einige hölzerne Bänke, auf denen, dicht gedrängt, mehrere Dutzend dieser fremdartigen Wesen saßen. Sie alle hatten kurzes, rotes Haar und trugen lange, grüne Gewänder. Herras schätzte ihre Zahl auf etwa fünfzig. Fackeln erhellten die Dunkelheit, doch ihre Gesichter lagen in Schatten.
Auf einer der beiden schmaleren Seiten war die Bankreihe unterbrochen. An dieser Stelle befand sich ein kunstvoll geschnitzter Thron aus dunklem Holz. Darauf saß ein Grune in einem besonders prunkvoll bestickten Gewand. Er deutet ihnen, näher zu treten.
Während die drei Gefährten und der widerwillig folgende Sellag zögernd den Platz überquerten, fiel Herras auf, dass sich mitten auf der Lichtung ein aus massivem Stein gehauener, aufrecht stehender Ring befand. Es sah so aus, als hätte jemand einen recht kleinen, dafür aber mit einem verhältnismäßig großen Loch versehenen Mühlstein senkrecht auf einen, ebenfalls steinernen Sockel gestellt. Der Allendasser fragte sich, wofür dieses Objekt wohl gut sein mochte, aber er fand natürlich keine Antwort darauf. Trotzdem wusste er instinktiv, dass es mit diesem unscheinbaren Ding etwas Besonderes auf sich haben musste. Es strahlte eine Aura aus, die einen anzog und gleichzeitig abstieß – gerade so, als wolle es einem sagen: *‚Fass mich nicht an!'*
Sie traten vor den Thron und der darauf sitzende Grune, Hana, wie sie

vermuteten, sah neugierig auf sie herab.
»Das sind sie?«, fragte er, während er seine vier Gefangenen genau musterte. Es klang fast ein wenig enttäuscht.
Die drei Menschen sahen einander fragend an. Marek zischte etwas in seiner Sprache und Herras sah sich durch das plötzlich so zahme Verhalten des Sellag in seiner Vermutung bestätigt; im Grunde ihres Herzens waren seine Feinde nur Feiglinge, die nur im Schutz ihrer Gruppe den Mund weit aufrissen. Oder hatten sie nur durch Zufall ein solches Exemplar erwischt?
Jedoch wussten sie alle nicht, was auf diese ungewöhnliche Begrüßung zu erwidern war. Das erwartete anscheinend auch niemand, denn Lusa und Anan traten nun nach vorne und verbeugten sich vor ihrem Herrn.
Herras hatte noch immer das Gefühl, die merkwürdige Aura des Steinrings spüren zu können und an den Gesichtern seiner Begleiter konnte er erkennen, dass es ihnen nicht besser erging. Ihre Blicke waren merkwürdig ausdruckslos und ihre Gesichter wirkten völlig teilnahmslos, fast abwesend. Herras fragte sich, ob er einen ähnlichen Anblick bot. Zumindest konnte er spüren, dass es ihm immer schwerer fiel, sich zu bewegen oder einen klaren Gedanken zu fassen. Etwas schien auf seiner Seele zu lasten und ihn langsam zu erdrücken. Erst jetzt wurde ihm klar, dass er dieses Gefühl bereits kannte. Dasselbe Gefühl hatte ihn befallen, als sie den Togos-Wald betreten hatten und es hatte ihn seitdem begleitet. Nur war es nun um ein Vielfaches stärker.
Während seine Gedanken zähflüssig vor sich hin trieben, nahm er Lusas Antwort nur am Rande wahr. »Ja, Hana, das sind die Eindringlinge«, sagte die Grune ergeben und verbeugte sich erneut.
Hana schwieg eine ganze Weile und dachte nach, wobei er sich mit der Hand über das bartlose Kinn fuhr.
»Ich bin nicht sicher, ob sie wirklich für meine Pläne geeignet sind«, meinte er schließlich. »Aber ich werde zumindest ein paar Versuche mit ihnen durchführen.« »Wir benötigen eine neue Verteidigung, nachdem unsere Wölfe vernichtet worden sind. Wir GeGrunen können nicht zu jeder Zeit an jedem Ort sein. Zudem brauchen wir eine Verteidigungsmöglichkeit außerhalb des Waldes«, fügte Anan hinzu.
»Ganz offensichtlich können die GeGrunen nicht überall gleichzeitig sein.« Hana zog verärgert die Augenbrauen zusammen. »Wie sonst könnte man erklären, dass ihr einen Tag benötigt habt, um diese Ein-

dringlinge ausfindig zu machen.«

Lusa hob entschuldigend die Hände. »Wir wollten sie beobachten und abwarten, ob sich noch weitere außergewöhnliche Fähigkeiten offenbaren - leider ohne Erfolg.«

»Und was für eine Kreatur ist das?« Hana zeigte mit dem Finger auf Marek. »So etwas habe ich noch nie gesehen.«

»Sie scheinen es als Tier zu halten«, erklärte Anan Schulter zuckend. »Sie führen es gewöhnlich an einer Leine.«

Angesichts dieser Worte geriet das Blut des Sellag in Wallung. Der merkwürdige Einfluss schien ihn weniger oder gar nicht zu belasten, stellte Herras fest. Die Gedanken tröpfelten zäh durch sein Gehirn.

Fauchend richtete sich der Sellag zu seiner vollen Größe auf und grollte »Ich bin kein Tier!«

Lusa fixierte den Sellag mit ihrem Blick. Plötzlich, aber nicht unerwartet, erstarrte er mitten in seiner Bewegung. Doch keineswegs, wie sich vermuten ließe, durch den magischen Einfluss der Grune, sondern schlicht und ergreifend, da es dem Sellag bange wurde, angesichts der Überzahl der fremden Wesen.

Hana beobachtete das Geschehen unbeeindruckt.

»Gut, wir werden sehen, wofür sie sich eignen«, meinte er gelassen. »Aber ich muss darüber nachdenken. Bringt sie bis dahin an einen anderen Ort!«

Herras konnte dem Gespräch nur am Rande folgen, aber er verstand ohnehin nicht, worüber die Fremden sprachen. Die Lemberusken schienen noch mehr von der Aura des Steins beeinflusst zu werden als er selbst. Merit und Maleris zeigten noch immer keine Regung und Herras begann, sich Sorgen um sie zu machen.

Hanas letzte Worte waren gerade in sein Bewusstsein durchgedrungen, als sie wieder von einem hellen Licht erfasst wurden.

Diesmal landeten sie unsanft. Als das schwindelerregende Gefühl des ‚Sich-an-zwei-Orten-gleichzeitig-befindens' nachließ, wurde es umgehend von dem Schmerz eines heftigen Aufpralls ersetzt. Das hatte allerdings auch sein Gutes, denn es klärte die Sinne.

Merit schüttelte den Kopf, um die letzten Reste des lähmenden Einflusses, unter dem er gestanden hatte, zu vertreiben, doch er wollte einfach nicht vollständig verschwinden. Trotzdem hatte die Benommenheit deutlich nachgelassen und Merit wurde bewusst, dass er auf dem Waldboden saß. Anscheinend hatten die Grunen sie ein Stück über dem Boden erscheinen lassen. Ob absichtlich oder nicht, vermochte Merit nicht zu sagen. Er blickte sich um. Neben ihm waren Herras und Maleris gerade dabei, sich zu orientieren. Marek stand bereits wieder auf seinen Beinen. Geduckt auf allen Vieren, beäugte der Sellag misstrauisch die Umgebung.

Sie befanden sich auf einer kleinen Lichtung, die rund herum von schwarzen Tannen umgeben war, wie sie im Togos überall zu finden waren. Über ihnen schien der Mond und ließ den Farn und das Moos, das die Lichtung überwucherte, silbern leuchten.

Sie waren allein. Von den Grunen war, soweit es die Dunkelheit zuließ, nichts zu sehen. Auch ließ sich nichts finden, was darauf hinwies, dass sie noch weiterhin Gefangene der Grunen waren. Es gab keine Fesseln, keine Gitterstäbe, die sie von einer Flucht hätten abhalten können. Trotzdem hatte Merit ein ungutes Gefühl, wenn er an eine Flucht dachte. Es schien alles zu einfach zu sein.

»Ich möchte wissen, was das alles zu bedeuten hat«, flüsterte Herras, als er sich aufgerappelt hatte und es dem Sellag gleichtat, indem er die Umgebung beäugte. »All diese Andeutungen. Was wollen sie von uns?«

»Andeutungen?«, fragte Merit und wechselte einen Blick mit Maleris, die ebenso verständnislos drein blickte.

»Ja«, entgegnete Herras, überrascht, dass seine Gefährten nicht wussten, wovon er sprach, »all die merkwürdigen Dinge, die diese Grunen zu uns... oder besser, über uns gesagt haben. Dass sie uns für ihre Zwecke benutzen wollen. Habt ihr das nicht gehört?«

Merit gestand, dass er von dem Gespräch, das auf der Lichtung inmitten der Grunen stattgefunden hatte, nicht sehr viel mitbekommen hatte. Er war zu diesem Zeitpunkt nicht in der Lage gewesen, einen klaren Gedanken zu fassen. Sein Gehirn war, ebenso wie seine Arme und Beine, bleiern und schwerfällig gewesen.

»Mir erging es nicht anders«, pflichtete Maleris ihm bei und strich sich durch die wirren, roten Locken. »Es schien, als würde irgendeine schwere Last mich erdrücken und mir keinen Raum mehr für einen eigenständigen Willen lassen.«

»Ich glaube, der Grund dafür ist dieser Steinkreis in der Mitte des Platzes.« sprach Herras seine Vermutung aus. »Er strahlt irgendetwas aus, das uns beeinflusst. Ich habe es auch gespürt, wenn auch offenbar nicht

so stark wie ihr.«
»Ich habe nichts gespürt. Aber euch war es deutlich anzusehen«, warf Marek plötzlich ein und erntete dafür verwunderte Blicke der Menschen. Keiner hatte erwartet, dass sich der Sellag an ihrem Gespräch beteiligen würde; überhaupt waren sie erstaunt, dass er nicht längst die Gelegenheit zu Flucht genutzt hatte. »Vielleicht sollten wir aber nicht unsere Zeit mit unnötigen Reden vergeuden, sondern sehen, dass wir von hier verschwinden.«
Mit diesen Worten begann sich Marek an den Rand der Lichtung heranzupirschen. Vorsichtig tastete er sich voran, als würde auch er eine unerwartete Überraschung fürchten, und hatte bald die erste Baumlücke durchquert. Unter den tief hängenden Ästen der Tanne drehte er sich um. »Was ist?« rief er den drei unschlüssig zurückgebliebenen Menschen zu.
Diese ließen sich einen Augenblick Zeit, um sich über das Verhalten des Sellag zu wundern. Doch dann tat auch Herras ein paar Schritte in Richtung der Baumreihen. »Ich gebe es nur ungern zu, aber ich glaube, er hat recht. Nachdenken können wir auch noch, wenn wir hier heraus sind«, bemerkte er und deutete Merit und Maleris, dass sie ihm folgen sollten.
Die beiden Waldmenschen folgten ihm nur zögernd. Maleris erging es nicht anders als Merit. Der Gedanke an Flucht erfüllte sie unverständlicherweise mit Unbehagen, aber sie schob das Gefühl auf den merkwürdigen Einfluss, den der Wald auf sie ausübte, und versuchte, es zu verdrängen.
Herras hatte mit wenigen Schritten die Bäume erreicht. Schnell wollte er sich ducken und unter die tiefen Äste treten, als ihn etwas unerwartet zurückwarf. Er hatte das Gefühl, gegen eine unsichtbare Wand gelaufen zu sein, Blitze zuckten und erhellten die Nacht. Schmerz durchfuhr seinen Körper und ließ ihn zurücktaumeln.
Merit eilte herbei, um den Menschen zu stützen, der einen ziemlich benommenen Eindruck machte. »Was war das?«, fragte Maleris, die ebenfalls zu ihnen geeilt war, entsetzt.
Der Schmerz ließ schnell nach und Herras' Blick klärte sich wieder.
»Ich weiß es nicht«, sagte er irritiert. »Ich hatte das Gefühl, als wäre ich gegen etwas gelaufen.«
»Aber dort befindet sich rein gar nichts«, rief der Sellag zwischen den Bäumen hervor und wie zum Beweis durchquerte er die Baumreihe

noch einmal in beide Richtungen - ohne Blitze dabei hervorzurufen oder auf Widerstand zu stoßen.
»Aber dort war etwas«, erwiderte Herras verärgert. »Meinst du, ich habe euch das nur vorgespielt?«
Der Sellag knurrte nur etwas und zuckte mit den Schultern.
»Man kann aber nichts erkennen.« Merit betrachtete sich die Stelle genau. Dann streckte er vorsichtig die Hand in diese Richtung aus. Stück für Stück näherte er sich langsam, aber beharrlich der Grenze zwischen den Bäumen, bis er das Ergebnis seines Versuches erhielt. Er verursachte ein noch größeres Spektakel als Herras. Noch stärkere Blitze zuckten plötzlich aus dem Nichts und der Waldmensch wurde ein ganzes Stück weit zurückgeschleudert. Vor Schmerzen stöhnend, blieb er auf dem Rücken liegen, bis Herras ihm aufhalf.
»Ist dir etwas passiert?«, fragte er besorgt.
Merit schüttelte den Kopf. »Es geht schon wieder.«
Maleris schien verzweifelt. Es war ganz offensichtlich, dass die Grunen doch nicht gewillt waren, sie einfach gehen zu lassen, auch wenn sie nicht verstand, warum der Sellag von diesem unsichtbaren Gefängnis verschont blieb.
»Vielleicht sollten wir es an einer anderen Stelle versuchen?«, schlug Herras vor.
Gesagt, getan! Nachdem Merit sich wieder ein wenig erholt hatte, versuchten sie es an einigen anderen Stellen - ohne Erfolg. Nur dem Sellag gelang es mühelos, zwischen Bäumen und Lichtung hin und her zu wechseln. Den Waldmenschen und dem Allendasser blieb der Weg versperrt. Erschöpft, verzweifelt und ratlos ließen sie sich auf den Boden sinken.
»Was machen wir nun?«, fragte Marek, der sich ein Stück entfernt zwischen die Bäume gekauert hatte.
»Wieso fragst gerade du uns das?«, entgegnete Herras mehr müde, als erzürnt. »Verschwinde doch einfach!«
Der Sellag reagierte darauf nur mit einem weiteren unwilligen Knurren und legte den Kopf auf die verschränkten Arme, während er sich im feuchten Moos ausstreckte.
Die Menschen bekamen keine Zeit, über das seltsame Verhalten ihres unfreiwilligen Weggefährten nachzudenken. Das Rascheln von Ästen und das Knacken zerbrechender Zweige ließen sie aufschrecken. Jemand schlich sich durch die eng stehenden Bäume an die Lichtung

heran. Einige Augenblicke später konnte man die Umrisse einer sich nähernden Gestalt zwischen den tiefen Ästen erkennen und dann trat sie aus den Bäumen hervor, dicht bis an die unsichtbare Grenze. Das Mondlicht enthüllte ein menschliches Gesicht.

»Vater!«, flüsterte Maleris erstickt und sprang auf die Beine. Langsam ging sie auf den Mann zu.

Herras gelange es gerade noch, sie aufzuhalten, bevor sie gedankenlos gegen die unsichtbare Barriere lief. Maleris beachtete die Hände, die sie festhielten, nicht, sie hatte nur noch Augen für den Fremden. »Vater?«, kam es noch einmal über ihre Lippen und Tränen rannen über ihre Wangen.

Auch Merit war aufgestanden, um sich die fremde Gestalt näher zu betrachten.

Der Sellag, der aufgesprungen war und kampfbereit die Zähne fletschte, ließ sich wieder zurücksinken und betrachtete das Geschehen misstrauisch.

Der Fremde nickte. Er hatte dasselbe rotbraune Haar, das auch Maleris und Merit besaßen, doch begann es an den Schläfen bereits zu ergrauen. Seine Kleidung wirkte ungewöhnlich. Er trug schwarze Beinkleider und ein schwarzes Hemd, doch schienen sie nicht aus Stoff zu bestehen, sondern aus dicht zusammengebundenen, pechschwarzen Federn, die im Mondlicht glänzten.

»Ja, ich bin es - Alonan, dein Vater«, sagte er schließlich und Maleris stieß einen heiseren Schluchzer aus. Sie presste die Hände vor ihr Gesicht und Herras hielt sie ein wenig fester.

Merit zog nachdenklich die Augenbrauen zusammen. »Wie kann das sein?«, fragte er.

Zwar sah dieser Mann so aus, wie Maleris' Vater, soweit Merit sich noch an ihn erinnern konnte, aber er war bereits vor vielen Jahren verschwunden.

»Alonan ist tot!« Zumindest hatte ihn der Stamm Andor für tot gehalten. Merit war nicht überzeugt davon, dass man dem Mann vertrauen konnte. Ebenso gut konnte dies auch eine Falle der Grunen sein - ein Trugbild. Warum, das vermochte Merit sich auch nicht vorzustellen, aber ihre magischen Fähigkeiten, würden ihnen mit Sicherheit diese Möglichkeit bieten. Doch woher sollten die Grunen etwas von Maleris' Vater wissen?

»Das ist eine lange Geschichte«, unterbrach ihn Alonan. »Aber ich kann euch versichern, tot bin ich nicht. Und ich bin froh, auch euch wohlbehalten vorzufinden.«

»Was ist mit dir geschehen, Vater? Warum bist du nicht zu uns zurückgekehrt?« Maleris' Schluchzen hatte sich beruhigt, aber es fiel ihr schwer, das alles zu begreifen. Zu gerne hätte sie ihren Vater umarmt, ihn einfach nur berührt, aber sie waren noch immer unüberwindlich voneinander getrennt.

»Ich war immer bei euch«, erwiderte Alonan sanft. »Ich werde euch erzählen, was mir zugestoßen ist, damit ihr mir glaubt, dass ich wahrhaftig der bin, den ihr vor euch seht.« Er holte noch einmal tief Luft und begann zu erzählen. »Ich habe den Stamm verlassen, um nach Norden zu ziehen, wie ihr wisst. Ich wollte dort meine historischen Untersuchungen fortführen und war erfolgreich. Die nördlichen Stämme bewahren ihre Aufzeichnungen in tiefen, aber trockenen Höhlen auf und so bleiben die Schriftrollen gut erhalten. Ich erhielt Einblick in eine Fülle von Schriftstücken und Aufzeichnungen, die ich mir nicht hätte erträumen lassen.« Noch jetzt schien Alonan davon begeistert zu sein. »Und damit bekam ich auch faszinierende Erkenntnisse über die Vergangenheit unseres Volkes. Ich las über die Grunen, über die Rolle, die sie bei der Verteidigung Lemberus' gegen die Eindringlinge spielten und was sich danach ereignete.« Alonan machte eine Pause, setzte sich auf den Boden und kreuzte die Beine. Seine Zuhörer, die bisher gebannt jedem seiner Worte gelauscht hatten, taten es ihm gleich. Anscheinend schien es eine längere Geschichte zu werden.

Als er wieder die volle Aufmerksamkeit hatte, fuhr Alonan fort: »Ich sollte euch vielleicht einiges über diese Wesen erzählen, damit ihr das, was hier geschieht, besser verstehen könnt. Bestimmt haben die Grunen euch erzählt, dass die Lemberusken versucht haben, sie auszurotten.« Als Alonan darauf Zustimmung erhielt, nickte er. »Genau das Gleiche haben sie auch mir erzählt. Das entspricht auch der Wahrheit, allerdings muss man auch wissen, wie es dazu gekommen ist. Während der Belagerung durch die Fremden flüchteten sich die Menschen, die nicht bereit waren, sich mit den Eindringlingen zusammenzutun und die ihre bösen Absichten vorausahnten, in diesen Wald. Doch sie mussten bald feststellen, dass der Wald bereits bewohnt war. Sie wollten sich zusammenschließen und weiter nach Osten ziehen, aber die Grunen versicherten, dass sie bleiben könnten. Zuerst erschien es, als könnte es zu einem friedlichen Zusammenleben kommen. Die Grunen nahmen die Menschen freundlich auf und halfen ihnen sogar bei ihrem Kampf gegen die Eindringlinge. Als der Kampf erfolgreich beendet war, veränderten sich das Verhalten der Grunen. Sie brachen ihre Versprechen und verlangten von den Menschen, die ihnen nun etwas schuldig waren, bedingungslose Unterwerfung. Sie versklavten und zwangen sie mit ihren magischen Kräften dazu, das zu tun, was sie wollten. So befanden sich die Menschen in genau der Lage, vor der sie geflohen waren. Aber sie hatten sich einmal dagegen aufgelehnt und sie taten es erneut. Es dauerte nicht lange, da bekamen sie heraus, wodurch die Grunen ihre übersinnlichen Fähigkeiten bekamen. Habt ihr den steinernen Ring inmitten des Versammlungskreises gesehen?« Wieder nickten seine Zuhörer, zu gebannt, um ein Wort über die Lippen zu bekommen.

»Das ist die Quelle ihrer Macht«, erklärte Alonan weiter. »Sie nennen den Stein Grol. Wie genau sie daraus ihre Fähigkeiten beziehen, weiß wohl niemand, vielleicht nicht mal die Grunen selbst. Allerdings ist die Reichweite des Rings beschränkt. Wahrscheinlich aus diesem Grund gab es früher viele Grols. Sie waren im ganzen Wald zu finden. Die Menschen machten sich ihr Wissen über die Grols, das sie nach und nach gesammelt hatten, schließlich zu nutzen und begannen, die Grunen zu bekämpfen, indem sie die Steine zerstörten. Die Grunen wurden dadurch allerdings nicht nur ihrer Macht beraubt, wie die Menschen erwartet hatten, sondern starben. Die wenigen, die überlebten, drängten sich hier zusammen. Dieser Grol ist der letzte, der übrig geblieben ist und seine Reichweite umfasst nur den Togos. Aus welchen Gründen auch immer, ist es den Menschen nicht gelungen, diesen letzten Grol zu zerstören. Die Grunen können allerdings den Togos auch nicht verlassen, da sie im Einflussbereich ihres Steines bleiben müssen. Mit der Zeit verschwand die Erinnerung an die Grunen und ihre Grols und zurück blieb nur noch ein sagenumwobener Wald, vor dem Märchen und Geschichten warnen. Nur noch selten hat sich in der letzten Zeit ein Waldmensch in den *schwarzen Wald* verirrt. Nur wenige brachten den Mut auf und noch wenigeren gelang es tatsächlich. Die Grunen verteidigen ihren Wald, aber um dies außerhalb ihres Einflussbereiches erledigen zu können, brauchen sie Handlanger. So wie die Somon-Wölfe, die euch angegriffen haben. Sie verzaubern die wenigen Menschen, die in ihre Hände geraten, brechen ihren Willen und verwandeln sie in Gestalten, die sie für ihre Zwecke missbrauchen können. So ist es nicht nur mit den traurigen Gestalten, die sie zu Wölfen verdammt hatten, geschehen, sondern auch mit mir. Hätten die Menschen sich nicht vor vielen hundert Jahren gegen die Grunen aufgelehnt, wäre es wohl allen so ergangen. Sie belegten mich mit einem Bann, sodass ich nur hier im Togos meine menschliche Gestalt annehmen kann, sobald ich den Wald verlasse, verwandele ich mich in das Wesen, dass ihr Olog nennt.« Alonan stockte erneut, als er das Entsetzen in den Gesichtern seiner Zuhörer wahrnahm. Maleris begann erneut zu weinen. Herras legte den Arm um ihre Schultern, sprach ihr beruhigende Worte zu und Merit griff nach der Hand des Mädchens und streichelte sie sanft. Seine Kehle war wie zugeschnürt. Er brachte kein Wort über die Lippen. Das Geheimnis um den mysteriösen Rabenvogel, der seinen Stamm begleitete, war nun gelöst und die Offenbarung war weitaus unerwarteter und erschreckender als alles, was er sich jemals in seinen Träumen hätte vorstellen können.

Alonan betrachtete seine Tochter mit einem traurigen Blick. Das Mädchen, das er vor vielen Jahren verlassen hatte, war zu einer hübschen, jungen Frau herangewachsen. Es hatte ihn stets geschmerzt, ihr dieses Leid zugefügt zu haben, das sie durch den Verlust ihres Vaters erleiden musste, aber er war froh darüber, dass er sie zumindest immer hatte begleiten und sie beobachten können. Trotzdem hatte er sich immer getrennt von ihr gefühlt und jetzt, wo sie endlich wieder vereint waren, hätte er sie gerne in seine Arme geschlossen, doch es war nicht möglich, denn auch er konnte die unsichtbare Barriere nicht durchdringen.

»Ich habe euch also nie verlassen«, sprach er weiter. »Nachdem ich in den Aufzeichnungen der nördlichen Stämme alles über die Grunen erfahren hatte, übermannte mich die Neugier und ich machte den folgenschweren Fehler, den *schwarzen Wald* zu betreten. Ich wollte die Grunen mit eigenen Augen sehen und ich war der Überzeugung, sie würden mich nicht entdecken, wenn ich mich nur vorsichtig genug verhalten würde. Ich habe sie unterschätzt. Es dauerte nicht lange, da hatten mich die GeGrunen gefunden. Sie machten mich zu ihren Gefangenen und belegten mich mit ihrem Bann. Ich sollte ihnen von diesem Zeitpunkt an als Späher dienen und für sie am Rand des Waldes nach Eindringlingen Ausschau halten. Zwar haben die Grunen hellseherische Fähigkeiten, die es ihnen möglich machen, einen großen Teil des Togos allein zu überwachen, aber auch sie können ihre inneren Augen nicht gleichzeitig überall haben. Zudem reichen auch diese Fähigkeiten nicht über den *schwarzen Wald* hinaus und deshalb benötigen sie Handlanger, um den Rest des Landes zu überwachen. Es gelang ihnen, mich zu verwünschen, aber sie konnten meinen Willen nicht brechen. Anstatt für die Grunen die Waldmenschen auszuspionieren, kehrte ich zurück zu Andor, um über euch zu wachen und zu verhindern, dass ihr dem Wald zu nahe kommt.« Alonan seufzte leise. »Leider habe ich auch bei dieser Aufgabe versagt, denn nun seid ihr hier. Ich habe zu spät reagiert, denn ich hätte nicht erwartet, dass ihr den Wald wirklich betreten würdet und als ich euer Vorhaben erkannte, habt ihr meine Zeichen nicht verstanden. Als die Grunen meine Rolle, die ich bei dem Kampf gegen die Somon-Wölfe spielte, erkannten, zwangen sie mich dazu, zurückzukehren und so konnte ich Euch nicht mehr helfen.«

»Und was werden die Grunen nun mit uns machen?«, fragte Herras bang.

»Sie werden wohl auch euch mit einem Bann belegen. Vielleicht haben sie es bereits getan, vielleicht überlegen sie auch noch, wie ihr ihnen am Besten dienlich sein könnt«, antwortete Alonan niedergeschlagen.

»Und was können wir dagegen tun?«, fragte Herras weiter, den das, was er gehört hatte, ganz und gar nicht ermutigte.

Alonan senkte resigniert den Kopf. »Die einzige Möglichkeit, eurem Schicksal zu entgehen, wäre es, die Grunen zu vernichten.«

»Indem wir ihren Grol zerstören«, folgerte Merit.

»Aber das ist seit damals niemandem mehr gelungen.« Alonan schien ohne große Zuversicht. »Einige, die den Einfluss des Steines erkannt haben, haben es versucht, doch sie alle sind gescheitert. Die Meisten kamen gar nicht erst dazu, es zu versuchen. Ihr habt die lähmende Wirkung des Grols selbst gespürt. Und diejenigen, die genug Willen aufbrachten, sich dem Einfluss des Steins zu widersetzen, wurden gestellt und von den Grunen getötet.«

»Dann benötigt ihr also jemanden, der nicht von der Aura des Grols beeinflusst wird«, warf Marek plötzlich ein.

Fast hätten Herras und die Waldmenschen vergessen, dass der Sellag noch immer nicht entflohen war.

»Das wäre zumindest von Vorteil«, stimmte Alonan ihm zu.

»Dann bin ich wohl der Auserwählte«, Marek richtete sich auf und seine Augen offenbarten eine unerwartete Entschlossenheit. »Wie vernichtet man den Grol?«

»Die Durchführung an sich ist nicht schwierig«, begann Alonan zu erklären. »Ich habe darüber in den Aufzeichnungen gelesen. Damals wusste ich noch nicht, welche Bedeutung dieses Wissen eines Tages für mich haben würde. Der Grol besteht aus einzigartigem Gestein. Woher es kommt, ist nicht bekannt. Er strahlt fortwährend eine magische Kraft aus. So ist es schon seit unendlicher Zeit und so wird es auch immer sein, ohne dass die Stärke der Magie nachlässt. Bringt man aber einen gewöhnlichen Stein in die Mitte Grols, wird der Fluss der Magie gestört. Dadurch staut sich die Macht des Steins, bis die Ladung zu gewaltig wird und er sich selbst zerstört.«

»Das hört sich nicht schwer an«, knurrte der Sellag und fuhr unruhig mit den Händen durch das Moos. »Wir sollten keine Zeit verlieren. Der Mond beginnt bereits, den Himmel zu verlassen.« Mit einem seiner langen dünnen Finger zeigte er auf den vollen Silberkreis, der sich inzwischen ein gutes Stück nach Osten bewegt hatte.

»Ganz so leicht ist es nicht«, bremste Alonan den Tatendrang des Sellag. »Zu früheren Zeiten mussten die Menschen *nur* die Macht des Steines überwinden, um ihn erreichen. Die Grunen waren unvorsichtig. Sie wussten selbst nichts davon, dass man die Quelle ihrer Magie zerstören konnte. Auch die Menschen erlangten dieses Wissen nur durch Zufall und Glück. Doch jetzt, wo ihnen nur noch ein Grol geblieben ist, hüten und bewachen sie ihn stets. Die größte Schwierigkeit ist es nicht, den Grol zu zerstören, sondern an ihn heranzukommen.«

»Allein wird er es nicht schaffen«, warf Merit ein. »Er hat nicht einmal eine Waffe.« Erst jetzt wurde dem Lemberusken schmerzhaft bewusst, dass ihre gesamte Ausrüstung an ihrem Lagerplatz unter dem Dornbusch zurückgeblieben war. Sie besaßen nur noch die Kleidung, die sie am Leib trugen, keine Waffen, keine Vorräte und auch sonst nichts weiter, was ihnen hätte von Nutzen sein können.

»Aber es ist unsere einzige Möglichkeit, dem Bann zu entfliehen«, entgegnete Maleris. Ihre Tränen waren versiegt.

Herras nickte zustimmend. »Wir können nicht hier herumsitzen und darauf warten, dass die Grunen uns in Bluthunde oder sonst etwas verwanden und von hier weg können wir auch nicht.« Es gefiel dem Allendasser gar nicht, sein Schicksal in die Hände des Sellag legen zu müssen, aber er war der letzte Funken Hoffnung, den sie hatten. Es ging nicht nur um ihn und seine Gefährten, es ging auch um Allendas.

»Wie weit ist es von hier bis zu diesem Versammlungsplatz?«, fragte Marek dann, ohne auf die Einwände oder die Fürsprachen der anderen zu achten. Er hatte bereits für sich entschieden, dass er sich an diesem Unternehmen versuchen wollte und es auch zu einem erfolgreichen Ende bringen würde. Der Gedanke, in diesem Wald zu bleiben und auf das Schicksal zu warten, das diese verwunschenen Hexenkreaturen sich für sie ausgewählt hatten, gefiel ihm ebenso wenig, wie sich allein durchschlagen zu müssen. Zwar passte ihm die Gesellschaft, in der er sich befand, auch nicht, aber sie war immerhin besser, als gar keine. Er würde zum gegebenen Zeitpunkt tun, was getan werden musste, aber noch brauchte er die Menschen.

»Nicht sehr weit«, entgegnete Alonan und deutet in den Wald hinein. »Er liegt nur etwa zweihundertfünfzig Schritte von hier, in diese Richtung.«

Die anderen vier starrten angestrengt in die Richtung, die Alonan ihnen wies. Natürlich konnten sie durch die Dunkelheit und die dicht stehenden Bäume nichts erkennen.

»Ich werde dich begleiten«, fügte Alonan hinzu. »Du wirst Hilfe gebrauchen können.«

»Gut, dann sollten wir nun tun, was zu tun ist.« Damit drehte sich der Sellag um, duckte sich und verschwand zwischen den Bäumen, der Richtung folgend, die Alonan angegeben hatte.

Alonan zögerte einen Moment. Er blickte zuerst Herras, Merit und dann lange Maleris an. Kein Wort fiel in diesem Augenblick zwischen den vier Menschen. Dann drehte sich auch Alonan um und ging entschlossenen Schrittes in den Wald hinein. Die anderen sahen ihm schweigend nach.

»Viel Glück!«, rief Maleris ihrem Vater noch nach, aber sie war sich nicht sicher, ob er es gehört hatte.

»Das werden sie gebrauchen können.« Merit streckte mit einem leisen Stöhnen die steifen Beine aus und legte sich flach auf den Rücken. »Und wir auch!«

Herras blieb sitzen und blickte auf den Lemberusken hinunter. »Ich hoffe es war kein Fehler, dem Sellag zu vertrauen.«

# Kalerid
## IV

Über Zurnam war eine neue Nacht hereingebrochen. Kalerid stampfte mit schweren Schritten durch die karge Kammer, sodass der Holzboden unter seinen Füßen erzitterte.
Perlug hatte ihm eines der größten und prachtvollsten Häuser der Stadt als Unterkunft herrichten lassen und damit seinen schlechten Geschmack bewiesen. Überall in dem aus glatten, grauen Steinen gemauerten Haus lagen dicke Wollteppiche aus und wo man hinsah, standen gepolsterte und mit rotem Samt bezogene Möbel. Alles, was aus Holz bestand, war reich verziert und verschnörkelt. Das ganze Haus offenbarte einen Prunk, der den spartanisch veranlagten Kalerid anekelte[14]. Er hatte aber nicht die Zeit, sich mit solchen Nebensächlichkeiten zu beschäftigen. Im ersten Oberstock des Hauses hatte der Heerführer zudem einen Raum gefunden, der ihm behagte; der hölzerne Boden und die leeren weißen Wände beruhigten sein aufgebrachtes Gemüt. Das war der Ort, an dem Kalerid schon seit vielen hundert Kils über seine Probleme nachdachte.
Die Stimmung des Heerführers hatte nun den Tiefpunkt seines bisherigen Eroberungsfeldzugs erreicht. Alles hatte so reibungslos begonnen, doch jetzt schien Kalerid vom Pech verfolgt zu sein. Er war seinem Schatz zum Greifen nahe und hatte ihn trotzdem noch nicht zu Gesicht bekommen. Zwischen ihm und dem Muteral saß nun ein Drache und wachte mit scharfen Augen und Krallen über die Reichtümer.
Kalerid hatte einige Wachen ausgeschickt, um sich des Drachen anzunehmen, doch sie waren erfolglos zurückgekehrt. Der Drache thronte auf dem Paratul wie ein König und erspähte jede sich nähernde Person bereits von Weitem. Selbst, wenn er eine ganze Armee zu dem Hügel geschickt hätte, hätte das Untier sie in Asche verwandelt, bevor sie auch

[14] Was auch nicht verwunderlich ist, wenn man Kalerids Herkunft bedenkt. Extremer Prunk kann erdrückend wirken, wenn man daran nicht gewöhnt ist. Im Gegenzug dazu kann man sich aber auch zu schnell daran gewöhnen, was es einem dann unmöglich erscheinen lässt, ohne ihn auszukommen. Noch befand sich Kalerid im Prozess dieser Gewöhnung.

nur in die Nähe des Schatzes gelangt wären.
Hinzu kam, dass er noch immer keine Nachricht von Marek erhalten hatte, der ihm den Kopf des Königs, das Symbol seiner endgültigen Machtübernahme, bringen sollte, aber Kalerids ehemaliger Lakai und seine Begleiter schienen wie vom Erdboden verschluckt zu sein. Kalerid war bereits zu dem Schluss gekommen, dass die Kopfjagd auf den König nicht zu seinen besten Einfällen gehört hatte; besser, er hätte ihn sofort getötet. Er hatte schon mit dem Gedanken gespielt, einen Suchtrupp nach ihnen auszusenden, aber es wäre wohl sinnlos gewesen, angesichts der unübersehbaren Ausmaße des Waldes, in dem sie verschwunden waren.
Rofin hockte still in einer Ecke der Kammer. Hatte er zu Beginn des Abends noch versucht, seinem Herrn bei der Lösung seiner Probleme behilflich zu sein, so beobachtete er jetzt nur noch stumm, wie dieser, zeitweise still nachdenkend, zeitweise aber auch laut fluchend, die Kammer durchwanderte und mit seinen Überlegungen kein Stück weiterkam.
»Wir müssen einen Weg finden, um ihn aus der Welt zu schaffen«, murmelte Kalerid zum wiederholten Male vor sich hin und knurrte dabei nachdenklich.
»Vielleicht können wir ihn mit einem dieser hölzernen Maschinen töten«, versuchte es Rofin noch einmal leise und vorsichtig. Kalerid hatte bereits zuvor Rofins Versuch, ihm von seiner Entdeckung zu berichten, mit einer unwirschen Handbewegung abgewiesen.
Kalerid blieb stehen und sah Rofin an. Er hatte schon ganz und gar vergessen, dass er nicht allein im Raum war, so lange hatte Rofin keinen Ton von sich gegeben. Dann machte der Heerführer erneut eine abfällige Handbewegung. »Egal was das für Objekte sein mögen, solange sie aus Holz sind, haben sie keinen Wert für uns. Dieses Ungeheuer hätte es niedergebrannt, bevor wir auch nur einen Pfeil auf ihn abfeuern können. Und wenn nicht, dann erhebt er sich in die Luft und lacht uns von oben herab aus.« Kalerid schüttelte den Kopf. »Nein, wir müssen uns etwas anderes einfallen lassen. Mit einem offenen Angriff kommen wir nicht an ihn heran. Wir brauchen eine List.«
Rofin brummte leise und ließ den Kopf wieder sinken, während Kalerid begann, weiter zu wandern und nachzudenken.
Eine Weile später klopfte es zaghaft an der Tür. Kalerid fuhr herum. Die Verärgerung über die Störung war deutlich in seinem Gesicht zu

erkennen. »Wer ist da?«, zischte er scharf.
»Perlug, Majestät«, antwortete es hinter der verschlossenen Tür. »Darf ich eintreten?«
Kalerid warf Rofin einen Blick zu, in dem seine ganze Abneigung gegenüber dem einschmeichelnden Statthalter zu lesen war. »Wenn es sein muss«, antwortete er unwillig.
Perlug betrat den Raum und verbeugte sich tief. Wenn er sich der Abneigung, die Kalerid ihm entgegenbrachte, bewusst war, so ließ er sich nichts anmerken.
»Was gibt es?«, fragte der Heerführer und betrachtete Perlug interessiert. Nicht, dass er dem Statthalter irgendein Interesse entgegenbrachte, aber Perlug trug etwas unter dem Arm und das hatte seine Aufmerksamkeit auf sich gezogen. »Was bringst du mir da?«
Der Statthalter hielt Kalerid das dicke, in dunkles Leder gebundene Ding entgegen. Es wirkte abgegriffen und musste schon sehr alt sein.
»Ich habe mir erlaubt, mich mit Eurem Problem zu beschäftigen, Majestät und ich denke, ich habe etwas gefunden, das hilfreich sein könnte.«
Kalerid nahm das lederne Etwas an sich und verzog zornig das Gesicht. »Wie kommst du dazu, dich in meine Angelegenheiten einzumischen?«
Perlug senkte schuldbewusst den Kopf.
»Na gut, was hast du herausgefunden?«, fragte der Heerführer weiter und begann, sich das Objekt näher anzusehen. Er öffnete es und befühlte die vergilbten Seiten Papier neugierig mit den Fingern. Kalerid hatte noch nie im Leben ein Buch gesehen.
»Die Menschen nennen so etwas Buch«, begann Perlug unterwürfig zu erklären. »Sie benutzen es, um darin Dinge niederzuschreiben, die sie nicht vergessen oder für ihre Nachkommen erhalten wollen.«
Kalerid nickte ungeduldig und unterbrach den Statthalter mit einer kurzen Handbewegung. Eine so ausführliche Erklärung hatte er gar nicht gewollt. »Ja, ja, das sehe ich selber«, brummte er mürrisch. »Aber was sollte hier geschrieben stehen, dass uns weiterhelfen könnte?«
»Es ist niedergeschrieben, wie wir den Drachen töten können«, antwortete Perlug und Kalerid durchbohrte den Statthalter sogleich mit einem scharfen und interessierten Blick.
Perlug fasste das als Aufforderung auf, weiter zu sprechen und so fügte er hinzu: »Ich habe das Buch durch Zufall gefunden, als wir die Häuser räumten und durchsuchten. Es befand sich in dem ärmlichen Haus

einer alten Frau, ganz am Rande der Stadt.« Perlug vermied zu sagen, dass er alles, was ihm bei den Durchsuchungen als interessant oder von Wert erschienen war, in seine eigene Unterkunft hatte bringen lassen, um zu sehen, wie es sich vielleicht in Münzen verwandeln ließe. An dem Buch waren ihm zuerst nur die Beschläge aufgefallen, die aus purem Gold zu sein schienen. Es war reiner Zufall gewesen, dass er die Worte gelesen hatte, die mit goldenen Lettern auf den Einband gestanzt waren: ‚Drachen'. Die Tatsache, dass Perlug nicht so dumm war, wie er den Anschein erweckte, machte sich nun bezahlt. Schon lange, noch zu der Zeit, als der Kriegszug nur in Kalerids Vorstellungen und Plänen existierte, hatte er die allendassische Sprache nicht nur zu sprechen gelernt, wie es Kalerids Befehl war, sondern hatte sich auch die Zeit genommen, die Schriftsprache zu lernen. Er hatte das Buch durchstöbert, bis er auf ein Kapitel mit der Überschrift ‚Drachengift' gestoßen war und dort etwas gefunden hatte, von dem er überzeugt war, dass es von Bedeutung für den Heerführer sein könnte.

»In diesem Buch steht die Rezeptur für einen Trank, der dem Drachen den Tod bringen kann«, berichtete Perlug weiter.

»Sehr gut!« Kalerid klappte das Buch wieder zu und reichte es Perlug. Dann klatschte er zufrieden in die Hände. »Dann brauchen wir diesen Trank nur noch zuzubreiten und unsere Probleme sind gelöst.«

»Etwas schwieriger dürfte es schon sein, Majestät.« Perlug senkte ergeben den Kopf, als Kalerid angesichts seiner Worte in ein mürrisches Knurren verfiel. »Man benötigt dafür einige Pflanzen, die nur an einem bestimmten Ort wachsen und es sind einige Rituale dafür notwendig.«

Kalerids Knurren verstummte und sein Blick verdüsterte sich, doch er sagte nichts. Stattdessen fuhr Perlug weiter fort. »Ich habe mir erlaubt, die alte Frau dazu zu befragen, in deren Haus wir das Buch gefunden haben. Sie war zuerst nicht besonders redselig, aber wir konnten sie doch dazu überreden.« Ein böses Lächeln stahl sich auf Perlugs Gesicht, das aber sogleich wieder verschwand. »Sie sagt, sie wüsste, wo man diese Pflanzen findet und sie kennt auch jemanden, der über die Rituale Bescheid weiß.«

»Und wo finden wir diese Pflanzen?«, fragte Kalerid finster.

»Die Frau sprach von einem Mann, der westlich von diesem Ort in einem Landstrich namens Buroman wohnt. Er soll diese Pflanzen anbauen. Angeblich wäre er der Einzige, der sie noch besitzt und er wäre

auch der Letzte, der sich mit den Ritualen auskennt.«
»Dann werden wir diesen Mann aufsuchen!«, entschied Kalerid kurzerhand. Er hatte jetzt wieder eine neue Hoffnung. »Hol mir diese Frau! Wir werden uns auf dem Marktplatz treffen. Lass unsere Pferde vorbereiten!«
»Jawohl, Majestät!« Perlug verbeugte sich tief und verschwand.

Die Vorbereitungen waren bereits abgeschlossen, als Kalerid den Marktplatz von Zurnam betrat. Feuerschein warf dunkle Schatten auf die Trümmer der früheren Marktstände. Dazwischen streunten unzählige Sellag umher, die noch immer Häuser plünderten und sich um das eine oder andere wertvolle Stück stritten. Perlug hatte Samlas und drei rotbraune Pferde aufzäumen lassen und ihre Satteltaschen mit dem notwendigen Proviant gefüllt. Dann hatte er angeordnet, die alte Frau, sie trug den Namen Felin, aus dem provisorischen Gefängnis zu holen. Die Sellag hatten einige Häuser, die für sie selbst bedeutungslos waren, in Gefangenenunterkünfte verwandelt und bewachten sie gut. Es gab allerdings nicht mehr viele Gefangene, die sie bewachen konnten. Die meisten waren ihnen bei dem Angriff des Drachen abhanden gekommen und nur wenige konnten wieder eingefangen werden. Der verbliebene Rest waren Menschen, die Perlug gar nicht erst Kalerid zur Verfügung gestellt hatte, weil er sie für seine eigenen Zwecke behalten wollte. Natürlich hatte er Kalerid nichts davon verraten und er beabsichtigte auch nicht, dies nachzuholen. Doch er befürchtete, dass Felins Anwesenheit Kalerid dazu veranlassen würde, Fragen zu stellen. Es hatte sich um reines Glück gehandelt, dass Perlug Felin in Zurnam behalten hatte. Die außergewöhnlichen Gegenstände im Haus der alten Frau hatten ihn von Anfang an fasziniert. Ihr von außen erbärmlich wirkendes Haus war voll gestopft mit alten Büchern, Gefäßen und anderen geheimnisvoll wirkenden Gegenständen und Perlug hatte gehofft, zu einem passenden Zeitpunkt mehr von Felin darüber erfahren zu können. Dass die Faszination, die Felins Hab und Gut auf ihn ausübten, Perlug einen solchen Vorteil verschaffen würden, hätte der Statthalter nicht erwartet. Er war überzeugt davon, dass sein Ansehen bei Kalerid dadurch gewaltig gestiegen war und er hoffte nun auf eine große Zukunft. Vielleicht würde ihn der Heerführer sogar zu seinem Stellvertreter erwählen, wenn er ihm zu einem erfolgreichen Abschluss dieser Mission verhelfen konnte.

Kalerid hatte allerdings völlig andere Dinge im Kopf, als er, gefolgt von Rofin und einer seiner Wachen, über den verwüsteten Platz schritt. Er hatte ausschließlich den Schatz und die Art und Weise, wie er ihn endlich in seinen Besitz nehmen konnte, im Sinn. Perlug und sein einschmeichelndes Verhalten waren ihm immer noch zuwider und es behagte ihm gar nicht, nun mit ihm zusammenzuarbeiten. Doch um den Muteral zu bekommen, nahm er auch diese Bürde auf sich. Rofin hatte ihm den Vorschlag gemacht, den Statthalter einfach in der Stadt zurückzulassen, aber Kalerid hatte nicht vor, ihn zu beherzigen. Perlug war, wenn ihm dies auch gar nicht gefiel, der einzige Sellag in greifbarer Nähe, der die Schrift der Menschen lesen konnte und Kalerid vermutete, dass ihm diese Fähigkeit bei ihrem Vorhaben womöglich hilfreich sein konnte.
»Ist sie das?«, fragte Kalerid und deutete dabei auf die Frau, die Perlug bereits auf eines der Pferde hatte aufsitzen lassen.
Perlug nickte und Kalerid betrachtete sich die Frau etwas näher. Der Statthalter hatte nicht übertrieben, sie war wahrhaftig uralt. Ihr Leib war gebrechlich und hager, ihr weißes Haar war zerzaust. Insgesamt wirkte sie recht mitgenommen. Perlugs Wachen schienen sie nicht geschont zu haben. Aber der Blick ihrer blauen Augen war klar und ungebrochen, als sie von oben herab seinem Blick standhielt.
»Also, Ihr seid der Kerl, den diese elende Kreatur zu beeindrucken versucht?« Sie warf einen Blick auf Perlug. Ihre Stimme war erstaunlich fest und deutlicher Hohn war aus ihren Worten zu vernehmen. Perlug wurde angesichts dieser Worte ganz offensichtlich nervös. »Schweig, altes Weib!«, zischte er und schlug Felin hart in die Rippen. Die Frau sackte sogleich in sich zusammen, straffte aber bald wieder ihre Gestalt.
Kalerid konnte darüber nur lachen. Dieses weißhaarige, alte Weib schien recht schlau und widerstandsfähig dazu.
»Der bin ich wohl«, entgegnete er amüsiert. »Und du musst das Weib sein, das mir zu noch größerer Macht verhelfen wird.«
Felin offenbarte einen unbeeindruckten Gesichtsausdruck. »Ich frage mich, wie ihr auf den Gedanken kommt, dass ich Euch nach Buroman führen werde?«
Kalerid lachte erneut heiser. Das Gespräch begann ihm zu gefallen. Diese Frau schien nicht nur klug, sondern auch mutig zu sein. Ihm gegenüber solche Worte zu wählen, zeugte von einer gewissen Dreis-

tigkeit und Furchtlosigkeit. Er wünschte sich, seine eigenen Untertanen besäßen ein bisschen mehr von diesen Eigenschaften. »Ich denke, wir haben Mittel und Wege, dich dazu zu überreden, uns ein bisschen behilflich zu sein.«
»Und welche wären das?«, fragte Felin neugierig und zog dabei beide Augenbrauen nach oben.
»Nun, beispielsweise könnten wir dich töten, wenn du es nicht tust«, antwortet Kalerid noch immer ruhig.
Jetzt lachte Felin ihn aus. Es war ein leises, aber klares Lachen. »Was soll mich das schrecken, großer Heerführer? Seht mich an, ich bin eine alte Frau. Ich werde ohnehin bald sterben. Aber Euch wäre damit kaum geholfen. Wer sollte Euch dann führen?«
Kalerid knurrte zornig. Langsam wurde es ihm mit der Aufsässigkeit der Alten doch zu bunt. Mühsam zwang er sich zur Ruhe. Er wollte sich nicht die Blöße geben, angesichts dieser unbedeutenden Kreatur die Nerven zu verlieren. Gleichzeitig warf er Perlug, der begonnen hatte, unruhig an dem Schwert, das in der Scheide an seinem Gürtel hing, herumzufingern, einen strafenden Blick zu. Schuldbewusst senkte dieser Kopf und Hände.
»Gut«, fuhr Kalerid mit unterdrückter Wut fort, »wie wäre es dann, wenn wir alle anderen Gefangenen töten würden?«
Felin schüttelte den Kopf. »Nicht sehr beeindruckend«, erwiderte sie. »Ich habe gehört, die meisten Gefangenen sind Euch ohnehin bereits entflohen.«
Kalerid knurrte erneut und begann zu überlegen, wie er dieses Wortgefecht noch für sich entscheiden konnte. Felin kicherte, als sie die Hilflosigkeit des Sellag bemerkte. Sie wusste, dass sie nicht in der Position war, um auf ein glückliches Ende dieser Zusammenkunft für sich zu hoffen, aber sie hatte bereits eine Entscheidung getroffen und das machte es ihr leichter, ihrem Schicksal ins Auge zu sehen. Die barbarische Behandlung, die ihr die sellagischen Wachen hatten zukommen lassen, hatten sie dazu gebracht, ihnen von dem Drachengift und dem Mann in Buroman zu erzählen. Das war ein Fehler, wie sie jetzt wusste, aber sie hatte sich entschlossen, den Feinden ihre Sache nicht noch leichter zu machen. »Außerdem...«, fuhr sie deshalb dreist fort, »was bringt Euch der prachtvollste Schatz, Majestät, wenn Ihr von solchen unfähigen Schwächlingen, wie diesem hier umgeben seid?« Felin meinte eindeutig Perlug. »Ihr solltet mehr Zeit darauf verwenden, Euren Rücken zu

schützen. Solche wie dieser dort warten nur auf ihre Gelegenheit.«
Zu gerne hätte Kalerid etwas auf diese Aussage erwidert, aber er bekam nicht mehr die Gelegenheit dazu. Perlug verlor in diesem Augenblick endgültig die Nerven und zog mit einem wilden Aufschrei sein Schwert aus der Scheide. Bevor der Heerführer ihn daran hindern konnte, stürzte er sich auf Felin und rammte ihr die Klinge zwischen die Rippen.
Ein stummer Schrei kam über die Lippen der Frau und Blut schoss aus der Wunde, als Perlug sein Schwert wieder zurückzog. Es dauerte nicht lange, da verloren Felins Augen ihren Glanz; sie sackte zur Seite und fiel vom Pferd, blieb tot auf dem harten Pflaster liegen.
»Du hirnloser Dummkopf!«, rief Kalerid, kochend vor Wut, und schlug Perlug hart gegen den Schädel. Der Statthalter hatte soeben seine Hoffnungen auf einen einfachen Sieg über den Drachen zunichte gemacht. Gerne hätte Kalerid Perlug auf der Stelle erwürgt, aber er besann sich rechtzeitig. Schließlich war der Statthalter der Einzige, der die Schrift dieser Menschen lesen konnte.
Der Schlag brachte Perlug wieder zu klarem Verstand. »Verzeiht!«, murmelte er und senkte ehrerbietend den Kopf. Nun hatte er wohl alle Möglichkeiten auf einen Aufstieg verspielt.
»Was tun wir nun, Majestät?«, fragte Rofin, der ein Stück hinter Kalerid stand und bisher geschwiegen hatte. Er warf Perlug hinter dem Rücken des Heerführers einen schadenfrohen Blick zu. Die Art und Weise, wie der Statthalter versuchte, sich bei seinem Herrn einzuschmeicheln, gefiel ihm ebenso wenig wie Kalerid. Perlugs Fehltritt verschaffte ihm zumindest etwas Genugtuung.
»Genau das, was wir geplant haben«, entgegnete Kalerid. »Wo ist das Buch?«
Perlug deutete auf eine der Satteltaschen.
»Ist darin der Weg nach Buroman beschrieben?« fragte Kalerid weiter.
Der Statthalter schüttelte den Kopf. »Nein, leider nicht. Und auch das alte Weib hat ihn mir nicht genau beschrieben.«
Dünne Falten kräuselten die Haut auf der Stirn des Heerführers, als er nachdachte. Dann trat ein Leuchten in seine Augen und er wandte sich an Rofin. »Geh und hol mir die Karte, auf der der Schatz eingezeichnet ist!«, wies er seinen Lakaien an. Rofin eilte sich.
»Schafft sie weg!« Kalerid deutete auf die tote Felin und das blutverschmierte Pferd. Zwei Wachen beeilten sich, dem Befehl nachzukommen. Ein Sellag fasste das Pferd am Halfter und führte es davon und

der andere warf sich die Leiche über die Schultern und schleppte sie vom Platz.
Dann bestieg Kalerid Samlas und sah von oben auf Perlug herab, der ihn erwartungsvoll anstarrte. »Worauf wartest du?«, knurrte der Heerführer und deutete Perlug, dass auch er aufsitzen sollte.
»Ich?«, fragte dieser mit einem entsetzten Ausdruck im Gesicht. Er hatte nicht erwartet, mit auf diese Reise gehen zu müssen, sondern hatte seine Aufgabe durch seine Entdeckung als erfüllt gesehen. Wäre er nur nicht zu schnell mit den Schwert gewesen...
»Ja, du!«, antwortete Kalerid scharf. »Also, was ist?«
Etwas unsicher betrachtete Perlug das Pferd; bisher hatte er noch nie auf solch einem Tier gesessen. Ergeben seufzend griff er nach dem Geschirr. Er versuchte, das, was er zuvor bei seinem Heerführer gesehen hatte, nachzuahmen. Nach mehreren ungelenken und vergeblichen Versuchen gelang es ihm, auf dem Pferd Halt zu finden. Erleichtert atmete er auf und sah Kalerid zufrieden an, der seinen Blick missmutig erwiderte.
Der Heerführer brummte zuerst mit kaum bemerkbarer Anerkennung. »Aber lass dich nicht abwerfen«, meinte er dann und ein heiseres Lachen entrann seiner Kehle.
In diesem Moment kam Rofin wieder herbei geeilt. Die zusammengerollte Karte trug er wie einen Schatz auf seinen ausgestreckten Händen.
»Bitte, Majestät«, sagte der Lakai atemlos und reichte Kalerid die vergilbte Rolle.
Kalerid nahm sie entgegen, entrollte sie und starrte im Schein der umherstehenden Fackeln eine Weile auf die Zeichnungen aus schwarzer Tinte. Es schien gar nicht so schwer zu sein, nur konnte der Heerführer bedauerlicherweise die Beschriftungen nicht lesen. Perlug beugte sich von seinem Pferd hinüber und schielte auf das Papier. Dann streckte er vorsichtig eine Hand aus, wobei er aufpassen musste, dass er nicht das Gleichgewicht verlor, und deutete auf einen Punkt auf der Karte. »Hier steht Zurnam. An dieser Stelle befinden wir uns«, sagte er erklärend. Dann wanderte sein Finger ein Stück weiter. »Und dort ist Buronam!«
Kalerid brummte verstehend. Die Stelle, die Perlug als Buroman angab, lag ziemlich genau entgegengesetzt der Richtung, in die der Muteral von Zurnam entfernt eingezeichnet war, nur noch etwas weiter entfernt.

Der Heerführer hob seinen Blick und sah zum Horizont, wo sich der Paratul als schwarzer Hügel in der Dunkelheit der Nacht abzeichnete. Er wandte sich um und sah in die entgegengesetzte Richtung, streckte die Hand aus und sagte. »Das ist unser Ziel!«
Perlug war seinen Gesten gefolgt und nickte zustimmend. Er war zu dem selben Schluss gekommen. Kalerid blickte eine der umstehenden Wachen an. »Du kommst auch mit!«
Der auserkorene Sellag nickte steif und bestieg das letzte freie Pferd. Er hatte bereits zu den Wachen gehört, die Kalerid nach Zurnam begleitet hatten, und hatte dadurch bereits eine gewisse Erfahrung im Reiten sammeln können.
Rofin stand noch immer abwartend neben seinem Herrn. Er hatte fest damit gerechnet, ebenfalls mitgenommen zu werden, aber Kalerid hatte andere Pläne für ihn.
»Rofin, du wirst in der Zeit meiner Abwesenheit mein Stellvertreter sein und alles hier für mich überwachen«, sagte der Heerführer zu ihm.
Rofin war einen Augenblick überwältigt von diesen Worten. Eine solche Ehre hatte er nicht erwartet.
»Danke, Majestät«, brachte er mühsam hervor und warf Perlug dabei einen triumphierenden Blick zu. »Ich werde alles zu Eurer Zufriedenheit erledigen«, versprach er.
Perlug bemerkte Rofins Blick und entgegnete ihn mit zornigen Augen. Er haderte mit sich und seinem Schicksal. Nicht nur, dass er sich auf eine ungewisse Reise begeben musste, er war auch noch seines Postens beraubt worden.
»Machen wir uns auf den Weg!«, sagte Kalerid.
»Ich wünsche Euch viel Erfolg, Majestät«, entgegnete Rofin.
Kalerid nickte seinem Lakaien zu, wendete dann sein Pferd und gab ihm die Sporen. Im Galopp ritten er und die Wachen aus der Stadt hinaus. Perlug bemühte sich, ihnen zu folgen.

# Hondor
## VIII

Der Schrei eines Käuzchens ließ Usadim hochschrecken. Er musste tatsächlich eingeschlafen sein. Es dauerte einen Moment, bis er sich bewusst war, wo er war.
Die Nacht war hereingebrochen und der Wald um ihn herum lag nun im Dunkeln. Er hatte nicht die leiseste Ahnung, wie spät es war, aber der Mond, den er durch die Wipfel der Bäume sehen konnte, stand bereits hoch am Himmel.
Eilig sprang er auf die Beine und weckte Hondor und Zorina, die verschlafen in die Nacht blinzelten, bis auch sie sich wieder bewusst waren, wo sie sich befanden.
»Wir haben verschlafen«, flüsterte Usadim ihnen zu. Man konnte nie wissen, wer sich in der Nähe herumtrieb.
»Dann sollten wir keine Zeit mehr verlieren«, entgegnete Hondor und kam auf die Beine.
Zorina stimmte ihm zu und ohne weitere Worte liefen sie los, so schnell es ihnen ihre Ketten ermöglichten und verließen den Wald. Das Laufen auf dem unebenen Boden fiel ihnen schwer und ihre Fesseln verfingen sich immer wieder im Unterholz. Deshalb hielten sie sich am Waldrand und gelangten durch die Schneise nach Brugen.
Am Rande des Dorfes duckten sie sich hinter eine Hecke und spähten in die leeren Straßen. Alles wirkte ruhig; kein Mensch war zu sehen, nur aus einigen Fenstern der kleinen Häuser schien Licht auf die schmalen Straßen. Einige Sellag waren als dunkle Schatten auszumachen.
»Es dürfte nicht schwer sein, in das Dorf hineinzukommen«, stellte Zorina fest, »es sind nur wenige Wachen und sie halten großen Abstand zueinander.«
»Trotzdem dürfen wir nichts riskieren«, entgegnete Hondor. »Am Besten, wir gehen dort hinein.« Der König deutete auf eine Scheune, die nicht weit von ihnen entfernt am Rande des Dorfes stand. »Vielleicht gibt es dort das Werkzeug, das wir benötigen.«
»Möglicherweise finden wir dort auch etwas zu essen«, warf Usadim

ein. Sein leerer Magen verursachte ihm Übelkeit. Hondor und Zorina wechselten einen kurzen Blick. Auch ihre Mägen knurrten, aber es war zu bezweifeln, dass sie in dieser Scheune etwas Essbares finden würden.

Das etwas schiefe Gebäude, aus Holzlatten zusammengezimmert, grenzte seitlich an die Hauptstraße, die durch das ganze Dorf führte. Nur wenige Seitenstraßen gingen von diesem Durchgangsweg ab. Das ganze Dorf bestand aus nicht mehr als zwanzig oder fünfundzwanzig Häusern.

Da das Gebüsch, hinter dem sie sich versteckt hielten, ein wenig erhöht auf einem kleinen Hügel wuchs, konnten die Drei über die Dächer des Dorfes hinweg sehen. Doch, obwohl der Mond silbern auf das Dorf herniederschien, war es zu dunkel, um alles erkennen zu können.

Der hintere Zugang der Scheune war dem Hügel zugewandt und von dort aus ging ein kleiner Feldweg direkt nach Westen, wo wohl die Felder des Bauern begannen.

Die Sellag streiften fast ausschließlich die schmutzige Hauptstraße entlang. Nur selten wandte sich einer nach links oder rechts, um in eine der schmaleren Seitengassen zu leuchten. Sie selbst waren kaum zu erkennen und nicht mehr als dunkle Schatten. Doch ihre Fackeln konnte man als helle Punkte durch das nächtliche Dorf wandern sehen. Vier Fackeln liefen umher. Zwei davon befanden sich auf der gegenüberliegenden Seite des Dorfes, eine weitere war gerade nach rechts in eine Gasse eingebogen und die Vierte bewegte sich geradewegs auf Hondor und seine Begleiter zu. Als ihr Träger das Ende der Straße erreicht hatte, verharrte er einige Augenblicke und machte sich dann wieder auf den Rückweg.

»Jetzt ist die passende Gelegenheit«, flüsterte Zorina, als sie sicher war, dass sich der flackernde Lichtpunkt von ihnen wegbewegte.

Ohne weiteres Zögern richtete sie sich auf und lief den Hügel hinunter zum Scheunentor. Hondor und Usadim folgten ihr.

Das Tor war nicht verschlossen und der hölzerne Riegel ließ sich leicht zur Seite schieben. Hondor öffnete die Türen einen Spaltbreit, sodass sie hindurchschlüpfen konnten und schloss sie leise knarrend hinter ihnen. Wie nicht anders zu erwarten, war es in der Scheune recht düster. Es roch nach Heu und Stroh. Durch die Ritzen und Astlöcher der Bretterwände fiel ein wenig Mondlicht und nach einiger Zeit der Gewöhnung konnten sie zumindest schemenhaft ihre Umgebung erkennen. Vorsichtig begannen sie, sich in der Dunkelheit voranzutasten, stießen an Kisten, stolperten über Heu und Holz, bis Usadim an einer Wand einige Werkzeuge erfühlen konnte. Er rief Zorina und Usadim herbei und gemeinsam erkundeten sie die Entdeckung. Heugabel, Sense, Schaufel und Spaten waren dort sauber aufgereiht. Alles Dinge, mit denen sie nichts anfangen konnten. Doch dann zog Hondor endlich eine kleine Spitzhacke aus einer Holzkiste hervor.

»Ich denke, damit können wir es versuchen«, meinte er erfreut und Usadim reckte bereits freiwillig seine Hände nach vorn, um sich von den Fesseln befreien zu lassen. Etwas ungelenk, schließlich gehörte es nicht zu den täglichen Aufgaben eines Königs, seine Untertanen aus ihren Ketten zu befreien, setzte Hondor die Spitzhacke an und versuchte, das Schloss der eisernen Ringe um Usadims Handgelenke zu zerbrechen. Mehrfach rutschte er ab. Funken stoben. Schließlich rammte Hondor seinem Koch das spitze Ende der Hacke beinahe in die Hand. Nun machte Zorina der Sache kopfschüttelnd und nachdrücklich ein Ende.

»Lasst mich das machen.« Sie nahm Hondor das Werkzeug aus der Hand, betrachtete sich das Schloss kurz und setzte die Spitze der Hacke an, holte aus und zerbrach das Schloss. Hondor gab einen bewundernden Laut von sich, woraufhin Zorina nur mit den Schultern zuckte. »Für irgendwas muss die Tochter eines Schmieds ja gut sein«, sagte sie mit einem dünnen Lächeln. Schnell war Usadim auch von seinen restlichen Fesseln befreit und auch Hondor verlor die lästigen Eisenringe an Händen und Füßen. Auch ihre Fußfesseln konnte Zorina sich selbst entfernen, nur bei ihren Händen musste Hondor ihr hilfreich zur Seite stehen. Glücklicherweise stellte er sich nun geschickter an.

»So, das wäre geschafft«, sagte Zorina, während sie sich ihre wunden Handgelenke rieb.

»Dann lasst uns nun etwas zu Essen suchen«, schlug Usadim vor und fuhr sich dabei über den runden Bauch. Seine Stimmung schien sich mit dem Verlust der Ketten etwas gebessert zu haben.

Hondor bremste seine Begeisterung nur ungern. »Ich glaube nicht, dass wir hier etwas Essbares finden werden«, meinte er resigniert. »Obwohl auch ich etwas vertragen könnte.«

»Dann sollten wir uns vielleicht im Dorf umsehen. Irgendwo wird sich bestimmt etwas zu Essen auftreiben lassen«, schlug Zorina vor. »Hier scheint sich keine große Anzahl der Fremden aufzuhalten. Möglicher-

weise ergibt sich so eine gute Gelegenheit nicht nochmal.«
»Trotzdem müssen wir vorsichtig sein«, ermahnte sie der König erneut, gab sich aber geschlagen. Sein eigener knurrender Magen schwächte seine Widerstandskraft.
Plötzlich leuchtete Fackelschein durch die Ritzen der Bretterwand, die sich auf der Seite der Hauptstraße befand. Einer der Wächter lief nun dort entlang.
»Seid leise!«, flüsterte Hondor und duckte sich, obwohl der Wächter wohl kaum durch das Holz zu sehen vermochte. Zorina und Usadim taten es ihm gleich - was sich als Fehler erwies. Usadim stieß mit seinem fülligen Leib gegen die Reihe Werkzeuge, die an die Wand gelehnt standen. Lautes Scheppern erklang, als sie nacheinander zu Boden fielen.
Nun wagten sie es nicht einmal mehr zu atmen. Gebannt beobachteten sie, wie das Licht draußen verharrte. Sie hörten den Wächter etwas in der Sprache der Sellag rufen. Ein Anderer antwortete. Auch er war nur ein Stück entfernt. Dann begann sich das Licht wieder in Bewegung zu setzen, ging die Außenwand entlang, bog um die Ecke und erreichte den vorderen Zugang der Scheune.
Als der Wächter das Tor aufstieß und in die Dunkelheit leuchtete, entdeckte er nichts, außer einem großen Haufen Heu und ein paar umgefallenen Werkzeugen. Er leuchtete die Ecken aus, aber nirgends war etwas zu entdecken. Letztendlich gab er sich zufrieden und verließ die Scheune wieder. Er rief seinen Kameraden etwas zu und erhielt ein grollendes Lachen zur Antwort. Dann schloss er das große Tor hinter sich und trottete vor sich hin brummend davon.
Die Scheune blieb einsam und verlassen zurück, bis Bewegung in den Heuhaufen kam und drei über und über mit Heu bedeckte Gestalten zum Vorschein kamen. Nach Luft ringend klopften sie sich das trockene Gras von den schmutzigen Kleidern.
»Er ist weg«, stellte Zorina fest, nachdem sie durch ein Astloch hinausgespäht hatte.
Usadim blickte betroffen drein. »Verzeiht mir«, sagte er entschuldigend. Ihm war klar, dass er sie soeben in ernsthafte Schwierigkeiten hätte bringen können. »Ich werde nun vorsichtiger sein.« Hondor machte eine abwinkende Handbewegung, die in der Dunkelheit jedoch kaum zu erkennen war. »Das hätte jedem von uns passieren können.«
Sie verließen die Scheune durch das vordere Tor, das in eine der kleinen

Gassen führte, und drückten sich dicht an die Scheunenwand, um sich in deren Schatten zu verbergen. Die Gasse war menschen- und sellagleer. Aus einem Haus auf der gegenüberliegenden Seite leuchtete matter Kerzenschein durch die staubigen Fenster. Sie warfen einen vorsichtigen Blick hinein und was sie sahen, ließ sie schnell wieder in Deckung gehen. Mehrere Sellag saßen dort um einen Tisch herum, tranken Bier und grölten in ihrer eigenen Sprache.

»Dort können wir nicht hinein«, stellte Usadim überflüssigerweise fest.

Sie beschlossen, die Gasse Richtung Hauptstraße zu verlassen, da die kleine Gasse auf der gegenüberliegenden Seite nicht weiterführte, sondern in ein abgeerntetes Feld mündete.

Vorsichtig pirschten sie sich voran und spähten um die Ecke. Zu ihrer Erleichterung konnten sie alle vier Wachen am anderen Ende der Straße ausmachen. Sie standen beisammen und schienen mit sich selbst beschäftigt zu sein. So gelang es ihnen, sich im Schatten der Häuser, die Hauptstraße entlang, bis zum nächsten Haus zu schleichen. Doch auch dort hatten sie keinen Erfolg. Zwei weitere Häuser waren ebenfalls von Sellag belagert, dann folgte wieder eine Seitengasse.

Die Zeit begann zu drängen, denn die Wachen hatten ihre Unterhaltung beendet und nun kamen zwei von ihnen auf die drei Menschen zu.

Am vierten Haus hatten sie endlich Glück. Es war das Eckhaus und wirkte besonders klein und schäbig, doch zumindest war es im Inneren vollkommen dunkel und ein Blick durch die schmutzigen Fenster verriet, dass es verlassen war. Die Tür war unverschlossen und Hondor und seine Begleiter huschten hinein.

Angespannt warteten sie, bis die beiden Wächter vorbeigegangen waren, bevor sie begannen, sich umzusehen. Das Haus bestand nur aus einem einzigen Raum, der als Küche, Schlaf- und Wohnraum diente.

»Hoffentlich gibt es hier überhaupt etwas zu essen«, meinte Usadim besorgt, als er die ärmliche Einrichtung sah. Hondor und Zorina hatten bereits mit ihrer Suche begonnen. In einem niedrigen Schrank wurden sie fündig. Er brachte Brot, Schinken und Hartwurst zum Vorschein. Zwar war das Brot trocken, aber das störte sie nicht, zumindest war es ausreichend. In einem Steinkrug fanden sie Wasser und so aßen und tranken sie, bis sie satt waren. Keiner wusste, wann sie wieder etwas zu beißen bekommen würden. Trotzdem ließen sie noch etwas übrig und packten es in einen Beutel, den Usadim sich auf den Rücken band.

Eine erdrückende Müdigkeit erfasste sie, als sie gesättigt waren, doch sie wussten, dass sie sich nicht ausruhen durften. Also raffen sie sich auf, auch wenn es ihnen schwer fiel, und ließen das kleine Haus allein zurück.

Es blieb ihnen nichts anderes übrig. Sie mussten der ausgetretenen Hauptstraße weiter folgen, denn sie war die einzige Möglichkeit, die sie auf ihrem Weg weiterführen würde. Zudem hatte Hondor einen neuen Einfall, für dessen Umsetzung sie sich noch weiter umsehen mussten.
»Mit ein wenig Glück werden sich hier irgendwo ein paar Pferde auftreiben lassen«, weihte er sein Gefährden in seine Überlegungen ein. »Sie würden uns schneller in den Rorgan-Wald bringen.«
Zorina seufzte leise. »Das würde meinen Füßen sehr gefallen.«
Sie schlichen weiter an den Wänden entlang, betrachteten jedes einzelne Haus genau, aber nirgends ließ sich eine Stallung ausmachen. Zweimal mussten sie in eine Seitenstraße ausweichen, da die Wächter ihren Weg kreuzten, doch wie durch ein Wunder blieben sie unentdeckt.
Dann endete die Häuserreihe zu ihrer Rechten und der Marktplatz von Brugen tat sich vor ihnen auf. Er war, wie das ganze Dorf, nicht besonders groß. Der Mond beschien den Platz und warf sein Licht auf eine bronzene Skulptur in der Mitte.
»Seht euch das an«, flüsterte Hondor überrascht. »Den kennen wir doch.«
Und tatsächlich war die Ähnlichkeit der Drachenstatur, die dort zu sehen war, mit dem hilfsbereiten Toranus nicht abzustreiten.
»Er scheint hier bekannt zu sein«, stellte Zorina fest.
»Nur leider kenne ich euch überhaupt nicht«, knurrte eine raue Stimme hinter ihnen. Überrascht drehten sich die Drei um und Hondor blickte geradewegs auf die Spitze eines Schwertes, das sich ihm entgegenstreckte. In der anderen Hand hielt der Sellag die ausgelöschte Fackel.
Ihnen blieb nichts anderes übrig; Waffen besaßen sie keine. Gehorsam hoben sie die Hände.

# Herras
## X

Ein Stück von der Baumlichtung entfernt verharrte Marek, um auf Alonan zu warten. Er hatte schnell festgestellt, dass es fast unmöglich war, die Orientierung zu behalten. An diesem Punkt des Waldes schienen die Bäume noch einmal dichter zusammengerückt zu sein, sodass ihre Äste ineinander griffen und sich der Sellag zum Teil nur mit Mühe hindurchzwängen konnte. Er begann beinahe die Grunen zu beneiden und es wurde ihm klar, dass sie nicht nur aus Bequemlichkeit ihre magischen Kräfte zur Fortbewegung benutzen, sondern weil es in diesem Wald kaum anders möglich war.

Nicht zum ersten Mal dachte der Sellag darüber nach, welche Möglichkeiten sich ihm offenbaren würden, wenn er es nur fertig brächte, sich das Können der Grunen anzueignen. Er wäre der mächtigste Mann seines Volkes und niemand würde es wagen, sich ihm in den Weg zu stellen. Bedauerlicherweise gab es nicht nur einen, sondern sogar zwei Haken an dieser Überlegung: Zum einen reagierte er als Sellag leider so gut wie gar nicht auf die Aura des Grols und er hatte auch nicht den kleinsten Funken einer Ahnung, wie er das hätte ändern können. Zum anderen war der Einflussbereich des Grols nur sehr klein und der Ort seiner Macht auch für den Sellag kaum erstrebenswert.

Alonan schloss nun zu ihm auf.

»Wir sind auf dem richtigen Weg«, meinte der Mensch leise.

Wenn Alonan dem fremdartigen Wesen namens Sellag Argwohn oder Misstrauen entgegenbrachte, so ließ er es sich nicht anmerken. Da er aber nichts von Allendas und dem hinterhältigen Überfall der Sellag wusste, war anzunehmen, dass er Marek viel unbefangener gegenüberstand als Herras und die beiden anderen Waldmenschen.

Der Sellag nickte nur und ließ nun Alonan vorangehen. Nach einer Weile blieb der Waldmensch unvermittelt stehen.

»Dort ist der Versammlungsort«, flüsterte er Marek zu und deutete mit dem Kopf nach vorn. Marek musste angestrengt die Augen zusammenkneifen. Alles war er sah, war matter, goldener Fackelschein, der sich durch die dichten Bäume quälte.

»Ich kann nichts Genaues erkennen«, brummte der Sellag zurück. »Wir müssen näher heran.«
Sie pirschten sich noch einige Barret näher an den Rand der Lichtung und versteckten sich unter den Ästen einer weit ausladenden Tanne. Nun sah Marek die Lichtung. Der Thron befand sich, von ihnen aus, auf der gegenüberliegenden Seite. Er war verwaist, ebenso wie die hölzernen Bänke, die den Platz umgaben. Unzählige Fackeln erhellten die Lichtung und hüllten den Grol in der Mitte in Zwielicht. Zwei Wächter standen zu beiden Seiten neben dem aus dunkelgrauem Granit gefertigten Steinring und starrten mit unbewegten Gesichtern in ihre Richtung.
»Können sie uns sehen?«, fragte der Sellag den Menschen.
Alonan schüttelte den Kopf. »Es scheint nicht so. Ihre hellsichtigen Fähigkeiten sind beschränkt. Sie müssen sich auf einen bestimmten Ort oder eine Person konzentrieren, um ihn oder sie sehen zu können. Mit ihren Augen können sie nicht besser sehen als ein Mensch. Doch wir müssen leise sein, damit sie nicht auf uns aufmerksam werden.«
Der Sellag nickte verstehend und dämpfte bei der nächsten Frage seine Stimme noch weiter. »Wie muss der Stein, den ich in den Grol bringen soll, beschaffen sein?«
»Es gibt keine Aufzeichnungen darüber. Schließen wir daraus, dass es gleich ist, welche Art von Stein man wählt«, erwiderte Alonan zögernd. Er sah sich auf dem Boden um und entdeckte nicht weit von seinen Füßen, halb unter dem Moos verborgen, einen etwa faustgroßen Stein. Er hob ihn auf und befreite ihn sorgsam von Moos und Erde. Dann hielt er ihn dem Sellag hin.
Marek nahm ihn entgegen. »Schließen wir...?«, hakte der Sellag misstrauisch nach.
»Ich mache das hier auch zum ersten Mal«, entgegnete Alonan mürrisch. »In den Aufzeichnungen war nur die Rede von einem Stein.« Der Mensch machte eine Pause, bevor er weitersprach. »Fest steht aber, dass er unbedingt in der Mitte des Kreises platziert werden muss.«
»Und wie soll ich das machen?«, zischte der Sellag leise, aber aufgebracht zurück. »Ich werde bestimmt nicht meine Finger in das Ding stecken und ‚schweben lassen' gehört leider nicht zu meinen Fähigkeiten!« Um seine Aussage zu unterstützen, hielt Marek den Stein mit ausgestrecktem Arm vor sich in die Luft und ließ ihn los. Mit einem dumpfen Geräusch fiel er zwischen feuchte Tannennadeln und Moos.

»Siehst du?«
Alonan blickte erschrocken über die Schulter des Sellag hinweg, hinüber zu den beiden Grol-Wächtern. Der gedämpfte Aufprall des Steins schien nicht bis zu ihnen gedrungen zu sein.
»Wirf ihn doch gleich den Grunen an den Kopf«, murmelte Alonan zornig, als er den Stein erneut aufhob und ihn dem Sellag übergab.
»Das ist vielleicht gar keine schlechte Idee. Hast du noch einen?«, fauchte der Sellag zurück.
Alonan bedachte ihn daraufhin mit einem scharfen Blick, entschloss sich aber, nichts mehr darauf zu erwidern. Stattdessen sagte er wieder etwas ruhiger: »In den Niederschriften stand nichts darüber, wie die Menschen es fertig brachten. Vielleicht sollten wir ihn an einen Stock binden, damit du ihn hineinhalten kannst.«
Er hob den nächst besten, etwas dickeren Ast auf und hielt ihn ebenfalls dem Sellag hin.
»Das könnte vielleicht funktionieren.« Marek betrachtete einen Augenblick den Stein in seiner Hand und den Ast, den Alonan ihm entgegenhielt. Dann löste er eines der Lederbänder, die sein Kettenhemd zusammenhielten, und schnürte den Stein damit an einem Ende des Stockes fest. Dann wog er den Ast in den Händen, um zu testen, ob das Gebilde auch stabil war. Es schien tatsächlich zu halten.
»Gut«, meinte er schließlich, »als Allerletztes müssen wir uns jetzt nur noch überlegen, wie wir an diesen Grol herankommen. Von vorne kommen wir jedenfalls nicht durch. Vielleicht von hinten?«
»Das wäre dann nichts anderes«, gab Alonan kopfschüttelnd zu bedenken. »Wir haben wohl nur eine Chance, wenn wir sie von beiden Seiten überraschen.«
»Dann werde ich mich wohl am Besten auf die andere Seite, zu diesem Holzding schleichen.«
»Und ich werde versuchen, sie von dieser Seite aus abzulenken«, fügte Alonan hinzu. »Zumindest, soweit ich an den Grol herankomme. Leider bin ich nicht so widerstandsfähig gegen seine Aura wie du und ich kann seinen Einfluss schon jetzt mehr als deutlich spüren.«
»Ich bin sicher, du wirst dein Bestes geben«, entgegnete Marek aufmunternd. Eine wahrlich außergewöhnliche Bemerkung für einen Sellag. Marek war selbst überrascht, sie aus seinem eigenen Mund zu hören. Anscheinend hatten die Menschen einen schlechten Einfluss auf ihn. Um sich nicht weiter um Kopf und Kragen oder besser, um seinen

letzten Rest Ehre zu reden, wandte sich der Sellag um und wollte sich daran machen, um die Lichtung herum hinüber zu der anderen Seite zu schleichen, aber Alonan hielt ihn nochmals auf.
»Wir müssen ein Geräusch vereinbaren, damit ich weiß, wann du dort drüben bist«, flüsterte der Mensch. »Kannst du pfeifen?«
Marek sah Alonan nur fragend und durchdringend an.
»Anscheinend nicht«, schloss der Mensch daraus. »Na gut, dann mach halt irgendein anderes Geräusch, das bei Euch so üblich ist. Ich werde dann schon Bescheid wissen.«
Marek drückte durch ein Kopfnicken seine Zustimmung aus. »Also los!«, meinte er knapp und machte sich nun endgültig auf den Weg.

Nachdem der Sellag in der Dunkelheit verschwunden war, suchte sich Alonan einen weiteren Ast. Es war der Kräftigste, den er in seinem näheren Umkreis entdecken konnte und er ließ sich damit auf den Boden sinken, lehnte den Rücken an die Tanne und blickte in Richtung der Grol-Wächter, die noch immer mit keiner Regung erkennen ließen, dass sie seine Anwesenheit bemerkt hatten. Nachdenklich drehte Alonan den Ast in seinen Händen. Er wollte den Grol-Wächtern nicht völlig unbewaffnet entgegentreten, auch wenn er schon jetzt wusste, dass er keine Chance haben würde; darüber machte er sich gar nicht erst falsche Hoffnungen. Alles, was er tun konnte, war, zu versuchen, so lange wie möglich durchzuhalten, um dem Sellag genügend Zeit zu verschaffen, das Unternehmen zu Ende zu bringen. Er atmete mehrmals tief durch und versuchte, sich zu konzentrieren. Er musste all seine Kräfte sammeln, um gegen den Einfluss des Grols bestmöglich gewappnet zu sein und ihm lange genug widerstehen zu können. Er dachte an die Menschen, für die er tat, was er tun musste, vor allem an Maleris. Gerne hätte er mehr Zeit für sie gehabt, hätte seine Tochter besser kennen gelernt, aber er musste sich seinem Schicksal fügen, um ihr ein weitaus schlimmeres zu ersparen. Er hatte ihr viel Leid zugefügt und es gab nur einen Weg, um diese Schuld wieder zu begleichen.
Seine Gedanken gaben ihm Kraft, sie stärkten ihn. Es war eine reine Frage des Willens, dem Grol zu widerstehen, das wurde ihm nun bewusst. Er fühlte sich bereit für seine Aufgabe.

Der Weg, den es zu bewältigen galt, war nicht einfacher oder schwerer, als der Rest dieses unsäglichen Waldes, durch den sie sich bisher gekämpft hatten. Marek musste sich leise fortzubewegen, um das Unternehmen nicht von vornherein zum Scheitern zu verurteilen. Doch er war das Schleichen mittlerweile so gewöhnt, als hätte er niemals etwas anderes in seinem Leben gemacht. Er hatte in den letzten Tagen einen besonderen Blick dafür entwickelt, worauf er achten musste, um keine verräterischen Geräusche zu verursachen. Er versuchte, sich von dürren Ästen und raschelndem Laub fern zu halten, jeder Schritt musste langsam und bedacht aufgesetzt werden und er musste sich tief halten, um nicht in den Ästen hängen zu bleiben.

Aber das kostete Zeit und so dauerte es beinahe fünfzehn Kils, bis er Hanas Thron erreicht hatte. Am Himmel über der Lichtung begann es bereits zu dämmern und einige der Fackeln waren schon heruntergebrannt und erloschen.

Die Grol-Wächter standen nun mit dem Rücken zu ihm und schienen keine Ahnung von seiner Anwesenheit zu haben. Er kauerte sich hinter das massive Podest des Thrones und spähte in ihre Richtung. Den Ast mit dem daran befestigten Stein hielt er noch immer fest umklammert. Einen Augenblick überlegte er, welcher Laut nun als Zeichen angebracht war. Dann stieß er ein hohes Jaulen aus, das entfernt an den Ruf eines Wolfes erinnerte. Lange geschah nichts und der Sellag begann zu befürchten, Alonan hätte sein Zeichen nicht gehört oder nicht zu deuten gewusst. Oder er war gar eingeschlafen. Nur die Wächter des Grols reagierten sofort. Sie lösten sich aus ihrer Starre, drehten sich herum, blickten angestrengt in jede Richtung und wechselten einige Worte. Als dann einer der beiden den ersten Schritt auf Marek zutat, ertönte ein lautes Geheul von der anderen Seite. Dann sah Marek Alonan zwischen den Bäumen hervorstürmen. Seinen Ast, zum Schlag bereit, hoch über den Kopf schwingend und mit wildem Kampfgeschrei rannte er auf die Wächter zu. Marek ließ mit einem Stoß den angehaltenen Atem entweichen und begann ebenfalls zu laufen.

Alonan war so sehr in seine Gedanken vertieft, dass er beinahe das Geheul überhört hätte. Es dauerte einige Augenblicke, bis er begriff, dass dies das Zeichen war, aber als die Wächter begannen, unruhig zu werden, wusste er, dass sein Zeitpunkt gekommen war. Mit einem Satz sprang er auf die Beine, umfasste seinen Ast fester und begann zu laufen. All die Kraft, die er in den letzten Kils in seinem Körper angesammelt hatte, entlud sich in einem lauten Aufschrei. Er konzentrierte all seine Kraft darauf, sich gegen die Macht des Grols aufzulehnen.

Es dauerte jedoch nicht lange, da bemerkte er, wie seine Bewegungen schwerer wurden und sein Schritt sich gegen seinen Willen verlangsamte. Die Grunen hatten ihn mittlerweile längst bemerkt und kamen ihm entgegen.
‚Nicht stehen bleiben, nur nicht stehen bleiben!' Das war der einzige Gedanke, der in Alonans Kopf kreiste. Er durfte den Grunen keine Möglichkeit geben, ihn mit ihren Blicken zu fixieren und ihn so in ihren Bann zu ziehen. Er begann, Haken zu schlagen, soweit die Macht des Grols es zuließ. Trotzdem war er noch immer schnell genug und den Grunen gelang es nicht, ihn lange genug mit ihrem Blick festzuhalten.
»Was tust du hier, Alonan?«, fragte einer der Grunen mit donnernder Stimme. »Wir haben dir gesagt, du sollst dich von diesem Platz fern halten. Du weißt, dass wir dich töten müssen, wenn du nicht gehorchst.«
Alonan nahm sich nicht die Zeit, darauf zu reagieren. Er war nun nahe genug an einen von ihnen herangekommen, um ihm einen Hieb mit dem Ast zu versetzen. Mit beiden Händen umklammerte er seine Waffe, tänzelte dabei um den Grunen herum, der noch immer versuchte, ihn mit seinem Blick festzuhalten, anstatt sich von dem Menschen zu entfernen. Es schien, als hätte der Grune noch nicht so recht begriffen, was geschah. Alonan hob den Ast noch ein Stück weiter über seinen Kopf und schlug zu. Der Schlag traf den Grunen auf die Schulter und er sank stöhnend auf die Knie. Der zweite Grol-Wächter nutze die Gelegenheit und streckte die Hand nach Alonan aus, sah ihn fest an. Jetzt spürte der Mensch, wie alle Kraft aus seinem Körper zu weichen schien. Er konnte sich nicht mehr bewegen, musste hilflos stehen bleiben und zusehen, wie der Grune energisch auf ihn zutrat. Doch die Starre hielt nicht lange an, denn der Blickkontakt des Grunen wurde unerwartet unterbrochen, als Marek ihm in den Rücken sprang und ihn zu Boden riss.

Marek erreichte den Menschen und die beiden Grunen in dem Moment, als es Alonan gelang, seinen Schlag durchzuführen. Es ging alles wahnsinnig schnell. Der Sellag sah, wie der andere Grune den Menschen mit seinem Blick festhielt und Alonan mit einem verzweifelten Ausdruck in den Augen beobachtete, wie der Wächter auf ihn zutrat.
Für einen Moment vergaß der Sellag sein eigentliches Vorhaben, ließ

seinen Ast fallen und sprang dem Grunen, ohne langes Zögern, in den Rücken, sodass dieser den Boden unter sich verlor und nach vorneüber fiel. Durch die Wucht des Aufpralls schlug der Kopf des Grunen hart auf dem Waldboden auf. Er blieb regungslos liegen. Aus dem Augenwinkel sah Marek, wie Alonan diese Gelegenheit nutzte und begann, dem anderen Grunen, der noch immer von dem Schlag auf die Schulter benommen wirkte und nur langsam vor ihm auf die Beine kam, hart ins Gesicht zu schlagen. Der Ast, der Alonan als Waffe diente, war bereits beim ersten Schlag zerbrochen und so blieb dem Waldmenschen nur, sich mit seinen Fäusten zu verteidigen.
Marek griff nach seinem Ast, an dem der Stein befestigt war, warf einen letzten Blick auf den regungslos daliegenden Grunen und trat an den Grol heran.
Mit festem Griff umfasste er das Holz in seiner Hand und nun, wo er vor dem Grol stand, erschien es ihm, als könnte auch er etwas von seiner Aura spüren. Langsam streckte er die Hand aus, um den am Ast befestigten Stein dem Grol näher zu bringen, ihn in das Loch in dessen Mitte zu führen. Der Ast begann, in der Hand des Sellag zu zittern. Je näher er dem Grol kam, umso mehr nahm die Vibration zu. Es fiel ihm schwer, den Stein in den Grol hineinzuschieben. Er musste gegen eine unsichtbare Kraft ankämpfen, die stärker zu werden drohte, als er selbst. Der Steinring schien den faustgroßen Stein von sich abstoßen zu wollen. Doch Marek nahm all seine Willensstärke zusammen und zwang seine Muskeln, ihre letzte Kraft freizugeben. Es gelang ihm. Als er den Stein in den Hohlraum gebracht hatte, fürchtete er, ihn dort nicht sehr lange halten zu können. Das Zittern hatte sich mittlerweile um ein Vielfaches verstärkt und übertrug sich auf den gesamten Körper des Sellag. Letztlich gab jedoch nicht Marek nach, auch nicht der Grol, sondern das Holz. Der Ast zersprang in tausend Splitter. Das Lederband riss und der Stein flog im hohen Bogen aus dem Grol heraus. Entsetzt blickte Marek ihm nach. Er hatte schon geglaubt, es geschafft zu haben, doch jetzt waren seine Hoffnungen mit einem Schlag zerstört.
Vor Verzweiflung wie gelähmt, starrte der Sellag in den nun wieder leeren Steinkreis, als ihn ein Schlag auf den Hinterkopf zu Boden warf. Der dicke Schädelknochen bewahrte ihn davor, das Bewusstsein zu verlieren. Er drehte sich auf den Rücken und sah, wie sich der Grune, den er niedergeschlagen hatte, nun über ihn beugte. Anscheinend hatte er sich schnell von seiner Benommenheit erholt und streckte dem Sellag

nun mit durchdringendem Blick die Hand entgegen, um ihn zu lähmen. Es dauerte nicht lange, bis er bemerkte, dass seine magischen Fähigkeiten bei dem Sellag ohne Wirkung blieben und so änderte er schnell sein Vorhaben und ging zu primitiveren Mitteln über. Mit einem kurzen, wütenden Aufschrei versuchte er, sich auf Marek zu werfen. Dieser konnte schnell genug reagieren. Er zog seine kräftigen Beine an und rammte sie dem Grunen in den Bauch. Mit einem schmerzerfüllten Laut taumelte der Wächter zurück und Marek sprang auf die Beine. Bevor sein Widersacher die Gelegenheit bekam, seine Sinne wieder zu sammeln, stürzte sich der Sellag auf ihn. Der Grune war ein starker Mann und es kostete Marek eine Menge Kraft, bis es ihm gelang, ihn von hinten an den feuerroten Haaren zu packen. Mit einem schnellen Ruck riss er den Kopf nach hinten, bis sein Genick mit einem durchdringenden Knacken brach. Mit einem letzten Stöhnen sackte der Grune leblos zu Boden, den Kopf unnatürlich weit nach hinten gebogen.

Alonan bekam von alldem kaum etwas mit. Nachdem Marek ihm geholfen und ihn aus dem Bann befreit hatte, konnte er seine Aufmerksamkeit einzig und allein dem anderen Grunen widmen. Er benötigte seine ganze Konzentration, ihn in Schach zu halten. Der Grol zerrte immer mehr an seinen Kräften. Trotzdem gelang es ihm, durch Tritte und Schläge dem Grunen nicht noch einmal die Möglichkeit zu geben, seine magischen Kräfte einzusetzen.
Erst, als der Stein in einem hohen Bogen durch die Luft flog und nur ein Barett von ihm entfernt im Gras liegen blieb, wandte er seinen Blick von dem Grunen ab. Er bückte sich schwer atmend und hob den Stein auf, um ihn zu Marek hinüber zu werfen, als er sah, dass der Sellag bereits wieder in einen Kampf mit dem anderen Gegner verwickelt war. Er brauchte nicht zu überlegen, was nun zu tun war, denn bevor er überhaupt einen Gedanken zu Ende gebracht hatte, traf ihn ein Schlag zwischen die Schulterblätter. Dieser ließ ihn taumeln, brachte ihn aber nicht zu Fall. Als er sich keuchend umdrehte, sah er in die zornerfüllten Augen seines Widersachers. Alle magischen Fähigkeiten schienen vergessen zu sein, denn der Grune holte aus und schlug Alonan mit der Faust ins Gesicht. Wieder brachte der Schlag den Menschen beträchtlich ins Schwanken, doch auch diesmal gelang es ihm, sich auf den Beinen zu halten. Alonan nahm seine letzte Kraft zusammen, umfasste den Stein und schmetterte ihn mit verzweifelter Wut gegen die Schläfe

seines Gegenübers. Sofort quoll Blut aus der entstandenen Wunde und der Grune verdrehte die Augen, bis nur noch das Weiße darin zu sehen war. Mit einem dumpfen Geräusch schlug er auf dem Boden auf.
Alonan gönnte sich einen Moment Zeit, um tief durchzuatmen. Er warf einen Blick hinüber zu Marek, der gerade seinen leblosen Gegner aus den Fingern gleiten ließ und betrachtete dann den Stein in seiner Hand. Entschlossen überwand er die wenigen Schritte, die ihn von dem Sellag trennten, und hielt ihm den Stein entgegen.
»Nimm ihn!«, sagte er zu dem hechelnden Sellag. »Und Danke!«
»Danke, wofür?«, fragte der Sellag und nahm den Stein an sich.
»Dafür, dass du mir das Leben gerettet hast«, antwortete Alonan mit ernstem Gesichtsausdruck.
Marek winkte ab. »Warum müsst ihr Menschen immer nur soviel Zeit mit unnützem Gerede verschwenden?« Er schüttelte den Kopf. »Sag mir lieber, was wir jetzt machen! Mit dem Ast hat es nicht funktioniert.«
»Dann bleibt keine andere Möglichkeit - du musst ihn per Hand in den Grol bringen«, meinte Alonan beunruhigt.
Der Sellag erwiderte nichts. Mit grimmigem Geschichtsausdruck betrachtete er lange zuerst den Stein und dann den Grol.
»Na gut!«, meinte er schließlich und begann vorsichtig, die Hand mit dem Stein auszustrecken. Langsam brachte er ihn dem Ring immer näher. Bald spürte er wieder das Zittern, das seine Arme erfasste. Seine Zähne schlugen hörbar aufeinander und der Sellag musste all seinen Willen zusammennehmen, um den Stein nicht fallen zu lassen.
Dann, als er den Stein in dem Hohlraum des Grols platziert hatte, spürte er plötzlich eine Kraft. Irgendetwas schien den Stein zu umhüllen, ihn aufzunehmen, und als Marek ihn vorsichtig losließ, schwebte er, wie von Geisterhand, in der Mitte des Steinrings. Ungläubig betrachteten der Sellag und der Mensch, wie der Stein erst langsam, dann immer schneller begann, sich um seine eigene Achse zu drehen.
Sie waren zu gebannt, um zu bemerken, dass der tot geglaubte Grune, dem das Blut aus der Schläfe quoll, hinter ihnen nochmals die Augen öffnete. Erst, als er sich mühsam an sie heran geschleppt hatte und sich auf Alonan stürzte, wurden sie sich seiner Anwesenheit bewusst. Er riss den Waldmenschen mit sich zu Boden. Marek wollte ihm helfen, aber es war zu spät.
In dem Moment, als der Grune Alonan berührte, spürte der Mensch,

wie eine gewaltige Menge von Energie durch seinen Körper fuhr. Es schien so, als hätte der Grune all seine magische Kraft zu einem letzten, vernichtenden Angriff geballt, um Alonan mit sich in den Tod zu reißen. Das Letzte, was Alonan spürte, war, dass sein Körper von einem muskelzerfetzenden Zucken geschüttelt wurde, bevor sich sein Geist in der ewigen Dunkelheit verlor.

Entsetzt beobachtete Marek, was geschah, doch er konnte nichts mehr tun. Noch im gleichen Augenblick waren sowohl der Mensch als auch der Grune tot. Obwohl Sellag nicht sehr viel von persönlichen Gefühlen hielten, bedauerte er den Tod des Menschen. Er sprach im Stillen eine Totenklage für den verlorenen Begleiter, als ein erst leises, dann immer lauter werdendes Surren ihn herumfahren ließ. Die Rotation des Steines war noch schneller geworden. Er gab nun nicht nur ein Geräusch von sich, das an den Flügelschlag tausender in Einklang summender Libellen erinnerte, sondern strahlte auch ein tiefrotes Licht aus. Das Geräusch wurde noch lauter, als das Leuchten nun auch auf den Grol überging und der Steinring zu beben begann. Bald ging das Surren in einen schrillen, hohen Laut über, der die ganze Luft zu erfüllen schien und den Sellag zwang, mit schmerzverzerrtem Gesicht die Hände auf die Ohren zu pressen. Das Beben ließ den Boden unter seinen Füßen erzittern und das grelle Licht brannte in seinen Augen, bis er es nicht mehr aushielt und die Lider schloss.

Dann endete alles mit einem Schlag. Der Grol zersprang in tausend Teile, die in alle Richtungen davon flogen. Die Druckwelle war so gewaltig, dass sie Marek von den Beinen riss. Erst einige Barret weiter landete er mit einem Aufprall, der einen scharfen Schmerz durch seinen Körper schickte, auf dem Rücken.

Die Stille, die sich nun anschloss, ließ den Sellag befürchten, er wäre ertaubt und das Letzte, was er sehen würde, wäre die aufgehende Sonne am Himmel über der Lichtung, bevor er starb.

»Hört ihr das?« Merit hob unvermittelt den Kopf.

Herras beobachtete, wie der Waldmensch die Augen zusammenkniff und angestrengt nach etwas zu lauschen schien. Auch er versuchte, etwas zu hören, aber alles, was er vernahm, war die ewige Stille des Waldes.

Er schüttelte den Kopf. »Ich höre gar nichts.«

»Doch, da ist ein Geräusch ... es hört sich an, wie ein riesiger Bienenschwarm.« Maleris kam ein Stück näher heran gekrochen und hockte

sich neben ihren Bruder. »Was mag das wohl sein?«, fragte sie beunruhigt.
»Ich weiß es nicht.« Merit hatte den Kopf ein wenig schief gelegt und schien sich voll und ganz auf das Geräusch zu konzentrieren. »Aber es wird immer lauter.«
Herras beneidete die beiden Lemberusken erneut um ihr hervorragendes Gehör, das so viel besser ausgebildet war, als seines. Dann, nur für einen kurzen Augenblick, vernahm auch er das Geräusch. Doch bevor er sich wirklich bewusst darüber werden konnte, riss der schrille Ton ab und erneute Stille schloss sich an.
Die drei Gefährten bekamen kaum Zeit, sich zu wundern oder gar etwas davon zum Ausdruck zu bringen, denn es geschah etwas, das noch sehr viel merkwürdiger war.
Eine Veränderung schien plötzlich durch den gesamten Wald zu gehen. Die Bäume begannen zu knarren und zu ächzen, sie änderten ihre Farbe von dem Furcht erregenden grau-grün zu einem, frischen, hellen grün. Die Tannen schienen ein Stück auseinander zu rücken, bis deutlich wurde, dass einige der großen Bäume einfach verschwanden. Gleichzeitig ging die Sonne über ihnen auf und ihre Strahlen konnten zum ersten Mal nach langer Zeit bis zum Waldboden durchdringen. Sie ließen das Moos in allen strahlenden Grüntönen schimmern, die man sich nur vorstellen konnte und die dürren Tannenadeln auf dem Boden leuchteten golden.
Die bedrückende Stimmung des Waldes fiel von ihm ab, als würde ein Schleier von ihm heruntergezogen werden und auch die drei Gefährten spürten, wie ihre Seelen befreit wurden. Die Last wurde von ihnen genommen und das Atmen fiel ihnen mit einem Mal leichter.
»Ich denke, sie haben es geschafft«, flüsterte Herras andächtig, als das Wunder vollendet war. Es schien ihm, als würde er sich nun an einem völlig anderen Ort befinden, einer beschaulichen Lichtung inmitten eines freundlichen, einladenden Tannenhains, der nichts mehr von der bösen Ausstrahlung besaß, die ihm bisher angehaftet hatte.
Merit hatte sich erhoben und war an den Waldrand herangetreten. Behutsam streckte er den Arm aus und dieser glitt ohne Schwierigkeiten durch die Stelle, an der sich zuvor die unsichtbare Barriere befunden hatte. Er wagte einige weitere Schritte und gelangte ohne Widerstand zwischen den Bäumen hindurch.
»Es scheint so«, bestätigte er Herras Vermutung.

»Dann lasst uns nach ihnen sehen.« Maleris sprang auf die Beine. Ohne ein weiteres Wort lief sie, an ihrem Bruder vorbei, in den Wald hinein, dem Weg verfolgend, den auch ihr Vater und der Sellag zuvor genommen hatten.

Merit und Herras warfen sich noch einen zustimmenden Blick zu und folgten ihr.

Durch den Wald zu laufen, erfüllte sie nun mit völlig anderen Gefühlen. Es schien ihnen, jetzt, nachdem die bedrückende Last von ihnen abgefallen war, als würden sie schweben. Sie konnten leicht einen Fuß vor den anderen setzen und waren nicht mehr gezwungen, schwerfällig vor sich hin zu trotten. Die Bäume standen nun weit auseinander, schienen ihnen geradezu bereitwillig den Weg zu öffnen. Auch das Unterholz war lichter. Es gab keine hinterhältigen Schlingpflanzen und feuchten Moose mehr, die das Laufen erschwerten. Die Sonne schien hell und warm auf sie herab und die drei Gefährten verspürten beinahe eine Art Euphorie, als sie die große Lichtung erreichten.

Merit betrat als Erster das helle grüne Gras auf dem von Sonnenstrahlen erfüllten Platz und blieb wie angewurzelt stehen. Maleris und Herras wären beinahe in ihn hineingerannt, doch es gelang ihnen noch rechtzeitig, sich abzufangen. Das helle Sonnenlicht ließ sie blinzen, als sie auf den ehemaligen Versammlungsplatz blickten, und was sie sahen, erfüllte sie mit Staunen.

Es war nichts von dem, was sie in der Nacht dort gesehen hatten, zurückgeblieben. Die Fackeln, die Bänke und der hölzerne Thron waren verschwunden. Nicht einmal vom Grol war ein Anzeichen darauf, dass es ihn jemals gegeben hatte, zurückgeblieben. Nichts wies darauf hin, dass hier jemals Grunen ihre Versammlungen abgehalten hatten.

Vor ihnen lag einfach nur eine grüne Wiese, deren gelbe und blaue Blumen im Sonnenlicht leuchteten. Und mitten darauf lag ein Sellag regungslos auf dem Rücken.

»Lebt er noch?«, fragte Herras und lief zu ihm hinüber. Als er sich neben ihm auf die Knie sinken ließ, erreichten ihn auch die beiden Waldmenschen.

Herras' Frage beantwortete sich von selbst. Ein deutlich vernehmbares Röcheln verriet, dass der Sellag ganz offensichtlich noch lebte. Doch schien er ziemlich benommen zu sein. Herras schüttelte ihn zuerst an den Schultern und als dies nichts half, begann er, ihn ins Gesicht zu schlagen. Endlich zeigte der Sellag eine Reaktion. Mit einem Fauchen fuhr er hoch und fletschte die langen Eckzähne. Er beruhigte sich jedoch wieder, als er Herras' Gesicht erkannte. »Ach, Ihr seid das«, meinte er gelassen und hockte sich auf die Hinterbeine, während er sich auf der befreiten Lichtung umsah und seine verspannten Muskeln streckte. »Es sieht so aus, als hätten wir Erfolg gehabt.«

»Wo ist mein Vater?«, warf Maleris heftig ein, ohne auf Mareks Aussage zu achten. Unruhig blickte sie sich um.

Mareks Gesicht brachte sowohl Mitleid als auch Verwunderung zum Ausdruck. Alonan war zwar tot, aber sein Leichnam konnte auf der hellen Lichtung nicht zu übersehen sein.

»Er ist...«, begann der Sellag und verstummte sogleich wieder, als er über seine Schulter hinweg zu dem Platz blickte, an dem er Alonan und den toten Grunen erwartet hatte, »...wohl verschwunden.« beendete er seinen Satz.

Maleris stieß einen Schluchzer aus. »Nein!«, stieß sie hervor. »Nicht noch einmal!« Das Mädchen begann zu weinen.

Herras stand auf, um sie in die Arme zu nehmen, während Merit ihr beruhigend über die Schulter strich.

Der Sellag beobachtete sie betroffen und kam dabei erneut zu dem Schluss, dass die Menschen keinen guten Einfluss auf ihn hatten. Trotzdem seufzte er leise und versuchte, etwas über seine Lippen zu bringen, was Maleris helfen konnte. »Ich fürchte, dieses Mal wird der Abschied für immer sein.«

Als Maleris Schluchzen lauter wurde, wusste er, dass dies nicht das Richtige gewesen war. Doch ein Sellag verzagte nicht nach dem ersten Rückschlag. Er versuchte es erneut. »Doch falls es dir hilft, kann ich dir sagen, er hat ehrenhaft gekämpft. Durch ihn wurde unser Sieg erst möglich. Es war mir eine Ehre, an seiner Seite kämpfen zu dürfen.«

Als Maleris' Schluchzen verstummte und sie sich aus Herras' Umarmung löste, um Marek mit tränennassen Augen anzusehen, wusste er, dass er nun die richtigen Worte gefunden hatte. In ihren Augen standen Stolz und Liebe. Der Sellag wusste, dass diese Gefühle ihrem Vater galten, der sein Leben für sie gegeben hatte.

»Ich bin froh, dass ich ihm noch einmal begegnen durfte«, sagte sie traurig, aber ruhig. »Das war mehr, als ich mir jemals erhofft hatte. Auch wenn es noch soviel zu sagen gegeben hätte...«

Eine Zeit lang verweilten sie schweigend auf der grünen Lichtung, genossen die Herbstsonne, die sie bis ins Innerste wärmte, und trauerten

gemeinsam still um den Verlust. Niemand fühlte sich in der Stimmung, etwas zu sagen.
Dann brach Maleris unerwartet das Schweigen. Sie hatte sich die Tränen aus dem Gesicht gewischt und schien sich wieder gefangen zu haben. »Wir sollten uns wieder auf den Weg machen«, meinte sie. »Wir dürfen nicht vergessen, dass wir noch eine Mission zu erfüllen haben.«
Merit und Herras stimmten ihr zu. Beide hatten den Eindruck gewonnen, dass der jungen Frau einiges daran lag, schnell diesen Ort zu verlassen.
»Bleibt nur eine Schwierigkeit«, gab Merit zu bedenken. »Wir haben keine Ausrüstung mehr. Sie ist an unserem Lagerplatz zurückgeblieben.« Er sprach damit ein echtes Dilemma an. Sie hatten keine Nahrungsmittel, keine Waffen, Decken und auch sonst nichts mehr, was sie benötigten, um im Wald zu überleben.
»Und ich habe Hunger!«, fügte Herras noch hinzu und machte damit seine Gefährten überdeutlich auf das Knurren ihrer Mägen aufmerksam. Ratlos sahen sie sich auf der Lichtung um.
»Jetzt müssten wir nur noch wissen, wo sich unser letzter Lagerplatz befunden hat«, brummte Marek. »Der Wald sieht doch überall gleich aus.«
»Es ist nicht schwer, zumindest eine ungefähre Richtung festzulegen«, begann Merit zu erklären und blickte hinauf in den Himmel. »Wir sind von Norden gekommen. Die Sonne ist im Westen aufgegangen, also müssen wir dorthin zurückgehen…«, Merit deutete in die Richtung, die er als Norden bestimmt hatte, »…und hoffen, dass wir dort irgendwo unsere Habe finden, sofern sie nicht auch verschwunden ist.«
Die Gruppe setzte sich in Bewegung. Herras befürchtete, dass es wohl noch eine Weile dauern würde, bis er etwas Essbares zwischen die Zähne bekommen würde. Doch seine Befürchtungen waren zu voreilig. Er brauchte nicht lange zu warten, denn sie hatten näher an dem Versammlungsplatz gelagert, als sie in der Nacht geahnt hatten. Nach zwanzig Kils erspähten Merits scharfe Augen ihr Hab und Gut. Das dichte Dornengebüsch, unter dem sie in der Nacht ihre Lagerstätte aufgeschlagen hatten, war verschwunden, doch ihre Habe war unberührt zurückgeblieben und lag nun, gut sichtbar, auf dem Waldboden. Beruhigt stellten die vier Gefährten fest, dass nichts fehlte. Selbst das Lederband, mit dem sie den Sellag gefesselt hatten, war noch um den Baum geschlungen. Für einen Moment überlegte Herras, ob es nicht besser

wäre, Marek wieder an die Leine zu legen, doch angesichts dessen, was der Sellag für sie getan hatte, schob er den Gedanken beiseite.
Sie aßen einen Teil ihres Proviants und machten sich daran, endlich wieder ihren Weg Richtung Norden fortzusetzen.

# Kalerid

## V

Als das Morgengrauen die Nacht aus Allendas verdrängt hatte, brachte Kalerid sein Pferd zum Stehen und holte die Karte aus seiner Satteltasche. Seine Wache verharrte zu seiner Rechten, um ihm die Fackel abzunehmen, die ihm den Weg geleuchtet hatte, und gemeinsam blickten sie gen Horizont. Drei kleine Hügel waren dort zu sehen, daneben befand sich ein kleiner Tannenhain. Ein Flüsschen schlängelte sich in sanften Biegungen zwischen den Hügeln hindurch. Kalerid entrollte die Karte und warf einen prüfenden Blick darauf. Drei Hügel, dazwischen ein Fluss und ein kleines Wäldchen waren dort eingezeichnet, wo laut Perlug das Wort ‚Buroman' stand.

»Ich denke, hier sind wir richtig«, sagte der Heerführer zu seiner schweigsamen Wache. Der Krieger nickte zustimmend. Die Anwesenheit dieses Sellag war Kalerid sehr angenehm; immerhin redete er nicht ununterbrochen, wie der Statthalter. Perlug hatte zu Beginn ihrer Reise ohne Unterbrechung auf den Heerführer eingeredet und seine Geduld bis auf das Äußerste strapaziert, bis Kalerid endlich einen Weg gefunden hatte, ihn zu Schweigen zu bringen. Er hatte seinem Pferd die Sporen gegeben und die Geschwindigkeit angezogen. Zuerst hatte Perlug noch versucht, mit ihm Schritt zu halten, aber als der Statthalter zum ersten Mal vom Pferd gefallen war, hatte er endgültig den Anschluss verloren. Kalerid hatte kehlig gelacht und war davongeritten. Seitdem war es Perlug nicht gelungen, sie wieder einzuholen. Dem Statthalter gelang es nicht, ein sicheres Gefühl auf dem Rücken des Pferdes zu bekommen. Er bekam einfach nicht den richtigen Dreh heraus, sich den Bewegungen des Tieres anzupassen und musste all seine Anstrengungen darauf verwenden, sich oben zu halten.

Kalerid hingegen fand mehr und mehr Freude am Reiten. Er mochte diese Art der Fortbewegung, den frischen Wind, der ihm dabei um die Nase wehte und das entspannte Gefühl, das ihm die Bewegungen des Pferdes vermittelte. Seine Wache blieb mühelos an seiner Seite, ohne dabei eine Miene zu verziehen.

Nun kam auch endlich Perlug von hinten zu ihnen herangetrabt. Sein

Stöhnen war schon von Weitem zu hören. Kalerid blickte über die Schulter und sah missbilligend in das schmerzverzerrte Gesicht des Statthalters, als dieser sein Pferd zum Stehen gebracht hatte.
»Verzeiht, Majestät.« Der Statthalter rieb sich seine schmerzende Schulter, während Kalerid ihm die Hügel zeigte. Perlug war insgesamt dreimal vom Pferd gefallen und jedes Mal hatte seine rechte Schulter dazu herhalten müssen, seinen Sturz abzufangen. Sie dankte es ihm mit einem pochenden Schmerz, der bis in seinen Arm hinabreichte und dort, wo das ärmellose Kettenhemd aufhörte, zeigte sich ein dunkler Bluterguss.
»Dein Leidensweg dürfte bald vorüber sein«, sagte Kalerid hämisch und Perlug erlaubte sich ein erleichtertes Seufzen. Neben seiner Schulter machte sich auch sein Gesäß unangenehm bemerkbar. Aber er sagte nichts Diesbezügliches. Stattdessen entgegnete er: »Das alte Weib sagte etwas davon, dass er seinen Garten an einem Fluss hat.«
»Laut der Karte gibt es hier nur einen Fluss«, erwiderte Kalerid. »Wenn wir seinem Verlauf folgen, dürften wir den Garten also nicht verfehlen.«
Perlug hatte dem ausnahmsweise nichts mehr hinzuzufügen und der Wächter hüllte sich ohnehin in Schweigen. So ritten sie im gemäßigten Schritt an den Fluss heran und folgten seinem Lauf in Richtung der drei Hügel.

Die Sonne war bereits ein ganzes Stück weiter über den Himmel gekrochen, als sie den dritten Hügel fast erreicht hatten. Die Pferde waren müde und bockig geworden, sodass Kalerid ein Einsehen bewiesen hatte. Sie waren abgestiegen und führten nun die Pferde am Halfter dicht am Ufer des Flusses entlang. Perlug behagte dieser Umstand sehr. Er fühlte sich auf seinen eigenen Beinen einfach wohler, als auf dem Rücken dieses Tieres, zumal er zu der Überzeugung gekommen war, dass sein Pferd eine starke Abneigung ihm gegenüber hegte.
Zum ersten Mal, seitdem sie Zurnam verlassen hatten (wenn man es genau nahm, sogar zum ersten Mal, seitdem der Feldzug begonnen hatte), hatte Perlug die Gelegenheit, die Landschaft in Ruhe zu bewundern. Die Hügel waren von saftigem, grünen Gras bedeckt. Unzählige, bunte Herbstblumen wuchsen darauf und neigten sanft ihre Köpfe im seichten Wind. Der Himmel war von einem tiefen Blau und nur wenige weiße Wolken zogen an ihm vorbei. Der Bach plätscherte leise und klar

in seinem Bett.
Perlug musste sich eingestehen, dass ihm gefiel, was er sah und fühlte. Die Sonne beschien und wärmte seine graue Haut und die Luft strömte frisch und rein in seine Lunge. Hier war es viel angenehmer als in den dunklen, kühlen und nassen Höhlen, aus denen sie gekrochen waren. Ihre felsigen Unterkünfte waren stets muffig, nie war auch nur ein Sonnenstrahl hineingefallen und vor ihren Eingängen, hoch im Gebirge, hatte zu jeder Zeit Schnee gelegen. Perlug fasste einen Entschluss: Sobald Allendas in sellagischer Hand gesichert war, sobald er den ihm zustehenden Posten und seine Belohnung bekommen hatte und sobald Kalerid endlich die Sellag-Frauen und -Kinder (die noch in ihren Höhlen im Gerland-Gebirge auf den Ruf ihrer Männer warteten) hatte nachkommen lassen, würde er sich genau hier ein Haus bauen und den Rest seines Lebens mit seiner Familie in diesem friedlichen Landstrich verbringen.
»Dort!«, rief Kalerid plötzlich und riss Perlug aus seinen Träumereien. Er blickte in die Richtung, in die der Heerführer deutete, und sah sogleich, was er meinte. Sie hatten die Biegung des Flusses, die um den letzten Hügel herumführte, hinter sich gelassen und befanden sich nun hinter dem letzten kleinen Berg. Ein Stück vor ihnen sah er eine kleine Holzhütte und daneben einen Garten, der sauber mit dunkelbraunen Holzlatten umzäunt war. Das musste der Garten sein, vom dem die alte Felin gesprochen hatte.
»Dein Glück, Perlug. Ich hatte schon befürchtet, dass wir hier nichts mehr finden würden«, brummte Kalerid.
Als die drei Sellag sich dem Anwesen näherten, konnten sie einen kleinen, hageren Mann erkennen, der in seinem Garten arbeitete. Über den niedrigen Zaun hinweg sahen sie unzählige, sauber angelegte Beete, in denen die unterschiedlichsten Pflanzen wuchsen, und dazwischen kniete der Mann und grub mit bloßen Händen in der Erde. Als der Wind die Geräusche der näher kommenden Fremden zu ihm hinüber trug, beendete er seine Arbeit. Er richtete sich auf und klopfte die schmutzigen Hände an seiner grünen Schürze ab, während er die Besucher verwundert musterte.
»Seid gegrüßt!«, rief er ihnen entgegen, als Kalerid und seine Begleiter den Garten fast erreicht hatten.
Kalerid überlegte, welche Vorgehensweise nun angebracht war. Für einen Moment kam es ihm in den Sinn, einfach über den Mann herzu-

fallen, ihn zu töten und sich seines Gartens zu bemächtigen. Aber das würde sie nicht weit bringen. Also wählte er einen anderen Weg, der für ihn recht ungewohnt war.

»Ich grüße Euch auch!«, entgegnete er höflich. Perlug und die Wache verharrten abwartend hinter seinem Rücken. Die Worte ihres Anführers klangen in ihren Ohren mehr als merkwürdig. »Wir sind hierher gekommen, um Euch aufzusuchen.«

»Aha«, entgegnete der Mann überrascht und schob sich den Strohhut ein wenig aus dem Gesicht. Mit dem Ärmel wischte er sich den Schweiß von der Stirn. »Woher kommt ihr? Ich hab in meinem Leben schon vieles gesehen, aber solche Wesen, wie Ihr es seid, sind mir noch nie begegnet.«

Jetzt, wo er seinen Hut zurückgeschoben hatte, schien dem Mann die Sonne ins Gesicht und offenbarte seine Züge, die von einem hohen Alter zeugten. Die Augen darin waren freundlich und klar.

»Das könnt Ihr wohl auch nicht«, antwortete Kalerid höflich. Anscheinend hatte der Mann in seiner Abgeschiedenheit noch nichts von den Dingen mitbekommen, die in Allendas geschehen waren. Das konnte für sie nur von Vorteil sein. »Wir kommen von sehr weit her. Aus dem Gebirge westlich von hier.«

»Dorthin hat mich mein Weg noch nie geführt«, sagte der Mann bedauernd. »Und was kann ich für Euch tun?« Die Neugier stand ihm deutlich in das gebräunte Gesicht geschrieben.

»Wir haben den weiten Weg hierher auf uns genommen, da wir einige seltene Kräuter benötigen. Uns wurde berichtet, dass sie nur in Eurem Garten zu finden sind«, entgegnete Kalerid.

»Aha«, sagte der Mann wieder. »Wer hat Euch das berichtet?«

»Eine Frau namens Felin«, antwortete Kalerid, während er das Buch aus seiner Satteltasche hervorholte, um dem Mann die Rezeptur zu zeigen.

»Oh, die gute Felin.« Der alte Mann strahlte. »Wie geht es ihr? Ich hab sie lange nicht gesehen.«

Kalerid verzog kurz missmutig das Gesicht, jetzt lief das Gespräch für ihn eindeutig in die falsche Richtung. Aber er besann sich schnell eines Besseren und rang sich wieder ein freundliches Lächeln ab. »Es geht ihr gut. Sie meinte, dass sie Euch bald einen Besuch abstatten möchte«, erwiderte der Heerführer übertrieben freundlich.

»Das ist schön.« Der Blick des Mannes fiel nun auf das Buch, das Kalerid

in den Händen hielt. »Was habt Ihr da?«
»Eure Freundin gab uns das. Sie sagte, Ihr könntet etwas damit anfangen.« Kalerid gab Perlug das schwere Buch und dieser schlug die Seite auf, auf der die Rezeptur verzeichnet war. Dann hielt er sie dem Mann entgegen.
»Dort sind die Kräuter verzeichnet, die wir von Euch benötigen«, erklärte Kalerid und der Mann trat an seinen Zaun heran. Bevor er das Buch entgegennahm, wischte er sich nochmal die Hände ab. Dann las er, was dort geschrieben stand und runzelte verwirrt die Stirn.
»Das ist eine Rezeptur für ein Drachengift«, stellte er fest und musterte Kalerid verwundert. »Danach hat mich schon sehr lange niemand mehr gefragt.«
»Wir haben ein unbedeutendes Problem mit einer Drachenhöhle«, entgegnete der Heerführer ungenau und hoffte, dass sich der alte Mann damit zufrieden geben würde.
Anscheinend tat er es auch, denn er nickte verstehend. »Gut, ich werde Euch die Kräuter zusammensuchen. Ruht Euch doch solange ein wenig aus.« Der Alte deutete auf die sauber geschnitzte Bank, die vor seinem Haus stand. Kalerid und seine Begleiter wechselten zögernde Blicke und banden dann ihre Pferde am Zaun fest. Sie öffneten das kleine Tor und betraten den Garten. Vorsichtig ließen sie sich auf der schmalen Bank nieder (sie war zwar etwas zu schmal für drei ausgewachsene Sellag, brach aber zumindest nicht unter ihrem Gewicht zusammen) und beobachteten, wie der Mann geschäftig durch seine Beetreihen ging. Ab und zu zupfte er von der einen oder anderen Pflanze ein paar Blätter ab und stopfte sie in die Taschen seiner Schürze.
»Wie lauten eigentlich eure Namen?«, rief er zu den drei Sellag hinüber, während er sich bückte, um einige Blätter von einer Pflanze mit dunkelroten Blüten zu pflücken.
»Verzeiht, wie unhöflich von uns. Wir haben uns gar nicht vorgestellt«, entgegnete Kalerid bedauernd. »Mein Name ist Kalerid und meine Gefährten sind Perlug und Goran.« Die Sellag verneigten sich nacheinander. »Wie heißt Ihr?«, fragte Kalerid weiter. »Eure Freundin vergaß leider, uns Euren Namen zu nennen.«
»Das macht nichts«, entgegnete der Mann gelassen. »Mein Name wird oft vergessen. Ich heiße Nandogral, aber Ihr könnt mich ruhig Nando nennen.«
Nando hatte nun alle Kräuter zusammen. Er rückte seinen Strohhut

zurecht und trat zu den drei Fremden heran.
»Die Kräuter habe ich nun alle«, sagte er zu Kalerid, der ihn erwartungsvoll anblickte. »Aber wisst Ihr auch, dass es einiger bestimmter Rituale bedarf, um ein wirksames Drachengift zuzubereiten?«
Kalerid nickte. »Ja, es steht in dem Buch geschrieben. Das wäre unsere zweite Bitte an Euch gewesen. Felin sagte, ihr hättet die Fähigkeit, diesen Trank anzufertigen.«
Nando kniff die Augen zusammen und dachte mit ernstem Gesichtsausdruck nach. »Da hat sie recht«, sagte er schließlich, »aber ich hab es lange nicht mehr gemacht. Es ist eine sehr aufwändige Arbeit.«
Für einen Moment befürchtete Kalerid, der alte Mann würde ablehnen. Er hätte ihn ungern zur Hilfsbereitschaft gezwungen. Doch dann fügte Nando hinzu. »Was könnt ihr mir dafür bieten?«
Der Heerführer lachte kurz auf. Anscheinend waren doch alle vernünftigen Lebewesen gleich. Der Sellag suchte nach dem kleinen Lederbeutel, den er unter seinem Kettenhemd trug, und holte einige Goldmünzen hervor. »Das ist alles, was ich habe«, sagte er und es war die Wahrheit.
Nando verzog missmutig das Gesicht. »Es ist wirklich ein sehr, sehr komplizierter Wunsch, den Ihr geäußert habt.«
Kalerid brummt und fragte sich, wozu man in dieser Gegend überhaupt Münzen benötigte. Er stieß Perlug den Ellenbogen in die Rippen. Der Statthalter verstand und kramte nach seinem Lederbeutel. Er förderte weitere vier Goldmünzen zutage und gab sie seinem Anführer.
»Mehr können wir Euch nicht bieten«, sagte Kalerid mürrisch. Es gefiel ihm ganz und gar nicht, in der Position des Bittenden zu sein.
»Na gut.« Nando gab sich zufrieden und griff nach den Münzen, aber Kalerid zog sie schnell wieder zurück.
»Zuerst das Gift«, sagte er bestimmt, aber der alte Mann grinste nur. »Ich denke, ich bin in der besseren Position.«
Mit einem unwilligen Knurren gab Kalerid sich geschlagen und reichte Nando das Geld, der es sofort tief in seiner Hosentasche verstaute.
»Ich werde mich sogleich darum kümmern«, sagte er, »aber es wird eine ganze Weile dauern. Am Besten ihr wartet draußen. Meine Hütte ist zu klein für Euch, außerdem ist es ein so herrlicher Tag. Wer weiß, wie viele es noch gibt; der Winter wird bald kommen.«
Mit diesen Worten verschwand Nando in seiner Hütte und ein Scharren verriet, dass er den Riegel hinter sich vorgeschoben hatte.

Dann geschah lange Zeit nichts. Kein Geräusch, kein Lebenszeichen drang aus der Hütte. Kalerid begann zu befürchten, dass sich der kleine, merkwürdige Mann mit seinem Gold einfach in Luft aufgelöst haben könnte. Verstohlen schaute er über die Schulter und versuchte durch das Fenster, das sich dort befand, einen Blick in das Innere der Hütte zu erhaschen. Aber die Scheiben waren vor Schmutz fast blind und es war zu dunkel, um etwas zu erkennen.

Einige Zeit verging und Kalerids Unruhe stieg. Schließlich klopfte er an die Tür, erhielt aber nur ein unfreundliches Brummen zur Antwort.

Sie warteten weiter, während nun übel riechender, grüner Rauch aus dem, nur einen Spalt weit geöffneten Fenster aufstieg. Dann hörten sie, wie Nando anfing, unverständliche Worte vor sich hin zu murmeln. Dreißig Kils später verstummte er plötzlich und auch die grüne, stinkende Wolke wurde dünner, bis sie ganz verschwunden war. Doch es geschah immer noch nichts.

Das Warten zerrte an den ohnehin schon angespannten Nerven der Sellag. Perlug hielt es irgendwann nicht mehr auf der schmalen Bank aus. Sein Gesäß schmerzte vom Reiten und die Sonne brannte auf seiner langen Nase und verursachte einen ständigen Niesreiz. Also stand der Statthalter auf und beschloss, sich ein wenig umzusehen. Gemütlich schritt er umher, bis er den kleinen Fluss erreichte und sich an seinem Ufer niederließ. Im klaren Wasser kühlte er sich Hände und Füße. Noch lieber hätte er sich den Hintern gekühlt, aber er war sich Kalerids wachsamem Blick, der ihn stets verfolgte, durchaus bewusst.

Auch der Heerführer hatte es nicht lange auf der schmalen Bank ausgehalten und sich auf den von der Sonne angewärmten Steinplatten vor der Hütte niedergelassen. Dann hatte er sich von Goran den Proviant aus der Satteltasche bringen lassen. Nachdem ein Großteil ihres Vorrats in seinem Bauch verschwunden war, streckte sich Kalerid auf dem Boden aus und verschränkte die Arme hinter dem Kopf. Er versuchte, sich zu entspannen, indem er sich ausmalte, welche Möglichkeiten ihm offen stehen würden, sobald der Muteral erst einmal in seiner Hand war. Doch bei all diesen herrlichen Vorstellungen vergaß er natürlich nicht, einen Teil seiner Aufmerksamkeit den Geschehnissen innerhalb der Hütte zu widmen, auch wenn er, genau genommen, davon rein gar nichts mitbekam.

Am späten Nachmittag, als die Sonne bereits ein Stück hinter dem Ho-

rizont verschwunden war und sie dabei den Himmel in ein tiefes, glühendes Rot einfärbte, war es vollbracht.
Perlug war bereits lange zurückgekehrt und hatte sich zu seinem Herrn gesellt, als Nando aus seiner Holzhütte trat. Er hatte Hut und Schürze abgelegt. Sein schütteres, graues Haar war zerzaust und seine Gesichtszüge wirkten erschöpft und ausgelaugt. Seine Hände zitterten, als er Kalerid die kleine Flasche mit der grünen Flüssigkeit überreichte. Was immer in der Hütte geschehen war, es musste wahrhaftig anstrengend gewesen sein.
»Da habt Ihr Euer Gift«, sagte er mit müder Stimme. »Wenige Tropfen davon genügen, um einen ausgewachsenen Drachen zu töten.«
Der Heerführer drehte die Flasche ehrfurchtsvoll in seinen Händen.
»Habt Dank!«, erwiderte er und verneigte sich sogar vor dem alten Mann. »Wir sind Euch sehr verbunden.«
»Ich hoffe, es wird Euch helfen, Eure Probleme zu lösen.« Nando ließ sich auf seine Bank sinken und sackte dabei förmlich in sich zusammen. Es war ganz offensichtlich, dass es ihm schwer fiel, die Augen offen zu halten.
»Oh, das wird es sicherlich«, antwortete Kalerid überzeugt und erlaubte sich ein Lächeln, das seine Vorfreude auf das Kommende zum Ausdruck brachte. »Doch nun müssen wir Euch verlassen. Wir haben noch einen weiten Weg vor uns.«
»Ja, geht nur.« Nando machte eine schwache, abwinkende Handbewegung. »Lebt wohl. Ich wünsche Euch alles Gute für Euren Weg.«
»Habt Dank!«, wiederholte Kalerid. »Und lebt wohl.«
Ohne ein weiteres Wort verließen die drei Sellag den Garten. Kalerid verstaute die Flasche mit dem Drachengift sorgsam in seiner Satteltasche, dann bestiegen die Sellag ihre Pferde und ritten davon. Als der Heerführer noch einen Blick über die Schulter warf, sah er Nando im letzten Licht des Tages auf der Bank vor seinem Haus sitzen. Er hatte die Augen geschlossen und schien bereits eingeschlafen zu sein.
»Warum haben wir ihn nicht getötet?«, fragte Perlug, als sie den ersten Hügel hinter sich gebracht hatten.
Kalerid verdrehte die Augen, angesichts eines solchen Mangels an Weitsicht.
»Was für eine Dummheit wäre das gewesen?«, entgegnete er scharf. »Dieser Mann hat ganz außergewöhnliche Fähigkeiten. Vielleicht können wir sie noch einmal gebrauchen.«

Perlug wollte etwas erwidern, aber Kalerid ließ es nicht dazu kommen. »Wir sollten nicht soviel reden und uns beeilen, nach Zurnam zurückzukehren«, sagte er bestimmt. Dann gab er seinen Pferd die Sporen und galoppierte voraus. Goran, seine Wache, folgte ihm müde und wortlos. Perlug seufzte. Er sah einen beschwerlichen Rückweg auf sich zukommen und versuchte nur halbherzig, zu Kalerid und Goran aufzuschließen, um sie in der hereingebrochenen Dunkelheit nicht zu verlieren.

# Rofin

## I

Am frühen Morgen, noch bevor die Sonne aufgegangen war, begann Rofin, die Freuden seines neuen Amtes zu genießen. Zum ersten Mal, seitdem Kalerid ihn überraschend zu seinem persönlichen Lakaien ernannt hatte, konnte er tun und lassen, was er wollte. So streunte er noch vor dem Morgengrauen durch die Straßen des Handelsstädtchens, begutachtete die Häuser und ließ es sich nicht entgehen, hier und dort das eine oder andere interessante oder wertvolle, beschlagnahmte Stück für sich zu beanspruchen. In einer großen Scheune hatte er bereits am Vortage, als er sich zu seinem Leidwesen um Kalerids Pferd kümmern musste, eine Entdeckung gemacht, die seine Gedanken beflügelt hatte. Er hatte schon zu diesem Zeitpunkt begonnen, einen Plan zu entwickeln. Kalerid hatte davon nichts hören wollen, doch Rofin gingen die Gedanken daran nicht mehr aus dem kleinen, grauen Schädel. Nun, während er die eingelagerten Gegenstände genauer in Augenschein nahm, versuchte er, seinen Überlegungen feste Formen zu verleihen.
Gegen Mittag hatte Rofin seinen Rundgang beendet und kehrte in Kalerids zugewiesene Unterkunft zurück. Im Erdgeschoss machte er es sich in einem der weich gepolsterten Sessel bequem und ließ nacheinander die eingetroffen Boten vortreten, damit sie ihn über die Neuigkeiten, die sie aus allen Teilen des Landes brachten, unterrichten konnten. Es hatte sich nichts ereignet, was von größerer Bedeutung war; also auch nichts, was, zu Rofins Erleichterung, schnelle Entscheidungen forderte. Nur leider konnten auch der Späher, der den Paratul überwacht hatte und der Bote, der vom Bernam-Kloster nach Zurnam gekommen war, nichts Neues berichten. Der Drache thronte noch immer auf dem Hügel und das Kloster war weiterhin nicht eingenommen.
Das alles belastete Rofin jedoch wenig. Darum konnte sich Kalerid Sorgen machen, wenn er zurückkehrte. Rofin hatte ein anderes Vorhaben, um das er sich kümmern musste. Denn sogar der zurückhaltendste Lakai war ein Sellag, der nach mehr strebte, auch wenn er es sich nicht anzumerken ließ. Und Rofin sah nun seine Gelegenheit gekommen.
Als er den letzten Boten hatte wegtreten lassen, war er mit sich soweit,

seinen waghalsigen Plan in die Tat umzusetzen. Er war sicher, dass Kalerid ihn reich belohnen würde, wenn er erfolgreich war.
Voller Zuversicht verließ er das Haus und ging zurück zur Scheune. Er scharte zwei Dutzend Sellag um sich und ließ seine Fundstücke hinaus ins Freie schaffen, wo er sie noch einmal genauer in Augenschein nahm. Obwohl jedes der Katapulte vier große Holzräder besaß, waren jeweils vier kräftige Sellag von Nöten, um sie durch das große Scheunentor in das Sonnenlicht zu schieben. Pferde waren dem guten Rofin noch immer nicht ganz geheuer. Er sah sie lieber aus der Ferne.
Rofin kannte nicht den Namen dieser hölzernen Gerätschaften[15], doch ihren Verwendungszweck konnte er sich recht genau vorstellen. Es handelte sich um Waffen. Hätte er gewusst, was eine Armbrust ist, so hätte er sogleich erkannt, dass diese hölzernen Objekte ähnlich aufgebaut waren, nur sehr viel größer und massiver. Doch ihre Handhabung war auch ohne dieses Wissen einfach und leicht zu begreifen. Auf eine Schiene wurde ein dicker Holzpfeil, in einer der hinteren Ecken der Scheune fanden sie eine ganze Kiste davon, vor ein Seil gelegt. Das Seil wurde mithilfe eines Rades gespannt und konnte mit einem Hebel ausgelöst werden. Den Schwung, den das Seil dabei entwickelte, würde den Pfeil viele Meter weit schleudern. Von Vorteil war natürlich, dass man auch die Höhe verändern konnte, in die der Pfeil fliegen sollte. Nur die Tatsache, dass sie aus Holz waren, beunruhigte Rofin ein wenig, so wie auch Kalerid es bereits bemängelt hatte. Immerhin wollten sie damit einem Feuer speienden Drachen gegenübertreten, aber daran ließ sich nun mal nichts ändern.
Leider waren die drei Waffen nicht nur verstaubt, sondern auch ein wenig heruntergekommen. Sie waren bereits so alt, dass ihre Erbauer schon vor vielen Jahren verstorben waren. In Allendas gab es zu keiner Zeit viele davon. Sie waren gebaut worden, um zur Verteidigung der viel besuchten Handelstadt zu dienen, waren aber niemals zum Einsatz gekommen - und schließlich irgendwann in Vergessenheit geraten. Nun waren die Seile verrottet und das Holz an einigen Stellen von Würmern durchlöchert und dadurch rissig.
Es dauerte fast den ganzen Nachmittag, bis die Gruppe Sellag die Ka-

[15] An dieser Stelle muss ich ihnen, als Autorin, gestehen, dass auch mir die korrekte allendassische Bezeichnung dafür entfallen ist. Der Einfachheit halber nenne ich sie ab jetzt Katapulte.

tapulte gereinigt und instand gesetzt hatten. Rofin wurde immer unruhiger. Er rechnete mit Kalerids baldiger Rückkehr, was ihm sehr ungelegen gekommen wäre. Doch der Heerführer kam nicht und Rofin entschloss, bei seinem Vorhaben auch den nächsten Schritt zu tun.

So kam es, dass er am späten Nachmittag seine frisch aufpolierten Entdeckungen auf den Marktplatz bringen und alle Sellag dort versammeln ließ. Er hatte eine kleine Ansprache vorbereitet, in der er sein Vorhaben erklären wollte. Zuversichtlich stieg er auf eine Kiste, um über die anwesenden Sellag hinwegschauen zu können.

»Ich habe einen Plan…«, begann er. Das Gemurmel auf dem Platz verstummte, »…der uns allen viel Ruhm und Ehre verschaffen wird.« Neugierige und erwartungsvolle Blicke musterten ihn[16]. »Wir verfügen nun über Waffen, die es uns ermöglichen werden, das Ungeheuer, das auf dem Paratul haust, zu besiegen. Noch heute Abend werden wir gegen den Drachen in den Kampf ziehen.«

Schweigen herrschte auf dem Platz, als Rofin seine kurze Ansprache beendet hatte. Natürlich hatte es sich längst herumgesprochen, dass Kalerid Rofin zu seinem Stellvertreter ernannt hatte, trotzdem waren die meisten weit davon entfernt, ihm blind zu vertrauen. Zudem hatten die Sellag noch gut genug die Bilder ihres letzten, wenig ehrenvollen Kampfes gegen den Drachen vor Augen.

Das Schweigen hielt an und Rofin machte das Ausbleiben der erwarteten Begeisterung nervös. Unsicher blickte er in die Menge und er begann zu ahnen, woran es lag, dass ihm dieses Misstrauen entgegengebracht wurde. So entschloss er sich zu einer Lüge. »Kalerid hat angeordnet, dass wir diesen Angriff durchführen sollen, sobald wir die Waffen instand gesetzt haben. Er wird jeden von euch reich belohnen, sofern wir Erfolg haben sollten.«

Ein solches Argument ging natürlich an keinem Sellag spurlos vorbei. Zuerst kam Unruhe in die Gruppe und dann brach ein lautes Kampfgeschrei los. Die Sellag zogen ihre Schwerter und stießen sie kampfbereit in die Luft.

Rofin genoss den Jubel, auch wenn er weniger ihm, als der versprochenen Belohnung galt.

»Dann lasst uns in den Kampf ziehen!«, rief er, mit hoch erhobenem

[16] »Ruhm« und »Ehre« waren Worte, die bei Sellag immer sofort Aufmerksamkeit hervorriefen.

Schwert, über das Geschrei seiner Truppe hinweg und diese stimmte ihm lauthals zu. Ohne, dass weitere Anweisungen nötig waren, versorgte sich jeder Sellag mit einer Fackel, denn die Nacht würde bald hereinbrechen. Sie bezogen Aufstellung, so wie sie es in unzähligen Übungen auf dem Hochplateau des Gerland-Gebirges erlernt hatten. In drei langen Reihen, davor Rofin, die drei Armbrust-Katapulte, die von jeweils acht Kriegern geschoben wurden, und zwei Sellag, welche die Kiste mit den Pfeilen schleppten, marschierten sie aus dem Stadttor hinaus in Richtung Paratul.

Im Hohlweg mussten sie ihre Formation aufgeben. Der ausgefahrene Weg erwies sich als zu schmal, um drei Sellag nebeneinander Platz zu bieten. Glücklicherweise hatten die Achsen der Katapulte die Breite der tiefen Wagenspuren. Rofin trieb seine Männer zur Eile, denn die Zeit drängte. Die Durchführung seines Planes hatte sich bereits verzögert und es würde bald dunkel werden. Dann würde es schwer für sie werden, den Drachen auszumachen. Zudem mochte Rofin sich nicht einmal im Traum vorstellen, wie Kalerid reagieren würde, wenn er zurückkehrte und eine verlassen Stadt vorfand. An einen Fehlschlag seines Planes mochte er ganz und gar nicht denken.

So befahl er seinen Männern, sich zu beeilen und ließ dabei drei weitere Wachen an jedes Katapult treten, damit sie an der Steigung des Hohlweges schneller vorankamen.

Verwundert hab Toranus den Kopf, als er in der Abenddämmerung die Sellag-Truppe den Hohlweg hinaufkommen sah. Er war sich den ganzen Tag über bewusst gewesen, dass er von den Fremden beobachtet wurde. Vorsichtig waren sie um den verwüsteten Hügel herumgeschlichen, hatten die wenigen Toten, die dem Kampf am Vortag zum Opfer gefallen waren, hinweggeschafft, doch keiner der Sellag hatte sich nahe an ihn herangewagt.

Der Drache konnte nur den Kopf schütteln. Warum griffen sie ihn ausgerechnet bei Anbruch der Nacht an, wo ihnen doch ein ganzer, heller Tag zur Verfügung gestanden hatte? Er hatte schon viel früher mit ihrer Rückkehr gerechnet.

Toranus beobachtete gelassen, aber aufmerksam, wie sie näher kamen. Es war ein recht beachtlicher Trupp; größer als die Gruppe, die er das letzte Mal in die Fluch geschlagen hatte. Außerdem hatten sie sich anscheinend auf den Angriff vorbereitet. Sie hatten drei große Waffen bei

sich, deren Bauart Toranus noch aus früheren Zeiten bekannt war. Der Drache sah ein wahrhaftiges Problem auf sich zukommen, auch wenn es ihm nicht unlösbar erschien.
Er erhob sich und stellte sich auf seine kräftigen Beine, die Flügel gespreizt und bereit, sich jederzeit in die Lüfte zu erheben.

Als sie den Fuß des Paratul erreicht hatten, ließ Rofin sein Truppe zum Stehen kommen. Bereits als sie die letzte Kurve des Hohlweges hinter sich gebracht hatten, hatte er den Drachen sehen können und ihm war klar, dass er sie ebenfalls sah. Jetzt trennten sie noch gut fünfhundert Schritte von dem Untier und dieses starrte mit zornigem Blick und angriffsbereit auf sie herab. Auf dem letzten Stück ihres Weges hatte Rofin befürchtet, der Drache würde sich auf sie herabstürzen, doch er wartete ab. Aus der Nähe betrachtet, wirkte der Drache um einiges größer, als Rofin ihn in Erinnerung hatte. Seine glänzenden Schuppen glitzerten grün und rot in der Abendsonne und ließen ihn Furcht erregend erscheinen, gerade so, als wäre er soeben den tiefsten und dunkelsten Abgründen entstiegen.
In diesem Moment zweifelte Rofin zum ersten Mal an seinem Plan. Er überlegte, ob es nicht besser sein würde, sich wieder zurückzuziehen und Kalerid die Sache erledigen zu lassen, aber der Gedanke an die Belohnung, die ihn wohl erwarten würde, wenn er erfolgreich war, ließ ihn diese Überlegungen beiseite schieben. Es gab nun kein Zurück mehr.
So ließ er die Wachen um den halben Hügel herum Stellung beziehen und die Katapulte in Position bringen. Mit gezogenen Schwertern warteten die Sellag darauf, dass der erste Pfeil abgeschossen wurde. Sie rechneten damit, dass sich der Drache in die Luft erheben würde und dann würden sie auf den Hügel hinaufstürmen und ihn besetzen, sodass das Untier nicht wieder auf seinen Platz zurück konnte. Einige würden zudem den Eingang zur Höhle besetzen, damit der Muteral endlich gesichert war.

Toranus spannte alle Muskeln an, als er sah, dass die Sellag vor ihm Stellung bezogen. Er beobachtete, wie die Pfeile eingelegt wurden und machte sich bereit. Als dann der kleine Fremde, der anscheinend der neue Anführer dieser Gruppe war, den Arm hob, schwang sich der Drache mit wenigen, kräftigen Flügelschlägen in die Luft. Genau zum richtigen Zeitpunkt, denn kurz darauf sausten unter ihm die ersten drei Pfeile über den Hügel. Toranus konnte sehen, wie Bewegung in die Truppe kam. Die Sellag erklommen schnell, wenn auch mit Mühe, denn die erdigen Hänge des abgetragenen Hügels waren steil, den Paratul und verteilten sich. Weitere Pfeile wurden eingelegt und die Katapulte erneut ausgerichtet, während der Drache immer höher aufstieg. Auch die nächsten drei Pfeile verfehlten den Drachen und Rofin fluchte laut. Zwar konnten die Katapulte die Pfeile hoch genug schleudern, um in die Reichweite des Drachen zu gelangen, aber sie erwiesen sich als zu schwerfällig, um genau zielen zu können. Solange der Drache über ihnen kreiste, konnten sie nur auf einen ‚Glückstreffer' hoffen, während den Kriegern am Boden mit ihren gezückten Schwertern die Hände gebunden waren. Rofin ließ erneut anlegen.

Die nächsten zwei Salven verfehlten Toranus, von der dritten streifte ihn einer der Pfeile, prallte aber an seinen hornigen Schuppen ab. Der Drache befand sich in einer recht zwiespältigen Lage. Zwar war es für ihn verhältnismäßig sicher, solange er sich in der Luft befand; es wäre ihm auch ein Leichtes gewesen, einfach abzudrehen und sich von dem Hügel zu entfernen, aber dann hätte er seinen Schatz verlassen müssen. Der Paratul war bereits besetzt und das gefiel ihm ganz und gar nicht. Er musste die Eindringlinge vertreiben, bevor sie den Zugang besetzen und bis zum Muteral vordringen konnten. Er drehte eine weitere Runde und behielt dabei den Hügel und den Eingang der Höhle fest im Blick.

Rofin war langsam der Verzweiflung nahe. Sein schöner Plan wies einige fatale Fehler auf. Er musste zähneknirschend feststellten, dass er vieles nicht bedacht hatte. Offensichtlich war er doch nicht zum Kriegsherrn geschaffen. Seine hoffnungsvollen Zukunftspläne lösten sich vor seinen Augen in Rauch auf und sein Mut schwand ebenso, wie der Vorrat an Pfeilen. Die Holzkiste war bereits zu Hälfte geleert und er beschloss, dass die nächsten Schüsse mit mehr Bedachtheit abgefeuert werden mussten. Er wies die Krieger an den Katapulten an, abzuwarten, was der Drache tun würde.
Die Sellag, die sich nun auf dem Hügel befanden, konnten nichts tun, außer gen Himmel zu starren und auf ihre Gelegenheit zu warten. Kampfeslust ließ ihr Blut kochen und sie wurden langsam unruhig.

Der Wind trug ihr wildes Kampfgeschrei hinauf zu den Ohren des Drachen und einige schleuderten in ihrer Ungeduld ihre Schwerter in die Luft. Dummerweise war das einzige Opfer dieses unüberlegten Handelns ein Sellag aus ihren eigenen Reihen, der von einem der herabsausenden Schwerter erschlagen wurde.

Toranus konnte sich nur wundern. Diese grauen Kreaturen mit den kleinen verschlagenen Augen handelten ohne jede Spur Weisheit. Trotzdem hatten sie so viel erreicht. Jeder Schritt von ihnen war unvollständig durchdacht und dennoch hatten sie ein ganzes Land unter ihre Herrschaft bringen können. Es war erstaunlich, wie weit man mit roher Gewalt kommen konnte. Doch nun schienen sie an die Grenzen ihrer Möglichkeiten gestoßen zu sein.
Verwundert stellte der Drache fest, dass schon seit einer Weile keine Pfeile mehr auf ihn abgeschossen worden waren und er begann sich zu fragen, was sie nun planen mochten. Oder waren ihnen einfach nur die Pfeile ausgegangen?
Egal, es war für ihn nun jedenfalls an der Zeit, die Sellag in ihre Schranken zu verweisen.
»Das ist gar nicht fein«, sagte Toranus zu sich selbst. Nicht nur die Störung seiner Ruhe, sondern auch die Belagerung seines Hügels missfielen dem Drachen immer mehr.
Er drehte eine letzte Runde und machte sich bereit. Ohne Vorwarnung stieß er auf die Gruppe von Sellag herab, die sich vor dem Zugang zur Höhle postiert hatte. Mit weit geöffnetem Maul flog er nur eine Handbreit über ihre Köpfe hinweg und ließ dabei seinem Rachen eine mächtige Stichflamme entfahren. Die Sellag gerieten aus der Fassung. Einige warfen sich zu Boden und hielten sich die Hände über die Köpfe, der Rest rannte davon.
Der Drache flog in einem eleganten Bogen um den Hügel herum, über die drei Katapulte hinweg, und gewann danach etwas an Höhe, um wieder über den Hügel zu gleiten und die dort versammelten Sellag mit seinem Feuer in helle Aufregung zu versetzen.

Rofin kam zwar schnell wieder auf die Beine, doch war innerhalb kürzester Zeit auf und um den Hügel herum ein heilloses Durcheinander entstanden. Überall rannten Sellag kreuz und quer. Eines der Katapulte hatte Feuer gefangen und brannte unrettbar nieder.

Der stellvertretende Heerführer hatte alle Mühe, seine Truppe wieder unter Kontrolle zu bekommen. Es kehrte erst wieder Ruhe ein, als sie bemerkten, dass sich der Drache erneut erhoben hatte und nun ein Stück über ihnen kreiste. Rofin ließ die verbliebenen zwei Katapulte anlegen und abfeuern. Wieder verfehlten die Pfeile ihr Ziel und Rofin meinte erkennen zu können, dass sich der Drache auf einen erneuten Angriff vorbereitete. Er ließ die Waffen neu bestücken und senken. Sie zielten nun nur noch wenige Meter über den Hügel. Rofin hatte sich nicht geirrt. Er zog nur noch eine weitere Runde, dann senkte sich Toranus wieder zu ihnen herab und glitt über den Hügel hinweg. Feuer schoss aus seinem Rachen hervor und er schwenkte seinen kräftigen Schwanz.
Dieses Mal blieb der Angriff des Drachen nicht ohne Opfer. Ein Sellag wurde von der Wucht des Schwanzes erschlagen, zwei weitere starben durch die alles versengende Hitze des Feuers.
Rofin hatte nicht gezögert, aber trotzdem gelang es ihnen auch diesmal nicht, den Drachen zu treffen und obwohl er schnell nachladen ließ, verlor er auch diese Pfeile nutzlos.
Einige der Krieger hatte bereits das kalte Grausen gepackt und sie flüchteten, Belohnung hin oder her, zurück in die sicheren Mauern der Stadt. Wenige verharrten ein Stück vom Hügel entfernt und nur eine Hand voll, mit tapferem Gemüt, blieb auf ihrer Position.

Mit gleichmäßigen Flügelschlägen kreiste Toranus nun wieder hoch über dem Hügel. Zufrieden beobachtete er das brennende Katapult und die flüchtenden Sellag. Er bedauerte die Toten, aber das Schicksal hatte es wohl so bestimmt.

Drei weitere Angriffe waren nötig, um auch den restlichen Sellag den Kampfesmut zu rauben. Nun ergriffen auch die letzten Tapferen die Flucht und eilten den Hohlweg hinunter. Nur eine kleine Gruppe, die sich um den neuen Anführer und die Katapulte versammelt hatte, blieb zurück.

Mit Entsetzen musste Rofin feststellen, dass er nicht nur den größten Teil seiner Krieger verloren, sondern auch alle Pfeile verschossen hatte. Sein Kampf war damit so gut wie verloren. Er hatte absolut nichts erreicht.

Toranus hingegen war mit sich und dem Verlauf dieser Schlacht zufrieden. Er holte nun zu seinem letzten, vernichtenden Angriff aus. Die beiden verbliebenen Katapulte waren sein Ziel. Er würde sie in Flammen setzen und dem Spuk damit ein Ende bereiten. Die kleine, hartnäckige Gruppe Sellag würde er anschließend zurück in die Stadt jagen.

Rofin sah, wie sich der Drache erneut auf sie herab senkte. Dieses Mal setzte er besonders tief an. Alles in Rofin verlangte danach, davon zu laufen, doch er nahm nochmals all seinen Mut zusammen. Er würde nicht zurückweichen, solange er nicht einen Sieg errungen hatte - oder der Tod über ihn gesiegt hatte. Mit der Kraft der Verzweiflung umklammerte er sein Schwert und hielt es hoch erhoben, als der Drache über die Katapulte hinweg flog und sie entzündete. Dann war er direkt über Rofin. Der Sellag wagte nicht, zu atmen. Alles ging unfassbar schnell. Er schloss die Augen und stieß zu, merkte, wie sein Schwert stecken blieb, ließ es los und dann verließ ihn auch der letzte Hauch Mutes und er hetzte hinter seinen Leuten den Hohlweg hinunter.

Ein spitzer Schmerz durchfuhr Toranus' Körper, als ihn das Schwert in die rechte Seite seiner Brust traf und dort stecken blieb. Die Spitze der Klinge hatte die Schuppen durchstoßen und war tief in das Fleisch gefahren. Sehr viel tiefer, als es Kalerid zuvor gelungen war. Für einen Moment sackte Toranus in seinem Flug ab, doch er konnte sich wieder fangen. Der Schmerz brannte in seiner Brust und er musste sich zusammennehmen, damit ihm nicht die Sinne schwanden.
Das Fliegen kostete ihn nun eine Menge Willenskraft. Trotzdem wendete er noch einmal und glitt über den Hohlweg hinweg. Die Sellag hetzten die Straße entlang und es sah nicht so aus, als würden sie zurückkehren. Gerne hätte Toranus sie noch ein Stück verfolgt, aber er spürte, wie ihn seine Kräfte verließen und so kehrt er zu seinem Platz auf dem Hügel zurück.

Er rannte um sein Leben. Erst, als er die Hälfte des Weges zurückgelegt hatte, wurde Rofin bewusst, dass der Drache nicht mehr hinter ihm her war. Die meisten seiner Krieger hatten sich bereits in die Mauern der Stadt geflüchtet, als Rofin seine Schritte verlangsamte. Ein gewisser Stolz erfasste ihn, als er wieder zu Atem gekommen war. Es war ihm gelungen, den Drachen zu verwunden. Zwar hatte er ihn nicht getötet,

aber zumindest geschwächt.
Als er Zurnam erreichte hatte, wurde er bereits ungeduldig erwartet. Kaum hatte er einen Fuß hinter die Schwelle des Stadttores gesetzt, schlugen die Wächter das schwere Tor hinter ihm zu. Die Nacht war nun vollständig hereingebrochen und die Stadt wurde vom Schein unzähliger Fackeln erhellt, die von den Sellag entzündet worden waren. Ziellos rannten die Krieger durch die Stadt. Der Schock über die zweite Niederlage saß tief und wilde Spekulationen über das, was noch auf sie zukommen mochte, machten die Runde.
Indes kehrte durch das Tor auf der anderen Seite der Stadt Kalerid zurück.

# Hondor
## IX

Verärgert über sich selbst, saßen Hondor, Usadim und Zorina im ‚Kerker' von Brugen. Sie waren so weit gekommen und nun doch nicht weiter als am Anfang.
Genau genommen war es kein Kerkerraum, in dem sie auf dem Boden hockten, sondern ein geräumtes Wohnhaus. Die Sellag hatten alle Möbel (wahrscheinlich waren es ohnehin nicht sehr viele gewesen) aus dem kleinen Backsteinhaus entfernt und den Boden gnädigerweise mit Stroh ausgelegt. Sie hatten ihre Wahl weise getroffen, denn die zwei Fenster des ärmlich wirkenden Häuschens waren klein und es gab nur einen Ausgang. Vor der windschiefen Tür stand ein großer (für einen Sellag war er geradezu riesig), kräftiger Wächter, dem man seine geringe Intelligenz allerdings schon vom Gesicht ablesen konnte, wenn er hin und wieder durch das kleine Fenster starrte.
Anscheinend waren sie die einzigen Gefangenen, die es in Brugen gab, was aber auch nicht weiter verwunderlich war. Brugen war ein kleines Dorf mit nur wenigen Einwohnern, und diese hatten sie wahrscheinlich für die Grabungsarbeiten am Paratul zur Verfügung stellen müssen.
Schräg gegenüber ihres Gefängnisses, auf der anderen Seite des Marktplatzes, befand sich das Gasthaus von Brugen und damit wohl auch der Grund, warum sich die Sellag so gerne auf dieser Seite des Dorfes aufhielten. Ganz offensichtlich hatten sie bereits den geistreichen Inhalt der dort vorhandenen Getränke kennen und schätzen gelernt, denn Hondor und seine Begleiter konnten sie über die Straße hinweg grölen hören. Das war allerdings nicht das wirklich Bemerkenswerte an dem Gasthaus mit dem Namen *Lachender Drache*. Was den König wirklich am *Drachen* interessierte, befand sich davor und passte geradezu hervorragend zu seinen Plänen. Dort standen drei Pferde; schöne, edle Rösser, deren schwarzes Fell im Mondschein glänzte. Hondor war sich sicher, dass sie aus seinen eigenen Stallungen stammten. Drei Sellag hatten sie vor einiger Zeit dort festgemacht und waren seitdem im *Lachenden Drachen* verschwunden. Hondor schätzte, dass sie zu Kalerids Spähern gehörten und auf ihrem Ritt quer durch das Land

in Brugen Rast machten. Sie würden wahrscheinlich nicht so schnell wieder herauskommen.
Durch Brugens grob gepflasterte Straßen schlichen noch immer die vier Sellag-Krieger, die zum Wachdienst verdammt worden waren, doch mit jeder Runde, die sie drehten, wurde ihr Gang immer langsamer und unsicherer, ihr Blick immer unaufmerksamer und ihre Einkehr im Gasthaus *Lachender Drache* immer länger.
Nur der Wächter vor der Tür erfüllte mit eiserner Ausdauer seine Aufgabe.
»Wir müssen versuchen, ihn loszuwerden«, flüsterte Hondor, als er sich wieder zu seinen Gefährten gesellt hatte und deutete auf die Tür.
»Und wenn? Was machen wir dann?« fragte Usadim.
»Dann holen wir uns die Pferde von der anderen Seite des Platzes und sehen zu, dass wir so schnell wie möglich das Weite suchen.«
Zorina und Usadim musterten ihren König schweigend. Das klang recht einfach und einleuchtend - vielleicht zu einfach.
»Und wie werden wir ihn los?«, hakte Zorina nach und legte damit den Finger genau auf den wunden Punkt von Hondors Plan.
Der König erlaubte sich ein leises Seufzen. »Das ist das Problem. Ich weiß es noch nicht«, gestand er. »Er ist einen halben Kopf größer als wir.«
»Aber er sieht nicht sonderlich helle aus«, warf Usadim ein. »Vielleicht können wir ihn überlisten.« Schweigen legte sich über die drei Gefangenen. Alle dachten angestrengt darüber nach, wie sie den Sellag von der Tür fortlocken konnten.
Plötzlich stand Zorina auf und begann, das kleine Fenster in der hinteren Wand des Hauses näher in Augenschein zu nehmen.
»Vergiss es!«, brummte Usadim, als er zu ahnen begann, was Zorina vorhatte. »Da passen wir nicht durch.«
»Du vielleicht nicht«, erwiderte Zorina und blickte demonstrativ auf Usadims üppigen Bauch. »Ich aber schon!«
»Aber Ihr könnt nicht allein dort hinaus.« Hondor schüttelte den Kopf. »Es ist zu gefährlich.«
»Ihr könnt ja mitkommen, wenn Ihr es mir nicht zutraut, Majestät.« entgegnete Zorina keck und stemmte die Hände in die Hüften.
Hondor verdrehte die Augen. »Damit ich womöglich noch stecken bleibe. Das würde mir noch fehlen.«
Zorina zuckte mit den Schultern. »Wenn Euch also nichts Besseres ein-

fällt, würde ich vorschlagen, dass ich versuche, mich durch das Fensterchen zu zwängen. Dann werde ich den Wächter von der Tür fortlocken. Ihr könnt ausbrechen und die Pferde holen. Wir treffen uns am nördlichen Ende der Straße.«
Hondor und Usadim stimmten zu, zwar taten sie es nicht gerne, aber ihnen blieb nichts anderes übrig. Sie konnten nur hoffen, dass alles gut ging.
Usadim half Zorina, das Fenster zu erreichen. Es kostete sie einige Mühe, sich hindurchzuzwängen. Als sie die Hälfte geschafft hatte, ging es nicht mehr weiter. Das Loch war so eng, dass ihr das Atmen schwer fiel und sie befürchtete, nicht mehr vor oder zurück zu können. Sie steckte fest. Doch Usadim ließ sie nicht in Stich. Mit seinen kräftigen Händen packte er sie kurz entschlossen am Gesäß und drücke nach. Zorina spürte, wie sie sich aus ihrer verzwickten Lage löste. Dann war sie hindurch und landete mit einem dumpfen Geräusch auf dem Boden.
Leise vor sich hin fluchend rappelte sie sich auf und rieb sich die schmerzende Rückseite. Der Aufprall war recht unsanft gewesen und Usadims Finger würden blaue Flecken hinterlassen, doch zumindest ließ der Schmerz bald nach.
»Alles in Ordnung?«, hörte sie Hondor leise durch das Fenster fragen.
»Ja, alles bestens«, entgegnete Zorina, während sie sich notdürftig den Schmutz von ihrem Kleid klopfte. »Ich werde mich jetzt um den Wächter kümmern. Haltet Euch bereit!«
Ohne weitere Zeit zu verschwenden, huschte Zorina um die Ecke des kleinen Hauses, schlich die Seitenwand entlang und spähte um die nächste Ecke, hinüber zu dem Wächter. Der Sellag schien sie nicht bemerkt zu haben. Regungslos starrte er geradeaus. Zorina atmete zweimal tief durch, um ihre flatternden Nerven zu beruhigen, dann griff sie nach einem kleinen Stein, der auf der staubigen Straße lag. Mit einem Satz und einem lauten Schrei sprang sie hinter der Ecke hervor. Der Sellag drehte seinen zu groß geratenen Kopf in ihre Richtung und blickte sie verwundert an. Bevor er begreifen konnte, was vor sich ging, warf die junge Frau den Stein nach ihm. Er traf den Sellag an der Stirn. Die gewünschte Reaktion ließ nicht lange auf sich warten: Die Augen des Wächters bekamen ein zorniges Funkeln und er setzte seinen massigen Körper in Bewegung. Mit schweren Schritten rannte er auf Zorina zu. Diese zögerte nicht lange, machte kehrt und lief zurück

in die dunkle Gasse, aus der sie gekommen war. Hinter sich konnte sie den Sellag schnaufen und brüllen hören. Er schrie nach Verstärkung, aber seine Rufe verhallten ungehört. Im *Drachen* war die Stimmung viel zu überschwänglich, als dass jemand in der Lage gewesen wäre, seine Rufe wahrzunehmen.
Hondor und Usadim hatten angespannt an der Tür gelauscht und durch die Ritzen der Bretter geschielt, bis sie hörten und sahen, dass sich der Wächter entfernt hatte. Zwar war die Tür von außen verriegelt, aber ein einziger kräftiger Tritt Usadims genügte und das altersschwache Holz gab nach. Die Tür fiel nach außen und Usadim geradewegs hinterher. Hondor stieg über seinen Küchenmeister hinweg und half ihm wieder auf die Beine, während er zum Gasthaus hinüber blickte. Darin herrschte noch immer reges Treiben, doch vor dem Gebäude war kein Sellag zu sehen. Die Pferde standen dort allein und verlassen. Mit bedachten Schritten liefen die beiden Männer zu den Tieren hinüber. Sie lösten die Zügel und wollten sich auf die gesattelten Rücken schwingen, als plötzlich die Tür zum ‚Drachen' aufgerissen wurde und eine Gruppe betrunkener Sellag heraustrat. Schnell duckten sich Hondor und Usadim hinter die Pferde und hielten entsetzt den Atem an.
Die fünf Sellag grölten und lachten, während sie auf die Straße traten.
»Verfluchtes Zeug.« lallte einer von ihnen in der Sellag-Sprache. »Es lässt einen völlig die Zeit vergessen. Wir hätten unsere Berichte abliefern müssen.«
Natürlich verstanden die beiden Menschen nicht, was der Sellag dort zischte, aber sie sahen, wie er begann, auf die Pferde zuzuwanken. Sein Herz begann zu rasen.
Ein anderer schlug dem Redner auf die Schulter und stieß ein heiseres Lachen aus. »Vergiss es«, entgegnete er. »Du wirst nur vom Pferd fallen. Ihr solltet erst einmal Euren Rausch ausschlafen, bevor ihr dem Heerführer gegenübertretet. In meiner Unterkunft sind noch Betten frei. Morgen könnt ihr immer noch Eure Berichte abliefern.«
Hondor wurde vor Erleichterung ein wenig übel, als die Gruppe sich grunzend und schnaubend umwandte und die Straße hinunter schwankte. Erst, als sie in einem der Häuser verschwunden waren, traute er sich wieder hinter den Pferden hervor.
»Jetzt aber schnell«, flüsterte er und Usadim stimmte ihm mit blasser Miene zu. Der Küchenmeister wollte sich gar nicht vorstellen, was die betrunkenen Kreaturen mit ihnen angestellt hätten, wenn sie entdeckt

worden wären.
Sie bestiegen die Pferde und galoppierten die Straße entlang nach Norden. Hondor führte das dritte Pferd am Zügel mit sich, bis sie das letzte Haus des Dorfes erreicht hatten und in dessen Schutz ungeduldig auf Zorina warteten.

Diese hatte den Vorsprung zu ihrem Verfolger schnell vergrößern können. Jetzt spähte sie durch die Hecke, hinter der sie sich versteckt hatte, und beobachtete den umherirrenden Wächter. Der Sellag hatte bereits in der dunklen Gasse ihre Spur verloren. Nun schien er unentschlossen zu sein, wohin er sich wenden sollte. Zuerst ging er einige Schritte in die eine, dann wieder ein paar in die andere Richtung. Schnaufend und grunzend blickte er umher, bis er sich schließlich umwandte und zurück ging.
Zorina wartete eine Weile, bis er in der Gasse verschwunden war, und kroch dann hinter dem Gebüsch hervor. Sie musste sich beeilen. Der Wächter würde sicherlich für Verstärkung sorgen und es würde nicht lange dauern, bis sie das Verschwinden ihrer Pferde bemerkten. Zorina konnte nur hoffen, dass alles gut gelaufen war und ihre beiden Gefährten bereits entkommen waren. Mit schnellen Schritten eilte sie, an der Rückseite der Häuser entlang, nach Norden.

Als der stämmige Wächter auf den Marktplatz zurückgekehrt war, bemerkte er sogleich die eingetretene Tür und das leere Gefängnis. Kalte Angst ergriff ihn. Sein Statthalter würde ihn für seine Nachlässigkeit streng bestrafen. Dann fiel ihm der Verlust der Pferde auf und er stürmte laut schreiend in das Gasthaus. Kurz darauf kam er wieder heraus, gefolgt von einer Horde angetrunkener, aber durch die schlechte Nachricht aufgerüttelter Sellag. Sie schwärmten aus, um die Stadt und die Umgebung zu durchsuchen.

Als die Sellag am Vormittag des nächsten Tages ihre erfolglose Suche aufgaben, waren Hondor, Zorina und Usadim bereits viele Meilen von Brugen entfernt. Durch ihre Flucht und den Gewinn der drei Pferde hatte sich ihre Stimmung merklich verbessert. Sie kamen nun gut voran, obwohl sie sich von festen Wegen und allen Ortschaften und Siedlungen fern hielten. So oft es möglich war, ritten sie durch Wälder und über Wiesen und hielten stets die Augen offen. Zweimal mussten sie sich vor Sellag-Kriegern verstecken, die ihren Weg kreuzten, aber, dank Hembras' Hilfe, blieben sie unentdeckt.

# Herras
## XI

Während in Allendas Hondor und seine Begleiter ihren Weg nach Norden suchten und zur gleichen Zeit sowohl Kalerid als auch Rofin versuchten, jeder auf seine Art einen Drachen zu besiegen, verbrachten Herras und seine Gefährten einen geruhsamen Tag bei ihrer Wanderung durch Lemberus.
Stille Einigkeit hatte sich über die Gruppe gelegt, während sie ihren Weg nach Norden gingen. Sie schwiegen die meiste Zeit und bewunderten die Natur, die sie umgab. Der *schwarze Wald*, der nun ganz und gar nicht mehr schwarz war, schien sich noch immer zu verändern. Überall erblühten Waldblumen in den leuchtendsten Farben und die Bäume besaßen nun ein kräftiges Grün oder ein schönes Rotbraun.
Maleris war keineswegs so niedergeschlagen, wie Hondor erwartet hatte. Vielmehr schien sie nun, da sie Klarheit über das Schicksal ihres Vaters hatte, ihren inneren Frieden gefunden zu haben. Sie trauerte zwar, aber das Wissen schien besser für sie zu sein als die jahrelange Ungewissheit.
Sie kamen gut voran. Der Boden war eben und nur von goldenem Laub und weichem Moos bedeckt. Kein Unterholz oder verschlungener Farn erschwerte ihnen den Weg. Die Herbstsonne fiel durch die lichten Bäume und wärmte sie sanft. Ungefähr dreimal fünfzig Kils nach Mittag überschritten sie die Grenze, die noch vor einem Tag einen Angst einflößenden Kontrast zwischen dem *schwarzen Wald* und dem restlichen Lemberus gebildet hatte. Nun gab es keine Unterschiede mehr.
Da sie in der vergangenen Nacht kaum Schlaf gefunden hatten und ihnen die Ereignisse noch tief in den Knochen saßen, entschlossen sie sich, an diesem Tag etwas früher als gewöhnlich ihr Lager aufzuschlagen und sich auszuruhen. Der Wald wirkte friedlich und der Himmel war klar und wolkenlos, daher suchten sie sich keinen Unterschlupf, sondern erwählten eine kleine sonnenüberflutete Lichtung zu ihrem Lagerplatz.
Merit ging auf die Jagd und Herras begleitete ihn. Der Waldmensch hatte sich entschlossen, die Schießkünste des Allendassers weiter zu

verbessern und Herras war willig, von ihm zu lernen. Zwanzig Kils später kehrten sie zurück. Merit trug ein prächtiges Reh über den Schultern. Es war eines der herrlichsten Tiere, das er jemals erlegt hatte (wenn man es genau nahm, hatte Herras das Tier zur Strecke gebracht, doch Merit hatte seine Hand geführt).

Inzwischen hatte Maleris ein Feuer auf der Lichtung entfacht und auf die Rückkehr der beiden Jäger gewartet. Mit angemessener Bewunderung betrachtete sie ihre Jagdtrophäe, dann enthäutete sie das Tier gekonnt und nahm es aus. Kurze Zeit später hingen einige sehr schöne Fleischstücke über dem Feuer.

Marek hatte sich ein Stück entfernt im Gras ausgestreckt und genoss die Sonne, die ihm auf die graue Haut schien, während er über seine Situation nachgrübelte. Eigentlich war es für ihn nun an der Zeit, seinen Auftrag zu erfüllen, er hatte bereits viel zu viel Zeit vergeudet. Kalerid war sicherlich schon sehr ungehalten über seine Verspätung. Die Gelegenheit wäre günstig gewesen. Maleris hatte sich mit ihm allein auf der Lichtung befunden und es wäre für ihn ein Leichtes gewesen, sie zu überwältigen. Dann hätte er nur noch ihren Dolch an sich nehmen und Herras und Merit auflauern müssen. Doch er hatte es nicht getan, etwas hatte ihn zurückgehalten und ihn die Gelegenheit ungenutzt vorbeiziehen lassen. Angestrengt überlegte Marek, woran sein klägliches Versagen liegen mochte. Es war nicht nur die Tatsache, allein in Lemberus zurückzubleiben und die Gewissheit, dass er schon seit einiger Zeit die Orientierung in diesem Wald verloren hatte, das war ihm klar, aber den Gedanken, dass er eine gewisse Sympathie für die Menschen entwickelt hatte und etwas wie Kameradschaft sie verband, schob der Sellag weit von sich.

Herras saß mit dem Rücken an einen hohen Baum gelehnt im Laub und beobachtete Marek, der regungslos und mit geschlossenen Augen dalag. Es fiel ihm schwer zu glauben, dass gerade mal sechs Tage vergangen waren, seitdem diese Kreaturen in Allendas eingefallen waren. Zuviel war in den letzten Tagen vorgefallen; er hatte mehr Abenteuer erlebt als in seinem ganzen Leben zuvor. Es kam ihm so vor, als wären schon Monate oder gar Jahre vergangen, seit er aus seiner Heimat vertrieben worden war.

Wehmütig dachte Herras an sein Land. Zu gerne hätte er gewusst, was in der Zeit seiner Abwesenheit dort geschehen war. Gab es sein Volk noch oder war es bereits ausgerottet worden? War der König noch am

Leben oder war sein Freund den Sellag zum Opfer gefallen? Gleichzeitig wurde ihm wieder bewusst, dass er eine Mission zu erfüllen hatte. Beschämt stellte er fest, dass der Gedanke daran durch die Ereignisse der letzten Tage wahrhaftig in den Hintergrund gerückt war. Doch jetzt wurde ihm seine Verantwortung wieder deutlich bewusst und begann, sich wie mit eisernem Griff um sein Herz zu legen.
Es fiel Herras schwer zu glauben, dass sein Hass auf den Sellag beinahe verebbt war und er wusste schon gar nicht, ob er das als gutes oder schlechtes Zeichen deuten sollte. Er wollte, ja, er musste den Sellag hassen, denn für ihn symbolisierte er das Volk, das sein eigenes unterdrückt und getötet hatte. Trotzdem wollte es ihm nicht so recht gelingen. Nicht so, wie er es noch vor zwei Tagen gekonnt hatte. Er konnte nicht umhin, sich daran zu erinnern, was der Sellag für die Waldmenschen und ihn getan hatte, dass er sein eigenes Leben riskiert hatte, um das ihre zu retten - und dass er damit Herras die Möglichkeit gegeben hatte, weiter für ein freies Allendas zu kämpfen. Je länger er darüber nachgrübelte, desto mehr belastete es Herras, dass er nicht verstand, warum der Sellag es getan hatte.
Maleris' sanfte Stimme riss ihn aus seinen Gedanken. Sie rief zum Essen. Das gebratene Fleisch duftete wunderbar und machte Herras seinen knurrenden Magen deutlich bewusst. Entschlossen schob er alle trüben Gedanken beiseite und ging hinüber zum Feuer. Maleris und Merit warteten bereits auf ihn. Gut gelaunt reichte der Waldmensch ihm ein großes Stück Fleisch. Merit schien seine gute Laune am schnellsten wieder gefunden zu haben, aber auch Maleris offenbarte eine ruhige Gelassenheit.
Das Essen schmeckte herrlich und Herras musste sich beherrschen, es nicht in sich hineinzuschlingen.
Nur Marek hatte sich nicht von der Stelle gerührt; hatte nicht einmal die Augen geöffnet.
»Was ist? Möchtest du nicht mit uns essen?«, rief Merit ihm zu, nachdem er einen Augenblick zu ihm hinüber gesehen hatte. Er hatte bisher nicht den Eindruck gehabt, dass der Sellag ein gutes Stück Fleisch verschmähen würde.
Marek reagiert nicht auf ihn.
»Es schmeckt wirklich hervorragend«, sprach Merit unbeirrt weiter. »Du solltest es probieren.«
Nun endlich rührte sich der Sellag, drehte den Kopf, ohne ihn dabei

anzuheben und sah ihn an. Merit hielt ihm ein Stück Rehfleisch entgegen. Tatsächlich stand Marek wortlos auf und gesellte sich gemächlich sich zu ihnen. Der Sellag nahm das Fleisch und schon beim ersten Bissen bemerkte er, wie hungrig er war. Es dauerte nicht lange, dann war das erste und auch das zweite Stück in dem großen Sellag-Rachen verschwunden.

»Na also«, kommentierte Merit das Geschehen mit einem dünnen Lächeln. »Ich wusste doch, dass es dir schmecken würde.« Es war nicht so, dass Merit alle Bedenken gegen ihren unfreiwilligen Begleiter verloren hatte, jedoch war er der Ansicht, dass sie ihm eine gewisse Dankbarkeit entgegenbringen sollten und ihm auch einen gewissen Respekt schuldeten. Immerhin hatte der Sellag sein Leben für sie riskiert und Merit hatte den Eindruck gewonnen, dass dies gerade bei dieser Rasse eine bemerkenswerte Leistung war. Es hatte ihren neuen ‚Freund' große Überwindung gekostet. Nach den wenigen Eindrücken, die Merit von dem Sellag hatte gewinnen können, waren Hilfsbereitschaft und Mut nicht gerade ihre herausragendsten Eigenschaften.

Merit machte sich im Moment auch nicht viele Sorgen darüber, dass der Sellag sie angreifen würde. Er hatte schon bessere Gelegenheiten gehabt und sie verstreichen lassen. Jetzt war der Zeitpunkt für den Sellag alles andere als günstig. Entweder hatte er bereits sehr viel größere Pläne, oder er hatte sein Vorhaben einfach aufgegeben.

Herras beobachtete über das Feuer hinweg, wie Marek sein drittes Stück Fleisch verschlang. Merkwürdigerweise kam ihm dieses fremde Wesen schon sehr vertraut vor, obwohl sie so gut wie nichts über ihn wussten - nicht einmal das nahe liegendste.

»Du hast uns noch immer nicht deinen Namen verraten«, bemerkte er ruhig.

Der Sellag hielt im Kauen inne und begegnete über den Schein des Feuers hinweg Merits Blick. »Marek«, antwortete er knapp und aß weiter. Herras nickte langsam. »Gut, gut«, fuhr er gelassen fort, »unter ‚Freunden' sollte man sich doch beim Namen nennen können. Unsere dürften dir ja mittlerweile geläufig sein.«

Marek hatte nun auch das dritte Stück Fleisch restlos verzerrt und füllte sich so satt, wie lange nicht mehr. Er leckte sich genüsslich die Finger und blickte dabei von einem zum anderen, bis sein Blick letztendlich wieder bei Herras hängen blieb.

»Selbstverständlich, Majestät«, erwiderte der Sellag leicht ironisch,

aber nicht zu spöttisch. Er war sich wohl bewusst, dass er noch immer der Unterlegene in dieser Runde war.
Als Herras Mareks Worte vernahm, musste er auflachen. Erst jetzt fiel ihm wieder ein, dass seine Verfolger einem Irrtum, wenn auch einem beabsichtigten, aufgesessen waren. Es war ein kurzes und hässliches Lachen und es ließ den Sellag verwirrt die derbe Haut auf seiner Stirn runzeln. So recht verstand er die Reaktion des Menschen nicht. Maleris und Merit beschränkten sich darauf, zu schweigen und der Unterhaltung zu folgen. Noch konnten sie nicht genau erahnen, in welche Richtung Herras das Gespräch lenken wollte und so erschien es ihnen vernünftiger, sich nicht einzumischen. Sie hofften nur, dass Herras den Sellag nicht zu sehr reizen würde.
Als Herras' Lachen verklungen war, fuhr er fort: »Dein Anführer hat dich mir auf den Hals gehetzt, nachdem die anderen so kläglich gescheitert waren.«
»Ich sollte ihm deinen Kopf bringen«, gestand Marek mit fester Stimme. Auch er begann sich zu fragen, wohin dieses Gespräch führen sollte.
»Aber auch du hast versagt«, hakte Herras weiter nach. »Ihr seid keine besonders guten Krieger.« Merit stieß Herras mit dem Ellenbogen kurz in die Rippen. Er hatte den Wunsch, ihm zu sagen, dass er sich mit seinen Bemerkungen gefälligst zurückhalten und den Sellag nicht unnötig provozieren sollte. Er hatte auf eine ruhige Nacht gehofft. Auch Maleris sah den Menschen scharf an, blickte aber dann wieder ins Feuer.
Mareks Gesicht bekam einen missmutigen Ausdruck und er knurrte leise vor sich hin. Seine Stimme klang aber noch immer beherrscht und friedlich, als er antwortete: »Du solltest dich mit deinen Worten in Acht nehmen. Immerhin habe ich Euch das Leben gerettet.«
Herras nickte zustimmend. »Wofür wir dir auch dankbar sind«, gestand er ein. »Aber du wirst uns zugestehen müssen, dass wir uns Gedanken über das ‚warum' machen. Also, warum hast du uns das Leben gerettet, obwohl du uns töten solltest?«
Marek zuckte gespielt beiläufig mit den Schultern. »Meine Beweggründe sind wohl meine Sache. Von Bedeutung ist doch nur, *dass* ich es getan habe«, antwortete er, ohne damit wirklich eine Antwort zu liefern. Wenn er ehrlich zu sich war, hatte er auch keine vertretbare Antwort auf diese Frage. Er war sich noch immer selbst nicht ganz im Klaren

darüber, was in ihm vorging. Auf keinen Fall wollte er sich die Blöße geben, vor den anderen einzugestehen, dass ihm die Vorstellung, allein im Wald zu verbleiben, alles andere als gefiel. Stattdessen beschloss Marek, nachdem er in diesem Gespräch bisher immer derjenige war, der sich verteidigen musste, endlich selbst zum Angriff überzugehen.
»Und nicht zu vergessen, wir haben in nur einer Nacht dein ganzes Land erobert. Also, wie schlecht können unsere Krieger wohl sein?«
Herras lächelte nur. Der Sellag war gar nicht so dumm, wie er auf den ersten Blick wirkte. Das Gespräch begann langsam, Herras Spaß zu machen und es gab einige Dinge, die es an der Zeit war, zu klären. Herras fühlte sich in der Position des Überlegenen.
»Und warum hab ihr Allendas angegriffen? Warum habt ihr meine Leute getötet?«, fragte er unnachgiebig weiter.
Marek erwiderte Herras' Blick starr. »Wir haben uns nur zurückgenommen, was uns gehört.«
»Was euch gehört?«, schrie Herras und sprang auf die Beine. Angesichts dieser Unverschämtheit war mit einem Schlag alles vergessen, was er sich vorgenommen hatte. Er verlor die Beherrschung und legte die Hand an den Griff seines Schwertes, bereit, über den Sellag herzufallen. Merit griff nach Herras Arm und warf ihm einen beschwörenden Blick zu, während er den Menschen wieder zu Boden zog.
»Was soll das heißen?«, ergriff der Lemberuske nun zum ersten Mal das Wort, da Herras noch immer um Fassung rang.
»Vor ungefähr tausend Jahren gehörte uns dieses Land, bis die Menschen uns vertrieben und gezwungen haben, uns in die Berge zurückzuziehen. Seitdem hatten wir den Wunsch, uns wiederzuholen, was uns einst gehörte. Und jetzt ist es endlich vollbracht!«
Herras starrte den Sellag entgeistert an. Sein Gehirn versuchte das, was er gehört hatte, zu verarbeiten, aber so ganz gelang es ihm nicht. »Dann seid ihr... . Aber wie kann das...«, stammelte er verwirrt.
Marek stützte sich nach hinten auf die Ellenbogen. Das Blatt schien sich gewendet zu haben, jetzt konnte er den Ton angeben.
»Jahrhunderte lang haben wir euch beobachtet und studiert, ohne dass ihr es bemerkt habt; bis wir endlich soweit waren, den Angriff zu wagen«, sagte er gelassen. »Und wie ihr seht, waren wir erfolgreich.« Ein Grinsen entblößte seine langen Eckzähne.
Herras' Gesicht hatte sich in eine grimmige Maske verwandelt und seine Augen waren dunkel vor Zorn. Merit hielt noch immer seinen

Unterarm im festen Griff und Maleris war ein Stück näher an ihn herangerückt, um ihn mit ihrer Anwesenheit zu beruhigen.
Die Nacht war nun über den Wald hereingebrochen und außer dem Schrei eines Käuzchens in der Ferne, dem Knistern des Feuers und Herras' heftigem Atmen war nichts zu hören. Es dauerte eine ganze Weile, bis er sich wieder soweit unter Kontrolle hatte, ein Wort über die Lippen zu bringen. Seine Augen hatten sich wieder etwas erhellt und ein böses Lächeln umspielte seine Lippen, als er hinüber zu dem Sellag sah, der sich siegessicher zurückgelehnt hatte. Es war wohl an der Zeit, das Geheimnis zu lüften.
»Allendas wird für unser Volk nicht verloren sein, solange es noch einen König hat«, sagte Herras mit einem geheimnisvollen Unterton.
Der Sellag schien davon nicht beeindruckt zu sein. »Noch lebt der König«, entgegnete er. »Aber er ist weit entfernt von seinem Land und seinem Volk. Er sitzt im Wald und verschwendet seine Zeit mit unnötigem Gerede, während er noch keine Ahnung hat, wie er seinem Volk helfen soll.«
Marek war sicher, dass er dem König damit einen schweren Schlag versetzt hatte, aber diesem entrann nur ein raues Lachen.
Dann schüttelte Herras den Kopf, so als würde er mit einem dummen Kind reden. »Leider muss ich dir sagen, dass du im Irrtum bis. Ich bin nicht der König! Wir haben euch getäuscht. König Hondor befindet sich noch immer in Allendas und ich bin sicher, er wird bereits Mittel und Wege gefunden haben, dein aufdringliches Volk in seine Schranken zu verweisen.«
Marek hatte sich während Herras' Worte schlagartig aufgerichtet. Sein selbstsicherer Gesichtsausdruck war fassungsloser Entgeisterung gewichen. »Das ist nicht wahr!« stieß er hervor.
»Doch«, Herras nickte und genoss das Entsetzen des Sellag, »ihr habt stattdessen den Hauptmann des Königs aus seinem Land vertrieben.«
Herras blickte ruhig zu Marek auf, der ihm nun gegenüberstand, und bereitete sich innerlich auf einen Angriff vor. Der Sellag wirkte, als würde er jeden Moment seine Fassung verlieren.
Eine Unmenge Gedanken rasten durch Mareks Kopf und er merkte nicht einmal, wie er die Hände zu Fäusten ballte, bis ihm die langen Nägel die weiche Haut in den Handinnenflächen durchbohrten und die Knöchel weiß hervortraten. All die Anstrengungen und Entbehrungen der letzten Tage waren umsonst gewesen. Er hatte die ganze Zeit den

Falschen gejagt.
Als die drei Menschen bereits sicher waren, dass der Sellag jeden Moment auf sie losgehen würde, geschah das Unerwartete. Ohne ein weiteres Wort drehte sich Marek um und stampfte schnaubend davon.
Die verwirrten Blicke der Menschen folgten ihm, als er mit festen Schritten über die mondhelle Lichtung schritt und auf der anderen Seite im Dunkel des Waldes verschwand.
Nach einem Moment des Erstaunens ergriff Merit das Wort. »Der Kerl ist immer wieder für Überraschungen gut«, bemerkte er Schulter zuckend.

»Ich hätte geschworen, dass er uns angreifen würde«, fügte Herras hinzu. »Und was tut er? Zieht einfach beleidigt ab.«
»Du hast ihm ganz schön zugesetzt«, meinte Maleris und begann, das heruntergebrannte Feuer zu schüren.
»Wieso? Ich hab ihm nur die Wahrheit gesagt«, verteidigte sich Herras. »Irgendwann musste er es ja erfahren.«
»Vielleicht sollten wir ihm trotzdem nachgehen.« Die beiden Männer verzogen, angesichts des Mitleids in Maleris' Stimme, das Gesicht.
»Ach was«, winkte ihr Bruder ab. »Der kommt zurück. Er ist viel zu feige, um allein im Wald zu bleiben. Oder warum meinst du wohl, ist er immer noch bei uns und hat uns nicht schon längst den Garaus gemacht. Und selbst, wenn er abhaut. Wenn er zurück nach Allendas will, läuft er in die falsche Richtung.«
Herras lachte leise, aber bitter, und Maleris schwieg.
»Jedenfalls dürfte er jetzt nicht mehr so überschwänglich sein«, fügte Herras noch hinzu und dann legte sich Schweigen über die Gruppe. Die Müdigkeit saß allen drei in den Knochen und machte sich nun deutlich bemerkbar.
»Ihr solltet euch nun schlafen legen«, meinte Merit schließlich. »Ich werde die erste Wache übernehmen. Um unseren Freund brauchen wir uns wohl keine Sorgen zu machen. Er braucht uns, wenn er wieder nach Hause will.«
Herras und Maleris holten die Decken hervor und rollten sich darin zusammen. Trotz seiner Erschöpfung gelang es Herras nicht, sofort Schlaf zu finden. Er musste wieder an die große Aufgabe denken, die noch vor ihm lag. Ob es Hondor vielleicht wirklich gelungen war, die Eindringlinge zu besiegen, so wie er es Marek prophezeit hatte? Herras bezwei-

felte es. Zu groß war die Übermacht gewesen. Wie sollte er, Herras, sie bezwingen? Er konnte nur hoffen, dass er nicht bereits der letzte Überlebende seines Volkes war. Herras dachte über Mareks Worte nach. Wie kam er dazu, zu behaupten, dass Allendas den Sellag gehörte? Allendas hatte seit jeher seinem Volk gehört. Nur einmal hatte es eine Belagerung durch Eindringlinge gegeben, die jedoch wieder vertrieben werden konnten. Das war vor tausend Jahren gewesen, genau, wie Marek behauptet hatte. Herras kannte die Erzählungen. Nie hatte es in den Beschreibungen der Eindringlinge etwas zu lesen gegeben, was dem Aussehen der Sellag entsprach. Wie konnte das alles sein? Wer waren diese merkwürdigen Fremden wirklich? Und immer wieder, zwischen all diesen Sorgen, die ihn plagten, erschien, ohne dass er es wollte, ein Gesicht vor seinen Augen – Maleris' Gesicht. Er wusste nicht, warum sie ihm nicht aus dem Kopf ging, doch der Gedanke, sie bald nicht mehr an seiner Seite zu haben, schmerzt ihn. Er mochte sie - vielleicht mehr, als er sich eingestand. Und Merit...er war ihm zu einem wahren Freund geworden. Wie sollte er seinen Weg gehen, wenn er ihm nicht mehr beistehen würde?

Auf all diese Fragen fand Herras in dieser Nacht keine Antworten. Er hatte bemerkt, dass Maleris ihn eine Weile bei seinen Überlegungen beobachtet hatte, doch irgendwann waren ihr die Augen zugefallen und sie war eingeschlafen. Endlich übermannte Herras auch der Schlaf.

Kurz nach Mitternacht weckte Merit Herras, und der Allendasser übernahm die zweite Wache. Die Nacht blieb ruhig. Es gab keine unangenehmen Überraschungen, nicht einmal Marek kehrte zurück.

Der Sellag war ein Stück in den Wald hineingegangen. Dort hatte er sich, mit dem Rücken an einen Baum gelehnt, auf den Waldboden sinken lassen. Wut und Verzweiflung mischten sich mit Erleichterung. Kalerid konnte ihn nun nicht mehr für sein Versagen verantwortlich machen, schließlich war der König gar nicht der König. Dass die Menschen in ihm aber einen solchen Ansturm von Gefühlen hervorrufen konnten, gefiel Marek ganz und gar nicht. Er konnte einfach nicht begreifen, was in ihm vorging. Zudem wusste er nicht mehr, was er nun tun sollte. Es hatte keinen Sinn mehr, die Menschen zu töten. Zudem brauchte er sie, zumindest so lange, bis er wieder an einem Ort war, von dem aus er sich allein zurechtfinden konnte. Sein Pflichtgefühl sagte ihm, dass er nach Allendas zurückkehren musste, um Kalerid von seinen neuen Erkenntnissen zu berichten, aber er hatte schon vor langer Zeit die Orientierung verloren. Was sollte er also tun?

Irgendwann rollte sich der Sellag auf dem moosbedeckten Boden zusammen. Die Anstrengungen der letzten Tage forderten auch von ihm ihren Tribut und während er über die verfluchte Zwiespältigkeit seiner Lage nachdachte, fielen ihm die Augen zu.

# Kalerid
## VI

»Hör' auf zu wimmern, du erbärmliche Kreatur!« Kalerids schwere Schritte donnerten auf den Holzdielen, als er ungehalten in der von ihm bevorzugten, kahlen Kammer im ersten Oberstock seiner Unterkunft auf und ab stampfte. Rofins Gejammer verstummte. Seine kurze Herrenzeit war nun vorbei und er war wieder der Lakai des Heerführers. Mit gesenktem Kopf und hängenden Schultern stand er da und ließ Kalerids Zorn über sich ergehen.
Mit Bedacht hatte Rofin versucht, zu erklären, was er getan hatte und vor allem warum, aber seine Tat weckte bei Kalerid alles andere als Begeisterung. Der Heerführer wusste die Initiative, die Rofin ergriffen hatte, nicht im Geringsten zu schätzen; ganz im Gegenteil: Er kochte vor Zorn. Auch die Tatsache, dass es Rofin gelungen war, den Drachen zu verletzten und damit zu schwächen, stieß nicht auf Freude seitens des Heerführers. Das Hochgefühl, das Rofin verspürt hatte, war gänzlich verflogen. Er fühlte sich nur noch elend und rechnete mit seinem baldigen Tod.
»Weißt du eigentlich, was du getan hast?«, fuhr Kalerid ihn an.
Rofin zuckte zusammen, wagte es aber nicht, etwas zu erwidern. Es wäre ohnehin die falsche Antwort gewesen.
Kalerid erwartete allerdings auch keine Antwort. »Ich habe das sichere Mittel, diesen Drachen zu töten.« Der Heerführer deutete auf die kleine Flasche mit der grünen Flüssigkeit, die er behutsam auf dem Tisch abgestellt hatte. »Wenige Tropfen davon hätten unser Problem für immer beseitigt. Noch in dieser Nacht.«
Kalerid hielt einen Moment inne und schnaubte. Sein wütender Blick durchbohrte Rofin, bis dieser wieder verzweifelt auf seine Füße starrte. »Du hast meine Pläne zunichte gemacht«, fuhr der Heerführer fort. »Dieser Drache ist nicht mehr als ein Tier. Und du weißt, was mit einem verletzten Tier geschieht. Es wird aggressiv und gefährlich. Jetzt wird es mindestens doppelt so schwer sein, an ihn heranzukommen und sein Vertrauen zu erwecken als zuvor. Du hast alles ruiniert!«
»Es tut mir leid, Majestät!«, flüsterte Rofin mit zitternder Stimme. »Ich

wusste nicht, dass Ihr...«
»Ach, erspar mir deine Erklärungen!« Kalerid fuhr herum und machte eine Handbewegung, die Rofin unmissverständlich deutete, dass er still sein sollte. »Damit änderst du nun auch nichts mehr.«
»Vielleicht stirbt der Drache an seiner Verwundung«, wagte es Rofin, fortzufahren.
Kalerid lachte kurz auf. »Du hast ihn gesehen. Glaubst du, dass ein einziger Schwertstoß dieses Ungetüm töten könnte?«, meinte er spöttisch. »Nein, das ist vollkommener Unsinn. Jetzt müssen wir abwarten, bis er sich beruhigt hat, bevor wir uns wieder an ihn heranwagen können.«
»Es tut mir wirklich leid, Majestät«, wimmerte Rofin noch einmal.
Er bemerkte in seinem gesenkten Blick, wie Kalerid nah an ihn herantrat. Er rechnete damit, dass sein Herr jeden Moment zu einem vernichtenden Schlag ausholen würde. Genau mit diesem Gedanken spielte Kalerid auch in diesem Augenblick, aber er verwarf ihn. Er benötigte seinen Lakaien noch und er war der Einzige, der ihm im Moment zur Verfügung stand. Wenn er ehrlich zu sich war, respektierte er Rofin auch dafür, dass er es gewagt hatte, etwas aus eigenem Antrieb zu tun. Solche Eigenschaften waren bei Sellag selten zu finden. Zu dumm, dass sein Vorhaben gescheitert war. Wäre es anders gewesen, hätte der Lakai es unter Kalerids Herrschaft vielleicht weit bringen können. Wirklich zu schade, dass es ihm misslungen war.
»Verschwinde aus meinen Augen!«, zischte Kalerid leise, aber gefährlich. »Ich will dich heute Nacht nicht mehr sehen.«
Rofin ließ sich nicht ein zweites Mal auffordern. Ein großer Stein fiel ihm vom Herzen. Er verbeugte sich einmal tief und huschte aus dem Raum, ohne sich nochmals umzudrehen.
Kalerid blickte ihm nach, dann atmete er mehrmals tief durch, um sein aufgebrachtes Gemüt zu beruhigen. Er setzte sich an den Tisch und betrachtete einen Augenblick gedankenverloren die kleine Flasche mit dem Drachengift. Es schien, als müsste er noch etwas Geduld aufbringen, bis er den Schatz sein Eigen nennen konnte. Unwirsch fuhr sich Kalerid mit der Hand über die kahle Stirn. Man hätte auf den Gedanken kommen können, dass ein Fluch auf ihm lastete.
Irgendwann riss der Heerführer seinen Blick von der smaragdgrünen Flüssigkeit los und begann, die Aufzeichnungen der Berichte, die ihm seine Boten an diesem Tag gebracht hatten, durchzusehen. Im Großen und Ganzen konnte er zufrieden sein, nur die Festung im Norden mach-

te noch immer Schwierigkeiten. Für den Moment war sie allerdings zu weit weg und zu unbedeutend, um Kalerid wirklich zu belasten. Seinen Kriegern war es zumindest gelungen, sie zu umschließen. So konnten sie zwar nicht hinein, aber ihre Bewohner konnten auch nicht heraus.
Die Nachricht, die Kalerid wirklich suchte, fand er nicht. Von Marek war noch immer kein Bericht eingetroffen und der Kopf des Königs war noch immer nicht in seinen Händen. Der Heerführer begann zu bezweifeln, dass sein ehemaliger Lakai überhaupt noch am Leben war, geschweige denn, sich noch auf der Spur des Königs befand.
Noch immer missmutig gestimmt, schob Kalerid die Papiere zur Seite und legte sich auf die hölzerne Pritsche, die sich in seinem Raum befand. Er hatte seit zwei Nächten nicht geschlafen und selbst ein Heerführer benötigte hin und wieder etwas Ruhe. So verschob er alle Überlegungen über seine weitere Vorgehensweise auf den nächsten Tag und schloss die Augen, um schnell in den Schlaf hinüberzudriften.

# Toranus

## I

Kalerid vermutete richtig; Toranus war keineswegs lebensgefährlich verletzt, aber er fühlte sich schwer angeschlagen. Die Wunde hatte stark geblutet, als er das Schwert herausgezogen hatte, der Schmerz lähmte sein linkes Vorderbein und erschwerte ihm das Atmen. Er verbrachte eine schlaflose Nacht auf dem Paratul. Zusammengerollt und den Schwanz um den Körper gewickelt, lag er da und hoffte, dass seine Feinde in dieser Nacht nicht zurückkehren würden.
Am nächsten Morgen hatte die Blutung aufgehört, aber der Schmerz war geblieben. Toranus spürte, wie er an seinen Kräften zehrte. Er sah sich gezwungen, den Morgen ruhig liegend zu verbringen und konnte nur hinunter zur Hohlstraße starren. Zu seiner Verwunderung kehrten die Sellag nicht zurück. Anscheinend waren sie sich der günstigen Gelegenheit nicht bewusst, oder er hatte am letzten Abend einen bleibenden Eindruck bei ihnen hinterlassen. Toranus war erzürnt, weniger jedoch auf die Sellag als auf sich selbst. Wie hatte er so unvorsichtig und leichtsinnig sein können?
Als die Sonne ihren höchsten Stand erreicht hatte, sah er eine einsame Gestalt. Sie kam geradewegs auf ihn zu, allerdings bewegte sie sich ein Stück seitlich des Hohlweges über die grüne Wiese. Als sie näher gekommen war, erkannt der Drache, dass sie auf einem Esel ritt. Es war kein Sellag, sondern eindeutig ein Mensch. Ein alter, hagerer Mann mit sonnengebräunter Haut. Sein Strohhut hüpfte auf seinem Kopf, während er auf seinem dicken Esel gemütlich dahin trabte.
Furchtlos ritt er den Hügel hinauf und blickte dem Drachen entgegen, der den Ankömmling seinerseits neugierig musterte. Von dem Mann schien keine Gefahr auszugehen und so blieb Toranus ruhig liegen, während der Mann einige Barret entfernt von seinem Esel stieg und auf ihn zuschritt. Sie begutachteten sich gegenseitig eine Weile.
»Da haben wir ihn also«, stellte der Mann schließlich mit freundlichem Tonfall fest.
»Wen?«, fragte Toranus verwundert, angesichts der etwas merkwürdigen Begrüßung.

Der Mann schob den Strohhut ein Stück zurück und wirkte etwas überrascht. »Na, den Drachen.« entgegnete er.
»Meint Ihr mich?« Toranus blickte sich um, als würde er wahrhaftig noch einen Drachen in der Nähe vermuten. Er wusste nicht so recht, was er von dem Fremden halten sollte.
»Natürlich«, entgegnete der Alte, »oder seht Ihr hier noch irgendwo einen Drachen?« Toranus schüttelte den Kopf und überlegte weiterhin, was das wohl alles sollte.
»Ich habe allerdings noch nie von einem Drachen gehört, der sprechen kann. Das ist eine wahre Überraschung.« fuhr der Mann fort. »Ich heiße Nandogral. Aber Ihr könnt mich Nando nennen.«
»Mein Name ist Toranus«, stellte dieser sich nun vor, immerhin hatte er gelernt, was sich gehörte.
»Angenehm!« Nandogral deutete eine Verbeugung an. »Wenn ich ehrlich bin, bin ich froh, dass Ihr noch lebt.«
»So?«, entgegnete der Drache. Seine Erstaunen und seine Verwirrung wuchsen mit jedem Wort des Alten. »Wie kommt Ihr auf die Idee, dass es anders sein könnte?«
»Wegen des Drachengifts«, entgegnete Nandogral wie selbstverständlich. Er schien ganz vergessen zu haben, dass der Drache nicht einmal annähernd wusste, wovon er sprach.
»Drachengift?«, wiederholte Toranus misstrauisch.
»Ja«, antwortete der Mensch. »ich hab mir zuerst nichts dabei gedacht. Schon immer kamen Menschen und andere Kreaturen mit den ausgefallensten Wünschen zu mir, doch diese waren irgendwie merkwürdig. Sie haben mich an eine alte Freundin erinnert und da ich schon lange nicht mehr unter Menschen gekommen bin, habe ich mich entschlossen, ihr einen Besuch abzustatten. Doch als ich nach Zurnam kam, war dort nichts mehr wie früher. Die Stadttore waren verschlossen und nirgendwo waren Menschen zu sehen. Ich war zwar lange nicht mehr da, aber so hatte ich es nicht in Erinnerung. Als ich dann die Stadtmauer hinaufgeklettert bin und hinübergespäht habe, waren dort überall nur diese Wesen, dieselben, die auch bei mir waren. Da hab ich mir gedacht, dass etwas nicht stimmt. Ich möchte nur wissen, was hier geschehen ist.« Nandogral runzelte die Stirn und legte den Kopf schief.
»Das könnte ich Euch wohl sagen«, entgegnete Toranus. Er sprach aber nicht weiter, sondern ließ den Kopf auf seine Vorderbeine sinken. Das Reden und auch das Zuhören hatten ihn erschöpft. Der Schmerz

brannte in seiner Brust. »Aber es ist ganz und gar nicht fein«, fügte er schließlich doch hinzu.

»Wie ich sehe, seid Ihr verletzt«, stellte Nando fest und deutete auf die getrocknete Lache dunkelgrünen Drachenblutes, die das Gras benetzte. »Haben diese Kreaturen etwas damit zu tun?«

Toranus nickte schwach.

»Lasst mich sehen.« Nando pfiff kurz durch die Zähne und Graufell[17], sein Esel, der ein Stück entfernt graste, hob den Kopf und trabte zu ihm herüber. »Ich denke, ich kann Euch helfen.« Der Alte begann, in seinen Satteltaschen zu kramen. Eine kleine Flasche und ein Beutel kamen zum Vorschein. Toranus drehte sich bereitwillig ein Stück zur Seite, um seine Wunde zu offenbaren.

»Man sollte stets auf alles vorbereitet sein«, meinte Nando, während er begann, die Verletzung näher zu betrachten. »Sie ist recht tief, aber es scheinen keine Organe verletzt zu sein«, stellte er schließlich fest. »Es dürfte nicht allzu lange dauern, bis sie verheilt ist. Ich werde etwas auftragen, das eine Entzündung verhindert und hilft, die Heilung zu beschleunigen.« Nando griff in seinen Beutel und holte einige Kräuter hervor. Schweigend beobachtete Toranus, wie er sie zwischen seinen Finger zerrieb und sie auf der Wunde verteilte. Zuerst brannte es, aber der Schmerz verflog schnell und Toranus gewann den Eindruck, dass auch die Schmerzen, die von seiner Wunde ausgingen, bald nachließen.

»So«, sagte Nando, als er mit seiner Arbeit fertig war und wischte sich die Hände an seiner Hose ab. Dann griff er nach der kleinen Flasche und reichte sie Toranus. »Trinkt das. Das wird Euch stärken.« Der Drache nahm die Flasche vorsichtig mit seinen großen Krallen entgegen. Für einen Moment überlegte er, ob er misstrauisch sein sollte, aber er sah keinen Grund dazu. Der Mann wirkte freundlich und offenherzig. Er konnte nichts Falsches oder Gefährliches an ihm entdecken. »Nun gut. Ich vertraue Eurem Wort«, sagte er nach kurzem Zögern.

[17] Ein wahrhaft sinniger Name, wenn man wusste, dass das Fell des Esels eine dunkelbraune bis schwarze Farbe aufwies. Graufell besaß seinen Namen bereits, bevor er zu Nandograls bestem Freund wurde und dieser konnte sich nicht entschließen, ihn zu ändern. Nando hatte zwei Vermutungen, was den Ursprung von Graufells Namen anging: Entweder steckte ein tieferer Sinn dahinter oder sein Namensgeber war schlicht und einfach völlig Farbenblind gewesen. Nando hielt die zweite Möglichkeit für wahrscheinlicher.

Nando nickte mit einem aufmunternden Lächeln. »Ich verspreche Euch, das könnt Ihr.«
Toranus hob die für ihn winzige Flasche an und kippte den Inhalt in seinen Rachen. Die Flüssigkeit schmeckte bitter, aber sie verbreitete eine angenehme Wärme in seinem Inneren.
»Jetzt solltet Ihr Euch ein wenig ausruhen, damit der Trank wirken kann. Ihr werdet Euch bald kräftiger fühlen.«
Als Zustimmung ließ Toranus wieder den Kopf sinken. »Wie wäre es, wenn Ihr mir in der Zeit Eure Geschichte noch einmal vollständig erzählt, Nando«, schlug er vor, »das war vorhin alles sehr verwirrend.«
Nando lachte leise. »Oh, das kann ich mir vorstellen. Manchmal vergesse ich ganz, wie man sich richtig mit jemandem unterhält. Ich bin einfach zu oft allein.« Der Mensch setzte sich ins Gras und verschränkte die Beine. Auf einen weiteren Pfiff hin kam sein Esel erneut zu ihm zurück und ließ sich bei ihm nieder, sodass Nando sich mit dem Rücken an ihn lehnen konnte. Dann begann er zu berichten und holte dabei erst einmal ordentlich aus. Er erzählte von seinem Haus hinter den drei Hügeln von Buroman, in dem er nun schon seit unzähligen Jahren lebte und von seinem hübschen Garten mit den seltenen Kräutern. Er berichtete davon, wie er seine Tage verbrachte und was er so tat. Waren seine Erzählungen bisher sehr knapp und undurchsichtig gewesen, so war er nun umso genauer und Toranus befürchtete schon bald, er würde überhaupt nicht mehr zum Wesentlichen kommen. Doch dann gelangte er endlich zu dem Punkt, an dem die Fremden ihn aufgesucht hatten. In seinen Beschreibungen meinte Toranus den Anführer der Eindringlinge wieder zu erkennen, den er beim letzten Angriff vermisst hatte, aber er konnte sich auch irren. Immerhin sahen sich diese grauen Kreaturen alle ziemlich ähnlich. Nando wiederholte, was die Fremden ihm erzählt hatten und beschrieb, was sie von ihm verlangt hatten. Mit Bedauern berichtete er, dass er ihrem Wunsch nachgekommen war, da er keinen Anlass gesehen hatte, ihnen nicht zu glauben. Dann, nachdem die Fremden ihn wieder verlassen hatten, so erzählte er weiter, hatte er auf seiner Bank vor dem Haus gesessen und plötzlich hatte ihn die Idee beflügelt, seine alte Bekannte namens Felin, welche die Fremden zu ihm geschickt hatte, zu besuchen. Sie hatten sich schon eine Ewigkeit nicht gesehen, und so hatte er kurz entschlossen seinen Esel gesattelt und war losgeritten. Nando wiederholte noch einmal, wie er Zurnam vorgefunden hatte, dass es ihm merkwürdig vorgekommen

war und wie sehr ihn der Anblick der belagerten Stadt erschreckt hatte. Zuerst hatte er einfach zurück zu seinem friedlichen Haus hinter den Hügeln reiten wollen, doch dann hatte er sich entschieden, nicht umzudrehen, sondern weiterzureiten, um zu sehen, was mit dem restlichen Land geschehen war. Schließlich konnte man nicht so tun, als wäre nichts geschehen oder man hätte nichts gesehen.
»Ich wüsste zu gern, ob Felin noch lebt.« Nando beendete seine Erzählung mit einem Seufzen. »Und was diese Fremden hier wollen. Warum sie Euch wohl töten wollen?«
Toranus erwiderte Nandos Blick mit Mitleid. Für jemanden, der nicht mitbekommen hatte, was in Allendas geschehen war, mussten diese Neuigkeiten entsetzlich sein, das wusste er gut genug von sich selbst. Nando hatte nicht gelogen. Der Trank hatte gewirkt. Die Schmerzen waren beinahe verschwunden und Toranus fühlte sich fast wieder so stark wie früher.
Der Drache hob den Kopf. »Zum Schicksal Eurer Freundin kann ich Euch leider nichts sagen«, entgegnete er sanft. »Aber was hier geschehen ist, darüber kann ich Euch einiges erzählen.«
Nun war es an Toranus, zu berichten, was er wusste. Zuerst wiederholte er das, was er von Hondor erfahren hatte, von dem Überfall in der Nacht, der Versklavung der Menschen, den Tötungen und Verschleppungen...all die Dinge, die geschehen waren, als er noch friedlich in seiner Höhle geschlafen hatte. Dann erzählte er, wie Hondor ihn in seiner Höhle gefunden hatte und sie die Sellag verjagt hatten. Schließlich berichtete er, wie sie nochmals zurück gekommen waren, um den Schatz zu erobern und wie er seine Verletzung erhalten hatte. »Deshalb brauchen sie das Gift«, schloss Toranus seinen Bericht. »Sie müssen mich loswerden, um an den Schatz heranzukommen. Das ist wirklich nicht fein. Ich kann nicht zulassen, dass sie ihn bekommen. Der Schatz gehört dem rechtmäßigen König und es ist meine Pflicht, ihn zu bewachen.«
Die Zeit war wie im Fluge vergangen. Es war bereits später Nachmittag, als Toranus sich wieder der Zeit bewusst wurde.
»Ich bin froh, dass ich rechtzeitig hier vorbeigekommen bin, um Euch zu warnen.« Nandos Augen blickten finster drein. »Wer konnte ahnen, dass eine solche Arglist hinter diesen Wesen steckt.«
»Bei Euch liegt keine Schuld«, beruhigte Toranus den Menschen.
»Aber es muss doch etwas geben, das wir tun können«, sagte Nando

erzürnt.
»Darüber habe ich auch schon nachgedacht«, erwiderte der Drache, »aber mir fiel nichts ein. Zwar bin ich ihnen überlegen, aber es sind sehr viele. Und ich kann und darf meinen Schatz nicht verlassen.«
»Ich werde über das Problem nachdenken«, sagte Nandogral entschlossen und begann abermals, in seinen Satteltaschen zu wühlen. Diesmal holte er allerdings keine Medizin, sondern ein paar frische Karotten und anderes Gemüse hervor.
»Mein Abendessen«, erklärte er. »Es ist kaum zu glauben, wie schnell die Zeit vergangen ist. Möchtet ihr auch etwas davon?«
Toranus verneinte und beobachtete, wie der Mensch einen Teil seines Gemüses verspeiste. Schweigend saßen sie beisammen und betrachteten, wie die Abendsonne den Hügel in ein tiefes Rot färbte, bis sie schließlich im Westen verschwand. Der verbliebene Rest seines Essens wurde von Nando wieder sorgfältig in seiner Tasche verstaut.
»Was habt Ihr nun vor?«, fragte Toranus schließlich. »Es ist bereits dunkel. Ihr könnt bleiben, wenn Ihr möchtet. Es ist gefährlich, bei Nacht durch das Land zu reiten. Zudem seid Ihr allein.«
»Das Angebot nehme ich gerne an.« Der alte Mann lächelte erfreut. »Ich muss gestehen, dass ich ein wenig erschöpft bin. Ich bin die letzte Nacht durchgeritten.«
»Und ich würde mich freuen, wenn Ihr mir Gesellschaft leisten würdet.« entgegnete Toranus höflich. Somit war es beschlossen. Nando streckte sich im Gras aus und lehnte den Kopf an Graufells Seite. Es dauerte nicht lange und ein zweistimmiges Schnarchen war zu hören. Nando und Graufell waren eingeschlafen. Auch Toranus entspannte sich. Er ließ seinen Kopf sinken und beobachtete mit einem Auge den Hohlweg, so wie er es sich in den letzten Tagen angewöhnt hatte, während sein Körper begann, sich zu erholen.

# Herras
## XII

Sie hatten die ruhigste Nacht hinter sich, die ihnen seit Beginn ihrer Reise vergönnt war. Nichts hatte ihre Nachtruhe gestört und als Herras bei Morgengrauen Maleris und Merit weckte, fühlten sich die drei Wanderer tatsächlich frisch und erholt. Maleris fachte das Feuer an und Merit fing mit Leichtigkeit zwei Kaninchen, die zu ihrem ausgiebigen Morgenmahl wurden.

Von Marek war weit und breit nichts zu sehen.

Einige Zeit später hatten sie ihre Sachen zusammengepackt und waren bereit, einen weiteren Tagesmarsch auf sich zu nehmen. Zu Herras' Enttäuschung konnte Merit ihm nicht sagen, wie lange sie wohl noch brauchen würden, bis sie die nördlichen Stämme erreichten. Merit war selbst noch nie in diesem Teil des Waldes gewesen. Zudem konnte auch der Waldmensch nicht voraussagen, wo sich die Stämme zu diesem Zeitpunkt aufhielten. Es konnte sehr gut sein, dass sie bald auf einen Stamm stießen, der weit nach Süden gewandert war, aber ebenso gut konnten sich auch alle Stämme in der Nähe der nördlichen Grenze des Landes aufhalten. Dann würde es noch eine ganze Weile dauern, bis die Wanderer sie erreichten. Wahrscheinlich war jedenfalls, so meinte Merit, dass sie an diesem Tag noch nicht auf einen nördlichen Stamm stoßen würden.

»Sollten wir nicht nach ihm suchen?«, fragte Maleris, als sie ihre Habe geschultert hatten und bereit waren, aufzubrechen. »Wir können ihn doch nicht einfach hier zurücklassen.«

Herras betrachtete das Mädchen eindringlich. Ungewollt kamen ihm wieder seine Gedanken der letzten Nacht in den Sinn; er schob sie schnell beiseite.

»Seine Schuld, wenn er zu spät kommt«, meinte er nur Schulter zuckend.

Bevor das Mädchen etwas erwidern konnte, ergriff ihr Bruder das Wort: »Kein Grund zur Sorge. Da kommt er schon.« Merit deutete zur anderen Seite der Lichtung. Von dort kam ihnen ein Sellag entgegen gestampft, der noch mürrischer dreinblickte, als es für ihn ohnehin ge-

wöhnlich war.
Ganz im Gegensatz zu den Menschen hatte Marek keine angenehme Nacht hinter sich. Zwar hatte er schnell Schlaf finden können, aber irgendwann war er in der Dunkelheit wieder aufgewacht. Die Überlegungen über sein weiteres Vorgehen hatten an ihm genagt und egal, wie er es drehte und wendete, er kam zu dem Schluss, dass ihm nichts anderes übrig blieb, als der Wahrheit ins Auge zu blicken - er musste die Menschen weiterhin begleiten, wenn er eine Überlebenschance haben wollte. Gegen Morgen war Marek dann wieder eingeschlafen und erst mit einem Schreck aufgewacht, als es bereits hell war. Für einen Moment befürchtete er, die Menschen wären ohne ihn weitergezogen, doch dann hatte der Wind ihre Stimmen zu ihm hinübergetragen.
»Aber gerade noch«, brummte Herras, als der Sellag die kleine Gruppe erreicht hatte. Maleris' und Merits Begrüßung fiel etwas freundlicher aus. Sie wollten sich an diesem herrlichen und frischen Morgen nicht ihre gute Laune verderben lassen, weder von Herras noch von einem missmutigen Sellag.
»Guten Morgen«, sagte Merit und Maleris fügte hinzu: »Hattest du eine angenehme Nacht, Marek?« Der Sellag begutachtete sie mürrisch, dann brummte er etwas in seiner eigenen Sprache.
»Er scheint heute Morgen nicht zum Reden aufgelegt zu sein«, kommentierte Merit neckend das Verhalten des Sellag.
»Kein Wunder, wenn man kein anständiges Morgenmahl im Magen hat. Möchtest du etwas von unserem Kaninchenfleisch kosten?« Maleris hatte die Reste des gebratenen Fleisches in ein Leinentuch gewickelt, so konnten sie es als Wegration für den Tag verwenden, und hielt es dem Sellag hin. Marek ignorierte das Angebot großzügig.
»Dann lassen wir ihn am Besten in Ruhe«, fuhr Maleris unbekümmert fort und verstaute das Bündel wieder.
»Egal, was wir tun, auf jeden Fall sollten wir nun langsam aufbrechen, sonst können wir den Tag gleich hier verbringen«, warf Herras ungeduldig ein. Für seinen Geschmack wurde dem Wohlergehen des Sellag viel zu viel Aufmerksamkeit gewidmet. Gut, er hatte ihnen das Leben gerettet, aber immerhin hatte er ihnen zuvor genau dieses auch nehmen wollen. Seit der letzten Nacht wusste Herras nicht mehr genau, wie er Marek einschätzen sollte und das verärgerte ihn besonders. Würde er ihm vertrauen können, oder würde er ihm bei der nächsten sich bietenden Gelegenheit, in den Rücken fallen, ganz gleich, ob er der

König war, oder nicht?
Endlich setzte sich die Gruppe in Bewegung und verließ die Lichtung. Der Wald präsentierte sich weiterhin so schön, wie sie ihn auch am Vortag erlebt hatten. Hohe Bäume mit goldenen und grünen Blättern und ein mit weichem Moos bewachsener Boden machten ihnen das Laufen leicht. Besonders viele Bäche kreuzten an diesem Tag ihren Weg und ihr klares Wasser ließ sie keinen Durst erleiden.
Merit und Maleris waren bester Dinge. Sie pfiffen und sangen abwechselnd oder gemeinsam. Herras ließ sich bald von ihrer fröhlichen Stimmung anstecken und bald hatte er einige Lieder der Waldmenschen gelernt, in denen sie die Schönheit des Waldes besangen und die Freude, darin zu leben.
Nur Marek blieb den ganzen Tag missmutig. Er hielt sich stets ein Stück hinter der Gruppe und vermied es, mehr als das Nötigste mit seinen Begleitern zu reden.
Merit sollte Recht behalten. An diesem Tag bekamen sie keinen der nördlichen Stämme zu Gesicht, aber auch das konnte Herras' wiedergefundene Fröhlichkeit nicht schmälern. Zwar lagen die Gedanken an Allendas stets wie ein dunkler Schatten über seiner Seele, aber er versuchte, sie so fern wie möglich zu halten. Vorerst wollte er noch die Schönheit Lemberus' genießen. Es würde die längste Zeit gewesen sein.
An diesem Abend gelang es Herras wahrhaftig, allein drei Waldhühner zu erlegen und er war sehr stolz auf sich. Sie hatten ihren Lagerplatz in der Nähe eines Baches aufgeschlagen und die drei Menschen genossen die Gelegenheit, sich im kühlen Nass zu waschen. Marek hielt sich weiterhin von der Gruppe fern und als sie sich nach einem harmonischen Abendessen in ihre Decken verkrochen, legte sich der Sellag etwas abseits von ihnen auf den Boden. Maleris übernahm freiwillig die erste Wache, bis Merit sie ablöste. Sie rechneten ohnehin nicht damit, dass in dieser Nacht etwas geschehen würde.
Auch in den nächsten beiden Tagen geschah nichts Erwähnenswertes. Sie kamen gut voran, stießen aber auf keinen der nördlichen Stämme. Merit kam mittlerweile zu dem Schluss, dass sie sich wohl vorwiegend an der Grenze des Landes aufhielten. Die Stämme des Nordens betrieben einen regen Handel mit den Menschen aus Lohringen und entfernten sich daher wohl selten weit von der Landesgrenze. Herras nahm diese Erkenntnis mit wenig Verdruss hin, denn sie mussten den

Weg ohnehin zurücklegen. Je später sie auf die Stämme treffen würden, umso mehr Zeit konnte er mit Maleris und Merit verbringen. Der Gedanke an die Trennung schmerzte ihn. Ihm blieb nur zu hoffen, dass die nördlichen Waldmenschen ebenso hilfsbereit sein würden wie seine Freunde. Die Last, die auf seinen Schultern ruhte, schien von Tag zu Tag schwerer zu werden. Noch wusste er nicht recht, wie er den König von Lohringen überzeugen sollte, ihm zu helfen. Er brauchte wohl ein ganzes Heer, um Allendas von den Eindringlingen zu befreien, aber welche Argumente hatte er, damit Lohringens König ihm dieses zur Verfügung stellte?

Merit und Maleris beobachteten Herras' wechselhafte Stimmungen mit Sorge, aber sie konnten nichts tun, außer ihrem Freund in dieser schweren Zeit zur Seite zu stehen.

Marek wahrte weiterhin Abstand zu den Menschen, er schien sich seine ganz eigenen Gedanken zu machen, die er nicht bereit war, mit ihnen zu teilen.

# Hondor
## X

Ein weiterer Tag war gänzlich verstrichen, ohne dass Hondor und seine Begleiter entdeckt worden waren. Nun war es bereits früher Nachmittag des darauf folgenden Tages. Sie hatten mittlerweile ein recht gutes Geschick dafür entwickelt, wie sie auch fernab von Straßen und Wegen, verdeckt hinter Hügeln oder in kleinen Hainen, gut vorankommen konnten.
Nur dreimal hatten Sellag ihren Weg gekreuzt und es war den Fliehenden stets gelungen, sich zu verbergen, bevor die Boten, die immer in großer Eile schienen, an ihnen vorbei geprescht waren.
Sie hatten längst herausgefunden, dass sich die Sellag ausschließlich in den Städtchen und Dörfern aufhielten (in Horden zusammengerottet schienen sie sich am wohlsten zu fühlen) und sie wussten ihr Glück durchaus zu schätzen. Wahrscheinlich hielten die Eindringlinge das freie Land mit Feldern, Äckern, Wiesen und Wäldern für wertlos, mutmaßte Hondor. Sie waren sich des wahren Wertes eines guten und fruchtbaren Stück Landes anscheinend nicht bewusst.
Was das Zusammenrotten anging, waren die Allendasser den Sellag nicht ganz unähnlich. Im ganzen Land gab es nur eine schwindend geringe Anzahl von freistehenden Häusern. Die Bauern schlossen sich lieber in Dorfgemeinschaften zusammen und zogen hinaus zu ihren Feldern, als sich dort niederzulassen.
Die vereinzelten Bauernhäuser, die sie am Rande von Straßen und Wegen entdeckten, schienen allesamt verlassen zu sein, einige waren auch niedergebrannt. Die Sellag mussten jedes Haus, das ihnen untergekommen war, geplündert und die Bewohner weggebracht oder getötet haben.
Als die drei Gefährten am Abend - die Sonne war bereits untergegangen - nach einem geeigneten Platz für die Nacht suchten, stießen sie auf ein Bauernhaus, das ungewöhnlicherweise weit ab von jeder Straße, inmitten einiger Felder stand. Nur ein schmaler, von Pferdekutschen ausgefahrener Feldweg, führte dorthin. Zu ihrer Überraschung sahen sie, dass die Fenster von warmem Kerzenlicht erhellt wurden.

»Es ist bewohnt«, stellte Usadim verwundert fest, als sie das Anwesen erreichten. »Ob Sellag hier hausen?«
»Das glaube ich kaum«, Zorina war bereits abgestiegen und hielt ihr müdes Pferd am Halfter. »Das würde ihnen gar nicht ähnlich sehen, soweit ab von ihrer Horde.«
»Sicher können wir nur sein, wenn wir nachsehen. Es könnte auch ein Zwischenposten sein«, sagte Hondor und stieg ebenfalls vom Pferd. Er reichte Usadim die Zügel und schlich, auf leisen Sohlen, am Rand des Hofes entlang, hinüber zu einem der beleuchteten Fenster.
»Menschen!«, raunte er seinen Gefährten zu, nachdem er durch die staubige Scheibe gespäht hatte.
Zorina wollte gerade vorschlagen, an die Tür zu klopfen und um eine Unterkunft für die Nacht zu bitten, als diese mit einer heftigen Bewegung aufgerissen wurde. Eine große, breitschultrige Gestalt mit einer mannshohen Sense in der Hand zeichnete sich im Schein des von innen kommenden Lichtes ab. »Wer ist da?«, rief die Gestalt mit tiefer Stimme. »Was wollt Ihr?«
»Entschuldigt unser unverschämtes Eindringen auf Eurem Besitz« entgegnete Hondor mit beschwichtigendem Tonfall und trat langsam aus dem Schatten hervor. »Wir sind nur drei Reisende, die einen Schlafplatz für die Nacht suchen.«
Der Bauer ließ die Sense ein Stück sinken, als er sah, dass es die Umrisse eines Menschen waren, der auf ihn zukam. Nun traten auch Zorina und Usadim ein Stück näher. Als sie nah genug waren, konnte sie sehen, dass der Mann im mittleren Alter war. Er hatte ein von Wind und Wetter gegerbtes, raues Gesicht, aber freundliche, helle Augen.
Nun, da er dicht an der Tür stand, fiel das Licht auch auf Hondors Gesicht und der Mann wurde blass. Fast ließ er seine Sense fallen. Seine Augen bekamen einen ungläubigen Ausdruck.
»Bei Hembras, Ihr seid König Hondor«, stieß er hervor und verbeugte sich schnell.
Nicht, dass der Bauer den König jemals zuvor mit eigenen Augen gesehen hatte, aber sein Bildnis hing seit Jahren in der guten Stube neben dem Abbild Hembras und er kannte es ebenso gut, als wäre es sein eigenes Spiegelbild im Wasser.
Der Mann trat zur Seite, lehnte seine Sense an den Türpfosten und ließ Hondor und seine beiden Begleiter hereintreten. »Verzeiht mir meine Unhöflichkeit. Mein Name ist Irindan.« Der Bauer machte einen tiefen

Knicks.
Sie standen nun im Flur des verhältnismäßig geräumigen Bauernhauses. Irindan schien kein armer Mann zu sein, aber ein bescheidener, denn das Haus war einfach und schlicht eingerichtet. Hondor nickte dankend und stellte seine Begleiter vor.
»Moran, Pogan kommt schnell, wir haben Besuch. Seht, wer uns die Ehre erweist«, rief er. Eine Tür wurde geöffnet und eine hagere Frau und ein schlaksiger Junge traten heraus in den Flur. Die Frau schlug vor Überraschung die Hände vor den Mund und der Junge bekam tellergroße Augen. Dann verbeugten sie sich schnell.
Hondor machte eine abwinkende Geste. Es war ihm schon immer unangenehm gewesen, wenn man ihm zu viel Verehrung entgegen brachte und in seiner momentanen Situation schien es ihm völlig unangebracht zu sein.
»Pogan, geh' hinaus und kümmere dich um die Pferde der Herrschaften«, wies Irindan den Jungen an, der vor Überwältigung steif herum stand.
»Oh, nein, das ist nicht nötig. Wir können die Arbeit selbst erledigen«, lehnte Hondor höflich ab, aber der Junge war bereits hinausgeeilt und der Bauer schüttelte heftig den Kopf.
»Das kommt überhaupt nicht in Frage«, sagte er bestimmt. »Ihr ruht Euch nun erst einmal aus.«
Irindan öffnete eine weitere Tür und ließ die drei Besucher in die gute Stube eintreten. »Moran, hol unseren Gästen etwas zu essen«, sagte er zu seiner Frau und auch sie eilte sogleich hinfort.
»Wir wollen Euch wirklich keine Umstände machen«, warf Usadim ein, obwohl er zugeben musste, dass er gegen ein gutes Abendessen nichts einzuwenden hatte.
»Euer Besuch ist doch kein Umstand für uns«, versicherte der Bauer und es gab keinen Zweifel daran, dass er es ehrlich meinte. »Nehmt Platz.« Er deutete auf einen Tisch mit einer gemütlichen Eckbank und die drei Reisenden ließen sich nieder. Irindan holte sich einen Stuhl heran und setzte sich zu ihnen. Seine Freude war ihm deutlich anzumerken. Vor Aufregung hatten sich seine Wangen gerötet. »Erzählt mir, was verschafft uns die Ehre eures Besuches?«, fragte er. »Ihr solltet nicht in der Dunkelheit dort draußen sein. Merkwürdige Gestalten treiben sich seit einigen Tagen hier herum.« »Das ist uns wohl bekannt«, entgegnete Hondor. »Es ist auch der Grund für unsere missliche Lage.«

Irindan zog seine buschigen Augenbrauen ein Stück nach oben und faltete seine schwieligen Hände auf dem Tisch. Interessiert blickte er seine nächtlichen Besucher an und schien darauf zu warten, dass sie ihm die ganze Geschichte erzählten. Er war höflich genug, sie nicht danach zu fragen, aber seine Neugier war ihm an der Nasenspitze anzusehen.
Seine Frau Moran betrat den Raum und brachte so einiges, was den drei Gefährten das Wasser im Mund zusammenlaufen ließ. Sie belud den Tisch mit frischem Brot, Wurst, Schinken und Käse und füllte Becher mit Wein. Nicht nur Usadims Herz schlug höher, angesichts des reichhaltigen Angebots.
»Greift zu.« Der Bauer machte eine einladende Geste und seine Gäste ließen sich das nicht zweimal sagen. Ihre Mägen knurrten und das Brot duftete herrlich. Sie langten nur allzu gerne zu.
Die noch immer sehr zurückhaltend wirkende Moran ließ sich vorsichtig neben Zorina auf eine Ecke der Bank sinken.
Irindan freute sich sichtlich darüber, dass es seinem hohen Besuch schmeckte. Seine Wangen wurden noch etwas röter und er lachte mit tiefer Stimme, als er Hondor ein Stück Brot reichte.
Einige Kils später kehrte auch der Junge zurück.
»Ich habe die Pferde in unseren Stall gebracht und sie getränkt und gefüttert, Vater«, meldete Pogan gehorsam.
»Sehr gut«, lobte der Bauer seinen Sohn und strich ihm zufrieden über den dunkelbraunen, wirren Schopf. »Setz dich zu uns.«
Pogan holte sich einen weiteren Stuhl heran und setzte sich an den Tisch. Erwartungsvoll starrte die Bauernfamilie ihre Gäste an, als wäre Hembras selbst zum Speisen zu ihnen herabgestiegen. Hondor und seinen Begleitern wurde die ungeteilte Aufmerksamkeit, die sie genossen, fast ein wenig unangenehm.
Als der größte Hunger gestillt war, kam der König endlich der unausgesprochenen Bitte seiner Gastgeber nach. Er begann zu erzählen, berichtete alles, was in den letzten sieben Tagen in Allendas vorgefallen war. Die Augen des Bauern, seiner Frau und seines Sohnes weiteten sich mit jedem Wort, das sie hörten. Ungläubiges Entsetzen zeigte sich auf ihren Gesichtern.
»Ihr müsst auf Eure Familie achten«, schloss Hondor seine Erzählung. »Ihr habt großes Glück, dass sie Euch noch nicht entdeckt und gefangen genommen haben. Aber sie sind überall. Seid vorsichtig.«
»Ich habe sie bereits gesehen.« Irindan legte seine Hand auf die seiner

Frau. Moran war sehr blass geworden und Angst stand deutlich in ihren Augen. »Vorgestern war ich auf dem Feld nahe der Straße. Dort sind sie vorbei geritten. Merkwürdige, graue Gestalten, die ich noch nie zuvor gesehen hatte. Ich konnte mir nicht erklären, wer sie waren oder woher sie kamen, aber jetzt verstehe ich es. Hembras sei Dank, dass sie mich nicht gesehen haben.«

»Ja, das war wirklich ein großes Glück«, pflichtete Zorina ihm bei.

»Nun können wir uns auch erklären, warum Rengenas in diese Woche nicht vorbei gekommen ist, um seine Sachen zu holen«, warf Moran nun mit schwacher Stimme ein. Es waren die ersten Worte, die über ihre schmalen Lippen kamen.

»Rengenas ist ein Händler aus Dornam, einem Dorf nicht weit von hier«, fügte ihr Mann hinzu, als er die fragenden Blicke der drei Fremden bemerkte. »Er kommt jede Woche, um Butter und Eier für den kleinen Markt zu holen, den es dort gibt. Doch in dieser Woche haben wir ihn vermisst. Fast wäre ich gestern selbst nach Dornam gegangen, um nach den Rechten zu sehen, aber als ich Moran von den Fremden erzählte, die ich gesehen habe, bat sie mich, nicht zu gehen. Ich denke, ich kann ihr dafür dankbar sein.«

»Das könnt Ihr wohl«, stimmte Usadim ihm zu. Er war die ganze Zeit zu sehr mit essen beschäftigt gewesen, um sich an dem Gespräch zu beteiligen, aber jetzt war sogar sein Hunger gestillt und er schob seinen geleerten Holzteller ein Stück von sich. »Dornam ist sicherlich ebenso belagert wie alle anderen Städte und Dörfer des Landes. Ihr wärt den Sellag geradewegs in die Arme gelaufen.«

»Bei Hembras«, stieß Moran hervor und schlug wieder die Hand vor den Mund. Ihr Gesicht war bleich wie ein Laken.

»Was habt Ihr nun vor, Majestät?«, fragte Irindan und musterte die drei Reisenden.

»Wir haben durch Zufall erfahren, dass sich das Bernam-Kloster im Rorgan-Wald wohl gegen die Eindringlinge behaupten kann. Zumindest hoffen wir, dass es noch immer so ist. Wir werden versuchen, dort Unterschlupf zu finden und nach einem Weg suchen, wie Allendas wieder befreit werden kann«, antwortete Hondor und verschwieg, dass er noch nicht die geringste Ahnung hatte, wie er das genau bewerkstelligen sollte.

»Ich kenne das Kloster. Es sind noch ungefähr zwei Tagesritte von hier«, antwortete Irindan. »Aber ihr werdet doch die Nacht hier ver-

bringen?«
»Wir wollen Euch nicht zur Last fallen.« Zorina winkte höflich ab, aber im Inneren hoffte sie natürlich darauf, dass Hondor das Angebot annehmen würde. Der Gedanke, endlich wieder einmal in einem richtigen Bett zu schlafen, erfüllte sie mit Verzücken.
»Es wäre uns eine Ehre, wenn Ihr bei uns bleiben würdet«, sagte Moran und stand auf. Sie begann, den Tisch abzuräumen und es schien, dass sie dankbar dafür war, wieder etwas zu tun zu haben, das sie von ihren angsterfüllten Gedanken ablenkte. Der schweigsame Pogan stand auf und half seiner Mutter, das Geschirr auf das Tablett zu stellen. »Ich werde die Schlafkammern fertig machen. Hilfst du mir bitte, Pogan?« sagte sie noch und verließ mit Sohn und Tablett den Raum.
»Es ist wirklich nicht nötig, dass Ihr Euch solche Umstände macht«, sagte Hondor mit einem dankbaren Lächeln zu Irindan, der allein mit seinen Besuchern zurückblieb. »Wir können auch im Stall schlafen.«
»Das kommt überhaupt nicht in Frage.« Der Bauer war empört. »Wir haben im oberen Stockwerk zwei Kammern, die wir sonst unseren Arbeitskräften zu Verfügung stellen. Es ist überhaupt keine Anstrengung, sie herzurichten.«
Seine Gäste gaben sich, nicht wirklich unglücklich darüber, geschlagen. Langsam spürten sie, wie sich die Anstrengungen und der lange Ritt bemerkbar machten und ihnen die Müdigkeit in den Knochen saß. Sie waren satt und zum ersten Mal seit sieben Tagen fühlten sie sich richtig wohl.
Zorina gähnte einmal herzhaft. Sie lehnte sich zurück und lauschte, wie sich Hondor, Usadim und der Bauer über die Lage des Landes unterhielten.
Es dauerte nicht lange und Moran kehrte zurück. Sie bat den König und seine Begleiter die schmale Treppe hinauf in den Oberstock des Bauernhauses. Dort warteten zwei kleine, aber behaglich eingerichtete Kammern auf die müden Reisenden. Zorina bekam eine Kammer für sich und Hondor und Usadim teilten sich die gegenüberliegende. Eine erholsame Nacht lag vor ihnen.

Als sie am nächsten Morgen frisch und erholt aufwachte, stellte Zorina erfreut fest, dass Moran saubere Kleidung für sie bereitgelegt hatte. Es waren einfache, aber ordentliche und gepflegte Stücke und Zorina war der Bauersfrau dankbar dafür. Als sie ihre eigene, vor Schmutz starre

Kleidung zusammenlegte, klirrte es leise. Verwundert blickte Zorina sich um und entdeckte das Amulett, das sie am Paratul in ihre Tasche gesteckt hatte. Sie hatte es seitdem völlig vergessen. Für einen Moment dachte sie daran, es Moran als Dank zu schenken, doch etwas in ihr sträubte sich dagegen. Mit schlechtem Gewissen stopfte sie den Anhänger in die Tasche ihres sauberen Rockes und verließ ihre Kammer.
Als sie die Treppe herunter kam und die »gute Stube« betrat, warteten bereits die Männer und das Morgenmahl auf sie. Die Bäuerin hatte nicht weniger reichlich aufgetischt als am Abend zuvor und Zorina griff nicht weniger gerne zu.
»Habt Ihr gut geschlafen?«, fragte Irindan, der auch am Tisch saß.
»Hervorragend. So gut wie lange nicht mehr«, erwiderte Hondor lächelnd und die beiden anderen stimmten eifrig zu. Die Nacht war sehr angenehm gewesen. Sie hatten so tief und fest geschlafen wie Steine und nun fühlten sie sich bereit, einem neuen Tag ins Auge zu blicken.
Der Bauer schien mit der Antwort zufrieden zu sein und rieb sich lächelnd das Kinn. »Eure Pferde stehen schon bereit. Wir dachten, ihr wollt wohl so schnell wie möglich weiter. Obwohl Ihr selbstverständlich auch hier bleiben könnt. Wir würden uns freuen.«
»Nein«, winkte Hondor ab. »wir sind Euch sehr dankbar dafür, dass Ihr uns geholfen habt, aber wir müssen unseren Weg fortsetzen.«
Irindan nickte verstehend. »Das habe ich mir gedacht. Moran hat Eure Satteltaschen mit Proviant gefüllt. Es dürfte für die nächsten drei Tage ausreichend sein.«
»Ihr seid sehr freundlich zu uns«, erwiderte Zorina verlegen, angesichts der Großherzigkeit, die ihnen zuteil wurde.
»Es ist das Einzige, was wir für die Freiheit unseres Landes tun können.« Irindan zuckte mit den Schultern. »Außerdem habe ich noch etwas für Euch bereitgelegt, was Euch vielleicht von Nutzen sein kann.« Der Bauer verriet noch nicht, was er damit meinte.
Sie beendeten ihr Morgenmahl und schneller, als es ihnen lieb war, war die Zeit gekommen, die Reise fortzusetzen. Der Abschied fiel den drei Gefährten schwer, als sie zusammen im Hof standen. Obwohl sie die Bauernfamilie erst vor kurzem kennen gelernt hatten, war sie ihnen sehr lieb geworden. Möglicherweise lag es daran, dass sie es nicht mehr gewohnt waren, mit jemandem zusammen zu sein, der ihnen freundlich gesonnen war.
»Ich hab' sie noch einmal geschärft«, sagte Irindan und lüftete sein Ge-

heimnis. Er reichte seinen Gästen drei kurze Sicheln mit gebogenen Schneiden und hölzernen Griffen. »Mir ist aufgefallen, dass Ihr keine Waffen besitzt. Vielleicht könnt Ihr sie zu Eurer Verteidigung verwenden. Richtige Waffen gibt es in meinem Haus leider nicht.« Sein Blick hatte fast etwas Entschuldigendes an sich.

Hondor und seine Gefährten waren gerührt, als sie die Gaben entgegen nahmen und sie an ihren Gürteln befestigten.

»Es ist wahrlich mehr, als wir uns erhoffen durften«, entgegnete Hondor ehrlich. »Sie werden uns gute Dienste leisten. Ihr habt so viel für uns getan, dass wir gar nicht wissen, wie wir Euch jetzt danken sollen. Ich werde Euch reichlich entlohnen, wenn Allendas wieder ein freies Land ist.«

Irindan schüttelte den Kopf. Moran und Pogan standen schweigend in der Tür. »Wir brauchen keinen Lohn. Für uns ist es Lohn genug, wenn ihr diesem Albtraum ein Ende bereitet und Allendas wieder zu dem macht, was es war.«

»Ich verspreche, wir werden alles tun, was in unserer Macht liegt«, schwor Hondor feierlich. »Passt gut auf Euch und Eure Familie auf, Irindan.«

Hondor reichte dem Bauern die Hand. Nun schien dieser gerührt zu sein. Verlegen strich er sich über sein Kinn und in seinen Augen glänzte es feucht. Dann bestiegen sie ihre Pferde mit den prallgefüllten Satteltaschen.

»Lebt wohl. Hembras stehe Euch bei«, verabschiedeten sich Hondor, Zorina und Usadim und ritten dann vom Hof, Richtung Norden, einem kleinen Wäldchen entgegen.

Als die drei Gefährten noch einmal zurückblickten, konnten sie sehen, dass der Bauer und seine Familie noch immer vor dem Haus standen und ihnen nachblickten. Sie winkten ein letztes Mal und richteten ihre Blicke dann nach vorne - wo die Zukunft lag.

# Toranus
## II

»Ich denke, ich weiß, was wir tun können«, sagte Nando und Toranus hob fragend den Kopf.

Der alte Mann war am Morgen nicht, wie er zuerst geplant hatte, weiter gezogen, sondern war am Paratul geblieben und so hatten der Drache und er den Tag in friedlicher Zweisamkeit verbracht. Toranus hatte den Menschen überzeugen können, dass es zu gefährlich war, alleine das Land zu durchreiten und Nando hatte sich einsichtig gezeigt. Zudem musste der alte Mann sich um die Verletzung des Drachen kümmern. Er hatte ein weiteres Mal die merkwürdig riechenden Kräuter auf die Wunde aufgetragen, die sich bereits gut geschlossen hatte. Sie war zwar tief und noch lange nicht völlig ausgeheilt, aber durch Nandos Behandlung verspürte Toranus nun keine Schmerzen mehr und er fühlte sich kräftig, so wie es sich für einen Drachen gehörte.

Nando hatte den Vormittag und einen großen Teil des Nachmittags damit verbracht, um den geschändeten Hügel herumzustreichen, während Graufell ein Stück entfernt graste und der Drache sich lang ausgestreckt sonnte. Bei jedem ausgerissenen Busch und jedem entwurzelten Bäumchen, das Nando fand, offenbarte sein Gesicht tiefe Trauer. Seine Finger strichen liebevoll über die Blätter, die teilweise bereits zu welken begannen und er murmelte leise Worte zu den Pflanzen, als wollte er sie damit aufmuntern und ihnen neuen Lebensmut zusprechen. Mit einer kleinen Schaufel, die er aus seiner Satteltasche hervorgeholt hatte, grub er in mühevoller Arbeit Löcher in den Boden und pflanzte die kleinen Bäume und Sträucher wieder ein. Er schien dabei nicht müde zu werden und als er den letzten Baum wieder in die Erde gesetzt hatte, ging er hinunter zu dem kleinen Bach, der am Fuß des Paratul entlang floss, und füllte seinen Wasserbehälter. Er ruhte nicht eher, bis jeder Baum und jeder Strauch gegossen war. Dann erst betrachtete er zufrieden sein Werk und kehrte zu Toranus zurück. Er streckte sich neben ihm im grünen Gras aus, zog seinen Sonnenhut tief ins Gesicht und verschränkte die Arme hinter dem Kopf. Dann machte er ein Nickerchen, zumindest dachte Toranus das, bis Nando plötzlich unvermittelt

die Worte sprach.
»Bitte?«, fragte der Drache ein wenig überrascht.
»Ich weiß, was wir tun, wenn dieser Kalerid mit dem Gift kommt«, wiederholte Nando enthusiastisch und richtete sich auf; wobei er seinen Strohhut aus dem Gesicht schob.
»Und was wäre das?«, hakte der Drache nach, noch immer ein wenig verwundert über den Elan, den der Mensch plötzlich an den Tag legte. Es war ihm nicht bewusst gewesen, dass sich sein Besucher noch mit diesen Gedanken beschäftigte.
»Du nimmst das Gift«, erklärte Nando.
Toranus verzog entsetzt das Gesicht. Bisher hatte er nicht den Eindruck gehabt, dass der Mensch ihm etwas Böses wollte. Nando sah den verstörten Gesichtsausdruck des Drachen und lachte leise. Toranus konnte nun wirklich nicht verstehen, was daran lustig sein sollte. »Das ist gar nicht fein«, brummte er mürrisch und spielte dabei bereits mit dem Gedanken, den Menschen von seinem Hügel zu verjagen.
»Keine Angst«, sagte Nando belustigt, »ich werde natürlich ein Gegengift mischen, das du zuvor nehmen wirst. Danach kann dir das Gift nichts anhaben.«
Toranus Gesichtszüge entspannten sich etwas, aber es blieb noch immer etwas Misstrauen zurück. Unbeirrt davon sprach Nandogral weiter. »Selbstverständlich musst du so tun, als hätte das Gift gewirkt. Du stellst dich tot und die Sellag werden denken, sie hätten ihr Ziel erreicht. Es wird nicht lange dauern, dann wird dieser Kalerid in die Höhle gehen, um den Schatz zu begutachten und dann kommt der große Augenblick der Wiederauferstehung.«
»Was soll das heißen?«, fragte Toranus dazwischen. Er war noch nicht wirklich von Nandos Plan überzeugt.
»Na, genau das, was ich sage: Du stehst wieder auf. Es dürfte nicht schwer sein, diesem Sellag in die Höhle zu folgen, auch wenn sich seine Männer davor befinden und dann haben wir ihn in der Falle.« Toranus dachte einen Augenblick über Nandos Worte nach und dann verstand er. »Wir werden ihn als Geisel nehmen.«
»Genau!« Nando schien von seiner Idee selbst ganz aus dem Häuschen zu sein. »Und dann können wir unsere Forderungen stellen...«
»...dass sie die Menschen freilassen und das Land verlassen sollen«, vervollständigte Toranus den Satz. Der Vorschlag begann, ihm langsam zu gefallen.

»Richtig. Und natürlich, dass sie sich niemals wieder hier blicken lassen«, bestätigte Nando und ließ sich zurück ins Gras fallen. Einen Augenblick herrschte Schweigen.
»Aber was machen wir, wenn sie nicht auf unsere Forderungen eingehen?«, gab Toranus schließlich mit gedämpfter Freude zu bedenken.
»Das werden sie schon tun«, sagte Nando überzeugt. »So, wie du berichtet hast, scheinen sie ziemlich hilflos zu sein, wenn niemand da ist, der ihnen sagt, was sie zu tun haben. Und wenn sie es tatsächlich nicht tun, dann haben wir zumindest ein Druckmittel.«
Toranus zweifelte weiter. »Und wenn Kalerid die Höhle gar nicht betritt?«
Der Mensch verdrehte die Augen angesichts der Zweifel, die der Drache seiner Idee entgegen brachte. »Dann hast du noch immer die Möglichkeit, aufzuerstehen und ihnen einen gehörigen Schrecken einzujagen.«
Toranus hörte auf zu fragen. Er musste wohl mit dem, was sie hatten, zufrieden sein, auch wenn der Plan nicht ganz hieb- und stichfest war. Zumindest hatte der Mensch die Möglichkeit, ein Gegengift herzustellen und das war ihm schon sehr recht.
»Am Besten ist es wohl, ich beginne gleich damit, den Trank herzustellen. Schließlich weiß man nicht, wann sie sich entschließen, hier aufzutauchen«, meinte Nando und pfiff durch die Zähne. Der Esel, der sich ein Stück entfernt auf der Wiese den Magen mit grünem und saftigem Klee voll geschlagen hatte, kam müßig herbeigetrabt. »Mal sehen, was wir brauchen.« Nando kramte in den Taschen seines Sattels und holte ein kleines, in Leder gebundenes Buch hervor. Er blätterte darin und fand die gesuchte Seite.
»Aha«, sagte er, als er las, was dort stand, » Meskraut, Lammwurz und Biegwurzel habe ich. Fehlt nur Immerschön, das ist nicht schwer zu finden. Dort drüben sehe ich eine ganze Menge davon.« Nando deutete auf ein Stück Wiese am Fuß des Hügels, auf dem viele lilafarbene Blumen blühten. »Ich werde etwas davon holen. Am Besten, du entfachst in der Zeit schon mal ein Feuer.«
Mit diesen Worten ging Nando den Hügel hinunter und ließ Toranus allein zurück. Ein Feuer zu entfachen, war für einen Drachen keine schwierige Aufgabe. Toranus sammelte etwas Holz zusammen, das von den ausgerissenen Bäumen zurückgeblieben war, und stapelte es sauber auf. Ein kurzer Feuerstoß erledigte den Rest und als Nando zurückkehr-

te, loderten die Flammen bereits hell. Nando begutachtete zufrieden das Werk des Drachen, dann nahm er einen Topf seines Kochgeschirrs zur Hand und begann damit, den Trank zuzubereiten.

# Hondor
## XI

Auch den Pferden hatte die Nacht im warmen und trockenen Stall des Bauernhauses gut getan. Es war schon lange her, dass sie in einem geschützten Unterstand gestanden und gutes Heu zu fressen bekommen hatten. Das Laufen schien ihnen am darauf folgenden Tag leichter zu fallen. Mit Leichtigkeit galoppierten sie über Wiesen und Felder hinweg und schlängelten sich durch kleine Wäldchen, welche die drei Reisenden zu ihrem Schutz durchritten.
Der gute Stern, unter dem ihr Unternehmen zu stehen schien, war ihnen auch weiterhin treu geblieben, sodass die Gruppe beinahe ein wenig zu unaufmerksam wurde. Eine Zeit lang wagten sie es sogar, eine feste Straße zu benutzen. Fast wäre ihnen dabei eine Gruppe Sellag in den Weg gekommen, doch Usadim hatte sie noch rechtzeitig die Straße entlang kommen gesehen und sie hatten ihre Pferde zurückreißen und sich hinter einer hohen Hecke am Wegesrand verbergen können.
Die folgende Nacht verbrachten sie auf dem trockenen, nadelbedeckten Boden eines kleinen Tannenhains. Usadim übernahm freiwillig die erste Nachtwache. Natürlich gab er nicht zu, dass er es auch tat, um sich länger an dem reichlichen Proviant, den Moran ihnen in die Satteltaschen gepackt hatte, laben zu können. Um Mitternacht löste Hondor ihn ab und Zorina gönnte beiden Männern noch etwas Schlaf, als sie sich am Morgen daran machte, ein Feuer zu entfachen und die Rüben zu braten, die sie in ihrer Satteltasche gefunden hatte.
Am vorhergehenden Tag waren sie besser vorangekommen, als sie zu hoffen gewagt hätten und so konnten sie es sich erlauben, es an diesem Morgen etwas ruhiger angehen zu lassen. Sie waren zu dem Schluss gekommen, dass es keinen Sinn hatte, das Letzte von sich und ihren Pferden zu fordern. Die drei Gefährten mussten darauf achten, immer wieder Kraft zu schöpfen, denn sie konnten jederzeit auf Sellag stoßen und dann würden sie ihre körperliche Kraft und die Klarheit ihres Verstandes brauchen.

Mit den kundigen Augen der Tochter eines königlichen Schmieds begutachtete Zorina die Sicheln, die Irindan ihnen geschenkt hatte, und stellte fest, dass es sich um hervorragende Arbeit handelte. Das gehärtete Eisen war widerstandsfähig, scharf geschliffen und würde es auch lange bleiben. Die Griffe waren aus festem Holz geschnitzt und lagen gut in der Hand. Wenn sie wirklich in einen Kampf verwickelt werden würden, könnten sie ihnen sicherlich gute Dienste leisten, obwohl sie schon einige Jahre alt zu sein schienen. Dass sie trotzdem noch in einem so guten Zustand waren, sprach sowohl für den Hersteller, als auch für den Besitzer. Die Arbeit kam Zorina merkwürdig vertraut vor. Sie sah noch etwas genauer hin und fand ein kleines Zeichen, das kurz über dem Schaft in das Metall eingeritzt war. Im Zwielicht des Morgens und zwischen den hohen Tannen war es nicht leicht zu erkennen, aber Zorina hielt das Werkzeug in einen Sonnenstrahl, der sich den Weg durch die Baumwipfel bis hinunter auf den Waldboden erkämpfte und ihr stockte der Atem. Es war eindeutig das Zeichen des königlichen Hofschmiedes. Diese Sichel war von ihrem Vater gefertigt worden. Wahrscheinlich stammte sie noch aus der Zeit. als er jünger war und nicht nur für den Königshof gearbeitet, sondern auch Dinge für den Verkauf hergestellt hatte. Zorina ließ die Sichel sinken und gab einen erstickten Laut von sich. Traurigkeit überwältigte sie. Bisher war es ihr gelungen, die Gedanken an ihren alten Vater zu verdrängen. Sie hatte ihn seit der Nacht des Angriffes auf Allendas nicht mehr gesehen. Sie wusste nicht einmal, ob er noch lebte. Er war in dieser Nacht nicht zu Hause gewesen, sondern hatte Freunde besucht, die am Rande der Stadt lebten. Wahrscheinlich hatte er bei Ihnen übernachtet, wie immer, wenn er zu viel Bier getrunken hatte. So wusste Zorina nicht, was aus ihm geworden war. Im Kerker hatte sie ihn nicht gesehen. Sie war zu beschäftigt gewesen, um sich Sorgen zu machen, doch jetzt, ohne dass sie es wirklich bemerkte, wuchs in ihr die Gewissheit, dass er tot war. Als sie sich dieses Gedankens bewusst wurde, ohne zu wissen, woher diese Überzeugung kam, traf es sie keineswegs so sehr, wie sie erwartet hätte. Das Gefühl der Trauer war stark, aber sie wusste auch, dass ihr Vater nun nicht mehr leiden musste.

»Was ist los?«, fragte Hondor, der durch Zorinas kurzes Schluchzen aufmerksam geworden war und das Mädchen ansah, das mit Tränen überströmtem Gesicht zitternd auf dem Boden kniete.

Sie antwortete ihm nicht. Sie hielt ihm einfach die Sichel hin und deutete auf die Gravur. Der junge König betrachtete sie, erkannte das Zei-

chen und verstand. Er kniete sich neben Zorina und nahm sie in die Arme. Das Mädchen erwiderte die Geste und Hondor drückte sie an sich, spürte, dass sie an seiner Schulter weinte.
Usadim betrachtete das Geschehen aus einiger Entfernung. Er nahm seine eigene Sichel und drehte sie einen Augenblick verständnislos in den Händen, bis auch er das Zeichen fand und ahnte, worum es ging.
Es dauerte lange, bis Zorinas Schluchzen verstummte und ihre Tränen versiegten. Hondor sprach beruhigend auf sie ein und als ihr Zittern endlich nachließ, fasste er sie bei den Schultern und schob sie ein Stück von sich. Er blickte in ihre geröteten Augen. Er hatte damit gerechnet, dass dieser Moment früher oder später kommen würde, es hatte nur den richtigen Auslöser gebraucht. Sie war die ganze Zeit so übernatürlich stark und tapfer gewesen und dafür bewunderte Hondor sie, aber er verstand, dass für sie der Druck nun zu groß wurde.
»Er lebt noch, da bin ich sicher«, sagte er und versuchte, dabei möglichst überzeugt zu klingen. Zorina hielt seinen Blick für eine Weile fest. Dann schüttelte sie den Kopf.
»Nein, das tut er nicht.« Sie hatte keine Erklärung dafür, woher sie diese Gewissheit nahm. Ihr Atem beruhigte sich langsam und sie wischte sich die Tränen aus ihrem Gesicht. Es war ihr unangenehm, derart die Kontrolle über sich verloren zu haben, aber weder Hondor noch Usadim schienen es ihr übel zu nehmen.
»Wir sollten weiterziehen«, sagte sie mit erstaunlich fester Stimme und befreite sich aus Hondors Griff, um aufzustehen. Sie wollte über das, was geschehen war, nicht mehr sprechen, aber ihr Blick drückte Dankbarkeit aus. Hondor und Usadim schienen zu verstehen, was in ihr vorging, und sagten nichts mehr. Sie packten ihre Sachen zusammen und zogen weiter.

Dreimal fünfzig Kils später standen sie vor dem ersten Hindernis, das sich nicht so leicht überwinden ließ – dem Pilandan. Allendas besaß, obwohl das ganze Land von vielen kleinen Flüssen und Bächen durchzogen war (was auch zu seiner guten Fruchtbarkeit beitrug), nur drei große Ströme. Sie entsprangen allesamt im Gerland-Gebirge. Zwei davon, Allas und Geran, schlängelten sich auf der westlichen Seite des Landes nach Süden, wo sie ins Meer stürzten. Der Dritte und Größte, dessen Name Pilandan lautete, durchquerte das Land mit vielen Biegungen von Westen nach Osten und verschwand dort im Wald von

Lemberus.
Hondor hatte gewusst, dass sie früher oder später auf ihn stoßen würden, denn der Pilandan teilte das Land und es gab keine Möglichkeit, nach Norden zu reisen, ohne irgendwann den Fluss zu überqueren. Doch er hatte gehofft, dass es ihnen gelingen würde, über ihn hinwegzukommen, ohne dabei eine Brücke zu benötigen. Es gab nicht allzu viele Brücken in Allendas, die über den Pilandan führten. Man konnte sie nur dort finden, wo es auch Dörfer und Ansiedlungen gab. Bisher waren sie auch völlig ausreichend gewesen, denn auch alle größeren Straßen und Wege, die von Norden nach Süden führten, verliefen durch diese Orte und niemand hatte eine Brücke im freien Land benötigt.
Die drei Gefährten hatten jedoch den befestigten Weg, in dessen Nähe sie sich an diesem Tag gehalten hatten, vor einiger Zeit verlassen, als dieser einen Bogen machte und geradewegs in ein Dorf führte. Seitdem waren sie querfeldein geritten und hatten nun den Pilandan an einer Stelle erreicht, an der in beide Richtungen weit und breit kein Übergang zu erkennen war. Der Fluss war hier gut achtzig Barret breit und so tief, dass Hondor bezweifelte, dass es möglich war, dort noch stehen zu können.
Ratlos blickten der König und seine Begleiter in das Wasser, dessen Strömung so stark war, dass sie den Boden des Flussbettes aufwirbelte und ihm dadurch eine braungrüne Färbung gab.
»Hier kommen wir nicht weiter«, stellte Usadim fest und sprach damit aus, was alle drei dachten. Es war unmöglich, den Fluss an dieser Stelle zu überqueren. Sie hätten schwimmen müssen, doch die Strömung hätte sie erbarmungslos weggerissen.
»Wir müssen uns eine Brücke suchen«, fügte Zorina hinzu und sie wechselten teils resignierte, teils missmutige Blicke.
»Das heißt, wir müssen eine Ortschaft finden«, sagte Usadim und versuchte sein Pferd zu beruhigen, das schon beim Anblick des Wassers begann, bockig zu werden. »Doch dort sind überall Sellag.«
»Wir haben keine andere Wahl«, sagte Hondor entschlossen, obwohl ihm die Vorstellung, sich in ein Dorf voller Sellag zu wagen, ganz und gar nicht gefiel. Er berührte den Griff seiner Sichel, um sich selbst Mut zu machen und fuhr fort: »Wenn wir den Fluss hier überqueren, werden wir ertrinken. Zudem müssten wir die Pferde zurücklassen.«
»Doch welche Richtung sollen wir wählen?«, fragte Zorina und blickte zuerst flussauf- und dann flussabwärts. Nirgendwo war ein Anzeichen

zu erkennen, dass es in der Nähe eine Siedlung gab.
»Das ist gleichgültig«, antwortete Hondor. »Ich weiß nicht, in welche Richtung der nächste Ort liegt. Ich würde vorschlagen, wir gehen dort entlang.« Der König deutete Richtung Westen. »Das Ufer scheint dort flacher zu sein und leichter zu begehen. Vielleicht finden wir ja auch eine seichte Furt, die wir durchwandern können.«
Seine Begleiter stimmten zu und so wandte sich die Gruppe nach Westen und ritt an dem Gras bewachsenen Ufer entlang, stets nach einer flachen Stelle im Wasser oder den Dächern eines Dorfes am Horizont Ausschau haltend.

Ungefähr hundert Kils später erblickten sie das, was sie sich erhofft hatten. Ein Stück vor ihnen, in einer Talmulde, lag ein kleiner Ort. Von dem kleinen Hügel aus, auf dem die drei Reisenden ihre Pferde zum Stehen gebracht hatten, konnten sie das Dorf gut überblicken. Es war nicht von dem Angriff der Sellag verschont geblieben. Einige der Häuser waren niedergebrannt und graue Gestalten schlichen, ebenso wie in Brugen, durch die Straßen. Doch zumindest gab es auch die erwartete Brücke. Sie verband die an beiden Seiten des Ufers liegenden Teile des Ortes miteinander. Sellag wanderten darauf hin und her.
»Es wird nicht leicht werden, sie zu überqueren.« Zorinas Stimme klang entmutigt, als sie auf das Dorf hinabblickte. »Bei Tageslicht werden wir es wohl nicht schaffen können.«
»Wir warten bis zur Dunkelheit«, entgegnete Hondor, »dann werden sich sicher nicht mehr so viele Sellag dort aufhalten.« So war es ihnen schließlich auch in Brugen gelungen, (fast) unentdeckt zu bleiben.
Sie ließen die Pferde auf der von dem Dorf abgewandten Seite des Hügels grasen und legten sich bäuchlings ins Gras, sodass sie über die Kuppe des niedrigen Hügels zu den Sellag hinunter sehen konnten. Am Himmel zogen dunkle Wolken auf; hell- und dunkelgrau gefärbt, schienen sie die bedrückte Stimmung der drei Menschen unterstreichen zu wollen. Von der Gelöstheit, die sie zwei Tage zuvor in dem Bauernhaus für kurze Zeit verspürt hatten, war nichts zurückgeblieben. Keinem von ihnen war es wohl bei dem Gedanken, sich erneut in ein Dorf voller Sellag wagen zu müssen. Bisher hatten sie viel Glück gehabt, aber die Erfahrung hatte sie gelehrt, dass jede Glückssträhne irgendwann ein Ende haben musste. Hembras war ihnen bisher gnädig gewesen und Hondor versuchte verzweifelt, auch weiterhin an seinem

Glauben festzuhalten, obwohl die schrecklichen Ereignisse in seinem Land ihn daran zweifeln ließen, dass es überhaupt einen Gott gab.
Zorina seufzte mehrmals schwer, als sie sich im Gras ausstreckte und auf den Rücken drehte, um das Dorf und die darin umherstreifenden, grauen Gestalten nicht mehr sehen zu müssen. Sie wollte die schwere Aufgabe, die vor ihnen lag, noch so weit wie möglich und so lange es ging von sich fern halten. Sie war kein Mensch, der viel von Vorahnungen hielt, aber der Anblick der Häuser, deren Dächer von den mittlerweile fast schwarzen Regenwolken verdüstert wurden, ließ ihr das Herz schwer werden. Irgendetwas in ihrem Kopf flüsterte ihr zu, dass es diesmal nicht gut gehen würde, und dieser erschreckende Gedanke ließ sich einfach nicht verbannen, so sehr sie es auch versuchte.
»Bestimmt gibt es dort unten auch ein Gasthaus«, durchbrach Usadim das bedrückte Schweigen, in dem Versuch, die Stimmung ein wenig aufzulockern und um sich selbst aufzumuntern. Bei dem Gedanken, den Hügel hinuntersteigen zu müssen, wurde ihm übel. Der Weg zu Brücke war nicht allzu weit, aber diesmal hatten sie keine Möglichkeit, sich zu verbergen. Sie fröstelten, ohne zu wissen, ob es an dem Wind lag, der aufgekommen war und mit zunehmender Heftigkeit über die Wiese strich, oder an der Furcht, die von ihnen allen Besitz ergriffen hatte.

Die Nacht brach herein und mit ihr der Regen. Der Wind hatte noch weiter zugenommen und fegte nun pfeifend über den Hügel. Über ihnen tobte ein gewaltiges Spätsommergewitter, das sich etwas zu weit in den Herbst gewagt hatte. Es donnerte und blitze und die drei Gefährten zögerten, denn sie wussten nicht, ob sie es als ihren Vorteil oder Nachteil sehen sollten. Das Dorf war nun in der Schwärze der Nacht nicht mehr zu erkennen. Der Regen erschwerte ihnen die Sicht zusätzlich und die Wolken verdeckten den Mond, sodass man die Häuser nur noch sehen konnte, wenn sie vom grellen Licht der Blitze erhellt wurden, welche die Dunkelheit durchschnitten. Die drei Menschen waren völlig durchnässt und verfroren. Es gab weit und breit nichts, womit sie sich hätten schützen können.
Als der Niederschlag etwas nachließ und es aufgehört hatte, zu blitzen und donnern, beschlossen sie, aufzubrechen. Die Hoffnung, auf der anderen Seite des Flusses eine Stelle zu finden, die geschützt und trocken war und an der sie ein wärmendes Feuer entzünden konnten, trieb sie

ebenso an, wie die Gewissheit, dass sie früher oder später ohnehin ihrem Schicksal ins Auge blicken mussten. Noch regnete es, und so blieb ihnen die Hoffnung, dass sich die Sellag in die Häuser zurückgezogen hatten, um sich vor der Nässe zu schützen. Die Dunkelheit würde ihnen helfen, sich zu verbergen, aber es auch unmöglich machen, die Umgebung ausreichend zu beobachten, um zu verhindern, ihren Feinden direkt in die Arme zu laufen.

Sie überprüften noch einmal die Sicheln an ihren Gürteln und stiegen auf die Pferde. Die sonst so sanftmütigen Tiere waren unruhig. Vielleicht lag es nur an dem entsetzlichen Wetter, vielleicht übertrug sich auch die Nervosität der Menschen auf sie oder sie waren schlau genug, um selbst zu wissen, was nun auf sie zukam.

Langsam ritten sie den Hügel hinunter. Das Gras war durchweicht und sie mussten achtsam sein, denn die Hufe der Pferde fanden im feuchten Boden wenig Halt. Lange Zeit sahen sie nur den Regen, der in endlosen Fäden vor ihnen nieder ging, doch als sie nahe genug heran gekommen waren, konnten sie das erste Haus des Dorfes sehen.

Sie verbargen sich dahinter, zogen die Pferde so dicht es ging an die Hauswand heran und drückten sich selbst dagegen. Hondor spähte um die Ecke, in eine kleine Gasse hinein. In den Häusern brannte Licht, das durch die matten Scheiben der Fenster auf die Straße fiel. Nirgendwo war ein Sellag zu sehen.

»Die Luft scheint rein zu sein«, flüsterte Hondor seinen Begleitern zu. »Bei dem Wetter scheinen sie sich alle in den Häusern verkrochen zu haben. Ich denke, wir können uns ein Stück voran wagen.« Usadim klopfte seinem Pferd liebevoll auf den Hals, um es zu beruhigen. Das Tier schnaubte ungeduldig und scharrte mit den Hufen, als könne es kaum noch erwarten, von diesem Ort weg zu kommen. Zorina nickte nur. Mit jedem Schritt hatten sich ihre dunklen Vorahnungen verstärkt. Leider war es ihr unmöglich, sich ein genaues Bild von dem zu machen, was ihr diese Furcht einflößte. Sie hatte bisher noch nie unter solchen Vorahnungen (begründet oder nicht) gelitten und sie wusste nicht, wie sie damit umgehen sollte. Es kam ihr so vor, als könnte der Tod hinter jeder Ecke lauern.

Sie schlichen durch die Straße, duckten sich tief bei jedem erhellten Fenster. Natürlich ließen sich die Pferde nicht dazu bringen, auf dem Boden weiter zu kriechen, trotzdem wurden sie nicht entdeckt. Sie erreichten die nächste Häuserecke und alles blieb ruhig.

Die Gasse mündete geradewegs in die Hauptstraße und sie wagten es, einen Blick hineinzuwerfen. Der Regen hatte den staubigen Boden in rutschigen Schlamm verwandelt. Sie konnten kein Gasthaus entdecken, aber zu ihrer Erleichterung auch keinen Sellag. Der Regen hatte wieder zugenommen und prasselte erbarmungslos auf die drei Gefährten nieder. Ein erneuter Blitz zerriss die Dunkelheit und in den wenigen Augenblicken, in denen er das Dorf erhellte, konnten die Menschen erkennen, dass die Brücke am Ende der Straße lag. Sie waren auf dem richtigen Weg. Der folgende Donner ließ die Erde beben und die Menschen erschaudern. Er hatte etwas Warnendes, als wäre er der Vorbote des Unheils.
Zorina strich ihre Haare zurück, als wollte sie damit auch die bösen Vorahnungen beiseite schieben. Dann bestieg sie, ebenso wie Hondor und Usadim, wieder ihr Pferd. Die besten Aussichten würden sie haben, wenn sie die Hauptstraße so schnell wie möglich hinter sich brachten. Ein letzter Blickwechsel, dann preschten sie los. Der Dreck spritzte und der Regen schlug ihnen ins Gesicht, als die Pferde die Hauptstraße entlang galoppierten. Das Dorf war noch kleiner als Brugen, umfasste höchstens zwanzig Häuser und seine Straßen waren schmaler und dunkler. Sie hatten die Brücke in wenigen Augenblicken erreicht und noch immer war weit und breit kein Sellag zu sehen. Hondor erlaubte sich ein erleichtertes Aufatmen. Vielleicht gab es doch einen Gott, der in diesen schweren Zeiten schützend über sie wachte. Er betete still zu Hembras und hoffte, dass sie auch das letzte Stück unentdeckt zurücklegen konnten. Vielleicht hatte Hembras selbst seine Gemahlin gebeten, dieses Gewitter zu schicken, um sie zu schützen.
Auf der anderen Uferseite konnten sie schwach das matte Licht der wenigen Häuser ausmachen, die sich dort befanden. Ansonsten waren die Brücke und das dahinter liegende Land in tiefe Dunkelheit gehüllt.
Als die Pferde die Brücke betreten hatten, mussten sie ihre Geschwindigkeit verlangsamen. Die Hufschläge donnerten auf den Holzplanken und übertönten sogar das Rauschen des Flusses, der durch den Regen angeschwollen war. Hondor ritt voraus, Usadim folgte dicht hinter ihm. Nur Zorina hielt sich ein Stück zurück. Die erdrückende Vorahnung verstärkte sich mit jedem Barret, das sie zurücklegte, und machte ihr das Atmen schwer. Die Gefahr schien fast greifbar zu sein, obwohl nirgends etwas zu sehen war, was diesen Gedanken gerechtfertigt hätte.

Sie hatten fast die Mitte der Brücke erreicht, als Hondors Pferd auf den feuchten Planken ausrutsche und beinahe gestürzt wäre. Gerade noch konnte der König vom Rücken seines Tieres springen, als das Ross mit den Vorderbeinen einknickte. Schnaubend rappelte das Tier sich wieder hoch und Hondor hielt es am Zügel, strich ihm durch die Mähne und sprach beruhigend auf es ein. Erleichtert stellte Hondor fest, dass der Rappe sich nicht verletzt hatte.
Usadim und Zorina brauchten einen Augenblick, um sich von dem Schreck zu erholen, und stiegen ebenfalls aus dem Sattel. Es war sicherer, wenn sie die Pferde den Rest des Weges führten. Hondor war nur knapp der Gefahr entgangen, von der Brücke in den Fluss zu stürzen und es war nicht ausgeschlossen, dass dies noch einmal geschehen würde. Sie waren zu weit gekommen, um nun auf diese Weise zu scheitern.
Hondor gab ihnen ein Handzeichen. Mit ihm war alles in Ordnung und sie konnten weitergehen.
Zwei Drittel der Brücke hatten sie hinter sich gebracht und noch immer war das andere Ufer nur schemenhaft in der Dunkelheit zu erkennen. Trotzdem machte sich in Hondor und Usadim bereits eine gewisse Erleichterung breit. Sie rechneten kaum noch damit, dass etwas geschehen würde und beschleunigten, soweit es die feuchten Bohlen zuließen, ihre Schritte.
‚Das geht zu einfach', dachte Zorina, die noch immer ein Stück hinter den beiden Männern lief, und ihre Unruhe blieb unverändert.
Der Gedanke war in ihrem Kopf noch nicht völlig verhallt, da hörten die drei Menschen sie kommen: Raue Stimmen und heiseres Gelächter schallte durch die Dunkelheit. Sie bewegten sich auf sie zu. Dann ertönten dumpfe Geräusche, als große hornige Füße auf feuchte Holzbalken traten.
Hondor erstarrte in seiner Bewegung, blickte zuerst erschrocken hinter sich zu seinen Gefährten und ließ dann den Blick von links nach rechts schweifen. Es gab keinen Ausweg, keine Möglichkeit, sich zu verstecken. Sie konnten nicht zurück, die Brücke war zu eng, um die Pferde zu wenden und von vorne nahte das Unheil. Die Schritte kamen näher und die Stimmen wurden lauter, redeten und grölten in einer Sprache, die Hondor nicht verstand und von der er doch wusste, woher sie stammte.
Usadim griff nach seiner Sichel und löste sie vom Gürtel. Er atmete

tief durch und straffte die Schultern. Ihnen blieb nichts anderes übrig, als dem, was ihnen da entgegen kam, in die Augen zu sehen. Er wusste, dass es kleine, schwarze Augen in hässlichen grauen Gesichtern sein würden und er fühlte sich bereit. Zorina tat es Usadim gleich. Sie zog ihre Sichel hervor, drückte sich aber dicht und schutzsuchend an ihr Pferd. Als Hondor mit seiner Waffe in der Hand den Blick wieder nach vorne richtete, konnte er sie sehen. Sie waren nun nah genug, um sich als tiefschwarze Schatten von der Dunkelheit abzuzeichnen. Vier Sellag konnte er erkennen, doch er vermochte nicht zu bestimmen, ob sich dahinter noch weitere verbargen.
Die Sellag bemerkten, dass ihnen etwas den Weg versperrte. Hondor wusste es in dem Moment, als ihre Gespräche unvermittelt abbrachen. Die darauf folgende Stille, in der nur noch das Rauschen des Flusses zu hören war, war beängstigender als die grässlichen Laute, die sie zuvor von sich gegeben hatten.
Hondor spürte, wie Usadim neben ihn trat und kampfbereit seine Sichel hob. Sie wechselten einen kurzen Blick, um gegenseitig ihren Mut zu stärken und sahen dann ihren Feinden entgegen.
Auch die Sellag waren stehen geblieben, schauten verwundert zu den Schatten herüber, die ihnen im Weg standen.
»Was ist das?«, zischte einer von ihnen auf sellagisch und kniff die Augen zusammen. Weniger die Schwärze der Nacht, als das Übermaß an allendassischem Bier machte ihm das Sehen schwer.
»Sieht aus, als wären es Menschen«, antwortete ein anderer. »Sie sind uns wohl entkommen. Und sie haben unsere Pferde gestohlen.«
Hondor lauschte dem Gespräch, das er nicht verstand, und er überlegte, ob er die dunklen Gestalten ansprechen sollte. Doch welchen Sinn würde das wohl haben? Er konnte das Geräusch von Schwertern hören, die aus der Scheide gezogen wurden und er konnte sich lebhaft vorstellen, was geschehen würde.
»Die werden wir lehren, was es heißt, sich an unserem Eigentum zu vergreifen!«, zischte der erste Sellag. Seine Kameraden stimmten ihm lauthals zu.
Dann ging es los. Noch bevor das Geschrei der Sellag völlig verstummt war, stürmten sie mit erhobenen Schwertern auf die Menschen zu. Die Brücke war schmal und die Wirkung des Bieres machte ihnen das gerade gehen nahezu unmöglich. So kam es, dass sich die Sellag immer wieder gegenseitig anrempelten. Schwankend und grunzend erreichten

sie die Menschen. Dem ersten ungezielten Schwerthieb konnte Hondor mühelos ausweichen und den zweiten konnte er mit seiner Sichel abfangen. Es waren sechs Sellag, wie Hondor nun sehen konnte, doch die Brücke war gerade breit genug, dass zwei von ihnen nebeneinander Platz fanden. Die anderen mussten unter lautem Geschrei hinter ihnen warten. Usadim hatte mit seinem Gegner weniger Mühe als Hondor. Der kräftige Küchenmeister fasste den Arm des recht kleinen Sellag, als dieser zu seinem ersten Hieb ausholte. Mit der Faust schlug er ihm zweimal auf die lang gezogene Nase und die Wucht der Hiebe beförderte den Sellag über das Geländer der Brücke. Mit einem letzten Schrei verschwand er in der Dunkelheit. Ein Platschen verkündete das Ende seines Falles. Usadim wusste nicht, ob Sellag schwimmen konnten. Es war ihm auch völlig gleichgültig.
Zorina hatte den letzten, verbliebenen Rest ihres Mutes zusammengekratzt und sich aus der schützenden Nähe ihres Pferdes gelöst, um hinter ihre beiden Gefährten zu treten. Tapfer hielt sie kampfbereit ihre Sichel in die Höhe, doch sie konnte von ihrer Position nicht viel Beistand leisten, und im Inneren ihres Herzens war sie auch froh darüber. Hondor war es gelungen, seinem Gegner das Schwert aus der Hand zu schlagen, doch das beeindruckte diesen wenig. Mit bloßen Fäusten ging er auf den König los und versuchte, seine Hände um dessen Kehle zu legen. Hondor spürte schon die rauen Finger seines Gegenübers an seinem Hals, als es ihm gelang, mit seiner Sichel zuzustoßen. Der Stich traf den Sellag in den Bauch und er stolperte mit einem Schmerzensschrei zurück, in die Arme des hinter ihm Stehenden. Dieser bewies erneut, dass Sellag nicht viel von Kameradschaft hielten. Er stieß den Verletzten kurzerhand über das Geländer in den Fluss und trat vor, um sich Hondor entgegenzustellen. Sein erster Schwerthieb ging weit daneben, der zweite verfehlte den König nur noch knapp. Mit zwei weiteren Angriffen drängte der Sellag den König ein Stück zurück, bis er mit dem Rücken an sein Pferd stieß. Geistesgegenwärtig erfasste Zorina die Zügel des Tieres und zog es fort, um Hondor den Rückzug freizuhalten. Den nächsten Schwerthieb konnte der König mit seiner Sichel abhalten. Die Klinge klirrte laut durch die Heftigkeit der Angriffe, aber sie hielt. Hondor war nun in starke Bedrängnis geraten. Der Sellag hatte ihn mit dem Rücken an das Geländer der Brücke getrieben. Noch immer befand er sich in einer Position, in der er sich nur verteidigen konnte. Es war ihm noch nicht gelungen, einen Gegenschlag zu erzielen. Der

Sellag schien sich nun in einem Rausch zu befinden. Ob es nur an dem Bier oder auch an seinem Temperament lag, vermochte Hondor nicht zu sagen. Er hatte auch kaum Zeit, darüber nachzudenken.
Immer heftiger schlug der Sellag auf ihn ein und dem König fiel es mit jedem Mal schwerer, die Hiebe abzublocken. Der Angreifer war nun nah genug an ihn herangekommen, dass Hondor seinen nach Alkohol stinkenden Atem riechen konnte. Bald war nicht mehr genug Platz zwischen den beiden Kämpfern, dass der Sellag weiterhin mit seinem Schwert zuschlagen konnte, so ließ er es fallen und stürzte sich mit bloßen Händen auf Hondor. Der König nutzte diesen kurzen Augenblick. Während der Sellag bereits die Hände ausstreckte und sich mit entblößten Zähnen auf den Menschen werfen wollte, wich dieser zur Seite aus und schob sich an dem Geländer entlang, bis er seinem Gegner entkommen war. Der Sellag, der mit dem plötzlichen Verschwinden des Menschen nicht gerechnet hatte, konnte seinen Schwung nicht mehr rechtzeitig abfangen und stürzte über das Geländer. Er verschwand, wie seine Kameraden zuvor, mit einem überraschten Aufschrei in der Dunkelheit und klatschte ins Wasser. Hondor blieb nicht viel Zeit, um Atem zu schöpfen, denn der nächste Sellag stand schon bereit.
Usadim hatte wenig Mühe mit seinem zweiten Widersacher. Er war ebenfalls klein und obwohl er recht flink und wendig war, dauerte es nicht lange, bis der Koch des Königs ihn mit einem gezielten Faustschlag zu Boden gestreckt hatte. Usadim beseitigte den störenden Körper, indem er ihn hinunter in den Fluss warf. Es beunruhigte ihn fast, mit welcher Gelassenheit er dem Leben des Sellag ein Ende gesetzt hatte, doch auch ihm blieb nicht viel Zeit zum Grübeln. Ein weiterer Sellag löste sich aus der Dunkelheit und trat ihm entgegen. Sein Anblick raubte Usadim für einen Augenblick den Atem. Es war der Größte dieser Kreaturen, den er bisher gesehen hatte. Er überragte den hoch gewachsenen Küchenmeister um mehr als einen halben Kopf. Der Sellag trat mit einem Gebaren auf ihn zu, das vor Selbstsicherheit nur so strotzte und er wusste wohl auch, dass er es sich leisten konnte. Unwillkürlich wich Usadim zwei Schritte zurück. Er wusste, dass es keine Möglichkeit zur Flucht gab. Ein hässliches Lächeln umspielte die Lippen des Hünen, als er zum ersten Schlag ausholte. Usadim konnte die Kraft spüren, die hinter dem Hieb steckte, als er die Schwertklinge mit seiner Sichel abblockte; in diesem Moment wusste er, dass er diesem Gegner nicht lange standhalten konnte. Zwei weitere Schläge konnte

er abwehren, doch seine Kraft ließ nach. Schweiß trat dem Koch auf die Stirn. Seine Körperfülle machte es ihm schwer, dem gewaltigen Sellag auszuweichen. Der nächste Schlag verfehlte ihn nur durch Zufall; anscheinend ließ die Selbstsicherheit den Sellag unaufmerksam werden. Dann gelang es Usadim seinerseits, einen Schlag durchzuführen, aber die Klinge prallte an dem dichten Kettenhemd seines Gegners ab, ohne auch nur eine Schramme zu hinterlassen. Der Sellag knurrte verärgert. Er ballte seine freie Hand zu Faust und schlug Usadim in blinder Wut gegen den Brustkorb, presste dem Menschen die Luft aus den Lungen. Usadim schwanden die Sinne. Ohne es verhindern zu können, stolperte er nach vorne, direkt in die Arme seines Feindes und dieser nutzte die Schwäche seines Gegners aus und rammte Usadim sein Schwert zwischen die Rippen. Der Schmerz schärfte Usadim im ersten Moment wieder die Sinne. Ein ungewollter Aufschrei kam über seine Lippen und er ging in die Knie, als der Hüne die Klinge wieder zurückzog.
Auch Zorina schrie auf, kurz und entsetzt. Die ganze Zeit hatte sie das Geschehen gebannt beobachtet, hatte sich kaum getraut, zu atmen. Jetzt holte sie tief Luft und umklammerte den Griff ihrer Waffe so fest, dass ihre Knöchel weiß hervortraten. Sie brauchte nicht lange zu überlegen, was zu tun war, als sie sah, wie sich der Riese von einem Sellag über ihren wehrlosen Gefährten beugte, der sich beide Hände an die Rippen presste. Zwischen Usadims Fingern quoll Blut hervor. Zorina reagierte wie in Trance. Sie spürte nicht mal, dass es ihr eigener Körper war, der nun nach vorne sprang und die Sichel hob. Mit einem Schrei, der all ihre Wut und ihr Entsetzen zum Ausdruck brachte, ließ sie die Klinge niedersausen und traf direkt das ungeschützte Fleisch im gestreckten Nacken des Sellag. Sie legte alle Kraft, die ihr geblieben war, in diesen Hieb und er durchtrennte den Hals des Sellag vollständig, bevor diesem bewusst werden konnte, was geschah. Der Rumpf sackte leblos zu Boden. Der Kopf schlug dumpf auf den Holzplanken der Brücke auf und rollte ein Stück, bis er vor den Füßen von Hondors letztem Gegner liegen blieb.
Der Sellag verharrte mitten in seiner Bewegung und ließ sein Schwert sinken. Er starrte zuerst einen Moment auf das Objekt, das vor seinen Füßen lag, bis er begriff, was es war, dann sah er sich entsetzt um. Er begriff nun, dass er der letzte seiner Gruppe war. Ohne einen Laut von sich zu geben, wandte er sich um und rannte davon. Hondor blickte ihm verwundert nach, bis er in der Nacht verschwunden war.

Der König brauchte einen Moment, um sich zu besinnen. Er hatte von dem, was geschehen war, kaum etwas mitbekommen. Zwar hatte er die Schreie seiner Kameraden vernommen, aber er hatte es nicht gewagt, den Blick von seinem Gegenüber abzuwenden. Nun sah er den am Boden zusammengesunkenen Usadim und Zorina, die sich neben ihn gekniet hatte.

»Er ist verletzt«, rief Zorina verzweifelt.

Usadim winkte zugleich ab. »Es ist nicht weiter schlimm«, sagte er keuchend und der Schmerz war ihm deutlich anzumerken.

Hondor betrachtete sich die Wunde. »Sie sieht tief aus«, stellte er beunruhigt fest. »Und sie blutet stark.«

Usadim schüttelte den Kopf und stellte fest, dass ihm davon schwindlig wurde. »Es ist wirklich nichts von Bedeutung. Nur ein Kratzer«, versuchte er seine Gefährten zu überzeugen. Es gefiel ihm gar nicht, dass sie über seinen Zustand beunruhigt waren. Es reichte schon, dass er sich selbst Sorgen um sich machte. »Wir sollten lieber von hier verschwinden. Der Kerl wird bestimmt für Verstärkung sorgen.«

Hondor musste zugeben, dass Usadim Recht hatte. »Könnt Ihr gehen?«, fragte er und fasste ihn am Arm.

»Natürlich.« Usadim Stimme klang schwach, aber überzeugt, doch als er versuchte, auf die Beine zu kommen, versagten sie ihm ihren Dienst. Zorina und Hondor fingen ihn auf, bevor er wieder zu Boden sinken konnte. Usadim stöhnte leise vor Schmerz und biss die Zähne zusammen. Er nahm alle verbliebene Kraft zusammen und dieses Mal gelang es ihm, auf seinen Füßen zu stehen. »Es geht schon«, presste er hervor.

Hondor schüttelte besorgt den Kopf. »Am besten, Ihr setzt Euch auf Euer Pferd. Ich denke nicht, dass Ihr laufen könnt.« Es fiel ihm nicht leicht, diese Feststellung auszusprechen, doch sie mussten der Wahrheit ins Auge sehen. Usadims Wunde blutete stark. Sein Hemd war bereits durchtränkt und das blasse Gesicht ließ seinen wahren Zustand erahnen.

Usadim brachte nicht mehr die Kraft auf, zu widersprechen. Zorina holte sein Pferd herbei und mithilfe seiner Gefährten gelang es ihm, in den Sattel zu steigen. Allein diese Anstrengung ließ ihn schwindelig werden und er musste all seine Sinne zusammennehmen, um sich festzuklammern und nicht das Gleichgewicht zu verlieren. Hondor führte Usadims Pferd die letzten Barret von der Brücke und Zorina folgte mit

den beiden anderen Tieren.
Am anderen Ufer stiegen auch Zorina und der König auf ihre Pferde. Erst jetzt fiel ihnen auf, dass der Regen aufgehört hatte. Usadim stöhnte leise vor Schmerzen und seine beiden Gefährten musterten ihn besorgt. Er schien nahe daran, das Bewusstsein zu verlieren. Seine Augen hatten einen glasigen Ausdruck bekommen und Schweiß stand auf seiner Stirn, obwohl es eine kühle Nacht war. Seine Hände hatten sich in der Mähne seines Pferdes verkrampft und er schien nur darauf konzentriert zu sein, nicht aus dem Sattel zu fallen.
»Wir haben es bald geschafft, mein Freund«, flüsterte Hondor ihm zu, als er nach den Zügeln von Usadims Pferd griff. »Haltet durch.« Der König war sich nicht sicher, ob sein Gefährte die Worte überhaupt noch wahrnahm. Jedenfalls zeigte er keine Reaktion darauf. Hondor ahnte, dass ihnen nicht viel Zeit blieb. Er gab Zorina ein Zeichen und sie ritten los.

Sie hatten den entkommenen Sellag richtig eingeschätzt. Er hatte den Vorfall gemeldet und Verstärkung geholt. Als sie an den vier Häusern vorbeikamen, die sich auf dieser Flussseite befanden, kam ihnen eine ganze Horde der grauen Eindringlinge entgegen. Eiserne Entschlossenheit zeigte sich auf Hondors Gesicht. Sie mussten ihren Freund in Sicherheit bringen und er würde sich nun nicht mehr von diesen Kreaturen aufhalten lassen, egal wie viele es waren. In der Dunkelheit sahen sie die Sellag ohnehin erst, als sie sich bereits nahe an der Gruppe befanden. Der König gab seinem Pferd die Sporen und Usadims Tier folgte ihnen ohne Protest. Zorina tat es ihnen gleich und so preschten sie durch die Gruppe völlig überraschter Sellag. Zwei wurden einfach niedergeritten, drei weitere wurden zu Boden gestoßen. Die anderen sprangen zur Seite. Hondor blickte nicht zurück. Er hoffte, dass es Usadim gelang, sich im Sattel zu halten. Sie ließen die Häuser hinter sich und flüchteten in den nahen Tannenwald.
Hondor wagte nur ein einziges Mal einen Blick über die Schulter und was er sah, ließ sein Herz einen Schlag aussetzen. Er sah das bleiche Gesicht Usadims, dessen Kopf nun leblos auf den Schultern saß und durch die Bewegungen des Pferdes hin und her geworfen wurde. Seine Augen waren halb geschlossen. Seine Beine hatten sich um das Pferd verkrampft und seine Hände krallten noch immer in der Mähne. Nur das schien ihm noch im Sattel zu halten. Usadim schien dem Tod näher

zu sein als dem Leben. Nur das Zittern der weißen Lippen und das leise Stöhnen verrieten, dass er noch lebte. Verzweiflung und Angst stiegen in dem König hoch. Er überlegte verbissen, was er nun tun konnte, wer seinem Kameraden nun noch zu helfen vermochte. Dabei trieb er sein Pferd immer weiter an, wollte so weit wie möglich weg von dem Dorf und seinen Feinden.
Die Sellag brauchten einen Moment, um sich von ihrem Schrecken zu erholen. Dann rissen sie ihre Schwerter aus den Scheiden und rannten den Fliehenden mit Kampfgeschrei hinterher. Doch es war zu spät. Die drei Menschen waren bereits in der Dunkelheit der Nacht verschwunden.

# Kalerid VII / Toranus III

Kalerid kam. Er stapfte zu einem Zeitpunkt die Hohlstraße hinauf, als Toranus und Nando schon fast nicht mehr mit seinem Erscheinen gerechnet hatten.

Den ganzen letzten Tag hatten die beiden neu gefundenen Freunde damit verbracht, sich den wildesten Spekulationen hinzugeben, warum der Heerführer der Sellag nicht kam, um sich seinen Schatz zu holen. Trotzdem hielt Toranus die Flasche mit dem Gegengift stets bereit, immer darauf wartend, dass eine Gruppe von Sellag um die Ecke der Hohlstraße biegen würde.

Nun war es soweit. Aber es war keineswegs die Truppe, die Toranus und Nando erwartet hatten. Um genau zu sein, waren es gerade mal drei Sellag. Kalerid ging ohne Eile, die anderen zwei folgten ihm gemächlich die staubige Straße entlang und blickte ihnen offen entgegen. Den einen der beiden Begleiter erkannte Toranus als den Krieger, der den zweiten Angriff auf ihn geführt hatte. Den anderen hatte er noch nicht gesehen, oder zumindest konnte er sich nicht an ihn erinnern. Immerhin sahen die Sellag in den Augen des Drachen fast alle gleich aus.

Als die Gruppe näher heran kam, sahen Toranus und Nando, dass Kalerid etwas bei sich trug. Andächtig hielt er es in seinen Händen. Als die Sellag nur noch zweihundert Barret vom Fuß des Hügels entfernt waren, konnten sie auch erkennen, was es war, das der Heerführer so achtsam vor sich auf den nach oben gerichteten Handflächen balancierte. Es war ein sehr unscheinbares, schmuckloses Kästchen aus dunklem Holz; etwas zu groß für eine einzige Phiole mit Gift.

»Was da wohl drinnen sein mag?« Der Drache richtete diese Frage, die eine deutliche Spur Ironie aufwies, an sich selbst. Trotzdem wechselte er einen kurzen Blick mit Nandogral.

»Das werden wir sicherlich bald herausbekommen.« Nando reichte Toranus das Gegengift. »Ich denke aber, es ist Zeit, dies hier zu nehmen.«

Toranus griff vorsichtig nach der Flasche und öffnete sie. Einen Moment zögerte er. Den ganzen Tag hatte er selbst darauf gedrängt, den

Trank einzunehmen, ständig in der Erwartung, Kalerid würde plötzlich auftauchen Nando hatte ihn jedoch zum Warten angehalten, denn die Wirkung des Trankes hielt nur zweimal hundert Kils vor und Nando hatte nicht die Vorräte an Kräutern, um noch einmal die Menge herzustellen, die ein Drache von Toranus' Größe benötigte. Doch nun, wo der Zeitpunkt gekommen war, war es dem Drachen ganz und gar nicht mehr wohl. Nando, der sich hinter dem breiten Drachenschwanz verborgen hielt, stieß Toranus kurz mit dem Ellbogen an und warf ihm einen aufmunternden Blick zu. Endlich überwand sich der Drache und leerte die Flasche in einem Zug. Nichts geschah. Toranus war sich nicht sicher, was er erwartet hatte; möglicherweise, dass ihm warm wurde, oder schwindelig, aber das Ausbleiben jeder Reaktion überraschte ihn doch.

»Ich spüre nichts«, stellte er fest.

»Ich habe auch nie behauptet, dass du etwas spüren wirst«, entgegnete Nando wie selbstverständlich. »Ich verstecke mich auf der anderen Seite des Hügels. Es wäre wohl kaum von Vorteil, wenn sie mich hier sehen.«

Toranus blieb allein zurück. Er fühlte sich kein Stück besser als zuvor. Ein Zaubertrank, der keinerlei Wirkung zeigte, war ihm nicht ganz geheuer. Doch es gab kein Zurück mehr. Er sah auch keinen Grund, dem Menschen zu misstrauen. Oder steckte er womöglich mit den Sellag unter einer Decke? Wohl kaum. Die Wunde war durch seine Hilfe fast völlig ausgeheilt. Warum hätte er ihm helfen sollen, wenn er auf der Seite der Sellag stand?

Toranus erhielt keine Gelegenheit, den Gedanken weiter zu verfolgen. Die Sellag waren nun am Fuß des Hügels stehen geblieben und blickten zu ihm hinauf. Es war ganz schön dreist, dass sie es wagten, ihm so offen ins Gesicht zu blicken, obwohl sie ihm die ganze Zeit nach dem Leben trachteten, empfand Toranus.

»Das ist gar nicht fein«, murmelte der Drache zu sich selbst und erinnerte sich daran, dass Angriff die beste Verteidigung war. »Was wollt Ihr?«, rief er dumpf grollend, so wie es einem Drachen würdig war, den drei grauen Gestalten am Fuß seines Hügels zu.

Kalerid ließ sich Zeit mit seiner Antwort. Er reichte dem neben ihm stehenden Perlug das hölzerne Kästchen und achtete dabei darauf, sich seine Ungeduld nicht anmerken zu lassen. Die drei Tage seines Wartens waren quälend langsam vergangen. Kil um Kil hatte sich dahin gezo-

gen und Kalerid hatte manches Mal den Eindruck gehabt, sie würden nie vergehen. Es war beinahe unerträglich gewesen, den Schatz in so greifbarerer Nähe und doch gleichsam unerreichbarer Ferne zu wissen. Er hatte die Zeit damit verbracht, sich von Perlug aus dem Drachenbuch vorlesen zu lassen, in der Hoffnung, einen Weg zu finden, dem Drachen das Gift verabreichen zu können. Natürlich stand viel über Drachen darin: Woher sie stammten, wie sie sich verhielten und vieles mehr, aber nichts davon bot Kalerid einen Anhaltspunkt, wie er sein ganz spezielles Problem lösen konnte. Also blieb ihm nichts anderes übrig, als auf seinen eigenen, wie er meinte, sehr reichhaltigen Ideenschatz zurückzugreifen. Er entwickelte einen Plan und beschloss, da man dem Drachen nun mal mit Waffen kaum beikommen konnte, auf seine Redegewandtheit zu setzen. Es war ein schlichter Plan, doch Kalerid hoffte, er würde aufgehen, ohne das Leben weiterer Sellag gefährden zu müssen, wobei Kalerid sein eigenes Leben natürlich am meisten am Herzen lag.
Von seinen Spähern wusste der Heerführer, dass der Drache keineswegs an seiner Verletzung verstorben war. Vielmehr schien er sich bester Gesundheit zu erfreuen und Kalerid konnte sich nun selbst davon überzeugen. Zudem hatten sie ihm von einem Menschen erzählt, der dem Drachen Gesellschaft leisten würde, doch kein Sellag hatte sich nah genug herangetraut, um ihn näher beschreiben zu können. Er wusste nur, dass es ein kleiner, alter Mann war, der mit einem Esel herangeritten war. Kalerid fragte sich, was es mit dem Menschen wohl auf sich haben mochte. Der Verdacht des Heerführers, der Drache könnte sich aufgrund seiner Verletzung wie ein gereiztes Tier verhalten, bestätigte sich nicht. Ruhig thronte er auf seinem Hügel und blickte gelassen zu ihnen herab. Von dem Menschen war nirgendwo eine Spur zu entdecken.
Kalerid gab Rofin und Perlug ein Zeichen und sie verbeugten sich alle drei tief, bevor sich der Heerführer endlich anschickte, zu antworten. Toranus beobachtete die Geste misstrauisch.
»Ich freue mich, dass du lebst«, begann Kalerid mit öligen Worten.
Toranus zog die Augenbrauen zusammen. So recht konnte er nicht glauben, was er da hörte. So viel Dreistigkeit war ihm noch nie untergekommen. Er brummte kurz und blies eine grüne Rauchwolke aus seinen Nasenlöchern. Die Sellag sollten nicht vergessen, mit wem sie es zu tun hatten.

»So, tut Ihr das?«, fragte er spöttisch. »Ich hätte geschworen, es wäre Euch lieber gewesen, mich tot zu sehen.«
Kalerid schüttelte heftig den Kopf. »Oh, nein!«, beeilte er sich zu entgegnen, mit eine Stimme, die so zuckersüß war, dass es ihn selbst fast in den Ohren schmerzte. Toranus verursachte dieser Tonfall beinahe Übelkeit.
»Ich gebe zu, dass wir in der Vergangenheit einige Fehler gemacht haben…«
Toranus nickte bestätigend.
»… aber wir sind doch vernünftige Wesen.« Kalerid stoppte kurz in seiner Rede, als Toranus ihn unterbrach.
»Ach was?«, kam es Toranus ironisch über die Lippen.
»Ja«, entgegnete Kalerid und versuchte all seine Überzeugungskraft in seine Worte zu legen, »und wir können uns doch auch auf friedlichem Wege einigen.«
»Und wie sollte der aussehen?«, hakte Toranus weiter nach. Er war wirklich gespannt, was nun kommen würde. Hätte er nicht bereits gewusst, worauf die Sellag hinauswollten, er hätte sie wahrscheinlich für völlig verrückt erklärt.
»Wenn wir uns weiterhin bekriegen, ist das für beide Seiten unbefriedigend«, fuhr Kalerid mit seinen sorgsam einstudierten Worten fort. »Vielleicht können wir eine Übereinkunft treffen, sodass wir alle damit leben können.«
»Da bin ich gespannt«, entgegnete der Drache knapp. Er wusste, dass er auf den Vorschlag, wie auch immer er aussehen mochte, eingehen musste, um seinen eigenen Plan durchzusetzen, aber zu einfach wollte er es den Sellag auch nicht machen.
»Ich schlage vor, wir teilen den Schatz brüderlich«, sprach Kalerid weiter. Er hatte Mühe, ein böses Grinsen zu unterdrücken. »Jeder von uns bekommt eine Hälfte.«
Toranus lachte leise und kniff amüsiert die Augen zusammen. Hielt dieser Sellag ihn tatsächlich für so dumm, dass er auf diesen Vorschlag einging?
»Das wäre kein gutes Geschäft für mich«, entgegnete der Drache belustigt. »Jetzt habe ich einen ganzen Schatz und dann nur noch einen halben. Was für einen Vorteil soll das für mich haben?«
Noch schwerer, als seine Unruhe zu verbergen, fiel es Kalerid, sich seinen Ärger nicht anmerken zu lassen. Der Drache machte sich ganz of-

fensichtlich lustig über ihn und das missfiel ihm zutiefst. Nur die Aussicht darauf, dass dieses Untier bald sein, in den Augen des sellagischen Heerführers gerechtes, Schicksal ereilen würde, ließ ihn ein wenig gelassener agieren.

Perlug und Rofin standen schweigend hinter ihrem Herrn und starrten mit großen Augen zu Toranus empor. Kalerid hatte ihnen deutlich zu verstehen gegeben, dass sie ihm das Reden überlassen sollten und es lag ihnen fern, sich nicht daran zu halten.

»Nun, ganz abgesehen davon, dass wir dir das Leben sehr ungemütlich machen müssten, wenn du mein großzügiges Angebot nicht annehmen solltest«, erwiderte Kalerid und nur das kaum vernehmliche Grollen in seiner Stimme kündete von seinem Zorn, »könnte ich dir einen bedeutsamen Posten in meinem Reich anbieten.«

»Was meint Ihr mit ‚Eurem Reich'?« Toranus setzte eine Unschuldsmiene auf. »Soweit ich weiß, ist Allendas König Hondors Reich.«

Nun gewann Kalerid ungezügeltes Temperament die Überhand. »Allendas ist mein Reich. Ich habe es erobert und ich herrsche hier. König Hondor ist tot und es gibt außer mir keinen anderen Herrscher in diesem Land«, schrie er ungehalten und Toranus kam es so vor, als wäre unter der fahlgrauen, ledrigen Haut von Kalerids Gesichts tatsächlich eine Spur Zornesröte aufgetreten.

Kalerid vergaß natürlich nicht aus Unaufmerksamkeit zu erwähnen, dass er noch immer keinen Beweis für den Tod des Königs hatte; das ging den Drachen nun wirklich ganz und gar nichts an.

Toranus hob beschwichtigend seine rechte Pranke, stichelte im Widerspruch dazu aber weiter: »Schon gut, regt Euch nicht auf. Ich dachte, wir wären vernünftige Wesen? Über Eure Ansichten lässt sich wohl streiten. Aber wenn Ihr denkt, der König sei tot, dann soll mir das recht sein.«

Der Drache bemerkte, nachdem er die letzten Worte ausgesprochen hatte, wie Kalerid kurz innehielt und ihn durchdringend musterte. Toranus kam der Gedanke, dass er vielleicht zu viel verraten hatte. Doch dann entspannte sich Kalerids Gesicht wieder und der Drache atmete innerlich auf. Anscheinend hatte der Sellag die Bedeutung seiner Aussage nicht vollkommen verstanden.

»Euer Angebot ist allerdings eine Erwägung wert«, sprach er weiter und versuchte, den Sellag von seinen letzten Worten abzulenken. »Obwohl ich es gar nicht fein finde, dass Ihr der Ansicht seid, mir schon wieder drohen zu müssen. Erzählt erst einmal, welchen Posten Ihr mir zu bieten habt!«

Kalerid schob den unschönen Verdacht, der in ihm aufgekeimt war, vorerst beiseite. Für einen Moment hatte er befürchtet, der Drache wüsste mehr als er, doch das konnte wohl schlecht sein. König Hondor war aus dem Land vertrieben worden, mit etwas Glück sogar tot, auch wenn er den Beweis dafür nicht in den Händen hielt, so wie er es sich gewünscht hätte. Und selbst wenn der entthronte König noch am Leben war, so befand er sich weit entfernt. Sollte der Drache ruhig denken, dass sein König noch am Leben war; er durfte diese Hoffnung ruhig mit in den Tod nehmen.

»Nun«, Kalerids Stimme klang nun wieder gelassener. Sie hatte den Tonfall eines Händlers bekommen, der ein Angebot für eine hübsche Ware unterbreitete, die er allerdings viel zu teuer verkaufen wollte. »es gibt da etliche Möglichkeiten. Du könntest über eine eigene Provinz herrschen. Vielleicht sogar über diese hier. Dann könntest du deinen Anteil des Schatzes in seiner Höhle belassen und diesen schönen Fleck Erde zu deinem Palast erklären.« Kalerid machte eine ausladende Geste und deutete auf die Landschaft um ihn herum, als wollte er den Wert seiner Ware noch weiter unterstreichen.

»Nur eine Provinz«, entgegnete der Drache gespielt enttäuscht und wand desinteressiert den Kopf zur Seite. »Das ist alles? Ihr habt wohl keine Ahnung, wie wertvoll mein Schatz ist. Dann habt Ihr ihn auch nicht verdient.« Toranus genoss es, den Sellag weiter zu reizen. Mal sehen, wie weit er sein Spiel treiben konnte.

Kalerid straffte seine Gestalt und zwang sich deutlich sichtbar zu Ruhe. So schwierig hatte er sich die Verhandlungen nicht vorgestellt. Der Drache war gerissener als erwartet. Doch er konnte mit seinem Angebot bedenkenlos noch höher gehen. Tote Drachen konnten sich schließlich nicht auf irgendwelche Versprechungen berufen. Da konnte man ruhig mal etwas großzügiger sein. »Nun gut, wenn dir das nicht reicht, wie wäre es, wenn ich dich zu meinem Stellvertreter ernenne?«, schlug er vor.

Wären Rofin und Perlug nicht in Kalerids Pläne eingeweiht gewesen, hätte es ihnen sicherlich einen Schock versetzt. So jedoch zuckten sie bei Kalerids Worten mit keiner Wimper.

Toranus setzte einen nachdenklichen Gesichtsausdruck auf, so als würde er das Angebot ernsthaft in Erwägung ziehen. In Wahrheit dachte er über

etwas völlig anderes nach und entschloss sich, seine Dreistigkeit auf die Spitze zu treiben. »Das hört sich nett an«, meinte er schließlich. »Aber ich hätte noch einen besseren Vorschlag. Wie wäre es, wenn Ihr mir *Euren* Posten überlasst und Ihr mit Eurer ganzen verlogenen Bande aus dem Land verschwindet, um Euch hier nie wieder blicken zu lassen.«
Toranus rechnete nicht im Geringsten damit, dass Kalerid dieses gut gemeinte Angebot annehmen würde. Der Heerführer hatte ganz offensichtlich nicht den Verstand, eine gute Gelegenheit zu erkennen, auch wenn sie ihm fast in die Nase biss. Dafür war der Sellag zu gierig; er wollte alles.
»Das kommt überhaupt nicht in Frage«, fauchte der Heerführer mit einem gefährlichen Funkeln in den Augen und seine Begleiter wichen, angesichts dieses Ausbruches, unwillkürlich einen Schritt zurück. Kalerid hingegen sprang einen Schritt vor und griff nach seinem Schwert. »Entweder, du nimmst mein Angebot an oder wir werden die Sache auf meine Art erledigen«, brüllte er zu dem Drachen hinauf.
Toranus sah ein, dass er nun die Grenze von Kalerids Belastbarkeit erreicht hatte. Obwohl ein einziger Sellag kaum eine Gefahr für ihn darstellte, war es an der Zeit, wieder zu dem ursprünglichen Plan zurückzukehren.
»Schon gut. Kein Grund zur Aufregung.« Der Drache sprach in einem Tonfall, als würde er mit einem jähzornigen Kind reden. »War ja nur ein Vorschlag.« Er schwieg eine Weile, um die Spannung zu steigern. »Ich nehme Euer Angebot an«, sagte er schließlich und neigte den Kopf, gerade so, als würde er nachdenken. »Ich glaube, ich werde mich sehr gut als Euer Stellvertreter machen.«
Kalerids Zorn verflog angesichts des Sinneswandels des Drachen, so plötzlich, wie er gekommen war. Er ließ das Heft seines Schwertes los und richtete sich aus seiner geduckten Haltung auf.
»Ich wusste, dass man mit dir Geschäfte machen kann.« Ein dünnes Lächeln umspielte die Lippen des Sellag. Es war mühsam gewesen, doch letztendlich schien sein Plan doch aufzugehen. Kalerid rieb sich zufrieden die Hände. Nun war es an der Zeit, zu dem eigentlichen Grund ihres Besuches zu kommen. »Wo wir nun endlich zu einer Übereinkunft gekommen sind, sollten wir darauf anstoßen. Bei meinem Volk ist es üblich, ein erfolgreich abgeschlossenes Geschäft mit einem guten Glas Wein zu begießen[18]. Da ich wusste, dass du vernünftig bist und mein großzügiges Angebot nicht ablehnen würdest, habe ich eine Flasche

mitgebracht.«
Kalerid gab Perlug ein Zeichen. Stumm trat der Statthalter neben ihn und überreichte seinem Heerführer das Holzkästchen.
‚Etwas Besseres ist ihm also nicht eingefallen', dachte Toranus bei sich, während er beobachtete, wie Kalerid begann, den erdigen, aufgewühlten Hügel hinauf zu klettern. Rofin und Perlug behielten vorsichtshalber ihren sicheren Abstand zu dem Drachen bei. Die selbstgefällige Überheblichkeit, die Kalerid an den Tag legte, seitdem er der Überzeugung war, dass seine Rechnung aufgehen würde, verursachte dem Drachen Übelkeit, aber er ließ sich nichts anmerken. Sollte der Sellag sich ruhig weiterhin in Sicherheit wiegen. Er würde schon bald sehen, was er davon hatte, sich mit ihm anzulegen.
Kalerid hatte die Kuppe des Paratul erreicht und legte das Kästchen vorsichtig vor Toranus im Gras ab. Dann ließ er den goldenen Verschluss aufschnappen und öffnete den Deckel. Zwei Gläser und eine Flasche Wein kamen zum Vorschein. Toranus machte sich allerdings keine Illusionen, dass es sich bei dem Inhalt der Flasche ausschließlich um Wein handelte.
Kalerid füllte die Gläser und reichte eines davon dem Drachen, der es vorsichtig zwischen seine Krallen nahm.
»Ich hoffe, Ihr habt einen guten Jahrgang gewählt«, sagte der Drache gelassen. »Es ist ein ziemlich gutes Geschäft für Euch, das hat einen hervorragenden Wein verdient.«
»Es ist der Beste, der in ganz Allendas zu finden ist«, log Kalerid, ohne dabei rot zu werden. Er hatte keine Ahnung von Wein, er schmeckte ihm nicht mal sonderlich. Er hatte sich von Rofin kurzerhand die erstbeste Flasche bringen lassen, die im Gasthaus von Zurnam zu finden war. Kalerid hoffte darauf, dass auch der Drache nicht zu den Weinkennern gehörte.
»Lass' uns auf diese wichtige Vereinbarung anstoßen.« Kalerid erhob sein Glas.
Der Drache musste sich vorsehen, um das feine Glas nicht mit seiner Pranke zu zerquetschen. Vorsichtig hob er es an. Die Gläser berührten sich mit leisem Klirren und die dunkelrote Flüssigkeit glänzte in der

[18] Übrigens eine Lüge, da Sellag keinen Wein kannten. Aber da sie nichts über Drachen und Drachen nichts von Sellag wussten, hoffte Kalerid, dass diese kleine Unaufrichtigkeit nicht weiter auffallen würde.

Mittagssonne, als sie die Gefäße zum Mund führten. Toranus trank einen Schluck. Als er aus dem Augenwinkel sah, dass der Sellag zwar ebenfalls sein Glas zum Munde führte, aber nicht daraus trank, bestätigte sich sein Verdacht endgültig. Toranus wartete. Nando hatte ihm berichtet, dass die Wirkung bereits nach weniger als einer Viertel Kil eintreten würde. Zufrieden merkte der Drache, dass die Zeit verstrich und nichts geschah. Nun beruhigte sich sein Herzschlag wieder und er konnte dem, was kommen würde, ruhig entgegenblicken.
Kalerid hatte keine Ahnung, wie lange es dauern würde, bis die Wirkung des Giftes eintrat. Er hatte dummerweise vergessen, den alten Mann danach zu fragen. Gebannt starrte er Toranus an und wartete auf eine Reaktion, doch als er merkte, dass Toranus sich seines gebannten Blickes bewusst war, wandte er schnell den Kopf ab und sah umher, als wäre ihm erst jetzt die Schönheit der Landschaft aufgefallen.
»Wie ich sehe, hast du die Bäume wieder eingepflanzt«, stellte der Sellag fest, mehr um sich selbst abzulenken. »Magst du Pflanzen?«
Toranus lachte ihn kurz aus. Doch nicht wegen der Frage, wie Kalerid annahm, sondern wegen dem, in seiner Verzweiflung fast lächerlich wirkenden Versuch, sich nichts von seiner Ungeduld anmerken zu lassen.
»Wisst Ihr«, entgegnete der Drache, in der beruhigenden Gewissheit, nun das weitere Geschehen voll und ganz in seiner Hand zu haben, »wir sind nun vielleicht im Geschäft, aber das bedeutet noch lange nicht, dass wir uns auch unterhalten müssen.« Insgeheim überlegte Toranus, wie er seinen Tod am Besten vortäuschen konnte. Bisher hatte er sich über die Ausgestaltung seines Dahinscheidens noch keine Gedanken gemacht, doch nun wurde es langsam Zeit. Wenn er noch lange warten würde, würde Kalerid noch vor ihm an seiner Ungeduld verenden.
Kalerid brummte mürrisch. »Ich verstehe«, knurrte er und fragte sich, wann das verdammte Gift endlich wirken würde. Er hatte sich genug Frechheiten von dem Drachen bieten lassen müssen. Unbewusst hielt der Sellag den Atem an und seine Augen weiteten sich erwartungsvoll, als er sah, dass der Drache das Glas erneut zu seinem großen Maul führte und den restlichen Wein in seinen Rachen goss.
Endlich geschah etwas und Kalerid ließ in einem erleichterten Stoß den angehaltenen Atem entweichen. Der Drache gab ein tiefes Stöhnen von sich, er verdrehte die Augen, dann klappten seine Lider nach unten. Die Vorderbeine knickten unter dem massigen Köper zusammen und

Kalerid musste zur Seite springen, um nicht von dem schweren Leib erdrückt zu werden, als er zu Boden sackte und der Kopf hart aufschlug. Ein weiteres Stöhnen war zu vernehmen und eine letzte Wolke grünen Rauches stieg aus den Nasenlöchern auf, als der Drache auf die Seite kippte und aufhörte zu atmen.

# Herras
## XIII

Langsam kam Herras zu der Überzeugung, dass sie sich verlaufen hatten. Womöglich hatten sie die falsche Richtung eingeschlagen, vielleicht hatten sie Lemberus bereits verlassen. Merit versicherte ihm jedoch, dass sie auf geradem Weg nach Norden unterwegs waren.
Trotzdem befanden sie sich bereits seit drei Tagen im Gebiet der nördlichen Stämme und noch immer hatten sie keine ‚Waldmenschenseele' zu Gesicht bekommen.
Der Wald, der sie umgab, hatte sich verändert. Die vorherrschenden Farben waren nun ein leuchtendes Goldbraun und ein tiefes Rot. Die Bäume standen hier in großen Abständen zueinander und ihre kahlen Stämme reichten viele Barret hoch, um weit über ihnen in belaubten Kronen zu enden, deren Blätter jetzt, im Herbst, zu welken begannen und auf die vier Wanderer wie Goldregen herniederfielen, wann immer ein Lüftchen sie berührte.
Der Boden war erdig und mit den prachtvoll gefärbten Blättern bedeckt. Es gab kein Moos und kein Unterholz mehr in diesem Teil des Waldes. Auch die Tannen waren vollständig verschwunden. Es war bereits zwei Tage her, dass sie den letzten kleinen Tannenhain, wie es sie im südlichen Teil des Waldes recht häufig gab, gesehen hatten. Dafür gab es hier unzählige, leise glucksende und fröhlich vor sich hin plätschernde Bäche. Merit erklärte Herras, dass es sich dabei um die Ausläufer eines großen Flusses handelte, der von Westen her nach Lemberus hinein floss und sich dort im weichen Waldboden verzweigte, bis sein Wasser nach und nach im Erdreich versickerte. Herras konnte seinerseits berichten, dass dieser Fluss in Allendas Pilandan genannt wurde.
Die Nächte wurden kälter und auch die Sonne, die am Tag auf sie herab schien, wärmte nicht mehr so stark.
In der vorangegangenen Nacht hatte es geregnet und am darauf folgenden Morgen waberten weiße Nebelschwaden über den Waldboden, die sich jedoch schnell verzogen, als die Sonne sich ihren Weg durch die lichten Wipfel der Bäume bahnte.
Vor etwa zweimal fünfzig Kils hatten sie ihr Mittagsmahl beendet und

ihr kleines Lager aufgelöst, wo sie zuvor bei einem prasselnden Feuer auf ihren Mänteln gesessen und zwei Rebhühner verspeist hatten. Maleris war an diesem Tag bester Laune und zeigte Herras, wie man die Kastanien, die in großen Mengen von den Bäumen fielen, im Feuer röstete. Herras musste zugeben, dass sie köstlich schmeckten und wieder konnte er sich nur wundern, welch reich gedeckten Tisch der Wald den dort lebenden Menschen bot. Sie waren bereits eine Woche unterwegs und hatten nur wenig von ihrem Proviant gebraucht.
Die Stimmung zwischen den Gefährten war friedlich, selbst Marek hatte sich beruhigt, war sogar wieder zugänglicher geworden. Jedoch vermieden sie, noch einmal über Allendas oder die Sellag zu sprechen.
In die gelöste Stimmung mischte sich bei Herras etwas Wehmut hinein. Obwohl er langsam ungeduldig wurde, da sie noch immer nicht auf die Stämme im Norden getroffen waren, wusste er auch, dass seine schwere Aufgabe und die Trennung von seinen Freunden stetig ein Stück näher rückten.
Wenn Maleris und Merit dieser Gedanke ebenfalls belastete, so ließen sie es sich nicht anmerken. Maleris schien den Verlust ihres Vater überwunden oder zumindest akzeptiert zu haben und legte ein ausgeglichenes und heiteres Verhalten an den Tag. Merit brachte zwar mehrmals seine Verwunderung über das Ausbleiben ihres Zusammentreffens mit den nördlichen Stämmen zum Ausdruck, wirkte aber noch immer zuversichtlich und blickte mit lachenden Augen nach vorne.
Unverdrossen ging ihre Wanderschaft weiter. Merit und Maleris sangen mit klaren und hellen Stimmen ein Lied und Herras versuchte, im Rhythmus dazu zu summen, was ihm nicht immer gelang. Die Waldmenschen lachten leise, wenn er mal wieder den Ton verfehlt hatte und Herras bekam stets eine leichte Schamesröte, wenn sie über ihn kicherten. Er war nie sehr musikalisch gewesen, doch er wusste auch, dass seine Freunde es nicht böse meinten.
Marek trottete neben Herras her, während die Lemberusken ein Stück vorausgingen. Der Allendasser und der Sellag hatten sich stillschweigend auf einen Waffenstillstand geeinigt und es gelang beiden erstaunlich gut, sich daran zu halten.
Unermüdlich hielten sie Ausschau nach anderen Waldmenschen. Während er so umherblickte, stellte Herras fest, dass dieser Teil des Waldes eine wahre Pracht war.
»Hier gefällt es mir fast noch besser als im Süden«, sagte Herras im

besten Plauderton zu Marek.
Der Sellag blickte ihn kurz verwundert an, dann nickte er. »Mir auch. Es ist ein angenehmeres Laufen.«
Herras beschloss, nicht darüber nachzudenken, ob er es als gutes oder schlechtes Zeichen werten sollte, dass er und der Sellag der gleichen Meinung waren.
Sie wanderten weiter und Merit beriet sich mit Maleris, welches Lied sie als nächstes anstimmen sollten. Als sie sich geeinigt hatten, erklang eine hübsche Melodie. Die erste Strophe war gerade verklungen, als Marek plötzlich stehen blieb. Nach drei Schritten bemerkte Herras das Fehlen des Sellag an seiner Seite und er drehte sich um, um nachzusehen, wo er geblieben war. Marek stand wie angewurzelt da und schien auf etwas zu lauschen.
»Was ist?« Herras trat wieder einen Schritt auf ihn zu.
Der Sellag ging nicht auf seine Frage ein. »Beendet mal euren Gesang!«, rief er stattdessen den Waldmenschen zu, die nicht bemerkt hatten, was hinter ihnen vorging.
»Hört ihr das?«, fragte der Sellag, als Maleris' und Merits Lied verstummt war und sie sich zu ihnen umgewandt hatten.
Wider Erwarten war es nun nicht still im Wald. Noch immer drang ein fröhliches Lied an ihr Ohr. Dazwischen war fröhliches Kinderlachen zu vernehmen, das näher zu kommen schien. Merit blickte den hellen und klaren Stimmen entgegen und Freude zeigte sich auf seinem Gesicht.
»Sieht ganz so aus, als hätten wir sie gefunden«, stellte er fest und die freundlichen Töne ließen sein Herz höher schlagen.
Wenige Augenblicke später tauchten die Kinder zwischen den Bäumen auf. Zwei Mädchen und drei Jungen rannten und sprangen im Laub umher und waren so sehr mit sich selbst beschäftigt, dass sie die vier Wanderer zuerst nicht bemerkten. Ihre roten Haare, kurz geschnitten bei den Jungen und bei den Mädchen zu ordentlichen Zöpfen geflochten, glänzten in der Sonne. Sie waren in braunen Hosen und Hemden und goldbraunen Kleidchen mit grünen Schürzen gekleidet, die sich die Farben des Waldes anpassten.
Dann, durch Zufall, sahen sie die vier Fremden, die noch immer schweigend an ihrem Fleck standen und verharrten in ihrem Treiben. Mit großen Augen blickten sie zu ihnen hinüber, tuschelten kurz miteinander und kamen dann auf sie zu. Sie näherten sich voller Neugier und ohne Scheu den Fremden, als wäre ihnen in ihrem Leben noch nie etwas

Böses begegnet. Merit überlegte, sie für ihr Verhalten zu tadeln, aber angesichts der blauen Augen, die nun erwartungsvoll zu ihnen aufblickten, verwarf er diesen Gedanken. Besonders der Sellag schien es ihnen angetan zu haben. Verwundert und ein wenig ehrfürchtig starrten sie ihn an. Einer der Jungen, ein kleiner mit runden Wangen, stieß einen der Größeren mit dem Ellenbogen in die Rippe und flüsterte ihm etwas in dessen Ohr. Sie lachten kurz, blickten dann wieder auf Marek und schienen nicht zu wissen, was sie sagen sollten.

Merit verbeugte sich höflich und die Kinder begannen, verlegen zu kichern.

»Mein Name ist Merit. Und das sind meine Schwester Maleris und meine Freunde Herras und Marek«, stellte er sich und seine Begleiter freundlich vor.

»Ich heiße Mosa«, sagte der Größte der Jungen.

»Und ich Sorras«, fiel der Kleine mit dem runden Gesicht ihm sofort ins Wort.

Der Große stieß ihn kurz an. »Du sollst nicht immer so vorlaut sein«, schalt er den Jüngeren. Während sich die beiden Jungen noch zankten, meldete sich der Mittlere zu Wort. »Mein Name ist Senis und das sind Marin und Mennegis.« Er deutete auf die beiden Mädchen, die sich etwas zurückhielten und miteinander tuschelten. Erschreckt fuhren sie auseinander, als sie ihre Namen hörten und ihre Wangen röteten sich, als würden sie sich ertappt fühlten.

»Wo kommt ihr her?«, fragte der Junge namens Senis und es fiel ihm sichtlich schwer, den Blick nicht fortwährend auf den Sellag zu richten.

»Wir kommen aus dem Süden«, erklärte Maleris. »Unser Stamm heißt Andor.«

Die Kinder bekamen erneut große Augen. »Von so weit her?«, stellte Mennegis voller Verwunderung fest. »Gehören die auch zu eurem Stamm?«, fragte der kleine Sorras vorlaut und erntete dafür sofort einen weiteren Stoß von Mosa. »Sei nicht so unhöflich!«, schimpfte er den Kleinen, der schmollend die Unterlippe vorschob. »Nenn sie nicht ‚die', sie heißen Marek und Herras, das hast du doch gehört. Wenn das Vater wüsste...«

»Ich komme aus Allendas.« Herras trat einen Schritt vor und ging vor Sorras in die Hocke. Er strich dem Jungen kurz durch das Haar. Der Kleine schien wirklich unglücklich zu sein, über die grobe Behandlung, die ihm Mosa zukommen ließ. »Das ist ein Nachbarland von Lemberus und liegt dort im Westen.« Herras deutete in die Richtung, in die er seine Heimat wusste und der Junge folgte mit den Augen seinen Finger, als würde er erwarten, dort irgendwo Allendas erblicken zu können. Nach einem Augenblick wandte er aber wieder enttäuscht den Blick ab, als ihm klar wurde, dass es dort nicht zu sehen gab. »Es ist sehr weit weg. Du kannst es von hier nicht sehen.« Herras merkte, dass Sorras seine Aufmerksamkeit wieder auf Marek gerichtet hatte. »Er kommt...«, wollte Herras gerade fortfahren, da er nicht erwartete, dass der Sellag sich dazu herablassen würde, mit den Kindern zu sprechen, doch Marek unterbrach ihn.

»Ich komme aus einem Gebirge sehr weit von hier entfernt«, sagte der Sellag im nettesten Tonfall, den der sellagische Rachen zustande bringen konnte. »Es nennt sich Gerland-Gebirge. Ihr wundert Euch sicher über mein Aussehen. Ich bin ein Sellag.«

Herras war im wahrsten Sinne des Wortes sprachlos darüber, dass der Sellag so freundlich sein konnte, wenn er nur wollte. Er fragte sich, ob sein unfreiwilliger ‚Freund' vielleicht krank war.

»Von welchem Stamm kommt ihr?«, wandte sich Merit nun wieder an die Kinder.

Die beiden Mädchen hatten sich nun auch näher an die Gruppe herangetraut. »Meine Schwerster, Senis und ich kommen vom Stamm Aguna«, sagte Marin und hakte sich dabei bei ihrer Schwester ein.

»Und mein Bruder und ich vom Stamm Astus«, fügte Mosa hinzu und wurde sogleich wieder von seinem kleinen Bruder unterbrochen.

»Wir haben heute unser großes Stammesfest«, rief er aufgeregt dazwischen und wich dieses Mal rechtzeitig dem Schubs seines Bruders aus. »Kommt ihr auch?«

»Eigentlich sind wir nicht deshalb gekommen«, erwiderte Maleris und Mosa verzog enttäuscht das Gesicht. »Sollten wir jedoch willkommen sein, dann wären wir gerne zu Gast.«

»Natürlich seid ihr willkommen«, meldete sich nun Mennegis zu Wort. »Alle Stämme sind versammelt und jeder ist eingeladen.«

»Na, dann bleibt uns ja gar nichts anderes übrig, als diese freundliche Einladung anzunehmen.« Merit lachte. »Wenn das kein Glück ist. Wir sind gekommen, um mit den Stammesoberhäuptern zu sprechen und jetzt werden wir sogar noch zu einem Fest eingeladen.«

Sorras hüpfte vor Begeisterung auf und ab und auch die anderen Kin-

der lachten und klatschten in die Hände.
»Dann kommt, wir zeigen euch den Weg zum Festplatz«, sagte Mosa. Er lief voraus und zerrte dabei seinen Bruder am Arm hinter sich her. Die drei Geschwister vom Stamme Astus hüpften und rannten hinter ihnen her. Sie freuten sich und lachten, als hätten sie gerade eine ganz besondere Entdeckung gemacht. Herras und seine Kameraden hatten Mühe, der tollenden Bande zu folgen, doch sobald der Abstand zu groß wurde, blieben die Kinder stehen und warteten ungeduldig, bis die Erwachsenen wieder aufgeholt hatten.
Etwa fünfzehn Kils später hatten sie den Festplatz erreicht. Genau genommen unterschied sich dieser Ort in nichts von allen anderen Orten in diesem Teil des Waldes, die Bäume standen weit auseinander und hatten hohe Astkronen, der Boden war eben und von goldenem Laub bedeckt, aber was sich den Augen der vier Wanderer offenbarte, war so unglaublich, dass es selbst den Waldmenschen den Atem raubte. Sie ließen ihre Blicke nach links und rechts schweifen. So weit sie sehen konnten, waren Zelte aufgeschlagen. Sie ähnelten in ihrer Bauart denen der südlichen Stämme, waren aus glatten Ästen und dünnen Stämmen gebaut und mit Fellen und Leder bespannt. Der größte Teil offenbarte sich in helleren und dunkleren Brauntönen, aber manche waren auch grün eingefärbt. Es mussten hunderte sein.
Zielstrebig schlüpften die Kinder zwischen zwei großen, dunkelbraunen Zelten hindurch und führten ihre Gäste auf einen Pfad, der sich zwischen den zwei äußersten Zeltreihen erstreckte. Sie gingen ein Stück den Pfad entlang, durchquerten dann eine etwas größere Lücke und kamen auf einen weiteren Pfad.
Herras, die Lemberusken und der Sellag kamen aus dem Staunen nicht mehr heraus. Das Lager war sehr belebt. Unzählige Waldmenschen begegneten ihnen auf ihrem Weg. Die Männer gingen ihrem Tagewerk nach, schnitzten oder häuteten ihre Jagdbeute, die Frauen kochten auf den Feuerstellen vor ihren Zelten, wuschen ihre Kleidung und taten viele andere alltägliche Dinge. Überall tobten und spielten Kinder. Es war eine fröhliche und friedliche Gemeinschaft. Einige beäugten die Fremden misstrauisch, als diese staunend an ihnen vorübergingen, andere grüßten sie freundlich, doch die meisten schenkten ihnen kaum Beachtung, sondern waren in ihre Arbeit oder ein Gespräch vertieft.
Der Einfluss aus Lohringen, von dem Sollas gesprochen hatte, war wahrhaftig deutlich zu erkennen, wie Merit auffiel. Die nördlichen

Lemberusken besaßen sehr viel mehr aus Metall gefertigte Gegenstände. Eiserne Speere und Schwerter standen hier und dort vor den Zelten angelehnt, die Frauen hatten Töpfe und Schalen aus Metall auf dem Feuer und trugen glänzende Spangen im Haar. Es gab sogar einfache Pferdewagen, die Merit bisher nur aus Erzählungen kannte, und etliche Pferde waren an den Bäumen angebunden.
Sie kreuzten acht weitere Zeltreihen und Herras begann sich gerade zu fragen, wie lang das wohl so weitergehen würde, als sie zwischen zwei Zelten hindurch auf einen großen Platz traten. Dies schien der eigentliche Festplatz zu sein und jetzt, am frühen Nachmittag, waren die Festvorbereitungen bereits in vollem Gange. In der Mitte des Platzes wurde ein großes Lagerfeuer hergerichtet und auf der gegenüberliegenden Seite waren sogar einige Männer damit beschäftigt, eine Bühne aus Holz aufzubauen.
Die Kinder blieben am Rande des Festplatzes stehen und begannen zu kichern, als sie ihre Begleiter ansahen. Die Fremden hatten vor Staunen große Augen bekommen und betrachteten das ganze Geschehen mit halb geöffneten Mündern (außer Marek natürlich).
»Dort drüben ist das Zelt der Stammesoberhäupter«, sagte Mosa schließlich und deutete auf ein großes, hellbraunes Zelt mit grünen Verzierungen.
»Dann sollten wir uns wohl am Besten gleich vorstellen.« Merit hatte sich aus seiner Überwältigung gerissen. »Es ist unhöflich, einfach zu einem Stammesfest zu erscheinen, ohne sich vorgestellt zu haben.« Die Kinder und auch Merits Kameraden nickten zustimmend.
»Wir können euch noch hinüberbringen«, bot Marin an. »Aber hineingehen müsst ihr allein. Kinder dürfen nicht in das Zelt der Stammesväter.«
»Ich denke, das schaffen wir dann«, sagte Maleris zuversichtlich.
Sie überquerten den Platz und gingen auf das geschmückte Zelt zu. Der Mann, der neben dem Eingang postiert war, trat den Fremden einige Schritte entgegen, als er sie auf sich zukommen sah. Die Kinder blieben respektvoll ein Stück zurück. Merit verbeugte sich tief, als er den breitschultrigen Wächter erreicht hatte. Seine Kameraden taten es ihm gleich.
Der Wächter erwiderte die Geste. »Seid gegrüßt«, sprach er die Fremden höflich an, »was ist Euer Begehr?«
»Wir sind Reisende und kommen von weit aus dem Süden«, antwor-

tete Merit in einem ebenso freundlichen und ruhigen Tonfall. »Wir möchten bei den Stammesoberhäuptern vorsprechen und um eine Unterkunft für die Nacht bitten.«
Der Waldmensch nickte verstehend, ohne dass sein Gesicht verriet, was er von dem Wunsch der Fremden hielt. »Wartet einen Moment«, sagte er und verschwand im Inneren des Zeltes. Die Blicke der Wanderer kreuzten sich. Maleris und Merit schauten zuversichtlich drein, Herras dagegen schien sich nicht ganz wohl zu fühlen in seiner Haut und Mareks Blick war, wie immer, schwer zu deuten.
Nach einigen Augenblicken kehrte der Wächter zurück. »Ihr könnt eintreten«, sagte er förmlich.
»Wir danken Euch.« Ohne zu zögern, ging Merit an dem Waldmenschen vorbei. Maleris und Herras folgten ihm. Am Eingang blieb Herras noch einmal stehen, als er bemerkte, dass Marek zurückgeblieben war. »Was ist?«, fragte er den Sellag etwas ungehalten. Er war nervös, denn er wusste, dass er nun vor einem wichtigen Punkt seiner Reise stand, wenn nicht sogar dem alles entscheidenden.
Marek zögerte einen Moment. »Hältst du es für günstig, dass ich mit hineinkomme?«
Herras zuckte mit den Schultern. So genau wusste er auch keine Antwort darauf. »Wir sollten auf jeden Fall mit offenen Karten spielen. Also gehen wir alle«, sagte er schließlich. »Los komm!«
Marek brummte noch kurz etwas in seiner Muttersprache und trottete dann hinter Herras her, in das Zelt hinein. Es war dunkel im Zelt der Stammesväter. Zwar erhellten Kerzen, die in kleine, aus Glas und Metall bestehende Laternen (eindeutig auch eine Errungenschaft der Menschen aus Lohringen, denn die Waldmenschen im Süden kannten die Herstellung von Glas nicht) gestellt waren, das Innere, aber die Augen der vier Wanderer, die auf das helle Licht der Nachmittagssonne eingestellt waren, mussten sich erst daran gewöhnen.
Ein süßlicher Geruch lag in der Luft und als Herras in der Lage war, mehr als nur Schemen zu erkennen, sah er, dass dieser wohl von den Pfeifen der Stammesväter stammte. Etwa vierzig Oberhäupter saßen mit verschränkten Beinen auf weichen Kissen, rauchten ihre großen, fein geschnitzten Pfeifen und blickten die Fremden an. Jeder von ihnen hatte ein Gefäß mit einer dampfenden Flüssigkeit vor sich, manche nippten daran und andere drehten es in ihren Händen. Sie hatten bereits alle ein hohes Alter erreicht, ihr Haar war ergraut und sie hatten

lange, aber sauber geschnittene Bärte.
Herras und Marek gesellten sich zu Maleris und Merit, die bereits vorgetreten waren, und verbeugten sich tief. Macht und Weisheit lag in der Luft, doch die Stimmung war keineswegs so erdrückend, wie Herras erwartet hätte.
»Ich danke Euch, dass Ihr uns Gehör schenken wollt«, begann Merit respektvoll.
Einige der Stammesväter nickten, andere blickten sie nur weiterhin mit ihren klaren blauen Augen neugierig an.
»Was können wir für Euch tun?«, fragte einer, der, weit vorne, auf einem roten Kissen saß.
»Wir kommen aus dem Süden. Meine Schwester und ich gehören dem Stamme Andor an. Wir haben eine sehr lange Reise hinter uns«, antwortete Merit. »Meine Freunde und ich sind müde. Wir bitten um eine Unterkunft für die Nacht.«
»Wir sind erfreut, Besuch aus dem Süden zu bekommen«, sagte ein andere, der neben dem ersten Sprecher saß. »Lange hat uns niemand mehr von den südlichen Stämmen aufgesucht.«
»Ich bin sicher, es werden nun wieder mehr Reisende kommen«, entgegnete Merit, ging aber vorerst nicht näher auf die Geschehnisse im Togos-Wald ein. Er würde diese Geschichte zu einem späteren Zeitpunkt erzählen. Es war nur zu offensichtlich, dass sie die Oberhäupter bei ihrer Sitzung störten und er wollte ihre Zeit und Freundlichkeit nicht länger in Anspruch nehmen, als unbedingt nötig.
»Das ist schön zu hören«, sagte nun wieder der erste Älteste. »Selbstverständlich könnt ihr die Nacht bei uns verbringen. Ihr könnt auch länger bleiben, wenn ihr möchtet. Nur beantwortet mir eine Frage…«
Der Blick des Stammesoberhauptes wanderte zu Herras und Marek und blieb an ihnen hängen. »Ihr stammt nicht aus dem Süden. Woher kommt Ihr?«
Herras und Marek überließen es Merit, für sie zu antworten. Er war gewandter und wusste wohl besser, was zu sagen war. Es war etwas anderes, ob man mit einigen neugierigen Kindern sprach, oder vor den versammelten Oberhäuptern der nördlichen Stämme stand.
»Unsere Freunde kommen nicht aus Lemberus.« Merit deutete auf den Menschen. »Er heißt Herras und kommt aus Allendas. Und sein Name…«, Merit richtete seine Hand nun auf den Sellag, »…lautet Marek. Er ist ein Bewohner des Gerland-Gebirges.« Merit senkte kurz

entschuldigend den Blick. »Es war unhöflich, uns nicht vorzustellen. Verzeiht! Dies ist meine Schwester Maleris und mein Name lautet Merit.«
Die beiden Stammesoberhäupter, die ihnen am nächsten saßen, nickten verzeihend. »Ich bin Sentas, Oberhaupt des Stammes Astus«, sagte der erste Sprecher.
»Und ich bin Bandas, Stammesvater von Asan«, fügte der andere hinzu.
Jetzt verstand Merit, warum die beiden anscheinend die Redeführer der Versammlung waren. Astas und Anas waren seit jeher die größten Stämme des Nordens und besaßen den meisten Einfluss.
»Busog wird Euch ein Zelt zuweisen«, sprach Sentas weiter und klatschte zweimal laut in die Hände. Kurz darauf kehrte der Wächter in das Zelt zurück und blieb abwartend in der Nähe des Einganges stehen.
Herras wurde langsam unruhig; das höfliche Gerede der Lemberusken war ja gut und schön, aber über das eigentliche Thema ihrer Anwesenheit wurde kein Wort verloren.
»Wir danken Euch für Eure Freundlichkeit«, warf er schließlich ein, als seine Ungeduld schließlich die Oberhand gewann, »es gibt allerdings noch ein weiteres Anliegen, über das wir gerne mit Euch sprechen würden.«
Sentas unterbrach ihn mit einer kurzen Handbewegung. »Wir können zu einem anderen Zeitpunkt über Euer Anliegen sprechen. Unsere Besprechung ist noch nicht beendet. Es gibt noch viele Dinge, über die wir zu befinden haben, bevor das Fest heute Abend beginnen kann. Morgen werden wir die Zeit finden, Euch anzuhören.«
Herras senkte ergeben den Kopf und Sentas wandte sich an Busog. »Zeig unseren Gästen ein Quartier«, wies er den Wächter an.
Busog nickte und die vier Gefährten verabschieden sich mit einer tiefen Verbeugung. Wenige Augenblicke später standen sie wieder auf dem Festplatz.
Die Kinder saßen ein Stück entfernt im Laub und beobachteten den Aufbau der Bühne. Als sie die vier Fremden sahen, stürmten sie auf sie zu.
»Was haben sie gesagt? Dürft ihr bleiben?«, rief der kleine Sorras und sprang vor Aufregung mal wieder auf und ab. Auch die anderen Kinder musterten sie mit erwartungsvollen Augen.
»Ja, das dürfen wir«, antwortete Merit mit einem Lächeln. Die Kinder

jubelten und klatschten vor Freude in die Hände.
»Bitte folgt mir!« Busog musste seine Stimme erheben, um die Rufe der Kinder zu übertönen, bis Mosa seine Freunde zur Ruhe aufforderte.
»Dort drüben«, Busog zeigte zur anderen Seite des Festplatzes, »befinden sich einige Zelte, die als Unterkünfte für unsere Gäste dienen. Dort wird noch Platz für Euch sein.« Der Wächter begann, mit großen Schritten den Platz zu überqueren und die vier Reisenden folgten ihm. Die Kinder sprangen und liefen hinter ihnen her.
»Erwartet Ihr noch andere Gäste?«, wandte sich Herras an Busog, als sie nebeneinander durch das raschelnde Laub liefen.
»Es werden einige Händler und Abgesandte aus Lohringen eintreffen«, entgegnete der Wächter knapp.
Herras' Herz begann, ein wenig schneller zu schlagen und er warf Merit einen vielsagenden Blick zu. Der Waldmensch blickte verstehend zurück. Wenn das kein Glück war! Vielleicht würde es ihm möglich sein, schneller Kontakte zu knüpfen, als er erwartet hatte.
Bald hatten sie ein Lager von sechs dunkelbraunen Zelten erreicht. Durch die offen stehenden Eingänge war zu erkennen, dass sie noch ausnahmslos unbewohnt waren. Busog ging geradewegs auf eine kleine, rundliche Frau zu, die ihren Blick prüfend über die Zelte schweifen ließ, während die vier Gefährten etwas zurückblieben. Sie berieten sich eine Weile, dann deutete die Frau auf das äußerste Zelt zu ihrer Linken und Busog kehrte zurück.
»Diese Unterkunft steht Euch zur Verfügung.« Busog führte sie zu dem zugewiesenen Zelt. »Wenn Ihr etwas benötigt, wendet Euch an Olas.« Der Wächter deutete auf die Frau, die sie aus der Entfernung beobachtete und ihnen freundlich zunickte. »Sie wird Euch gerne weiterhelfen.«
Die vier Gefährten bedankten sich und Busog kehrte wieder zu seinem Platz vor dem Zelt der Stammeshäupter zurück.
Herras und seine Freunde betraten das Zelt. Vier Liegen standen darin. Marek ließ sich sofort auf die Erstbeste fallen, während die anderen ihre Rucksäcke absetzten und sie unter den verbliebenen drei Schlafplätzen verstauten. Erst jetzt wurde Herras bewusst, wie sehr ihm die Erschöpfung in den Knochen saß. Obwohl die letzten drei Tage eher ruhig verlaufen waren, hatte das ungewohnt lange Laufen an den Muskeln des Menschen gezehrt und ihm schmerzten nun die Beine. Er

streckte sich auf der Liege gegenüber der Mareks aus. Die beiden verbliebenen, leeren Schlafstätten standen Kopf an Kopf an der hinteren Wand. Merit und Maleris schien jedoch nicht viel daran zu liegen, sich auszuruhen. Die beiden Waldmenschen standen einen Moment unentschlossen im Raum und man konnte in ihren Gesichtern deutlich ihre Neugier erkennen. Letztendlich hatten sie wohl ein stillschweigendes Abkommen geschlossen.

»Wir werden uns etwas umsehen«, sagte Merit und verließ mit seiner Schwester das Zelt. Herras blieb allein mit Marek zurück. Der Mensch warf dem Sellag einen Blick zu, doch dieser hatte die Augen geschlossen. Er schien bereits eingeschlafen zu sein. Selbst wenn das nicht der Fall war, so schien er zumindest nicht an einem Gespräch interessiert zu sein. Herras atmete einmal tief durch und schloss ebenfalls die Augen. Er wollte sich ein wenig entspannen, um auf den Abend vorbereitet zu sein. Es war ein großes Fest geplant und er wollte es aus verschiedenen Gründen auf keinen Fall verpassen. Der Mensch versuchte zu schlafen, doch umso mehr er sich bemühte, umso weiter schien sich der Schlaf von ihm zu entfernen.

So lag er mit geschlossenen Augen auf seiner Lagerstatt und musste sich ergeben seinen kreisenden Gedanken fügen, die ihn nicht in Ruhe lassen wollten. Es wäre ihm lieber gewesen, er hätte sie verdrängen können. Eine Unmenge an Gefühlen strömten von seinem Bauch aus durch seinen gesamten Körper. Stolz über das, was er bisher erreicht hatte; Furcht, wie es nun weitergehen würde; Angst, zu versagen; Unmut und Verzweiflung darüber, dass er nicht wusste, was in der Zwischenzeit in seiner Heimat geschehen war; Trauer über die bevorstehende Trennung von seinen Freunden, und Leere, wenn er daran dachte, sie vielleicht nie mehr wiederzusehen. Dieser Gedanke belastete ihn seltsamerweise am meisten. Sie waren weit gekommen und Herras wusste, dass er es alleine niemals geschafft und wahrscheinlich schon bald den Mut verloren hätte. Der Gedanke, seinen Weg allein weitergehen zu müssen, ließ ihn eisig erschaudern. Doch neben dieser Vielzahl an Gefühlen existierte noch etwas anderes; eine Wärme, die jedes Mal in ihm aufstieg, wenn er an Maleris dachte. Er hatte sich in den wenigen Tagen sehr an das Mädchen gewöhnt, an ihr Lächeln, ihre strahlenden Augen und ihre gefühlvolle Art. Nicht, dass er sich nicht auch Merit eng verbunden fühlte, zwischen den beiden Männern hatte sich eine Freundschaft entwickelt, die nicht viele Worte brauchte. Doch bei dem Gedanken an Maleris blieb bei Herras stets der Eindruck zurück, etwas unausgesprochen gelassen zu haben, etwas, das hätte gesagt werden müssen. Er nahm sich vor, sein bisheriges Versäumnis nicht zu einem unkorrigierbaren Fehler werden zu lassen. Er würde Maleris von seinen Gefühlen erzählen, bevor sie sich trennen würden. Er wusste nicht, was ihm die Zukunft bringen würde, vielleicht hatte er nicht mehr lange zu leben. Er wollte nicht mit dem Gedanken sterben, Maleris nicht gesagt zu haben, was er für sie empfand. Mit diesen Gedanken und Maleris' Gesicht vor Augen, übermannte ihn schließlich doch die Müdigkeit und er sank in einen leichten, unruhigen Schlaf.

Marek schlief nicht. Er hatte nie beabsichtigt, zu schlafen, aber seine Täuschung hatte ihren Zweck erfüllt. Die anderen ließen ihn in Ruhe und er konnte nachdenken. Er hatte viel nachzudenken. Für ihn war das vorläufige Ende seiner Reise erreicht oder zumindest das Teilstück, über das er sich bisher konkrete Gedanken gemacht hatte. Jetzt galt es für ihn, mit sich selbst zu beratschlagen, wie es weitergehen sollte. Eines stand fest: Mit Sicherheit würde er nicht nach Lohringen gehen. Sollte der Mensch ruhig sehen, wie er weiter vorankam, begleiten würde er ihn nicht. Es bestand auch kein Zweifel daran, dass Herras an seiner weiteren Gesellschaft kaum etwas liegen würde. Aber was sollte er stattdessen tun? Mit Merit und Maleris zurückgehen wollte und konnte er ebenfalls nicht. Sie würden ihn nicht aus den Augen und schon gar nicht nach Allendas zurückkehren lassen. Sein Ehrgefühl sagte ihm noch immer, dass er zu Kalerid zurück musste, um seinem Herrn über alles zu berichten, was geschehen war, auch wenn es ihm nicht gefallen würde, es zu hören. Noch hatte Marek nicht die geringste Ahnung, wo er sich befand, oder genauer gesagt, wo Allendas liegen mochte, aber dass würde er schon noch herausfinden. Bei den Waldmenschen der nördlichen Stämme konnte er schließlich ebenfalls nicht bleiben, auch wenn sie und ihre Kultur sogar auf sein raues Sellagherz eine gewisse Anziehungskraft ausübten, wie er zugeben musste.
Er begann, sich einen Plan für sein weiteres Vorgehen zurechtzulegen. Er musste sich umsehen und jemanden ausfindig machen, der ihm den Weg weisen konnte. Mit etwas Glück fand er vielleicht sogar jemanden, der ihn bis zur allendassischen Grenze begleitete, schließlich hatte er mittlerweile ein wenig Übung im Umgang mit Menschen. In Allendas würde er schon alleine weiter kommen. Das ganze Land war von Sellag

besetzt, so hoffte Marek zumindest. Zufrieden mit dem Ergebnis seiner Überlegungen, streckte er kurz seine Glieder und begann nochmals, den Plan zu überdenken.

# Hondor
## XII

Sie hatten ihren Pferden das Äußerste abverlangt, um so schnell wie möglich die Brücke am Pilandan und das Dorf weit hinter sich zu lassen. Nun, nach fast einhundert Kils, waren die Pferde erschöpft und schnauften schwer. Ihre Nüstern flatterten wild und ihr Fell war nass vor Schweiß. Sie ließen sich nicht mehr dazu bewegen, schneller zu laufen.

Es war noch immer tiefe Nacht, doch es hatte aufgehört zu regnen und sie befanden sich inmitten eines Tannenwaldes, als Hondor erkannte, dass es keinen Sinn mehr hatte, noch weiter zu reiten. Er brachte sein und Usadims Pferd zum Stehen und Zorina schloss wenige Augenblicke später zu ihnen auf.

»Ich habe es gewusst«, sagte sie schwer atmend, als sie Hondor half, den Verletzten vom Pferd zu heben.

Hondor hielt kurz inne und blickte sie verständnislos an. Er begriff nicht ganz, was sie damit meinte, doch er hatte auch keine Zeit, lange darüber nachzudenken. Usadim hing regungslos und schwer in seinen Armen und nur das Heben und Senken seines Brustkorbes verriet, dass er noch lebte. Hondor musste all seine Kräfte zusammennehmen, um ihn ein Stück entfernt unter die schützenden Äste eines Baumes zu schleppen.

Dort ließ er Usadim vorsichtig zu Boden gleiten und sackte selbst erschöpft auf die Knie. Zorina hockte sich neben die beiden Männer und machte sich sogleich daran, Usadims Wunde genauer zu begutachten. In der Dunkelheit konnte sie jedoch nicht viel erkennen.

»Wir werden ein Feuer entzünden müssen«, stellte Hondor fest, als er Zorinas vergebliche Bemühungen beobachtete. Es kostete ihn einige Anstrengung, sich wieder auf die Beine zu zwingen. Unter den ausladenden Ästen der Tannen gab es zumindest genügend trockenes Holz, dass es für ein kleines Lagerfeuer ausreichte.

Als wenig später die Flammen mit sanftem Schein den Wald erhellten, kam das ganze Ausmaß von Usadims Verletzung zum Vorschein. Er hatte viel Blut verloren, sein Hemd war dunkel verfärbt. Zorina be-

gann, die Verschnürungen zu lösen und den Stoff zur Seite zu schieben. Sie musste behutsam sein, denn das Blut war bereits geronnen und an einigen Stellen hatte sich das Leinen mit der Wunde verklebt. Zwar hatte die Blutung mittlerweile aufgehört, doch durch Zorinas Bemühung drohte die Wunde, wieder aufzureißen.
Der jungen Frau stockte der Atem, als sie endlich Usadims Brustkorb freigelegt hatte und sich die Stichwunde im Schein des Feuers offenbarte. Sie hatte nicht viel Erfahrung mit Kranken und Verletzten, aber selbst sie konnte erkennen, dass es schlimm um ihn bestellt war. Das Einstichloch war nicht sehr groß, dafür aber tief. Die Haut darum hatte sich bereits rotblau verfärbt. Als Zorina behutsam die Hand darauf legte, zuckte Usadim merklich zusammen und ein heiseres, schmerzerfülltes Stöhnen kam, trotz der Bewusstlosigkeit, über seine Lippen. Die leicht angeschwollene Haut unter ihren Fingerspitzen war heiß, glühte geradezu. Zorina brauchte keinen Heiler, um zu wissen, dass dies kein gutes Zeichen war. Doch wünschte sie sich einen Heiler herbei, denn er hätte gewusst, was nun zu tun war. Aber auch mit ihrem bescheidenen Wissen konnte Zorina erahnen, dass kein lebenswichtiges Organ verletzt worden war - sonst wäre Usadim bereits nicht mehr am Leben gewesen.
Hondor saß mit dem Rücken an einen Baum gelehnt, die Knie angezogen, und versuchte, seine Erschöpfung und Verzweiflung zu verbannen. Er wusste nicht, was nun zu tun war. Noch nie in seinem Leben war er so nahe mit Leid und Tod in Berührung gekommen. Selbst den Tod seiner Eltern hatte er nur am Rande miterlebt.
Er beobachtete Zorina, die mit ernstem Gesicht völlig darauf konzentriert war, sich um Usadim zu kümmern. Von dem Entsetzen, das in ihren Augen gestanden hatte, war in diesem Moment nichts mehr zu erkennen. Hondor bewunderte sie dafür. Er selbst hatte sich noch nie so hilflos gefühlt wie in diesem Moment und es kostete ihn alle Mühe, vor Angst nicht den Verstand zu verlieren.
»Was sollen wir nun tun?«, brachte der König schließlich hervor, in der Hoffnung, dass Zorina eine Antwort auf die Frage wusste, die auf seiner Seele brannte. Doch diese zuckte nur mit den Schultern.
»Wir müssen die Wunde auswaschen und verbinden«, antwortete sie schließlich doch nach einer Weile und legte Usadim die Hand auf die schweißnasse Stirn. »Und wir müssen sein Gesicht kühlen. Er hat Fieber. Wir brauchen unbedingt Wasser.«

Hondor war fast dankbar für diese Aussage. Nun gab es etwas, das er tun konnte. Er holte die zwei Wasserbeutel aus den Satteltaschen seines Pferdes und überprüfte den Inhalt. Ihre Wasservorräte waren fast völlig aufgebraucht. Unter normalen Umständen hätte es noch für diese Nacht gereicht, doch jetzt brauchten sie dringend Nachschub.
Hondor hängte sich die beiden Lederbeutel über die Schulter. »Ich werde eine Quelle suchen«, sagte er entschlossen und ging schweren Schrittes aus dem Schein des Lagerfeuers hinaus in die Dunkelheit des Waldes.

Zwanzig Kils später kehrte er mit gefüllten Beuteln zurück. Zorina blickte ihm erleichtert entgegen, als er wieder zwischen den Bäumen hervortrat. Sie hatte bereits begonnen, sich Sorgen zu machen, obwohl sie nicht wusste, wie viel Zeit vergangen war. Ihr war es wie eine Ewigkeit vorgekommen.
Um sich zu beschäftigen und um Usadim seine Qualen etwas zu erleichtern, hatte sie ihn in alle Decken gewickelt, die sie von der Bauernfamilie bekommen hatten und begonnen, feuchtes Moos zu sammeln, das sie ihm auf die Stirn und die Brust legte. Es kühlte zumindest ein wenig den glühenden Köper. Usadims Schmerzen mussten unerträglich sein. Obwohl er noch immer ohne Bewusstsein war, hatte sich sein aschfahles Gesicht zu einer Grimasse verzerrt, die von seinem Leiden zeugte. Die Rötung um seine Wunde hatte sich weiter vergrößert. Seine Lippen zitterten, wenn er keuchend nach Luft rang und Zorina dachte fieberhaft darüber nach, wie sie ihm die Schmerzen erleichtern konnte. Schließlich hatte sie begonnen, beruhigend auf ihn einzureden. Sie wusste nicht, ob er sie hören konnte oder nicht, doch es machte auch ihr Dasein ein wenig leichter.
»Ich brauche heißes Wasser«, sagte sie nun zu Hondor, als er die Wasserbeutel reichte.
Der König holte die Kanne des Essgeschirrs, das sie ebenfalls von der Bauernfamilie bekommen hatten, aus der Satteltasche hervor und füllte sie mit Wasser, um sie gleich darauf auf das Feuer zu setzten.
Zorina holte eine weitere Schale und ließ auch dorthinein etwas von dem kühlen Nass laufen. Dann zögerte sie.
»Wir haben keine Tücher«, stellte sie erschrocken fest. »Wie soll ich ihn waschen und verbinden, wenn wir keinen Stoff haben?«
Hondor brauchte nicht lange zum Überlegen. Er zog sein ledernes

Wams aus und öffnete dann sein weißes Leinenhemd. Er reichte es Zorina.

Die junge Frau nickte dankbar. Sie zerriss sogleich den Stoff in schmale Streifen und begann, damit Usadims Gesicht zu kühlen. Als das Wasser abgekocht war, wusch sie ihm behutsam die Wunde aus und das trockene Blut von der Brust. Mit Hondors Hilfe verband sie Usadims Verletzung.

Als sie damit fertig waren, gab es nichts mehr zu tun. Nun konnten sie nur noch abwarten. Doch worauf? Darauf, dass Usadim starb? Oder darauf, dass ein Wunder geschah? Darauf, dass Hembras ihnen seine Gnade erwies, indem er Usadim heilte - oder ihn nicht zu lange leiden ließ? Zorina hockte neben dem verletzten Freund auf dem Waldboden und hielt seine Hand, während sie über diese Fragen nachgrübelte.

Hondor saß nur wenige Barret entfernt auf der anderen Seite des Feuers und es war nicht schwer zu erraten, dass ihm ähnliche Gedanken durch den Kopf gingen. Die Wahrscheinlichkeit, dass sich Usadims Zustand ohne kundiges Zutun verbessern würde, war sehr gering, wenn überhaupt vorhanden. Aber welche Möglichkeiten hatten sie sonst, um ihm zu helfen?

»Ich habe es gewusst«, wiederholte Zorina noch einmal. Jetzt, wo es nichts mehr gab, was sie tun konnte, außer Usadim die heiße Stirn zu kühlen, kehrten auch bei ihr Angst und Verzweiflung zurück.

Dieses Mal hatte Hondor mehr als genug Zeit, sich mit ihrer Aussage zu beschäftigen. »Wie meint Ihr das?«, fragte er.

»Ich hab es geahnt. Schon die ganze Zeit, als wir auf dem Hügel ausharrten, wusste ich, dass etwas Schreckliches geschehen würde. Ich weiß nicht, woher ich diese Ahnung hatte und mir ist so etwas noch nie zuvor widerfahren, aber ich habe es gewusst.«

Hondor wusste nicht, was er darauf hätte erwidern können - also schwieg er.

Wieder verging einige Zeit im stillen Schweigen. Hondor spürte seine Müdigkeit und er rechnete fast damit, dass ihm irgendwann einfach die Augen zufallen würden, doch das geschah nicht. Mit brennenden Augen starrte er in das Feuer und verfluchte das Schicksal und die Welt.

Zorina hatte mit dem Versuch begonnen, Usadim ein wenig Wasser einzuflößen. Er brauchte Flüssigkeit. Es genügte nicht, das Fieber von außen abzukühlen, er brauchte Wasser, damit der Körper nicht austrocknete.

Das kühle Nass benetzte Usadims spröde Lippen und Zorina bemühte sich, den Bewusstlosen dazu zu bringen, einige Schlucke zu trinken, doch er reagierte nicht auf ihre Fürsorge. So ließ sie nach und nach etwas Flüssigkeit in Usadims halb geöffnete Lippen laufen und hoffte darauf, dass sie alleine ihren Weg in seine Kehle finden würde. Es war eine mühselige Aufgabe, aber sie beschäftigte Zorina zumindest, sodass es ihr ein bisschen weniger bewusst war, wie langsam die Zeit dahin kroch.

Über den Tannen graute der Morgen, als Usadim endlich die Augen aufschlug. Glasig blickte er in das langsam aufziehende Tageslicht und ein Stöhnen kam über seine Lippen, als mit seinem Bewusstsein auch die volle Intensität des Schmerzes, der in seiner Brust wütete, über ihn kam. Der Laut und das Zittern, das plötzlich durch den Körper des Verletzten ging, rissen Zorina aus der Starre, in die sie versunken war. Es dauerte einen Augenblick, bis sie begriff, was sich verändert hatte und dass sie in Usadims geöffnete Augen blickte, die verschwommen zu ihr aufsahen.
Auch Hondor richtete sich auf. Seine Erschöpfung hatte im Laufe der Nacht ihren Tribut gefordert und er hatte sich neben dem Feuer auf dem Waldboden zusammengerollt. Geschlafen hatte er allerdings nicht. Daran war nicht einmal zu denken gewesen. Jetzt kam er auf seine steifen Beine und ging schweren Schrittes zu seinen Gefährten, um sich neben Zorina wieder auf den Boden sinken zu lassen.
»Es ist alles in Ordnung«, sagte Zorina, als ein erneuter Schauer durch Usadims Körper lief, und bemühte sich um ein aufmunterndes Lächeln. Es schmerzte sie, ihren Freund anlügen zu müssen, aber ihm die Wahrheit einzugestehen, hätte sie nicht fertig gebracht.
Trotz seines geschwächten Zustandes gelang es Usadim, einen tadelnden Ausdruck in seine Augen zu legen, so, als wolle er ihr sagen, dass sie keine besonders gute Lügnerin war. Zorina zerriss es fast das Herz und sie spürte, dass auch Hondor sich sehr zusammennehmen musste.
»Es tut mir leid«, kam es rau und heiser über Usadims Lippen. Der Schmerz in seinem Körper vernebelte ihm die Sinne. Er hätte schreien können, doch dafür fehlte ihm die Kraft.
Zorina schüttelte den Kopf. »Sprich nicht!« Sie umfasste seine Hand mit der ihren und drückte sie sanft, während sie erneut das Tuch befeuchtete und ihm den Schweiß von der Stirn wusch. »Es strengt dich

zu sehr an.«
Doch Usadim ignorierte ihre Worte. »Ich habe versagt. Verzeiht mir«, stieß er keuchend hervor. »Ich habe das ganze Unternehmen zu Fall gebracht.«
Zorina musste all ihre Willenskraft aufbringen, um ihre Tränen zurückzuhalten. Sie konnte nur erneut den Kopf schütteln und die Zähne zusammenbeißen.
Nun ergriff Hondor das Wort und es war deutlich zu vernehmen, dass seine Stimme nicht so fest wie gewöhnlich war. »Eure Tat war heldenhaft«, sagte er mit Überzeugung. »Ihr habt wahrlich nicht versagt. Ohne Euch wären wir niemals so weit gekommen. Ihr habt uns das Leben gerettet.«
Usadim keuchte und begann, nach Luft zu ringen. Seine Augen verdrehten sich, bis nur noch das Weiße davon zu sehen war. Seine Hände verkrampften sich und seine Beine wurden steif. Entsetzt hielten Zorina und Hondor den Atem an. Zorina umklammerte Usadims Hand noch ein wenig fester und für einen Moment befürchteten sie, dass nun das Ende ihres Freundes gekommen war.
Doch der Anfall ging vorüber. Usadim entspannte sich wieder, seine Augen wurden nun klarer, nur ein leises Keuchen blieb zurück. Er sah mit erstaunlich festem Blick zu Hondor und Zorina auf.
»Zieht weiter«, flüsterte er. Die junge Frau und der König mussten sehr genau hinhören, um ihn zu verstehen. »Lasst mich hier zurück. Ihr dürft nicht aufgeben. Allendas muss gerettet werden.« Er brach plötzlich ab und holte erneut zitternd Luft. Seine Augen verloren ihren Glanz, bevor seine Lider sich schlossen. Dann sackte sein Kopf zur Seite.
Zorina stieß einen erstickten Laut aus.
»Bei Hembras!« Hondor ließ sich entsetzt zurückfallen.
Zorina legte vorsichtig ihre zitternde Hand auf den Brustkorb des Verletzten. Sie atmete erleichtert auf, als sie das leichte Heben und Senken spürte. »Er hat erneut das Bewusstsein verloren«, sagte sie zu dem angstvoll dreinblickenden König. »Aber wenn er nicht bald Hilfe bekommt, wird er sterben.«
»Was können wir nur tun?« Hondor lag nun rücklings auf dem Waldboden und verdeckte mit einem Arm die Augen. »Wir können ihn doch nicht einfach sterben lassen.«
»Vielleicht können wir Hilfe herbeiholen«, überlegte Zorina verzweifelt. »Einer von uns sollte losreiten und versuchen, einen Heiler aus-

findig zu machen.«
»Wir werden in Allendas keinen freien Heiler finden«, gab Hondor zu bedenken. »Außer...« Mit einem Satz sprang er auf die Beine, als ihm ein plötzlicher Gedanke durch den Kopf schoss. Zorina beobachtete ihn überrascht. »Natürlich, wie konnte ich nur so dumm sein!«, rief er aus. »Wir müssen ihn zum Bernam-Kloster bringen. Wir haben hier Usadims wertvolle Zeit vergeudet und dabei hätten wir nur unseren Weg fortsetzen müssen. Die Mönche dort kennen sich mit allen Künsten aus, auch mit der des Heilens. Sie werden ihm helfen können.« Er hatte bereits begonnen, die Zügel seines Pferdes vom Baum zu lösen und es an den Lagerplatz heranzuführen, während er sprach.
»Aber wenn wir ihn bewegen, wird es ihn umbringen«, brachte Zorina halbherzig hervor. Sie hatte Schwierigkeiten, mit Hondors plötzlichen Stimmungswandel mitzuhalten.
»Wenn wir hier verweilen, wird er auch sterben«, entgegnete der König schroff und fügte dann etwas sanfter hinzu. »Er hat es verdient, dass wir nichts unversucht lassen, um ihn zu retten. Er braucht unsere Taten, nicht unser Mitleid.«
Dem hatte Zorina nichts entgegen zu setzen. Sie hätte alles getan, damit ihr Freund überleben konnte. Sie kam auf die Beine und half Hondor, Usadim behutsam auf das Pferd zu heben.
»Ihr habt recht, mein Freund«, flüsterte Hondor Usadim zu, als es ihm gelungen war, ihn in den Sattel zu setzen und sich hinter ihm auf den Rücken des Tieres schwang. »Wir werden unseren Weg fortsetzen. Aber nicht ohne Euch. Ihr müsst uns nur versprechen, durchzuhalten. Wir werden uns beeilen. Es ist nicht mehr weit.«
Nachdem Zorina das Feuer gelöscht und eilig ihre Habseligkeiten in den Satteltaschen verstaut hatte, verließen sie den Wald in Richtung Norden.

# Kalerid VIII / Toranus IV

Der sellagische Heerführer konnte sein Glück kaum fassen. Sein Plan war aufgegangen und wenn man es genau nahm, war dies auch das Erste, was seit der Besetzung von Allendas ohne Schwierigkeiten verlaufen war. Es war fast zu unglaublich, um wahr zu sein. Das Untier war tot. Nun stand nichts mehr zwischen ihm und seinem Schatz. Die unschätzbaren Reichtümer des Muteral gehörten nun ihm.
Kalerid verzichtete darauf, seine Freude weiterhin zu verbergen. Er drehte sich um und blickte in Richtung Zurnam. Dann warf er das Weinglas achtlos ins Gras und zog sein Schwert aus der Scheide, um es hoch über seinen Kopf zu schwingen. Mit entblößten Eckzähnen stieß er einen Siegesschrei aus, der in der Hohlstraße widerhallte und so schaurig klang, dass es Rofin und Perlug das Blut in den Adern gefrieren ließ.
Nur zögernd wagten sich die beiden Sellag den Paratul hinauf. Es war schwer, zu glauben, dass so ein großer und mächtig wirkender Drache einfach tot umfiel.
»Das war ein ganz hervorragender Plan, Majestät«, säuselte Perlug in seiner schleimigen Art, als sie die Kuppe des Hügels erreicht hatten. Nun galt es, sich besonders gut mit dem Heerführer zu stellen, wenn er einen angemessenen Teil von dem goldenen Braten abbekommen wollte.
Rofin beäugte den Statthalter grimmig, dessen aufdringliche und einschmeichelnde Art ihm mehr und mehr auf die Nerven ging. Rofin wusste genau, was in Perlugs Kopf vorging und worauf er abzielte. Er unterdrückte ein zorniges Knurren. Bereits die vergangenen Tage war er um Kalerid herumgeschlichen und hatte ihm Honig um das sellagische Maul geschmiert. Und das alles nur, um sich seinen Anteil am Schatz zu sichern. Dabei hatte er, Rofins Meinung nach, nicht das Geringste geleistet. Rofin war der festen Überzeugung, dass ihm ein Anteil am Muteral zustand, und zwar ein deutlich größerer als Perlug. Schließlich hatte er sich dem Drachen Auge in Auge gegenübergestellt, ihm war es gelungen das Untier zu verletzen und selbst wenn sein Angriff gescheitert war, so hatte er immerhin Initiative gezeigt und bewiesen, dass er

sich für die Sache einsetzte.
»Und Ihr habt ihn exzellent durchgeführt, Heerführer«, fügte Rofin Perlugs Worten hinzu. Auch wenn ihm das Einschmeicheln zuwider war, so wollte er doch dem Statthalter in nichts nachstehen.
Perlug bemerkte den grimmigen Blick und grollte leise. Er fragte sich, was der Lakai immer noch an diesem Ort zu suchen hatte. Kalerid hätte ihn schon längst nach seinem blamablen und eigenwilligen Angriff gegen den Drachen in irgendeine abgelegene Ecke des Landes schicken sollen, wo er nicht mehr im Wege stand. Immerhin war es nur zu deutlich, dass er selbst nun mehr in der Gunst des Heerführers stand. Kalerid hatte in den vergangenen Tagen sehr viel mehr Zeit mit ihm verbracht und Rofin beinahe nicht beachtet. Er war auch sehr viel nützlicher und hatte das nötige Wissen, dessen war sich der Statthalter, nicht ohne eine gewisse Selbstgefälligkeit, bewusst. Er hatte in letzter Zeit immer öfter das Gefühl, dass seine Chancen nicht schlecht standen, von Kalerid zu dessen Stellvertreter ernannt zu werden.

Kalerid ignorierte das unterschwellige Geplänkel seiner Untergebenen. Er verabscheute Perlugs nervenraubendes Gehabe aus den tiefsten und dunkelsten Abgründen seines Herzens und tolerierte es nur, weil er es als notwendiges Übel akzeptieren musste. Dass Rofin nun begann, das Gewinsel des Statthalters nachzuahmen, missfiel ihm zutiefst. Doch nun erforderten ganz andere, sehr viel erfreulichere Dinge seine Aufmerksamkeit und er hatte nicht die geringste Lust, sich seine gute Laune von zwei eifersüchtigen Untertanen verderben zu lassen. Wobei er ohnehin nicht vorhatte, seinen Schatz mit jemandem zu teilen, auch wenn er sich über Perlugs und Rofins Absichten durchaus im Klaren war.
Der Heerführer ließ sein Schwert sinken und blickte erwartungsvoll die Hohlstraße hinunter.
»Wo bleiben sie nur?«, murmelte er voller Ungeduld. Ganz offensichtlich war sein Siegesschrei nicht gehört worden, oder er war nicht als solcher erkannt worden. Also entschloss er sich, deutlicher zu werden.
»Der Drache ist tot. Ihr könnt herauskommen, Feiglinge«, rief er aus voller Kehle den Weg hinab. Erneut geschah einige Augenblicke nichts, doch dann ertönten Jubelschreie und die Sellag kamen um die Kurve der Hohlstraße, hinter der sie sich verborgen hatten. Die zwei Dutzend Sellag-Krieger, die Kalerid für den Fall der Fälle ausgewählt hatte,

rannten den Weg hinauf und wirbelten dabei auf der trockenen und erdigen Straße eine Staubwolke auf.
Kalerid nutzte die Zeit, die sie benötigten, um den Paratul zu erreichen und drehte sich noch einmal um, um den toten Drachen zu begutachten.
»Was meint ihr? Soll ich ihm den Kopf abschlagen und ihn als Trophäe über meinem Thron aufhängen?«, fragte er mit in die Hüften gestemmten Fäusten und einer großen Portion Selbstgefälligkeit in der Stimme.
Rofin und Perlug nickten eifrig.
»Oh, das ist eine ganz wundervolle Idee«, stimmte Rofin ihm zu.
»So kann jedermann sehen, welche Macht Ihr besitzt, Majestät«, beeilte sich Perlug hinzuzufügen. »Niemand kann sich Euch in den Weg stellen, nicht einmal ein Drache.«
Kalerid konnte über seine beiden Getreuen nur heiser lachen. Erneut zog er sein Schwert aus der Scheide und trat näher an den Drachen heran. Prüfend setzte er die Klinge am Hals an und holte aus. Dann ließ er das Schwert wieder sinken und schüttelte den Kopf.
»Nein, ich habe einen besseren Einfall.« Lachend drehte er sich zu den verwundert dreinblickenden Sellag um und begann dann, den Hügel hinunterzustampfen, an dessen Fuß seine Krieger mittlerweile Aufstellung bezogen hatten. »Ich werde ihn ausstopfen lassen und ihn in meinem Thronsaal ausstellen«, rief er den beiden überraschten Untertanen über die Schulter zu, die ihm folgten. »Vielleicht lasse ich ihn sogar in Gold gießen. Schließlich habe ich nun mehr als genug davon.«
Seine Krieger empfingen ihren Heerführer mit einem erneuten Jubelschrei, als dieser den Hügel herabstieg. Kalerid ließ sich nur allzu gerne feiern, während er mit ihnen gemeinsam den Paratul ein Stück umrundete, bis sie den kleinen Eingang erreichten, der nun ungehinderten Zugang zum Muteral bot. In Kalerids Augen glänzte unverhohlene Gier, als er sein Gefolge mit einer knappen Handbewegung zum Schweigen brachte und sich besitzergreifend an den rohen Steinrahmen lehnte. Rofin und Perlug hielten sich dicht an seiner Seite, jeder mit der Befürchtung, er könne zu kurz kommen. Der Gedanke, der andere könnte den Schatz vor ihm zu Gesicht bekommen, war für beide unerträglich und so nahmen die garstigen Blicke zwischen ihnen immer mehr zu.
»Ihr könnt euch glücklich schätzen«, verkündete Kalerid selbstgefällig seinen Kriegern und seinen beiden Lakaien, die so sehr mit sich

und dem anderen beschäftigt waren, dass sie beinahe die Ansprache ihres Heerführers verpasst hätten. »Ihr seid Zeugen einer der größten Augenblicke in der Geschichte unseres Volkes. Der Zeitpunkt ist gekommen, dass ich nun meine Macht vervollständige und zum größten Herrscher der Geschichte werde. Unser Volk wird ab dem heutigen Tag unbesiegbar sein.« Als Kalerid seine Rede beendet hatte, brach erneuter Jubel aus. Seiner eigenen Meinung nach hatte er als Heerführer mehr als genug gesagt. Er war kein Sellag der großen Worte und seine Geduld ließ ebenfalls nicht mehr zu. »Ich werde nun den mir zustehenden Schatz in Besitz nehmen«, fügte er der Form halber noch hinzu und damit war es nun auch wirklich genug.
Rofins und Perlugs Unruhe stieg unaufhörlich. Für jeden war klar, dass er der Auserwählte sein würde.
»Ihr beide begleitet mich«, hörten sie Kalerids Anweisung und beiden stockte der Atem, als ihr Blick dem ausgestreckten, knochigen Finger ihres Anführers folgte. Kalerid deutete auf zwei Krieger, die in der ersten Reihe standen. Zwei kantige Kerle mit eisernen Gesichtszügen. Die beiden traten vor und nickten Kalerid ergeben, aber nicht unterwürfig, zu. Rofin und Perlug war das Entsetzen deutlich in ihr graues Sellag-Gesicht geschrieben, aber Kalerid bemerkte es nicht, oder, was noch wahrscheinlicher war, er schenkte ihnen einfach keine Beachtung. Seine Miene war entschlossen und weder der Statthalter noch der Lakai des Heerführers wagten es, Einwände zu erheben.
Kalerid ließ sich von einem seiner Krieger eine Fackel reichen und sie entzünden. Auch die beiden ausgewählten Krieger entfachten ihre Fackeln und blickten Kalerid an, bereit, einen wichtigen Schritt in der Geschichte der Sellag zu tun.
Dann gab Kalerid das Zeichen und der größere der beiden Krieger stampfte voran, in den Tunnel hinein. Der Schein seiner Fackel erleuchtete die gemauerte Wand. Kalerid folgte ihm hoch erhobenen Hauptes und der zweite Krieger bildete wortlos die Nachhut.
Perlug und Rofin konnten ihnen nur mit hängenden Schultern und trübsinnigen Blicken nachsehen, bis die Fackeln in der Dunkelheit verschwunden waren.
»Das ist nur deine Schuld«, brummte Rofin schließlich und schlug Perlug mit der flachen Hand vor die Brust. Dieser war über die Entwicklung des Geschehens zu verdattert, um sofort etwas darauf zu erwidern, und als ihm endlich etwas Passendes eingefallen war, hatte sich

Rofin bereits ein Stück entfernt ins Gras fallen lassen. Der Statthalter verzichtete darauf, ihm etwas hinterher zu schreien und ließ sich stattdessen nahe des Eingangs auf einem Erdhügel nieder. Ihm lag nichts an einer weiteren Konfrontation mit seinem Leidensgenossen. Es war schlimm genug, dass er nun tatenlos dasitzen und abwarten musste, bis Kalerid den ganzen Schatz an sich gerissen hatte, während ihm nur die Hoffnung blieb, für all seine Bemühungen der letzten Tage angemessen entlohnt zu werden.

Nando lauschte, wie sich die Stimmen entfernten, bis sie schließlich fast nicht mehr zu hören waren. Die Sellag waren auf der gegenüberliegenden Seite den Hügel herab gestiegen, und obwohl sie sich in ihrer eigenen Sprache, mit hässlichen Zischlauten und vielen tiefen grollenden Tönen unterhalten hatten, konnte sich Nando sehr wohl ausrechnen, dass sie sich nun vor dem Eingang der Höhle befanden, um ihr Werk zu vollenden.

Er verharrte noch einige Augenblicke, aber auf dem Paratul blieb es ruhig. Irgendwann trug der Wind einige Wortfetzen des Heerführers zu ihm hinüber, der wohl die Stimme erhoben hatte. Nandogral verstand nicht, was er sagte, aber die Richtung, aus der seine Stimme kam, verriet unfehlbar, dass er mit seiner Vermutung Recht hatte. Nachdem auch die Rede Kalerids wieder verklungen war, fasste sich Nando ein Herz. Auf allen Vieren kroch er den Hügel hinauf und spähte über die Kuppe hinweg dorthin, wo Toranus regungslos im Gras lag. Von dem Drachen abgesehen, war der Paratul verlassen. Nando gab seine geduckte Haltung auf und lief die letzten Barret zu ihm hinüber.

»Sie sind weg«, flüsterte er dem Daniederliegenden zu und rüttelte dabei an seiner Schulter, wofür er sich auf die Zehenspitzen stellen musste, um sie überhaupt zu erreichen.

Der Drache rührte sich nicht.

Nando begann, ein wenig fester an Toranus' massiver Schulter zu drücken und zu zerren. »Sie sind jetzt weg«, wiederholte er. »Du kannst jetzt aufstehen.«

Auch dieses Mal zeigte Toranus keine Reaktion.

Nandos Herzschlag beschleunigte sich und er spürte, wie sich in seinem Magen etwas zusammenkrampfte. Hatte er sich womöglich geirrt? Hatte er sich bei der Rezeptur vertan? Ihm war seit seiner Lehrzeit kein Fehler mehr unterlaufen.

Mittlerweile schlug Nandogral mit der Faust gegen die feste, glänzende

Haut des Drachen und die Verzweiflung stand ihm in sein wettergegerbtes Gesicht geschrieben.
Schließlich blähten sich die Nüstern des Drachen und er schlug die Augen auf. Ein amüsierter Glanz stand darin.
»Hör' auf mich zu kitzeln«, sagte er und musste sich dabei das Lachen verkneifen. »Jetzt ist nun wirklich nicht der Zeitpunkt für Albernheiten.«
Nando schnaubte zornig und schlug ein weiteres Mal hart gegen die Schulter, bevor er zurücktrat und die Arme vor der Brust verschränkte. »Da spricht der Richtige. Das war nicht lustig.«
»Entschuldige.« Toranus verkniff sich noch immer das Lachen. »Ich war nur an deiner Reaktion interessiert.«
»Dann hoffe ich, dass du zufrieden bist.« Nandos Zorn verflog nur langsam. »Ich fand das ganz und gar nicht witzig.«
Toranus nickte nur und beschloss, dass es besser war, das Thema zu wechseln. »Sind sie bereits in der Höhle?«
»Zumindest befinden sie sich davor«, entgegnete Nando und schluckte den Rest Ärger hinunter. »Es sind auf jeden Fall nicht alle hineingegangen.« Er legte die rechte Hand hinter sein Ohr als Zeichen, dass der Drache genau hinhören sollte. Wenn man aufmerksam lauschte, konnte man noch immer leise Stimmen hören.
»Wie viele sind es jetzt?« Toranus hatte wohl mitbekommen, dass nach seinem vorgetäuschten Ableben weitere Sellag von Kalerid zum Paratul gerufen worden waren, da er aber nicht gewagt hatte, die Augen zu öffnen, wusste er nicht, wie viele der grauen Kreaturen hinzugekommen waren. »Und wie sind sie bewaffnet?«
»Ich weiß es nicht.« Nando hatte von seinem Versteck aus auch nicht mehr mitbekommen als der Drache. »Ich werde wohl am Besten nachsehen, bevor wir noch eine Überraschung erleben.«
Toranus stimmte dem Vorschlag zu und Nando huschte lautlos über den Hügel, hinüber zu der Stelle, die sich oberhalb des Eingangs zur Muteralhöhle befand. Bevor er den Rand der Ebene erreicht hatte, ließ er sich bäuchlings ins Gras fallen und kroch das letzte Stück, bis er hinunterspähen konnte.
»Ich habe vierundzwanzig gezählt«, berichtete er, als er wieder zu Toranus zurückgekehrt war. »Ihr Anführer ist nicht mehr unter ihnen, aber die beiden anderen, die ihn begleitet haben, sind noch dort. Sie scheinen alle mit Schwertern bewaffnet zu sein.«

»Die beiden anderen sind für uns uninteressant«, entgegnete Toranus und schien mit dem Gehörten nicht unzufrieden zu sein. »Nur der Anführer ist wichtig. Bestimmt ist er bereits in der Höhle. Genau, wie du es vorausgesagt hast. Mit dem restlichen Volk werden wir schon fertig. Wahrscheinlich ergreifen sie ohnehin gleich die Flucht, wenn sie mich zu Gesicht bekommen.«
Nando war überzeugt, dass Toranus Recht hatte. »Dann ist es wohl an der Zeit, ihnen einen gehörigen Schrecken einzujagen.« Der Alte musste gestehen, dass er über den reibungslosen Verlauf seines Planes erfreut war. »Wir sollten gehen.«
»Gehen?«, fragte Toranus und schob leicht beleidigt die Unterlippe nach vorne. Der Mensch hatte wohl vergessen, dass er es mit einem Drachen zu tun hatte. »Heißt es nicht, alles Gute kommt von *oben*?«
Nandogral verstand, was er damit meinte und grinste. Toranus ließ ihn auf seinen Rücken steigen. Dann richtete er sich auf und entfaltete seine Flügel, während sich Nando an seinem Hals festhielt. Zweimal schlug der Drache mit den weiten Schwingen, dann erhob er sich in die Luft.

Die Sellag, die vor der Höhle zurückgeblieben waren, fuhren herum, als sie das dumpfe Geräusch vernahmen. Vor Überraschung rissen sie Augen und Rachen weit auf. Dann wichen sie erschrocken zurück, ihre Rücken dem Paratul zugewandt, als der soeben gelandete Drache einen Schritt auf sie zu trat. Noch einen Schritt, da ergriffen bereits die ersten drei Sellag die Flucht. Fünf weitere suchten das Weite, als Toranus sein langes, breites Maul aufriss und einen grollenden Laut von sich gab, wobei eine dicke Wolke grünen Rauches aus seinen Nasenlöchern entwich. Perlug und die meisten seiner Genossen erstarrten vor Schreck. Mit riesigen Augen stierten sie das ‚Untier' an, ohne dabei einen Ton über die Lippen zu bringen.
Nur vier, darunter Rofin, waren mutig genug, ihre Schwerter zu ziehen und der Gefahr entgegenzutreten.
Perlug seinerseits verzichtete auf eine derartige Zurschaustellung seines ohnehin nicht vorhandenen Mutes. Steif stand er da und glotzte den Drachen tatenlos an.
Auch Rofin wusste, dass er auf einem verlorenen Posten kämpfte. Der Drache überragte ihn um mehr als das Doppelte seiner Körpergröße und er hatte seine Kraft bereits zu spüren bekommen. Einzig und allein

der Ärger darüber, dass es dem Drachen gelungen war, sie zu überlisten, hielt ihn davon ab, nicht die Beine in die Hand zu nehmen.
Toranus machte einen weiteren Schritt. Jedes Mal, wenn er einen Fuß aufsetzte, erzitterte der Boden unter ihm.
Nandogral saß auf dem breiten Rücken und genoss Perlugs Blick, der eine Mischung aus dunklem Zorn und Überraschung widerspiegelte, seitdem er Nando erspäht hatte. Der alte Mann meinte erkennen zu können, dass die Lippen des Sellag ein stummes ‚Verräter' formten, doch er konnte sich auch irren.
Dann kam Rofin wieder ins Spiel. Er stürmte, gefolgt von den wenigen anderen Sellag, die den Mut aufgebracht hatten, unter wildem Kampfgeschrei auf den Drachen los. Toranus war davon wenig beeindruckt. Er fegte die ersten drei Angreifer, vorneweg Rofin, mit einer kurzen Bewegung seiner rechten Vorderpranke zur Seite, als wären sie lästiges Ungeziefer. Unsanft landeten sie auf einem wirren Haufen. Das Kriegsgebrüll verstummte so plötzlich, wie es erklungen war. Die restlichen Angreifer hielten inne, bevor sie ebenfalls wild durcheinander purzelten, als der Drache sie mit einer einzigen Drehung und der Hilfe seines Schwanzes von den Beinen holte. Dann ließ Toranus eine kurze, aber eindrucksvolle Flamme aus seinem Rachen hervortreten und die Hälfte der ‚mutigen' Sellag verloren ihren Mut. Sie rappelten sich auf und rannten davon, dicht gefolgt von den Erstarrten, die plötzlich ihre Stimme wieder gefunden hatten. Die Meisten rannten zurück zur Hohlstraße und den Weg hinunter nach Zurnam, in die schützenden Mauern der befestigten Stadt.
Perlug allerdings, der nun auch endlich die Starre von sich hatte abschütteln können, folgte dem Rand des Hügels und erklomm ihn dann ein Stück, wobei er sehr darauf bedacht war, genügend Platz zwischen sich und den Feuer speienden Drachen zu bringen. Er war noch immer weit davon entfernt, sich in den Kampf mit dem Drachen einzumischen, aber er wollte auch keinesfalls etwas von dem, was sich vor dem Höhleneingang abspielte, verpassen. Und vor allem wollte er sich nicht zu weit vom Muteral entfernen, von dem ihm, wie er noch immer der festen Überzeugung war, ein nicht unbedeutendes Stück zustand.
Nur acht Sellag waren zurückgeblieben und Toranus begab sich nun in die Mitte der teilweise noch benommenen Daniedergeworfenen, die mit festem Griff ihre Schwerter umklammert hielten und langsam wieder auf die Beine kamen. Ihre Gesichter ließen keinen Zweifel daran, dass

die meisten von ihnen nur sehr unfreiwillig zurückgeblieben waren. Nun standen sie weniger als drei Barret von dem Drachen entfernt und stachen mit unbedachten Bewegungen ihre Schwerter in Richtung des ‚Ungeheuers', ohne dass es einer von ihnen wagte, den verbliebenen Raum zu ihrem Gegner zu überwinden. Letztendlich trat einer von ihnen, in einem Anfall von unbedachtem Heldentum, die vier Schritte vor, die ihn von dem Drachen trennten, und stieß mit einem Schrei aus Jubel und Verzweiflung sein Schwert in dessen Seite. Die Klinge rutschte jedoch an den glatten Schuppen der Drachenhaut ab und fiel, durch den Schwung des Hiebes, dem Sellag aus der Hand. Toranus verspürte den Angriff nur als einen kurzen Stoß gegen seinen verlängerten Rücken, während er zwei andere Sellag mit seinen Pranken ein weiteres Mal zu Boden warf und ihre anschließende Flucht mit einem kurzen Feuerstoß anfachte. Unwillkürlich trat der Drache ein Stück zur Seite und warf dabei den Angreifer zu Boden, der in der aufgewühlten Erde nach seinem Schwert griff. Um ein Haar wäre er dabei unter das massige Hinterbein geraten und zermalmt worden. Der Sellag vergaß sein Schwert und beeilte sich, aus dem Schatten des Drachenkörpers zu kriechen, um sich schleunigst davon zu machen.
Rofin war es endlich gelungen, sich von den Leibern der anderen beiden Sellag zu befreien, mit denen er zusammengestoßen war, als ihn der Drache durch die Luft geschleudert hatte. Es war nicht ganz leicht gewesen. Der Sellag, unter dem er begraben worden war, ein dicker, wuchtiger Kerl hatte bei dem Aufprall das Bewusstsein verloren und Rofin hatte sich gewaltig anstrengen müssen, ihn zur Seite schieben, während der zweite in seiner Panik begonnen hatte, wild um sich zu schlagen und Rofin dabei zweimal hart in das Gesicht getroffen hatte, bevor er sich endlich davon gemacht hatte. Insgeheim verfluchte Rofin all die feigen Krieger und griff nach seinem Schwert, das ihm aus der Hand geglitten war. Er würde nicht flüchten. Er würde weiterkämpfen. Nicht aus Treue zu Kalerid, der sich nichtsahnend in der Schatzhöhle befand, aber aus Verbundenheit zum Muteral. Würde es ihm diesmal endlich gelingen, den Drachen zu töten, so würde sein Anteil sicherlich ein beachtliches Stück üppiger ausfallen.
Toranus fegte gerade erneut drei der verbliebenen Sellag mit seinem Schwanz von den Beinen und diesmal traf sie der Aufprall so hart, dass sie einige Meter weit flogen, als Rofin auf Toranus zustürmte. Die davongeflogenen Sellag kehrten nicht zurück, was auch nicht weiter

überraschte, doch Rofin gelang es, von vorne zu dem Drachen durchzudringen, der nun damit beschäftigt war, den letzten Angreifer, von Rofin mal abgesehen, mit der Rückseite seiner Pranke in die Luft zu befördern.

Rofin war sich noch nicht bewusst, dass er nun alleine war, als er direkt vor dem Brustkorb des Drachen stand und sein Schwert fester umfasste. Dann holte er aus und hieb die Klinge gegen das weiche Fleisch nahe der Stelle, an der er ihn beim ersten Mal verletzt hatte. Ein Riss entstand und Blut quoll aus der Wunde, doch sie war nicht so tief wie beim vorhergehenden Mal. Überrascht über den plötzlichen Schmerz, erstarrte Toranus einen kurzen Augenblick, bevor er nach unten sah. Rofin zögerte einem Moment zu lange, um zu einem neuen Schlag auszuholen und bevor er sich versehen konnte, hatte ihn der Drache im Nacken gepackt und in die Luft gehoben. Toranus musterte ihn mit dunklen Augen und Rofin blieb nichts anderes übrig, als hilflos zappelnd zu versuchen, sich dem Griff der spitzen Krallen zu entwinden. Toranus erkannte Rofin wieder und für einen kurzen Moment überlegte er, ob es nicht besser wäre, dieser Kreatur den Garaus zumachen.

»Nein, das wäre gar nicht fein«, murmelte der Drache zu sich selbst und Rofin war viel zu verzweifelt, um sich über die Bedeutung dieser Worte auch nur einen einzigen Gedanken zu machen. Für ihn war nur allzu klar, dass nun sein letztes Stündlein gekommen war, während ihn Toranus mit einem letzten abwertenden Blick musterte. Einen Moment später spürte Rofin, wie er durch die Luft flog, und als er fast fünfzig Barret weiter auf dem Boden aufschlug, verlor er das Bewusstsein.

Toranus sah sich prüfend um. Außer dem etwas entfernt liegenden Rofin war kein Sellag mehr zu sehen. Sogar der fette, besinnungslose Sellag hatte sich mittlerweile wieder aufgerafft und nicht lange gezögert, sich aus dem Staub der aufgewühlten Paratulerde zu machen.

Nandogral rutschte von Toranus' Rücken herunter, als sich dieser auf dem Boden niederließ, um sich einen Augenblick auszuruhen.

»Zeig mir deine Verletzung«, sagte der Alte, kaum, dass er den Boden berührt hatte, und pfiff durch die Zähne. Wenig später trabte Graufell herbei. Er hatte auf der Wiese hinter dem Paratul gegrast und sich von dem ganzen Geschehen nicht im Geringsten beeindrucken lassen.

»Ist nur ein Kratzer«, brummte Toranus, doch er offenbarte Nando gehorsam die Wunde. Die Blutung hatte bereits aufgehört und als der

Mensch die giftgrüne Salbe aus seiner Satteltasche hervor holte und sie auf den Riss auftrug, zog dieser sich schnell zusammen.
Trotzdem fragte Nando fürsorglich: »Kannst du laufen?«
Toranus nickte. »Natürlich, ich spür' fast nichts.« Der Drache kam auf die Beine und hob entschlossen den Kopf, um seine Worte zu unterstreichen. »Wir sollten nicht zu lange warten und sehen, wie viele von diesen Feiglingen sich noch in der Höhle befinden. Bestimmt haben sie sich schon ihre Taschen voll gestopft und wir müssen jeden Einzelnen von ihnen auf den Kopf stellen, um sie zu entleeren.«
Nando lachte leise und ließ sich von Toranus' guter Verfassung überzeugen. Er verstaute die Salbe wieder in der Satteltasche, holte dafür einen Feuermacher hervor und versetzte Graufell einen liebevollen Klaps auf die Seite. Der Esel trottete davon, wieder der Wiese mit dem saftigen Gras entgegen.
Dann hob Nando eine der Fackeln auf, welche die Sellag bei Ihrer Flucht achtlos zurückgelassen hatten. Außerdem steckte er sich eines der herumliegenden Kurzschwerter in den Gürtel. Dann entzündete er seine Fackel.
Mit einem letzten Nicken stimmten sie sich ab und Nando ließ Toranus den Vortritt, als sie in den Tunnel hinein traten. Der Drache brauchte kein Licht, er konnte gut genug im Dunkeln sehen. Seine glänzenden Schuppen schabten leise an den Mauern, als er sich duckte und in den knapp bemessenen Gang kroch. Mit einem letzten Blick über die Schulter folgte Nando ihm.

Kurze Zeit später betrat Toranus die ihm vertraute Schatzkammer des Muterals. Den Anblick des Schatzes nahm er gelassen hin, nicht nur, weil er ihn gut genug kannte, sondern auch, weil einem Drachen Gold und Reichtümer nicht viel bedeuteten. Hinter sich konnte er allerdings Nandogral überwältigt nach Luft schnappen hören, als der Schein seiner Fackel sich in Silber, Gold und Edelsteinen widerspiegelte. Doch auch Toranus hatte Grund, sich zu wundern. Er hatte fest damit gerechnet, dass mindestens einer oder, noch wahrscheinlicher, mehrere der Sellag in den aufgehäuften Schätzen des Muteral herumwühlen würden. Aber die Kammer war leer.

# Herras
## XIV

Am Nachmittag erwachte Herras durch das Getrampel von Pferdehufen und den Klang fremder Stimmen. Von Neugier getrieben, erhob er sich von seinem Lager, warf dabei einen Blick auf Marek, der noch tief und fest zu schlafen schien, und trat hinaus ins Freie, um nachzusehen, was dort vor sich ging. Die Gesandten aus Lohringen, von denen Busog berichtet hatte, schienen vor Kurzem eingetroffen zu sein, denn zwei offene Pferdewagen standen vor der kleinen Zeltgruppe, die für die Gäste vorgesehen war. Daneben standen mehrere hoch gewachsene und vornehm gekleidete Männer. Während sie miteinander sprachen, luden ihre Bedienstete Kisten und Säcke von den Fuhrwerken.
Herras stand eine Weile da und beobachtete ihr Tun, bis von der gegenüberliegenden Seite des großen Festplatzes Merit und Maleris zu ihm herüber kamen.
»Wir haben mit Busog gesprochen. Dies sind die Gesandten aus Lohringen«, bestätigte Merit Herras' Vermutung, als er und seine Schwester sich zu ihm gesellt hatten.
»Dann sollten wir uns gut mit ihnen stellen. Vielleicht kann ich sie in ihr Land begleiten.« Herras wurde sogleich wieder das Herz schwer, als die Gedanken an seine Aufgabe und an die Trennung von seinen Freunden sich wieder in sein Bewusstsein drängten.
»Uns!«, fügte Maleris hinzu.
»Bitte?«, fragte Herras verständnislos.
»Sie können *uns* mitnehmen«, wiederholte Maleris noch einmal den ganzen Satz in einem Tonfall, als müsste sie einem begriffsstutzigen Kind etwas ganz Offensichtliches erklären. Dabei grinste sie über das ganze sommersprossige Gesicht.
Herras' Züge erhellten sich zuerst, um sich gleich darauf in eine ungläubige, zweifelnde Miene zu verwandeln. »Ihr wollt...? Aber ihr sollt doch...? Euer Vater hat gesagt...!«, stammelte er verwundert.
Merit wirkte reichlich belustigt über das Durcheinander von Gefühlen, das der Freund zu durchleben schien. »Ja, Vater hat gesagt, wir sollen dich nur bis zu diesem Ort begleiten«, stimmte er Herras zu. »Aber

Solas ist weit weg und solange er es nicht weiß…« Der Waldmensch blinzelte Herras verschwörerisch zu. »Wir haben dich nun so weit begleitet. Meinst du etwa, wir wollen uns entgehen lassen, wie dieses Abenteuer endet?«
Herras lachte überglücklich und fühlte sich plötzlich leicht, als hätte man ihm eine schwere Last von den Schultern genommen. Er umarmte seine beiden Gefährten stürmisch. Maleris verschwieg, dass es in ihrem Herzen noch einen weiteren Grund gab, um den Weg mit Herras weiter zu gehen. Sie genoss einfach seine Umarmung und freute sich mit ihm.
Die drei Reisenden beobachteten noch eine Weile das geschäftige Treiben der Gesandten, doch sie erkannte bald, dass sich zu diesem Zeitpunkt keine Gelegenheit ergeben würde, mit ihnen ins Gespräch zu kommen. Die Lohringer waren zu sehr mit der Verteilung ihrer Waren beschäftigt.
Die Dunkelheit begann bereits sich über den Festplatz zu senken. Überall wurden Fackeln entzündet, bald würde das Fest beginnen. Der Aufbau der Bühne war beendet und über dem Lagerfeuer in der Mitte der großen Lichtung drehten einige Frauen vier Wildschweine, die auf zwei dicken Ästen aufgespießt waren und sich schon köstlich braun verfärbten.
Herras und die beiden Lemberusken schlenderten ein wenig über den Platz, ohne so recht zu wissen, wohin sie sich wenden sollten. Schließlich ließen sie sich auf einen umgestürzten Baumstamm am Rande des Festplatzes nieder. Von dort aus konnten sie das bunte Treiben beobachten. Die Lichtung begann sich langsam zu füllen. Immer mehr Familien kamen und brachten Körbe und aus Lederstücken zusammengenähte Decken mit, die sie auf dem Gras und Laub ausbreiteten, um sich darauf niederzulassen. Fröhliches Gemurmel erfüllte die Luft und spielende Kindern rannten jauchzend umher.
Vor dem reich geschmückten Versammlungszelt der Stammesoberhäupter stand nun ein langer, wuchtiger Holztisch. Von ihrem Beobachtungspunkt aus konnten die drei Gefährten sehen, wie Busog die Gesandten aus Lohringen hinüber geleitete und sie dort Platz nahmen. Wenig später gesellten sich auch die Stammesväter hinzu.
Mittlerweile war das Tageslicht vollständig der Dunkelheit der Nacht gewichen und der Platz gut gefüllt. Die zuletzt eingetroffenen Familien hatten bereits Schwierigkeiten, noch einen freien Platz auf der Lich-

tung zu finden. Fünf Männer betraten die Bühne. Sie führten Instrumente mit sich, deren Machart Herras noch nie in seinem Leben gesehen hatte. Einer von ihnen schlug mit der flachen Hand auf einer mit Leder bezogenen Trommel. Drei dumpfe Töne hallten durch die Nacht. Sofort ließ das gleichmäßige Gemurmel der vielen Stimmen nach und verstummte dann ganz, als Sentas die Bühne betrat. Seine Stimme war laut und klar und reichte sogar über die vielen hundert erwartungsvoll erhobenen Köpfe hinweg, bis hinüber zu Herras und seinen Freunden.
»Ich freue mich, Euch alle wieder hier begrüßen zu dürfen. Lasst uns heute Abend ein weiteres glückliches und friedvolles Jahr feiern und auch für die Zukunft nur das Beste hoffen.«
Sentas verbeugte sich und von lautem Beifall begleitet, stieg er wieder die Bühne hinunter. Das Fest war eröffnet und die Musikanten begannen, ein beschwingtes Lied zu spielen.
Herras blickte Maleris und Merit an, die mit leuchtenden Augen das entstandene Durcheinander betrachteten. Gerade wollte er fragen, was sie nun zu tun planten, als Busog an sie heran trat.
»Die Stammesoberhäupter lassen Euch an ihren Tisch bitten«, sagte er mit der förmlichen, aber nicht unfreundlichen Art, die ihm zueigen war.
Die drei Reisenden kamen dieser Aufforderung nur zu gerne nach. Trotz der gemütlichen und anheimelnden Atmosphäre kamen sie sich inmitten all der Fremden verloren vor. So folgten sie, ohne zu zögern, dem Wächter, der sie hinüber zu dem langen Tisch führte, an dem bereits Plätze für sie vorgesehen waren. Alle Stammesväter und Abgesandten Lohringens waren nun dort versammelt und begrüßten sie mit höflichem Nicken.
Kaum hatten sich Herras, Maleris und Merit auf der Bank niedergelassen, wurden ihnen Becher mit Beerenwein gereicht und Teller mit köstlich duftendem Wildschwein gebracht. Herras lief das Wasser im Munde zusammen, als ihm der Duft in die Nase stieg.
Der Stammesvater von Astus erhob seinen Becher für einen Trinkspruch. »Ich begrüße unsere ehrbaren Freunde aus Lohringen und unsere Gäste, die unerwartet zu uns gekommen sind. Auf einen schönen und fröhlichen Abend.« Zu Ehren aller hob er seinen Becher in die Luft und nahm anschließend einen tiefen Schluck. Zustimmendes Gemurmel war zu vernehmen, als jeder am Tisch es ihm gleich tat. Nachdem wieder Ruhe eingekehrt war, nahm Sentas sich die Zeit, Herras und sei-

ne Begleiter und die Gesandten von Lohringen einander vorzustellen. Dann begann das Essen.
»Wo habt Ihr Euren fremdartig anmuteten Kameraden aus dem fernen Gebirge gelassen?«, fragte Sentas, der am Kopfende des Tisches und als nächstes zu Herras saß, zwischen zwei Bissen.
Erst jetzt wurde sich Herras der Abwesenheit des Sellag bewusst. Bei den vielen Eindrücken, die es zu verarbeiten galt, hatte er Marek völlig vergessen.
»Ich kann Euch leider nicht sagen, wo er sich zu Zeit befindet.« Herras begann sich umsehen. Es war reiner Zufall, dass er Marek fast sofort im bunten Treiben entdeckte. Der Sellag streunte scheinbar ziellos zwischen den Waldmenschen umher und schien nicht so recht zu wissen, was er mit sich anfangen sollte. Herras beeilte sich, ein großes Stück Wildschweinfleisch, das er sich soeben in den Mund geschoben hatte, herunterzuschlucken und rief nach ihm. Erst, als er zum dritten Mal den Namen des Sellag gerufen hatte, wurde dieser in dem Trubel, der um ihn herum herrschte, auf Herras aufmerksam. Langsam kam er zu ihnen an den Tisch.
Sentas hieß ihn erfreut willkommen. »Ah, da seid Ihr ja. Setzt Euch!«
Herras rückte ein Stück mit Merit und Maleris zusammen und machte Platz auf der Bank. Dankbar nickend und ungewohnt zurückhaltend rutschte der Sellag neben den Allendasser. Auch er bekam Wein und Wildschwein.
Das Essen verlief schweigend. Nur ab und zu sprach sich ein Stammesvater lobend über die gelieferten Waren aus Lohringen aus oder äußerte Wünsche für zukünftige Lieferungen.
Als die Mägen gefüllt und die Teller geleert waren, wandte sich Sentas von Astus erneut an Herras und seine Freunde.
»Nun erzählt uns, was Euch hierher geführt hat«, forderte er sie auf und faltete die Hände vor sich auf dem Tisch. Auch Bandas und die Stammesoberhäupter, die ihnen gegenübersaßen, blickten sie erwartungsvoll an.
Herras hatte natürlich mit dieser Frage gerechnet und er war froh, endlich von seiner Geschichte und seinem Ansinnen berichten zu können. Dass auch die Gesandten aus Lohringen anwesend waren und neugierig auf seine Erzählung zu sein schienen, konnte nur von Vorteil für ihn sein.
»Das ist eine lange Geschichte«, erwiderte Herras und begann, sie mit

Maleris' und Merits Unterstützung zu erzählen. Zuerst berichtete er von dem Angriff auf Allendas, dann schilderte Merit, wie Herras zu den Waldmenschen gekommen war und ihre Reise begonnen hatte. Letztendlich beschrieb Maleris die Geschehnisse im Togos-Wald. Nur Marek hielt sich noch immer zurück, lauschte nur den Worten seiner Begleiter. Diese verzichteten auf einen genaueren Bericht über die Vergangenheit des Sellag und mit welchen Absichten er zu ihnen gestoßen war. Höchstwahrscheinlich hätte es sich nicht sonderlich günstig auf die Einstellung ihrer Gastgeber Marek gegenüber ausgewirkt.

Die Stammesoberhäupter und die Abgesandten Lohringes lauschten, ohne die Erzählenden zu unterbrechen. Erst als Maleris mit dem Erreichen der nördlichen Stämme endete, ergriff Sentas wieder das Wort.

»Ich bedauere das Leid, welches über Euer Land und sein Volk gekommen ist«, sagte er an Herras gewandt und ehrliches Mitgefühl stand in seinem Blick. Dann wanderten seine dunklen Augen zu Maleris. »Und Euch kann ich nur mein tiefstes Beileid zu dem Verlust Eures Vaters aussprechen. Ich kann mich noch gut an ihn erinnern. Er hat vor einigen Jahren meinen Stamm besucht. Er war ein kluger und außergewöhnlicher Mann. «Die junge Frau nahm die Anteilnahme des Stammesvaters mit einem kurzen Nicken entgegen, dann senkte sie den Blick. Anschließend wandte sich Sentas bewundernd dem Sellag zu. »Es war außerordentlich mutig und selbstlos von Euch, sich den mächtigen und magischen Kräften der Grunen zu stellen und Euer Leben für das Eurer Kameraden zu riskieren.« Marek brummte nur kurz zur Erwiderung und seine Augen verengten sich zu dünnen Schlitzen. Es war nicht auszumachen, was genau bei den Worten des Stammesvaters in ihm vorging.

»Da der Togos nun nicht mehr unser Land trennt, wird sich hoffentlich der Kontakt zwischen den südlichen und den nördlichen Stämmen verbessern«, warf Merit zuversichtlich ein und unter den Stammesoberhäuptern kam ein zustimmendes Gemurmel auf. Sogar die Abgesandten und Händler aus Lohringen schienen darüber erfreut zu sein. Wahrscheinlich witterten sie bereits die Möglichkeit, ihre geschäftlichen Verbindungen zu erweitern.

»Doch sagt uns«, richtete nun Bandas, zum ersten Mal an diesen Abend, das Wort an die Gäste. »besteht die Gefahr, dass die Angreifer, die in Euer Land eingefallen sind, auch Lemberus heimsuchen werden?«

Herras schwieg betroffen und warf Marek einen seitlichen Blick zu. Sie hatten nicht nur vermieden, zu erzählen, dass Marek mit der Aufgabe ausgesandt worden war, Herras zu töten, sie hatten auch nicht erwähnt, dass er dem Volk angehörte, das Allendas angegriffen hatte. Diese Offenbarung hätte nur zu Misstrauen und Schwierigkeiten geführt. Herras verlieh seinem Blick zu Marek noch mehr Schärfe. Schließlich war er der Einzige, der etwas über Pläne der Sellag wissen konnte. Zuerst versuchte Marek, Herras' Blick auszuweichen, doch als er auch die Aufmerksamkeit der anderen Anwesenden am Tisch auf sich ruhen spürte und das erwartungsvolle Schweigen langsam erdrückend wurde, konnte auch er es nicht mehr umgehen.

»Darüber besitze ich kein Wissen«, gestand er schließlich, die Augen starr auf den Becher vor sich gerichtet.

»Nein, wir wissen es wahrhaftig nicht«, bekräftigte Maleris Mareks Aussage und die Gesichter der Stammesoberhäupter bekamen tiefe Sorgenfalten.

»Doch hoffen wir, dass es nicht so weit kommen wird«, fügte Merit hinzu. »Der König befindet sich noch in Allendas und sollte er noch am Leben sein, wird er bereits begonnen haben, die Feinde zu bekämpfen.«

»Und auch wir werden nicht tatenlos bleiben«, warf nun Herras ein. Sein Herz schlug ihm vor Aufregung bis zum Hals, als er endlich zum eigentlichen Grund ihrer Reise kam. »Doch natürlich können wir alleine kaum etwas ausrichten. Wir benötigen Hilfe, ein Heer, das gut gerüstet ist und sich auf die Kampfeskunst versteht. Darum haben wir uns auf den Weg nach Norden begeben, um Euch zu suchen...«, Herras blickte nun flehend die Abgesandten aus Lohringen an. Diese hoben überrascht die Augenbrauen, »und Eure Unterstützung zu erbitten. Wir haben gehört, dass Euer Land große Truppen und viel Kampferfahrung besitzt. Wir wären unermesslich dankbar für Eure Hilfe.«

Die Lohringer dachten einen Augenblick über das Gehörte nach. »Nun...«, sagte schließlich ein in schwarzen Samt gekleideter Abgesandter, der einen tiefroten Umhang um die Schultern geschlungen hatte, und kratzte sich dabei am Kinn. Sentas hatte ihn als Worrenz von Husand vorgestellt, »Euer Wissen über unser Volk ist richtig und Eure Absichten scheinen mir redlich zu sein, aber über eine Unterstützung in Eurem Kampf können nur unser König und seine beiden Söhne entscheiden.«

»Das verstehe ich«, entgegnete Herras ruhig. Er hatte ohnehin nicht

damit gerechnet, sofort eine Zustimmung zu bekommen. »Doch bitte ich Euch, könnt Ihr uns zu Eurem König geleiten?«
Die vier Abgesandten steckten ihre Köpfe zusammen. Herras' Unruhe stieg. Maleris und Merit warfen ihm aufmunternde Blicke zu und Marek war noch immer angestrengt bemüht, in eine andere Richtung zu schauen. Herras nahm hastig einen großen Schluck Wein. Als er den Becher wieder auf dem Tisch absetzte, rückten die Lohringer wieder auseinander. Der Abgesandte neben Worrenz von Husand, er trug ein beiges Wams mit einem dunkelbraunen Umhang und hieß Sendander von Folland, ergriff nun das Wort. »Wir reisen morgen, einige Zeit nach Mittag, ab. Ihr könnt Euch uns anschließen. Wir werden in unsere Hauptstadt Rogenborn zurückkehren. Dort befindet sich auch Rogenpas, die Burg unseres Königs. Wir werden dafür sorgen, dass Ihr ihm Euer Ansinnen vortragen könnt.«
Herras atmete sichtbar auf und Maleris und Merit lächelten erleichtert. Sie hatten eine weitere Hürde ihrer Reise überwunden.
»Wir danken Euch für Eure Freundlichkeit...«, sagte Herras dankbar und neigte den Kopf. »und sind Euch zutiefst verbunden.« Merit und Maleris konnten sich Herras' Dank nur anschließen und die Abgesandten nahmen ihn milde lächelnd entgegen.

Der weitere Abend verging wie im Fluge. Herras fühlte sich so gelöst wie schon seit Langem nicht mehr. Er wusste nicht nur, dass seine Reise weitergehen würde, auch seine beiden Freunde würden ihm weiter zur Seite stehen. Für den Moment war er einfach nur erleichtert.
Die Abgesandten und Stammesväter sprachen nun über ihre Geschäfte, während Sentas Merits Erzählungen über die südlichen Stämme lauschte. Die Musikanten entlockten ihren Instrumenten fröhliche Klänge. Maleris, die neben Herras saß, wiegte sich zum Rhythmus der Musik. Ihr Haar glänzte herrlich im Schein der Fackeln und ihre Wangen waren gerötet vom Wein. Ihre strahlenden, blauen Augen begegneten Herras Blick. Erst jetzt wurde ihm bewusst, wie verträumt er sie anstarrte. Verlegen senkte er den Kopf. Maleris lachte leise, dann schwiegen sie unentschlossen. Herras verspürte eine Mischung aus Freude und Bedrückung, als er erneut vorsichtig zu der jungen Frau hinüber schielte.
Marek, der bereits den gesamten Abend so gewirkt hatte, als würde er sich an einen anderen Ort wünschen, verabschiedete sich nun mit

knappen Worten und trottete in Richtung ihres gemeinsamen Zeltes davon.

Herras bemerkte kaum, wie der Sellag verschwand. Er war zu sehr damit beschäftigt, Maleris still zu bewundern.

»Möchtest du vielleicht tanzen?«, kam es plötzlich unerwartet, vor allem für ihn selbst, über seine Lippen. Er glaubte fast, er habe sich verhört, als er seine eigenen Worte vernahm. Natürlich hatte er bemerkt, dass die junge Frau immer wieder verträumt zu den tanzenden Paaren, die sich im Schein der Fackeln vor der Bühne mal schneller, mal langsamer im Takt der Musik bewegten, hinüber sah. Doch wie war er auf die törichte Idee gekommen, Maleris zu fragen, ob sie tanzen wollte? Er konnte nicht tanzen. Schon früher hatte er sich gekonnt davor gedrückt. Er würde sich ganz fürchterlich blamieren.

Maleris blickte ihn mit vor Verwunderung geweiteten Augen an, dann lächelte sie. »Gerne«, sagte sie und sprang schon von der Bank auf. Mit einer eleganten Bewegung stieg sie darüber hinweg und ehe Herras wusste, wie ihm geschah, hatte sie ihn bei der Hand genommen und zog ihn in Richtung der Bühne. Sie bahnte sich ihren Weg in die Mitte der tanzenden Waldmenschen. Herras blieb nichts anderes übrig, als ihr zu folgen.

Als er dann zwischen den Paaren stand, die um ihn herumwirbelten, und spürte, wie Maleris ihre Arme um seinen Hals schlang, wurde ihm flau im Magen. Langsam legte er seine Arme, die gar nicht mehr seine zu sein schienen, um Maleris Taille. Das Mädchen begann, sich lachend im Rhythmus der Musik zu wiegen. Herras war ganz und gar nicht zum Lachen zumute. Es dauerte einen Augenblick, bis er in der Lage war, sich von der Stelle zu rühren. Nur langsam konnte er sich aus seiner Starre lösen und ließ sich dann willig von Maleris führen. Dann wurde es mit jedem verstreichenden Augenblick leichter und bald war Herras völlig gelöst und das Paar fügte sich in das Bild der anderen Tanzenden ein. Herras hatte nun alles um sich herum vergessen. Er sah nur noch Maleris' hübsches, lachendes Gesicht, ihre glänzenden Augen und er spürte nur noch das warme Gefühl, das ihn für den Moment durch und durch erfüllte.

Als sie erst sehr viel später zum Tisch der Stammesoberhäupter zurückkehrten, hatte sich die Runde bereits gelichtet. Nur Sentas, Bandas, Worrenz von Husand und fünf weitere Stammesoberhäupter waren

zurückgeblieben und lauschten Merits Bericht über die Feinheiten und die Kunst der Armbrustanfertigung.
Erschöpft und trotz der kühlen Nachtluft erhitzt, ließen sich Maleris und Herras auf ihre Plätze fallen, um auch Merits Ausführungen zu folgen, während sie ihren Wein austranken.
Es war mittlerweile weit nach Mitternacht und Herras drohte, von seiner Müdigkeit übermannt zu werden. In stiller Übereinkunft erhob er sich mit Maleris und sie verabschiedeten sich von der kleinen, verbliebenen Gruppe. Merit versprach, ihnen bald zu folgen und so schlenderten sie zu zweit über den immer noch belebten Festplatz zu den Gästezelten. Sie sprachen kein Wort. Zwar hatte Herras vieles auf dem Herzen, das er gerne ausgesprochen hätte, aber er fand nicht den richtigen Anfang und so sehr er sich wünschte, Maleris würde das Wort ergreifen, sie tat es nicht.
Als sie das Zelt erreicht hatten, war von Marek keine Spur zu entdecken. Herras hatte erwartet, den Sellag bereits schnarchend auf seiner Liege vorzufinden. Doch dem war nicht so und der Mensch hatte in diesem Augenblick nicht den Sinn, darüber nachzugrübeln, wo er sich wohl befinden mochte. Erfahrungsgemäß tauchte er ohnehin irgendwann wieder auf. Herras hatte zu diesem Zeitpunkt nur Augen für Maleris. Er beobachtete, wie sie unschlüssig im Zelt stand und ihre Hände knetete. Es war dunkel. Er konnte kaum mehr als ihre Umrisse erkennen, während er überlegte, was sie wohl als Nächstes tun würde. Dann drehte sie sich um und trat ein Stück auf ihn zu. Im fahlen Licht, das durch den Eingang fiel, konnte er sehen, dass sie ihn anlächelte.
»Es war ein schöner Abend«, flüsterte sie. »Danke.«
»Ich muss mich bedanken«, entgegnete Herras ebenso leise. »Es war der schönste Abend meines Lebens.«
Wieder musterten sie sich lange, ohne ein Wort zu sagen. Nur ein kleines Stück trennte ihre Gesichter voneinander. Dann, als würden sie magisch voneinander angezogen, bewegten sich ihre Lippen aufeinander zu.
»Das war wirklich ein beeindruckendes Fest.« Merit betrat das Zelt.
Herras und Maleris fuhren auseinander und gaben einen kurzen Laut der Ernüchterung von sich. Herras fühlte sich, als hätte man ihm soeben einen Schlag ins Gesicht versetzt und in Maleris' Augen funkelte Enttäuschung.
Merit bemerkte davon nichts. Der Wein war nicht völlig ohne Wirkung

geblieben. »Ich bin todmüde.« fuhr er ungerührt fort: »Wir sollten uns schleunigst schlafen legen. Worrenz erzählte mir, dass noch ein weiter Weg vor uns liegt.«

Maleris und Herras erwiderten nichts. Merit zog seine Schuhe aus und legte sich auf sein Lager. Als er seinen Kameraden den Rücken zukehrte, bewegte sich Maleris blitzschnell und hauchte Herras einen kurzen Kuss auf die Lippen. Sein Herz setzte für einen Schlag aus.

Als wäre nichts geschehen, legte sich nun auch Maleris nieder und nach kurzem Zögern tat es Herras ihr gleich. Das gleichmäßige Atmen im Zelt verriet, dass Merit bereits eingeschlafen war, doch sowohl Herras als auch Maleris brauchten noch lange, bis sie ihren Schlaf fanden.

Irgendwann, viel später, hörte Herras, dass Marek eintrat und sich auf seiner Lagerstatt ausstreckte, um kurz darauf mit seinem Schnarchen den Raum zu erfüllen.

# Hondor
## XIII

Der Himmel versteckte sich hinter einer dicken Wand grauer Wolken. Immer wieder ging ein feiner Nieselregen auf das Land nieder, das aus grünen Wiesen und goldbraunen Wäldern bestand. Es konnten höchstens noch einmal fünfzig Kils bis Mittag sein. König Hondor hatte das schmerzhafte Gefühl, dass die Zeit sich gegen sie gewendet hatte. Je mehr sie ihre Pferde antrieben, umso schneller schien sie zu verrinnen. Trotz der kühlen, feuchten Luft waren die Pferde schweißnass und auch an Hondors nur noch mit seiner Weste bekleidetem Oberkörper rannen Schweißperlen herab. Es schien, als wüssten die Pferde, was auf dem Spiel stand. Trotz ihrer Erschöpfung scheuten und bockten sie nicht, sondern galoppierten eisern voran, ohne ihren Hufschlag zu verlangsamen.

Usadim hing regungslos vor Hondor im Sattel. Der König musste ihn halten, damit er nicht herunterrutschte. Nur ein einziges Mal hatte der Verletzte während ihres Ritts die Augen geöffnet, doch dabei nicht die Kraft aufgebracht, ein Wort über die Lippen zu bringen. Kurz darauf verlor er erneut das Bewusstsein. Immer wieder legte Hondor ihm bang die Hand auf die Brust, um sich zu überzeugen, dass er noch atmete. Solange er auch nur die kleinste Bewegung spürte, würde er nicht aufgeben.

Sie befanden sich nun weit im Norden von Allendas. Hondor schätzte, dass sie bereits die nördlichsten Siedlungen hinter sich gelassen hatten. Seit Langem hatten sie kein Haus mehr gesehen, auch, weil sie sich achtsam von allen Orten und Dörfern fern hielten. Die Ausmaße der Wälder wurden fortwährend größer, Wiesen immer seltener, bis die Landschaft schließlich nur noch aus Wald bestand – dem Rorgan-Wald.

Natürlich wurde durch die Bäume die Umgebung unüberschaubar. Hondor begann zu zweifeln. Was, wenn sie das Kloster verfehlen würden? Wenn sie einfach daran vorbeireiten würden, ohne es überhaupt zu bemerken?

Hondor wusste nicht, wo genau er das Kloster zwischen den abertau-

senden von Bäumen suchen sollte. Zwar hatte er viel von seinem Vater darüber erfahren, aber außer, dass es weit im Norden lag, inmitten des Rorgan-Walds, wusste er nichts über seine Lage. Doch plötzlich erinnerte er sich an die Worte seines Vaters... dass man es erreicht, wenn man der letzten Abzweigung der befestigten Straße folgte. Es gab nur eine befestigte Straße, die hinter den letzten Ortschaften und Häusern weiter nach Norden führte, sogar über die Landesgrenze hinweg bis hinein nach Lohringen - sie wurde nur wenig benutzt. Doch diese Erinnerung brachte Hondor kaum mehr Mut. Eine einzige Straße war in dieser Gegend ebenso schwer zu finden wie ein Kloster.
Hondor begann, seine Entscheidung zu bereuen. Vielleicht wäre es doch besser gewesen, Usadim diese Strapazen zu ersparen. Es war ein Fehler gewesen, unbedacht loszureiten und nicht an die Schwierigkeiten zu denken, die auf sie warten würden.
,Es war seine einzige Chance', versuchte sich Hondor selbst einzureden und trieb sein Pferd beharrlich an. Hinter sich hörte er Zorina leise keuchen, als sie versuchte, nicht den Anschluss zu ihm zu verlieren.

Gute fünfzig Kils waren erneut dahingeflogen, der Regen stärker geworden. Er peitschte ihnen kalt ins Gesicht und Hondor war nun entschlossen, den Ritt abzubrechen und nach einer anderen Möglichkeit zu suchen, Usadims Leben zu retten. Vielleicht waren ihre Aussichten doch besser, wenn sie wieder zurückkehrten und versuchen würden, sich in einem der Dörfer zu einem Heiler durchzuschlagen.
Hondor trug sich noch lange mit diesem Gedanken, konnte sich aber nicht zu einem Entschluss überwinden. Immer öfter musste er die Augen schließen, da ihm der Regen unablässig hineinlief, und auf sein Pferd vertrauen, das stoisch weiter galoppierte.
Dann plötzlich veränderte sich der Hufschlag des Pferdes, wurde von dem weichen, dumpfen Stampfen auf moos- und laubbedeckten Waldboden zu einem harten Klappern. Hondor riss die Augen auf und blickte mit verwässertem Blick zu Boden. Für einen kurzen Moment konnte er dort unregelmäßige, schwarze Pflastersteine erkennen, bevor sie wieder zu dunklem Waldboden übergingen.
Hondor brauchte einen kurzen Augenblick, um zu verstehen und zu handeln. Er riss an den Zügeln und brachte sein Pferd zum Stehen. Das Tier trottete aus dem Schwung heraus noch einige Barret und schnaubte verwirrt über den plötzlichen Sinneswandel seines Reiters. Dann ließ

es sich von Hondor dazu bewegen, umzudrehen und ein Stück zurückzutraben.
Auch Zorina, die mit der Zeit ein Stück zurückgefallen war, hatte ihren Ritt verlangsamt und blieb nun stehen, als Hondor sie anblickte.
»Die Straße«, rief der König ihr über den gepflasterten Weg hinweg zu.
Das Mädchen sah ihn fragend an, während sie sich das nasse Haar aus dem Gesicht strich.
»Das muss die Straße sein. Es gibt nur eine, die in dieser Gegend noch nach Norden führt«, erklärte Hondor. »Von meinem Vater weiß ich, dass man ihr folgen muss, um zum Kloster zu gelangen.« Eine Spur der Erleichterung war in seiner Stimme zu vernehmen.
Zorina musterte nun den Weg vor sich, als hätte sie etwas dergleichen noch nie in ihrem Leben gesehen. Dann blickte sie nach links und rechts. Auf beiden Seiten verschwand die Straße in sanften Biegungen im Wald. »Und in welche Richtung?«, fragte sie dann. Sie war zu erschöpft für lange Reden.
Hondor zuckte ratlos mit den Schultern. Waren sie schon an der Abzweigung, die geradewegs zum Kloster führen sollte, vorbei oder lag sie noch weiter nördlich?
Zorina folgte ihrem Gefühl, das sie vor kurzem schon einmal auf so tragische Weise mit einer Vorahnung beschenkt hatte und zeigte nach Norden. »Ich würde diese Richtung vorschlagen.«
Da Hondor nichts finden konnte, was entweder dafür noch dagegen sprach, stimmte er Zorina zu und sie schlugen den Weg in nördlicher Richtung ein.

Sie folgten der Straße, doch nun ging es nicht mehr so schnell voran. Die Pferde mussten vorsichtig sein, denn es hatte sich feuchtes Laub auf den Steinen angesammelt und machte sie gefährlich rutschig. Normalerweise waren die Mönche des Bernam-Klosters für den Zustand der Straße verantwortlich, die ihren einzigen Weg in die Zivilisation darstellte, doch da sie nun schon seit elf Tagen belagert wurden, konnten sie dieser Aufgabe nicht nachkommen. Zudem war die Gefahr, dass sie einem Sellag begegneten, auf der befestigten Straße sehr viel größer. Wer wusste schon, wo diese Kreaturen sich herumtrieben? Schließlich belagerten sie das Kloster. Dieser Umstand bereitete Hondor und Zorina ebenfalls Kopfzerbrechen. Sie konnten nur hoffen, dass der Widerstand des Klosters noch ungebrochen war, damit sie dort Schutz

finden konnten. Zudem wurden sie geplagt von den ständig kreisenden Überlegungen, ob und wie es ihnen überhaupt gelingen würde, die Belagerung zu überwinden und zum Kloster vorzudringen.
Die Vorsicht, mit der sie sich fortbewegten, zahlte sich aus. Zehn Kils waren sie dem Weg gefolgt, als ihnen ein Sellag mit einem Pferdefuhrwerk entgegenkam. Schnell wichen sie seitlich in den Wald aus und verbargen sich mit ihren Pferden hinter den Bäumen. Reglos warteten sie, bis der Sellag vorbeigezogen und außer Sichtweite war.
»Ich fürchte, wir reiten in die falsche Richtung«, sagte Hondor etwas bedrückt als sie sich wieder auf den Weg wagten.
»Ich denke, wir reiten genau in die richtige Richtung«, widersprach ihm Zorina kopfschüttelnd. »Sein Wagen war leer. Da es im Kloster wohl kaum etwas zu holen gibt, wird er wohl von dort kommen. Wahrscheinlich, um neue Vorräte für die Besetzer zu besorgen.«
Hondor musste zugeben, dass Zorinas Ausführungen etwas Einleuchtendes hatten, dem er kaum widersprechen konnte und wollte. Also rückte er Usadim wieder im Sattel zurecht und sie ritten ihren eingeschlagenen Weg weiter.

Die Straße schlängelte sich in sanften Biegungen durch den Wald, mal ging sie ein Stück nach Westen, dann wand sie sich wieder eine Zeit lang nach Osten, aber sie führte stetig weiter nach Norden. Die Pferde fühlten sich auf dem rutschigen Untergrund unsicher und waren erschöpft. Hondor konnte die überanstrengten Muskeln unter seinen Beinen zittern spüren.
Usadim gab nach langer Zeit wieder ein Lebenszeichen von sich. Er stöhnte leise und bewegte sich kurz unter Hondors Griff, doch die Augen öffnete er nicht.
Nun, da sie langsamer ritten und die Anstrengung etwas nachließ, wurde es Hondor und Zorina merklich kühl. Der Regen ergoss sich noch immer über den Wald und die größtenteils schon vom welken Laub befreiten Bäume schützten sie kaum vor der niedergehenden Nässe. Ihre Kleidung war völlig durchnässt und sie froren bald erbärmlich.
Obwohl es erst Nachmittag war, düsterte es bereits im Wald. Die dichte Wolkendecke ließ nur wenig Sonnenlicht durch und bald war die weitere Umgebung nur noch schemenhaft zu erkennen.
Die Müdigkeit begann, auf Hondor zu lasten. Er musste sich immer wieder zusammenreißen, damit ihm nicht ungewollt die Augen zufie-

len. Verbissen starrte er nur noch auf den Weg, der vor ihm lag und kämpfte gegen seine bleischweren Lider an.
Wäre Zorina nicht gewesen, hätte er die Abzweigung wahrhaftig verpasst. Die junge Frau, die nun vor ihm ritt, brachte ihr Pferd unvermittelt zum Stehen und Hondor wurde schlagartig hellwach, als er beinahe auf Usadims unberittenes Pferd gestoßen wäre, das Zorina mit sich führte.
Hondor sah sich irritiert um und fragte sich, warum Zorina plötzlich angehalten hatte.
»Dort ist ein weiterer Weg«, stellte sie fest und deutet mit vor Kälte starren Fingern zur linken Seite. Jetzt fiel Hondors Blick auf eine Schneise im Wald. Es war nicht viel mehr als ein breiter, ungepflasterter Pfad, nur bestehend aus zwei ausgefahrenen Furchen, die mit der Zeit durch Karren ausgehöhlt worden waren.
»Ich denke, hier müssen wir lang«, erwiderte Hondor, als er seine Gedanken gesammelt hatte. »Mein Vater erzählte, das Kloster läge etwas ab von der Straße. Man könne es nur über einen schäbigen Pfad erreichen.«
Zorina nickte zustimmend. ‚Schäbig' und ‚Pfad' waren durchaus Begriffe, die auf diesen kleinen Weg zutrafen. Sie war zu müde, um zu antworten und so schlug sie schweigend den Weg ein, dessen Ende sich im diffusen Grau verlor.

Es dauerte nicht annähernd so lange, wie sie vermutet hatten, dann endete der Pfad und der Wald gab den Blick auf eine Lichtung frei. Genau genommen war es eine Senke, eine ausgehobene Vertiefung, in deren Mitte ein beeindruckendes, aus schwarzem Stein gemauertes Gebäude aufragte. Es war sehr viel größer, als Zorina und Hondor erwarte hatten, besaß zwei runde Türme und dicke, hohe Mauern.
‚Kein Wunder, dass die Sellag nicht in der Lage sind, es einzunehmen', dachte Hondor bei sich. Für seinen Betrachter wirkte das Bernam-Kloster mächtig und uneinnehmbar. Wie es so düster an diesem regnerischen und wolkenverhangenen Tag in den Wald zu starren schien, ließ es einem einen Schauer über den Rücken laufen. Die Mauern bestanden ausschließlich aus tiefschwarzem Hemalton[19] und trugen das ihre zu der Respekt fordernden Aura des Bauwerks bei.
Um das Kloster herum herrschte reger Betrieb. Zelte waren in der Senke aufgestellt worden und dort trotteten dutzende Sellag mit finsteren

Gesichtern und beachtlicher Bewaffnung umher. Die gescheiterte Erstürmung des Klosters schien sich auf die Moral der Truppe ausgewirkt zu haben, wie man an ihren missmutigen Mienen erkennen konnte.
Als ihnen bewusst wurde, wie leicht sie nun zu entdecken waren, lenkten Zorina und Hondor ihre Pferde eilig vom Pfad herunter in den Wald und verbargen sich hinter einem Busch.
»Wie sollen wir jemals dort durchkommen?« flüsterte Zorina mit unruhiger Stimme Hondor zu.
Dem König schnürte es bei dem Anblick, der sich ihnen bot, die Kehle zu. Sie schienen machtlos gegen diese Überzahl an Gegnern. Mit ihrer mageren Bewaffnung konnten sie hier wenig ausrichten und solange niemand im Kloster von ihrer Anwesenheit wusste, brauchten sie nicht auf Unterstützung von dort zu hoffen. Sie waren so weit gekommen, doch nun, wo sie das Ziel deutlich vor Augen hatten, schienen sie vor einem unüberwindbaren Hindernis zu stehen.
Gegen den grauen Himmel zeichneten sich schwarz die hohen Zinnen des Klosters ab und darauf die Umrisse dunkler Gestalten. Die Mönche wachten auf ihrer belagerten Festung. Einige begannen, da die Nacht sich langsam über den wolkenbedeckten Himmel legte, Fackeln zu entzünden. Andere blieben hin und wieder stehen und starrten durch lange Rohre hinunter zu ihren Feinden.
»Sie haben Okulanten.« Hondor deutet auf einen der Mönche, der sich soeben weit über die Klostermauern beugte und hinunter blickte. Der König kannte diese Gerätschaften, auch wenn sie eine Seltenheit waren. Sein Vater war im Besitz eines solchen ‚Fernblickers' gewesen. Er hatte es von einem seiner Besuche im Kloster mitgebracht und Hondor hatte während seiner Kindheit oft damit den Sternenhimmel betrachtet. »Wenn es uns nur gelingen könnte, ihre Aufmerksamkeit zu erlangen. Die Mönche kennen vielleicht ein Schlupfloch, durch das wir hineingelangen können.«
Sie begannen sich ihre Köpfe zu zermartern. Die Zeit drängte, denn die Nacht rückte stetig näher. Wenn die Lichtung erst einmal in völliger Dunkelheit liegen würde, hätten sie kaum noch eine Möglichkeit,

[19] Hemalton, der Stein Hembras, war nur an den Steilküsten im Süden von Allendas zu finden. Er zeichnete sich durch eine große Festigkeit und Beständigkeit und durch seine tiefschwarze Farbe aus. Alle Häuser Hembras' bestanden aus diesem Stein, alle seine Abbildungen wurden daraus gemeißelt und alle religiösen Gegenstände gefertigt.

von den Mönchen entdeckt zu werden und Hondor bezweifelte, dass Usadim eine weitere Nacht überstehen würde.
Unvermittelt bekam Zorina ein Leuchten in den Augen. Sie rutschte eilig von ihrem Pferd und kramte in den Satteltaschen nach einer der hellen Decken, die sie von der Bauernfamilie erhalten hatten. Dann breitete sie, unter Hondors verwunderten Blicken, den Stoff auf dem Waldboden aus. Mit einer kurzen Geste gab sie Hondor zu verstehen, dass er auf die Sellag achten sollte. Unwillig wandte Hondor den Blick ab und Zorina hockte sich auf den Boden. Sie schob das feuchte Laub zu Seite, bis sie den Erdboden erreicht hatte und nahm dann eine Hand voll nasser, schlammiger Erde. Hondors Blick wanderte stetig zwischen den geschäftigen Sellag und Zorina hin und her, während er sich gleichzeitig bemühte, Usadim, der gefährlich zur Seite abrutschte, weiter auf dem Pferd zu halten. Über seine Schulter hinweg konnte er erkennen, dass Zorina große Buchstaben mit der matschigen Erde auf das grobe Gewebe schmierte – sie bildeten das Wort ‚Asyl'.
»Das werden sie nicht sehen«, kommentierte der König Zorinas Tun und blickte dabei skeptisch hinauf zu dem immer dunkler werdenden Himmel.
»Oh doch, das werden sie.« Zorina beendete ihr Werk und wischte sich die schmutzigen Finger an ihrem Rock ab. Danach hielt sie nach einem dicken Ast Ausschau. Ein Stück entfernt fand sie einen geeigneten, zerrte eine weitere Decke aus der Tasche und wickelte einen breiten Streifen davon um den Ast.
Nun wurde dem König klar, was Zorina plante. »Die Sellag werden auf uns aufmerksam werden«, gab er zu bedenken, doch sie wies seinen Einwand mit einer weiteren knappen Handbewegung zurück.
»Es gibt keinen Erfolg, ohne dass man etwas riskiert«, sagte sie bestimmt »zumindest werden wir dadurch auch die Aufmerksamkeit der Mönche erlangen können. Außerdem sind die Zelte der Sellag von uns abgewandt und sie scheinen viel zu sehr mit sich selbst beschäftigt, als dass sie auf uns achten würden.«
Hondor erwiderte nichts. Er betete still, dass sie Recht behalten würde und starrte gebannt in Richtung des Sellaglagers, während Zorina ein Stück in Richtung der Lichtung vortrat. Mit ihrem Feuermacher entzündete sie die notdürftig angefertigte Fackel und hielt sie hoch über den Kopf, während die Decke mit der knappen Botschaft ausgebreitet vor ihr auf den Boden lag.

Der grobe Stoff der Decke loderte hell auf, brannte aber auch schnell ab und kurz darauf war die Fackel wieder erloschen. Hondors Augen schmerzten, da er vor Aufregung und Anspannung vergessen hatte, zu blinzeln.
Einen kurzen Augenblick hatte er geglaubt, eine dunkle Gestalt erkennen zu können, die in ihrer Bewegung auf der Klostermauer innehielt und sich ihnen zuwandte. Doch als er seine Augen kurz abwandte, um hinunter zum Lager der Sellag zu blicken, war sie beim erneuten Hinsehen verschwunden. Hondor hatte keine Zeit, enttäuscht darüber zu sein, denn sein nächster Blick in Richtung der Zelte ließ ihn angst und bange werden. Hembras hatte seine Gebete nicht erhört.
Aus dem geschlossenen Kreis der Sellagunterkünfte hatten sich zwei Gestalten gelöst, die auf sie zugestampft kamen, augenscheinlich nach der Quelle des kurzen Feuersscheins suchend. Zorina waren sie ebenfalls nicht entgangen und sie kam auf leisen Sohlen zu Hondor und Usadim zurück gelaufen.
Der König überlegte, ob eine Verteidigung oder die Flucht angebrachter war und entschied sich zur Flucht. Auf die zwei Sellag würden schnell weitere folgen und mit dem Verletzten vor sich im Sattel konnte er sich nicht ausreichend bewegen, um Gegenwehr zu leisten. Hondor wartete nur noch darauf, dass Zorina ihr Pferd erreichte. Die Sellag kamen schnell näher und Hondors Herzschlag beschleunigte sich. An ihrem Gebaren und dem Klang ihrer rauen Stimmen konnte er erkennen, dass sie bereits entdeckt worden waren. Die Sellag beschleunigten ihre Schritte. Hondors Rappe schien die nahende Gefahr zu spüren und begann, unruhig mit den Hufen zu scharren. Endlich hatte Zorina ihr Pferd erreicht. Die Sellag, die nun nur noch wenige Barret von ihnen entfernt waren, hatten ihre Schwerter gezogen. Hondor griff nach der Sichel an seinem Gürtel. Zorina hatte sich in den Sattel geschwungen und Hondor wollte seinem Pferd endlich die Sporen geben, als die Sellag nur noch etwa zwei Dutzend Armlängen von ihnen entfernt waren.
Ein leises Pfeifen durchschnitt die Luft. Zuerst riss der erste Sellag überrascht die Augen weit auf und einen Lidschlag später tat sein Begleiter es ihm gleich. Mit einem grunzendem Geräusch kippten die beiden nach vorne und blieben regungslos im feuchten Laub liegen. Zwischen ihren Schulterblättern steckten zwei Pfeile.
Hondor blickte hinauf zu den Zinnen. Dort standen nun, ihnen zugewandt, zwei dunkle Gestalten.

»Also haben sie uns doch gesehen«, brachte Zorina schwer atmend hervor, wirkte dabei aber so zufrieden, als wäre soeben rein gar nichts geschehen.
Hondor gab nur ein leises Stöhnen aus Erleichterung und Verzweiflung von sich.
Einen Moment, der sich in die Unendlichkeit zu dehnen schien, geschah nichts weiter und Hondor begann sich zu fragen, ob das vielleicht schon alles gewesen sein sollte, doch dann pfiff ein weiterer Pfeil durch die Luft und blieb in einem Baum, knapp neben Hondors rechtem Ohr stecken. Ein zusammengerolltes Stück Papier war daran befestigt. Hondor griff danach und entrollte es. Flüsternd las er vor, was darauf geschrieben stand: *Asyl gewährt! Begebt Euch bei Einbruch der Dunkelheit zur größten Eiche auf der Kehrseite des Klosters.*

Die größte Eiche auf der rückwärtigen Seite des Klosters war nicht schwer zu finden, denn sie war wahrhaftig beeindruckend und hatte einen beachtlich dickeren Stamm als alle anderen Bäume in der Umgebung. Obwohl sie ein Stück in den Wald hinein stand, stach sie selbst in der Dunkelheit sogleich ins Auge. Sie waren im Schutz der Bäume am Rand der Lichtung entlang geritten. Solange man nicht gleißend helle Fackeln mit sich herumtrug, war es nicht schwer, unentdeckt zu bleiben. Die beiden Sellag hatten - Hembras sei Dank - nicht lange genug gelebt, um weitere Krieger zu Hilfe zu rufen und anscheinend war auch ihr Fehlen noch nicht bemerkt worden.
Im Schutz der Eiche stiegen sie von ihren Pferden und Zorina half Hondor, Usadim aus dem Sattel zu heben und ihn auf den Boden zu betten.
Der mächtige Stamm der dicken Eiche hatte einen Umfang von mindestens fünfzehn Barret und wies an der dem Kloster abgewandten Seite ein großes Loch auf, welches offenbarte, dass der Baum innen hohl war. In der Dunkelheit der Nacht, die sich nun über den Wald gelegt hatte, wirkte das Loch wie ein schwarzer, bedrohlich aufgerissener Rachen. Von einem Mönch oder einem anderen Gesandten war jedoch keine Spur zu sehen.
Zorina und Hondor ließen sich neben Usadim zwischen den weit ausladenden, kräftigen Wurzeln des Baumes nieder und nutzen die Zeit, um ihren Durst zu stillen. Gierig tranken sie aus ihren Wasserbeuteln und bemühten sich, dem Verletzten etwas von der kühlen Flüssigkeit ein-

zuflößen. Usadim befand sich noch immer in tiefer Bewusstlosigkeit. Zwar war seine Stirn nicht mehr so glühend heiß, wie am Abend zuvor, doch er litt noch immer an Fieber. Zorina und Hondor waren sich einig, dass es an ein Wunder grenzte, dass er noch immer am Leben war.
Einige Zeit verstrich, ohne dass etwas geschah. Dann, als sie nahe daran waren, die Hoffnung zu verlieren, war ein leises Geräusch zu hören, das so gar nicht in den nächtlichen Wald passte - das Quietschen eines schlecht geölten Scharniers - gerade so, als würde irgendwo eine Tür geöffnet werden. Polternde Geräusche folgten, dann drang das weiche Licht einer Fackel aus der Höhle im Baum. Die Umrisse einer dunklen Gestalt zeichneten sich davor ab und als sich Zorinas und Hondors Augen an das plötzliche Licht gewöhnt hatten, bot sich ihnen ein recht merkwürdiger Anblick. Ein Mönch mit rundem Gesicht und kräftiger Statur stand vor ihnen. Er trug das traditionelle, dunkelbraune Gewand des Bernam-Ordens und um seinen Hals hing das schwarz glänzende, aus Hemalton gefertigte Abbild einer Sonne, das Zeichen Hembras' und seiner Frau Enimeda. Nichts wäre an diesem Anblick ungewöhnlich gewesen, hätte der Mönch nicht über seinem Gewand ein fein gefertigtes, glänzendes Kettenhemd und an seinem Gürtel ein mächtiges, mit roten Edelsteinen besetztes Schwert getragen, das ihm ein wahrlich kriegerisches Aussehen verlieh.
Der Mönche erwiderte den forschenden Blick der beiden Reisenden nicht weniger eingehend.
»Ihr habt um Schutz in unseren Mauern gebeten?«, fragte er ein wenig forsch. »Wie kommt Ihr zu diesem Begehr?«
»Wir sind auf der Flucht vor den Peinigern unseres Landes«, entgegnete Hondor höflich, aber eindringlich. »Wir haben einen verletzten Freund bei uns, der dringend einen Heiler benötigt.«
Der Mönch hob seine Fackel noch ein Stück nach vorne, um besser die Gesichter der Fremden erkennen zu können. Als der Feuerschein auf Hondors Züge fiel, flackerte Erkennen in seinen Augen auf.
»Ihr seid König Hondor«, sagte er überrascht und verbeugte sich in einer schnellen, fahrigen Bewegung.
Hondor erwiderte diese Feststellung mit einem kurzen Nicken.
»Welch eine Freude, Euch zu sehen. Wir hatten befürchtet, Ihr seid tot«, sprach der Mönch weiter. Sein Tonfall war nun wesentlich freundlicher: »Ich bin Mondernas Bran.«
»Noch bin ich am Leben«, entgegnete Hondor geduldig. »Aber es war

kein leichtes Unterfangen für meine Freunde und mich. Und unser Freund Usadim ist dem Tod näher als dem Leben. Es bleibt ihm wohl nicht mehr viel Zeit.«
»Dann lasst uns keine weitere Zeit mehr verlieren und ihn zu unserem Heiler bringen.« Bran trat zur Seite und gab den Weg ins Innere der Eiche frei. Jetzt, da die Baumhöhle vom Feuerschein erhellt war, konnte man erkennen, dass sich dort eine Falltür verbarg. »Dieser Weg führt uns ins Kloster.«

Es war nicht leicht, Usadims massigen Körper die schmale Leiter hinunter zu schaffen und der sich anschließende Gang schien sich für Hondor geradezu ins Unendliche zu dehnen, als er den Verletzten mit Brans Hilfe ins Kloster schleppte, während Zorina ihnen den Weg leuchtete. Immer wieder schlugen ihm die tief verzweigten Wurzeln der Bäume, die bis herunter in den Tunnel reichten, in sein Gesicht und die Luft war muffig und kühl unter der feuchten Erde.
Als sie endlich das Ende des Ganges erreicht hatten und durch ein Loch in die spärlich beleuchtete Küche des Klosters krochen, keuchte Hondor vor Erleichterung. Seine Knie waren nahe daran, ihm den Dienst zu versagen und er konnte nur dankbar nicken, als zwei Mönche herbei eilten und Usadim aus seinen Händen nahmen.
Insgesamt waren zehn Mönche in der großen, aber spartanisch eingerichteten Klosterküche versammelt und musterten die Fremden eingehend. Allesamt waren sie gekleidet wie Bran, trugen aufwändig gearbeitete Kettenhemden über ihren dunkelbraunen Kutten und reich verzierte Schwerter an den Gürteln.
Nur einer der Mönche unterschied sich in seinem Aussehen von den anderen. Über der schlichten Kutte und dem Kettenhemd trug er einen tiefroten, langen Mantel mit goldenen Stickereien. Sein Blick wirkte noch etwas würdevoller als der seiner Brüder. Mit vor dem Bauch gefalteten Händen trat er auf Hondor und Zorina zu und verneigte sich leicht.
»Mondernas Bran bringt uns hohen Besuch, wie ich sehe.« Er wirkte nicht weniger überrascht als Bran bei dem Anblick des Königs, doch er schien bemüht, es sich nicht anmerken zu lassen, was ihm allerdings nur leidlich gelang. »Seid gegrüßt, König Hondor. Ich bin Mondernas Bunos, der Abt dieses Klosters. Gerne gewähren wir Euch und Euren Kameraden Unterkunft in unserem bescheidenen Haus. Hembras wird

hier seine schützende Hand über Euch halten, so wie er auch uns seine Gnade erweist.«
Hondor verneigte sich, als Zeichen der Dankbarkeit. Sein Atem beruhigte sich langsam, doch er musste sich noch immer sehr konzentrieren, um seine Worte über die Lippen zu bringen. »Wir danken Euch für Eure Freundlichkeit. Dies sind meine Kameraden Zorina...«, die junge Frau verbeugte sich kurz, »und Usadim.« Hondor deutete auf den Bewusstlosen, der schlaff und schwer in den Armen der beiden Mönche hing. »Er wurde im Kampf verletzt. Sein Leiden dauert bereits fast zwei Tage an. Er benötigt dringend Hilfe.«
»Meine Brüder werden ihn sogleich zu Mondernas Burrenos bringen.« Bunos gab den beiden Mönchen, die Usadim hielten, ein kurzes Handzeichen und sie entfernten sich sofort mit dem Verletzten. »Er ist der Heiler unserer Gemeinschaft und wird Eurem Freund helfen können.«
Hondor und Zorina bedankten sich wie aus einem Munde.
Bunos fuhr fort. »Aber auch Ihr seht erschöpft und hungrig aus. Mondernas Benan wird Euch Räumlichkeiten zeigen, in denen Ihr Euch ausruhen könnt.« Wie auf Befehl trat einer der Mönche, die sich bis dahin andächtig zurückgehalten hatten, nach vorne. »Er wird Euch auch etwas zu essen und trockene Kleidung bringen. Morgen, wenn Ihr Euch erholt habt, könnt Ihr uns berichten, was in Allendas vor sich geht. Wir sind begierig darauf zu erfahren, was geschehen ist und was es mit unseren Belagerern auf sich hat. Viel erfahren wir hier nicht, aber es sind sehr beunruhigende Dinge vorgefallen.«
»In ganz Allendas sind beunruhigende Dinge vorgefallen«, erwiderte Zorina mit müder Stimme. »Aber Ihr habt Recht, wir sind sehr müde. Morgen werden unsere Schilderungen sehr viel sinnvoller für Euch sein.«
Hondor konnte ihr nur zustimmen und Bunos blickte sie gütig an.
»Ruht Euch aus. Ihr scheint einen weiten Weg hinter Euch zu haben«, wiederholte er milde.
Wie auf einen stummen Befehl hin, trat Benan zu ihnen und verneigte sich: »Folgt mir, bitte.«
Er führte sie durch das Kloster, dessen schlichte, schwarze Wände mit dutzenden Fackeln beleuchtet waren. Sie stiegen eine schmale Wendeltreppe hinauf bis in das zweite Geschoss und folgten dem verwirrenden Verlauf einiger Gänge. Zorina und Hondor verloren schnell die Orien-

tierung in den vielen Korridoren, die allesamt gleich aussahen, bis der Mönch schließlich vor einer der unzähligen Türen stehen blieb.
»Dies ist Eure Unterkunft«, sagte er an Zorina gewandt. »Wir leben sehr einfach, aber ich hoffe, es wird Euren Ansprüchen genügen.«
»Mir wird alles, was besser ist als ein feuchter, erdiger Waldboden, wie ein Himmelreich vorkommen.« Zorina lächelte dünn und erschöpft. Der Mönch blickte sie kurz mitfühlend an, dann deutete er auf die angrenzende Tür. »Und diese Kammer ist für Euch, Majestät«, sagte er zu Hondor.
»Ich danke Euch«, erwiderte der König knapp. Die Müdigkeit stand ihm deutlich in sein Gesicht geschrieben.
»Ich werde Euch gleich warmes Essen und trockene Kleidung bringen«, sagte Benan weiter. »Kann ich sonst noch etwas für Euch tun?«
Zorina und Hondor schüttelten verneinend den Kopf.
»Dann wünsche ich Euch eine angenehme und erholsame Nacht.« Noch einmal verbeugte sich der Mönch tief, faltete dann die Hände in den weiten Ärmeln seiner Kutte und verschwand in die Richtung, aus der sie gekommen waren.
Hondor und Zorina betraten ihre Räumlichkeiten. Es waren wahrhaftig nicht viele Annehmlichkeiten darin zu finden. An den kahlen Wänden hing nur eine aus Hemalton geschnitzte Sonne und darunter stand eine einfache Liege. Doch es war warm und trocken und das war sehr viel mehr, als sie in den letzten Tagen hatten.
Wie Mondernas Benan es versprochen hatte, klopfte es kurze Zeit später leise an die Tür und er brachte jedem von ihnen einen großen Teller mit dampfendem Eintopf und jeweils eine sorgsam zusammengelegte, braune Kutte.
Zorina streife sich eilig ihre nasse Kleidung vom Leib und schlüpfte in den weiten Umhang. Sie hatte es kaum erwarten können, endlich die eisige Nässe, die bis tief in das Mark ihrer Knochen zu kriechen schien, los zu werden. Die Kutte war ihr um einiges zu groß und berührte den Boden, sogar wenn sie aufrecht stand, aber Zorina strich zufrieden über den weichen Stoff. Es war schon wieder einige Tage her, dass sie frische, saubere Kleidung von der Bäuerin Moran bekommen hatte.
Sie aß hastig den dampfenden Eintopf. Er wärmte sie von innen und vertrieb die Kälte aus ihrem Körper. Die Müdigkeit legte sich nun schwer wie Blei auf ihre Schultern und sie streckte sich auf der Liege aus. Ihre letzten Gedanken galten Usadim und der Hoffnung auf seine

baldige Genesung, bevor sie in einen tiefen traumlosen Schlaf hinüber glitt.
Im Nebenraum erging es Hondor nicht anders.

# Toranus
## V

»Wir müssen uns geirrt haben – es gibt keine andere Erklärung.« Nando ließ sich auf dem selben Haufen unachtsam aufgetürmten Goldes nieder, auf dem schon einige Tage zuvor König Hondor gesessen hatte, und stützte die Hände auf die Knie. »Hier ist keine Menschenseele - und auch nicht die eines Sellag, sofern diese Biester überhaupt eine Seele besitzen.«

Toranus brummte nachdenklich vor sich hin. So ganz konnte er sich des Eindruckes nicht erwehren, dass irgendetwas nicht stimmte. Noch einmal durchstreifte der Drache die Höhle, blickte zuerst prüfend in den leeren Raum seitlich des Zugangs, in dem er die letzten Jahrhunderte verbracht hatte. Er war noch immer so leer, wie er ihn kannte. Dann stampfte er durch den Hauptraum, in dem die großen Gold- und Silberberge lagerten, stocherte hier und dort mit der Spitze seines Schwanz in einer der größeren Anhäufungen von Kostbarkeiten herum, um sicher zu gehen, dass sich darunter wahrhaftig niemand verbarg. Zum Schluss blickte er in den kleinen Raum, in dem die reich verzierten Waffen und die Edelsteine lagerten. In allen Farben und Größen waren sie dort aufgehäuft und verloren trotz dieses unstandesgemäßen Aufbewahrungsortes nichts von ihrer Pracht und Schönheit. Mit beiden Vorderpranken griff der Drache in den glitzernden Berg und wühlte darin herum. Die aufwändig geschliffenen Steine purzelten leise klirrend und herrlich funkelnd durcheinander, doch sie gaben nichts und niemanden frei.

Enttäuscht kehrte Toranus letztlich zu Nandogral zurück und ließ sich neben ihn auf den Boden sinken, den gezackten Schwanz dabei eng um den Körper gelegt.

»Sieht so aus, als hättest du recht«, sagte er niedergeschlagen, doch sein Blick verriet, dass er selbst noch nicht so recht glauben konnte, was er sagte. »Verstehen kann ich es aber nicht. Er brannte so sehr darauf, den Muteral in seine Hände zu bekommen, dass die Gier ihm fast die Augen versengt hätte.«

Nando zuckte ratlos mit den Schultern. »Draußen befand er sich auf

jeden Fall auch nicht mehr. Wir hätten ihn nicht übersehen können oder besser, er hätte uns nicht übersehen. Vielleicht sind sie doch nach Zurnam zurückgekehrt, um weitere Verstärkung holen«, spekulierte er. »Oder es gibt noch einen zweiten Ausgang.«
Der Drache schüttelte den Kopf. »Nein, das wüsste ich. Es gibt nur den einen Tunnel zum herein- und herausgehen.« Toranus seufzte leise, eine kleine Wolke grünen Rauches ringelte sich dabei aus seinen Nasenlöchern.
»Mit ein bisschen Glück kommt er vielleicht noch. Möglicherweise brauchen wir nur hier zu warten und er geht uns in die Falle«, versuchte Nando ein wenig Hoffnung zu streuen.
Toranus schien wenig überzeugt. »Seine Männer werden ihm sicherlich berichten, dass ich noch lebe, wenn er nicht schon von alleine darauf gekommen ist, nachdem er bemerkt hat, dass ich verschwunden bin. Danach dürfte es selbst für ihn nicht schwer zu erraten sein, dass ich hier bin. Wenn er schlau ist, kommt er nicht hierher.«
»So schlau ist er aber nicht«, entgegnete Nando und wirkte optimistisch. »Seine Gier ist sehr viel größer als sein Verstand.«
Der Drache wollte etwas darauf erwidern; er kam nur noch dazu, das Maul zu öffnen. Etwas Gewaltiges erschütterte die gesamte Höhle und ließ die Wände erbeben. Sein Ursprung war die Edelsteinhöhle. Bunt schimmernde Steine flogen durch die Luft und Gesteinsbrocken fielen von der Decke. Nando wurde durch die Erschütterung unsanft von seinem Goldhaufen gerissen und blieb benommen liegen. Toranus schoss der Gedanke durch den Kopf, dass wohl die ganze Decke einstürzen würde. Es war sein letzter Gedanke, bevor ein beachtlicher, herabstürzender Gesteinsbrocken hart auf seinen Schädel aufschlug und ihm die Sinne raubte. Bewusstlos sackte der Drache auf die Seite.

# Kalerid

## IX

Der Knall und die damit verbundene Druckwelle traf Kalerid völlig unerwartet. Der Heerführer und seine beiden Krieger wurden von den Beinen gerissen und gingen hart zu Boden.
Gerade erst hatte Kalerid noch versucht, sich von der Überraschung zu erholen, plötzlich in einem dunklen Raum gefangen zu sein, als er sich bereits auf dem Boden wieder fand und die Arme schützend über den Kopf hielt.
Seine Begeisterung in dem Moment, als er den Hauptraum der Schatzkammer betrat, war schier grenzenlos gewesen. Der Anblick der Reichtümer hatte ihn in helle Aufregung versetzt. Wie ein Kind hatte er alles, was in seine Reichweite kam, mit den Fingern berühren müssen. Dann hatte einer seiner Krieger die Edelsteinkammer entdeckt und ihn darauf aufmerksam gemacht. Der Heerführer hatte all seine Willenskraft aufbringen müssen, um nicht vor lauter Freude in die Luft zu springen. Er hatte die kostbaren Steine durch seine Finger rieseln lassen und ihre Pracht bewundert.
Dann hatte er die herrlichen, edelsteinbesetzten Schwerter an den Wänden bemerkt und eines nach dem anderen herunter genommen, um sie in den Händen zu halten. Er war gerade dabei, zu überlegen, welches wohl das Geeignetste für ihn sein würde, als ihm ein besonders edles Exemplar auffiel, dessen Knauf und Heft mit dutzenden, dunkelroten Steinen besetzt war. Er konnte nicht anders und nahm es aus seiner Wandhalterung. Seine beiden Krieger standen in diesem Augenblick dicht bei ihm, von der dargebotenen Pracht völlig überwältigt, aber auch misstrauisch, als würden sie in jeder Ecke eine Gefahr für ihren Herrn wittern. Ganz unrecht hatten sie damit nicht, denn als Kalerid das Schwert von der Wand nahm, gerieten die drei Sellag gewaltig ins Schwanken. Unsichtbar versteckte Fugen taten sich an Wand und Boden auf und ehe Kalerid wusste, wie ihm geschah, hatte sich die Wand mitsamt den Sellag um einen halben Kreis gedreht und sie fanden sich in einer kleinen, dunklen Erdhöhle wieder. Die Decke war gerade mal so hoch, dass sie aufrecht stehen konnten und zu dritt war

der Platz recht beengt. Der Heerführer fragte sich noch, was der ganze Spuk wohl bedeuten sollte, als er auf ein niedriges Stein-Podest in der Mitte des dunklen Raumes aufmerksam wurde und seine beiden Krieger anwies, das merkwürdige Objekt näher zu beleuchten. Etwas Schwarzes glänzte auf dem Sockel und beim näheren Hinsehen konnte Kalerid erkennen, dass es sich um die Nachbildung einer Sonne handelte, geschnitzt aus tiefschwarzem Stein und auf Hochglanz poliert. Ein verrottetes Lederband hing an dem Amulett, dem die Zeit sehr viel mehr geschadet hatte als dem steinernen Anhänger selbst. Egal, wie lange er an diesem Platz gelegen haben mochte, man merkte es ihm nicht an. Obwohl das Amulett kaum größer war als eine allendassische Münze, und in seiner Einfachheit recht unscheinbar wirkte, ging etwas von ihm aus, eine Aura, die Kalerid wissen ließ, dass er auf etwas Bedeutungsvolles gestoßen war. Er streckte, für ihn fast unnatürlich langsam, die Hand nach dem Objekt aus und nahm es mit seinen langen, dünnen Fingern vorsichtig von seinem Platz. Er bemerkte schnell, dass er damit einen Fehler begangen hatte. Der Sockel begann, heftig zu erzittern und der Boden unter den Sellagfüßen zu beben. Dann, mit einem Zischen und einem gleißenden Lichtschein, zerbarst der Sockel und die Steinbrocken flogen ihnen mit voller Wucht um die Ohren. Kalerid schloss die Faust fest um die schwarze Sonne, bevor er das Bewusstsein verlor.

# Rofin
## II

Nachdem er, für seinen Geschmack, weit genug geflohen war, hatte Perlug entsetzt beobachtet, wie der Drache und sein menschlicher Begleiter in der Höhle zum Muteral verschwunden waren. Es war weniger die Angst um seinen Heerführer, als die Sorge um seinen Anteil an dem Schatz, die den Statthalter vor Schreck erstarren ließ. Es dauerte einige Kils, bis er sich dazu überwinden konnte, sein sicheres Fleckchen zu verlassen und in geduckter Haltung zu dem etwas abseits und noch immer ohne Besinnung daliegenden Rofin zu hechten.

»Los, wach auf!« Perlug trat ihm fest an die Schulter, doch Rofin rührte sich nicht. »Nun mach schon!« Der Statthalter rüttelte mit ausgestrecktem Fuß nun noch etwas heftiger. Ein unwilliges Knurren folgte und Rofin schlug die Augen auf.

»Du hast es vermasselt!«, begrüßte Perlug ihn im Reich der Erwachten. »Du hast das Vieh entkommen lassen.«

Rofin blinzelte verwirrt gen Himmel und brauchte etwas Zeit, bis er sich wieder klar erinnern konnte, wo er sich befand und was vorgefallen war.

»Ach, halt die Klappe!«, herrschte er Perlug schließlich an und stieß dessen Fuß von seiner Schulter, während er sich aufrappelte. »Du musst gerade reden. Wo warst du eigentlich?«

Perlug hielt es für besser, auf diese Frage nicht zu antworten. »Was machen wir jetzt?«, hielt er stattdessen dagegen.

»Wir?« Rofin rieb sich missmutig den schmerzenden Schädel. »Wie wär's, wenn *du* zur Abwechslung mal etwas Sinnvolles zu unserer Lage beitragen würdest?«

An Perlugs Gesichtsausdruck erkannte Rofin bereits, dass daraus nichts werden würde. ‚Wie ist es diesem elenden Feigling eigentlich gelungen, zum Statthalter ernannt zu werden?', fragte er sich verwundert.

»Wo ist der Drache nun hin?«, wollte Rofin in der Gewissheit, dass alle wichtigen Entscheidungen doch nur wieder an ihm hängen bleiben würden, nun wissen.

»In die Höhle!«, antwortete Perlug und wirkte mächtig beunruhigt.

Rofin runzelte die Stirn. Er sah seinen Anteil an Reichtum gerade in weite Ferne rücken. »Verflucht!«, brummte er und überlegte, wie groß die Möglichkeit war, dass Kalerid mit seinen beiden Kriegern allein gegen den Drachen ankommen würde. Sie war so gut wie nicht vorhanden. »Sie haben Kalerid wahrscheinlich bereits getötet oder sie haben ihn als Geisel genommen.« Rofin begann zu überlegen, wofür er sich entschieden hätte, wenn er die Gelegenheit bekommen hätte. Perlug starrte ihn nur ratlos an.

Rofin befand sich in einer für ihn reichlich misslichen Lage. Jeder andere hätte jetzt die Chance genutzt und die Macht an sich gerissen. Die Gelegenheit war wirklich mehr als günstig, sich nun zum Herrscher über Allendas und die Sellag aufzuschwingen, aber etwas ließ Rofin zögern. Er wollte ja eigentlich nur den Anteil am Muteral, der ihm zustand und eine ruhige Zukunft verbringen. Doch nun befand sich der Schatz wieder in den Händen des Drachen und das machte ihn erneut so gut wie unerreichbar.

Zu Rofins Überraschung machte auch Perlug nicht die geringsten ehrgeizigen Anstalten, die Situation für sich zu nutzen. Abwartend hockte er neben ihm und Betroffenheit stand in seinem Gesicht. Es war nicht schwer zu erraten, dass sie wohl kaum von Kalerids möglichem Tod herrührte.

»Wir müssen ihn retten«, stieß der Statthalter schließlich hervor und Rofin war sich nicht sicher, ob er mit ‚ihn' wirklich Kalerid meinte oder doch eher den Schatz.

»Ja«, stimmte er zu. Es war ihm völlig gleichgültig, was oder wen Perlug nun retten wollte, »aber wir dürfen nicht unvorsichtig sein. Wir brauchen einen Plan - eine List! Wir müssen uns aufs Genaueste überlegen, wie wir vorgehen.«

Rofin legte die Stirn in nachdenkliche Falten, während er sich auf den Weg hinunter zur Hohlstraße machte.

»Wohin?«, rief ihm Perlug nach, der verdutzt stehen geblieben war.

»In die Stadt, wohin sonst?«, entgegnete Rofin. »Wir brauchen Verstärkung und neue Ausrüstung.« Er ging weiter und rief noch über die Schulter: »Du brauchst dir keine Sorgen zu machen. Wir werden sie schon nicht verpassen. Der Drache und sein Begleiter werden sicherlich nicht einfach von hier verschwinden.«

Perlug hatte dem nichts entgegen zu setzen und trottete Rofin widerspruchslos hinterher, hinunter nach Zurnam.

»Ich frage mich, warum das Gift nicht gewirkt hat, obwohl es doch zuerst so aussah?«, bemerkte Rofin, als sie fast den halben Weg hinter sich gebracht hatten.
»Möglicherweise hängt das mit diesem Menschen zusammen«, antwortete Perlug. »Das war derselbe Kerl, von dem wir den Trank bekommen haben. Er hat uns verraten.«
Rofin schlug Perlug so hart an die Schulter, dass dieser einige Schritte nach vorne taumelte. »Warum hast du das nicht gleich gesagt?« Das erklärte einiges, auch, dass der Drache plötzlich so zugänglich gewesen war.
»Es gab keine Gelegenheit!« Perlug rieb sich die schmerzende Stelle. »Ich möchte nur wissen, wie er herausbekommen hat, was wir vorhaben«, fuhr er fort, als Rofin nichts erwiderte. »Kalerid hat ihm nichts von seinen wahren Absichten verraten.«
Rofin zuckte nur mit den Schultern. Er hatte keine Antwort auf diese Fragen und wenn er ehrlich war, war es ihm auch gleich. Er musste unbedingt nachdenken. Er brauchte einen neuen Plan und dieses Mal durfte er nicht fehlschlagen.
Die beiden Sellag schwiegen den Rest ihres Weges. Als sie die Stadtmauer erreicht hatten, fanden sie Zurnams Stadttor fest verschlossen vor. Die Kunde, dass der Drache noch immer am Leben war, hatte sich wie ein Lauffeuer verbreitet. Rofin musste mehrmals fest an das schwere Holztor klopfen, bevor sie eingelassen wurden.

Früh morgens saß Rofin allein in dem großen, mit rotem Samt bezogenen Sessel, der im unteren Stockwerk von Kalerids Unterkunft in Zurnam stand. Sein Kopf lehnte an der hohen Rückenlehne, aus seinem halb geöffneten Mund kamen röchelnde Laute. Ein deutliches Anzeichen, dafür, dass er schlief. Das Drachenbuch, das Perlug in Felins Haus gefunden hatte, lag noch aufgeschlagen auf seinem Schoss.
Die halbe Nacht hatte Rofin damit zugebracht, über einen neuen Plan nachzugrübeln. Zu Anfang hatte Perlug ihm Gesellschaft geleistet, um ihm die allendassischen Schriften zu übersetzen, auf der Suche nach einem neuen Ansatzpunkt. Sie waren auf zwei weitere Rezepturen für ‚Drachengifte' gestoßen, doch diese Möglichkeiten hatten nun keinen Nutzen mehr für sie. Nicht nur, dass diese Taktik bereits bekannt war, es gab niemanden mehr, der es für sie hätte herstellen können oder der ihnen hätte sagen können, wer es konnte.

Eine Weile hatte Rofin darüber nachgedacht, ob es wohl eine Möglichkeit gab, den Menschen namens Nandogral wieder auf ihre Seite zu ziehen, und war zu dem Schluss gekommen, dass dies wohl keinen Versuch wert war, zumal er mit einer Menge Gefahren verbunden gewesen wäre.
Also hatten sie weiter in den vergilbten Seiten das ledergebundenen Buches gestöbert und waren schließlich zwischen der Zeichnung des Drachenskeletts und den bekannten Lebensweisen der Drache auf etwas gestoßen, das Rofin hatte aufhorchen lassen. Er hatte sich die Stelle noch dreimal von Perlug vorlesen lassen, bevor er begeistert in die Hände klatschte. Das war genau das, was er brauchte.
Sofort hatte er sich eine Rolle Papier holen lassen und begonnen, eine Auflistung der Dinge darauf zu kritzeln, die vorbereitet und besorgt werden mussten. Anschließend übergab er sie Perlug und beauftragte ihn, alles Nötige in die Wege zu leiten. Perlug hatte sich das nicht zweimal sagen lassen. Ehe Rofin sich versehen hatte, war er hinaus in die Stadt gestürmt und hatte alle verfügbaren Krieger zusammentrommeln lassen. Seitdem herrschte geschäftiges Treiben in Zurnam.
Später kehrte Perlug zurück, um Rofin zu wecken und ihm zu berichten, dass die Vorbereitungen abgeschlossen waren. Zudem war ein sehr ungewöhnlicher Bote eingetroffen.

# Kalerid X / Toranus VI

Toranus erwachte mit dröhnendem Schädel. Kleine Sterne tanzten vor seinen Augen, als er sich umblickte. Nach und nach klärten sich seine Sinne und als er zwischen Erde, Steinen und einem Haufen Edelsteinen Kalerid entdeckte, verschwand der letzte Rest Benommenheit mit einem Schlag. Der Heerführer lag, nicht weit entfernt, bewusstlos auf dem Boden, neben ihm seine beiden Krieger.
Vorsichtig stieß der Drache den ebenfalls noch besinnungslosen Nando mit der Schwanzspitze an. Mit einem leisen Stöhnen kam der Mensch zu sich. Toranus legte eine lange Kralle vor sein gespitztes Maul und deutete dem Menschen damit, leise zu sein. Er lenkte seinen Blick in Richtung der drei Sellag.
»Wir haben sie gefunden«, flüsterte er. »Ich habe keine Ahnung, was hier geschehen ist, aber dort sind sie. Und wir sollten die Gelegenheit nutzen.«
Nandogral schien noch leicht benommen zu sein, doch als er begriff, wovon Toranus sprach, wurde sein Blick messerscharf und er nickte dem Drachen zustimmend zu.
Die Wand, welche den kleinen, dunklen Raum von der Edelsteinkammer getrennt hatte, war durch die Druckwelle herausgesprengt und die Sellag rücklings in die Edelsteinkammer geschleudert worden. Dort lagen sie nun, alle Viere von sich gestreckt; es hätte nicht günstiger sein können. Toranus postierte sich im Durchgang zwischen Edelsteinkammer und Hauptraum und füllte ohne Schwierigkeiten den ganzen Bogen aus. So versperrte er den Sellag den Weg, während Nando über seinen Schwanz hinweg in die Kammer hineinspähen konnte. Er verzichtete vorsorglich darauf, den Sellag zu nahe zu kommen.
»Aufwachen!«, rief Toranus und spannte die Muskeln. Er war sich sehr wohl bewusst, dass die Sellag bewaffnet waren und zudem dutzende weitere Schwerter an den Wänden angebracht waren, aber er hatte als Drache eine sehr viel schnellere und effektivere Waffe. Schließlich konnten Sellag kein Feuer speien.
»Aufwachen!«, rief er noch einmal, als sich die drei Kreaturen nicht

rührten. »Ihr habt Euch lange genug ausgeruht.«
Endlich kam Bewegung in die drei grauen Gestalten, doch es dauerte noch eine ganze Weile, bis sie die Augen aufschlugen. Da sie mitten im Geschehen gestanden hatten, hatte die Sellag das Spektakel offensichtlich um einiges ärger getroffen als Nando und Toranus.
Kalerid bekam zuerst all seine Sinne wieder zusammen, doch er glaubte, zu träumen. Er kannte die Stimme, die durch den Raum hallte, doch das konnte schlecht sein... .
In seiner Hand spürte er das kleine Amulett, das er noch fest umklammert hielt. Aus einem Grund, den er selbst nicht beschreiben konnte, erschien es ihm wichtig, und er ließ es unauffällig in seinem Beutel verschwinden, bevor er die Augen aufschlug, um sich zu vergewissern. Er träumte nicht.
Toranus lachte leise und grollend, als er sah, wie Kalerid ihn erstaunt anblickte. Seine beiden Krieger reagierten kurz darauf nicht anders. Nachdem der erste Schock verflogen war, verengten sich die Augen des Heerführers zu kleinen, zornigen Schlitzen. Er hatte Nando hinter Toranus erblickt.
»Verräter«, zischte der Sellag und griff nach seinem Schwert.
»Das würde ich nicht tun.« Toranus gab sich übertrieben gelassen, doch alles in ihm war darauf vorbereitet, einen plötzlichen Angriff abzuwehren. »Oder Ihr seid schneller durchgebraten, als Ihr überhaupt ‚braten' sagen könnt.«
Kalerid brummte verärgert, aber er sah ein, dass er in der Falle saß. Langsam ließ er seine leere Hand wieder sinken. Mit der anderen deutete er seinen Kriegern, es ihm gleichzutun.
Toranus nickte zufrieden. »Sehr schön«, lobte er seine Gefangenen. »Ihr hättet wohl nicht erwartet, dass wir uns noch mal so nett unterhalten würden, oder?«
Kalerid musterte den Drachen aus zusammengekniffenen Augen, verzichtete aber auf eine Antwort.
»Ihr scheint wohl nicht zum Reden aufgelegt«, fuhr Toranus unbekümmert fort. »Es war wirklich kein schlechter Plan, den Ihr Euch da ausgedacht habt, aber gar nicht fein. Nur gut, dass ich zufällig meinen neuen Freund Nando getroffen habe, sonst wäre ich Euch womöglich in die Falle gegangen.«
»Und, was willst du nun von uns?«, stieß Kalerid nun zwischen zusammengebissenen Zähnen hervor. Das aufgesetzte Gerede des Drachen

ging ihm nicht weniger auf die Nerven als Perlugs ständiges Gewinsel.
»Von Euch will ich eigentlich gar nichts«, antwortet Toranus. »Ihr seid eher nur Mittel zum Zweck. Wir werden sehen, was Ihr Euren Leuten wert seid.«
»Mein Gefolge lässt sich nicht erpressen«, herrschte Kalerid sofort zurück. »Damit wirst du keinen Erfolg haben.«
Insgeheim hoffte Kalerid darauf, dass seine Männer wirklich so schlau sein würden, sich nicht von dem Drachen und seinem menschlichen Verbündeten erpressen zu lassen. Doch das war eine zwiespältige Sache, denn andererseits hoffte er gleichzeitig darauf, dass sie klug genug sein würden, ihn zu befreien. Er würde wohl kaum eine Möglichkeit haben, sich alleine aus dieser verzwickten Lage zu winden und er zweifelte auch nicht daran, dass Toranus seine Drohung in die Tat umsetzen und ihn zu einem gut durchgebratenen Stück Fleisch machen würden, wenn er unvorsichtig wurde.
Toranus zuckte mit den breiten Schultern und die Schuppen auf seine Haut klirrten leise, als sie aneinander rieben. »Das werden wir sehen«, meinte er ruhig. »Nandogral war so freundlich und hat sich bereit erklärt, sich um die Förmlichkeiten zu kümmern.«
Nando wusste, dass dies sein Stichwort war und verließ wissend lächelnd die Höhle. Kalerid blickte ihm grimmig hinterher.
»Welche Förmlichkeiten meinst du?«, fragte er den Drachen schließlich knurrend.

Nandogral wusste, was er zu tun hatte. Sie hatten bereits vor einigen Tagen, als sie gemeinsam auf dem Paratul in der Sonne gesessen hatten, alles besprochen, was sie in einem solchen Fall tun konnten. Es waren also keine langen Erklärungen mehr zwischen ihm und Toranus nötig.
Der alte Mann ging durch den Tunnel zurück ins Freie. Vorsichtig blickte er um die Ecke des Höhleneingangs und entdeckte zu seiner Erleichterung weit und breit keinen Sellag. Mittlerweile war es dunkel geworden, doch die Wolken hatten sich verzogen und der Mond schien voll und hell auf den Paratul. Sein silbernes Licht ermöglichte Nando eine recht gute Sicht.
Er pfiff schrill durch die Finger und musste auch nicht lange warten, bis sein treuer Graufell von der anderen Seite des Hügels herangetrabt kam. Nando tätschelte dem gutmütigen Tier kurz den Hals, dann holte

er eine Rolle Papier und eine Feder aus der Satteltasche und begann, die Forderungen aufzuschreiben, die er mit Toranus besprochen hatte. Anschließend nahm er Graufell die Taschen ab und befestigte die Schriftrolle mit einem dünnen Lederband an dessen Hals. Er flüsterte dem Esel verschwörerisch etwas in eines der langen Ohren. Graufell schnaubte zweimal und Nando wusste, dass sein alter Freund ihn verstanden hatte.

»Viel Glück«, wünschte Nando dem Tier und gab ihm einem liebevollen Klaps auf die Flanke.

Graufell stupste ihn noch einmal kurz und freundschaftlich mit der feuchten Nase an die Wange und trottete in Richtung des Hohlwegs davon, um seine Mission zu erfüllen.

»Darauf werden sie sich nie einlassen.« Kalerid lachte heiser, nachdem Toranus sich die Mühe gemacht hatte, ihm die Forderungen näher zu erläutern. Seine Krieger stimmten lauthals mit ein.

Der Drache musterte sie gelassen. »Schlecht für Euch, wenn sie es nicht tun«, sagte er ruhig, als das Gelächter nachgelassen hatte. »Wenn sie nicht darauf eingehen, bleibt mir nichts anderes übrig, als Euch zu töten. Das wäre dann das Ende deiner kurzen und wenig ruhmreichen Herrschaft.«

Das Gelächter verstummte. Kalerid blickte den Drachen abschätzend an. »Das wagst du nicht!«

»Wartet ab, bis es soweit ist.« Toranus spielte versonnen mit seiner Schwanzspitze, als würde ihn die ganze Angelegenheit wenig berühren. »Früher oder später werdet Ihr ohnehin verhungern, oder wahrscheinlich zuerst verdursten.«

Nachdenkliches Schweigen machte sich breit. Kalerid gefiel es nicht, aus einer unterlegenen Position heraus verhandeln zu müssen, also ließ er es lieber gleich bleiben und beschränkte sich darauf, seine Lage noch einmal zu überdenken, ohne zufriedenstellendes Ergebnis. Toranus dachte seinerseits darüber nach, was er mit den Sellag anstellen sollte, wenn seine Forderungen tatsächlich nicht erfüllt werden würden. Auch er kam zu keinem annehmbaren Schluss.

Einige Zeit später kehrte Nandogral, bepackt mit den Taschen, die seine Habseligkeiten enthielten, in die Höhle zurück. Er stellte die Taschen auf dem Boden ab und setzte sich wieder auf den Goldhaufen. Mit einem kurzen Nicken deutete er Toranus, dass alles wie geplant verlaufen war. Jetzt konnten sie nur noch abwarten.

# Rofin
## III

»Jag' das Eselsvieh davon.« fuhr Rofin Perlug grob an. »Ich will es nicht hier in der Stadt haben.«
Perlug ging hinaus, um die Anweisung weiterzugeben, während Rofin die Schriftrolle öffnete und zu entziffern versuchte, was darauf geschrieben stand. Als Perlug zurückkehrte, war er noch so schlau wie vorher. Er hielt dem Statthalter das Papier mit der allendassischen Schrift vor die Nase. Perlug grinste selbstgefällig, als er Rofin mal wieder behilflich sein musste. Der Statthalter übersetzte die wenigen Zeilen in die Sellag-Sprache. Als er fertig war, konnte Rofin nur lachen.
»Die glauben doch nicht ernsthaft, dass wir darauf eingehen.« Rofin hatte sich in dem großen Sessel zurückgelehnt und hielt sich den Bauch vor Lachen. »Wir sollen alle Krieger aus Allendas zurückziehen, ansonsten werden sie unseren Heerführer töten«, wiederholte er in knappen Worten den Inhalt der Schriftrolle. »Die haben wirklich gute Nerven. Sie denken wohl, wir kämen ohne unseren Anführer nicht zurecht.« Ein erneuter Lachanfall folgte.
Es dauerte eine Weile, bis sich Rofin wieder beruhigt hatte. »Nein«, sagte er dann. Wenn er sich bis jetzt noch unsicher gewesen war, ob er Kalerids Aufgabe wirklich übernehmen wollte und sollte, so war er jetzt entschlossener denn je. Der Gedanke, Herrscher über Allendas und die Sellag zu werden, hatte ihm ohnehin besser und besser gefallen, je mehr er sich damit beschäftigt hatte. Er würde es ihnen schon zeigen. »Wir werden meinen Plan genau so durchführen, wie besprochen.«
»Aber wird das nicht Kalerids Tod bedeuten?« fragte Perlug zögernd und sprach damit das aus, was ihm schon die ganze Nacht durch den Kopf gegangen war. Nicht, dass der Tod des Heerführers Perlug sonderlich getroffen hätte, doch Rofin stand ihm ebenso feindselig gegenüber wie er ihm. Unter Rofins Herrschaft würde ein Anteil am Muteral für Perlug in weite Ferne rücken.
Rofins gute Laune schwand schlagartig. Er blickte Perlug ernst an. Es passte ihm nicht, dass der Statthalter an seinem Vorhaben zweifelte. »Würde dir der Gedanke, dass ich der neue Heerführer bin, nicht gefal-

len?«, fragte er zynisch.
Perlug war schlau genug, darauf nicht zu antworten, es wäre ohnehin falsch gewesen.
»Du willst doch deinen Anteil am Schatz haben?«, hakte Rofin unbarmherzig nach und traf damit genau Perlugs wunden Punkt.
»Selbstverständlich«, erwiderte der Statthalter beleidigt, aber wahrheitsgemäß, als er erkannte, dass er erpresst werden sollte.
»Na also«, Rofin erhob sich aus seinem Sessel, »mein Plan ist auch für dich der beste und einzige Weg dorthin. Beim Morgengrauen brechen wir auf.« Ohne Perlug die Möglichkeit zu einem weiteren Einwand zu geben, stapfte Rofin hinaus, um die Vorbereitungen zu überwachen.

Als dann der Morgen über Zurnam hereinbrach und man von den Stadtmauern die Sonne am klaren Himmel aufgehen sehen konnte, waren die vier bereitgestellten Pferdefuhrwerke beladen und angespannt. Es war kalt an diesem Morgen und dünner Nebel waberte über den Wiesen rund um die kleine Stadt. Doch für die Sellag, die an die sehr viel kühleren Temperaturen in den hohen Gebirgslagen gewöhnt waren, war der kühle Morgen durchaus angenehm.
Rofin hatte sich ein Pferd satteln lassen. Er würde die Truppe anführen, wenn sie den Hohlweg hinaufzögen. Perlug hatte sich, trotz Rofins und seines eigenen Unwillens, ebenfalls ein Pferd aufzäumen lassen, fest entschlossen, an Rofins Seite zu reiten. Rofin duldete es. Er hatte keine Lust, sich weiterhin mit dem schleimigen Statthalter zu streiten.
Als sich alle Krieger auf dem Marktplatz versammelt hatten, gab Rofin das Kommando, die Stadttore öffnen zu lassen. Dann zog der Trupp hinaus, erneut dem Paratul entgegen.

# Herras
## XV

Als Herras am Morgen erwachte, war er allein im Zelt. Verwundert darüber, dass niemand ihn geweckt hatte, stand er auf und trat hinaus in die kühle Morgenluft. Die Sonne stand am klaren Himmel und beschien wohlwollend die Waldmenschen, die damit beschäftigt waren, wieder Ordnung auf der Lichtung zu schaffen.

Vor dem Zelt der Lohringer herrschte rege Betriebsamkeit. Abgesandte und Lemberusken saßen beisammen und führten ihre Verhandlungen, während die Pferdewagen wieder mit allerhand Kisten und Säcken beladen wurden.

Herras begrüßte sie mit einem kurzen Nicken, als sie zu ihm herüberblickten und sie nickten freundlich zurück.

»Wir reisen dreimal fünfzig Kils nach Mittag ab«, rief Worrenz von Husand ihm zu, als er Herras entdeckt hatte.

»Wir werden bereit sein.« entgegnete Herras und begann, sich nach Maleris, Merit oder wenigstens Marek umzuschauen. Er fragte sich, was der Sellag wohl in der vergangenen Nacht getrieben hatte und er beschloss, der Sache, noch bevor sie weiterziehen würden, auf den Grund zu gehen.

,Vielleicht ist der Sellag auch längst abgehauen', dachte Herras bei sich und war sich nicht sicher, ob ihn dieser Gedanke mit Freude oder mit Sorge erfüllen sollte.

Vorerst entdeckte er nirgendwo eine Spur seiner Freunde, dafür begegnete er Olas, die sich aufmerksam um die Gäste kümmerte. Sie kam auf ihn zu und trug ein zum Beutel zusammengeknotetes Tuch bei sich.

»Guten Morgen!«, begrüßte sie Herras, als sie ihn erreicht hatte. »Ich hoffe, ihr habt gut geschlafen.«

»Sehr gut, vielen Dank«, erwiderte Herras höflich. »Wisst Ihr, wo ich meine Gefährten finden kann?«

Olas zuckte entschuldigend mit den Schultern. »Sie haben bereits vor einiger Zeit euer Zelt verlassen.«

Herras runzelte die Stirn.

»Ich habe hier Euer Essen«, fuhr Olas fort und hielt ihm das Bündel

hin. Er nahm es entgegen und verbeugte sich als Zeichen der Dankbarkeit.
»Lasst es Euch schmecken.« Olas verabschiedete sich und ging dann weiter zu den Lohringern. Den Beutel in den Händen haltend, schlenderte Herras hinüber zu dem umgestürzten Baumstamm, auf dem sie am Vorabend zuerst gesessen hatten. Noch immer ließ sich keiner seiner Freunde irgendwo entdecken. Er setzte sich, ließ sich die Sonne ins Gesicht scheinen, während er begann, sein Essensbündel zu entknoten. Frisch gebackenes Brot, Wurst und geröstete Kastanien kamen zum Vorschein. Herras ließ es sich schmecken.
Es dauerte nicht lange, da gesellte sich Maleris zu ihm. Herras hätte sie zuerst fast nicht erkannt. Sie trug nicht mehr ihre dunkelbraunen Hosen und das grüne Wams, die während ihrer Reise schon deutliche Verschleißspuren davongetragen hatten, sondern einen hübschen, weinroten Rock aus dickem Stoff, der ihr bis zu den Knöcheln reichte und eine ebenfalls weinrote Jacke mit feinen Stickereien. Unter ihrem Arm trug sie einen weiteren Stapel zusammengefalteter Kleidung. Herras bewunderte sie mit halboffenem Mund.
»Gefällt es dir?« Maleris drehte sich einmal im Kreis, sodass Herras sie von allen Seiten betrachten konnte.
»Sehr schön.« Mehr brachte er nicht heraus.
»Ich hab es gegen meine alte Kleidung eingetauscht«, sagte Maleris weiter. »Ich glaube, die Frau, von der ich sie bekommen habe, hatte Mitleid mit uns. Sie hat nämlich kein gutes Geschäft gemacht. Ich habe dir auch etwas mitgebracht.« Sie setzte sich neben ihn auf den Baumstamm und entfaltete den Stapel Stoff auf ihrem Schoss. Eine dunkelbraune Hose und ein hellbraunes Hemd mit dazu passender Weste kamen zum Vorschein.
»Ich dachte, wenn wir dem König von Lohringen einen Besuch abstatten, sollten wir nicht aussehen, als wären wir irgendwelche dahergelaufenen Herumtreiber.«
Herras konnte ihr nur zustimmen.
»Und die hier habe ich von einer alten Frau bekommen.« Das Mädchen deutete stolz auf eine silberne Spange, die in ihrem Haar glänzte. »Sie sagte, dass sie sie nicht mehr benötige und dass sie mir gut stehen würde.«
Herras betrachtete Maleris einen Augenblick. »Sie passt gut zu deinen Augen«, sagte er schließlich ein wenig verlegen. Er wusste selbst nicht

genau, warum er plötzlich so befangen war. Er erinnerte sich an den vergangenen Abend. Gerne hätte er das Verhältnis zu Maleris vertieft, doch es gelang ihm nicht.
Es verstrich nicht viel Zeit, da tauchte auch Merit auf der anderen Seite des Platzes auf. Schon von Weitem konnte Herras erkennen, dass auch er neue Kleidung trug. Außerdem hatte er Marek im Schlepptau und es schien so, als würde der Sellag ihm nicht ganz freiwillig folgen, als sie über die Wiese zu ihnen kamen.
»Guten Morgen«, begrüßte Merit Herras und seine Schwester, als er und der Sellag sie erreicht hatten und setzte seinen Rucksack, der nun viel praller gefüllt wirkte, auf dem Boden ab. Marek sagte nichts. Er verzog nur missmutig die Mundwinkel. Es sah so aus, als wäre ihm an diesem Morgen eine gewaltige Laus über die Leber gelaufen.
»Ihr werdet nicht glauben, wobei ich unseren Freund eben erwischt habe.« Merit deutete auf den Sellag und der verdrehte die Augen. »Es ist ihm tatsächlich gelungen, vergangene Nacht jemanden ausfindig zu machen, der ihn zur Grenze nach Allendas führen wollte. Er hat ihm doch wahrhaftig Münzen und Gold versprochen. Fast wäre er uns ein für alle Mal abhanden gekommen. Ich konnte ihn gerade noch vom Wagen herunterholen.« Merit stemmte die Hände in die Hüften und schaute Marek entrüstet an. »Ich hätte wirklich nicht gedacht, dass du uns so schnell verlassen willst.«
»Es hieß, ich kann gehen, wohin ich will«, brummte Marek nun und wirkte dabei fast so trotzig, wie ein kleines Kind.
»Haben wir das gesagt?« Merit schaute Maleris und Herras fragend an und die Beiden schüttelten übertrieben überzeugt den Kopf.
»Siehst du.« Diese Worte waren nun wieder an Marek gerichtet. »Und selbst, wenn wir das gesagt hätten, denkst du doch nicht, dass wir dich nach Allendas ziehen lassen, damit du dort deinem Anführer und jedem, der es hören will, von unserem Plan erzählen kannst?« Merit wartete nicht auf Mareks Antwort. »Oh nein, ich denke, es ist besser, wenn du uns auch weiterhin Gesellschaft leistest. Wir sind doch so eine gute Gemeinschaft.«
»Mit euch?« Marek verzog das Gesicht. »Das war nicht abgemacht!«
»Jetzt ist es abgemacht«, stellte Herras nun fest und genoss den entsetzten Gesichtsausdruck des Sellag. »Und komm bloß nicht auf die Idee, Dummheiten anzustellen. Wir werden dich im Auge behalten. Heute, dreimal fünfzig Kils nach Mittag, ziehen wir weiter.«

»Außerdem habe ich schon dafür gesorgt, dass dich hier niemand mehr mitnehmen wird«, fügte Merit mit einem hintergründigen Lächeln hinzu und der Sellag bemerkte nicht, dass es sich dabei um eine Lüge handelte. »Du brauchst es also gar nicht erst erneut zu versuchen.«
Marek zischte eine Menge Wörter in seiner eigenen Sprache, doch die drei Gefährten brauchten kein Wort davon zu verstehen, um zu wissen, dass Marek Gott (sofern die Sellag überhaupt einen hatten) und die Welt verfluchte. Ohne sich weiter den drei Menschen mitzuteilen, drehte er sich um und stampfte in Richtung ihres Zeltes davon.
»Jetzt haben wir ihn weiterhin am Hals«, moserte Herras, als Marek verschwunden war. Er war nicht viel glücklicher über diese Entwicklung als der Sellag.
»Das ist die einzige Möglichkeit, um auf der sicheren Seite zu sein«, entgegnete Merit.
»Was hast du alles bekommen?« Maleris deutete auf Merits vollen Rucksack. Sie wollte das Thema wechseln, um sich nicht den herrlichen Morgen zu verderben.
»So einiges.« Merit ließ sich neben seiner Schwester auf den Baustamm sinken. »Neue Pfeile für unsere Armbrüste, eine ganze Menge Trockenfleisch, neue Messer, Essgeschirr, drei Feuermacher und noch mehr. Das Meiste wurde mir geradezu aufgedrängt. Man könnte meinen, die Leute haben Mitleid mit uns.«
Herras vernahm Merits Worte und begann sich zu fragen, ob sich vielleicht der Grund ihrer Reise herumgesprochen hatte und die Waldmenschen die drei Gefährten mit ihren Gaben unterstützen wollten. Er wusste zwar, dass die Waldmenschen ein freundliches und großzügiges Volk waren, aber so viel Großzügigkeit war mehr, als man erwarten konnte.
Sie saßen einige Zeit auf dem Baumstamm und genossen die Sonne des herrlichen Herbsttages. Herras grübelte mal wieder darüber nach, was ihnen auf ihrem Weg wohl noch alles widerfahren mochte, während sich Merit mit seiner Schwester ausgelassen darüber unterhielt, über welche Errungenschaften aus Lohringen die nördlichen Stämme verfügten und was sie davon nach Süden bringen wollten, sobald sie die Gelegenheit dazu haben würden.
Eine Gruppe Kinder kam auf sie zugestürmt. Herras erkannte Sorras, Senis, Mosa, Olas, Mennegis und Marin wieder, doch dieses Mal hatten sie noch eine ganze Gruppe jüngerer und älterer Mädchen und Jungen

mitgebracht. Sie ließen sich vor ihnen im Laub nieder oder tobten um den Baumstamm herum und begannen, die drei Reisenden mit Fragen zu löchern. Herras beantwortete sie ihnen gerne und geduldig und war dankbar für die Ablenkung von seinen eigenen Gedanken und Sorgen.

Es war fast dreimal fünfzig Kils nach Mittag, als sich Merit, Maleris, Herras und ein sehr übel gelaunter Sellag vor ihrem Zelt einfanden und die Abgesandten beobachteten, die ihre letzten Vorbereitungen trafen. Der Wagen, der für die Waren vorgesehen war, war nun voll gepackt und die meisten Bediensteten hatten bereits ihren Platz darauf eingenommen. Abgesandte und Stammesväter verabschiedeten sich herzlich voneinander, dann bestiegen die Lohringer den zweiten Wagen, der mit mehreren quer liegenden Brettern bestückt war, die als Sitzreihen dienten.

Zwei Gehilfen kamen auf Herras und seine Begleiter zu und nahmen ihnen ihre schweren Rucksäcke ab. Ihr Gepäck hatte sich während der Zeit, die ihnen bis zu ihrer Abreise geblieben waren, immer weiter vergrößert und im gleichen Maße hatte sich Herras' Verdacht, dass ihre Mission mittlerweile allseits bekannt war, immer mehr verstärkt. Unzählige Lemberusken waren auf sie zugekommen und hatten sie mit Ausrüstungsgegenständen und Proviant beschenkt, bis es ihnen unangenehm wurde, die Gaben weiter anzunehmen.

Sentas trat auf sie zu und reichte nacheinander jedem von ihnen die Hand. »Ich wünsche Euch Glück und Erfolg«, sagte er ernst und feierlich. »Möget Ihr die Zukunft unserer beiden Länder sichern.«

Die versammelten Stammesoberhäupter folgten Sentas' Beispiel und die drei Gefährten bedankten sich für die Gastfreundschaft, die ihnen widerfahren war. Sogar Marek gelang es, wenn auch nur nach einem messerscharfen Seitenblick Merits, ein freundliches Wort über die Lippen zu bringen.

Dann stiegen sie ebenfalls auf den Wagen. Die hinterste Bank war für sie freigehalten worden. Die Abgesandten begrüßten sie mit freundlichen Mienen.

Die Kinder tollten um die Wagen herum und winkten ihnen zu, als sich die Pferdegespanne in Bewegung setzten. Als sie den Festplatz hinter sich gelassen hatten und sich die Wagen durch die Lücken zwischen den Zelten schlängelten, standen hunderte Waldmenschen am Wegesrand. Sie winkten und jubelten ihnen zu. Nun war Herras sich endgültig sicher, dass alle von ihrem Vorhaben wussten. Die Zuversicht und das Vertrauen, das sie ihnen entgegenbrachten, stärkten seinen Willen. Dann ließen die Wagen auch den äußersten Zeltkreis hinter sich und fuhren hinaus in den Wald, Richtung Norden. Es dauerte lange, bis die Jubelrufe hinter ihnen verstummt waren.

# Hondor
## XIV

Zorina erwachte durch den fröhlichen Gesang eines Vogels, der auf dem Sims ihres Fensters saß. Es brauchte einige Augenblicke, bevor ihr wieder bewusst wurde, wo sie sich befand, doch als sie sich wieder an die Geschehnisse der letzten Nacht erinnerte und ihr klar wurde, wo sie war, streckte sie sich unter ihrem dünnen Laken und genoss einen kurzen Moment die Sonne, die durch das schmale Fenster auf ihr Bett fiel. Dann stand sie auf und warf einen Blick aus dem Fenster. Die Sellag lagerten noch immer rund um das Kloster. Wenn Zorina auf ein Wunder gehofft hatte, so war es nicht eingetreten.
Sie verließ den Raum und klopfte an Hondors Tür. Er antwortete nicht. Also wagte sie einen Blick in seine Kammer. Der Raum war verlassen. Zorina beschloss, hinunter in die Klosterküche zu gehen und nachzusehen, ob sie vielleicht etwas Essbares bekommen konnte. Bei Tageslicht erwiesen sich die unzähligen Gänge des Klosters als ebenso verwirrend wie in der Dunkelheit der Nacht. Eine Zeit lang irrte Zorina in den Gemäuern umher, ohne eine Treppe zu finden, die sie nach unten führte, bis sie endlich auf einen Mönch stieß (oder er auf sie), der ihr den Weg wies. Er führte Zorina zur Wendeltreppe und begleitete sie hinunter in die große Küche, da ihm, obwohl er es nicht zugab, die Gefahr zu groß zu sein schien, dass sich die junge Frau erneut verlaufen könnte.
In der Küche, die auch als Speiseraum diente, war es, obwohl dort reger Betrieb herrschte, erstaunlich ruhig. Es schien so, als würden die Mönche stets im leisen und friedlichen Ton miteinander reden, egal, wie angespannt ihre Lage war, oder gerade deshalb. Der Raum besaß nur wenige kleine und hohe Fenster und musste auch am Tag von mehreren, rußigen Fackeln und einem prasselnden Feuer im großen Kamin erhellt werden, das gleichzeitig für angenehme Wärme sorgte.
Zorina entdeckte Hondor zur Rechten von Mondernas Bunos, der am Kopfende des vorderen der zwei großen Tische saß, die den größten Teil des Raumes einnahmen.
Hondor begrüßte sie lächelnd, als Zorina sich zu ihnen gesellte und der Abt deutete ihr, sich zu ihnen zu setzen. Sie ließ sich gegenüber von

Hondor nieder und stellte fest, dass bereits ein Teller für sie bereitgestellt worden war. Vor ihr auf dem Tisch lagen Schinken, Käse und Brot.

»Bunos hat mir soeben über Usadims Zustand berichtet«, waren Hondors erste Worte an sie und an seinem Gesichtsausdruck konnte Zorina erkennen, dass es keine allzu schlechte Nachricht sein konnte. Ein großer Stein fiel ihr vom Herzen.

»Der Heiler muss wahrlich ein Meister auf seinem Gebiet sein«, fuhr der König fort und griff dabei nach einem Stück Brot und einem großen Stück Käse. »Bunos sagte, Usadim sei bereits letzte Nacht wieder zu Bewusstsein gekommen und sein Fieber sei gesunken. Es steht gut um ihn.« Hondor packte solange Brot, Käse und Schinken auf Zorinas Teller, bis sie begann, heftig abzuwinken, da es eindeutig zu viel wurde.

»Das ist wirklich eine wunderbare Nachricht.« Sie biss erleichtert in ein Stück Käse. »Können wir Usadim nachher sehen?«

»Mondernas Burrenos hat angeordnet, dass Euer Freund viel Ruhe benötigt«, meldete sich der Abt zu Wort. »Er braucht Schlaf, um neue Kraft schöpfen zu können. Burrenos hält es für besser, wenn er erst in ein oder zwei Tagen Besuch empfängt.« Hondor und Zorina hatten Verständnis für diese Entscheidung.

»Doch nun, erzählt mir, was mit unserem Land geschehen ist«, forderte der Abt sie auf. »Wir bekommen hier nicht viel mit von dem, was in Allendas vor sich geht, aber es scheinen schlimme Dinge passiert zu sein.«

Mittlerweile hatten sich weitere Mönche an den Tisch gesellt und lauschten schweigend und mit ernsten Mienen der Geschichte, die Hondor ihnen erzählte.

Erst, als der König zu der Entdeckung des Schatzes kam, kam Unruhe in die gelassenen Gestalten. Leises Gemurmel machte sich mit einem Mal breit.

»Sie haben also tatsächlich den Muteral gefunden?« Mondernas Bunos' Worten war deutlich anzumerken, dass er entsetzt über diese Offenbarung war. »Demnach waren sie es, die uns die Karte gestohlen haben.«

»Gestohlen!«, wiederholte Hondor nicht weniger entsetzt. Er hatte sich bereit mehrfach gefragt, wie die Sellag überhaupt in den Besitz der Karte gelangt waren.

»Ja«, Bunos seufzte tief, »die Karte befand sich im Gewahrsam unseres

Klosters. König Helaras selbst brachte sie hierher, als er spürte, dass seine Zeit gekommen war. Er hielt das Kloster für den einzigen Ort, an dem die Karte sicher sein würde. Sie befand sich seit mehr als siebenhundert Jahren in den tiefsten Gewölben des Klosters und niemand hatte es gewagt, sie zu berühren. Dann, eines Tages, wurde die Kammer aufgebrochen und die Karte geraubt. Die Mönche durchkämmten lange das Land auf der Suche nach ihr, ohne dass irgendjemand überhaupt davon erfuhr, aber sie wurde nie gefunden. Merkwürdigerweise wurde die Schatzkammer trotz der verschwundenen Karte niemals geöffnet, zumindest war dies zu vermuten. Nun wissen wir, wohin die Karte vor dreihundert Jahren verschwand.«

Zorina und Hondor blickten in die Runde der Mönche. Damit war eines der Rätsel, vor denen sie gestanden hatten, gelöst, doch das blanke Entsetzen, das in den bleichen Gesichtern der Geistlichen stand, ließ vermuten, dass noch mehr dahinter steckte.

»Wenn ich ehrlich bin, ist mir der Schatz ziemlich egal«, sagte Hondor schließlich. »Ich würde den Sellag nur zu gerne den gesamten Muteral überlassen, wenn sie dadurch nur endlich aus Allendas verschwinden würden.«

Die Augen des Abtes weiteten sich noch mehr und er riss den Mund auf, doch es dauerte einige Augenblicke, bis auch ein Ton daraus hervor kam. »Sagt das nicht! Niemals würdet Ihr Ihnen den Schatz überlassen, wenn Ihr die ganze Wahrheit kennen würdet... wenn ihr von der Gefahr wüsstet.«

Hondor bekam das ungute Gefühl, dass ihm bisher etwas Wesentliches vorenthalten worden war und auch Zorina blickte sehr misstrauisch drein. »Wie sollen wir das verstehen?«

»Der Muteral besteht nicht nur aus Gold, Silber und Edelsteinen...«, Bunos Stimme war leiser geworden, gerade so, als würde er ein gut gehütetes Geheimnis verraten, und Hondor war überzeugt, dass er auch genau dies tat, »...nein, er verbirgt noch etwas sehr viel gefährlicheres - das Han-Amulett. Hembras fertigte es für seine Tochter Alinda, um ihr die Macht über die Welt zu überlassen. Die Überlieferung besagt, dass Hembras zu Ehren seiner Frau Enimeda dem Amulett die Form einer Sonne gegeben hat. Es verleiht demjenigen, der es in seinem Besitz hat, unendliche Macht.«

Zorina und Hondor waren für einen Moment sprachlos. Nicht einmal er, Hondor, König von Allendas und direkter Nachfolger von Helaras, hatte von dem gewusst, was der Befreier dort in der Höhle verborgen hatte.

»Aber ich war dort«, brachte der König schließlich hervor. »Ich habe kein Amulett gesehen.«

»Es wurde besonders sorgsam versteckt. Aber wenn die Sellag bereits in die Höhle vorgedrungen sind, besteht die Gefahr, dass sie auch das Amulett finden.«

»Und dann haben sie alle Macht der Welt«, sprach Hondor die schreckliche Wahrheit aus.

Bedrücktes Schweigen schloss sich an.

»Aber was können wir tun?« fragte Zorina schließlich bang in die Runde.

»Vorerst nur beten und hoffen. Hembras wird eine solche Ungerechtigkeit nicht zulassen.« Bunos faltete die Hände auf dem Tisch und murmelte einige leise Worte.

»Ich glaube nicht, dass die Sellag das Amulett gefunden haben«, warf Hondor ein. »Wir hätten es bestimmt zu spüren bekommen, wenn jemand davon Gebrauch gemacht hätte.«

»Trotzdem müssen wir darüber nachdenken, wie es uns gelingen kann, dass es auch weiterhin unentdeckt bleibt«, fügte Bunos hinzu.

Erneut machte sich Schweigen in der Runde breit. Hondor sah sich vor eine schier unlösbare Aufgabe gestellt. Der Paratul mit dem Muteral war weit entfernt und im Land wimmelte es von Sellag. Es war schwer genug gewesen, das Kloster zu erreichen, aber der Gedanke, wieder nach Elland zurückkehren zu müssen, erfüllte Hondor mit Mutlosigkeit. Hätte er gewusst, welche Gefahr von dem Muteral ausging, hätte er den Paratul nie verlassen.

»Wir werden darüber beraten«, sagte Bunos schließlich. »Doch erzählt bitte zuerst Eure Geschichte zu Ende.«

Hondor berichtete weiter, doch es fiel ihm schwer, sich zu konzentrieren. In seinem Hinterkopf kreisten seine Gedanken nun fortwährend um das Amulett und die Kräfte, die es verleihen konnte.

Als Hondor seine Schilderung beendet hatte, entfernten sich die meisten Mönche, um wieder ihrem Tageswerk nachzugehen, soweit es der Belagerungszustand zuließ. Sie wirkten sehr bedrückt, als sie die Klosterküche verließen.

Bunos blieb am Tisch sitzen und starrte auf seine gefalteten Hände. »Es gibt noch einige Geheimnisse, von denen Ihr erfahren solltet«, sagte er schließlich und erhob sich. »Ich möchte Euch etwas zeigen.«

Der Abt führte Hondor und Zorina durch lange Gänge und enge Treppen hinunter in die Kellergewölbe des Klosters. Dort folgten sie ihm weiter, in erwartungsvolles Schweigen versunken, durch schmale Korridore und kleine Räume, die voll gestopft waren mit Büchern und Schriftrollen, bis sie schließlich einen etwas größeren Raum erreichten. Auch hier standen hohe Regale mit unzähligen Büchern und auf langen Tischen an den Wänden lagen merkwürdig anmutende Instrumente, die weder Hondor noch Zorina jemals zuvor gesehen hatten. Ein weiterer Tisch stand in der Mitte des Raumes und darauf lag etwas, das von einem großen Leinentuch verdeckt wurde. Hondor und Zorina schluckten hart. Das, was sich dort unter dem Tuch abzeichnete, sah verdächtig nach einem leblosen Körper aus, doch er schien nicht menschlich zu sein. Die schwere und süßlich riechende Luft in dem tiefen Gewölbe trug das ihre zu der abschreckenden Wirkung der Umgebung bei.
Ein Mönch beugte sich über eines der Instrumente an einem der hinteren Tische und kehrte ihnen dabei den Rücken zu. Nachdem sie eine Weile still gewartet hatten, drehte er sich zu ihnen um.
»Dies ist Mondernas Burrenos«, stellte Bunos den Mönch mit dem aschfahlen, eingefallenen Gesicht vor, der nun zu ihnen herüber gehinkt kam und sie aus riesigen, wässrig-grünen, blutunterlaufenen Augen anstarrte. Er sah so aus, als würde er nicht viel Sonnenlicht abbekommen.
Burrenos vollführte eine steife Verbeugung. »Majestät, ehrenwerte Dame«, begrüßte er die beiden Gäste mit einer Stimme, die an das Knarren eines alten Baumes erinnerte.
»Ihr seid also der Mondernas, der das Leben unsere Freundes gerettet hat«, sagte Hondor nicht weniger ehrfurchtsvoll als Burrenos. »Wir schulden Euch unseren tiefsten Dank.«
»Ich habe nur getan, was ich konnte«, erwiderte Burrenos bescheiden. »Euer Freund hatte sehr viel Glück. Hembras hat seine schützende Hand über ihn gehalten. Er befindet sich nun auf dem Wege der Besserung. Alles, was er nun noch braucht, ist Zeit und Ruhe.«
»Euer Freund ist jedoch nicht der Grund, warum ich Euch hierher gebracht habe«, ergriff nun der Abt wieder das Wort. »Mondernas Burrenos ist ein Meister der Wissenschaften und er hat einige Forschungen betrieben, deren Ergebnisse Euch interessieren dürften.«

»Oh ja«, Burrenos Augen begannen zu funkeln, »es ist uns gelungen, während eines Angriffes einen Kadaver dieser Kreaturen...«
»Sie nennen sich Sellag«, warf Hondor hilfreich ein.
»Ah!« Burrenos' ohnehin schon große Augen weiteten sich noch ein wenig mehr und traten dabei ein Stück aus den Höhlen hervor. Zorina versuchte, ihren erschrockenen Gesichtsausdruck zu unterdrücken, als ihr die Vorstellung durch den Kopf schoss, dass sie gleich herausfallen könnten. Burrenos sah aus, als hätte er soeben einen weiteren Hinweis in einem großen Rätsel gefunden.
»Ja, das könnte einiges erklären«, murmelte er gedankenverloren zu sich selbst und kritzelte das Wort auf ein Stück Papier, das er aus seiner Kutte zog. Dann wurde er sich wieder der Anwesenheit der anderen bewusst. »Nun, wie gesagt, wir konnten einen Sellag-Kadaver bergen und ich habe einige Forschungen betrieben.« Burrenos griff mit seiner dünnen, bleichen Hand nach einem Buch, das aufgeschlagen auf dem Tisch lag, und machte eine einladende Handbewegung, um den König und Zorina an das abgedeckte Objekt in der Mitte heranzuwinken. Sie traten zögernd näher. Erst jetzt sahen die Beiden, dass Burrenos' Hand mit Spuren einer verkrusteten, dunklen Flüssigkeit verschmiert war, die eine erschreckende Ähnlichkeit mit Blut aufwies. Es war nur zu leicht zu erraten, was sich unter dem Tuch abzeichnete, aber sie waren nicht sicher, ob sie es auch sehen wollten. Burrenos fasste eine Ecke des weißen Leinens und zog es mit einem Ruck herunter. Während Zorina und Hondor schwer schlucken mussten, begann er mit seinen Ausführungen.

Später saßen Zorina und Hondor auf einer kleinen steinernen Bank über den hohen Wehrmauern des Klosters und genossen die frische Luft. Lange Zeit hatte keiner von ihnen ein Wort gesagt. Sie beobachteten die Mönche, die auf dem Gemäuer Wache gingen, und beschäftigten sich mit ihren eigenen, rebellierenden Mägen. Bunos' großzügige Einladung zum Mittagessen hatten sie ausgeschlagen, denn sie hätten ohnehin keinen Bissen herunterbekommen. Alles, was sie im Moment brauchten, war reichlich Sauerstoff und die Wärme der Herbstsonne, die ihnen ins Gesicht schien.
Hondors Gesicht hatte immer noch nicht ganz seine ungesunde, grünliche Färbung verloren und auch Zorina wirkte ungewöhnlich blass und zittrig.

»Ich habe in meinem ganzen Leben noch kein Gehirn gesehen«, stöhnte Zorina und hielt sich die Hand auf den Bauch.
»Und ich möchte in meinem ganzen Leben auch keines mehr zu Gesicht bekommen«, setzte Hondor nicht weniger leidvoll nach.
Hondor hatte sich mit dem Rücken an die Brüstung gelehnt und den Kopf in den Nacken gelegt. Mit geschlossenen Augen ließ er sich die Sonne ins Gesicht scheinen, während Zorina abwechselnd den Kopf auf die Knie legte oder sich den Bauch hielt.
»Und habt Ihr gesehen, wie lang die Gedärme sind?«, fragte Hondor weiter. »Und die Nieren, die Leber, das Herz - wie scheußlich. Aber immerhin wissen wir nun, dass sie tatsächlich ein Herz haben.«
Zorina schüttelte sich, als sie erneut daran dachte, was Burrenos ihnen alles gezeigt hatte.
»Meint Ihr, der Mönch hat Recht mit dem, was er vermutet?« Zorina versuchte angestrengt, sich von dem Gesehenen abzulenken.
»Seine Beweise sind nicht von der Hand zu weisen.« Hondor beugte sich nun nach vorne und öffnete die Augen. »Wer hätte gedacht, dass sie schon vor tausend Jahren so ausführliche Aufzeichnungen über sich selbst gemacht haben. Sie scheinen wirklich eine hoch entwickelte Kultur gewesen zu sein, bevor sie verjagt wurden. Dass sich die Besonderheiten des Gehirns und des Herzens so ähneln, kann ja wohl kaum ein Zufall sein«. Er machte eine kurze Pause und dachte nach. Dann fuhr er fort: »Aber ich habe keineswegs genug wissenschaftliches Wissen, um beurteilen zu können, ob Burrenos mit seinen Vermutungen Recht hat. Dass diese gravierenden äußerlichen Veränderungen nur auf die langen Jahrhunderte und auf das ständige Leben in feuchten, niedrigen und kalten Berghöhlen zurückzuführen sind, ist für mich fast unvorstellbar. Doch dann ist da ja noch die Ähnlichkeit in den Namen. Ich wusste nicht, dass die früheren Besetzer sich selbst *Silocks* nannten. Heute heißen sie Sellag, das klingt sehr ähnlich. Die Geschichte erzählt, dass Helaras sie zuerst nach Süden gedrängt hat und dann, bei der endgültigen Schlacht an den Geran-Fällen, nach Westen in das Gerland-Gebirge verjagt hat. Natürlich hat niemand gedacht, dass sie dort verblieben sind. Seit jeher wurde vermutet, dass sie sich irgendwo in einem Land hinter dem Gebirge angesiedelt haben oder über das Meer wieder in ihre Heimat zurückgekehrt sind.«
»Das heißt also«, begann Zorina, das Ganze nochmal für sich zusammenzufassen und lehnte sich nun ebenfalls an die Brüstung, »dass die

Fremden, die vor tausend Jahren über das Meer kamen und unser Volk versklavt haben, von Helaras in die Berge vertrieben wurden und dort ihr Dasein fristeten, bis sie sich zu den Sellag entwickelt haben, wie wir sie heute kennen. Und nun sind sie zurückgekommen, um sich an uns zu rächen.«

»Es sieht ganz so aus.« Hondor seufzte. Die Übelkeit und das flaue Gefühl in seinem Magen waren fast verschwunden und machten wieder den Sorgen und Gedanken an die schwierige Lage seines Landes Platz. Seitdem er von dem Amulett und den Kräften, die ihm nachgesagt wurden, erfahren hatte, ließen ihn einige Fragen nicht mehr in Ruhe. Wie sollte man sich *'Alle Macht der Welt'* vorstellen? Lag dies jenseits jeglichen Vorstellungsvermögens? Was würde jemand machen, der alle Macht der Welt besaß? Würde er Allendas und alle anderen Länder dem Erdboden gleich machen? Würde er alles Leben vernichten? Oder würde er alle Bäume, Berge und Flüsse nach seinem Willen verändern und sich alle Lebewesen unterwerfen? Würde er über die Sonne und den Mond bestimmen können und hätte er die Möglichkeit, das Wetter zu beherrschen? Wie mächtig war *'Alle Macht der Welt'*?

# Kalerid XI / Toranus VII

»Sie werden nicht auf eure Forderungen eingehen«, höhnte Kalerid zum wiederholten Male. Toranus war es leid, darauf etwas zu erwidern. Die Zeit würde es weisen.

Der Drache saß inmitten des Eingangs zur Edelsteinhöhle, nicht gewillt, Kalerid und seine Krieger dort herauszulassen. Auf der anderen Seite hatte Nandogral sich neben seine Habe gelegt und schlief. Kalerid hockte noch immer an der gleichen Stelle, an die ihn die Explosion geschleudert hatte, seine beiden Krieger saßen mit düsteren Mienen links und rechts neben ihm und beäugten den Drachen misstrauisch. Noch immer war kein Anzeichen von Erschöpfung an Toranus zu erkennen, stellte der Heerführer missmutig fest und versuchte dabei, seine eigene Müdigkeit zu verdrängen, die sich langsam und hinterhältig über ihn hermachte. Noch wichtiger war es allerdings für Kalerid, seine Neugier zu verbergen, die von einer dunklen Öffnung hervorgerufen wurde, die sich an der rückwärtigen Wand des kleinen Raumes befand, in dem sie das Amulett gefunden hatten. Es war gerade mal so groß, dass sich ein Sellag hätte hindurchzwängen können, und in der Dunkelheit der kleinen Höhle kaum zu erkennen. Kalerid war sich sicher, dass es durch die Erschütterung freigelegt worden war. Der Drache schien glücklicherweise noch nicht darauf aufmerksam geworden zu sein und Kalerid fragte sich, wie lang der Gang sein würde, den er dahinter zu erkennen glaubte, und wohin er führen mochte. Genau genommen war es dem Heerführer eigentlich egal, wenn er ihm nur eine Möglichkeit zur Flucht bot. Bedauerlicherweise ließ die Aufmerksamkeit des Drachen kein Stück nach. Und solange dies nicht eintrat, würde das Untier ihn überwältigen oder ihm den Garaus gemacht haben, bevor er die Gelegenheit bekam, in dem Loch zu verschwinden.

Rofin würde nicht kommen, um ihnen zu helfen, dessen war sich Kalerid sicher. Wahrscheinlich hatte der kleine Verräter bereits die Gelegenheit genutzt und die Macht an sich gerissen. Und an Perlug, den feigen und schleimigen Statthalter, verschwendete Kalerid kaum einen Gedanken und schon gar keine Hoffnung. Er würde nicht den kleinsten Funken

Mut aufbringen, um einen eigenständigen Schritt zu wagen. Kalerids einzige Hoffnung auf eine Rettung durch seine Untergebenen beruhte darauf, dass die Gier nach dem Muteral die beiden zurücklocken oder sogar dazu treiben würde, sich zu einer List gegen den Drachen hinreißen zu lassen - sofern sich überhaupt genug Hirn in ihren Schädeln finden würde, um so etwas zustande zu bringen.
»Sie werden nicht kommen«, wiederholte der Heerführer der Sellag noch einmal, ungehalten darüber, dass es der Drache nicht für nötig hielt, auf seine Worte einzugehen.
Toranus antwortete nicht. Er klatschte nur einmal mit der Spitze seines Schwanzes auf den Boden und schleuderte dabei ein paar umherliegende Edelsteine durch die Höhle. Seine Augen zogen sich zu kleinen, düsteren Schlitzen zusammen und er kämpfte gegen den Drang an, den hochmütigen Anführer zumindest für eine Weile zum Schweigen zu bringen.
Der Drache hatte seine ganz eigenen Gedanken, die er sich durch den Kopf gehen lassen musste und das ständige Genörgel Kalerids störte ihn dabei, sie in geordnete Bahnen zu lenken. Dabei hatte er einige wirklich wichtige Dinge mit sich ins Reine zu bringen. An erster Stelle stand die Frage, was er wohl mit Kalerid und seinen beiden Begleitern tun sollte, sofern die Forderungen wahrhaftig nicht erfüllt werden würden. Das Töten lag ihm nicht, schon gar nicht, wenn es vorsätzlich geschehen sollte. Sollte er sie einfach zurückjagen zu ihren Leuten und das Unternehmen als gescheitert ansehen? Oder sollte er sie behalten und abwarten, ob sie noch zu etwas nützlich waren?
Zudem beschäftigte Toranus eine weitere Frage, die ihn aber aus irgendeinem Grund, und mochte es nur verletzter Stolz sein, nicht in Ruhe ließ. Was hatte es mit der kleinen Kammer auf sich? Warum hatte er als Schatzhüter nichts von ihrer Existenz gewusst? Vielleicht einfach, weil sie, so wie es den Anschein hatte, leer war? Doch woher war diese gewaltige Zerstörungskraft gekommen? Auf all diese Fragen fand Toranus in diesem Moment keine Antwort.

# Rofin
## IV

Während er die Truppe den Hohlweg hinaufführte, begann in Rofin ein ihm bisher unbekanntes Hochgefühl aufzusteigen. Zum ersten Mal hatte er sich selbst als Heerführer vor Augen – sah sich als Herrscher über das gesamte Volk der Sellag und über das eroberte Land. Er musste sich eingestehen, dass ihm diese Vorstellung immer besser gefiel. Noch vor wenigen Tagen war er ein unbedeutender Lakai Kalerids gewesen, der es nicht einmal gewagt hätte, von einer Machtübernahme zu träumen. Daher hatte er sich eingeredet, dass es auch gar nicht sein Wunsch wäre, so weit nach oben zu kommen. Doch jetzt, wo er bereits den Thron so gut wie erklommen hatte, erschien ihm das alles gar nicht mehr so abwegig. Alles, was ihn jetzt noch von der endgültigen Erfüllung seines neuen Traumes trennte, war das Gelingen dieses Planes. Damit würde er nicht nur den lästigen Drachen ein für alle Mal beseitigen, er würde auch Kalerid auf elegante Weise aus dem Weg räumen.

Perlug ritt an Rofins Seite und sah alles andere als glücklich aus. Rofin war es gleichgültig, ob es nun daran lag, dass der Statthalter seine Gelegenheit, die Macht für sich zu beanspruchen, verpasst hatte oder an seiner Entscheidung, Kalerids Tod in Kauf zu nehmen. Sobald sein Plan durchgeführt worden wäre und er sich als neuer Heerführer des Sellag-Volkes hätte verkünden lassen, würde er den Statthalter ohnehin abschieben – so weit weg, wie es nur ging.

Mit den schwer beladenen Fuhrwerken kamen sie ebenso langsam auf der steinigen und holprigen Hohlstraße voran wie schon einige Tage zuvor mit den Katapulten. Als sie den Paratul erreicht hatten und die Wagen vor dem Tunneleingang zum Stehen kamen, begannen sie, ihre Fracht zu entladen. Es war nicht schwer gewesen, genug Holz zusammen zu suchen. Ganz Zurnam war voll davon. In jedem Haus wurde es stapelweise gelagert und sie hatten so viel wie möglich auf die Wagen geladen. Das zweite Element, das sie benötigten, war nicht so leicht zu finden gewesen. Dabei war es ihnen gut bekannt. In den tieferen Höhlen des Gebirges konnte man das gelbe Pulver in Unmengen finden, doch die waren weit entfernt. So hatte Perlug lange das Haus der toten

Felin durchsuchen müssen, bis er auf einen Beutel gestoßen war, den Rofin sicherheitshalber sogleich an sich genommen hatte.
Rofin ließ die Holzscheite ein Stück in die Höhle hinein tragen, jedoch nicht zu weit, um nicht die Aufmerksamkeit des Drachen auf sich zu ziehen. Einige Barret vor der Biegung stapelten die Sellag-Krieger das Holz aufeinander, bis es den ganzen Stollen vom Boden bis zur Decke ausfüllte, doch es durfte nicht zu dicht sein, damit das Feuer nicht zu ersticken drohte. Erst, als sie damit fertig waren, betrat Rofin die Höhle. Er holte den Beutel hervor und begann, das gelbliche Schwefelpulver in die verbliebenen Lücken zu verteilen.
‚Das nenne ich jemanden mit seinen eigenen Waffen zu schlagen', dachte er bei sich, während er die Ritzen ausfüllte, bis der Beutel völlig geleert war. Es war reines Glück gewesen, dass sie im ‚Drachenbuch' auf diese körperliche Schwachstelle des Drachen gestoßen waren, doch Rofin hielt sich ohnehin mittlerweile für ein wahres Glückskind. Obwohl die Drachen, so stand es in dem Buch niedergeschrieben, mit ihrem eigenen Atem eine Menge Schwefel ausstießen, war Schwefelrauch für sie absolut tödlich, sie erstickten darin[20]. Sie würden den Drachen und jeden, der sich noch in der Höhle befand, einfach ausräuchern. Rofin klopfte sich die Reste des Schwefels von den Händen, holte dann einen Feuermacher hervor und entzündete den Stapel. Das Holz war gut abgelagert und trocken, sodass die Flammen schnell an Kraft gewannen. Als sie den Schwefel erreichten, begann sich übel riechender, gelber Rauch zu verbreiten. Rofin und sein Gefolge beeilten sich, die Höhle zu verlassen. Zufrieden dreinblickend und ohne einen Funken Mitleid an diejenigen zu verschwenden, die sich in der Höhle befanden, trat er ins Freie und gab den Befehl, den Eingang mit den restlichen Holzscheiten dicht zu verschließen.

[20] Ähnlich, wie ein Mensch an einer Überdosis Kohlendioxid sterben würde.

# Kalerid XII / Toranus VIII

Noch bevor der gelbe Rauch den Hauptraum der Höhle erreicht hatte, verbreitete sich der übel riechende, stickige Gestank, wie ein düsterer Vorbote und drang in Toranus' Nüstern. Ehe er richtig begriff, was vor sich ging, wurde der Drache bereits unruhig und wandte den Blick von Kalerid und seinen Begleitern ab, um nach der Ursache des stechenden Geruchs zu suchen. Nun quollen auch dichte Rauchschwaden durch den Eingang zur Höhle. Als Toranus ihn erblickte, war ihm sofort klar, was dort auf sie zukam und er kämpfte gegen die aufsteigende Furcht an, während er hastig seinen massiven Körper erhob. Er hatte nur einen Gedanken: Sie saßen in der Falle!
Nandogral erwachte durch die plötzliche Unruhe des Drachen. Einen Moment war er verwirrt, bis auch er begriff, welches Übel durch den Zugang der Muteralhöhle zu ihnen vordrang.

Auch Kalerid wurde aus seiner Starre gerissen, in die er durch das lange Ausharren, gefallen war. Er sah den Rauch und bemerkte den Geruch, der stechend in der Luft hing, doch für ihn war dies kein Anlass zu Furcht, sondern ein Moment, der zum Handeln aufforderte. Der Drache hatte sich von ihm abgewandt, schien seine Geiseln für den Moment vergessen zu haben. Ohne sich lange mit Erklärungen aufzuhalten, stieß er seine beiden Krieger an und sprang auf die Beine. Sie folgten ihm wortlos, als er auf den niedrigen Durchgang hinter dem kleinen Raum zuhastete und sich durch die enge Öffnung zwängte. Der Tunnel, der sich anschloss, war gerade groß genug, dass ein Sellag aufrecht darin stehen konnte. Was nun hinter ihnen geschah, interessierte sie nicht.

Toranus bemerkte das Verschwinden seiner Geiseln nicht. Die Furcht hatte nun doch die Macht über ihn gewonnen. Der Rauch vernebelte mittlerweile den ganzen Raum und raubte ihm den Atem. Verzweifelt rang Toranus nach Luft, wobei er jedoch nur noch mehr den giftigen Schwefel in seine Lungen sog. Kopflos schlug er mit dem Schwanz um-

her.
Nandogral, eine Decke vor Nase und Mund pressend, versuchte, den wilden Drachen zu besänftigen, wobei er nur knapp einem harten Treffer seines Schwanzes entging.
»Du musst dich beruhigen!«, schrie er, die Worte durch den Stoff vor seinem Mund gedämpft, seinen Freund an und hielt auch ihm eine Decke entgegen. »Nimm das!«
Einen kurzen Moment kam Toranus zur Besinnung und ergriff die Decke, um sie vor sein Maul zu halten. Das Atmen wurde etwas leichter und das beängstigte Gefühl, zu ersticken, ließ etwas nach.
»Atme so wenig wie möglich und nur ganz flach. Außerdem darfst du dich nicht zu viel bewegen«, wies Nandogral den Drachen an. Toranus gehorchte. Gegen den Willen seines Körpers verharrte er ruhig. Der Rauch wurde immer dichter, nahm ihnen zunehmend die Sicht, und der beißende Gestank verschleierte ihnen die Sinne. Ihre Augen tränten und ihre Lungen schmerzten.
»Wie sind verloren!«, keuchte Toranus.
»Wie müssen hier heraus!«, entgegnete Nando bestimmt.
»Wir werden sterben, wenn wir durch die Höhle gehen!«
»Wir werden auch sterben, wenn wir hier bleiben. Also können wir es auch bei dem Versuch, zu überleben. Keine langen Reden mehr!«
Toranus wusste, dass er nicht mehr viel Zeit zum Streiten haben würde, also gab er sich geschlagen. Er stampfte durch den gelben Rauch zum Ausgang der Höhle. Nando hielt sich an seinem Schwanz fest, um den Drachen nicht zu verlieren. Er musste all seine Kräfte zusammennehmen, um den Anschluss zu behalten, so schnell hetzte der Drache, von schierer Verzweiflung erfasst, durch den engen Gang, bis sie die Feuerwand erreichten. Toranus hielt die Luft an und seine Lungen brannten wie Feuer. Seine grenzenlose Furcht und die Gewissheit, dass er nicht mehr lange leben würde, wenn er nicht schnell handelte, trieben ihn zu einem Entschluss.
»Halt dich fest«, keuchte er mit dem letzten Rest Luft, der sich noch in seinen Lungen befand. Der Mensch konnte nicht sehen, was sich vor ihnen befand, Toranus breiter Rücken versperrte ihm den Blick. Er kletterte auf den Schwanz des Drachen und klammerte sich daran fest. Dann stürmte Toranus mit gesenktem Kopf und geschlossenen Augen los.
Rofin stierte selbstgefällig und mit vor Stolz geschwellter Brust zu dem

verschlossenen Eingang und gratulierte sich selbst. Zu früh, wie er nur einen Lidschlag später erfuhr. Plötzlich flogen die sorgfältig aufgestapelten Holzscheite auseinander. Die Überraschung riss Rofin von den Beinen. Ein Großteil seiner Krieger ging mit ihm zu Boden, als sie von dem Unvorhergesehenen überrascht wurden. Der Drache stürmte mit gewaltiger Wucht aus der Höhle heraus und riss Furcht erregend den Rachen auf. Seine finstere Miene ließ in Rofin dieses Mal gar nicht erst den Gedanken aufkommen, sich ihm entgegenzustellen. Das Untier sah nun zorniger und gefährlicher denn je aus. Rofin beeilte sich, auf die Beine zu kommen und ergriff, gefolgt von seinen Kriegern, wieder einmal die Flucht, den Hohlweg nach Zurnam hinunter.
Hätte er gewusst, dass die Sinne des Drachens viel zu benebelt waren, um wahrnehmen zu können, was um ihn herum geschah, und dass er den Rachen nur aufgerissen hatte, um verzweifelt nach Luft zu ringen, hätte Rofin sich wahrscheinlich anders entschieden. Toranus aber konnte seine Entscheidung nur begrüßen. Die Sellag waren bereits ein ganzes Stück die Straße hinunter gelaufen, als der Drache keuchend zusammenbrach und schwer atmend liegen blieb. Nando rutschte benommen von seinem Schwanz und rollte sich auf den Rücken. Es dauerte lange, bis sie wieder zur Besinnung kamen und zu dem Bewusstsein, dass sie überlebt hatten.

# Herras
## XVI

Die Nacht hatten sie in den Wäldern von Lemberus verbracht. Herras musste sich eingestehen, auch wenn Merit und Maleris nicht bereit waren, seine Ansicht zu teilten, dass es eine sehr viel angenehmere Art zu reisen war, wenn man auf einem Wagen saß. Zwar holperten die Pferdewagen auf dem unebenen Waldboden und die Gefährten wurden kräftig durchgeschüttelt, doch die dicken Wolldecken, auf denen sie saßen, machten es erträglich. Zumindest mussten sie nicht mehr laufen. Als die Nacht hereingebrochen war, hatten die Diener vier einfache Zelte errichtet und das Nachtmahl zubereitet. Herras, die beiden Waldmenschen und sogar Marek ließen diese Fürsorge gerne über sich ergehen.

Mareks Laune allerdings hatte sich noch nicht wieder gebessert und so hatten sie beschlossen, ihn einfach zu ignorieren, bis er bereit war, wieder mit ihnen zu reden.

Dafür erwiesen sich die Lohringer Abgesandten als recht gesellige Begleiter und so hatten sie einen kurzweiligen Abend im anheimelnden Schein des Lagerfeuers verbracht, bevor sie in ihre Zelte gekrochen waren.

Beim Morgengrauen hatte man sie geweckt und nach einem ausgiebigen Frühstück war die Gruppe weiter gezogen.

Erst als der Morgen bereits weit fortgeschritten war, drehte sich Warrenas von Torrand, ein junger Abgesandter mit lockigem, blonden Haar und grünen Augen, der offensichtlich seinen Spaß daran fand, die Gäste zu unterhalten, zu den vier Reisenden um und deutete auf einen unscheinbaren, roten Stein am Straßenrand. Erst auf den zweiten Blick hob er sich vom laubbedeckten Boden ab. Man musste ganz genau hinsehen, um zu erkennen, dass auf beiden Seiten eine ganze Reihe solcher Steine lag.

»Dort sind die Marksteine«, erklärte er. »Nun haben wir Lemberus verlassen und befinden uns in Lohringen.«

Es dauerte jedoch noch eine ganze Weile, bis sich die Landschaft veränderte und der Wald lichter wurde, bis die Bäume schließlich ganz verschwanden und einer kargen Landschaft Platz machten. Sie fuhren nun auf einer breiten, gepflasterten Straße, die, soweit das Auge reichte, nur geradeaus ging. Lohringen war ein flaches Land mit wenig fruchtbarem Boden. Die weiten Ebenen, die sich zu beiden Seiten erstreckten, waren steinig und nur dünn mit Gras bewachsen. Gegen die saftigen Wiesen von Allendas und die prächtigen Bäume von Lemberus wirkte Lohringen geradezu trostlos. Kalter Wind wehte ihnen stetig entgegen.

Sie kamen an mehreren kleinen Siedlungen vorbei, mit Häusern, die aus rohen Steinen errichtet und deren Dächer mit Reisig gedeckt worden waren. Jede Siedlung wies einen Turm aus Holz auf, der als Holzgerippe über die Häuser hinausragte.

»Das sind Fördertürme«, beantwortete Warrenas von Torrand die Frage der Reisenden, wozu diese Bauwerke wohl dienen mögen. »Wie ihr seht, ist der Boden hier nicht sehr fruchtbar. Dafür ist diese Gegend sehr reich an Bodenschätzen. Hier gibt es Eisenerz, Kohle, Gold und sogar eine Vielfalt an Edelsteinen. Die Lohringer leben hier ausschließlich vom Bergbau. Die ganze Ebene ist von unterirdischen Höhlen durchzogen. Im Norden unseres Landes ist der Boden fruchtbarer. Dort betreiben wir unsere Landwirtschaft.«

Sie folgten der Straße, die auf viele hundert Barret kaum eine Biegung aufwies. Die Reisenden und auch die Abgesandten zogen ihre Mäntel enger um die Schultern. Der Wind blies heftig über das flache Land und der bewölkte Himmel ließ die Umgebung noch trister erscheinen.

Sie beobachteten schweigend die öden Felder. Hin und wieder tauchte eine Ortschaft mit einem Förderturm in ihrem Blickfeld auf. Selten fuhren sie auch mal an einer eingezäunten Koppel vorbei, auf der Rinder mit dickem, braunem Fell stoisch ihr Dasein fristeten. Sie schienen die einzigen Tiere zu sein, die diesem rauen Klima trotzten. Gelegentlich begegnete ihnen ein von Norden kommendes Pferdefuhrwerk, beladen mit Fässern oder Kisten mit Gemüse.

Als der nächste Abend nahte, erreichten sie ein größeres Dorf, Pernaborn in Torrand, wie sie von Warrenas erfuhren. Dort verabschiedeten sie sich von ihm und drei weitern Abgesandten. Die Verbliebenen bezogen Quartier in einem Gasthaus nahe des Marktplatzes von Torrand und verbrachten dort die Nacht.

# Hondor
## XV

Hondor verbrachte eine schlaflose Nacht. Sowohl die Bilder des toten und, noch schlimmer, aufgeschlitzten Sellag, als auch der Gedanke an das Han-Amulett und die damit verbundene Gefahr, wollten ihm nicht aus dem Kopf gehen.

Der Morgen brachte Nebel, der sich dicht am Boden hielt und bis hinein in das Lager der Sellag vordrang. Die Luft, die durch das kleine Fenster seines Raumes hineinströmte, war kühl und rein. Hondor zwang sich aufzustehen, als die ersten Sonnenstrahlen über die Bäume hervor lugten, obwohl die Müdigkeit noch bleiern auf seinen Schultern lag. Er hatte die Hoffnung auf Schlaf aufgegeben.

Sein Magen hatte sich soweit wieder beruhigt, dass der König sich für fähig hielt, sein Morgenmahl bei sich zu behalten. Er verspürte sogar etwas Hunger. Also machte er sich auf den Weg in die Klosterküche. Da er vermutete, dass Zorina noch schlief, verzichtete er darauf, an ihre Tür zu klopfen. Als er allerdings die Küche betrat, blickte sie ihm bereits entgegen. Sie saß neben Mondernas Bunos, der wieder seinen Stammplatz im großen Lehnstuhl am Kopfende des Tisches eingenommen hatte. Beide sahen besorgt aus.

»Heute Nacht sind weitere Sellag zur Verstärkung eingetroffen«, berichtete der Abt, mit tiefen Falten um die Augen, als Hondor sich zu ihnen gesellt hatte. »Es scheint, sie richten sich für einen erneuten Angriff. Ich habe die Wachen auf der Klostermauer verdoppeln und die Blockade des Tores weiter verstärken lassen.«

Zorina sah ebenso übernächtigt aus, wie er sich fühlte, stellte der König fest und bedauerte die junge Frau. Sie hatte es nicht verdient, soviel Anstrengung und Leid auf sich nehmen zu müssen. Alles was sie erlebt hatte, dazu noch das ungewisse Schicksal ihres Vaters, musste schwer auf ihr lasten, auch wenn sie es sich in nichts anmerken ließ.

»Mondernas Burrenos war bereits hier. Er hat uns berichtet, dass sich Usadims Zustand weiterhin verbessert. Er sagt, wir dürfen ihn später am heutigen Tag besuchen«, sagte Zorina und Hondor wurde schlagartig bewusst, wie durchdringend er sie anstarrte. Schnell wand er den Blick ab.

»Wenigstens *eine* gute Nachricht in diesen trüben Zeiten«, antwortete er mit kurzer Freude im Gesicht. Dann verfinsterte sich seine Miene schnell wieder und er kam nicht umhin, nochmals auf Bunos' Worte einzugehen. »Meint Ihr, das Kloster kann einem weiteren Angriff Stand halten?«

»Wir haben bereits drei großen und vielen kleinen Attacken der Sellag getrotzt. Solange Hembras bei uns ist, wird es ihnen auch dieses Mal nicht gelingen, uns zu unterwerfen.« Der Abt umfasste beschwörend das Heft des Schwertes, das er am Gürtel über seinem Kettenhemd trug. Seine zuversichtlichen Worte standen im krassen Gegensatz zu den tiefen Sorgenfalten, die sich in seine Stirn gruben. »Wir dürfen nicht das Vertrauen zu ihm verlieren, dann wird er uns auch nicht verlassen.«

Hondor schickte ein kurzes Stoßgebet zum Himmel, mit der Bitte, dass Hembras sich diese Worte zu Herzen nehmen sollte. Zorina schien Bunos' Zuversicht ebenfalls nicht so recht teilen zu können. Sie kaute lustlos an einem Stück trockenen Brot.

»Nun, etwas Gutes hat die Sache zumindest«, überwand Hondor sich schließlich, das Schweigen zu brechen. »Solange die Sellag sich auf solch einfache Angriffe beschränken, können wir wohl davon ausgehen, dass sie noch nicht im Besitz des Han-Amuletts sind. Mit dem Amulett hätten sie wohl genug Macht, um so etwas nicht mehr nötig zu haben.«

Zwar mussten Mondernas Bunos und Zorina ihm zustimmen, trotzdem blickten sie aus verständlichen Gründen nicht sehr glücklich drein.

Nach dem Morgenmahl betraten Zorina und Hondor zum ersten Mal den Innenhof des Klosters. Er war von vier hohen, schwarzen Mauern umgeben und mit ebenso schwarzen Steinen gepflastert, sodass man, obwohl die Sonne klar, aber ohne Wärme zu verbreiten, am Herbsthimmel stand, Fackeln benötigte, um ihn zu erhellen. An diesem Tag war ihnen kaum zum Reden zumute. Sie schlenderten schweigend durch den überdachten Kreuzgang, der an allen vier Seiten entlang führte und dessen offene Bögen den Blick auf den Innenhof frei gaben. Kühl und feucht war es dort und die aus Hemalton gemeißelten, lebensgroßen Abbildungen dutzender Mönche starrten finster auf sie hinab. Die düstere Stimmung, die diesen Ort beherrschte, passte zu seinen Gedanken, empfand Hondor. Je länger er sich die Mönchsstatuen betrachtete,

desto wahrscheinlicher erschien es ihm, dass sich gleich eine davon zu ihnen hinunter beugen würde, um ihnen eine noch viel dunklere Zukunft zu prophezeien.
Sie begutachteten die Blockade, die das eisenbeschlagene Tor an der Westmauer des Innenhofes sicherte. Die Mönche hatten die hohen Torflügel mit zusätzlichen Brettern vernagelt und mit Kisten verstellt. Zum Abschluss hatte sie vier dicke Holzpfosten dagegengestemmt, sodass niemand das Kloster betreten oder verlassen konnte, ohne sich dabei mächtig anstrengen zu müssen. Doch nur der Himmel wusste, mit welchen Waffen die Sellag vor den Mauern lauerten.
Da sie nicht sehen konnten, was sich jenseits der dicken Klostermauern ereignete, mussten Hondor und Zorina jeden Augenblick damit rechnen, dass der Angriff ausgerufen wurde und als die Glocke zum Mittagsmahl rief, zuckten sie unwillkürlich zusammen.

Als sie erneut die Küche betraten, herrschte dort weniger Betriebsamkeit, als sie es bisher während ihres kurzen Aufenthalts gewohnt waren. Mondernas Bargos, ein dicker Mönch mit rundem Gesicht und Koch des Klosters, erzählte ihnen, dass sich die meisten Mönche auf den Klostermauern und in den alten Waffenkammern befanden, um für den Angriff vorbereitet zu sein. Das Essen verlief ebenso wortkarg wie der gesamte Vormittag. Appetitlos stocherten sie in dem Eintopf herum, den ihnen Bargos vorgesetzt hatte. Die einzige Freude und Hoffnung, die Zorina und Hondor an diesem Tag hatten, lag in der Erwartung, am Nachmittag endlich ihren Freund Usadim besuchen zu können, und diesem Augenblick fieberten beide ungeduldig entgegen.
Nach dem Mittagsmahl gingen Hondor und Zorina hinauf auf die Klostermauer, um nach der Dunkelheit und Kälte des Morgens ein wenig Herbstsonne zu genießen. Sie ließen sich, wie am Tag zuvor, auf der niedrigen Steinbank nieder und beobachteten das Geschehen viele Barret über dem Lager der Sellag. Bargos hatte völlig Recht: Auf der Wehrmauer herrschte geschäftiges Treiben. Die Zahl der Mönche, die sich an diesem Tag dort aufhielten, war mehr als doppelt so groß wie am Vortag und alle wirkten angespannt. Aus ihren Gesprächen konnten Hondor und Zorina schließen, dass die Sellag bisher weder Aufstellung bezogen hatten, noch dass ihr Verhalten irgendeinen Schluss auf ihr Vorhaben zuließ. Die Späher durchforsteten mit ihren Okulanten jedes Zehntel Barret des Lagers, doch es gab nichts Ungewöhnliches zu

berichten.
»Sie müssen wirklich etwas Großes planen, wenn sie sich damit so lange Zeit lassen«, überlegte Hondor laut, während sie dicht beieinander saßen und über die Mauer blickten.
»Vielleicht haben sie auch noch gar keinen Plan«, mutmaßte Zorina. »Oder sie warten auf den Einbruch der Nacht.«
Die Zeit verging quälend langsam und nichts geschah. Als die Glocke viermal fünfzig Kils nach Mittag geschlagen hatte, machten sich Zorina und Hondor auf den Weg. Erst als sie bereits die Treppe hinunter gestiegen waren, wurde ihnen bewusst, dass sie nicht die geringste Ahnung hatten, wo Usadim sich befand, und so mussten sie nach dem Weg fragen. Ein junger Mönch führte sie in den Krankensaal des Klosters und zu ihrer Überraschung war es dort nicht annähernd so finster wie in den übrigen Teilen des Klosters. Die Wände waren weiß getüncht und die Fenster größer als in den anderen Räumen, sodass mehr Tageslicht einfallen konnte.
Usadim lag auf einem Bett mit weißen Laken. Als er ihre Schritte näher kommen hörte, schlug er die Augen auf und sah in die lächelnden Gesichter von Zorina und Hondor. Usadim sah sehr viel besser aus als zu dem Zeitpunkt, an dem sie ihn zum letzten Mal gesehen hatten. Sein Gesicht war wieder rosiger, wenn auch etwas schmaler als früher. Die Verletzung hatte offensichtlich an seinen Kräften gezehrt, aber seine Augen hatten wieder ihren alten Glanz.
»Wie geht es euch?«, begrüßte er seine beiden Besucher und setzte sich im Bett auf.
»Gut, aber wichtiger ist es doch, wie es dir geht«, entgegnete Zorina. Ihre Laune hatte sich angesichts Usadims guten Zustands schnell gebessert.
»Es könnte mir kaum besser gehen.« Usadim lachte flach. Die Bewegung des Brustkorbs schmerzte noch. »Es war wohl ziemlich knapp.«
»Verdammt knapp!«, stimmte ihm Hondor zu. »Wagt es nicht, uns noch einmal einen solchen Schrecken einzujagen.«
»Ich werde mein Bestes versuchen«, versprach Usadim feierlich. »Was ist geschehen? Ich weiß wohl, dass wir nun im Bernam-Kloster sind, aber ich habe keine Ahnung, wie wir hierher gekommen sind und was in der Zwischenzeit geschehen ist.«
»Eine Menge…«, erwiderte Hondor.
»Ich denke, ich habe etwas Zeit.« Usadim lehnte sich wieder zurück

und Zorina setzte sich auf die Bettkante, während Hondor sich einen Hocker heranholte und zu erzählen begann. Er berichtete Usadim von ihrem Ritt zum Kloster und wie sie, trotz der Belagerung durch die Sellag, hineingelangt waren. Dann wiederholte er das, was sie von Bunos über das Han-Amulett erfahren hatten und berichtete über die gleichsam erschreckenden wie faszinierenden Erfahrungen, die sie in Burrenos dunklen Kellergewölben gemacht hatten. Zum Schluss erzählte er Usadim noch von der Verstärkung der Sellag-Truppen vor dem Klostertor und dem zu erwartenden Angriff.

»Meint ihr, sie werden wirklich angreifen?«, fragte Usadim, als Hondor mit seiner Erzählung abgeschlossen hatte.

»Die Mönche scheinen fest davon überzeugt zu sein«, sagte Zorina bedrückt. »Sie befinden sich schließlich schon vierzehn Tage unter Belagerung. Das ist nicht der erste Angriff. Doch bisher konnten sie Widerstand leisten und sie sind auch weiterhin zuversichtlich. Ihr Glauben in Hembras ist sehr stark. Wir können nur hoffen, dass er sie nicht enttäuscht.«

»Ich hoffe nur«, entgegnete Usadim matt, anscheinend hatte das lange Zuhören ihn erschöpft, »dass die Sellag mit ihrem Angriff warten, bis ich wieder auf den Beinen bin. Ich möchte auf keinen Fall hier herumliegen, wenn es soweit ist.«

»Hat es Euch nicht gereicht, einmal dem Tod ins Auge zu sehen?« Hondors Stimme hatte einen tadelnden Unterton.

Usadim nickte und ließ seinen Kopf müde auf das Kissen sinken. Im selben Augenblick drang leise das Läuten der Essenglocke vom anderen Flügel zu ihnen herüber und nur kurze Zeit später betrat ein Mönch mit einer dampfenden Schale das Krankenzimmer. Er musterte Usadim tadelnd, als er sie auf dem niedrigen Tisch neben dem Krankenlager abstellte.

»Ihr seht müde aus«, stellte er schließlich fest. »Ihr wisst, dass Euch jegliche Anstrengung und Aufregung verboten wurden.« Dann wandte sich der Mönch an Zorina und Hondor. »Es ist wohl besser, wenn Ihr nun geht. Euer Freund braucht Ruhe.«

Die beiden gehorchten und verabschiedeten sich schweren Herzens von Usadim.

Am Abend trafen sie Mondernas Bunos in der Bibliothek des Klosters.

»Noch hat sich die Lage nicht verändert«, antwortete der Abt auf

Hondors Frage, wie es außerhalb der Klostermauern aussah. »Wir haben bisher keine Taktik oder eine Angriffsvorbereitung erkennen können. Nur etwas ist auffällig: Es gehen ungewöhnlich viele Sellag Richtung Westen in den Wald hinaus.«
»Und was tun sie dort?«, hakte Zorina verwundert nach.
»Vielleicht verbergen sie dort etwas«, mutmaßte Hondor, als Bunos mit den Schultern zuckte.
»Leider können wir es nicht sehen. Die Bäume stehen zu dicht beisammen«, sagte Bunos bedauernd. »Aber die Wachen auf den Mauern werden die ganze Nacht verdoppelt bleiben. Zudem hatten Burrenos' Bemühungen nun endlich Erfolg.« Zorina und der König schauten den Abt erstaunt an und hofften auf eine nähere Erklärung. »Noch kann ich Euch nicht genau sagen, worum es sich handelt, denn der alte Kauz...« Der Abt gestattete sich trotz seiner Anspannung ein kurzes, gutmütiges Lächeln, »...tut bei solchen Dingen immer sehr geheimnisvoll. Doch er hat uns verraten, dass er Aufzeichnungen über eine Waffe gefunden hat, die uns einen Vorteil verschaffen kann.« Bunos machte eine kurze, nachdenkliche Pause. »Vielleicht ist es das Beste, wenn ihr gleich hinunter in die Waffenkammer geht, um Euch mit Schwert und Kettenhemd ausrüsten zu lassen; nur um für das Schlimmste vorbereitet zu sein.«

Sie ließen sich von Bunos den Weg weisen. Es ging dieselbe, schmale Treppe hinunter, die auch zu Burrenos geheimnisvollem Gewölbe führte, doch mussten sie sich vorher scharf rechts halten und gelangten auf diese Weise in einen ebenso düsteren Raum. Hondor und Zorina rissen beeindruckt den Mund auf, angesichts der Unzahl von Schwertern und fein gearbeiteten Kettenhemden, die sie dort vorfanden. Nicht einmal in der Waffenkammer seines Schlosses in Alland Pera war eine solche Ausrüstung zu finden. Sie musste über Jahrhunderte hinweg in diesen Räumen angesammelt worden sein. Die Tochter des königlichen Hofschmieds konnte nur bewundernd durch die Zähne pfeifen.
In einer hinteren Ecke des Raums saß ein Mönch über einen schweren Schleifstein gebeugt und war damit beschäftigt, ein elegant gearbeitetes Schwert zu bearbeiten. Zufrieden strich er über die frisch geschliffene Klinge, bevor er die Eintretenden fragend anblickte.
»Mondernas Bunos schickt uns«, antwortete Hondor auf die stumme Frage. »Wir sollen uns von Euch Kettenhemden aushändigen lassen.«

Der Mönch nickte und stand von seinem Hocker auf. »Nur Hemden?«, fragte er prüfend. »Benötigt Ihr keine Schwerter?«
»Wir haben Waffen.« Zorina deutet auf die Sichel, die sie vorsichtshalber immer am Gürtel ihrer Kutte trug. Sie konnte es selbst nicht erklären (wahrscheinlich lag es daran, dass sie aus der Hand ihres Vaters stammte), aber bei dem Gedanken, mit diesem Arbeitsgerät bewaffnet zu sein, fühlte sie sich sicherer, als mit dem besten Schwert, das ihr der Mönch hätte bieten können. Hondor schien es ähnlich zu ergehen.
Der Mönch betrachtete die Sichel etwas abwertend. »Nun gut, wenn Ihr meint. Die Entscheidung liegt bei Euch.« Er drehte sich um und begann, an der Wand nach den passenden Hemden zu suchen. Für Hondor war schnell ein Geeignetes gefunden, aber es dauerte eine Weile, bis er eines für Zorinas schmalen, feingliedrigen Körper herausgesucht hatte.
An diesem Tag gingen sie erst spät zu Bett. Obwohl sie bereits eine schlaflose Nacht hinter sich hatten, ließ die Müdigkeit auf sich warten. So saßen sie noch lange mit einigen Mönchen in der Bibliothek zusammen. Die Stimmung war ruhig, aber angespannt, denn alle rechneten damit, dass jeden Augenblick die Glocken Alarm schlagen würden. Doch es geschah nichts. All ihre Mutmaßungen über die Pläne der Sellag endeten früher oder später im Nichts.
Als ihnen schließlich doch die Augenlider schwer wurden, gingen Zorina und Hondor hinauf in ihre Kammern. Vollständig mit Kutten und Kettenhemden bekleidet, um vorbereitet zu sein, legten sie sich auf ihre Liegen und fanden letztendlich doch keinen Schlaf.
Während Hondor vor sich hin grübelte, war Zorina von einer inneren Unruhe befallen, die sie auf ihrem Bett hin und her wälzen ließ. Sie fühlte sich, als würde ein ganzes Armeisenvolk in ihrer Magengegend sitzen und von dort aus durch ihre Adern wandern. Das Gefühl war dem, welches sie empfunden hatte, als sie sich auf der Brücke am Pilandan befunden hatten, sehr ähnlich. Es hatte jedoch nicht diese Furcht erregende Intensität, gab ihr nicht das Gefühl einer unmittelbaren Gefahr. Es blieb nur eine ungewisse Vorahnung, ohne genauen Inhalt. Dabei schien das Wissen beinahe greifbar zu sein, doch je mehr sie versuchte, sich darauf zu konzentrieren, desto ungenauer wurde es, schien ihr mehr und mehr zu entfleuchen. Gegen Morgen, als die Müdigkeit sie doch übermannt hatte, wusste Zorina nur, dass etwas Gewaltiges auf sie zukommen würde.

# Kalerid
## XIII

Kalerid fürchtete bereits, der Tunnel würde niemals enden. Er schätzte, dass sie schon mehr als dreimal fünfzig Kils durch die undurchdringliche Dunkelheit krochen, ohne sehen zu können, was vor ihnen lag. Die Luft war stickig und roch nach modriger Erde. Der Boden und die erdigen Wände waren feucht. Kalerid überlegte, wohin dieser endlose Gang sie wohl führen mochte. Es gab keine Abzweigungen und keine Türen in diesem nicht enden wollenden Bau. Wer, außer einem Kaninchen, baute einen solchen Tunnel unter der Erde?

Noch ein weiterer Gedanke beschäftigte ihn, nämlich der, was sich wohl über ihnen abspielen mochte. Kalerid hatte niemals damit gerechnet, dass Rofin ihm zu Hilfe kommen würde, doch dass sein ehemaliger Lakai seinen Tod in seinem Vorhaben offensichtlich mit eingeplant hatte, kränkte den Heerführer nicht nur, sondern machte ihn auch sehr wütend. Hatte Rofin bereits die gesamte Macht an sich gerissen, während er selbst unter der Erde im Dreck herumkroch? Hatte er schon den Muteral in Besitz genommen? Was würde ihn erwarten, wenn er jemals wieder Tageslicht sehen durfte? Würde er noch der Anführer seines Volkes sein oder nur noch dessen gefallener Herrscher? Hatten sich vielleicht seine eigenen Untertanen gegen ihn gestellt?

Kalerids Schritt beschleunigte sich und seine Krieger keuchten hinter ihm her. Er konnte es nicht erwarten, endlich zum Ausgang des Tunnels zu gelangen, wo dieser sich auch befinden mochte. Er musste wissen, was in Allendas vor sich ging.

Es dauerte noch dreimal fünfzig Kils, da stieß Kalerid unvermittelt gegen etwas, das sich vor ihm in der Dunkelheit verbarg. Seine tastenden Hände verrieten ihm, dass es sich um eine Tür handelte. Er fand einen rostigen Türknauf, doch sie ließ sich nicht öffnen. Kalerid war nicht in der Stimmung, sich lange mit diesem Problem aufzuhalten. Es benötigte nur zwei wuchtige Tritte, dann flog die altersschwache und morsche Tür aus ihren Angeln und fiel krachend zu Boden. Die Dunkelheit jedoch blieb.

# Toranus
## IX

Lange Zeit lag der Drache reglos in der aufgewühlten Erde zu Füßen des Paratul. Wäre nicht das fortwährende Keuchen zu vernehmen gewesen, hätte man ihn für tot halten können. Nur langsam beruhigte sich sein Schnaufen und das Atmen wurde für ihn wieder leichter.
Nando erging es kaum besser. »Alles in Ordnung?«, fragte er Toranus, als der Schmerz in der Lunge soweit nachgelassen hatte, dass er wieder zu sprechen vermochte.
Der Drache gab nur ein krächzendes Geräusch von sich und nickte. Nando war nicht wirklich überzeugt von dieser Antwort, aber es gab nichts, was er im Moment für Toranus tun konnte. Vielleicht hätte er aus seinem Kräutervorrat ein entgiftendes und stärkendes Mittel brauen können, aber er hatte all seine Habseligkeiten in der Höhle zurückgelassen und das Letzte, was er jetzt hätte tun wollen, wäre dorthin zurückzukehren, um sie zu holen. So blieb ihm nur, zu hoffen, dass Toranus sich von allein wieder erholen würde.
Nando stand auf. Er hatte das Gefühl, dass etwas Bewegung seine Lungen befreien würde. Mit wackeligen Beinen kletterte er den Paratul hinauf und setzte sich dort in das Gras. Der Nachthimmel wölbte sich klar und sternenreich über ihn und der Mond beschien den Hohlweg. Von den Sellag war weit und breit nichts zu sehen. Nur von Zurnam ging ein schwaches, aber warmes Leuchten aus, das von vielen Fackeln und Feuern herrühren musste und das auf die Anwesenheit der Eindringlinge hindeutete. Von der Wiese auf der anderen Seite des Paratul kam Graufell den Abhang hinaufgetrabt und stupste Nando freundschaftlich mit der Schnauze an die Wange, bevor er sich neben ihm niederließ. Nando lehnte sich an seinen treuen Gefährten, der zu spüren schien, dass es dem Menschen nicht gut ging, und genoss die Wärme, die er ausstrahlte.
Der alte Mann saß sehr lange dort oben unter den Sternen, kraulte Graufell hinter seinen langen Ohren und spürte den wohltuenden frischen Wind, der über den Hügel strich. Dann plötzlich zerriss ein lautes Brüllen die Stille und das schwere Stampfen von Füßen verriet, dass

Toranus sich aufgerappelt haben musste und nun ebenfalls den Hügel hinauf kam. Kurz darauf erschien der Drache in Nandos Sichtfeld und ließ sich neben ihm in das Gras sinken. Mit zornig verengten Augen blickte er hinüber nach Zurnam.

»Ich habe nachgedacht«, sagte er schließlich in die Stille hinein und seine Stimme klang bitter. »Es hat keinen Sinn.«

Nando musterte ihn prüfend.

»Sie werden nicht aufhören uns zu bekämpfen, bis es ihnen gelungen ist, uns zu besiegen«, fuhr Toranus resigniert fort. »Sie sind zu mächtig. Bisher hatten wir Glück, doch irgendwann wird es ihnen gelingen, uns zu töten.«

Nando fiel nichts ein, was er darauf hätte erwidern können. Wenn er ehrlich war, waren Toranus' Worte seinen eigenen Gedanken nicht unähnlich.

»Wir sollten von hier weg gehen, solange wir es noch können«, sagte der Drache weiter. »Sie haben doch ohnehin schon alles, dann können wir ihnen auch den Schatz lassen. Was macht das für einen Unterschied? Wir können nicht gegen sie alle ankämpfen.«

»Du willst fortgehen?«, fragte Nando ungläubig, um sicher zu gehen, dass er Toranus richtig verstanden hatte.

»Ja, am Besten sofort«, entgegnete der Drache fest. »Und du tätest gut daran, wenn du mit mir kommen würdest.«

Nando seufzte. »Doch was ist mit dem König? Was ist, wenn er zurückkommt? Er wird auf deine Hilfe zählen.«

»Es ist ungewiss, ob König Hondor überhaupt noch lebt, geschweige denn, ob er irgendwo Hilfe auftreiben kann. Solange wir hier bleiben, können wir nichts für ihn tun. Er ist nach Norden gezogen und das werden wir auch. Ich möchte zu gerne wissen, was dort geschieht. Wenn der König wahrhaftig Unterstützung finden konnte, dann wird sie von dort kommen und er wird unsere Hilfe dann dort besser gebrauchen können.« Toranus machte eine kurze Pause. Er wirkte sehr entschlossen. »Ich würde für Allendas sterben, aber nicht, solange ich auf verlorenem Posten kämpfe! Und ich möchte die Gewissheit haben, dass es nicht sinnlos ist!«

Nando konnte dem nichts entgegen setzen. Vielleicht hatte der Drache mit dem, was er sagte, Recht. Hier konnten sie nicht mehr viel ausrichten. Der Schatz war zwar wichtig, aber es gab Dinge, die noch bedeutungsvoller waren, Orte, an denen sie nötiger gebraucht wurden.

»Willst du dich nicht noch etwas ausruhen?«, fragte Nando Toranus besorgt.

»Ich hab mich lange genug ausgeruht.« Der Drache zuckte bereits unruhig mit den Flügeln. »Ich will und werde keine Zeit mehr verlieren. Steig auf meinen Rücken.«

Sein Tonfall ließ darauf schließen, dass er keine Widerworte duldete und so gab sich Nandogral geschlagen. Er kam langsam auf die müden Beine und umarmte Graufell. »Du bleibst hier. Am Besten du hältst dich hinter dem Hügel versteckt«, flüsterte er in das braune Ohr. »Und halte dich von den Sellag fern.« Der Esel blickte ihn mit noch traurigeren Augen als gewöhnlich an und schnaubte als Zeichen des Verstehens. Nando war sich sicher, dass Graufell verstanden hatte, was vor sich ging. Er drückte den großen Kopf mit den langen Ohren zum Abschied noch einmal an seine Brust.

Toranus duckte sich, sodass Nandogral auf seinen Rücken steigen konnte, dann breitete er die Schwingen aus und sie erhoben sich in den Nachthimmel. Er drehte eine letzte Runde über dem Paratul, bevor er sich nach Norden wandte.

Das Land glitt im Mondschein friedlich unter ihnen hinweg und nichts ließ erahnen, welche Ungerechtigkeiten sich in den vom warmen Feuerschein erhellten Dörfern abspielten. Bald verließen sie den Landstrich Elland, und als im Osten die Sonne aufging, hatten sie den Paratul bereits weit hinter sich gelassen.

# Rofin
## V

In Zurnam herrschte helle Aufregung, als die Krieger zurückkehrten und berichteten, was ihnen am Paratul widerfahren war. Die Unruhe war weitaus größer als bei den beiden vorhergehenden, gescheiterten Versuchen, den Drachen zu beseitigen. Es begannen sich die hartnäckigen Gerüchte zu verbreiten, dass das Untier von den Toten wieder auferstanden oder gar unsterblich sei.
Es kostete Rofin einige Mühen und eine gewaltige Menge an Drohungen, wieder Ordnung in der Stadt einkehren zu lassen. Auf Perlugs Hilfe brauchte er nicht zu zählen. Der Statthalter hatte sich verschreckt in dem von ihm höchstpersönlich beschlagnahmten Haus verschanzt und schien vorerst nicht bereit zu sein, wieder herauszukommen. Rofin war das nur allzu recht. Es gelang ihm auch allein, seine Truppe wieder zur Vernunft zu bringen, doch das Flüstern und Tuscheln zwischen den Kriegern blieb.
Rofin ließ die Wachen auf den Stadtmauern verstärken und den Paratul beobachten. Er selbst stand dort oben und betrachtete durch die Zinnen den Hügel, der im hellen Mondschein silbern leuchtete. Lange Zeit war es dort gespenstisch ruhig, und solange blieb Rofin noch die Hoffnung, dass der Drache vielleicht doch verendet war. Und selbst wenn dies nicht der Fall sein sollte, so gab er zumindest noch eine andere, ebenfalls willkommene Aussicht - und zwar, dass zumindest Kalerid die Ausräucherung nicht überlebt hatte. So konnte sich Rofin wenigstens als neuen Heerführer ausrufen lassen, Drache hin oder her. Für den würde er sich schon noch etwas einfallen lassen.
Am frühen Morgen, als Rofin bereits der festen Überzeugung war, dass am Hügel nichts und niemand mehr am Leben sein konnte, kam plötzlich Bewegung in das ruhige Bild. Im fahlen Dämmerlicht konnten die Sellag die stattliche Gestalt des Drachen den Hügel hinaufsteigen sehen. Zornig ballte Rofin die Fäuste und beobachtete verkrampft, was geschah. Wieder bot sich den Sellag eine ganze Weile nur der Anblick eines Stilllebens - und dann passierte das Unerwartete. Der Drache spreizte die Flügel und erhob sich in die Lüfte. Er flog davon. Rofin sah

ihm nach, bis er am dunklen Himmel nicht mehr zu erkennen war und konnte dabei sein Glück kaum fassen. Er wies die Wachen an, auf eine mögliche Rückkehr des Drachen zu achten und verließ die Stadtmauer, um in sein Haus zurückzukehren.

Rofin wartete, nur aus Unsicherheit, nicht aus Anstand, den Morgen ab, doch Kalerid kehrte nicht zurück. Als dann endlich die Sonne aufgegangen war, hielt er den Zeitpunkt für gekommen, den ehemaligen Heerführer für tot zu erklären. Ob er nun durch den Drachen oder das Feuer gestorben war, war unbedeutend. Rofin befahl, Pferde und Boten bereitstellen zu lassen und ließ sie in alle Himmelsrichtungen ausschwärmen. ‚Kalerid ist im Kampf ehrenvoll gestorben und hat mit seinen letzten Atemzügen Rofin als neuen Heerführer bestimmt', lautete die Botschaft, die sie in jedem Dorf verbreiten sollten. Auf diese Weise würden keine unangenehmen Fragen aufkommen.
Als der Tag hereingebrochen war, war der Drache noch immer nicht zum Paratul zurückgekehrt und Rofin stellte einen neuen Trupp zusammen. Die Neuigkeit, dass das Untier den Hügel und somit den Muteral verlassen hatte, hatte sich ebenso schnell herumgesprochen, wie die Gerüchte über seine Unsterblichkeit und so fanden sich schnell Freiwillige, die bereit waren, ihn zu begleiten. Nicht, dass Rofin Freiwillige gebraucht hätte, aber jeder wollte die Gelegenheit nutzen, einen Blick auf den sagenhaften Muteral zu werfen, oder auch mal die Finger danach auszustrecken.
Zu Rofins Missfallen war auch Perlug an diesem Morgen wieder auf dem Marktplatz von Zurnam vorzufinden. Anscheinend war die Kunde auch bis zu ihm durchgedrungen, dass es auf dem Paratul nun keinen Drachen mehr gab, und das schien seiner Selbstsicherheit einen gewaltigen Auftrieb zu geben. Rofins selbstgefällige Neuigkeit, dass er Kalerid für tot erklärt und nun die Stellung des Heerführers eingenommen hatte, nahm der Statthalter mit trotziger Gelassenheit hin, hielt ihn aber nicht davon ab, sich freiwillig für den neuen Trupp zu melden. Rofin ließ ihn gewähren. So hatten sie immerhin noch jemanden, den sie, falls nötig, in die Gefahr schicken konnten.
Im strahlendsten Herbstsonnenschein marschierte erneut ein Trupp zum Paratul hinauf, doch dieses Mal war die Stimmung freudiger, als jemals zuvor. Sie kamen erstaunlich zügig voran. Man konnte gerade meinen, jeder wollte der Erste sein.

Der Eingang der Höhle war verlassen, die Holzscheite der Blockade lagen weit verstreut und das Feuer war ausgebrannt.
Obwohl Rofin von einem gewissen Übermut beflügelt war, wurde er doch nicht unvorsichtig. Natürlich bestand noch immer die Gefahr, dass der Drache zu seiner Höhle zurückkehrte und so ließ Rofin zwei Dutzend Krieger vor dem Eingang Stellung beziehen, während er in das Dunkel trat. Perlug folgte ihm dicht auf den Fersen. Als sie durch den Tunnel schritten, meinte der neue Heerführer den Statthalter hinter sich vor lauter Aufregung keuchen zu hören.
Endlich betraten sie die Schatzhöhle und Rofin, bisher noch recht gefasst, erfuhr einen ähnlichen Freudentaumel wie Kalerid, als er sich an demselben Punkt befunden hatte. Perlug verschlug es für einen langen Augenblick den Atem beim Anblick der Reichtümer und er verdrehte die Augen, sodass Rofin damit rechnete, der Statthalter würde gleich die Besinnung verlieren. Doch wider Erwarten fing er sich wieder und rannte stattdessen zum nächstbesten Haufen Goldmünzen, um sich drauf zu stürzen.
»Befingere nicht alles mit deinen schmierigen Krallen«, herrschte Rofin ihn sogleich an, während er selbst einige Goldmünzen durch seine Hände gleiten ließ. Perlug wich tatsächlich erschrocken zurück. Mit einem solchen Ton hatte er Rofin noch nie sprechen gehört. Wie ein geprügelter Hund begann der Statthalter, durch die Räume zu schleichen.
»Wo sind Kalerid und die beiden Krieger?«, fragte er, als die Leiche des ehemaligen Heerführers nirgends zu entdecken war. »Du sagtest doch, er sei tot.«
Rofin zuckte mit den Schultern. Er war zu sehr damit beschäftigt, einen reich mit Edelsteinen besetzten Kelch aus purem Gold prüfend in den Händen zu drehen, um Perlugs Worte richtig wahrzunehmen. »Wahrscheinlich hat der Drache sie gefressen«, mutmaßte er nur. Die unauffällige kleine Höhle und den Gang dahinter bemerkte er nicht.
Trotz seiner Verzückung machte Rofin nicht Kalerids Fehler, sich dem Hochgefühl der Gier zu lange hinzugeben. Er wollte soviel wie nur möglich erreichen und zwar solange die Luft noch rein war. Also schickte er einen Krieger zurück nach Zurnam. Er sollte so viele Wagen hinauf zum Hügel bringen lassen, wie er auftreiben konnte. Rofin hatte nicht vor, den Schatz an diesem Ort zu lassen. Er musste weg von dort, zumal Rofin nicht gedachte, weiter in Zurnam zu verweilen. Er war der neue Heerführer (und je mehr Zeit verstrich, desto weniger konnte er

sich vorstellen, dass er diesen Posten jemals nicht gewollt hatte) und ihm gebührte ein Thron, der seiner würdig war. Er wollte nach Alland Pera zurückkehren und den Schatz würde er mitnehmen.

# Kalerid
## XIV

Kalerid hatte mit vielem gerechnet, aber sicherlich nicht damit. Hinter der Tür herrschte dieselbe undurchdringliche Schwärze, die sie bereits im Tunnel umgeben hatte. Zögernd stiegen die Sellag über die zerbrochene Holztür. Es war nicht zu erkennen, ob sie sich nun in einem Raum befanden oder ob sich der Tunnel an dieser Stelle fortsetzte. Eine Weile verharrten sie ratlos, dann entdeckten sie die dünne Ritze an der Decke, durch die ein schwacher Lichtschein fiel. Kalerid trat darauf zu und stieß dabei mit dem Fuß gegen etwas Hölzernes. Vorsichtig tastete er danach und erfühlte eine Treppe. Unbeholfen erklommt er sie in der Dunkelheit und stellte fest, dass sie ihn genau unter die Decke des Raumes, zu dem kleinen Lichtspalt führte. Vorsichtig folgten seine Finger der Kontur des Spalts. Frische Luft strömte ihm entgegen und er konnte fühlen, dass dort eine Steinplatte den Ausstieg verschloss. Mit aller Kraft drückte der Sellag dagegen. Zuerst rührte sich der Stein nicht, doch schließlich gab er knirschend nach und ließ sich etwas anheben. Kalerid schob ihn schwer keuchend zur Seite und nun fiel mehr Licht in das Erdloch, in dem sich die Sellag befanden. Der Heerführer sah seine beiden Krieger, die gespannt und mit zusammengekniffenen Augen am Ende der Treppe standen, kurz an, dann stieg er kommentarlos durch die kleine Öffnung hinaus. Seine Männer folgten ihm.

Nun befanden sie sich in einer großen Halle mit hohen Fenstern und Wänden aus tiefschwarzem Stein. Lange Bänke standen dort aufgereiht, alle zu einer Wand gerichtet, an der das Abbild einer großen, schwarzen Sonne hing. Sie erinnerte Kalerid an eine monumentale Nachbildung des Amuletts, das er in der Muteralhöhle an sich genommen hatte. Der Heerführer wusste nicht, dass sie sich nun im Hause Hembras befanden; dass dies der Ort war, an dem die Bewohner von Alland Pera die Nähe zu ihrem Gott suchten.

Auf der gegenüberliegenden Seite des gewaltigen Raumes befand sich ein mit Gold beschlagenes Tor - der Ausgang. Sicherheitshalber, damit niemand diesen Weg zum Muteral entdecken würde, ließ Kalerid seine Krieger die Steinplatte, die nicht anders aussah, als die anderen, mit

denen der Boden gepflastert war, wieder über den Ausstieg schieben. Dann verschwendeten sie keine Zeit mehr und verließen das schwarze Gebäude.
Sie traten durch das Tor hinaus ins helle Sonnenlicht, um überrascht festzustellen, dass sie sich in Alland Pera befanden; das Schloss erhob sich gebieterisch vor ihnen über den Dächern der Stadt. Sie hatten wahrhaftig den gesamten Weg von Elland zurück zur Hauptstadt durch den Tunnel zurückgelegt. Kalerid kam zu dem Schluss, dass es nicht besser hätte sein können, bevor er vom Gegenteil überzeugt wurde.
»Aus welchem Loch seid ihr denn gekrochen?«, knurrte eine tiefe Stimme hinter ihm und die Spitze eines Schwertes bohrte sich in die ungepanzerte Haut seines Nackens. Kalerid erstarrte. Binnen weniger Augenblicke sahen er und seine Krieger sich von einer Gruppe bewaffneter Menschen umzingelt, die sie zu Boden zwangen, ehe sie überhaupt an eine Verteidigung denken konnten. »Ich dachte wir hätten euch alle erwischt.«
»Es tauchen immer wieder welche auf«, sagte ein anderer Mann, mit zerzaustem, blondem Haar, der sein Schwert zwischen Kalerids Augen hielt. »Lasst uns einfach ihre Kehlen durchschneiden.«
Kalerid, der nun sein Entsetzen über diese unangenehme Begrüßung überwunden hatte, fauchte zornig. »Ich bin Kalerid, Heerführer der Sellag«, rief er herrisch, in dem Versuch, seine Würde zurückzugewinnen.
»Von mir aus kannst du sein, wer du willst«, entgegnete der Mensch, der vor ihm stand. »Du solltest dich jetzt aufs Sterben vorbereiten.« Er führte die Klinge von den Augen hinunter zur Kehle des Sellag und Kalerid spürte, wie sie sich an seine Haut presste.
»Warte, Angos« rief der Mann, der hinter Kalerid stand. »Hast du nicht gehört, er ist ihr Anführer. Sie sagte, wir sollten ihn zu ihr ins Schloss bringen, wenn er in die Stadt zurückkehrt. Sie meinte, er könnte noch hilfreich für uns sein.«
Angos hielt in seiner Bewegung innen. »Wie du meinst, Xonis«, entgegnete er widerwillig. »Dann lasst sie uns fesseln.«
»Nein«, entgegnete Xonis kalt, »wir nehmen nur ihn mit. Die anderen beiden töten wir gleich. Es ist zu gefährlich, zu viele von ihnen an Leben zu lassen.«
Kalerid hörte, wie seine beiden Krieger entsetzt aufstöhnten; auch Sellag waren nicht völlig frei von Todesangst. Dann drehten sie ihn

unsanft auf den Bauch und er konnte spüren, wie sie ihm seine Hände hinter dem Rücken zusammenbanden. Sie zerrten ihn wieder auf die Beine und stießen ihn die Straße entlang. Hinter ihm kündeten zwei heisere Schreie und die darauf folgenden widerlich gurgelnden Geräusche vom dem gewaltsamen Ableben seiner beiden Krieger.
Kalerid zweifelte nicht daran, dass ihm das gleiche Ende beschert werden würde, sobald sie ihn nicht mehr brauchten, und ihm wurde kalt.
Sie brachten ihn in den Schlosshof, zerrten ihn durch das Hauptportal bis in den Thronsaal. Nur wenige Menschen begegneten ihnen auf dem Weg dorthin und nicht ein einziger Sellag. Kalerid verfluchte sich selbst für seine Dummheit und seine Gier. Er hatte sich zu sehr um den Muteral gekümmert und darauf vertraut, dass in Allendas alles seinen Weg ging. Zu gern hätte er gewusst, wie es im Rest des Landes aussah. Waren sie womöglich schon besiegt und er hatte es nicht einmal mitbekommen?

Als sie ihn in den großen Saal stießen, fand er dort keinen leeren Thron vor, der auf ihn wartete, so wie er noch vor weniger als zwanzig Kils geschworen hätte. Eine alte Frau saß darauf und blickte ihm entgegen. Kalerid meinte, sie schon einmal gesehen zu haben.
»Er ist hier, Kurena! Wie Ihr es vorausgesagt habt«, verkündet Xonis und stieß Kalerid vor dem Thron auf die Knie.
»Sehr gut«, erwiderte die Seherin mit vom Alter rauer Stimme. »Ich wusste, dass ich mich nicht irren würde.« Sie fixierte Kalerid mit ihrem Blick. »Obwohl es heißt, Ihr seiet tot.«
»Wer sagt das?«, entgegnete Kalerid und bemühte sich um eine feste Stimme.
»Die Boten Eures neuen Heerführers«, entgegnete Kurena kalt. »Einer von ihnen ging heute Morgen in unsere Falle. Er war sehr redselig, als es um sein Leben ging, was ihm allerdings auch nicht geholfen hat. Wir haben einige Dinge von ihm erfahren, die auch für Euch interessant sein dürften.«
Kalerids Augen verengten sich zu schmalen Schlitzen, als er Kurena mit zornigem Erwarten anblickte, doch er antwortete nicht.
»Eine der Nachrichten, die er uns brachte, besagte«, fuhr Kurena mit sichtlicher Zufriedenheit fort, »Ihr wäret tot und ein Sellag namens Rofin sei nun der neue Heerführer.«
»Dieser verfluchte ...«, kam es unbedacht über Kalerids Lippen, den

Rest des Satzes würgte er hinunter. Es war nicht gut, sich eine derartige Blöße zu geben. Stattdessen erwiderte er Kurenas Blick fest. »Das ist schlecht für Euch. Dann besitzt mein Volk trotzdem seinen Heerführer, egal ob Ihr mich tötet oder nicht.«

Ein kaltes Lächeln umspielte Kurenas Lippen. »Das sehe ich anders. Aber dazu kommen wir später. Interessiert es Euch gar nicht, wie es uns gelungen ist, Alland Pera zurückzuerobern?«

»Nein«, knurrte Kalerid.

Kurena ignorierte diese Antwort. »Ihr hättet besser auf Eure Gefangenen achten sollen«, fuhr sie fort. »Wir haben uns zusammengetan, nachdem Euch der Drache angegriffen hat und sind hierher zurückgekehrt. Es gibt genug geheime Gänge, die in die Stadt hineinführen. Wir haben uns in den geplünderten Häusern versteckt. Euren Männern ist es nicht einmal aufgefallen, dass die Stadt plötzlich wieder voller Menschen war.«

Kalerid bemühte sich, möglichst unbeeindruckt und unbeteiligt zu wirken.

»Doch in die Stadt hinein zu gelangen, war noch die leichteste Aufgabe. Viel schwieriger war es, sie von Euch Kreaturen zu befreien. Viele meiner Verbündeten hatten Angst, nach den Gräueltaten, die sie gesehen hatten. Doch mein inneres Auge half mir, einige Voraussagen zu manchen. Ich prophezeite meinen Verbündeten eine bessere Zukunft und ich konnte sie überzeugen. So brachten wir Stück für Stück die Stadt wieder in unsere Hand. Zuerst töteten wir nur wenige von Euch. Wir fingen uns die Kreaturen, die zufällig vor unseren Häusern vorbeigingen, und schafften sie beiseite. Aber je öfter man tötet, umso weniger berührt es einen und es dauerte nicht lange, da waren wir bereit, das Schloss zu stürmen und Euch niederzumetzeln. Ihr seid lange nicht so stark und mutig, wie ihr Euch selbst versucht einzureden.«

»Und was wollt Ihr dann noch von mir?«, fauchte Kalerid sie ungehalten an.

»Mein inneres Auge verrät mir etwas über Euch. Es ist uns vorherbestimmt, dass wir uns zusammentun.«

»Ich mit Euch zusammenarbeiten? Niemals?« Kalerid lachte heiser und bitter. »Eher sterbe ich.«

Kurena schüttelte langsam den Kopf. »Nein, wir werden Euch nicht töten. Ich sehe, dass wir für Größeres bestimmt sind.«

»Niemals«, wiederholte Kalerid stur.

»Vielleicht solltet Ihr erst einmal anhören, was ich Euch zu bieten habe.« sprach Kurena unbeirrt weiter. »Ich bin sicher, dass ich auch Euch überzeugen kann.«
Kalerid hielt dem Blick der Alten stand, antwortete aber erneut nicht.
»Meine Verbündeten und ich sind uns einig«, erklärte Kurena weiter. »Allendas hat von seinem König nicht mehr viel zu erwarten. Vielleicht ist er tot, wahrscheinlich ist aber, dass er noch am Leben ist. Aber er ist schwach. Er konnte das Land nicht gegen Euren Angriff verteidigen, weil er kurzsichtig und von sich eingenommen war. Er hat nicht auf meine Worte gehört. Allendas braucht einen Herrscher, der mehr Durchsetzungsvermögen und Weitsicht besitz. Das Land braucht eine Königin - es braucht *mich.*«
»Und was hat das alles mit mir zu tun?«, unterbrach Kalerid sie unwirsch.
Kurenas kühles Lächeln vertiefte sich. »Ihr seid ein Mann, der die Macht und den Einfluss liebt. Doch von beidem seid Ihr nun sehr weit entfernt. Ich bin in der Lage, Euch beides wieder zu verschaffen. Ihr müsst Euch nur auf unsere Seite stellen. Euer Volk hat sich gegen Euch gestellt, stellt ihr Euch also jetzt gegen Euer Volk. Ich muss das Land natürlich weiter von den Sellag säubern. Für sie ist kein Platz in Allendas. Doch ich habe vor, mit mehr Verstand an die Sache heranzugehen. Dafür brauche ich Euch. Ihr werdet mir verraten, wo eure Schwachstellen liegen. Zuerst werden wir die Dörfer in der näheren Umgebung von Alland Pera bereinigen. Es wird nicht schwer für mich sein, die Menschen von meinem Vorhaben zu überzeugen. Und je mehr kampffähige Verbündete wir auf unsere Seite bekommen, je weiter können wir das Land befreien. Bis zum Schluss alles mir gehört.« Kurena lachte heiser.
»Ihr werdet Euren Plan ohne mich durchführen müssen.« Kalerid schob sein Kinn nach vorne. »Ich werde dabei nicht mitmachen. Außerdem, wer garantiert mir, dass ihr mich nicht doch tötet, wenn ich für Euch nicht mehr von Nutzen bin?«
»Ihr werdet Euch auf mein Wort verlassen müssen«, entgegnete Kurena selbstgefällig. »Was habt Ihr für eine Wahl? Wenn Ihr Euch weigert, muss ich Euch töten lassen und wenn Ihr flieht, wird der neue Heerführer dafür sorgen, dass Euer Leben endet, um seine Position nicht zu gefährden.« Sie machte eine kurze Pause. »Und zu alledem befindet sich auch noch König Hondor in Allendas. Ihr habt ihn nicht vertrie-

ben, sondern Euch übers Ohr hauen lassen. Anstatt den König gleich zu töten, habt ihr seinen Hauptmann vertrieben. Hondor ist auf freiem Fuß und wird nicht ruhen, bis er sein Land zurückerobert hat, auch wenn ich, wie bereits erwähnt, an seinen Fähigkeiten zweifelte.« Eine weitere Pause folgte, damit das Gesagte auch richtig auf Kalerid wirken konnte. »Ich bin sicher, dass Ihr Euch noch für den richtigen Weg entscheiden werdet. Mein inneres Auge verrät mir, dass es Euer Schicksal ist und dem Schicksal kann man nicht entfliehen.«

»Ich glaube nicht an das Schicksal«, erwiderte Kalerid nur und verfluchte sich im Inneren für seine Dummheit.

»Ihr werdet es Euch noch anders überlegen.« Kurena gab Xonis und Angos ein Handzeichen. »Bringt ihn in den Kerker, damit er Zeit und Ruhe zum Nachdenken hat.«

Die beiden Männer zerrten Kalerid auf die Füße und brachten ihn hinunter in das Verlies des Schlosses. Sie sperrten ihn in eine der dunklen und feuchten Zellen und ließen ihn mit seinen Gedanken allein.

# Toranus
## X

Die Sonne stand hoch am blauen Herbsthimmel. Toranus flog mit kräftigen Flügelschlägen über das Land hinweg. Nando hielt sich an den großen, spitzen Rückenschuppen fest und schaute auf Allendas herab. Wiesen, Felder, Dörfer und Wälder wechselten sich unter ihnen ab. Die Landschaft offenbarte ein friedliches Bild - fast zu friedlich. Nirgendwo waren Menschen zu sehen. Nur in den Dörfern konnte Nando hin und wieder einen Sellag entdecken und selten konnte er auf einem Feldweg einen oder mehrere von ihnen umherziehen sehen.
Plötzlich fing eine Bewegung unter ihnen seine Aufmerksamkeit ein. Als er genauer hinsah, erkannte er überrascht, dass es drei Menschen waren. Sie rannten ungeschützt über ein braches Feld und es war nicht zu verkennen, dass sie um ihr Leben liefen. Kurz darauf sah er eine Gruppe Sellag, die ihnen dicht auf den Fersen war. Ein Stück entfernt stieg Rauch auf. Dort stand ein Haus in Flammen. Wahrscheinlich war es das Haus der Menschen.
Toranus war ebenfalls nicht entgangen, was unter ihnen vor sich ging. »Halt dich fest«, rief er Nando zu, dem es gerade noch gelang, dieser Aufforderung nachzukommen, um seinen Griff fester um die Schuppen zu schließen, als der Drache schon einen Bogen flog und es dann steil nach unten ging. Erst wenige Meter über dem Boden verlangsamte Toranus seinen Flug und näherte sich von hinten den Sellag. Diese waren zu sehr mit der Verfolgung ihrer Opfer beschäftigt, als dass sie den Drachen hätten bemerken können, der nun fast lautlos durch die Luft glitt. Erst, als Toranus über sie hinwegflog und sie dabei von den Füßen fegte, wurden sie unsanft auf ihren Widersacher aufmerksam. Sie gaben überraschte, fauchende Laute von sich, als sie sich wieder aufrappelten und ihre Schwerter in die Höhe rissen. Toranus flog ein weiteres Mal dicht über sie hinweg, bevor er auf dem Feld landete. Noch bevor die Sellag sich im Klaren darüber werden konnten, ob sie ihn angreifen oder besser fliehen sollten, nahm Toranus ihnen freundlicherweise diese schwere Entscheidung ab. Er jagte ihnen eine mächtige Flamme entgegen. Für einen Moment wurde den Sellag gewaltig heiß,

dann wussten sie, was zu tun war und ergriffen jaulend und kopflos die Flucht.
Die Menschen waren ein Stück entfernt stehen geblieben und beobachteten schwer atmend das Geschehen. Ihren Gesichtern war deutlich ihr Erstaunen anzusehen. Nando glitt von Toranus' Rücken herunter und ging ihnen ein Stück entgegen.
»Ihr braucht Euch nicht zu fürchten«, rief er ihnen zu. »Wir sind Freunde.«
Zögernd traten zuerst der Mann, dann auch die Frau und der Junge auf sie zu.
»Ihr habt uns das Leben gerettet«, sagte der Mann und neigte den Kopf. »Wie können wir Euch dafür danken?«
»Ihr braucht uns nicht zu danken«, erwiderte Nando freundlich. »Was wir getan haben, war nur selbstverständlich.«
Der Mann senkte ergriffen den Blick. Dann deutete er in Richtung der Frau und des Jungen. »Mein Name ist Irindan und das sind meine Frau Moran und mein Sohn Pogan.« stelle er sich und seine Familie vor.
»Euch hat der Himmel geschickt, Drachenreiter«, sagte die Frau und Tränen standen in ihren Augen, die sie sich beschämt mit ihrer Schürze wegwischte. »Wer seid Ihr?«
»Ich heiße Nandogral, aber meine Freunde nennen mich Nando«, antwortet dieser.
»Ist das Euer Drache?«, fiel ihm der Junge ins Wort. Langsam fiel der Schrecken von ihm ab und sein blasses Gesicht bekam wieder ein wenig Farbe. Neugierig betrachtete er Toranus.
»Der Drache gehört mir nicht. Er gehört nur sich selbst«, erwiderte Nando gutmütig. »Aber ich bin stolz, dass er mein Freund ist.«
»Mein Name ist Toranus«, fügte dieser hinzu. Den drei Menschen fiel gleichzeitig die Kinnlade herunter. Nicht nur, dass sie zum ersten Mal in ihrem Leben einem Drachen gegenüberstanden, er vermochte auch noch zu sprechen.
»Dann seid Ihr der Drache, von dem König Hondor erzählte.« Irindans Gesicht erhellte sich, als er verstand.
»Ihr habt mit König Hondor gesprochen?«, entgegnete Toranus nicht weniger erfreut.
»Ja, wir hatten die Ehre, ihm und seinen beiden Begleitern für eine Nacht Unterkunft in unserem Heim bieten zu dürfen, bevor sie ihren Weg nach Norden fortsetzten.«

»Nach Norden wollen wir auch.« Nando deutete auf das brennende Bauernhaus. »War dies Euer Heim?«, fragte er mitfühlend.
Die Familie machte einen sehr unglücklichen Gesichtsausdruck. »Ja«, antwortete Moran und erneut rannen Tränen über ihre Wangen, »wir haben alles verloren, was wir besessen haben. Jetzt haben wir nicht einmal mehr ein Dach über dem Kopf.«
»Dann kommt mit uns«, schlug Toranus kurz entschlossen vor.
Irindan schüttelte den Kopf »Nein, wir wollen Euch nicht zur Last fallen. Ihr habt uns bereits sehr geholfen.«
»Hier könnt Ihr nicht bleiben«, gab Nando zu bedenken. »Die Sellag werden zurückkommen, wenn sie erst einmal ihren Schrecken überwunden haben.«
»Und auf meinem Rücken ist genug Platz«, fügte Toranus hinzu. »Wir fliegen nach Norden und werden nach König Hondor suchen. Oder wenigstens nach einem friedlichen Platz, an dem wir verweilen können.«
»Um ehrlich zu sein«, gestand Irindan und warf dabei einen kurzen Blick zu seiner Frau, die zustimmend und ergriffen nickte, »würden wir Euer Angebot gerne annehmen. Wir würden mit Freuden von hier weg gehen, denn es gibt hier nun nichts mehr, was uns hält.«
»Dann zögert nicht und steigt auf.« Toranus duckte sich und die Menschen kletterten auf seinen Rücken. Ehe sie sich versahen, stiegen sie bereits wieder auf in die Lüfte. Die Reise ging weiter und bald überquerten sie den Pilandan und sahen stark bewaldetem Gebiet entgegen.

# Kalerid
## XV

Kalerid befand sich in der denkbar schlechtesten Situation, für einen Sellag mit seinen Idealen, Vorstellungen und Erwartungen. Einer seiner Untergebenen (derjenige, der ihm am Vertrautesten gewesen war) hatte sich gegen ihn gewandt und ihn seiner Macht beraubt. Sein Volk hielt ihn für tot und trauerte ihm wahrscheinlich keine Träne nach, und er befand sich in den Händen seiner Feinde, ohne die geringste Aussicht auf Rettung. Zudem waren ihm alle Fehler, die er seit der Nacht des Angriffs gemacht hatte, nur zu deutlich vor Augen geführt worden. Er war viel zu selbstsicher gewesen. Kurz dachte er an Marek, von dem er nichts mehr gehört hatte, seit er ihn dem falschen Mann hinterher geschickt hatte. Bereits da hatte er sich übertölpeln lassen. Aber was machte das jetzt noch für einen Unterschied? Eine kleine Genugtuung blieb Kalerid noch: Egal, ob der König sich noch in Allendas befand oder nicht, sofern er noch lebte, stand er mindestens vor ebenso vielen Schwierigkeiten wie er selbst.

Der Heerführer hockte auf einem Haufen Stroh in den Gemäuern des Verlieses. Die Luft war nicht weniger feucht und stickig als in dem Tunnel, durch den er und seine nun toten Krieger gekrochen waren. Die Zunge klebte ihm am Gaumen und sein Durst quälte ihn noch mehr als sein Hunger. Seit einer Ewigkeit hatte sich niemand um ihn gekümmert, doch er war sich sicher, dass sie ihn nicht vergessen hatten.

Kurena hatte Recht behalten. Zeit zum Nachdenken hatte er reichlich und ihre Worte gingen ihm nicht aus dem Kopf. *‚Man kann seinem Schicksal nicht entfliehen'* hatte sie gesagt. Was war, wenn sie Recht behielt? *‚Was habt Ihr für eine andere Wahl?'* hatte sie ihn gefragt und er musste sich eingestehen, dass er keine hatte. Er wollte nicht sterben, doch die einzige Möglichkeit zu überleben schien im Moment, auf ihr Angebot einzugehen.

Kalerid fragte sich, wann sie wohl kommen würden, um ihn zu Kurena zu bringen. Doch letztendlich kam Kurena zu ihm. Eine ganze Nacht war vergangen, als sie in den Kerker trat und ihn mit einem mitleidigen Blick bedachte.

»Nun, habt Ihr es Euch überlegt?«, fragte sie milde.
Kalerid hatte nachgedacht und er hatte eine Entscheidung getroffen. Er wollte so lange wie möglich überleben und schon gar nicht den Rest seines Lebens in diesem Kerker verbringen. Er musste nun eine Niederlage in Kauf nehmen, um am Ende vielleicht doch noch den Sieg erringen zu können.
»Ich werde Euer Angebot annehmen«, sagte er schlicht.
Kurena reagierte, als hätte sie keine andere Antwort erwartet. »Gut, dann sollten wir hinaufgehen und die Einzelheiten besprechen.« Sie winkte Xonis, der im Eingang stand, heran. »Nimm ihm die Fesseln ab.« Dann wandte sie sich wieder an den Sellag, während Xonis ihren Befehl ausführte. »Ich gehe davon aus, dass ihr Euch vernünftig benehmen werdet. Solltet ihr allerdings andere Pläne haben, so sei Euch gesagt, dass meine Gefolgsleute Euch beobachten und den Befehl haben, Euch zu töten, wenn Ihr Euch nicht an unser Abkommen haltet.«
Kalerid begegnete ihrem Blick gelassen und Kurena wertete dies als Zustimmung.
»Dann lasst uns gehen.« Sie drehte sich um und verließ den Raum. Kalerid folgte ihr, argwöhnisch beäugt von Xonis.

# Kurena
## II

Kurena war in ihre Gemächer im Schloss zurückgekehrt. Der Sellag hatte sich als erfreulich gesprächig erwiesen und alles über die Truppen- und Waffenstärke von Ornam, Nugran und Maranam[21] berichtet. Nun waren Xonis und Angos damit beschäftigt, alles Erfahrene niederzuschreiben und einen Angriffsplan auszuarbeiten. Für Kurena war dies der passende Zeitpunkt gewesen, sich zurückzuziehen. Die Taktik lag ihr nicht besonders und interessierte sie auch nicht. Sie hatte sich darauf beschränkt, noch eine Prophezeiung über einen siegreichen Schlachtzug zu verkünden, um damit die Moral ihres Gefolges zu stärken, und war daraufhin verschwunden.

Nun saß sie in ihren Räumen vor dem großen Kamin und starrte auf ihre faltigen, welken Hände, die sie in ihrem Schoss gefaltet hatte. Doch egal, wie lange sie versuchte, den Blick ihres inneren Auges zu schärfen, es offenbarte sich ihr nichts.

Kurena fühlte sich elend. Ihr inneres Auge war ohne Selonis schwarze Sonne, das Hos-Amulett, blind. Sie kam sich schutzlos vor ohne ihre übersinnlichen Kräfte. Niemals hatte jemand, nicht einmal die tote Königin, Hondors Mutter, erfahren, dass ihre Macht einzig und allein auf den schwarzen Stein zurückzuführen war und es lag ihr viel daran, dass dies auch so blieb.

Wie hatte sie nur so ungeschickt sein und die Quelle ihrer Kraft verlieren können? Im Trubel, der bei dem plötzlichen Auftauchen des Drachen vor der Höhle am Paratul entstanden war, hatte sie es nicht einmal bemerkt. Erst, als sie bereits weit von dem Berg entfernt waren, hatte sie mit Schrecken den Verlust festgestellt.

Wie lange würde sie es noch verbergen können? Bisher war es ihr gelungen, ihre Verbündeten zu täuschen. Mit ungenauen Vorhersagen hatte sie die Menschen blenden können. Den Ruf, den sie unter den Bürgern von Alland Pera und ganz Allendas genoss, hatte auch seinen

[21] Dabei handelte es sich um die drei Dörfer, die Alland Pera in westlicher und nordwestlicher Richtung am nächsten lagen.

Teil dazu beigetragen, dass sie ihr blind vertrauten. Ihre Prophezeiungen über ihren erfolgreichen Aufstand hatte ihnen so viel Selbstsicherheit verliehen, dass sie es wahrhaftig vollbracht hatten, die Eindringlinge zu überwältigen.
Mit der Voraussage über Kalerids Ankunft hatte sie schon weitaus mehr Glück gehabt. Es war ihr klar gewesen, dass der Heerführer eines Tages wieder in die Hauptstadt zurückkehren würde, doch als am Morgen der Sellag-Bote vom Tod Kalerids berichtet hatte, hatte sie schon fast geglaubt, ihr Schwindel würde auffliegen. Es war ihr schwer gefallen, weiterhin einen überzeugenden Eindruck zu vermitteln. Kalerid ahnte nicht mal ansatzweise, welchen Gefallen er ihr getan hatte. Den Sellag zu täuschen, war wiederum sehr viel einfacher gewesen. Ein paar logische Schlussfolgerungen und einige überzeugend klingende Worte hatten völlig ausgereicht.
Kurena gab den Versuch auf, ein Bild von der Zukunft zu erhaschen, doch ohne das Hos-Amulett war es sinnlos. Es war weit weg und wer wusste, ob sie es jemals wieder finden würde. Vielleicht brauchte sie es auch gar nicht mehr. Wenn es ihr gelang, den eingeschlagenen Weg weiter zu verfolgen und Allendas zurück zu erobern, würde es ihr gelingen, etwas in die Hände zu bekommen, dass ihr nicht nur ihre alten Fähigkeiten wiedergeben, sondern sie noch sehr viel mächtiger machen würde. Kurena wusste von dem Zweiten, dem Han-Amulett und sie wusste, wo es sich befand. Sie würde es holen und dadurch unbesiegbar werden. Sie würde die Königin sein, die Allendas brauchte.

# Hondor
## XVI

Auch der folgende Tag zog sich quälend langsam dahin. Zorina und der König verbrachten den Vormittag bei ihrem Freund Usadim. Unter der Betreuung Burrenos' und mithilfe seiner übel riechenden und nicht weniger schlecht schmeckenden Heilungstränke erholte sich der Verletzte gut, sodass die Mönche ihn an diesem Tag bereits aufstehen ließen. Seine Gefährten spazierten mit ihm die Klostergänge entlang, doch ihre Stimmung war gedrückt.

Hondor wurde zusehends übellauniger und hoffnungsloser. Sein Land befand sich noch immer unter der Knechtschaft seiner Eroberer und er war dazu verdammt, zwischen dicken Mauern auszuharren, noch immer ohne einen Plan, wie er Allendas hätte befreien können.

Auch in Zorina ging so Einiges vor. Sie wurde zunehmend unruhig. Das Gefühl, dass etwas passieren würde, wurde mit jeder Kil stärker. Doch sie konnte noch immer nicht genau erfassen, was es war. Sie hatte sich Hondor und Usadim anvertraut und die beiden vermuteten, dass sie wohl die verständliche Besorgnis über den bevorstehenden Angriff der Sellag nicht zur Ruhe kommen ließ. Zorina allerdings hatte das Gefühl, dass mehr dahinter steckte. Es war ihr unerklärlich, warum sie plötzlich von solchen Vorahnungen befallen wurde, die ihr nicht aus dem Kopf gingen. Nie zuvor hatte sie sich so viele Gedanken über die Zukunft gemacht.

An das Amulett in ihrer Tasche, die sie an ihrem Gürtel befestigt hatte, dachte Zorina schon lange nicht mehr, und selbst, wenn sie es getan hätte, hätte sie den schwarzen Stein wohl kaum mit den Dingen in Verbindung gebracht, die in ihr vorgingen.

In dieser Nacht geschah es dann. Die Sellag griffen an. Die Glocke des Klosterturms schlug Alarm und riss Hondor aus seinem leichten Schlaf, als Zorina bereits in seine Kammer stürmte.

»Es beginnt«, rief sie aufgeregt. »Wir müssen hinauf auf die Mauern!«

Hondor kam hastig auf die Beine. Sie hatten es nicht gewagt, wäh-

rend der Nacht die Kettenhemden und Sicheln abzulegen. So waren sie schnell auf der schmalen Treppe, die nach oben auf die Zinnen führte. Sie konnten den Weg mittlerweile mit geschlossenen Augen finden, doch dieses Mal herrschte großes Gedränge auf den engen Stufen. Alle Mönche hatten es eilig hinaufzukommen. Als sie endlich unter den freien Sternenhimmel traten, offenbarte sich ihnen ein wildes Durcheinander. Nun wurde klar, was die Sellag unter dem für die Okulanten undurchdringlichen Blattwerk der Bäume verborgen hielten: Lange Leitern, aus Ästen und Stämmen zusammengebunden, die bis hinauf an die Zinnen reichten, wurden an die schwarzen Steine angestellt. Die Mönche bemühten sich, sie zurückzustoßen, bevor die Sellag sie erklimmen konnten, doch es wurden immer mehr. Brennende Pfeile pfiffen durch die Luft und erschwerten den Mönchen ihre Bemühungen.
»Runter!« Hondor riss Zorina mit sich zu Boden, als ein Feuerpfeil dicht an seinem Ohr vorbei zischte. »Dort rüber!«, entschied er und deutete zur Westseite der Klostermauer, wo Bunos stand und Befehle brüllte wie ein Kriegsherr. Sie kämpften sich durch die Reihen der Mönche, die sich rund um die Mauer postiert hatten und mit Pfeil und Bogen das Feuer der Sellag erwiderten. Noch war es keinem Sellag gelungen, einen Fuß auf die Mauern zu setzen. Immer wieder mussten Hondor und Zorina sich zur Seite ducken, um den Mönchen Platz zu machen, die herbeieilten, um die Lücken in der Reihe zu schließen. Dann hatten sie endlich den Abt erreicht.
»Wie ist die Lage?«, fragte Hondor mit lauter Stimme, um die geräuschvolle Kulisse um sich herum zu übertönen.
»Seht Ihr das nicht selbst?«, entgegnete Bunos und beobachtete angestrengt das Geschehen, damit seinen Augen nichts entging. »Noch ist hier oben alles in unserer Hand, doch das Tor bereitet mir Sorgen.«
Hondor und Zorina wagten einen Blick über die Zinnen hinunter zum Hauptportal.
»Sie haben einen Rammbock«, stellte Zorina entsetzt fest. Erst jetzt hörte sie bewusst die harten Donnerschläge, die, jedes Mal, wenn er gegen das Tor krachte, die Mauern erzittern ließen.
»Wird die Blockade standhalten?«, fragte Hondor besorgt.
»Sicherlich nicht auf Dauer.« Bunos' Stimme zeigte Anspannung. Als sollten seine Worte unterstrichen werden, ertönte ein krachendes Geräusch. Im Klosterhof hatte einer der Stützpfeiler den fortwährenden Angriffen nachgeben und knickte nun laut in sich zusammen.

»Noch mehr Männer in den Hof!« brüllte Bunos über die Mauern hinweg. Hondor und Zorina konnten sehen, wie sich einige Mönche aus den Reihen lösten und die Treppe hinab eilten. Die Verbliebenen rückten zusammen, um die Lücken zu schließen.
»Sie haben jetzt mindestens dreimal so viele Männer wie wir.« Bunos' Gesicht offenbarte Sorge. »Bei Hembras, warum hat Burrenos die Rezeptur erst heute gefunden?«
Zorina und Hondor erinnerten sich darin, dass Bunos von etwas Geheimnisvollem erzählt hatte, an dem Burrenos arbeitete. Hoffentlich war es nicht bereits zu spät. Ein dumpfes Geräusch ließ sie herumfahren. Neben ihnen wurde soeben von den Sellag eine Leiter an die Mauer gestellt. Zorina zögerte nicht lange, griff danach und stemmte sich mit all ihrer Kraft dagegen, um sie zurückzustoßen. Mit Hondors Beistand und einiger Anstrengung gelang es ihr, doch der Sellag, der bereits auf den oberen Stufen gestanden hatte, setzte mit einem Sprung über ihren Kopf hinweg und sprang auf die Mauer. Die Leiter fiel zurück und die folgenden Sellag schlugen hart auf den Boden auf. Bunos hob sein Schwert, als der Sellag auf ihn zu stürzte und rammte es ihm mit einem mächtigen Hieb in die Kehle. Blutend und leblos brach der Angreifer zusammen.
»Das war erst der Anfang. Hembras steh uns bei!« rief Bunos in die Nacht. Er erspähte auf der anderen Seite seinen Waffenmeister, der die Treppe hinaufgestürzt kam.
»Alle Bögen und Pfeile sind verteilt«, vermeldete dieser mit lauter Stimme über die Mauer hinweg.
»Wie weit ist Burrenos mit seiner Arbeit, Biram?«, brüllte Bunos zurück.
»Er sagt, die Mischung sei fertig. Doch sie muss noch verpackt werden.«
»Kann ich vielleicht helfen?«, bot Zorina kurz entschlossen an. Sie kam sich im Kampfgetümmel auf den Mauern mehr störend als hilfreich vor.
»Ich bin überzeugt, dass Burrenos jede helfende Hand gebrauchen kann. Je schneller er fertig wird, umso besser«, entgegnete Bunos, »und Ihr seid in seinen Räumen auch sicherer.«
Zorina verzichtete darauf, zuzugeben, dass auch sie sich dort unten wohler fühlen würde.
»Geh, ich bleibe hier«, sagte Hondor und zog seine Sichel, als ein Stück

entfernt ein weiterer Sellag über die Mauer kam. Er stürzte davon und Zorina begann, sich den Weg zur Treppe freizukämpfen.

Schnellen Schrittes betrat Zorina Burrenos Räume in den Kellergewölben des Klosters. Dort war es so friedlich und ruhig wie beim ersten Mal, als sie dort war. Von dem erbitterten Kampf, der auf den Mauern des Klosters tobte, war nichts zu spüren. Nur sehr gedämpft konnte man das Hämmern des Rammbocks hören. Zorina blickte sich um. Ein halbes Dutzend Mönche arbeiteten an den Tischen, die sich an den Wänden des Raumes befanden. Der sezierte Sellag lag nicht mehr auf dem Tisch in der Mitte. Dafür stand nun ein großer Kessel im Raum und als Zorina hineinblickte, konnte sie sehen, dass er mit einem schwarzen Pulver angefüllt war.
»Sehr gut, ich sehe, wir haben weitere Hilfe bekommen.« Burrenos trat auf Zorina zu. Der bleichgesichtige Mann wirkte aufgeregt. »Komm, mein Mädchen, wir müssen uns beeilen. Ich habe gehört, die Lage dort oben ist sehr ernst.«
Burrenos fasste Zorina am Arm und führte sie zu einem der Tische. »Wir haben gerade begonnen, das Pulver zu verpacken«, erklärte Burrenos. »Ich zeige Euch, wie es geht.« Er nahm einen Lederbeutel von einem Stapel. »Ihr nehmt einen Beutel und füllt ihn mit zwei Händen Pulver.« Burrenos griff in einen kleineren Kessel, der ebenfalls das schwarze Pulver enthielt, und packte zwei Hand voll davon in den Beutel. »Dann nehmt Ihr ein Stück Strick.« Er nahm eines der zurechtgeschnittenen Stücke, die neben dem Stapel Lederbeutel lagen. »Und steckt es so hinein, dass es oben eine Hand breit herausschaut. Zum Schluss bindet ihr den Beutel zu und packt ihn zu den anderen in die Kiste. Habt Ihr verstanden, wie es geht?« Zorina nickte. Gerne hätte sie gefragt, wofür der ganze Zauber gut war, doch Burrenos schien keine Zeit zu haben, mehr zu erklären. »Gut, gut«, murmelte er nur und war bereits verschwunden, »wenn die erste Kiste gefüllt ist, bringt ihr sie nach oben.« hörte sie ihn hinter sich in den Raum rufen und sie griff nach dem ersten Lederbeutel.

Auf der Klostermauer spitzte sich die Lage fortwährend zu.
»Alle Pfeile sind verschossen«, hörte Hondor jemanden rufen, doch er war zu sehr beschäftigt, um sich darüber Sorgen machen zu können. Die Mönche kamen mit dem Zurückstoßen der Leitern nicht mehr

nach und die Sellag schienen einen schier unerschöpflichen Vorrat davon zu haben. Sie waren fleißig gewesen. Etlichen von ihnen war es bereits gelungen, auf den Mauern Fuß zu fassen und die Verteidiger gerieten langsam in ernsthafte Bedrängnis. Hondor war es eben noch gelungen, zwei Sellag niederzustrecken, doch nun wurde er von einem breitschultrigen Krieger an die Mauer gedrängt.
»Wann kann Burrenos uns endlich etwas liefern?«, hörte er den Abt ein Stück entfernt schreien, bevor sich erneut ein Sellag auf den Abt stürzte, doch niemand konnte ihm eine Antwort geben.
Hondor stand nun mit dem Rücken an die kalte Wand gepresst und versuchte, seine Sichel zu heben, während der kräftige Sellag, der ihn in diese verzwickte Lage gebracht hatte, sein Schwert zum vernichtenden Schlag hob. Der König kämpfte gegen das Bedürfnis an, die Augen zu schließen, als ihm klar wurde, dass sein Ende nun bevor stand, und bemühte sich weiter verzweifelt darum, seine eingeklemmte Hand zu befreien. Unerwartet stieß der Sellag einen krächzenden Laut aus. Hondor hielt es für einen Siegesschrei, bis er bemerkte, dass die Augen des Kriegers glasig wurden und er zusammenbrach. Für einen Moment starrte Hondor auf den toten Körper und dann auf die Gestalt, die sich hinter ihm offenbarte.
»Was macht Ihr hier?«, fragte der König überrascht.
»Komme ich ungelegen?«, erwiderte Usadim mit einem schiefen Grinsen.
»Ganz und gar nicht.« Hondor wischte sich den Schweiß von der Stirn. Es war wohl ein ungünstiger Moment, Usadim zu ermahnen, dass ihm Schonung verordnet worden war. »Ihr habt mir das Leben gerettet.«
»Ihr dachtet doch nicht, dass ich mir das entgehen lasse.« Usadim blickte sich suchend nach seinem nächsten Opfer um. »Außerdem habe ich mit diesen Kerlen noch eine Rechnung offen.«
»Passt auf Euch auf!« Hondor klopfte seinem Gefährten freundschaftlich auf die Schulter und Usadim nickte.
Sie kamen nicht dazu, mehr Worte auszutauschen, denn sie wurden im Kampf gebraucht. Hondor eilte hinüber zu Bunos, der gerade von zwei Sellag attackiert wurde, und Usadim fasste nach einer Leiter, die neben ihm an die Mauer angelehnt wurde.

»Bringt sie nach oben!«, rief Burrenos, als die erste Kiste mit gefüllten Ledersäckchen voll gepackt war. »Bunos weiß, was damit zu tun ist.«

Unermüdlich füllten Zorina und die Mönche das schwarze Pulver in weitere Beutel und verschnürten sie. Der Inhalt des großen Kessels in der Mitte des Raumes war bereits zu Hälfte aufgebraucht. Zu gerne hätte Zorina gewusst, was es mit diesem geheimnisvollen schwarzen, körnigen und glänzenden Pulver auf sich hatte. Burrenos schlich immer wieder im Raum umher und ermahnte sie, achtsam damit umzugehen und damit nicht zu nah an das Feuer heranzukommen.
»Was ist das?«, fragte sie den Mönch zu ihrer Linken, als sie nach einem Beutel von seinem Stapel griff. Ihr Stapel war bereits aufgebraucht.
»Mondernas Burrenos nannte es *Feuerpulver*«, entgegnete der Mönch knapp und arbeitet verbissen weiter.
»Aha.« Zorina füllte erneut zwei Hand voll von dem so genannten Feuerpulver in ihren Beutel. Viel schlauer war sie nun auch nicht.

»Die schickt Euch Mondernas Burrenos«, meldete einer der beiden Mönche, die die Kiste neben Bunos auf den Boden aufsetzten. Der Abt musste mehrmals tief durchatmen, bevor er antworten konnte. Gerade eben hatte er einen weiteren Sellag mit einem wuchtigen Hieb über die Klostermauern befördert.
»Sehr gut«, sagte er schnaufend, »werdet ihr mir noch mehr davon bringen?«
»Die nächste Kiste ist bereits in Arbeit«, antwortete der junge Mönch.
»Bringt auch welche in den Hof«, ordnete Bunos an. »Das Tor wird vielleicht nicht mehr lange standhalten.«
Die beiden Mönche bestätigten den Befehl nickend und eilten wieder zurück in die Kellergewölbe.
Bunos nahm eines der kleinen Säckchen in die Hand und betrachtete es prüfend.
»Biram«, rief er zu seinem Waffenmeister hinüber, »bringt mir eine Fackel.«
Hondor beugte sich gerade weit über die Mauer, zur Innenseite des Klosterhofes. Der Sellag, den er soeben erledigt hatte, war durch einen unglücklichen Zufall hinunter gestürzt. Der König war besorgt, dass er womöglich einen der Mönche erschlagen hatte. Als Bunos nach ihm rief, richtete er sich auf und blickte zu ihm herüber.
»Kommt her!« Bunos deutete ihm, näher zukommen. »Ich möchte Euch etwas zeigen.«
Hondor begann, sich zu Bunos durchzukämpfen, und Usadim, der nicht

weit entfernt gestanden hatte, folgte ihm, nicht weniger neugierig. Sie kamen nicht besonders gut voran. Immer wieder stellten sich ihnen angriflustige Sellag in den Weg und als sie Bunos endlich erreicht hatten, war Biram mit der befohlenen Fackel ebenfalls schon dort.

»Was ist das?« Hondor warf einen fragenden Blick auf den Lederbeutel in Bunos Hand.

»Das werde ich Euch zeigen«, erwiderte Bunos mit einem geheimnisvollen Blick. »Ich muss mich nur an Burrenos' Anweisungen halten.« Er nahm Biram die Fackel aus der Hand und hielt die Flamme an das Stück Strick, das aus dem zusammengeschnürten Beutel herausragte. Der Strick fing Feuer und begann langsam abzubrennen. Hondor, Usadim und Biram folgten dem Tun des Abtes mit neugierigen und ratlosen Blicken. Dann sprangen sie überrascht einen Schritt zurück, als Bunos ausholte und den Beutel über die Mauer schleuderte. Nichts geschah. Die drei Beobachter ließen den, vor Spannung angehaltenen Atem, langsam entweichen. Enttäuschung spiegelte sich auf ihren Gesichtern wider.

»Das war wohl...« Hondor konnte seinen Satz nicht beenden.

Ein gewaltiger Donnerschlag übertönte die Kampfgeräusche und die Wucht der Explosion ließ den Waldboden erzittern. Einen Moment lang, schien hinter dem Rand der Mauern der Boden in Flammen zu stehen.

Sofort stürzten sie an die Mauer, um zu sehen, was geschehen war.

»Bei Hembras!«, kam es über Birams Lippen, als er die Verwüstung sah. Einige Zelte waren durch den Druck zusammengebrochen, manche hatten Feuer gefangen. Dazwischen irrten verwirrte Sellag umher. Ihre überraschten und entsetzten Rufe waren bis oben auf die Klostermauern zu hören. Die sellagischen Kommandanten brüllten Befehle, in dem Versuch, die Lage wieder unter Kontrolle zu bekommen.

Für einen Moment war das Kampfgetümmel auf der Klostermauer zum Erliegen gekommen. Jeder, sowohl Menschen als auch Sellag, schien sehen zu wollen, was geschehen war. Doch bald setzten die Kriegsgeräusche wieder ein.

»Das hat mächtig eingeschlagen«, sagte Usadim andächtig.

»Los, wir müssen noch mehr von diesen Wunderdingern entzünden.« Hondor riss sich vom Anblick der zerstörten und brennenden Zelte los und rannte zurück zur Kiste. »Es muss auch jemand auf die andere Seite gehen.«

»Ich werde es tun!«, entschied Usadim schnell und legte die Hälfte der Lederbeutel aus der Kiste heraus. Dann nahm er sie mit den Verbliebenen auf.
»Und ich werde eine weitere Fackel besorgen und ihm helfen«, fügte Biram hinzu.
Die beiden machten sich auf den Weg. Biram ging vor, um Usadim, der die Kiste trug, den Weg freizuhalten.

Zorina gab einen erstickten Laut von sich, als der Boden erzitterten. Der Donnerschlag drang gedämpft durch die dicken Mauern. Alle stockten.
»Es ist gelungen.« Auch Burrenos hatte mit seinem unermüdlichen Umherwandern aufgehört und klatschte in die Hände. Mit seinen trüben Augen blickte er nach oben, als könne er durch die Wände sehen, was dort geschah. Einen Augenblick blieb er so andächtig stehen, dann begann er wieder umherzulaufen.
»Los, macht weiter. Wir müssen fertig werden«, rief er den erstarrten Gestalten zu, die noch immer nicht wussten, was sie von alldem zu halten hatten. Zorina war nun mulmig zumute. Eine Mischung aus kaum noch bezähmbarer Neugier und Furcht saß in ihrer Magengegend und ließ ihr Herz rasen. Der letzte Rest des schwarzen Pulvers aus dem großen Kessel war gerade verteilt worden und sie machte sich wieder an die Arbeit. Sie wollte fertig werden, um endlich wieder nach oben zu kommen und zu sehen, was dort geschah.
Burrenos schlich weiter umher und er schien auf etwas zu lauschen. Gut zwei Kils waren seit der Erschütterung vergangen.
»Was ist?«, murmelte er ungeduldig. »Warum machen sie nicht weiter?«
Als wären seine Worte oben auf den Klostermauern erhört worden, erschütterte eine erneute Explosion die Gewölbe. Kurz darauf folgten eine weitere und einige Zeit später wieder zwei. Dann kamen sie unaufhörlich in regelmäßigen Abständen. Zorina arbeitete, so schnell sie konnte.

Zwei Mönche trugen die Kiste mit den letzten Beuteln hinauf auf die Wehrmauer. Zorina war ihnen dicht auf den Fersen. Auf der anderen Seite des viereckigen Bauwerks erspähte sie Hondor und begann, sich mühsam zu ihm durchzuschlagen. Als sie ihn erreicht hatte, erfuhr sie endlich, was man mit dem geheimnisvollen Feuerpulver vollbringen konnte. Hondor entzündete in dem Moment, als sie hinter ihn trat, einen weiteren Strick an der Fackel, die ihm Bunos entgegenhielt, und schleuderte den Beutel über die Mauer. Der Boden erbebte, als das Pulver explodierte und eine Feuerwelle erhellte den Wald unter ihnen. Zorina empfand Entsetzen und Begeisterung zugleich.

Zweimal fünfzig Kils später waren alle mit Feuerpulver gefüllten Lederbeutel aufgebraucht, doch die Schlacht war noch nicht entschieden. Die Zahl der Sellag hatte sich zwar merklich vermindert, doch sie gaben ihre Versuche, die Klostermauer zu stürmen, nicht auf. Einige hatten bereits auf der Wehrmauer festen Fuß gefasst. Die Kräfte der Mönche waren nach dem langen, erbarmungslosen Kampf erschöpft. Das Sellaglager war zum größten Teil niedergebrannt und zerstört, doch dies schien die verbliebenen Sellag nur noch mehr in ihrem Willen zu bestärken, das Kloster einzunehmen.
Bunos empfand es als einen ihre größten Erfolge dieser Schlacht, dass es ihnen gelungen war, den Rammbock der Sellag zu zerstören und damit das stark angeschlagene Klostertor vor dem Durchbruch zu schützen.
Doch als die Explosionen endeten, stellte sich heraus, dass der Abt Hembras zu früh für diesen Erfolg gedankt hatte. Aus dem Wald brachten die Sellag einen neuen Rammbock und kurz darauf setzten die schweren Schläge gegen das geschwächte Tor wieder ein. Biram brachte die niederschmetternde Nachricht, dass keine weiteren Holzpflöcke mehr aufzufinden waren, mit denen sich das Tor weiter abstützen ließ. Bunos seufzte schwer.
Weitere fünfzig Kils vergingen, dann gab das Tor seinen Widerstand auf und die Sellag fielen in den Hof ein. Die Mönche erwarteten sie mit gezogenen Schwertern und die Schlacht, die nun entbrannte, war noch bitterer und härter als das, was sich auf den hohen Mauern abgespielt hatte.

»Seht nur«, rief Pogan plötzlich und deutete mit dem Finger nach unten, wobei er sich so weit vom Rücken des Drachens herunterbeugte, dass sein Vater ihn festhalten musste, damit er nicht fiel. »Dort unten wird gekämpft.«
Der Drache und die vier Menschen auf seinem Rücken sahen die Festung aus dem tiefschwarzen Hemalton und das niedergebrannte Lager davor.

»Das ist das Bernam-Kloster«, stellte Irindan fest. »Scheint, als hätten sie sich noch nicht ergeben.«
»Aber sie sind in starker Bedrängnis«, deutete Nando die Kampfszenen, die sich unter ihnen im Klosterhof abspielten. »Wir müssen ihnen zu Hilfe kommen.«
Das brauchte Nando Toranus nicht zweimal zu sagen. Der Drache senkte sich bereits in engen Kreisen nach unten.

Oben, auf den Mauern, war es ruhiger geworden. Nachdem das Tor durchbrochen worden war, hatten die Sellag den Versuch, das Kloster über die hohen Mauern zu erstürmen, aufgegeben und beschränkten sich nun auf den einfacheren Weg. Bunos hatte den größten Teil der Mönche nach unten in den Hof befohlen. Jetzt waren nur Hondor, Usadim, Zorina, Biram und Bunos selbst zurückgeblieben, um die Mauern von den letzten dort verbliebenen Sellag zu befreien, während sich die Verteidigungsfront in den Hof verlagert hatte.
Hondor hatte soeben den letzten Sellag über die Mauer gestoßen, als er bemerkte, dass Bunos gebannt zum Himmel blickte, als hätten sich ihm dort Hembras und Enimeda persönlich offenbart.
»Was mag das sein?«, fragte der Mönch.
Hondor folgte dem Blick des Abtes und sah, wovon Bunos sprach. Dort oben zeichnete sich gegen die ersten Sonnenstrahlen des neuen Tages eine schwarze Gestalt ab. Sie besaß zwei weite Schwingen und einen langen, kräftigen Schwanz.
»Ich denke, ich weiß, wer das ist«, erwiderte Hondor. Wäre er dem Drachen noch nicht begegnet, wäre er wahrscheinlich nicht weniger überrascht gewesen wie Bunos. »Er ist ein Freund.«
Mittlerweile blickten nicht nur Hondor und Bunos, sondern auch die anderen dem Drachen entgegen, der zu ihnen herunter glitt.
»Bei Hembras, es ist ein Drache!«, stieß Biram hervor, als er nur noch wenige Barret über ihnen war. Dann setzte er auf der Mauer auf.
»Seid gegrüßt«, sagte Toranus zu Zorina, Hondor und Usadim, die sogleich auf ihn zukamen. Die beiden Mönche folgten nach einigem Zögern. »Es scheint, Ihr könnt Hilfe gebrauchen.«
»Toranus, ich bin froh, dich zu sehen.« Hondor gab dem Drachen vor Erleichterung einen freundschaftlichen Klaps auf die Flanke. »Die Sellag haben das Tor durchbrochen und sind bereits in den Hof vorgestoßen.«

»Ich habe ein paar Freunde mitgebracht. Ich glaube, einige davon dürften Euch bekannt sein.« Toranus wandte sich an die Menschen auf seinen Rücken. »Ihr steigt nun wohl besser herunter. Ich habe zu tun.«
Die Menschen glitten von Toranus' Rücken herab und sogleich spannte der Drache wieder die Schwingen und erhob sich, um in den Klosterhof hinab zu stoßen. Den auf den Mauern zurückgeblieben Menschen blieb nicht viel Zeit, sich zu begrüßen. Nach kurzem Schulterklopfen siegte dann doch die Ungeduld über die Höflichkeit.
»Lasst uns sehen, was geschieht«, rief Hondor und alle eilten die schmale Treppe hinab in den Hof.
Im Schutz des überdachten Kreuzganges blieben sie stehen. Toranus war bereits dabei, das Kampfgeschehen zu bestimmen. Mönche und Sellag waren bei dem plötzlichen Auftauchen des Drachen auseinander gesprungen. Die Mönche hatten sich an den Rand des Hofes und in den Kreuzgang zurückgezogen. Noch waren sie unschlüssig, was sie von dieser Wendung des Geschehens halten sollten.
Einige der Sellag hatten, als der Drache seine erste Flamme ausstieß, verschreckt den Rückzug angetreten. Andere, die in ihrem Kampfesrausch völlig gefangen waren, wagten es, sich ihm entgegen zu stellen. Toranus, für den Gefechte mit den Sellag fast schon zur Gewohnheit geworden waren, beeindruckte das kaum. Er ließ sie die Wucht seines Schwanzes und die Hitze seines Feuers spüren, bis schließlich auch der Mutigste einsah, dass er sich vorerst geschlagen geben musste, und die Flucht ergriff. Toranus verfolgte sie noch ein Stück hinaus, kehrte dann aber zurück und verharrte im Torbogen.
»Es ist wohl besser, wenn ich den Eingang bewache, bis ihr das Tor wieder zusammengezimmert habt«, sagte er zu den versammelten Mönchen, die nun langsam wieder aus dem Schutz des Kreuzganges hervorkamen.

# Herras
## XVII

Drei Tage waren vergangen. Die Nächte hatten sie in Morborn, Wernborn und Borneborn verbracht und Herras hatte feststellen müssen, dass alle Städte in Lohringen dieselbe einfache, geradlinige und öde Beschaffenheit aufwiesen. Es schien, als wären sie der Landschaft angepasst worden.
Die Luft wurde kälter und der Wind rauer, je weiter sie nach Norden kamen. Doch die triste, eintönige Landschaft Lohringens veränderte sich kaum. Der Boden blieb unfruchtbar und hart. Zur Mittagszeit des vierten Tages tauchte eine Stadt am Horizont auf. Schon von Weitem konnte man über das flache Land hinweg erkennen, dass sie deutlich größer war als die Orte, die sie bisher besucht hatten.
»Das ist Rogenborn«, erklärte ihnen Worrenz von Husand. »Man kann bereits die Türme von Rogenpas sehen, der Burg unseres Königs.«
Herras seufzten erleichtert auf. War er auch des Laufens überdrüssig gewesen, so erwies sich das lange Sitzen als deutlich schmerzhafter.
Die Wagen näherten sich Lohringens Hauptstadt und mit jedem Barret, das sie zurücklegten, schnürte sich Hondors Kehle mehr zusammen. Die nächste Aufgabe lag vor ihm. Doch er wusste nicht, wie er den König von Lohringen überzeugen sollte, ihm zu helfen.
Eine hohe Mauer umschloss die Stadt und versperrte den Blick auf die niedrigen Häuser, doch Rogenpas mit seinen beiden dicken, grauen Türmen erhob sich hoch darüber hinaus. Auch die Burg glich dem Land. Ihre Mauern bestanden aus grob behauenen, grauen Steinen, denen jede unnötige Verzierung fehlte. Das gesamte Bauwerk wirkte massiv, mächtig und uneinnehmbar.
Sie passierten das Südtor der Stadt und holperten durch die gepflasterten Straßen. Rogenborn unterschied sich kaum von den Orten, die sie bereits gesehen hatten. Die Häuser, aus denselben grauen Steinen gebaut wie ihre Burg und mit Schieferdächern gedeckt, standen gerade und geordnet an den Straßen aufgereiht. In Rogenborn gab es keine verwinkelten Gässchen, keine farbenfrohen und gepflegten Vorgärten und keine Verzierungen an den Häusern, wie es in Allendas üblich

war.
Sie fuhren in den weitläufigen Burghof ein und die Kutscher brachten die Fuhrwerke vor der breiten Treppe, die hinauf zum Eingangsportal führte, zum Stehen. Die Diener begannen sogleich, die Waren abzuladen. Worrenz von Husand und Warrenas von Torrand, die beiden letzten verblieben Abgesandten, stiegen mit den vier Reisenden vom Wagen.
»Leider muss ich mich nun von Euch verabschieden.« Warrenas von Torrand verneigte sich vor seinen Begleitern. »Es liegt noch ein gutes Stück Weg vor mir. Sobald meine Waren verladen sind, werde ich die Reisen in meine Heimat Lamborn antreten. Für Eure Aufgabe wünsche ich Euch viel Glück und Erfolg.«
Die vier Gefährten verabschiedeten sich von Warrenas von Torrand und wünschten auch ihm alles Gute für seine weitere Reise. Worrenz von Husand umarmte seinen Gefährten zum Abschied herzlich. Dann wandte er sich an Herras und dessen Kameraden.
»Kommt! Ich werde Euch zu König Durendas führen, damit Ihr ihm Euer Anliegen vortragen könnt.« Der Abgesandte erklomm die Stufen zum Portal und die Wachen öffneten das Tor. Die vier Fremden konnten ihre argwöhnischen Blicke auf sich spüren, als sie hinter Worrenz eintraten.
Die Gänge im Inneren der Burg waren breit, aber dunkel. Es gab nur wenige Fenster. Dafür erhellten Fackeln die langen Flure. Auch wenn die Lohringer nicht viel von Kunst zu halten schienen, so hatten zumindest die Bewohner dieses Bauwerks wohl eine besondere Vorliebe für die Malerei. Die rohen Wände waren dicht an dicht mit Gemälden behangen. Landschaftsbilder, Porträts und Stillleben hingen dort in einem Überfluss, der erdrückend wirkte.
Sie folgten Worrenz schweigend, bis er vor einer hohen Tür mit feinen Schnitzereien stehen blieb. Den davor postierten Wachen schien er bekannt zu sein, denn sie nickten ihm grüßend zu.
»Meine Begleiter sind Freunde«, sagte Worrenz, als ihr Blick misstrauisch auf Herras und die anderen Reisenden fiel. »Es ist ihr Wunsch, vor dem König zu sprechen.«
Die Wachen vertrauten offensichtlich Worrenz' Worten, denn sie öffneten die Türen ohne weitere Fragen. Dahinter offenbarte sich ihnen der Thronsaal von Rogenpas. Es war ein lang gestreckter, wenig möblierter Raum, mit ausladenden Gemälden an den Wänden und großen

Fenstern. Der vollkommen aus Stein gehauene Thron befand sich auf der gegenüberliegenden Seite und darauf saß der König von Lohringen. Zwei Wachen standen ihm zur Seite.
Während sie den Raum durchquerten, konnte Herras erkennen, dass der König bereits hoch in den Jahren stand. Sein Gesicht war faltig und eingefallen. Sein weißer Bart reichte ihm bis auf seinen Schoss. Trotzdem saß er gerade und würdevoll auf seinem Thron. Seine Schultern waren breit und gestrafft. Sie zeugten von der Kraft, die er einst besessen haben musste.
»Mein König!« Worrenz' Stimme klang ehrfurchtsvoll, als er vor seinem Gebieter auf die Knie ging. Herras, die beiden Lemberusken und auch der Sellag blieben ein Stück zurück, folgten aber, ohne zu zögern, Worrenz' Beispiel. Sie hielten den Kopf gesenkt, während der König sie aus seinen klaren, blauen Augen musterte.
»Steht auf!« Seine Stimme war tief und volltönend. »Ich bin froh, dass ihr wieder zurück seid, Worrenz. Die Zeit wurde mir lang so alleine. Ich bin gespannt auf Eure Erzählungen.«
»Ihr ehrt mich, mein König.« Worrenz klang ehrlich gerührt.
»Doch sagt mir, wen bringt Ihr mir dort?«, fragte der König in einem munteren Tonfall weiter, den sein Erscheinungsbild nicht hatte vermuten lassen. Er musterte die vier Reisenden weiterhin neugierig und ohne Argwohn. Gerade an Marek blieb sein Blick lange hängen. »Eure Begleiter erscheinen mir fremdartig.«
»Es sind Freunde«, beeilte sich Worrenz zu sagen. »Das sind Herras aus Allendas, seine Gefährten Maleris und Merit aus Lemberus und Marek aus dem weit entfernten Gerland-Gebirge. Sie kommen, um ein Anliegen vor meinem König vorzubringen.«
»Dann sprecht.« Durendas deutete ihnen, ein wenig näher zu treten.
Herras trat vor die drei Stufen, die hinauf zum Thron führten, und verneigte sich erneut. »Ich komme mit der Bitte eines verzweifelten Mannes zu Euch, mein König«, begann er mit rauer Stimme. Er spürte, wie sein Mund trocken wurde und sich ein Kloß in seiner Kehle bildete. Es war ihm nur allzu gut bewusst, dass nun alles von der Wahl seiner Worte abhing. »Mein Land, Allendas, befindet sich in größter Not. Wir wurden hinterhältig von einer gewaltigen Streitmacht überfallen. Viele Allendasser wurden getötet und diejenigen, die überlebten, wurden gefangen genommen und versklavt. Nun befindet sich Allendas in der Hand der Eroberer und es ist uns nicht möglich, aus eigener Kraft ge-

gen die Belagerung anzukämpfen. Wir benötigen Hilfe, bevor unser ganzes Volk zugrunde geht. Nur durch Zufall gelang es mir, zu flüchten und nur durch die Unterstützung meiner Kameraden konnte ich den weiten Weg hierher zurückzulegen, um Euch um diese Hilfe zu ersuchen. Ich habe gehört, Ihr besitzt große und mächtige Truppen. Eure Männer sollen gewandte Kämpfer und furchtlose Krieger sein. Ich bitte Euch, mit uns gegen die Eindringlinge in die Schlacht zu ziehen.«

Der König schwieg lange - beinahe schmerzlich lange. Herras fürchtete, an dem Knoten in seinem Hals zu ersticken. Dann brummte Durendas kurz unter seinem dichten Bart hervor. »Ich bedauere das Schicksal Eures Landes, Herras«, sagte er schließlich. »Doch ich bin nicht in der Lage, Euch unsere Hilfe zuzusagen. Ich bin alt. Meine besten Jahre sind lange vorbei. Ich selbst kann kaum noch etwas ausrichten. Meine Söhne Derias und Dorian sind mit ihren Truppen in den Osten und den Norden gezogen. Auch unser Land hat Feinde. Unsere Nachbarn im Norden versuchen, uns unsere fruchtbaren Landstriche streitig zu machen und von Osten kommen sie, um unsere Minen zu plündern. Ich weiß nicht, wann unsere Krieger zurückkehren werden. Vielleicht schon morgen, vielleicht aber auch erst in einem Monat oder in einem Jahr. Gerne würde ich Euch helfen, doch es liegt nicht in meiner Macht.«

Herras war nicht in der Lage, etwas zu antworten. Er fühlte sich, als wäre soeben der Himmel über ihm eingestürzt. Wenn er gar ein Jahr warten musste, dann wäre wohl alles zu spät.

Merit trat nach vorne und auch Maleris folgte ihm. Sie legte den Arm um Herras Schulter, aus dessen Gesicht jegliche Farbe gewichen war. Merit verbeugte sich vor dem König, bevor er das Wort ergriff.

»Wir danken Euch für Euer Mitgefühl und Euer Verständnis, mein König«, sagte er in freundlichem, diplomatischem Tonfall. »Es ist bedauerlich, dass es Euch nicht möglich ist, uns zu helfen, doch wir können Eure Gründe gut verstehen.«

Der König blickte mit mitleidigem Blick zu ihnen hinunter.

Herras hätte sich am Liebsten einfach auf dem Absatz herumgedreht und wäre gegangen. Es war ihm egal, wohin. Eigentlich war nun alles egal, doch Maleris hielt ihn mit sanfter Gewalt fest.

»Bleibt in meiner Burg«, sagte Durendas. »Ich gewähre Euch Unterkunft, so lange ihr sie in Anspruch nehmen möchtet. Gerne könnt Ihr auf die Rückkehr der Truppen warten, wenn Euch dies nicht sinnlos erscheint. Ruht Euch aus. Eurer Weg war weit.«

»Wir nehmen Euer Angebot nur zu gerne an«, entgegnete Merit dankbar. »Noch können wir nicht absehen, wie lange wir bleiben werden. Wir müssen besprechen, was nun zu tun ist, aber ein wenig Ruhe können wir gut gebrauchen.«
Durendas nickte gütig. »Worrenz, zeigt unseren Gästen einige angenehme Gemächer im Südflügel.«
»Gerne, mein König.« Worrenz von Husand führte die vier Reisenden aus dem Thronsaal. »Ich bedauere, dass die Begegnung mit König Durendas nicht so verlaufen ist, wie Ihr es Euch erhofft habt«, sagte er, als sie durch die langen Gänge gingen. »Ich kann Euren Schmerz gut verstehen.« Sein Blick streifte Herras, dessen Miene noch immer versteinert war. »Doch Ihr seht, auch in Lohringen ist die Lage nicht einfach.«
Sie erreichten den Südflügel der Burg und Worrenz zeigte jedem von ihnen eine Kammer. Es waren schöne große Räume, voll gehängt mit den herrlichsten Bildern. Doch Herras hatte kein Auge dafür, als er die Tür hinter sich verschloss und sich auf das breite Bett warf, wo er sein Gesicht in den Kissen vergrub.

Am Abend lud König Durendas sie zu sich an die Tafel ein. Er ließ die köstlichsten Speisen auftragen, die Herras seit dem großen Sommerfest in Alland Pera gesehen hatte, trotzdem brachte er kaum einen Bissen hinunter.
Der König war unverkennbar erfreut über die Gelegenheit, endlich einmal wieder Gäste in seiner Burg bewirten zu können. Er schien sich in seiner Festung einsam zu fühlen und umso lieber unterhielt er sich mit seinen Gästen.
Herras war jedoch nicht sonderlich nach Reden und Erzählen zumute, was zu seiner Erleichterung auch nicht weiter auffiel, denn der größte Teil der königlichen Aufmerksamkeit lag ohnehin bei den beiden Waldmenschen und dem Sellag. Worrenz hatte seinem König bereits am Nachmittag alles über seine Reise und die getätigten Geschäfte erzählt. Durendas schien begeistert und wiederholte mehrmals, wie zufrieden er mit den erworbenen Waren sei, die Worrenz ihm gebracht hatte.
Dann staunte der König nicht schlecht, als er von Merit und Maleris erfuhr, welche Unterschiede es zwischen den nördlichen und den südlichen Stämmen in Lemberus gab und als sie ihm anschließend von ihrem Erlebnis mit den Grunen berichteten, begannen seine Augen zu

glänzen.
»Da habt Ihr ein wahres Abenteuer erlebt«, meinte er ein wenig wehmütig. »In meiner Jugend sind auch mir einige wunderliche Dinge widerfahren. Ich war oft im Krieg und ich habe mein ganzes Land bereist. Doch jetzt bin ich alt und ich habe das Kriegführen und das Reisen meinen Söhnen überlassen. Meine Knochen wollen einfach nicht mehr. Doch manchmal, wenn ich alleine durch meine Burg wandele, dann denke ich daran, einfach mein Pferd zu nehmen und noch einmal in ein Abenteuer zu ziehen, und wenn es auch das Letzte sein möge.«
Für jemanden, der gerade eine so lange und beschwerliche Reise hinter sich gebracht hatte wie Herras und seine Gefährten, waren die Gedanken des Königs nicht leicht nachzuvollziehen und so schwiegen sie. Alles, was sich Herras im Moment wünschte, war etwas Ruhe und Frieden und befreit zu sein von seinen nagenden Sorgen.
Unbeirrt davon wandte sich Durendas nun an Marek. »Für meine Augen ist Euer Aussehen befremdlich«, sagte er frei heraus. »Sagt mir, Herr Sellag, sehen alle Eures Volkes so aus wie Ihr?«
Marek zuckte zusammen, als ihn der König direkt ansprach und ihn damit aus seinen Gedanken riss. Herras beobachtete ihn unauffällig und fragte sich, worüber der Sellag wohl die ganze Zeit nachgrübelte. Bereits während der letzten Tage war er sehr still und ungewöhnlich friedlich gewesen. Ob er wohl immer noch nach einer Möglichkeit suchte, nach Allendas zurückzukehren und seinen Heerführer zu warnen oder vielleicht etwas anderes ausheckte?
»Ja, alle Sellag sehen so aus wie ich«, antwortete er schließlich.
»Ist es nicht ein sehr beschwerliches Leben im Hochgebirge?«, fragte der König weiter und seine lebhaften Augen musterten den Sellag neugierig.
»Nun, wir haben uns an das, was uns gegeben wurde, angepasst«, entgegnete Marek und wurde ein wenig zugänglicher. Es schien ihm zu gefallen, dass sich endlich jemand auch für ihn interessierte. »Wir leben in einem gut und weit ausgebauten Höhlensystem und unsere Herden grasen auf den Hochweiden. Unser Holz holen wir aus den Wäldern unterhalb der Baumgrenze und unser Wasser bekommen wir von den klaren Gebirgsquellen. Es fehlt uns an nichts.«
»Ihr müsst ein sehr genügsames Volk sein, wenn ihr Euch nicht nach besserem Land sehnt.«
Marek schluckte und seine Gefährten betrachteten ihn mit sowohl ver-

ärgerten als auch erwartungsvollen Blicken. Doch sie hielten sich an ihr Abkommen, das sie bereits in Lemberus getroffen hatten, und verrieten den Sellag nicht. Herras war sich sicher, dass ihm noch früh genug die gerechte Strafe zukommen würde.
Marek überlegte indes angestrengt, was er antworten sollte. Er konnte und wollte König Durendas wohl kaum antworten, dass sich sein Volk lange nicht so ergeben mit seinem Schicksal abgefunden hatte, wie dieser annahm. Dass sie sehr wohl nach besserem Leben strebten und dass dies genau der Grund war, warum sie Allendas überfallen und an sich gerissen hatten. Überrascht stellte Marek fest, dass er nun den Stolz vermisste, den er bei dem Gedanken an ihren Sieg stets gefühlt hatte und plötzlich kam ihm die Tat seines Volkes gar nicht mehr so großartig vor.

Nachdem das Abendmahl beendet war, zogen sie sich in ihre Räume zurück, doch Herras war nicht zum Schlafen zumute. Der Südflügel besaß einen Balkon, der von allen Kammern aus erreichbar war und Herras trat durch die Tür seines Gemachs hinaus in die kühle Abendluft. Er setzte sich auf eine niedrige Steinbank, die unter seinem Fenster stand, und starrte hinaus in die Nacht. Seine Gedanken waren weit entfernt in Allendas. Wie sah es wohl in seiner Heimat aus? Hatten die Sellag bereits das Land dem Erdboden gleich gemacht oder hatten sie es dabei belassen, die Städte zu besetzen? Lebte sein Freund und König Hondor noch? Gab es überhaupt noch Überlebende seines Volkes oder war er vielleicht der letzte Allendasser? Oder war alles anders und Hondor hatte gar einen Weg gefunden, die Eindringlinge zu verjagen oder auszurotten?
Der Balkon lag nach Süden (wie der gesamte Flügel, woher er wahrscheinlich auch seinen Namen hatte) und Herras blickte angespannt zum dunklen Horizont. Wie sehr wünschte er sich, seine Augen könnten die Dunkelheit durchdringen und über das weite Land hinweg einen Blick auf Allendas werfen, um zu sehen, ob nicht alles umsonst war, was er und seine Kameraden durchgemacht hatten. Für einen Moment dachte Herras daran, Durendas am nächsten Morgen einfach um ein Pferd zu bitten und nach Allendas zurückzukehren, egal, welches Schicksal ihn dort erwarten würde. Vielleicht war alles besser als diese zermürbende Ungewissheit. Frustriert fuhr er sich durchs Haar und verwarf den Gedanken wieder.

Herras hatte bereits viele Kils dort in der kühlen Nachtluft gesessen, als er das Öffnen einer Tür vernahm und jemand nach draußen trat. Es war Marek. Den Sellag hätte Herras am allerwenigsten erwartet. Er schien den Menschen, der im schwarzen Schatten der Mauer saß, nicht bemerkt zu haben, denn er trat an die Brüstung heran und blieb dort stehen. Herras beobachtete ihn eine Weile.

»Die kühle Luft macht den Kopf frei und hilft beim Nachdenken, nicht wahr?«, sprach Herras ihn schließlich an.

Der Sellag zuckte zusammen und blickte in die Richtung, aus der die Stimme gekommen war. Seine Augen irrten einen Moment durch die Dunkelheit, bevor er den Menschen ausmachen konnte.

»So schreckhaft in letzter Zeit?«, fuhr Herras fort. »Woher rührt das?«

»Darf man sich nicht erschrecken, wenn man unerwartet von hinten angesprochen wird?«, entgegnete Marek gereizt.

Sah es nur so aus oder fühlte sich der Sellag ertappt?

»Dafür gibt es eigentlich keinen Grund, es sei denn, man hat etwas zu verbergen oder plant etwas, von dem andere nichts wissen sollen.« Herras genoss das Gefühl der Überlegenheit, das er in diesem Moment verspürte.

»Ich kann dir versichern, dass ich weder etwas plane, noch verberge«, entgegnete Marek brüsk. »Doch glauben wirst du es mir ohnehin nicht.«

»Wenn du es mir sagst, glaube ich es auch.« Ob das nun der Wahrheit entsprach oder nicht, behielt Herras für sich. »Wir sind doch schließlich Kameraden. Wir würden uns doch niemals hintergehen.« Seine Stimme hatte einen Unterton, den Marek nicht so recht deuten konnte. »Also kannst du mir auch verraten, worüber du schon seit Tagen nachdenkst.«

»Das geht dich nichts an!«, fuhr ihn der Sellag sofort grob an.

»Dann hast du also doch ein Geheimnis«, stellte Herras triumphierend fest.

Marek ging nicht drauf ein, sondern sagte stattdessen: »Du kannst vielleicht bestimmen, wo ich hingehe und was ich tue, aber meine Gedanken gehören noch immer mir und die kannst du nicht beeinflussen und wirst es auch niemals können.« Um nichts in dieser Welt hätte Marek Herras seine Gedanken preisgegeben. Er wandte sich wieder ab und blickte hinaus in die Nacht.

Herras beschloss, dass es für ihn ungefährlicher war, wenn er den Sellag nicht weiter in die Enge trieb.
Zu seiner Überraschung war es Marek, der das anschließende Schweigen brach.
»Warum nimmst du all das auf dich?«, fragte er.
»Wie meinst du das?« Herras war verwirrt über die Direktheit des Sellag.
»Warum setzt du dein Leben aufs Spiel, um dein Land zu retten? Warum freust du dich nicht einfach, dass dir deine eigene Haut geblieben ist und suchst dir einen schönen Ort, an dem du in Frieden weiterleben kannst?«
»Und wie sollte ich damit leben?«, entgegnete Herras, noch immer überrascht über die Fragen des Sellag. »Wie sollte ich mit dem Gedanken weiterleben, mein Volk im Stich gelassen und es seinem Schicksal überlassen zu haben, ohne auch nur einen Versuch unternommen zu haben, ihnen zu helfen? Wie könnte ich das vor mir rechtfertigen und wie könnte ich das vor Hembras rechtfertigen, wenn ich eines Tages vor ihn hintreten muss? Welchen Sinn soll ein Leben haben, wenn ich weiß, dass ich nur lebe, weil ich den Rest meines Volkes dem Tode überlassen habe.« Herras schwieg für einen Augenblick. »Nein, lieber sterbe ich in dem Wissen, mein Möglichstes getan zu haben.«
Der Mond tauchte hinter den Wolken hervor und spiegelte sich in Mareks dunklen, ernsten Augen wider, als er Herras lange ansah. Der Nachtwind strich kühl über den Balkon.
»Ich werde nun zu Bett gehen«, meinte der Sellag plötzlich mit ungewöhnlich heiserer Stimme und enttäuschte damit Herras' Hoffnungen auf eine Reaktion. »Gute Nacht!«
Ehe Herras den Abschiedsgruß erwidern konnte, war Marek bereits in seiner Kammer verschwunden und hatte die Holztür heftiger als nötig hinter sich ins Schloss geworfen.
Herras bekam nicht lange Zeit, um über das merkwürdige Verhalten des Sellag nachzudenken, denn schon kurz darauf öffnete sich die Tür zur anderen Seite und Maleris' schlanke Gestalt trat lautlos hinaus in den Mondschein. Suchend blickte sie sich um und entdeckte Herras als dunklen Schatten auf der Steinbank. Leise setzte sie sich zu ihm.
»Ich habe mir gedacht, dass du hier draußen bist«, sagte sie mit sanfter Stimme und rückte ein Stück näher an ihn heran. »Oder besser, ich habe es gehofft.«

Maleris saß vorgebeugt und der Mond warf weißes Licht auf das Gesicht des Mädchens. Er ließ ihre Züge weich und eben erscheinen.
Herras spürte, wie sein Mund trocken wurde. »Es freut mich, deine Hoffnungen nicht enttäuscht zu haben«, antwortete er mit rauer Stimme.
»Gib' auch du die Hoffnung nicht auf.« Maleris' Worte waren leise und glitten über ihn hinweg, wie ein leichter Lufthauch. Herras' Augen begegneten den ihren fragend.
»Du darfst jetzt nicht verzagen«, fuhr sie fort, »auch wenn die Lage aussichtslos erscheint. Lass' uns einige Tage abwarten. Wenn wir Glück haben, kehren die Krieger zurück, und wenn dies nicht geschieht, dann lass uns nach einer anderen Möglichkeit suchen, dein Land zu erretten. Wir werden einen Weg finden.«
Herras schluckte hart. Er war gerührt, dass Maleris soviel Anteil an ihm und an dem Leid seiner Heimat nahm.
»Ich werde nicht aufgeben«, erwiderte er und es war seine vollste Überzeugung. Schon das Gespräch mit Marek hatte ihm deutlich vor Augen geführt, dass er gar nicht aufgeben konnte. »Ich werde alles versuchen, was in meiner Macht steht. »
Maleris lächelte. »Diese Einstellung gefällt mir.« Sie lehnte sich zurück und legte dabei ihre Hand auf Herras' Arm. Für einen Moment stockte ihm der Atem. »Und ich verspreche dir, egal, was du tun wirst, ich werde immer an deiner Seite sein.«
In diesem Augenblick schob sich erneut eine Wolke vor den Mond und warf einen Schatten auf den Balkon. Herras sah nicht, wie sich Maleris schnell zur Seite neigte, aber er spürte ihre weichen Lippen auf den seinen. Sie küsste ihn, doch so schnell die Wolke vor dem Mond vorbeigezogen war, so schnell war auch dieser Moment vorüber und Maleris lehnte sich wieder zurück.
»Danke«, flüsterte Herras heiser und er wusste selbst nicht genau, wofür er sich bedankte.
»Schlaf gut«, entgegnete Maleris und ihr Lächeln vertiefte sich. Sie stand mit einer geschmeidigen Bewegung auf und verschwand mit einem letzten Blick über die Schulter in ihrer Kammer. Herras starrte ihr sprachlos nach und versuchte, sein rasendes Herz zu beruhigen.
Hatte Herras bis eben gedacht, er würde die Ruhe zum Nachdenken finden, die er nun noch nötiger brauchte, als zuvor, so hatte er sich geirrt. Eine weitere Tür öffnete sich. Dieses Mal wurde sie mit Schwung

aufgerissen, als wollte sie der Heraustretende aus den Angeln reißen. Merit kam schwankend und polternd auf den Balkon. Der Waldmensch war der Aufforderung des Königs, ihm noch ein wenig Gesellschaft zu leisten, gerne nachgekommen und ganz offensichtlich hatten sie es sich gut gehen lassen.

»Ah, frische Luft! Genau das, was ich brauche!«, sagte Merit, mit nicht ganz sicherer Stimme, zu sich selbst, denn Herras hatte er noch nicht bemerkt. Der Lemberuske nahm einen tiefen Atemzug, wobei er sich die Muskeln streckte.

»Wie ich sehe, hat sich der König nicht lumpen lassen«, meinte Herras etwas amüsiert.

Merit lachte, als er Herras bemerkte und kam zu ihm herüber. Er ließ sich schwer auf die Bank fallen; auf dieselbe Stelle, auf der noch kurz zuvor Maleris gesessen hatte. »Meine Güte, der Lohringer Wein hat es in sich. Der ist nicht zu verachten«, meinte er heiter. »Davon verstehen die Brüder etwas.«

»Mal sehen, ob du das morgen auch noch sagst, wenn du die Nachwirkungen ertragen musst.« Herras grinste und Merit zuckte mit den Schultern.

»Und was ist mit dir? Sieht so aus, als würde dir unser kleiner Rückschlag nicht mehr so schwer im Magen liegen?« Die geschärften Augen des Waldmenschen hatten trotz dessen berauschten Zustands sofort die Veränderungen im Gesicht des Menschen wahrgenommen. Er wirkte weniger aufgewühlt und seine Augen glänzten fast glücklich. »Was hat deine Stimmung so angehoben?«

Herras wollte gerade zu einer Antwort ansetzen, als Merit die Hand hob und ihn unterbrach. »Nein, lass mich raten«, meinte er lachend.

»Wie du willst«, entgegnete Herras großzügig.

»Maleris war hier.« Im Gesichtsausdruck seines Freundes konnte Merit erkennen, dass er richtig lag und lachte noch lauter. »Dann hat sie es dir also gesagt. Himmel, ich dachte du kommst nie dahinter. Mein Schwesterchen hat sich ganz schön in dich verguckt.«

Herras war der Meinung, dass Merit durch den Genuss des Weines recht redselig geworden war und zugleich überraschte ihn sein Scharfsinn.

»Na ja, ‚gesagt' kann man das nicht gerade nennen«, begann Herras etwas verlegen. »Und außerdem hatte ich gedacht, du würdest es nicht bemerken.«

Merit verzog beleidigt den Mund. »Du unterschätzt mich, mein Freund«, sagte er und seine Stimmung hob sich schnell wieder. »Wie auch immer. Ich freue mich für euch. Meinen Segen hättet ihr.«
Bevor der Moment peinlich werden konnte, schlug Merit sich auf die Schenkel und erhob sich schwerfällig. »So, ich werde mich zu Bett begeben.« Bevor er ging, drehte er sich noch einmal um. »Ach, und mach' dir nicht so viele Gedanken. Uns wird schon etwas einfallen, wie wir mit den Kerlen fertig werden. Gute Nacht.« Merit wankte durch die Tür und ließ sie, etwas zu laut, hinter sich ins Schloss fallen.
Herras genoss die Ruhe, die sich daraufhin anschloss. Er blieb noch ein Weile sitzen, bis er seine Gedanken geordnet hatte und ihm die Luft zu kühl wurde.

# Kalerid XVI / Rofin VI

Das Verladen des Schatzes dauerte länger, als Rofin erwartet hatte. Es war mühsam, das Gold, Silber und die Edelsteine in grobe Säcke zu füllen und sie durch den Tunnel hinauszuschleppen. Die Arbeit hatte bereits eine ganze Nacht und fast den gesamten Tag in Anspruch genommen. Nun standen die schwer beladenen Wagen am Fuß des Paratul und noch immer befand sich ein beachtlicher Teil des Schatzes in der Höhle unter dem Hügel. Rofin überwachte die Arbeiten, um zu verhindern, dass nicht ungebührend große Mengen des Schatzes unbemerkt verschwanden, übersah dabei aber großzügig die eine oder andere Goldmünze, die zufällig in die Tasche der schwer arbeitenden Krieger glitt. Der neue Heerführer erhoffte sich damit, die Loyalität seines Gefolges zu sichern. Auch bemerkte er absichtlich nicht Perlugs gut gefüllte Lederbeutel, als dieser ihm meldete, dass noch weitere sechs Wagen in Zurnam aufgetrieben worden waren.

Weitere dreimal fünfzig Kils später waren auch diese sechs Wagen beladen und in Zurnam ließ sich kein weiteres geeignetes Transportmittel finden. Doch mehr waren auch nicht nötig, denn der gesamte Schatz hatte nun, mehr schlecht als Recht, seinen Platz auf den Wagen gefunden.

Leider war inzwischen über den Arbeitenden erneut die Nacht hereingebrochen. Rofin wagte es nicht, nun loszuziehen. Der Weg nach Alland Pera war an vielen Stellen uneben und die Achsen der Wagen überlastet. Er wollte keine unliebsamen Zwischenfälle und so beschloss er, die Nacht am Fuße des Hügels zu verbringen und mit dem Abtransport bis zum Morgen zu warten. So lagerte er im Kreise seiner Krieger vor dem Eingang zur Muteralhöhle. Die Vorstellung, dass er am nächsten Tag den ihm nun zustehenden Thron in Alland Pera besteigen würde, ließ ihm dabei die Zeit kurz werden. Er dachte darüber nach, welche Befehle er, sobald er in der Hauptstadt angelangt war, zuerst erteilen würde. In jedem Fall würde er veranlassen, dass nun auch endlich die Sellag-Frauen und ihre Kinder, die noch immer in ihren Höhlen im Gebirge auf den Ruf ihrer Männer warteten, in das eroberte Land geholt

werden würden. Er würde jeder Familie eine Behausung zuteilen, damit endlich geordnete Verhältnisse in seinem Land einkehren würden. Dann würde er ein Fest geben und ganz Allendas würde sieben Tage lang ihn und seinen Ruhm feiern.
Als am Morgen die Sonne am Horizont aufging und die Vögel zu singen begannen, ließ Rofin die Pferde anspannen. Er überließ dem enttäuschten Perlug, der sich unverkennbar Größeres erhofft hatte, wieder die Herrschaft über Zurnam, nahm aber eine größere Zahl seiner Krieger mit.
Als die Herbstsonne dann voll am Himmel stand, zog der Trupp los. Die Wagen waren schwer und die Pferde hatten Mühe, die Last in Bewegung zu setzen. So kam der Trupp nur langsam voran, als sie die Hohlstraße hinunterzogen und an der Gabelung kurz vor Zurnam in den Weg nach Alland Pera einbogen. Rofin ritt, flankiert von zweien seiner Krieger, voran und musste seine Ungeduld hin und wieder zügeln, damit er nicht zu viel Vorsprung gewann. Immer wieder kam der Tross fast zum Stillstand, wenn ein Schlagloch im unebenen Weg sie behinderte und die Wagenführer achtsam sein mussten, dass keine der Achsen brach. So kam es, dass sie erst die Hälfte des Weges zurückgelegt hatten, als der Einbruch der Nacht sie wieder zum Verweilen zwang.

»Dort liegt Maranam.« Kurena und Kalerid standen auf dem Höheren der beiden Türme des Schlosses von Alland Pera. Die alte Seherin deutete über das Land, dorthin, wo man durch den Dunst des Morgens ein kleines Dorf am Horizont sehen konnte. Angos und Xonis waren ebenfalls zugegen, standen aber etwas abseits und murmelten zustimmend. Wann immer die Seherin mit dem Sellag zusammen war, wichen sie ihr nicht von der Seite.
Die Menschen waren bereit, ihr Land Stück für Stück zurückzuerobern. Sie hatten den Vortag damit verbracht, alle nötigen Vorbereitungen für den ersten einer ganzen Reihe von Schritten zu treffen, die sie schließlich auf ihren Weg zurück in die Freiheit leiten würden. Sie hatten die Pferde aus ihren Ställen hinausgeführt und versorgt und auch das verbliebene Rüstzeug aus der königlichen Waffenkammer herausgeschafft und verteilt. Eine Voraussage von Kurena am vorhergehenden Abend über einen erfolgreichen ersten Angriff hatte die letzten Zweifel zerstreut. Nun knisterte die Luft in Alland Pera vor Kampfeslust.
»Wie ich bereits sagte«, entgegnete Kalerid, »sollte der neue Heer-

führer die Truppeneinteilung nicht geändert haben, befinden sich dort nur drei Dutzend Sellag. Ihr seid ihnen also zahlenmäßig überlegen. Es dürfte nicht schwer für Euch sein, sie zu überwältigen. Sehr viel schwerer wird es Euch fallen, die Stadt zu sichern.«
»Wir müssen verhindern, dass es einem der Krieger gelingt, zu flüchten und Alarm zu schlagen. Solange niemand erfährt, dass wir Maranam zurückgewonnen haben, solange wird auch niemand zu Hilfe kommen.«
Kalerid erwiderte nichts. Ihm war nicht wohl dabei, seine Untergebenen zu verraten. Aber schließlich waren es nun nicht mehr *seine* Untergebenen und sie hatten ihm auch nicht sehr viel Loyalität entgegen gebracht. Sie hatten nicht gezögert, ihn für tot zu erklären und Rofin als neuen Heerführer anzunehmen.
Kalerid ließ die Hand in den Beutel an seinem Gürtel gleiten und fühlte das Amulett, das er in der Höhle des Muteral eingesteckt hatte. Mehr war ihm von dem Schatz vorerst nicht geblieben. Versonnen spielte er mit dem kleinen Objekt, drehte es in seinen Fingern und bemerkte verwundert das warme Gefühl, das zuerst seine Hand und dann den ganzen Körper durchflutete. Aus der Wärme wurde ein unangenehmes Kribbeln, das schließlich in das Stechen, wie von abertausenden Nadeln, überging. Erschreckt ließ Kalerid das Amulett los und zog die Hand aus dem Beutel.
Kurena sah Kalerids Gesichtsausdruck und deutete ihn falsch. Misstrauisch beäugte sie den Sellag von der Seite. »Ihr werdet es Euch doch nicht etwa anders überlegt haben, ehemaliger Heerführer? Ihr wisst, was Euch geschieht, wenn Ihr Euch gegen uns stellen solltet.«
Das stechende Gefühl ließ langsam nach und es gelang dem Sellag, gegen den Impuls anzukämpfen, auf seine Hand zu starren. Stattdessen verschränkte er die Arme vor seiner breiten Brust. Seine Miene verhärtete sich und er erwiderte Kurenas Blick stolz. »Ich pflege, mein Wort zu halten.«
»Gut.« Kurena wandte sich Xonis und Angos zu. »Lasst aufsitzen!«, sagte sie gebieterisch. »Sobald alle bereit sind, reiten wir los.«

Die Truppe hatte sich bereits vollzählig hinter dem südlichen Stadttor versammelt, als Kurena, Kalerid und die beiden Männer eintrafen. Die Stimmung in den Reihen der Männer und wenigen furchtlosen Frauen war ruhig, doch von einer unterschwelligen freudigen Erwartung ge-

tränkt und einer festen Entschlossenheit untermalt.
Kalerid bestieg sein Pferd. Er hatte von Xonis einen großen Braunen, mit schwarzer Mähne und einem breiten Rücken zugewiesen bekommen, der den massigen Körper des Sellag mühelos tragen konnte. Kalerid war zufrieden mit dieser Wahl, das Pferd dagegen schien mit seinem neuen Reiter weniger einverstanden zu sein. Die mageren Reitkünste des Sellag gefielen dem stolzen Braunen anscheinend nicht sonderlich und er zeigte seinen störrischen Eigenwillen bereits, als Kalerid gerade im Sattel Halt gefunden hatte. Das Pferd begann, unruhig den Kopf hin und her zu werfen und schnaubte unwillig. Als der Sellag die Zügel anzog, fing es an, mit den Hinterbeinen zu tänzeln und der ehemalige Heerführer fürchtete, sich bald auf dem Boden wieder zu finden. Schließlich beruhigte sich der Braune doch und ergab sich seinem Reiter. Kalerid atmete unauffällig auf.
Sie verließen die Stadt in geordneten Zweierreihen. Argon und Xonis bildeten die Vorhut, dahinter folgten fast einhundert Männer. Kurena und Kalerid ritten am Ende der Truppe. Die Seherin hatte nicht vor, sich an der Schlacht zu beteiligen. Sie hatte noch niemals in ihrem Leben gekämpft und die Jahre, um damit anzufangen, waren schon lange vorbei. Ihre Aufgabe beruhte einzig und allein darauf, das Kommando zu führen und die Moral der Truppe mit ihren Voraussagungen zu stärken. Auch Kalerid lag nicht viel daran, in das bevorstehende Kampfgeschehen mit einbezogen zu werden. Der Gedanke, seinen ehemaligen Untergebenen mit dem Schwert gegenüberzutreten, erfüllte ihn noch immer mit einem unguten Gefühl, von dem er selbst nicht erwartet hatte, dass er ein solches aufbringen konnte und er nahm sich vor, soweit es sich bewerkstelligen ließ, nur als Beobachter an diesem Unternehmen teilzunehmen.
Es dauerte kaum mehr als siebzig Kils, bis der Trupp das Dorf Maranam erreicht hatte. Das kleine und selbst aus einiger Entfernung gut überschaubare Dorf besaß keine Stadtmauern und bestand, wie beinahe alle Dörfer in Allendas, aus einer breiten Hauptstraße und einigen wenigen Seitengässchen. Über vierzehn Tage nach der Übernahme des Landes hatte sich, da so recht niemand mehr mit einer von den Menschen ausgehenden Gefahr rechnete, bei den Sellag bereits eine Art Alltagstrott eingeschlichen, wodurch ihre Aufmerksamkeit litt.
So verlief der Angriff selbst für Kurena, Kalerid und die anderen Menschen unerwartet schnell. Die Sellag wurden von der plötzlichen

Überzahl an Menschen völlig überrumpelt und ehe sie überhaupt eine Abwehr aufstellen konnten, hatte bereits die Hälfte der Krieger ihr Leben verloren. Der Dorfführer von Maranam starb als einer der Ersten. Zwar nicht kampflos, doch ohne wirkliche Chance, folgten ihm nach und nach seine Gefolgsleute.
Kalerid beobachtete die Schlacht vom äußersten Rand der gut überschaubaren Hauptstraße, während Kurenas triumphierendes Lachen in seinen Ohren tönte und ihm Übelkeit verursachte.
Keine zweimal fünfzig Kils, nachdem der Trupp Alland Pera verlassen hatte, hatten sie das Dorf Maranam zurückerobert. Die Häuser wurden auf der Suche nach verbliebenen Sellag durchkämmt und die Leichen unter den Jubelrufen der etwa fünfzig befreiten Menschen aus dem Dorf geschafft, damit sie verscharrt werden konnten. Es herrschte Siegesstimmung. Obwohl jeder sich im Klaren darüber war, dass sie erst einen winzigen Schritt auf ihrem Weg getan hatten, stärkte dieser Triumph den Willen der Truppe über alle Maßen.
Als sichergestellt war, dass kein lebender Sellag zurückgeblieben war, entschied Kurena, Maranam wieder seinen Einwohnern zu überlassen. Der Trupp hatte neun kräftige, junge Männer hinzugewonnen, die sich ihnen bereitwillig anschlossen, um für die Freiheit weiterer Dörfer zu kämpfen.
Bereits dreimal fünfzig Kils nach Mittag verließ der Trupp das Dorf wieder in Richtung Alland Pera. Die Kampfeslust der Menschen war noch um ein Vielfaches gestiegen. Schon machten die wildesten Spekulationen darüber, welches Dorf am nächsten Tag übernommen werden sollte, die Runde, doch Kurena ermahnte ihre Gefolgsleute mehrmals zu mehr Besonnenheit und die Menschen fügten sich den Wünschen der Seherin.

Sie hatten die Hälfte des Weges zurückgelegt, als etwas geschah, mit dem niemand gerechnet hatte. Ein Stück vor ihnen kam eine Wagenkolonne in ihr Sichtfeld. Die Pferde zogen sichtlich schwer an den Fuhrwerken und die Ladung, die aus den teilweise umgestürzten Säcken heraus gerutscht war, glitzerte verdächtig in der Nachmittagssonne. Kurena gab ein Zeichen und ließ den Trupp halten. Sie beobachtete einen Augenblick den Tross, der offensichtlich in Richtung der Hauptstadt unterwegs war. Kalerid brachte sein Pferd an ihrer Seite zum Stehen.

»Was ist das?«, fragte Kurena den Sellag und betrachtete ihn scharf von der Seite.
»Wenn wir näher heranreiten, werden wir es sehen.« Kalerid hatte einen Verdacht, den er lieber nicht aussprach, der aber Groll in ihm hervorrief.
Die Wagenkolonne schien die Gruppe Reiter nicht bemerkt zu haben, denn sie zogen unverdrossen weiter, und da ihr Gefolge ohnehin in bester Kampfesstimmung war, ließ Kurena den Trupp auf die lange Reihe von Wagen zureiten.
Als sie näher herankamen, wurde deutlich, was die Wagen geladen hatten. Kalerid zischte verärgert, als er seinen Verdacht bestätigt sah. Er spürte Kurenas eisigen Blick in seinem Rücken. Er war sicher, dass auch sie wusste, was vor sich ging. Wie erwartet, konnten sie nun auch erkennen, dass es sich bei den Wagenführern und den berittenen Begleitern ausschließlich um Sellag handelte. Die Menschen zogen ihre Schwerter und warfen erwartungsvolle Blicke auf Kurena.
Kalerids Zorn stieg weiter, als er Rofin neben dem vordersten Wagen entdeckte und er gab einen kehligen Laut von sich. Gerne hätte er seinem Pferd die Sporen geben und wäre vorausgeprescht, um diesem Verräter kurzerhand den Garaus zu machen, doch er war sich sicher, dass der neue Heerführer seine Krieger mit Geld und Gold bestochen hatte und er wohl kaum eine Chance haben würde, ein solches Vorhaben lebend zu überstehen. Also wartete er zähneknirschend auf Kurenas Befehle.
Ein Stück von dem Wagenzug entfernt, im Schutz eines Gras bewachsenen Hügels, ließ Kurena den Trupp erneut zum Stehen kommen.
»Wir werden warten, bis wir sie von hinten angreifen können«, verkündete sie den ungeduldigen Menschen.
Sie beobachteten, wie der Zug dahin schlich. Es schien eine Ewigkeit zu vergehen, bis er endlich genug Vorsprung hatte und ihnen die Sellag die Rücken zukehrten. Dann gab Kurena das Kommando.
Noch im selben Moment gab Kalerid seinem Pferd die Sporen, die Menschen taten es ihm gleich. Es dauerte nur wenige Augenblicke, bis sie den Zug erreicht hatten und über den letzten Wagen der Kolonne herfallen konnten. Kalerid interessierte das allerdings nicht im Geringsten. Er galoppierte an den Pferdegespannen vorbei, ohne sie eines Blickes zu würdigen und hatte nur ein einziges Ziel im Auge.

Rofin fuhr herum, als er hinter sich die überraschten Rufe seiner Krieger und das unheilvolle Klirren von gehärtetem Stahl vernahm. Noch bevor er begreifen konnte, was geschah, sah er die Gestalt, die mit gezogener Waffe auf ihn zugeritten kam. Seine Augen weiteten sich ungläubig. Er fasste nach dem Schwert an seinem Gürtel, gab aber dann seinem ersten Impuls nach und riss die Zügel herum. Er flüchtete. Kalerids wutentbrannte Schreie folgten ihm. Rofin wusste, dass ihm der ehemalige Heerführer dicht auf den Fersen war, das Schwert hoch erhoben und bereit zuzustoßen, sobald er nur nahe genug heran kam.

»Bleib stehen, du elender Feigling«, brüllte Kalerid seinem einstigen Lakaien hinterher. Er trieb sein Pferd weiter an und Rofins Vorsprung verminderte sich. Dem Braunen trat Schaum vors Maul und Kalerid schnaufte und keuchte. Nicht mehr lange, dann würde er auch das letzte Stück überwunden haben und Rofin, dem Verräter, das Schwert in den Rücken jagen. Die Vorfreude ließ ihm den Mund wässrig werden und er stieß die Hacken erneut hart in die Flanken des Pferdes.
Das war zu viel für die Geduld des Braunen. Er hatte genug von dem groben Reiter, der fortwährend die Zügel zu fest anzog und ihm die Fersen viel zu hart in die Seiten presste. Anstatt den erwarteten Sprung nach vorne zu machen, blieb der Braune stehen und bäumte sich auf. Kalerid verlor den Halt und fiel hart rücklings ins Gras. Brüllend und zitternd vor Wut raffte er sich auf und wollte nach den Zügeln greifen, um sich wieder in den Sattel zu schwingen, doch der Braune war nicht dumm und hatte bereits das Weite gesucht. Kalerid konnte vor Zorn kaum mehr denken. Seine Wut war so stark, dass er sie geradezu körperlich spüren konnte: als fast schmerzhaftes Kribbeln, das durch seine Nervenbahnen schoss. Er bemerkte es nur am Rande. Wütend schleuderte er sein Schwert von sich und starrte Rofin hinterher, der schon weit davon geprescht war, einem kleinen Wald entgegen, der sich an die Wiese anschloss.

Rofin blickte verwundert über seine Schulter. Eben noch hatte er das Schnauben und die Hufschläge dicht hinter sich gehört und sogar gemeint, Kalerids heißen Atem in seinem Nacken spüren zu können, doch dann erklang ein Wiehern und Kalerids darauf folgende Schreie wurden stetig leiser. Als Rofin nach hinten blickte, hätte er beinahe laut aufgelacht. Da stand Kalerid inmitten der Wiese und sprühte geradezu

Funken vor Zorn. Sein Pferd hatte ihn offenbar abgeworfen und von dem Tier war weit und breit nichts mehr zu sehen. Aber Rofin lachte nicht, danach stand ihm nicht der Sinn. Er hatte genug damit zu tun, seinem Schatz nachzutrauern und um sein Leben zu fürchten. Die Erkenntnis, dass sein ehemaliger Heerführer nicht tot war und sich, zu allem Überdruss, wohl mit den Allendassern verbündet hatte, trug ihren Teil dazu bei. Dass sich zudem nun offenbar überall in der Gegend freie Menschen herumtrieben, machte es wirklich nicht besser. Es war sogar wahrscheinlich, dass die entflohenen Gefangenen Alland Pera zurückerobert hatten. Er musste jetzt sehr vorsichtig sein und so entschied er, vorerst nicht in die Hauptstadt zurückzukehren und sich stattdessen einen neuen Unterschlupf zu suchen.
Er erreichte den Wald und verbarg sich hinter den Bäumen, sodass er über die Wiese hinweg die nun zum Stehen gekommene Wagenkolonne beobachten konnte, ohne selbst gesehen zu werden. Er würde später weiterreiten, vorerst wollte er beobachten, was geschah. Während er wartend verharrte, kam ihm der Gedanke, dass er Kalerids Untreue auch zu seinem Vorteil nutzen konnte.

»Nun, ist Euch Euer Nachfolger entkommen?«, fragte Kurena höhnisch von ihrem Pferd herab, als sie Kalerid erreicht hatte. Zwar wusste sie nicht, dass dieser Sellag Rofin, der neue Heerführer, gewesen war, aber es brauchte nicht viel, um aus Kalerids Verhalten die richtigen Schlüsse zu ziehen. »Ich werde ihn kriegen«, zischte dieser und blickte mit noch immer vor Zorn verdunkelten Augen zu der Alten hinauf. »Früher oder später werde ich ihn kriegen.« Dann drehte er sich um und stampfte davon, um sein Schwert wieder aufzulesen. Kurena brachte ihr Pferd mühelos dazu, ihm langsam zu folgen.
»Heute sicherlich nicht mehr. Der ist über alle Berge«, meinte sie mit gespieltem Mitleid. »Soll ich Euch mitnehmen?« Sie klopfte mit der flachen Hand hinter sich auf den Pferderücken. »Ihr scheint mit Eurem Tier nicht sehr viel Glück gehabt zu haben.«
Kalerid zog sein Schwert aus der Erde und steckte es zurück in die Scheide. »Danke, ich laufe«, entgegnete er missmutig.
Kurena zuckte mit den Schultern. »Gut, wie Ihr wollt. Ihr könnt die Wagenkolonne begleiten, dann seid Ihr nicht so allein. Falls es Euch trösten sollte, auch ich bin mit der Leistung unserer Truppe nicht vollkommen zufrieden. Einer der berittenen Krieger ist uns entkommen.

Doch die Wagen haben wir nun in unserer Hand.« Sie zog leicht an den Zügeln und das Pferd wand sich Richtung der Hauptstadt. »Ich wünsche Euch einen angenehmen Marsch. Wir sehen uns sicherlich in Alland Pera. Wo solltet Ihr auch sonst hin? Da ihr Euren Heerführer ja habt entkommen lassen, wird er schon dafür sorgen, dass unter Euren ehemaligen Untertanen bekannt wird, mit wem Ihr Euch verbündet habt.« Bevor Kalerid antworten konnte, ritt sie davon.
Der Sellag konnte ihr nur verächtlich nachschnauben. Unglücklicherweise hatte Kurena Recht. Sie hatte einen sehr unangenehmen Punkt angesprochen, über den es sich Gedanken zu machen galt. War sein Verrat an seinem Volk bisher für ihn nur eine unangenehme, aber wenigstens geheime Sache gewesen, so würde Rofin nicht zögern, das nächstbeste Dorf aufzusuchen, um bekannt zu machen, dass er mit den Menschen gemeinsame Sache machte. Er würde Boten in das ganze Land ausschicken und wenn es noch einen Sellag gab, der ihn nicht für tot hielt oder bisher nicht auf seinen Tod aus war, so würde sich das nun schnell ändern. Er musste Rofin finden und ihn töten, bevor dieser das Schlimmstmögliche anrichten konnte. Doch das war leichter gedacht als getan. Rofin hatte einen großen Vorsprung und obwohl sein früherer Lakai berechenbar genug war, dass er das nächste Dorf aufsuchen würde, um sich dort zu verkriechen, so konnte Kalerid ihn nicht mehr einholen. Er konnte auch nicht alleine dorthin gehen, denn die Kunde von seinem Verrat hatte sich bis dahin sicher bereits verbreitet und sie würden ihn niedermetzeln, bevor er auch nur einen Fuß in das Dorf gesetzt hätte. Also blieb ihm nichts anderes übrig, als die Truppen der Menschen für seine Zwecke zu nutzen. Doch die Menschen waren nicht bereit, ihm uneingeschränkt zu folgen. Nur Kurena besaß ihr vollkommenes Vertrauen. Der entthronte Heerführer der Sellag saß in der Klemme.
Er stapfte über die Wiese zurück zur Wagenkolonne, die sich bereits wieder in Bewegung zu setzen begann. Die Sellag auf den Kutschböcken waren durch Menschen ersetzt worden und lagen nun tot am Wegrand.
Kalerid trat an die Seite von Xonis, der gemächlich an der Spitze ritt.
»Ihr habt einfach nur Pech gehabt«, sagte dieser, als er den Sellag neben sich bemerkte. Kalerid war sich nicht sicher, ob diese Bemerkung tröstend oder höhnisch gemeint war und ging deshalb gar nicht erst darauf ein.

»Welches Dorf liegt dort hinter diesem Wald?«, fragte er stattdessen den Menschen, der lässig im Sattel saß und deutete über die Wiese hinweg zu dem bereits ziemlich kahlen Laubwald.
»Dort liegt Nugran«, antwortete Xonis.
»Morgen sollten wir uns dieses Dorf vornehmen«, schlug Kalerid vor, nur mit dem Gedanken beschäftigt, dass Rofin sich dort verstecken könnte. »Die Truppe war heute in bester Verfassung und wir sollten den gestärkten Kampfeswillen ausnutzen.«
Xonis' Gesicht verriet nicht, ob er die Gedanken des Sellag erraten hatte oder nicht. Er blieb weiterhin gelassen und hielt die Zügel ruhig in der Hand. »Lassen wir das Kurena entscheiden. Warten wir ab, was sie uns prophezeit.«

Von seinem Versteck aus konnte Rofin sehen, dass sich die Wagenkolonne wieder in Bewegung setzte. Seine Vermutung wurde bestätigt, denn der Tross behielt seine Richtung bei und näherte sich Alland Pera. Der Verlust des Schatzes schmerzte ihn mehr als der Verlust der Krieger, die bei dem Übergriff ihr Leben verloren hatten. Doch vorerst musste er sich mit der Gewissheit trösten, dass noch nicht alles entschieden war. Er würde sich den Muteral schon bald zurückholen.
Ein Geräusch ließ Rofin aufhorchen. Ein Pferd näherte sich ihm von hinten. Er zog sein Schwert, während er sich suchend umblickte.
»Ich bin es, mein Heerführer«, rief eine Stimme zwischen den Bäumen hervor. »Kellon.«
Jetzt sah Rofin einen jungen Sellag durch die Bäume näher kommen und senkte sein Schwert.
»Sie sind alle tot.« Kellon wirkte wahrhaftig betroffen. Er war einer der jüngsten Kämpfer im gesamten Heer, doch sehr begabt, wie Rofin wusste.
»Bedauerlich«, erwiderte der Heerführer ungerührt. »aber noch sehr viel bedauerlicher ist es, dass wir den Schatz verloren haben und, wie es scheint, auch die Hauptstadt.«
»Was können wir nun tun?«, fragte Kellon und blickte dorthin, wo sich die Wagenkolonne sehr langsam aus ihrem Sichtfeld entfernte. »Es gibt sicherlich eine Ansiedlung hinter diesem Wald. Vielleicht sollten wir dort Zuflucht suchen. Ihr könntet Euch mit neuen Kriegern umgeben.« schlug der junge Sellag vor.
Rofin schüttelte den Kopf. »Genau das erwarten Kalerid und die Men-

schen von uns, dass wir uns bei der nächstbesten Gelegenheit verkriechen. Sie werden kommen, um uns zu überfallen. Nein, ich habe einen anderen Plan. Lass' uns sehen, ob er gelingt!« Rofin ließ sein Pferd wenden und ritt in den Wald hinein. Kellon folgte ihm mit fragendem Gesichtsausdruck.

Es wurde bereits dunkel, als die Wagenkolonne das Stadttor von Alland Pera erreichte. Vor der Stadtmauer stand der Braune mit den anderen Pferden der Menschen, die vorausgeritten waren, in der Koppel und wieherte dem Sellag mit gebleckten Zähnen zu, als wolle er ihn auslachen. Kalerid blickte ihn grimmig an. Am kommenden Tag würde er sich von Xonis ein weniger eigensinniges Pferd geben lassen. Bei der Durchführung seiner Pläne konnte er ein so störrisches Tier nicht gebrauchen.
Die Wagen wurden in den Schlosshof gebracht und die Menschen begannen, die Reichtümer in die verwaisten Schatzkammern des Kellergewölbes zu verladen. Da ihnen fast viermal so viele Hände und eine große Menge von Sackkarren zu Verfügung standen, ging die Arbeit deutlich schneller voran als am Vortag bei den Sellag, doch es war trotzdem fast Mitternacht, als sich endlich alle zum Festessen ihres ersten Sieges im großen Thronsaal eingefunden hatten.
Auch Kalerid war zugegen, doch blieb zu dessen Ärgernis und der Enttäuschung der anderen Anwesenden Kurena den Feierlichkeiten fern. Während die Menschen gehofft hatten, die Seherin könne mit einigen Voraussagen die Erwartungen auf weitere Siege bestärken, hätte Kalerid noch weitaus wichtigere Dinge mit ihr zu besprechen gehabt. Er wusste, dass er ohne ihr Zutun die Menschen kaum dazu bewegen konnte, am nächsten Tag den Schlachtzug nach Nugran zu führen und daher wäre es ihm von allergrößter Bedeutung gewesen, sie von der Wichtigkeit dieses Unternehmens zu überzeugen.
Bedauerlicherweise tauchte Kurena an diesem Abend nicht mehr auf.

Rofin und Kellon hatten den Wald durchquert und, nicht ohne dabei einen gebührenden Abstand zu dem Dorf zu wahren, Nugran in der Abenddämmerung hinter sich gelassen. Als die Nacht hereingebrochen war, hatten sie das nächste Dorf, Ornam, erreicht. Rofin hatte sich die Zeit genommen, die Umgebung genauer zu beobachten und was er sah, stimmte ihn recht zufrieden. Zwischen Nugran und Ornam gab es kei-

nen Wald, der ihnen den Weg erschwerte. Nur grünes Weideland erstreckte sich zwischen den beiden Dörfern, das sich in sanften Hügeln wölbte. Mehr als eine der Erhebungen war hoch genug, um eine kleine Truppe dahinter zu verbergen.
Obwohl sich die Nacht nun schwarz über Ornam erstreckte und Regen eingesetzt hatte, ließ Rofin alle im Dorf befindlichen Krieger auf dem Marktplatz antreten, damit sie seine Ansprache verfolgen konnten. Der neue Heerführer war überzeugt, dass Kalerid sich nicht von den widrigen Wetterverhältnissen abhalten lassen und seinen Pläne durchführen würde. Dabei unterlag Rofin jedoch dem irrigen Glauben, dass Kalerid als Anführer der Menschen handelte. Auch wenn er die Szene zwischen dem ehemaligen Heerführer und der Alten auf dem Pferd, die sich auf der Wiese abgespielt hatte, nicht recht deuten konnte, kam es ihm nicht in den Sinn, dass sein früherer Herr sich den Menschen unterworfen hatte. Er war der Überzeugung, dass es Kalerid auf irgendeine Weise gelungen war, die Menschen für seine Zwecke zu gewinnen. Also galt es, möglichst schnell zu handeln.
Rofin schob die Kiste, die er zu seinem Podest erwählt hatte, ein wenig zurecht, sodass ihm der Regen nicht mehr direkt ins Gesicht prasselte. Dann stieg er hinauf und blickte zu den Sellag-Kriegern herab, die sich im tanzenden Schein von wenigen Windlichtern um ihn versammelt hatten und die Augen zusammenkniffen, da ihnen der Regen in Strömen hinein rann.
»Sellag!«, begann Rofin und sein Blick schweifte über die Wartenden, bis er letztlich wohlwollend an Kellon hängen blieb, der mit Bewunderung in den Augen zu ihm aufsah. Auf dem kurzen Stück, das sie zusammen geritten waren, hatte Rofin festgestellt, dass der junge Sellag wahrhaftig zu ihm aufblickte und das schmeichelte dem neuen Heerführer. »Wie ihr wisst, bin ich nun euer Heerführer.« Zustimmendes Gemurmel machte sich unter den Anwesenden breit, bis Rofin die Hand hob und sie wieder zum Schweigen brachte. »Meine Machtübernahme beruhte auf der Annahme, dass Kalerid einen heldenhaften Tod gestorben ist, im Kampf für sein Volk. Doch hört, welche unglaubliche Feststellung ich heute machen musste.« Er hob seine Stimme noch etwas an, um seinen Worten mehr Ausdruck zu verleihen. Die Krieger hingen tatsächlich gebannt an seinen Lippen. »Der Heerführer ist nicht tot. Er hat sein Ableben vorgetäuscht und sich mit den Menschen zusammen getan, um nun gegen sein eigenes Volk zu kämpfen.« Ungläu-

biges und entsetztes Getuschel setzte unter den Kriegern ein.
»Warum sollte er das tun?«, rief jemand Rofin entgegen. Es war Gorban, ein kleiner, gedrungener Sellag mit kurzen, dicken Armen und einem ausgeprägten Doppelkinn. Er war der Statthalter von Ornam und hatte Rofin und seinen Begleiter begrüßt, als sie in seinem Dorf eingetroffen waren. Er war jedoch jemand, der nicht viel von großen Worten hielt und so war schon die Begrüßung karg und mürrisch ausgefallen. Doch gerade aus diesem Grund war Gorban Rofin sehr viel sympathischer als der stets geschwätzige und schleimige Perlug.
»Weil wir zu gefährlich für ihn geworden sind«, entgegnete Rofin mit stolz erhoben Kopf. »Kalerid ist nicht so stark und überlegen, wie ihr vielleicht denkt, aber er möchte das Land und den ganzen Reichtum, der damit verbunden ist, für sich alleine. Menschen sind einfacher zu beeinflussen als Sellag und man kann sich ihnen leichter entledigen, wenn man sie nicht mehr benötigt.«
»Das dürfen wir uns nicht gefallen lassen«, brüllte ein Sellag aus den hinteren Reihen. »Wir haben für ihn gekämpft.« Die anderen stimmten grölend mit ein und schwangen die Fäuste über den Köpfen.
Rofin nickte zustimmend. »Und deshalb sollten wir gegen ihn in die Schlacht ziehen«, entgegnete er und nutzte so die Gelegenheit, die Stimmung weiter anzuheizen. »Wir müssen ihm entgegentreten und ihm beweisen, dass man mit uns solche Spielchen nicht treiben kann. Wir müssen ihn töten, bevor er uns tötet.« Trotz des Regens und der Kälte brannte nun die Luft in Ornam.
»Wo ist der Verräter?«, brüllte ein anderer Sellag und stieß dabei sein Schwert in die Luft. Die Rufe schwollen weiterhin an, sodass Rofin sich abermals Ruhe verschaffen musste, um seinen Plan erklären zu können.
»Er hat sich mit seinen schwächlichen, menschlichen Anhängern in der Hauptstadt verschanzt. Doch er wird bald hervorkriechen. Es ist mir gelungen, ihm durch geschicktes Vorgehen eine Falle zu stellen. Ihr könnt Euch vorstellen, dass er meinen Kopf will, doch den wird er nicht bekommen. Er denkt, ich halte mich in Nugran auf, das Dorf, das nicht weit von hier entfernt, hinter den Hügeln liegt. Er wird schon sehr bald dorthin kommen, um das Dorf einzunehmen und mich umzubringen. Aber das wird ihm nicht gelingen, denn wir werden ihm zuvor auflauern und seiner jämmerlichen Existenz ein Ende setzen.« Der Jubel schwoll erneut an, verebbte aber sofort, als Rofin weiter sprach.

»Wir werden uns hinter den Hügeln verbergen und warten, bis Kalerid und seine verweichlichten Menschen aus ihrem Loch hervor kriechen. Packt alles zusammen, Sellag! Dann ziehen wir los. Derjenige, der mir Kalerids Kopf bringt, wird reich belohnt werden.« Damit war Rofins Rede beendet und er stieg von der Kiste herunter. Die Krieger rannten aufgeregt brüllend und rufend auseinander. Die Aussicht auf eine reichliche Entlohnung heizte sie noch mehr an. Jeder wollte der Erste im Trupp sein.

Kalerid hatte das Fest verlassen, um Kurena in ihren Gemächern aufzusuchen, doch auch dort war sie nicht anzutreffen. Er verzichtete darauf, weiter nach ihr zu suchen, denn ihm war sehr wohl bewusst, dass Xonis ihm folgte und jeden seiner Schritte im Auge behielt. Die Menschen vertrauten ihm nicht und gerade jetzt war es gefährlich für ihn, Misstrauen gegen sich zu schüren.
Schweren Herzens hatte er sich schließlich in seine eigene Kammer, die Kurena ihm in ihrer grenzenlosen Großzügigkeit überlassen hatte, zurückgezogen und sah dabei seine Gelegenheit auf eine schnelle Bereinigung der Dinge schwinden. Sicherlich hatte Rofin bereits eine neue Schar Krieger um sich versammelt und plante schon seinen eigenen Angriff auf Alland Pera.
Während er grübelnd auf seinem Bett saß, erinnerte sich Kalerid plötzlich wieder an das kleine Amulett in seinem Beutel. Er beschloss, den merkwürdigen Einfluss, den es ausübte, genauer zu untersuchen und zog es hervor. Kaum hielt er es in den Händen, da durchströmte ihn erneut das warme Gefühl, gefolgt von dem unangenehmen Kribbeln. Es fühlte sich an, als würde ein ganzes Volk glühendheißer Gerlandameisen durch seine Adern und an seinen Nerven entlang wandern. Trotzdem zwang sich der Sellag, es weiterhin auf der Handfläche zu halten. Er betrachtete es eingehend, während er versuchte, das unangenehme Gefühl zu ignorieren, und es schien ihm, dass er etwas sehr Bedeutendes in den Händen hielt. Er erinnerte sich daran, ähnlich empfunden zu haben, als ihm am Nachmittag Rofin entkommen war. Gab es da etwa eine Verbindung? Das Kribbeln verstärkte sich immer mehr und wurde zu einem stechenden Schmerz, der dem Sellag die Sinne vernebelte und ihn schließlich zwang, die schwarze Sonne fallen zu lassen. Im selben Moment ließ auch das unangenehme Gefühl wieder nach. Kalerid sank auf sein Bett und brauchte etwas Zeit, bis er wieder klar

denken konnte. Schwer atmend betrachtete er das Amulett, das nun auf dem Boden lag, mit einer Mischung aus Entsetzen und Ehrfurcht. Der Schmerz verschwand langsam und zurück blieb eine tiefe Erschöpfung. Der ehemalige Heerführer fühlte sich, als hätte dieses unscheinbare Objekt alle Kraft aus ihm herausgesaugt. Noch einmal raffte er sich auf, nur um das Amulett mit spitzen Fingern anzuheben und zurück in seinen Beutel zu stecken, dann fiel er zurück auf sein Bett und versank in einen traumlosen Schlaf.

Trotz der Kräfte zehrenden Erfahrung, die er in der Nacht gemacht hatte, erwachte Kalerid recht früh. Zu allem Übel hatte der Regen, der am Vortag eingesetzt hatte, auch die ganze Nacht über angehalten. So stieß sein Vorschlag, an diesem Tag den Schlachtzug nach Nugran zu führen, auf hartnäckigen Widerstand, in dem alle Versuche des Sellag gnadenlos zugrunde gingen. Außerhalb des Schlosses war es düster, kalt und nass und den Menschen schien nicht der Sinn nach neuen Siegen zu stehen.

Zudem war Kurena auch nicht zum Morgenmahl erschienen und die Sorge der Menschen wuchs. Mit beunruhigtem Blick ordnete Angos für den Morgen eine Suche an und seine Besorgnis ging sogar soweit, dass er den Sellag daran teilnehmen ließ. Kalerid war sich sicher, dass der Verdacht, mit Kurenas Verschwinden in Verbindung zu stehen, sofort auf ihn gefallen wäre, hätte Xonis nicht zu seinen Gunsten aussagen können, dass er bis zu den Feierlichkeiten in seiner Nähe gewesen war und sich danach in seiner Kammer aufgehalten hatte.

So begannen sie ihre Suche und Kalerids Eifer war nicht zu bremsen, was unter anderem daran lag, dass er sich, sofern Kurena rechtzeitig gefunden werden würde, noch immer einen Schlachtzug für den Nachmittag erhoffte. Zwar hatte auch er keine Ahnung, wo sich die Seherin verkrochen haben mochte, doch ihr Tod schien ihm wenig wahrscheinlich. Angos wies ihn an, mit einigen Menschen die Kellergewölbe zu durchsuchen, was dem Sellag nur recht war, denn so konnte er das Unangenehme mit dem Erfreulichen verbinden und vielleicht noch einmal einen Blick auf den Schatz werfen, der sich in der dortigen Schatzkammer befand.

Von diesem Gedanken neu beflügelt, eilte Kalerid die Stiegen hinunter. Während seine Begleiter begannen, in den vorderen Räumen und in den davon abgehenden Gängen nach Kurena zu suchen, zog es Kalerid

geradewegs durch die Gänge in die abgelegene Schatzkammer. Dieser Ort war so gut wie jeder andere, um mit der Suche anzufangen. Also warum sollte er nicht mit dem Angenehmsten beginnen?
Ein irritierendes Bild bot sich dem Sellag, als er durch die angelehnte Tür eintrat. Die Säcke, in die der Schatz von Rofins Kriegern sorgsam verpackt worden war, waren allesamt geöffnet und der Inhalt war auf den Boden gekippt und durchwühlt worden. In einer der hinteren Ecken hockte Kurena über einem Haufen Goldmünzen und Edelsteinen. Ganz offensichtlich suchte sie etwas.
»Was treibt Ihr da?«, fragte Kalerid frei heraus.
Kurena, die das Eintreten des Sellag nicht bemerkt hatte, fuhr hoch.
»Ich begutachte den Schatz«, entgegnete sie betont ruhig. »Vielleicht lässt sich etwas Brauchbares für uns ausfindig machen.«
Kalerid beäugte die alte Seherin misstrauisch und sie wich tatsächlich seinem Blick aus.
»Wart Ihr etwa die ganze Nacht hier?«, hakte Kalerid unbarmherzig nach. »Euer Gefolge sucht Euch bereits.«
»Sie werden wohl einige Zeit ohne mich auskommen können.« Kurenas Antwort war ein wenig zu schroff.
»Ich hätte auch etwas mit Euch zu bereden gehabt.« Kalerid ließ sich von der offensichtlichen Nervosität Kurenas wenig beeindrucken.
Die Seherin schien erleichtert zu sein, dass das Gespräch endlich von dem Grund ihres Verweilens in der Schatzkammer abwich. »Ach, und was wäre das gewesen?«, antwortete sie im übertriebenen Plauderton, der gar nicht typisch für sie war, und ordnete dabei, wie beiläufig, die Falten ihres grünen Gewandes.
»Ich hatte überlegt, dass es günstig wäre, den Schlachtzug gegen Nugran noch heute durchzuführen, solange die Truppe noch guter Stimmung und die Dörfer noch arglos sind«, erläuterte Kalerid seinen Plan, doch Kurena durchschaute ihn sogleich.
»Oder eher, weil Ihr vermutet, dort den neuen Heerführer zu finden.« Sie freute sich sichtlich, wieder die Oberhand in diesem Gespräch zu gewinnen.
»Und selbst, wenn es so wäre, wäre es nicht das Schlechteste für Euch, wenn der neue Heerführer schnell beseitigt wird.« Kalerid hatte fast damit gerechnet, dass die Seherin ihn schnell durchschauen würde.
»Es ist nicht Teil unserer Abmachung, dass Ihr die Truppen für Eure Zwecke missbraucht«, entgegnete die Seherin herablassend. »*Ich* treffe

die Entscheidungen.«
»Ich denke, ich benötigt nicht einmal Eure hellseherischen Kräfte, um zu sehen, dass es das Beste für Euch wäre, wenn ich wieder die Herrschaft über mein Volk übernehmen würde. Das könnte Euch viele Vorteile bringen.«
»Und ich bin der Ansicht...«, Kurenas Stimme wurde, angesichts Kalerids Frechheit, schärfer, »...dass es uns mehr zum Vorteil gereicht, wenn wir Euch weiterhin in unserer Hand haben. Ihr glaubt doch nicht etwa, dass ich einfältig genug bin, zu denken, Ihr würdet Euch nicht sogleich wieder gegen uns stellen?«
Kalerid sah sich nun wahrhaftig in die Enge getrieben, doch wer ihn kannte, wusste, dass er kein Sellag war, der schnell aufgab. Er entschloss sich, alles auf eine Karte zu setzen, auch wenn er sich damit auf dünnes Eis wagte. Die Menschen mochten einfältig genug sein, sich etwas vorgaukeln zu lassen, er war es nicht... nicht mehr.
»Warum ‚denkt' und ‚vermutet' Ihr eigentlich die ganze Zeit, Seherin?« Mit hocherhobenem Kopf traf sie sein kalter Blick. »Warum benutzt Ihr nicht Eure Kräfte? Dann wärt Ihr überzeugt, dass es nicht so wäre. Ich dachte, Euer sechster Sinn wäre untrüglich. Oder gibt es ihn möglicherweise gar nicht?«
Kurena zögerte etwas zu lange und Kalerid wusste, dass er ins Schwarze getroffen hatte. Die Seherin machte eine unwirsche, abweisende Handbewegung. »Ihr redet Unsinn, Sellag!«, sagte sie grob, doch dann besänftigte sich ihr Ton wieder. »Nun gut, ich werde in mein Inneres sehen, um herauszufinden, ob Ihr die Wahrheit sprecht.«
Kalerid schüttelte den Kopf. »Ich denke, die Mühe könnte Ihr Euch sparen, Seherin.« Das letzte Wort sprach er voller Hohn aus. Er drehte sich um, um den Raum zu verlassen, doch an der Tür blieb er stehen. Noch fehlte der krönende Abschluss ihrer Unterhaltung. »Macht Euch keine Sorgen, Seherin. Euer Geheimnis ist bei mir gut aufgehoben.« Seine Stimme triefte vor übertriebener Gutmütigkeit. »Vorausgesetzt, der Schlachtzug gegen Nugran findet noch heute statt.«
»Fühlt Euch nicht zu sicher, Sellag!«, entgegnete Kurena eisig und voller Zorn in den Augen. Kalerid konnte ihren brennenden Blick noch zwischen seinen Schulterblättern spüren, als er die Tür hinter sich schloss.
Er wusste, dass er sich weit nach vorne gewagt hatte, doch er hatte ohnehin nicht viel auf die hoch gelobten Künste der Seherin gegeben.

Nun hatte er zwar ein Druckmittel, aber er musste vorsichtig sein.
»Ihr könnt sie in der Schatzkammer finden«, rief er den noch immer suchenden Menschen zu, als er durch die Kellergewölbe ging und dann die Treppe hinaufstieg, um sich in seine Kammer zurückzuziehen. Zwei brennende Fragen blieben ihm unbeantwortet: Warum hatte Kurena den Muteral durchsucht? Und, besaß er vielleicht, was sie suchte?

Der Regen hatte zwar nachgelassen, aber der Himmel wurde noch immer von tief hängenden, grauen Wolken verdeckt. Durchnässt und frierend hockten die Krieger in Gras und Matsch hinter den Hügeln und kauten missmutig an ihrem Trockenfleisch. Rofin hatte ihnen untersagt, ein Feuer anzuzünden, um sich nicht zu verraten. Ihre Schwerter hatten sie schon lange wieder in die Scheiden gesteckt. Die Kampfeslust war verflogen, stattdessen waren Ungeduld und Missmut an ihre Stelle getreten.
Rofin begann zu zweifeln. Es war bereits gegen Mittag. Ein Blick zu dem Späher, der bäuchlings und gelangweilt auf der Kuppe des Hügels lag, verriet ihm, dass von Kalerid und den Menschen noch keine Spur zu sehen war.
»Nun, wo bleiben sie?«, brummte Gorban, der neben Rofin an der windgeschützten Seite des Hügels saß. »Meine Leute werden sich hier noch den Tod holen.«
»Sie werden schon noch kommen«, entgegnete Kellon, mit einer Zuversicht, von der Rofin nicht wusste, ob sie wahrhaftig von der Bewunderung kam, die der junge Sellag ihm entgegenbrachte, oder ob er sie sich einredete, um nicht die Hoffnung zu verlieren.
»Wenn sie bis zum Nachmittag nicht aufgetaucht sind, werde ich meinen Plan ändern«, verkündete Rofin. »Dann werden wir nach Alland Pera ziehen.«
Gorban murrte. Der Gedanke, noch weiter in Schlamm und Regen auszuharren, gefiel ihm nicht und noch weniger gefiel es ihm, diese Nachricht seinen Männern zukommen lassen zu müssen.
Zweimal fünfzig Kils später hatte sich in Gorban ein Verdacht gefestigt. Es hatte aufgehört zu regnen und der Himmel begann, ein wenig aufzuklaren, aber noch immer war keine Menschenseele aufgetaucht.
»Vielleicht sieht Euer Plan auch ganz anders aus«, knurrte Gorban. »Vielleicht arbeitetet Ihr mit Kalerid zusammen? Möglicherweise liegt Eure Absicht darin, meine Leute hier draußen in Regen und Kälte zu

schwächen und dann führt Ihr uns nach Alland Pera, wo sie über uns herfallen können?« Er blickte Rofin zornig an und dieser starrte nicht weniger erbost zurück.
»Was denkst du dir?«, fauchte der Heerführer und griff nach dem Schaft seines Schwertes, bereit, auf Gorban loszugehen. Kellon wich erschrocken zurück. »Wie kannst du es wagen, solche Anschuldigungen gegen mich zu erheben?«
Die anderen Sellag wurden durch Rofins gefährlichen Unterton auf die beiden Widersacher aufmerksam und wandten ihre Köpfe. Gorban sprang auf die Füße.
Die Stimmung war gereizt und erhitzt und so überhörten sie das Zeichen des spähenden Kriegers. Erst, als er noch einmal kräftiger durch die Finger pfiff, konnte er ihre Aufmerksamkeit erlangen.
»Sie kommen!«, rief er gedämpft zu ihnen herunter.
Rofin warf Gorban einen triumphierenden Blick zu. »Nun, wenn du mir nicht glaubst, dann kannst du dich nun selbst überzeugen.«
Der Heerführer gab den Kriegern mit einem Zeichen zu verstehen, dass sie an Ort und Stelle verweilen sollten, bis er sie herbeiwinkte und eilte dann hinter Gorban und Kellon den Hügel hinauf, wo sie sich neben dem Späher ins feuchte Gras warfen.
»Wahrhaftig«, brummte Gorban. »Doch es sind mehr, als ich erwartet habe.«
»Der Überraschungsmoment liegt auf unserer Seite«, entgegnete Rofin zuversichtlich. »Wir warten ab, bis sie auf unserer Höhe sind, dann greifen wir sie an.«

Kalerid war für den Moment vollauf mit sich und seinen Entscheidungen zufrieden. Angos war zweimal fünfzig Kils nach Mittag zu ihm gekommen, um ihm mitzuteilen, dass Kurena den Schlachtzug nach Nugran für den Nachmittag befohlen hatte. Aus einem Anflug von Großmütigkeit heraus, hatte der Sellag den Menschen in dem Glauben gelassen, dass es Kurenas Idee gewesen war und im Geheimen hatte sich der Sellag zu seiner begnadeten Eingebung gratuliert. Es überraschte ihn ein wenig, dass Kurena sich so einfach von ihm erpressen ließ und schloss daraus, dass sie ihn wohl tatsächlich brauchte, oder, dass sie etwas plante. Er würde weiterhin auf seinen Rücken aufpassen müssen.
Kalerid hatte von Xonis eine hübsche Apfelschimmelstute zugewiesen

bekommen, die sich, im Gegensatz zu dem Braunen, durch eine bemerkenswerte Gutmütigkeit auszeichnete.
Nun befand sich der Trupp auf dem Weg nach Nugran. Sie hatten die Hauptstadt durch das Westtor verlassen und zogen über die gerade Straße in das hügelige Gelände ein.
Kalerid hielt sich am Ende des Trupps. Er bildete den Abschluss, um sich den Rücken freizuhalten und um Kurena, Xonis und Angos im Auge behalten zu können. Der Sellag wusste nicht, ob Kurena ihren beiden Vertrauten von seiner Erpressung berichtet hatte, aber er hatte das Gefühl, dass sie ihn fortwährend beobachteten. Zwar befand sich Kalerid für den Moment in der besseren Position, aber er fühlte sich keineswegs wohl darin.
Doch dann, entgegen all seiner Erwartungen, kam der Angriff nicht von hinten, sondern von vorne.

# Hondor XVII / Toranus XI

Seit zwei Tagen herrschte Ruhe, sowohl innerhalb als auch außerhalb der Klostermauern. Von der hohen Wehrmauer aus konnte man beobachten, wie die Sellag ihre Wunden leckten und, geschützt hinter den dicken Klostermauern, taten die Mönche es ihnen gleich.
Bunos und alle unverletzten Mönche hatten die gesamten letzten Tage damit verbracht, in der Kapelle vor Hembras' Abbild zu knien und ihm zu danken, dass trotz der heftigen Schlacht kein Mönch sein Leben verloren hatte. Nicht nur in den Augen eines Gläubigen grenzte das nahezu an ein Wunder.
Währendessen war Mondernas Burrenos damit beschäftigt, sich um die Verletzten zu kümmern. Es gab einige Fleischwunden und ein paar Knochenbrüche zu versorgen. Usadim war nicht unglücklich darüber, dass Burrenos alle Betten im Krankentrakt für seine verwundeten Brüder benötigte und war bereitwillig in die leere Kammer neben Zorina und Hondor gezogen.
In Nandogral schien Burrenos einen Seelenverwandten gefunden zu haben. Der alte, hagere Mann hegte dieselbe Inbrunst für die Wissenschaft und das Brauen von ebenso merkwürdig aussehenden wie riechenden Tränken, wie der schrullige Mönch. Wenn die Beiden nicht damit beschäftigt waren, die Verwundeten zu versorgen, verschwanden sie gemeinsam in Burrenos' Laboratorium, unten in den Kellergewölben, und tauchten so schnell nicht mehr auf. Man hätte auf die Idee kommen können, dass sie sich schon seit Langem kannten.
»Sie tauschen sicherlich wieder Kochrezepte aus«, meinte Hondor lachend, als die beiden mal wieder beim Abendessen vermisst wurden. Er hatte noch nicht die Gelegenheit gehabt, Nandogral näher kennen zu lernen, doch wenn Toranus ihm vertraute, tat er es auch.
Während Nando die Kammer neben Usadim bekommen hatte, die allerdings meist verwaist blieb, bewohnten Irindan und seine Familie einen etwas größeren Raum, ein Stockwerk über Hondor und seinen Kameraden.
Pogan hatte vor Aufregung fortwährend rote Ohren und Wangen. Er

konnte sich kaum entscheiden, was er aufregender finden sollte; die Mönche mit ihren dunklen Kutten und verschlossenen Gesichtern, die dem Jungen stets ein wenig Furcht einflößten; die langen und düsteren Gänge des Klosters, die eine Menge Geheimnisse zu verbergen schienen, oder die Tatsache, dass er mit einem echten Drachen sprechen konnte.

Irindan und seine Familie staunten nicht schlecht, als Hondor und die anderen ihnen erzählten, was ihnen auf ihrer weiteren Reise alles widerfahren war. Sie brachten ehrliches Mitleid auf, als sie von Usadims Verletzung erfuhren und die Erkenntnisse, welche die Mönche über die wahre Herkunft der Sellag gewonnen hatten, versetzten sie in Verblüffung. Nur Nando schien darüber nicht wirklich überrascht zu sein.

Andererseits bekamen auch Hondor, Zorina und Usadim kaum den Mund wieder zu, als sie von Toranus erfuhren, was er alles mit den Sellag und dem Muteral erlebt hatte, und Irindans Erzählungen über den Überfall und den Verlust ihres Heimes machten sie betroffen.

Toranus hatte die Stellung vor dem zerstörten Tor gehalten, bis die Mönche den Zugang wieder zusammengenagelt und gesichert hatten. Dann, am Nachmittag des zweiten Tages, hatte es zu regnen begonnen und Toranus hatte die steinernen Platten der Eingangshalle mit einer dicken Schicht Stroh und allen entbehrlichen Decken ausgelegt bekommen, sodass sich der Drache dorthin zurückziehen konnte, um nicht in der Nässe und Kälte ausharren zu müssen.

Am Abend saßen sie in der Bibliothek vor dem prasselnden Kaminfeuer zusammen und hingen ihren Gedanken nach. Hondor hielt ein Buch, in dem er halbherzig gelesen hatte, in den Händen und beobachtete Zorina, die mit ernstem Blick ihren kleinen Anhänger zwischen den Fingern drehte.

»Habt Ihr mal wieder eine Vorahnung?«, fragte der König sie schließlich.

Zorina schüttelte den Kopf. »Nein, und wenn ich ehrlich bin, möchte ich auch keine mehr haben«, entgegnete das Mädchen gedrückt. »Ich weiß nicht, woher die grausigen Eingebungen kommen. Mir ist noch nie zuvor so etwas widerfahren.«

»Es heißt doch, dass sich in Zeiten der Gefahr die Sinne schärfen«, mutmaßte Usadim, der vor sich ins Feuer starrte, doch die anderen wirkten wenig überzeugt.

Die Tür öffnete sich und Nando betrat, zur Überraschung aller, die Bibliothek. Der alte Mann begrüßte sie mit einem knappen Nicken und ging zielstrebig zu einem der vielen, mit alten Büchern voll gestopften Regalen. Allem Anschein nach war er nur aus dem dunklen Keller hinauf gestiegen, um ein Buch zu holen. Auf halben Weg blieb er allerdings wie angewurzelt stehen. Sein Blick war auf den schwarzen Anhänger gefallen, dessen blank polierte Oberfläche im Schein des Feuers zwischen Zorinas Fingern glänzte und er ging zu dem Mädchen hinüber.
»Das ist ein sehr schöner Anhänger«, sagte er bewundernd. Sein Blick verriet, dass er mehr damit meinte.
»Ich habe ihn gefunden«, antwortete Zorina und reichte dem Alten bereitwillig das Schmuckstück. Dieser drehte es einen Augenblick prüfend zwischen den Fingern. Schließlich sagte er nachdenklich: »Ich bin sicher, seine Besitzerin wird es schmerzlich vermissen.«
»Aber wir wissen nicht, wem er gehört.« Zorina war neugierig, worauf der alte Mann hinauswollte.
»Oh doch, ich denke, ich weiß, wer sein Besitzer ist«, erwiderte Nando und die anderen rissen überrascht die Augen auf. »Und ich denke, Ihr kennt sie auch.« Nando blickte vielsagend zu Hondor hinüber.
»Ich wüsste nicht, wem er gehören sollte«, entgegnete dieser ratlos.
»Es ist schon lange her, da kannte ich eine Seherin namens Kurena«, erklärte Nando. »Als ich zuletzt von ihr hörte, war sie am königlichen Hofe tätig.«
»Sie war die Beraterin meiner Mutter«, entgegnete Hondor überrascht.
»Lebt sie noch?«, fragte Nando weiter.
»Das weiß ich nicht.« Hondor schüttelte den Kopf. »Sie ist uns bei der Flucht am Paratul abhanden gekommen.« Er klang keineswegs traurig.
»Nun gut.« Auch Nandogral schien über diese Aussage nicht sonderlich besorgt. »Als ich sie kennen lernte, war sie eine junge, sehr begabte Seherin, die eine große Zukunft vor sich hatte. Doch sie wurde aus der Gemeinschaft verbannt, als sich herausstellte, dass ihre Fähigkeiten nicht von ihr ausgingen, sondern dass sie sich diese auf unlauterem Weg angeeignet hatte und, dass sie einen gewissen Hang zur Machtbesessenheit besaß. Sie hat uns alle hintergangen.«
»Von welcher Gemeinschaft redet Ihr?«, hakte Hondor nach. Nicht nur für ihn sprach Nando in Rätseln.

»Oh, nichts Besonderes, aber schwer zu erklären«, beeilte sich dieser zu sagen, doch es gelang ihm nicht, den Verdacht vollständig zu zerstreuen, dass er wohl doch von etwas Besonderem sprach.
»Und was hat das Amulett damit zu tun?« Zorina nahm Nando das Band mit dem schwarzen Stein wieder aus der Hand und betrachtete es erneut, als würde sie es zum ersten Mal sehen.
Statt mit einer Antwort, reagierte Nando mit einer Gegenfrage. »Tragt Ihr das Amulett bereits die gesamte Reise bei Euch?« Zorina nickte. »Und Ihr habt keine, sagen wir, ungewöhnlichen Veränderungen an Euch bemerkt? Selbst ein ungeübter Mensch müsste den Einfluss des Amuletts spüren.«
Nun verstand Zorina, worauf Nandogral hinauswollte. »Ihr meint so etwas wie... Vorahnungen?« Nando sah sie nur abwartend an. »Ja«, fuhr Zorina fort, »ich hatte in den letzten Tagen mehrmals das Gefühl, als könnte ich spüren, was passieren wird, aber nur sehr verschwommen und ungenau.«
»Das Amulett richtig anwenden zu können, benötigt viele Jahre der Übung«, erwiderte Nando.
»Das heißt also, Kurena hat ihre übersinnlichen Kräfte diesem Amulett zu verdanken?«, mischte sich Hondor nun wieder ein. Nando nickte stumm.
»Und woher stammt es?«, erkundigte sich Zorina.
»Es ist sehr alt«, begann Nandogral zu erklären und ließ sich dabei auf die Holzbank neben sie sinken. Es schien eine längere Geschichte zu werden. »Den Überlieferungen zufolge, stammt es aus den Tagen des Anfangs, als Hembras die Welt erschaffen hat ...«
»Aber ich dachte, niemand wüsste, wo sich das Han-Amulett befindet?«, warf Hondor ein und Nando stockte in seiner Erzählung.
»Ihr wisst von dem Han-Amulett?«, fragte er überrascht.
Zorina und Hondor nickten. Natürlich erinnerten sie sich an die Schilderung des Abtes über das Amulett, aber es mit Zorinas unscheinbarem Anhänger in Verbindung zu bringen, wäre ihnen nicht in den Sinn gekommen.
»Bunos erzählte uns davon«, beantwortete Hondor Nandograls Frage und wunderte sich über die deutlich erkennbare Überraschung des alten Mannes. »Es gehört zum Muteral.«
Nando begann zu lachen. »Ich hätte mir denken können, dass die Mönche das Geheimnis kennen.« Ratlose Blicke ruhten auf dem alten

Mann. »Ich denke, ich muss bei meiner Geschichte sehr viel weiter ausholen.« Er seufzte leise. »Wie Ihr sicherlich schon wisst, gibt es zwei Amulette. Hembras soll sie für seine Töchter selbst angefertigt haben. Ob dies der Wahrheit entspricht oder nicht, ist ungewiss. Gewiss ist jedoch, dass beide große Macht besitzen. Das Han-Amulett hat Hembras für seine Tochter Alinda angefertigt, um ihr damit die Allmacht über die Welt zu verleihen. Das Hos-Amulett, das Kurena in ihrem Besitz hatte, soll Hembras für seine Tochter Seloni erschaffen haben. Damit sollte sie den Fortlauf der Dinge vorherbestimmen können.« Nando machte eine kurze Pause, doch niemand wagte es, etwas zu sagen. Nur ein Holzscheit knackte im Kaminfeuer. Alle hingen gebannt an seinen Lippen. »Als ich jung war«, fuhr Nando fort, »gehörte ich einer Gruppe an, die sich »Die Begabten« nannte und begabt waren wir tatsächlich alle, auf die eine oder andere Weise. Unser Ansinnen war es, die sagenumwobenen Amulette Hembras' zu finden. Dafür durchstreiften wir viele Jahre lang das Land. Zuerst war unser Bestreben, damit die Welt zu verbessern. Allendas ging es gut, doch wir hofften, dass wir es noch verbessern konnten, dass wir Krankheiten ausmerzen können würden und einiges mehr. Doch mit den Jahren kristallisierte sich heraus, dass nicht jeder nur Gutes mit den Amuletten im Sinn hatte und die Gruppe begann, sich zu zerstreiten. Zu dieser Zeit stellte sich auch heraus, dass Kurena uns betrogen hatte. Sie besaß bereits das Hos-Amulett, ohne uns in ihr Geheimnis einzuweihen. Woher sie es hatte, weiß ich bis heute nicht. Manche der Begabten verlangten, dass man ihr das Amulett abnehmen sollte, wahrscheinlich, um es sich selbst anzueignen, und dass sie verbannt werden sollte. Andere wollten sie sofort töten. Doch bevor etwas geschehen konnte, suchte Kurena Zuflucht am königlichen Hof und entzog sich damit unserem Einflussbereich. Kurz darauf löste sich die Gruppe auf und ihre Mitglieder verstreuten sich in alle vier Himmelsrichtungen.«

»Und was ist aus ihnen geworden?«, fragte Zorina nach einigen Augenblicken des Schweigens.

»Einige suchten alleine weiter«, antwortete Nando, »bis sie die endlose Suche irgendwann dahin gerafft hat, andere sahen ein, dass die Suche sinnlos war und ließen sich irgendwo nieder.« Wieder machte sich Schweigen breit. »Merkwürdig«, sinnierte Nando dann weiter, »als ich jung war, schien es mir das Höchste zu sein, dieses Amulett in die Hände zu bekommen, doch jetzt, wo ich weiß, wo es zu finden ist, inte-

ressiert es mich eigentlich nicht mehr.«
»Es sollte uns aber interessieren«, erwiderte Hondor bitter. »Es besteht die Gefahr, dass es Kalerid oder einem anderen Sellag in die Hände fällt und das könnte nicht nur das Ende von Allendas sondern auch den Untergang der ganzen Welt bedeuten.«
»Da stimme ich Euch zu«, entgegnete Nandogral ernst. »Es ist nur merkwürdig, dass es uns nicht aufgefallen ist, als wir uns in der Höhle befanden.«
»Vielleicht weil es schon jemand genommen hatte«, vermutete Usadim.
»Oder, weil es vielleicht so gut versteckt ist, dass man es nicht finden kann«, fügte Zorina hinzu.
»Weiß Toranus von seiner Existenz?«, fragte Hondor.
»Er hat nichts darüber erwähnt«, antwortete Nandogral.
»Die große Frage ist, wie bekommen wir heraus, ob sich das Amulett noch in der Höhle befindet, oder schon von den Sellag gefunden wurde?«, stellte Hondor fest.
»Meint Ihr nicht, dass wir es schon gemerkt hätten, wenn sie es gefunden hätten?«, gab Zorina zu bedenken.
»Es ist unwahrscheinlich, dass die Sellag wissen, was es bedeutet oder wie man es benutzt«, erwiderte Nando. »Doch früher oder später kommen sie sicherlich dahinter.«
»Können wir nicht das Hos-Amulett anwenden, um herauszubekommen, wo sich sein Gegenstück befindet?«, schlug Usadim vor.
»Wie ich schon sagte, man benötigt viel Übung und Erfahrung, bis man das Amulett gezielt einsetzen kann«, zerschlug Nando sofort den kurzen Hoffnungsschimmer. »Nicht einmal ich besitze diese Fähigkeit oder das Wissen.«
Eine Weile saßen sie mit grübelnden Mienen zusammen, aber niemandem kam der erlösende Einfall.
»Dann bleibt uns nichts anderes übrig, als weiterhin hier tatenlos herumzusitzen, oder zum Muteral zurückzukehren und nach dem Amulett zu suchen.«
»Ein gefährliches Unternehmen«, meinte Nandogral ernst. »Der Muteral ist sicherlich schon von Sellag belagert, wenn nicht sogar geplündert.«
»Dann wüssten wir wenigstens, woran wir sind«, erwiderte Hondor fest.

»Und was dann?«, warf Zorina bang ein. »Wir können nicht gegen sie kämpfen. Selbst mit dem Drachen und allen Mönchen sind wir ihnen hoffnungslos unterlegen, abgesehen davon, dass es Tage dauert, bis wir den Paratul überhaupt erreichen.«
Hondor richtete sich plötzlich auf, und sein Gesicht erhellt sich. »Wir müssen ja nicht gegen sie in die Schlacht ziehen. Es würde völlig ausreichen, wenn es uns gelingt, das Han-Amulett in die Hände zu bekommen. Mit dessen Hilfe könnten wir die Sellag sicherlich vertreiben.«
»Wenn wir es gezielt benutzen können«, gab Nandogral erneut zu bedenken.
Hondor verzog kurz den Mund, angesichts der ständigen Einwände des Alten. »Jedenfalls ist es besser, wir haben das Amulett, als die Sellag.« meinte er und suchte bei Zorina und Usadim nach Zustimmung, doch die Beiden schienen nicht sonderlich überzeugt.
Sie berieten sich noch einige Zeit, wie sie es am Besten anstellen sollten, wenn sie ihr Vorhaben überhaupt durchführen würden, ohne zu einem Ergebnis zu kommen. Als es bereits weit nach Mitternacht war, gingen Zorina und Usadim zu Bett. Hondor war nicht nach Schlafen zumute und so begleitete er Nando hinaus in die große Eingangshalle, wo Toranus friedlich vor sich hin döste. Vielleicht würde der Drache eine annehmbare Lösung für ihre missliche Lage finden.

»Das ist gar nicht fein«, brummte Toranus, nachdem Hondor und Nando ihm die Geschichte der beiden Amulette erzählt und ihm ihre Befürchtungen geschildert hatten. »Niemand hat mir erzählt, dass sich dieses Amulett in der Höhle befindet.«
»Und meinst du, Kalerid ist es in der kurzen Zeit, in der er und seine Krieger sich allein in der Höhle befanden, gelungen, es aufzuspüren?«, fragte Hondor, der auf der untersten Stufe der Treppe saß und die Beine an den Körper gezogen hatte.
»Ich weiß es nicht« Toranus stieß eine kleine Wolke grünen Rauches aus den Nasenlöchern. »Wir wissen ja nicht mal, ob er noch lebt.«
»Genau«, rief Nando aus, als der Drache einen Punkt ansprach, den er bisher ganz vergessen hatte. »Wir wissen überhaupt nicht, was aus Kalerid und seinen beiden Kriegern geworden ist, als das Feuer ausbrach. Vielleicht haben sie gar nicht überlebt. Aus der Höhle sind sie jedenfalls nicht herausgekommen.«
»Wenn Kalerid tot ist, werden sich die Sellag einen neuen Heerführer

erwählt haben«, sagte Hondor nachdenklich, »der vielleicht gar nichts von dem Amulett weiß.«

»Wenn ich gewusst hätte, dass sich ein so mächtiger Gegenstand in meiner Höhle verbirgt, hätte ich den Paratul nie verlassen.« Toranus war erzürnt. »Vielleicht sollte ich zurückfliegen und nachsehen, wie es um den Muteral bestellt ist.«

»Aber nicht allein«, sagte Hondor bestimmt. »Wir werden nicht darum herumkommen, zum Paratul zurückzukehren, um Gewissheit zu bekommen, aber ich werde auf jeden Fall mitkommen. Es wird Zeit, dass ich endlich etwas für die Freiheit meines Landes tue. Ich habe viel zu lange tatenlos herumgesessen.«

»Ich werde Euch ebenfalls begleiten«, fügte Nando hinzu. »Ich will Euch bei der Suche helfen.«

»Dann ist es also abgemacht«, entschied Hondor. »Wir ziehen morgen nach dem Morgenmahl los, dann können wir die anderen noch von unseren Vorhaben unterrichten. Lasst uns ins Bett gehen. Es wartet ein anstrengendes Unternehmen auf uns.«

Zorina, Usadim, Irindan mit seiner Familie, Bunos und einige weitere Mönche saßen bereits am Tisch, als Hondor am Morgen in die große Klosterküche kam und Nando ihm kurz darauf folgte. Sie berichteten von ihrem Entschluss, den sie in der Nacht gefasst hatten, und stießen auf unterschiedliche Meinungen dazu. Die Gesichter der Frauen zeigten Entsetzen. Usadim und Irindan nahmen die Neuigkeit sehr ernst auf und Bunos zog sehr nachdenklich die buschigen Augenbrauen zusammen.

»Es birgt eine große Gefahr, Euch allein unter die Sellag zu mischen«, stieß Zorina hervor, als sie ihre Sprache wieder gefunden hatte.

»Wir werden vorsichtig sein«, versuchte Hondor sie zu beruhigen. »Aber es muss etwas geschehen. Wir können nicht weiter untätig herumsitzen und auf ein Wunder hoffen.«

»Ich werde Euch begleiten«, entschied Usadim und Hondor nickte ihm zu. Er hatte nichts anderes von seinem Küchenmeister erwartet und er war froh, ihn ebenfalls an seiner Seite zu wissen.

»Ich auch«, warf Irindan überraschend ein. Seine Frau fasste ihn erschrocken am Arm und ihre Augen weiteten sich entsetzt. »Aber Irindan...«, stieß sie schwach hervor.

»Ich kann doch nicht hier zurückbleiben, während die anderen für un-

sere Freiheit kämpfen, Moran« meinte der Bauer und fasste beruhigend nach der Hand seiner Frau.
Hondor betrachtete diese Geste und sagte: »Wir würden uns freuen, Euch als unseren Begleiter zu wissen, aber diese Entscheidung liegt bei Euch und Eurer Familie.«
»Ich werde Euch begleiten«, wiederholte Irindan noch einmal und in Morans Gesicht konnte man lesen, dass sie sich ergeben hatte.
»Ich kann Euch einige meiner Männer zu Verfügung stellen«, bot Bunos an, doch Hondor winkte ab.
»Mehr als vier erwachsene Männer kann Toranus' Rücken nicht tragen«, sagte Nando.
»Außerdem ist das Kloster noch immer nicht vollständig gesichert, selbst wenn die Lage zurzeit ruhig ist. Ihr braucht alle wehrfähigen Männer«, fügte Hondor hinzu.
»Wie Ihr meint«, entgegnete Bunos und winkte nach Bargos, dem Küchenmeister des Klosters, um den Reisenden Proviant zusammenpacken zu lassen.
Eine Weile aßen sie wortlos und gedrückt, bis schließlich Zorina das Schweigen brach.
»Nehmt wenigstens das Amulett an Euch«, sagte sie leise. »Vielleicht kann es hilfreich für Euch sein.«
Gegen ihre Erwartung schüttelte Nandogral den Kopf. »Nein, das wäre viel zu gefährlich. Beide Amulette in der Hand einer Person können großes Unheil heraufbeschwören. Bei Euch ist es besser aufgehoben.«
Niemand wagte es, nachzufragen, was das wohl zu bedeuten hatte. Eigentlich wollte es auch niemand so genau wissen.
Nach dem Morgenmahl gingen sie hinaus in den schattigen Hof, wo Toranus auf sie wartete. Hondor hoffte auf einen kurzen und schmerzlosen Abschied, doch die Frauen waren nicht bereit, ihnen die Trennung leicht zu machen. Moran umarmte ihren Mann lange und Tränen standen in ihren Augen, als sich Irindan von ihr löste. Zu Hondors Überraschung ließ Zorina es sich nicht nehmen, ihm die Arme um den Hals zu schlingen und ihn kurz aber fest an sich zu drücken, bevor er auf den Drachenrücken stieg. Auch in ihren Augen glitzerten Tränen.
Dann endlich waren sie bereit und Toranus spreizte die Flügel. Der Hof war gerade breit genug, dass der Drache senkrecht nach oben aufsteigen konnte.
Als sie die Schatten des Hofes hinter sich gelassen hatten, schien die

herbstliche Sonne golden auf sie herab, als wolle Enimeda persönlich ihnen Mut zusprechen. Toranus verharrte nicht lange, bewegte die Schwingen mit kräftigen Schlägen und flog über die Bäume hinweg nach Süden, wo am diesigen Horizont die Schemen der ersten Felder und Dörfer zu erkennen waren.

Sie vergeudeten keine Zeit. Trotz Hondors und Nandos Besorgnis weigerte sich Toranus zu rasten. So erreichten sie Elland bereits vier- oder fünfmal fünfzig Kils nach Mittag, noch vor Einbruch der Dunkelheit. Im Licht der langsam sinkenden Sonne drehte der Drache einige Runden über dem verlassenen Paratul. Nirgendwo war ein Sellag zu entdecken, sogar der Eingang zur Höhle war verwaist.

»Na, so was«, meinte Nando, während er sich ein Stück zur Seite beugte, um besser sehen zu können. »Ich hätte hier mehr Betriebsamkeit erwartet. Wo mögen sie alle sein?«

Toranus landete auf dem leeren, schlammigen Vorplatz des Höhleneingangs und die vier Männer glitten von seinem Rücken herunter, froh, ihre steifen Knochen bewegen zu können. Suchend blickten sie sich um.

»Wahrscheinlich haben sie die Höhle aufgeben. Hier gibt es wohl nichts mehr für sie zu holen.« Hondor deutete auf eine Vielzahl tiefer Wagenspuren und einige Münzen, die beschmutzt in der aufgeweichten Erde lagen und in der untergehenden Sonne glänzten. »Sie haben den Schatz bereits fort gebracht.«

Mit dem ihm angeborenen Gleichmut kam Graufell um den Hügel zu ihnen heran getrottet. Es schien, als hätte er nichts anderes erwartet, als dass sie an diesem Nachmittag zurückkehren würden. Nando war froh, seinen treuen Gefährten wohlbehalten wieder zu sehen und kraulte ihm lange den Nacken, während die anderen nach weiteren Spuren Ausschau hielten.

»Wir sollten in die Höhle gehen«, meinte Hondor schließlich, als sie im Schlamm und Dreck nichts Weiteres gefunden hatten, was von Bedeutung war. »Vielleicht befindet sich das Amulett noch unentdeckt irgendwo dort.«

In dem reichlich bestückten Beutel, den sie von Mondernas Bunos erhalten hatten, fanden sie Fackeln und Feuermacher und so bewaffnet machten sich Hondor, Nandogral und Irindan daran, in die Höhle hinab zu steigen. Usadim und Toranus verweilten vor dem Eingang, um gege-

benenfalls Alarm schlagen zu können. Schließlich wusste man nie, wo und wann ein Sellag auftauchen würde.
Hondor ging voran. Der Weg kam ihm nun viel kürzer und einfacher vor, als beim ersten Mal. Wie erwartet, fanden sie keinen Sellag in der Höhle vor, und auch sonst war nicht mehr viel geblieben. Die Höhlenräume waren vollkommen leer geräumt. Nur noch ein paar wenige Münzen, die den Sellag anscheinend nicht einmal die Mühe wert gewesen waren, sich danach zu bücken, und die herabgestürzten Gesteinbrocken, die sich während der Explosion von der Decke und den Wänden gelöst hatten, lagen verstreut herum. Zumindest schien die Feuerwalze und das damit verbundene Beben nicht der Stabilität der Höhle geschadet zu haben.
Auch Nandograls Satteltaschen waren zurückgeblieben. Ihr Inhalt lag achtlos verstreut herum. Ganz offensichtlich waren sie durchwühlt und als wertlos erachtet worden. Nando machte sich seufzend daran, seine Habseligkeiten wieder einzusammeln, während die anderen die Höhle durchstreiften.
»Es sieht nicht so aus, als wäre das Amulett noch hier.« stellte Irindan mit hörbarer Enttäuschung in der Stimme fest, als er auch die letzte Ecke des Hauptraumes ausgeleuchtet hatte.
»Nein, sicherlich nicht«, pflichtete ihm Hondor aus der ebenso leeren Edelsteinkammer bei. Von den kostbaren, glitzernden Steinen war nicht ein einziger mehr zu finden. Dafür fiel nun das Loch in der Höhlenwand umso mehr auf. »Doch ich habe hier etwas anderes Seltsames gefunden.«
Neugierig traten Irindan und Nando zu Hondor in den Nebenraum.
»Das ist mir beim letzten Mal gar nicht aufgefallen.« Nando begutachtete die winzige Höhle mit dem schwarzen Steinpodest in deren Mitte etwas genauer. »Ich würde wetten, hier haben sie das Han-Amulett aufbewahrt.« Er strich vorsichtig über den schwarzen Würfel. »Das ist Hemalton.«
»Dann ist es also sicher, dass das Amulett mit dem Schatz weggebracht worden ist«, schloss Irindan. »Aber wohin?«
»Nach Alland Pera«, antwortet Hondor überzeugt. »Wer auch immer nun über diese Kreaturen herrscht, er will den Schatz sicherlich in der Nähe seines Thrones wissen. Und damit kennen wir unser nächstes Ziel.«
»Ihr wollt in die Hauptstadt gehen, Majestät?«, fragte Irindan auf die

Aussage hin etwas bang.
»Das wäre zu gefährlich«, belehrte ihn Hondor. »Aber ein Blick von oben kann wohl nicht schaden.«
Irindan nickte zögernd.
»Wohin mag wohl dieser Tunnel führen?«, warf Nandogral plötzlich unvermittelt und deutete auf die niedrige Öffnung an der gegenüberliegenden Wand. »Möglich ist, dass der Heerführer auf diesem Weg entkommen konnte.«
»Durchaus«, entgegnete Hondor skeptisch, »doch es wäre zu gefährlich, wenn wir uns dort ins dunkle Ungewisse begeben. Ihr dürft nicht vergessen, dass wir den Sellag weit unterlegen sind. Es ist sicher, dass sich das Amulett nicht mehr hier befindet, aber ob Kalerid es hat oder es sich in den Händen eines anderen Sellag befindet, das wissen wir nicht. Wir sollten nach Alland Pera fliegen. In der Luft befinden wir uns in einer weitaus sichereren Position.«
Irindan stimmte Hondors Vorschlag nur zu gerne zu. Ihm war das dunkle Nichts, das sich hinter der kleinen Höhle erstreckte, nicht geheuer. Nando zögerte einen Augenblick, doch dann fügte auch er sich der Mehrheit.
Die drei Männer machten sich auf den Rückweg. Außerhalb der Höhle war die Nacht hereingebrochen. Toranus lag in der feuchten Erde und Usadim hatte sich kampfbereit mit gezogener Sichel auf seinem Schwanz niedergelassen. Beide blickten sie ihren Gefährten erwartungsvoll entgegen, als diese wieder ins Freie traten.
Hondor schüttelte bedauernd den Kopf. »Sie haben nichts zurückgelassen«, antwortete er auf ihre stumme Frage. Dann berichtete er von dem Tunnel, den sie entdeckt hatten. Usadim und auch Toranus begrüßten ihre Entscheidung, ihn nicht näher in Augenschein genommen zu haben.
»Wer weiß, was Euch dort erwartet hätte«, meinte Usadim. »Womöglich wärt Ihr geradewegs in eine Falle gelaufen.«
»Und ich hätte Euch nicht einmal helfen können«, fügte Toranus hinzu. Man merkte ihm an, dass die Neuigkeit ihn verärgerte. »Ich frage mich nur, welche Geheimnisse noch dort unten verborgen sein mögen, von denen ich tausend Jahre lang nichts wusste.«
Nando klopfte dem Drachen freundschaftlich auf die Seite, während er mit der anderen Hand Graufell den Rücken kraulte. »So wie es aussieht, war dies das letzte Geheimnis der Höhle.«

»Was werden wir nun tun?«, warf Irindan ein. »Fliegen wir sofort los oder verbringen wir die Nacht hier?«
Obwohl es jeden der Gefährten dazu drängte, gleich weiter zu ziehen und nach dem Amulett zu suchen, waren sie sich einig, dass es in der Dunkelheit wohl wenig Sinn machen würde und sie vielleicht sogar etwas Wichtiges übersehen könnten. So beschlossen sie, bis zum Morgen am Paratul zu rasten und erst weiterzufliegen, sobald die Sonne aufgehen würde.

# Herras
## XVIII

Herras und seine Kameraden verbrachten einen geruhsamen Tag in Rogenborns Festung. Erst jetzt, wo sie zur Ruhe gekommen waren, wurde ihnen bewusst, wie sehr ihnen die Erschöpfung in den Knochen gesessen hatte.

König Durendas genoss die Gesellschaft der Reisenden sichtlich und er wurde weder müde, ihren Erzählungen zu lauschen, noch davon, ihnen selbst von den Taten seiner Jugendzeit zu berichten. Durendas musste ein wahrlich großer König gewesen sein, doch wenn er sie nun mit schwerfälligem Gang und auf seinen Stock gestützt durch die Gänge seiner Burg führte, wurde überdeutlich, dass diese Tage lange zurücklagen. Nur noch der jugendliche Glanz in seinen Augen zeugte von dem Tatendrang, der einst in ihm gesteckt hatte.

Der König ließ es sich nicht nehmen, den vier Reisenden jeden Winkel der Burg persönlich zu zeigen. Es gab nicht einen einzigen Raum, der nicht mit Gemälden voll gestopft war, kein Fleck der groben Steinwände war ausgelassen worden. Sie erfuhren von Durendas, dass diese übermäßige Fülle von Kunstwerken auf die Sammelleidenschaft zurückzuführen war, die schon seit Generationen im Blut des Herrschergeschlechts lag und auf ihr eigenes künstlerisches Talent, dessen Auslebung sie mit wahrer Begeisterung gefrönt hatten.

Wenn sie nicht gerade Durendas Gesellschaft leisteten, verbrachte Herras seine Zeit mit Maleris. Er musste sich eingestehen, dass er sich in der Nähe der jungen Frau ausgesprochen wohl fühlte und er ertappte sich insgeheim immer öfter dabei, wie er mit dem Gedanken spielte, den Rest seines Lebens mit ihr zu verbringen. Und auch, wenn sie nicht weiter über die Geschehnisse der vergangenen Nacht auf dem Balkon sprachen, so meinte er in Maleris' Augen den gleichen Gedanken lesen zu können.

Auch Marek erwähnte die Unterhaltung der letzten Nacht nicht weiter, doch zeigte er sich außergewöhnlich gesellig. Herras fragte sich, ob er diesen Sellag jemals wirklich durchschauen würde.

Merit vertiefte sich immer weiter in die Gespräche mit König Durendas

über zukünftige Handelsmöglichkeiten zwischen Lohringen und den südlichen Stämmen, wenn erst einmal die gefährlichen Zeiten vorbei waren. Beide gingen in diesem Thema so richtig auf.
Auch als sie sich am Abend im großen Saal zum Abendmahl trafen, gab es kein anderes Thema, bis es Herras zu viel wurde. In dem Versuch, das Thema zu wechseln, deutete er auf zwei große Gemälde mit prächtigen Rahmen, die links und rechts an der Wand hinter dem Thron hingen. Das Alter hatte sie bereits stark gezeichnet. Sie waren verblasst und an einigen Stellen löste sich die Farbe. Beide Bilder schienen ein und dieselbe Person zu zeigen und das Antlitz schien Herras merkwürdig vertraut, so, als hätte er es schon irgendwo einmal gesehen. Doch er konnte sich nicht erinnern, wo es gewesen sein könnte und es kam ihm auch recht unwahrscheinlich vor. Trotzdem trieb ihn die Neugier dazu, nachzufragen.
»Wer ist dieser Mann auf den Bildern?« Die glänzende Rüstung und das mächtige Schwert, auf das er sich in beiden Gemälden stützte, ließen Herras darauf schließen, dass es sich bei dem Porträtierten eindeutig um einen Kriegsherrn handeln musste.
»Dies sind Hagenras und Helaras, Horras' Söhne«, antwortete Durendas und Herras riss unwillkürlich die Augen auf, als er den zweiten Namen vernahm. Jedem Allendasser - und bedeute ihm die Vergangenheit noch so wenig - war dieser Name ein Begriff. »Es ist eine tragische Geschichte mit diesen beiden Zwillingsbrüdern verbunden.«
»Welche Geschichte?«, fragte Herras neugierig. Zwar kannte jedes Kind die Erzählung über Helaras und die Befreiung von Allendas, aber über den Kriegsherrn selbst war kaum etwas bekannt, geschweige denn über seine Herkunft.
»Nun, es ist eine sehr alte Geschichte. Sie ereignete sich vor über tausend Jahren... aber wenn Ihr sie gerne hören möchtet.« entgegnete Durendas und ließ seinen Diener ein weiteres Stück Fleisch auf seinen Teller legen.
Herras nickte heftig und da dem König die Freude, eine neue Geschichte erzählen zu können, deutlich anzumerken war, widersprachen selbstverständlich auch die anderen Anwesenden nicht.
»Nun gut«, begann Durendas sehr zufrieden. »Wie schon gesagt, das alles geschah vor über tausend Jahren, als Horras König von Lohringen war. Er war ein guter und gerechter König und das Land war unter seiner Herrschaft reich und mächtig. Lohringen soll zu dieser Zeit große

Schätze besessen haben und das Land war größer als heute, sowohl im Osten als auch im Norden gehörten noch viele Meilen Land dazu. Von seiner Frau hatte Horras ein gesundes und kräftiges Zwillingspaar geschenkt bekommen. Die Zukunft des Landes war gesichert. Dann starb Horras und die beiden Brüder teilten sich den Thron. Leider dauerte es nicht lange und es kam zu Zwistigkeiten zwischen ihnen. Hagenras warf Helaras vor, ihn zu betrügen und sich die Schätze alleine aneignen zu wollen. Es gab niemals Beweise für seine Vorwürfe, doch die Einigkeit zwischen den Brüdern zerbrach unwiderruflich und die Meinungen im Land waren zwiespältig. Hagenras verlangte von Helaras, dass dieser ins Exil gehen sollte oder er würde ihn hinrichten lassen und da Helaras wusste, dass sein Bruder keine leeren Drohungen ausstieß, zog er davon. Es scharte sich eine große Zahl Anhänger um Helaras, die an dessen Unschuld glaubten und der Überzeugung waren, dass Hagenras seine Behauptungen nur aufgestellt hatte, um selbst der alleinige Herrscher von Lohringen werden zu können, womit sie wohl auch recht hatten. Helaras und seine Anhänger verließen das Land gen Süden. Was danach aus ihnen geworden ist, weiß bis heute niemand.« Durendas schloss seine Erzählung mit einem sehr theatralischen Gesichtsausdruck.

»Er kam nach Allendas«, vervollständigte nun Herras seinerseits die Geschichte des Königs. »Er erkannte das Leid, das in Allendas herrschte, und befreite das Land von seinen damaligen Besatzern. Aus Dankbarkeit ernannte ihn die Bevölkerung zu ihrem neuen König. Ich weiß nicht viel über Helaras, aber er soll ein sehr weiser und gerechter König gewesen sein, aber auch unergründlich und verschlossen. Niemand hat jemals erfahren, woher er kam, doch er hat die Entwicklung von Allendas entscheidend geprägt.«

»Höchstwahrscheinlich auch die Isolation, in die sich Allendas seitdem zurückgezogen hat«, mutmaßte Merit, der sich an Herras' Erzählungen über Allendas und seine Bevölkerung erinnerte.

»Möglich«, entgegnete Herras. »Es heißt, Helaras lehnte jeden Kontakt zu anderen Völkern ab.«

»Die Enttäuschung über seinen Bruder hat ihn wohl sehr gebrandmarkt«, warf Maleris ein und ihre Stimme klang mitleidig, obwohl der Mann, über den sie sprachen, schon seit vielen Jahrhunderten tot war. Herras bedachte Maleris mit einem kurzen, liebevollen Blick. Er spürte erneut, wie einfühlsam das Mädchen war und das rührte ihn. Er legte

ihr den Arm um die Schultern und sie lehnte sich sanft an ihn.
»Ihr habt soeben eines der größten Geheimnisse unserer Geschichte gelöst«, sagte Herras an Durendas gewandt.
»Das Gleiche habe ich Euch zu verdanken«, entgegnete der König. »Es gab viele Gerüchte und Vermutungen über das Schicksal Helaras', doch wir hatten nicht erwartet, dass jemals die Wahrheit ans Licht kommen würde.«
»Dann sind Lohringen und Allendas gewissermaßen verbrüdert«, sagte Maleris, noch immer an Herras gelehnt.
»Ich hoffe, dass es uns möglich ist, diese tragische Verwandtschaft als Ausgangspunkt für eine bessere Beziehung in der Zukunft zu nutzen«, fügte Durendas optimistisch hinzu.
»Dafür müsste mein Land erst einmal seine Freiheit wiedergewinnen.« Herras' Gesicht verschloss sich.
»Es wird sich ein Weg finden.« Durendas erhob sein Glas. »Lasst uns auf eine bessere Zukunft trinken.«

Am nächsten Morgen rissen Jubelrufe und das Geklapper von unzähligen Pferdehufen auf den gepflasterten Straßen von Rogenborn, Herras aus dem Schlaf. Nach einem Augenblick der Benommenheit reifte in seinem Kopf die Erkenntnis, woher diese Geräusche rühren konnten. Mit einem Satz sprang er aus seinem Bett und riss die Tür auf, um, nur in sein langes Nachthemd gekleidet, auf den weitläufigen Balkon hinaus zu stürzen. Er war nicht der Erste. Seine drei Gefährten standen bereits über die Brüstung gebeugt. Maleris und Merit trugen ebenfalls noch ihre Nachtgewänder. Nur der Sellag hatte bereits seine lederne Tracht und das Kettenhemd übergestreift. Herras hatte ohnehin den Verdacht, dass er seine Kleidung niemals auszog. Alle drei musterten ihn verwundert, als er sich zu ihnen gesellte.
»Du hast einen recht gesunden Schlaf«, stellte Merit trocken fest. »Die Begrüßungsfanfaren waren schon vor einiger Zeit zu hören.«
Herras nahm die Bemerkung des Lemberusken nur am Rande wahr und entgegnete daher nichts drauf. Zu sehr war er von dem, was sich tief unter ihnen auf den Straßen abspielte, gefangen. Der Zug war wahrlich prächtig. Es mussten hunderte Krieger sein. Ihre Rüstungen und Helme glänzten, ihre Gewänder leuchteten in kräftigem Rot und Gelb. Ihre Banner waren reichlich geschmückt. Sie kamen sowohl die Hauptstraße als auch die Nebenstraßen hinauf. Würdevoll und gelas-

sen zogen sie in Richtung des Burgtores. Rogenborns Bevölkerung jubelte ihnen dabei zu.
Voran ritten zwei Krieger mit besonders prachtvoll geschmückten Rössern und goldenen Rüstungen. Der Helm des einen war mit roten Federn geschmückt, der des anderen mit leuchtend gelben. ‚Das müssen Derias und Dorian sein' dachte Herras bewundernd bei sich.
»Kommt, wir kleiden uns an und gehen hinunter. Ich möchte ihre Ankunft nicht verpassen«, unterbrach Maleris das staunende Schweigen. Die anderen stimmten ihr zu. Zu gerne wollten sie dabei sein, wenn der Zug den Burghof erreichte. Neue Hoffnung ließ Herras das Herz schneller schlagen.
Sie stürmten in ihre Räume, schlüpften in Windeseile in ihre Kleidung und eilten die Treppen hinunter. Sie kamen gerade rechtzeitig, um zu sehen, wie die beiden goldenen Krieger das Tor passierten und die Truppe in den Burghof einzog.
Durendas stand bereits, von Worrenz von Husand und einem Leibwächter flankiert, auf der oberen Stufe der breiten Treppe und seine Augen glänzten voller Stolz. Die beiden Krieger brachten ihre Pferde vor dem Treppenaufgang zum Stehen und saßen ab, während sich hinter ihnen der Hof immer weiter füllte, bis schließlich kein Platz mehr blieb und die Truppe vor dem Tor halten musste. Mit mächtigen Schritten erklommen die beiden Krieger unter den andächtigen Blicken Herras' und seiner Gefährten die Stufen und verneigten sich vor ihrem König.
»Seid gegrüßt, Vater!« Es kam wie aus einem Mund. Durendas streckte ihnen die Hand entgegen und sie berührten nacheinander den Handrücken ihres Vaters mit den Lippen.
»Willkommen, meine Söhne«, entgegnete der König herzlich und zog seine Söhne nacheinander an die Brust.
»Die Mission war erfolgreich, Vater«, berichtete einer der beiden Krieger. Herras vermutete, dass es Derias sein musste, denn sein Gesicht wirkte um einige Jahre älter, als das des anderen. Trotzdem konnte man unbestreitbar erkennen, dass es sich um Brüder handelte. »Die Grenzen sind gesichert und die Diplomaten haben ihre Arbeit aufgenommen.«
Durendas nickte sehr zufrieden. »Ich bin stolz auf euch«, antwortete der König und sein Gesicht brachte das auch zum Ausdruck. »Doch ruht euch nun eine Weile aus, bevor ihr mir Bericht erstattet. Die lange Reise muss euch erschöpft haben.« Jetzt, da sie in ihrer Nähe standen, war es nur zu deutlich zu erkennen, dass der Kriegszug die Krieger

ausgelaugt haben musste. »Wir haben Gäste, die euch kennen lernen möchten«, fuhr Durendas fort und stellte dann die vier Reisenden vor. Die beiden Krieger musterten sie interessiert. Dann ergriff Dorian das Wort. »Verzeiht«, sagte er an die vier Gefährten gewandt. »doch wir benötigen ein wenig Ruhe, bevor wir uns als angemessene Unterhalter erweisen können.«

»Das ist nur zu verständlich«, entgegnete Herras und meinte es ehrlich, obwohl es ihm in seinem Inneren danach drängte, sofort alles vorzubringen, was er auf dem Herzen hatte. Seine Kameraden nickten zustimmend.

»Wir werden uns dann zurückziehen«, erklärte Derias, doch bevor er und sein Bruder gingen, drehten sie sich noch einmal zu der wartenden Menge im Hof um. »Ein Hoch auf alle tapferen Krieger der königlichen Truppen.« Derias und Dorian streckten die Fäuste zum Himmel und ihre Männer jubelten ihnen zu. »Ihr seid eine wahrhaft große und ehrenvolle Armee. Jeder von Euch kann stolz auf seine Leistungen sein.« Wieder wurden Jubelrufe laut. »Doch nun geht nach Hause zu euren Familien. Sie erwarten euch bereits.«, schloss Derias seine Rede, als der Jubel nachgelassen hatte.

»Euer Land und ich sind stolz auf euch«, fügte Durendas noch hinzu. »Heute soll ein Festtag für Rogenborn und Lohringen sein.« Ein letztes Mal schwollen die begeisterten Rufe der Rogenborner an, dann begann sich der Hof zu leeren.

Derias und Dorian betraten die Burg, um ihre Gemächer aufzusuchen. Der König folgte ihnen und Herras blieb mit seinen Freunden unschlüssig im Hof zurück.

Als die beiden Brüder zum Mittagsmahl im großen Saal erschienen, saßen der König, Herras, die beiden Waldmenschen und der Sellag bereits an der reichlich gedeckten Tafel und erwarteten sie.

Derias und Dorian hatten ihre Rüstungen abgelegt und trugen nun reichlich bestickte Gewänder. Ihre Gesichter waren von Staub und Schmutz befreit und wirkten frisch und erholt.

»Nun berichtet«, sagte Durendas herzlich zu seinen Söhnen, die neben ihm an der Tafel Platz genommen hatten. »Wie sieht es im Norden aus?« Die Frage war an Derias gerichtet.

»Wir konnten die feindlichen Truppen im Norden zurückzudrängen«, begann der ältere der beiden Brüder und schien zufrieden mit dem Ausgang seines Feldzuges zu sein. »Es ist uns gelungen, mit den Anführer der gegnerischen Truppen zu verhandeln und zu einer friedlichen Einigung zu kommen. Außerdem haben wir ein Handelsabkommen über die Güter der Ländereien im Norden treffen können. Die gegnerischen Streitmächte schienen ebenfalls froh über diese Lösung zu sein. Die Diplomaten erledigen nun alles Weitere. Ich habe nur ein Minimum an Kriegern zur Sicherung zurückgelassen. Es gibt keine Verluste zu beklagen.«

Durendas lehnte sich in seinem hohen Sessel zurück und strich sich zufrieden durch den Bart. »Und wie steht es im Osten?«, fragte er nun seinen jüngeren Sohn.

Dorian legte das Stück Fleisch, von dem er soeben ein großes Stück abgebissen hatte, zurück auf den Teller und wischte sich über den Mund. »Leider konnten wir den Konflikt nicht auf ebenso friedliche Weise lösen. Die Plünderer hielten die Minen besetzt und haben einige unserer Untertanen getötet. Wir mussten mit Gewalt gegen sie vorgehen und auch einige von ihnen töten. Doch die Verluste auf den Seiten unsere Krieger sind gering und wir konnten die verbliebenen Plünderer über die Grenze zurückdrängen. Dort wurden sie von der Leibgarde des Königs sogleich in Empfang genommen. Ihr Vorgehen war nicht von ihrem Herrscher abgesegnet. Es handelte sich um eine eigenständige, räuberische Gemeinschaft. Als Zeichen unseres gegenseitigen Einvernehmens haben die Diplomaten begonnen, die Kontakte weiter auszubauen. Bei unserer Rückkehr trafen wir dann auf Derias' Truppen.«

»Sehr gut, sehr gut«, brummte Durendas vor sich hin und ließ sich ein weiteres Stück Gebratenes auftun.

Herras hatte den Berichten der beiden Königssöhne gespannt gelauscht. Sie schienen wahrlich etwas von ihrem Handwerk zu verstehen. Mit ihnen und der beeindruckenden Truppe, die in Rogenborn eingezogen war, sah er neue Hoffnung für Allendas.

Während Herras noch seinen Gedanken nachhing, wandte sich Derias an ihn. »Doch lasst uns nicht die ganze Zeit nur von uns sprechen. Ich bin neugierig, zu erfahren, wer Ihr seit und was der Grund Eures Besuches ist.«

Erneut begannen Herras, Merit und Maleris ihre Geschichte zu erzählen - wer sie waren, woher sie kamen und was der Grund für ihre Reise war. Letztendlich erzählte Marek noch seinen Teil, natürlich wieder einige wichtige Einzelheiten außen vor lassend.

»Euer Land hat einen schweren Schicksalsschlag erlitten«, sagte Dorian, als sie mit ihren Schilderungen fertig waren. Zu Herras' Verwunderung fügte Derias nichts hinzu, sondern musterte ihn nur über den Tisch hinweg mit einem merkwürdigen, düsteren Blick, der ihn verunsicherte.
»Das ist der Grund, warum wir hier sind«, sagte er weiter, während er Derias' Blick irritiert erwiderte. »Wir erbitten Eure Unterstützung, um unser Land zu befreien. In Lemberus heißt es, dass Ihr mächtige Streitmächte besitzt und heute Morgen konnten wir selbst sehen, dass dies der Wahrheit entspricht. Wir möchten Euch bitten, uns nach Allendas zu begleiten. Nur mit Eurer Hilfe können wir unser Land zurückgewinnen.«
Für einen Augenblick herrschte angespanntes Schweigen im Raum. Die beiden Brüder schienen über Herras' Worte nachzudenken und sie abzuwägen.
»Denkt Ihr, unsere Streitmacht ist groß genug, um ein ganzes Land zu befreien?«, fragte Dorian schließlich nachdenklich.
»Es ist unsere einzige Hoffnung«, entgegnete Herras bedrückt. »Und Eure Krieger scheinen stolze und starke Männer zu sein....«
»Versucht uns nicht Honig ums Maul zu schmieren«, unterbrach ihn Derias plötzlich unerwartet heftig, sodass sogar sein Vater ihn überrascht anblickte. Der ältere der beiden Söhne beugte sich in seinem Stuhl nach vorne und legte entschlossen die Handflächen auf den Tisch. »Es kommt gar nicht in Frage, dass wir mit Euch ziehen.«
Herras brachte angesichts dieser Reaktion, im ersten Moment keinen Ton über die Lippen.
»Urteile nicht vorschnell«, entgegnete stattdessen der König würdevoll.
»Lass' uns doch erst einmal über diese Möglichkeit nachdenken«, stand ihm sein jüngerer Sohn bei.
Doch Derias schüttelte heftig den Kopf. »Warum sollten wir das Leben unserer Männer aufs Spiel setzten? Wofür sollte das gut sein? Was bringt es uns? Unsere Armee ist gerade erst aus zwei Kriegszügen zurückgekehrt. Wir sollten den Männern Ruhe gönnen, anstatt sie in einen neuen Kampf zu schicken.«
»Aber wir können doch nicht das Schicksal dieser Menschen ignorieren«, widersprach ihm sein Bruder.
»Jeder ist für sein Schicksal selbst verantwortlich«, entgegnete Derias

kalt. »Ihr habt doch selbst einen König. Es ist seine Aufgabe, für den Frieden und die Freiheit seines Landes zu sorgen.«
»Wir wissen nicht einmal, ob König Hondor noch am Leben ist«, warf Herras ein, dessen Sprachlosigkeit sich langsam in Verzweiflung verwandelte.
»Und ich weiß nicht, warum ich riskieren soll, hunderte von Frauen zu Witwen und Kinder zu Waisen zu machen.« Derias Tonfall war eisig.
»Die Sellag sind nicht besonders stark und mächtig...«, begann Herras halbherzig, doch Derias unterbrach ihn. »Dann lehnt Euch doch selbst gegen sie auf.«
»Derias«, unterbrach ihn sein Vater gebieterisch. »wie kannst du so reden, ohne einen Funken von Mitgefühl und Menschlichkeit.« Derias legte arrogant den Kopf in den Nacken. »Wenn dich schon nicht das Mitgefühl zum Nachdenken verleitet«, fuhr sein Vater fort, »dann vielleicht die von dir so geschätzte Diplomatie. Die Geschichte verbindet unser Land mit Allendas.« Derias blickte seinen Vater fragend an und auch Dorian zog überrascht die dunklen Augenbrauen nach oben.
»Vor über tausend Jahren hat Helaras in Allendas eine neue Heimat gefunden, nachdem ihm in Lohringen Ungerechtigkeit widerfahren war. Allendas bot ihm einen Thron und eine Heimat, nachdem er von seinem eigenen Bruder vertrieben worden war und das macht auch unsere Länder zu Brüdern. Dies wäre die Gelegenheit, die alte Schuld zu begleichen.«
»Die Geschichte und Jahrhunderte alte Schulden interessieren mich nicht« erwiderte Derias und stand mit einer heftigen Bewegung auf. »Ich werde meine Männer nicht für ein fremdes Land opfern.« Mit diesen Worten ging er hinaus und die große Flügeltür fiel hinter ihm donnernd ins Schloss.
Herras ließ leise zischend den angehaltenen Atem entweichen, während Durendas betrübt den Kopf schüttelte und Dorian abwertend schnaubte. Die anderen starrten mit trübseligen Blicken in die Runde und sogar Marek schien unangenehm überrascht zu sein.
»Verzeiht das Verhalten meines Sohnes«, sagte Durendas schließlich.
»Es ist sein gutes Recht, den Sinn eines solchen Kriegszuges anzuzweifeln«, entgegnete Merit.
»Er wird seine Meinung auch nicht ändern.« Dorian wirkte enttäuscht über das Verhalten seines Bruders. »Er kann sehr stur sein.« Der Jüngere machte eine kurze Pause. »Ich kann auch nicht für meine Männer

sprechen. Wir sind gerade erst zurückgekehrt, wie Ihr wisst. Doch ich, für meinen Teil, bin bereit, Euch zu helfen. Und ich werde vor meinen Männern für Euch sprechen.«

Herras nickte dankbar. »Ihr wisst nicht, was mir Eure Worte bedeuten«, brachte er heiser hervor.

»Doch wir sollten nicht zu viel Zeit verschwenden«, fuhr Dorian nun mit dem Gesicht eines Kriegsherrn, der bereits über eine Strategie nachdachte, fort. »Wenn wir Eurem Land helfen sollen, muss es umgehend geschehen.« Er machte eine kurze Pause und traf nun einen festen Entschluss. »Am Besten, wir ziehen bereits morgen früh los.«

»Auch ich werde Euch begeleiten«, warf Durendas plötzlich mit einem Funkeln in den Augen ein.

»Aber Vater...«, begann Dorian entsetzt, doch der König unterbrach seinen Sohn mit einer knappen Handbewegung. »Keine Widerworte«, sagte er fest. »Ich werde mit in dieses Abenteuer ziehen, auch wenn es mein letztes sein sollte.«

Dorian gab sich mit einem verständnisvollen Blick für seinen Vater geschlagen. Er wusste, welches Leid das sinnlose Herumsitzen dem einstmals tatkräftigen König bereitete. Warum sollte er ihm nicht diesen Wunsch erfüllen?

»Nun gut.« Dorian winkte einen der Diener herbei. »Lass' den Befehl verkünden, dass sich meine Männer zusammenfinden sollen, damit ich sie über unseren neuen Kriegszug unterrichten kann!« Dorian wusste, dass seine Krieger, auch wenn sie ihrem Herrn noch so loyal zugetan waren, darüber nicht begeistert sein würden; noch weniger ihre Frauen und Kinder. Aber es war ihre Berufung, und einem Kampf davonzulaufen, lag nicht in ihrer Natur.

Mit einem stummen Nicken verschwand der Diener leise und schloss die Tür behutsam hinter sich.

Die verbliebenen Bediensteten begannen nun, den Tisch abzuräumen und schenkten Wein nach.

Durendas lehnte sich bequem in seinem hohen Stuhl zurück und zog aus der Tasche seines Gewandes seine Pfeife und einen kleinen Beutel Tabak hervor. Er stopfte in Ruhe und entzündete sie dann. Ein angenehmer, würziger Geruch machte sich im Raum breit.

Dorian saß mit dem Kinn auf die Hände gestützt am Tisch und hatte die Stirn in nachdenkliche Falten gelegt. Er schien angestrengt über das Kommende nachzudenken, sodass die anderen es nicht wagten, ihn

dabei zu stören.
»Lohringen besitzt im Süden eine gemeinsame Grenze mit Allendas, wenn ich mich recht erinnere«, sagte er schließlich.
»Richtig«, pflichtete ihm Herras bei, »es dürfte das Einfachste sein, wenn wir von dort aus in Allendas eindringen.«
»Wird die Grenze geschützt und von den Sellag belagert?«, hakte Dorian nach.
Herras musste gestehen, dass er darauf keine Antwort geben konnte.
»Soweit ich weiß, sind keine Bewachungsmaßnahmen an den Grenzen vorgesehen«, warf Marek plötzlich ein.
Herras zog überrascht die Augenbrauen nach oben, angesichts dieses kooperativen Einwands des Sellag und zu seiner Erleichterung fragte weder Dorian noch Durendas nach, woher Marek dieses Wissen hatte.
»Gut«, Dorian schien seine Gedanken weiterzuführen, »das macht es uns leichter, unentdeckt in Euer Land zu gelangen. Wir brauchen das Überraschungsmoment, zumindest zu Anfang. Wie sieht die Gegend dort aus?«
»Die Grenze führt mitten durch den Rorgan-Wald«, beschrieb Herras. »An ihn schließt sich hügeliges Grasland an.«
Dorian rieb sich das Kinn, während er weiter überlegte. »Der Wald wird unser Vorankommen erschweren, dafür wird er uns helfen, unentdeckt zu bleiben. Könnt Ihr mir eine grobe Karte von Allendas anfertigen, Herras?«
Herras nickte und auf ein Zeichen hin brachte ein Diener eine Rolle Papier, das er vor Herras entfaltete, sowie eine Feder mit einem Tintenfass. Herras stierte einen Moment auf das leere Papier und versuchte, so gut ihm möglich war, die Umrisse seiner Heimat ins Gedächtnis zu rufen. Dann begann er. Er zeichnete die lang gestreckte Form von Allendas auf das Papier, deutete auf der linken Seite das Gerland-Gebirge und auf der rechten das bewaldete Land von Lemberus an, malte mit kleinen Wellen im Süden das Meer und im Norden Lohringen ein. Dann bemühte er sich, den Verlauf der drei größten Flüsse einzuzeichnen, anschließend im Süden Alland Pera, ein Stück darüber Elland und Zurnam. Einige weiter Städte und Dörfer, an deren Lage er sich ungefähr erinnern konnte, folgten. Als er fertig war, legte er die Feder zur Seite und schob das Papier Dorian über den Tisch hinweg zu.
»Natürlich gibt es noch viel mehr Dörfer in Allendas, aber dies sind die wichtigsten«, erklärte er, während Dorian das Blatt nahm, und begann,

es eingehend zu studieren.
»Euer Land ist nicht sonderlich breit«, stellte er nach einer Weile fest. »Das ist gut. Doch wir müssen uns Stück für Stück nach Süden vorantasten und darauf achten, dass uns der Rücken frei bleibt.«
Die anderen brummten zustimmend und Dorian faltete das Papier zusammen und steckte es in seine Tasche. »Mehr kann ich im Moment noch nicht sagen. Wir müssen abwarten, wie die Lage vor Ort ist.«
»Wir sollten uns an diesem Tag ausruhen«, fügte Durendas hinzu. »Morgen wird der erste einer ganzen Reihe anstrengender Tage sein.«
Mit diesen Worten war das Mittagsmahl, oder die Lagebesprechung, wie man es vielleicht eher nennen konnte, abgeschlossen und alle, bis auf Dorian, zogen sich in ihre Räume zurück. Er bereitete sich darauf vor, seinen Männern die unfreudige Nachricht (oder freudige, das kommt darauf an, ob die Krieger Familie hatten oder sich in ihrer »freien Zeit« nur mit faden Brettspielen und dem vermehrten Zuspruch zum Lohringer Bier unterhielten) über ihren baldigen Aufbruch zu überbringen.

Die vier Gefährten verbrachten den Rest des Tages damit, auf dem Balkon in der Herbstsonne zu verweilen. Herras saß auf der niedrigen Bank an die Wand gelehnt und genoss es, dass Maleris dicht neben ihn gerückt war. Zu ihren Füßen hockte Merit mit angewinkelten Beinen auf dem Boden und ließ sich die Sonne ins Gesicht scheinen. Marek stand ein wenig abseits an die massive, steinerne Balustrade gelehnt und blickte über die Ebenen von Lohringen hinweg. Lange Zeit sagte niemand ein Wort.
»Was planst du, Marek?«, brach Herras plötzlich unvermittelt das Schweigen. Sowohl der Sellag, als auch die beiden Waldmenschen sahen ihn verwundert an.
»Immer dieselbe Frage« entgegnete der Sellag mit zur Seite geneigtem Kopf. »Was meinst du dieses Mal?«
»Wirst du hier bleiben, oder wirst du uns begleiten?«
Einen Augenblick beäugte Marek ihn misstrauisch. »Ich gedenke Euch zu begleiten«, antwortet er schließlich.
»Obwohl wir gegen dein Volk in den Krieg ziehen?«
»Es war doch Euer Wunsch, dass ich euch behilflich bin«, entgegnete Marek, ohne dabei auf den eigentlichen Sinn von Herras' Frage einzugehen. »War das nicht der Grund, warum ihr mir überhaupt das Leben

gelassen habt?«
Herras antwortete nicht sofort. Ihm wurde bewusst, dass der Grund, warum der Sellag bei ihnen war, nach allem, was in den letzten Tagen geschehen war, unbemerkt immer mehr in den Hintergrund gerückt war. Seine Anwesenheit war beinahe schon selbstverständlich, ohne dass er sich darüber Gedanken machte. Maleris und Merit musterten ihn abwartend.
»Dann bleibt allerdings die Frage, ob du überhaupt gedenkst, uns zu helfen.« Herras musterte den Sellag aus zusammengekniffenen Augen und Marek begegnete seinem Blick mit einer Mischung aus Empörung und Mitleid. »Ihr vertraut mir also noch immer nicht.«
»Angesichts der Tatsache, wer und was du bist, wirst du verstehen, dass es uns schwer fällt, dir zu vertrauen«, entgegnete Herras scharf.
»So?«, zischte der Sellag. »Dann darf ich Euch wohl darauf aufmerksam machen, dass es für mich in den letzten Tagen genügend Augenblicke gab, in denen ihr unaufmerksam genug wart. Es wäre für mich ein leichtes Unterfangen gewesen, Euch zu töten und damit Eurem Unternehmen ein vorzeitiges Ende zu setzen. Und, habe ich es getan?«
Herras, Maleris und Merit schwiegen betroffen. Mit einem Schlag wurde ihnen bewusst, dass sie tatsächlich alle nötige Vorsicht dem Sellag gegenüber hatten fallen lassen. Sie waren nachlässig geworden. Oder bedeutet es, dass sie dem Sellag in ihrem Inneren doch vertrauten und es sich nur nicht eingestehen wollten?
Marek wirkte, als hätte er gar nicht mit einer Antwort gerechnet. »Nun, wie ich sehe, stimmt ihr mir zu.« Die Arme vor der Brust verschränkt, lehnte er sich mit dem Rücken an die Brüstung.
»Aber warum?«, brachte Herras nur hervor.
»Ihr sprecht heute in Rätseln«, erwiderte der Sellag bissig.
»Warum solltest du auf unsere Seite sein?«
»Na, das fragt genau der Richtige.« Marek war merklich eingeschnappt. »Denkt an Eure Worte von neulich nachts.« Er war sich im Klaren darüber, dass er den Menschen erneut etwas zum Nachdenken gegeben hatte und er war zufrieden mit sich. »Ich werde mich nun ausruhen«, sagte er knapp und ließ seine Gefährten mit diesen Worten zurück, um in seiner Kammer zu verschwinden.
Merit ließ sich mit einem Aufstöhnen auf den Rücken fallen, während Herras und Maleris noch immer verdattert auf die Tür starrten, die sich hinter Marek geschlossen hatte.

»Der macht mich völlig krank«, brummte Merit. »Aus dem Gesellen wird man einfach nicht schlau.«
»Von mir aus kann er so eigensinnig sein, wie er will, solange er uns nicht in den Rücken fällt.« Herras ließ sich mit einem dumpfen Schlag an die Wand hinter sich fallen.
»Ich denke nicht, dass er das tun wird«, ergriff nun Maleris zum ersten Mal das Wort. »Ist euch eigentlich klar, dass er eine Menge riskiert, wenn er mit uns nach Allendas zurückkehrt? Seine Leute werden nicht erfreut darüber sein, dich noch am Leben zu sehen.« Sie blickte Herras an. »Wir sollten ihm wirklich mehr Vertrauen entgegenbringen.«
Herras und Merit enthielten sich jeglichen Kommentars und somit war das Thema für diesen Tag erst einmal beendet. Es gab genug, worüber Herras sich Sorgen machen konnte. Noch war es nicht einmal sicher, ob es überhaupt einen Befreiungszug geben würde. Was wäre, wenn am nächsten Tag kein Krieger erscheinen würde? Dorian hatte zu Recht darauf hingewiesen, dass die Truppen gerade erst in die Heimat zurückgekehrt waren. Vielleicht würden sie sich verweigern? Vielleicht wären sie derselben Ansicht wie Derias? Und was würde das für ihn bedeuten? Wäre dies das Ende seiner Bemühungen oder nur ein Aufschub? Herras versank wieder in Grübeleien. Selbstzweifel waren seine Schwäche, die ihn schon seit Beginn seiner Reise plagte.
Sie verbrachten noch einige Zeit an der frischen Luft, bis die Sonne begann unterzugehen. Dann krochen sie früh in ihre Betten, um für den kommenden Teil ihrer Reise gewappnet zu sein.

Als beim Morgengrauen Herras, gefolgt von Marek und den beiden Lemberusken, vor Rogenborns Stadttor erschienen, erwartete sie ein überwältigender Anblick. Herras' Sorgen waren völlig überflüssig gewesen. So, wie sie nun auf der Ebene vor den Stadtmauern versammelt war, wirkte die Truppe noch sehr viel gewaltiger. Die vorherrschende Farbe war gelb, das Zeichen von Dorians Mannen, aber auch viele rot gekleidete Krieger waren zu sehen. Es überraschte Herras, dass sich so viele Kämpfer aus Derias' Heer eingefunden hatten. Von den Streitigkeiten und den Zerwürfnissen, bis hin zu einigen Handgreiflichkeiten, die sich in der Nacht ereignet hatten, sollten sie erst später von Dorian erfahren. Die Tatsache, dass König Durendas selbst an diesem Streitzug teilnehmen würde, hatte zu großem Zwiespalt in den Reihen von Derias' Kriegern geführt. Einige von ihnen, darunter auch viele, die schon in früheren Jahren unter Durendas geritten waren, fühlten sich dazu berufen, entgegen Derias' Befehl, dem König zu folgen. Die anderen waren Derias zu treu ergeben, um sich seinem Wunsch zu widersetzen.

Durendas und Dorian hatten bereits aufgesessen und erwarteten ihre Gäste. An ihrer Seite standen zwei Knappen mit vier prächtigen braunen Pferden, die für die vier Reisenden ausgewählt worden waren. Herras bewunderte die gepflegten, muskulösen Tiere, während er sich mit ungewohnt steifen Schritten dem wartenden König und seinem Sohn näherte. Durendas, selbst schon in seiner Rüstung gekleidet, die ihm ein würdevolles Aussehen verlieh, hatte die Gefährten nach dem Morgenmahl in die Waffenkammer der Burg geschickt, um sich einkleiden zu lassen. So recht wohl fühlte sich Herras in der silberglänzenden Rüstung nicht. Selbst als Hauptmann der königlichen Wachen von Allendas hatte er nie so etwas benötigt. In Merits und Maleris' Gesicht konnte er erkennen, dass es ihnen nicht besser erging. Beinahe beneidete er den Sellag, der sich vehement geweigert hatte, sein Kettenhemd einzutauschen. Das lange Schwert an seinem Gürtel behinderte Herras ebenfalls beim Laufen. Zusätzlich hatten er und Merit sich ihre Armbrüste auf den Rücken geschnallt.

Als sie Durendas und Dorian erreicht hatten, nickten diese ihnen würdevoll zu und die vier Reisenden bestiegen ihre Pferde. Obwohl Marek den Umgang mit Pferden kaum gewohnt war, fiel es ihm leichter, in den Sattel zu steigen, als den Menschen, die den Umgang mit Rüstungen nicht kannten.

Durendas lachte leise. »Ihr werdet Euch daran gewöhnen«, sagte er, als sich Herras und die beiden Waldmenschen mühsam auf die Pferderücken gehievt hatten.

Ein Krieger mit gelbem Helmschmuck trabte an die Gruppe heran.

»Dies ist Jaranas von Husand«, stellte Dorian den Mann vor. »Mein Hauptmann.«

Jaranas nickte ihnen knapp zu und wandte sich dann an Durendas und Dorian. »Die Krieger sind vollzählig versammelt und bereit«, meldete er.

»Gut«, entgegnete Dorian zufrieden. »Wir sollten losziehen.« Der Königssohn gab den beiden Hornbläsern ein Zeichen und sie begannen in ihre geschwungen Instrumente zu blasen. Als die Fanfare ertönte, begannen sich die Krieger sofort neu zu ordnen. Jeder schien zu wissen,

wo er hingehörte. Ehe sie sich versahen, hatte sich die Truppe aufgestellt.
Durendas nickte ihnen kurz zu und die Bläser stießen erneut in ihre Hörner. Der Zug setzte sich in Bewegung. Dorian und sein Hauptmann ritten voran, dahinter kamen Durendas und die vier Gefährten, bevor nach und nach die ganze Kriegstruppe folgte.
Herras blickt ein letztes Mal zu Rogenborns mächtiger Burg zurück, die im Morgengrauen lag und meinte, im rötlichen Schein der tiefen Morgensonne Derias und die Gestalt eines anderen Mannes auf der Empore erkennen zu können, doch um ihre Gesichter genau sehen zu können, waren sie zu weit entfernt.
Der Trupp bog auf die breite und gerade Straße Richtung Süden ein, auf der sie auch bei ihrer Hinreise schon nach Rogenborn gekommen waren.

»Sie reiten los, Hoheit«, sagte Simeras von Folland, der Hauptmann von Derias' Armee, zu seinem Herrn und hob erneut die Hand an die Stirn, um sich von der niedrig stehenden Morgensonne zu schützen, die ihn blendete.
»Das kann ich selbst sehen«, fauchte Derias zurück. Der Hauptmann nahm die schlechte Stimmung seines Herrn gelassen hin. Derias stemmte sich mit beiden Armen auf der Brüstung der Empore ab und starrte mit zusammengekniffen Augen über die Stadtmauer hinweg.
»Sind meine Männer bereit?«, fragte der Thronfolger nun etwas ruhiger, wenn auch mit deutlich unterdrücktem Zorn.
»Sie warten am Osttor, gut verborgen«, bestätigte Simeras auf seine typische ausgeglichene Art.
»Und Worrenz von Husand weiß, was seine Aufgaben sind?«
»Selbstverständlich, Majestät. Er ist über alles instruiert.«
»Dann sollten wir uns bereitmachen, ihnen zu folgen.« Mit einem letzten Blick hinab, wandte Derias sich um und verließ die Empore. Simeras folgte ihm.

# Zorina

## I

Die erste Nacht, seit die Männer das Kloster verlassen hatten, war vergangen. Über dem Wald brach ein neuer Morgen heran. Die Lage innerhalb und außerhalb der Mauern aus schwarzen Hemalton war ruhig geblieben.
In Zorina jedoch sah es völlig anders aus, als sie zum Morgenmahl in die düstere Küche trat, die von dem Sonnenlicht des neuen Tages nur schwer durch die schmalen, hohen Fenster erreicht wurde. Ausgelaugt und übernächtigt ließ sie sich auf ihren Platz sinken. Sie hatte in dieser Nacht kaum und wenn, nur sehr unruhig geschlafen. Visionen hatten sie geplagt, seitdem sie sich aus der Bibliothek in ihre Kammer zurückgezogen hatte. Die Tatsache, dass sie nun wusste, was die Ursache für diese unwillkommene Fähigkeit war, machte es ihr nicht leichter, damit umzugehen. Sie hatte überlegt, das Amulett einfach Mondernas Bunos zu geben und es von ihm sicher verwahren zu lassen, doch etwas in ihr wehrte sich, trotz aller Unannehmlichkeiten, gegen diesen Gedanken. Dabei waren die inneren Bilder in dieser Nacht nicht so beunruhigend, wie ihre bisherigen Eingebungen. Doch sie waren überraschend gekommen und hatten die junge Frau gezwungen, sich mit neuen Gedanken auseinander zu setzen. Dieses Mal hatten sich ihre Ahnungen auf sie selbst bezogen und auf Hondor... und sie waren völlig anderer Natur als diejenigen, die sie bisher hatte.
Über den Tisch hinweg blickte Moran sie schweigend an und Sorge zeichnete ihr müdes Gesicht. Zorina war sich sicher, dass die Bauersfrau in dieser Nacht wohl ebenfalls nicht viel Schlaf gefunden hatte. Schon am Abend, als sie zusammen in der Bibliothek gesessen hatten, hatte die Sorge um ihren Mann Morans ganzes Denken beherrscht. Zorina wünschte sich, ihre Visionen hätten ihr Aufschluss über das Schicksal der Männer gegeben, sodass sie Moran ihre Sorgen hätte nehmen können, doch so sehr sie sich auch bemüht hatte, sich darauf zu konzentrieren, dieses Wissen blieb ihr verborgen. Die Tatsache, dass sie nun wusste, dass Hondor wohl zurückkehren würde, machte ihr im Moment das Herz auch nicht leichter.

Nur wenige Kils später trottete auch Pogan herbei und setzte sich neben seine Mutter. Dem Jungen schien die Sorge um seinen Vater nicht so zuzusetzen wie ihr. Noch immer stand ihm die Aufregung ins Gesicht geschrieben. Das Bernam-Kloster war für ihn ein Ort der nicht enden wollenden Geheimnisse und Abenteuer. Zorina beneidete ihn fast um seine jugendliche Unbeschwertheit.
»Ist etwas geschehen heute Nacht?«, fragte Zorina an Bunos gewand, der wie üblich am Kopfende des Tisches saß, schon fast aus Gewohnheit und um sich selbst ein wenig anzulenken.
Der Abt schüttelte den Kopf. »Nein, nichts Außergewöhnliches. Die Sellag scheinen wieder zu ihrem normalen Tageswerk übergegangen zu sein. Sie versuchen wohl immer noch, die Verluste, die sie bei der Schlacht erlitten haben, zu verkraften.«
»Hoffen wir, dass sie noch lange damit beschäftigt sind«, erwiderte Zorina und biss appetitlos in ihr Stück Brot.

Später gingen Zorina und Moran im Kreuzgang spazieren, um frische Luft zu schnappen. Wenn die Bauersfrau bisher schweigsam gewesen war, so konnte man nun denken, dass sie völlig verstummt war. Zorina wusste nicht, ob sie diese Eigenschaft schätzen sollte. Gerne hätte sie ein bisschen geplaudert, um sich abzulenken und noch lieber hätte sie Moran von dem erzählt, was sie in der Nacht vor ihrem inneren Auge gesehen hatte.
Die Statuen der Mönche starrten, unbeeindruckt von den Ereignissen der letzten Tage, düster auf sie hinab, während die beiden Frauen den Kreuzgang umrundeten und sich dann auf einer Bank niederließen, um auf den staubigen Hof zu blicken.
»Ich hatte heute Nacht eine Vorahnung«, begann Zorina schließlich, als das Schweigen zu bedrückend wurde.
Moran blickte sie mit großen, dunklen Augen an. »Was habt Ihr gesehen?«, fragte sie schließlich mit leiser Stimme.
Zorina lehnte sich an die kühle Steinmauer zurück, bevor sie antwortete. Das Gefühl von festem Stein, der sich in ihren Rücken presste, verlieh ihr Sicherheit. »Eine Hochzeit«, antwortete sie, »meine Hochzeit«, fügte sie noch hinzu. Morans Reaktion bestand aus Schweigen und einem enttäuschten Schimmer in ihren Augen. Zorina brauchte keine hellsichtigen Fähigkeiten, um zu erraten, dass Moran sich erhofft hatte, etwas über das Schicksal der Männer erfahren zu können. Es tat

ihr leid, sie enttäuschen zu müssen.
»Es war recht merkwürdig«, fuhr Zorina fort und strich sich das dunkle Haar aus der Stirn.
»Wieso?« Moran schien gar nicht abgeneigt darüber zu sein, sich etwas von ihren Gedanken abzulenken, doch es war wohl nicht ihre Art, ein Gespräch zu beginnen.
»Es war meine Vermählung mit König Hondor«, entgegnete Zorina zögerlich. Jetzt, wo sie es aussprach, kam es ihr irgendwie albern vor. Sie rechnete damit, dass Moran nun lachen würde, doch diese blickte sie nur weiterhin ruhig an.
»Ist das denn so abwegig?«, sagte sie dann zu Zorinas Überraschung.
Zorina dachte einen Augenblick nach. »Ich habe mich noch nie mit dem Gedanken beschäftigt«, gestand sie dann ein.
»Ich habe gesehen, wie der König Euch ansieht.« Moran lehnte sich ein Stück nach vorne und Zorina bewunderte die Gelassenheit, mit der die Bauersfrau über so etwas sprach. »Ihr bedeutest ihm viel, das kann man deutlich erkennen.«
Jetzt war es an Zorina, mit großen Augen zu starren, bevor sie begann, nervös die Falten ihrer braunen Kutte zu ordnen.
»Aber er hat sich nie etwas anmerken lassen«, entgegnete sie nach einer Weile.
»Nun«, Moran legte ihr beruhigend die Hand auf den Unterarm und Zorina staunte erneut über die bisher so verschlossene Frau, »ich denke, es war wohl kaum die passende Zeit dafür. Und als König ist er es sicher nicht gewohnt, solchen Gefühlen Ausdruck zu verleihen.«
Zorina gefiel es mit einem Mal nicht mehr so recht, sich über dieses Thema zu unterhalten, vor allem, da es sie auch zwang, sich mit ihren eigenen Gefühlen zu beschäftigen. Wenn sie Hondor wahrhaftig irgendwann einmal heiraten würde, so musste das auch bedeuten, dass sie sich zu ihm hingezogen fühlte. Doch wie Moran so richtig festgestellt hatte, war bisher noch nicht der passende Zeitpunkt gewesen, um sich über solche Dinge Gedanken zu machen. Sie mochte Hondor - die Art wie er sich gab - das musste sie sich eingestehen, aber ob ihre Gefühle darüber hinausgingen, das konnte und wollte sie in diesem Augenblick nicht feststellen.
»Es ist auch gar nicht sicher, dass es so eintritt, wie ich es gesehen habe«, sagte Zorina plötzlich abweisend. »Nando sagte, dass es eine Menge Übung braucht, um das Amulett richtig einzusetzen. Vielleicht handelt

es sich bei meiner Vision einfach nur um Spinnerei.« In ihrem Inneren glaubte Zorina selbst nicht recht an ihre Worte. Moran nahm ihren Stimmungswechsel mit einem dünnen, wissenden Lächeln hin und tat das einzig Richtige: Sie ließ es dabei bewenden.
Die beiden Frauen blieben noch eine Weile sitzen, bis es ihnen zu kühl in dem schattigen Hof wurde und sie hineingingen.

# Herras
## XIX

Die Truppe kam gut voran, sehr viel besser, als Herras es angesichts dieser riesigen Kriegsschar erwartet hatte. Der Kriegszug musste annähernd zweitausend Barret lang sein, doch man merkte, dass die Krieger es gewohnt waren, zusammen zu reiten. Niemand geriet aus der Reihe oder blieb zurück und keiner zeigte ein Anzeichen von Erschöpfung, auch nicht, nachdem sie schon viele hundert Kils unterwegs waren. Sogar die Pferde wirkten noch immer frisch und ausgeruht. Nicht einmal dem in die Jahre gekommen König war etwas anmerken. Nur den beiden Waldmenschen, Herras selbst und sogar Marek stand die Anstrengung ins Gesicht geschrieben.

Nachdem sie Rogenborn hinter sich gelassen hatten und auf die breite Straße nach Süden gekommen waren, hatte Dorian sofort in einen schnellen Trab gewechselt und die anderen waren ihm, wie selbstverständlich, gefolgt.

Das Land wirkte nicht weniger trostlos als noch Tage zuvor, stellte Herras fest. Wie hätte sich auch in den letzten Tagen etwas ändern sollen, wo sich seit tausenden von Jahren nichts verändert hatte. Doch Herras' Stimmung hatte sich gewandelt. Er war nun nicht mehr trübselig, sondern voller Hoffnung.

Am frühen Abend erreichten sie Wernborn und waren, wie Herras zufrieden feststellte, somit doppelt so schnell, wie bei ihrer Hinreise.

Die große Anzahl an Kriegern überschritt die Möglichkeiten des kleinen Ortes bei weitem und so schlugen sie ihr Lager unmittelbar vor den Stadttoren auf.

# Hondor XVIII / Toranus XII

Bei Morgengrauen löschte Irindan das Lagerfeuer, das Toranus für sie am Vorabend auf der Abseite des Paratul entzündet hatte, damit es von Zurnam aus nicht gesehen werden konnte. Währenddessen verstauten Hondor und Nando ihre Habseligkeiten in den Rucksäcken. Aus Zurnam war während der ganzen Nacht keine Gefahr gekommen. Auf den Stadtmauern hatten sie die Fackeln der Wächter beobachten können und nichts hatte darauf hingedeutet, dass sie entdeckt worden waren.

Während sich die anderen drei Männer bereits auf Toranus' Rücken schwangen, fiel es Nando erneut schwer, sich von Graufell, der die ganze Nacht treu bei seinem Herrn verweilt hatte, zu verabschieden. Er gab dem Maultier einen sanften Klaps, und gerade, als er seinen Kameraden folgen wollte, bemerkte er, dass sie sich in einem Punkt geirrt hatten: Sie waren doch entdeckt worden!

Die Hohlstraße hinauf kam ein Trupp von ungefähr drei Dutzend Sellag. Sie stapften geradewegs auf sie zu. Toranus spreizte die Flügel, bereit, sich, sobald Nandogral auf seinem Rücken sitzen würde, in die Lüfte zu erheben und den Angreifern zu entfliehen. Doch Hondor hielt ihn zurück.

»Warte!«, sagte er, da er direkt hinter dem Hals des Drachen saß, in dessen Ohr. Irgendetwas an dem Gebaren der Sellag ließ ihn vermuten, dass sie nicht mit kriegerischen Absichten kamen. Er mochte nicht annährend ahnen, was sie stattdessen zu dem Hügel hinauf führte, doch sie blickten ihnen offen entgegen, gingen zügigen Schrittes und behielten ihre Schwerter in den Scheiden. Es sah nicht so aus, als planten sie einen schnellen Angriff. Doch Toranus blieb weiterhin wachsam.

Als die Sellag näher kamen und sahen, dass der Drache zum Abflug bereit war, hob der Anführer, der ein Stück vorausging, beschwichtigend die Hände. Eine Geste, die keiner der drei Menschen jemals von einem Sellag gesehen hatte.

»Haltet ein!«, rief er ihnen entgegen und die Menschen verharrten, blieben aber auf dem Rücken des Drachen, bis der Sellag an sie heran-

treten war.
»Ich bin froh, dass ich Euch noch antreffe«, sagte der Sellag mit schnaufender Stimme. »Leider haben meine Männer Euch zu spät entdeckt, sonst wären wir schon früher gekommen.«
Hondor legte aufgrund der freundlichen Worte den Kopf misstrauisch zur Seite. »Ihr wärt kaum willkommen gewesen. Außerdem legen wir Wert auf unsere Nachtruhe«, sagte er ruhig. »Wer seid Ihr und was wollt Ihr von uns?« Er kam lieber gleich zur Sache. Freundliches, aber unnötiges Geplapper lag ihm nicht besonders, schon gar nicht mit einem Sellag.
»Ich bin Perlug, Statthalter von Zurnam und ich bin gekommen, um Euch die Unterstützung meiner Männer anzubieten.« Hondor wurde mit einem Schlag noch sehr viel misstrauischer. Für einen Moment hatte er auch das Gefühl, tatsächlich Unsicherheit und vielleicht sogar Furcht in den Augen des Sellag zu sehen. Zudem hatte dieser etwas sehr Schleimiges an sich.
»Wofür sollte das gut sein?«, hakte Hondor nach.
»Ihr sucht den Schatz?«, fragte Perlug zurück.
»Was geht Euch das an?«, hielt der König wieder dagegen. Er konnte sich nicht entscheiden, ob es vernünftiger wäre, die Wahrheit zu sagen, dass es ihnen gar nicht um den Muteral an sich ging, oder ob es klüger wäre, zu lügen und den Schatz als Objekt ihrer Begierde anzugeben. Er entschloss sich, gar nichts dazu zu sagen.
»Wohl nichts«, entgegnete Perlug und bleckte kurz die Zähne. Es war aber offensichtlich, dass es sich dabei um eine unbewusste Geste der Unsicherheit handelte, anstatt um ein Gehabe, das Angst einflössen sollte. »Sie haben ihn nach Alland Pera gebracht«, sprach der Sellag weiter, ohne sich von Hondors Gelassenheit von seinem Kurs abbringen zu lassen.
Hondor blieb unbeeindruckt. Zudem war dies für ihn keine überraschende Neuigkeit.
»Meine Krieger könnten Euch begleiten. Ihr werdet Hilfe brauchen, wenn Ihr ihn zurückbekommen wollt«, führte Perlug sein Angebot weiter aus.
»Und welche Gegenleistung erwartet Ihr für Eure Hilfe?« Hondor war gewissenhaft darauf bedacht, dass man das Misstrauen deutlich aus seiner Stimme heraushören konnte.
»Das, was Ihr bereit seid, zu geben.« Perlug deutete eine kleine Ver-

beugung an und Hondor lachte kurz. In seinem Inneren hoffte Perlug natürlich, dass Hondor vernünftig genug sein würde, ihm einen angemessenen Teil des Schatzes als Belohnung zukommen zu lassen. Und wenn nicht, dann würde er schon einen Weg finden, sich seinen Anteil zu holen. Zudem mussten die störenden Menschen ohnehin aus dem Weg geräumt werden. Die Wachen hatten Perlug nur die Wiederkehr des Drachen gemeldet und der Statthalter hatte gehofft, ihn als starken Verbündeten gewinnen zu können. Dass nun auch vier Menschen anwesend waren, die möglicherweise strategisches Wissen über die Hauptstadt besaßen, hatte er bis zu diesem Zeitpunkt nicht vermutet.
Hondor warf einen Blick über die Schulter zu seinen Gefährten. Usadim und Irindan blickten ein wenig ratlos drein, während Nando ebenso unentschlossen mit den Schultern zuckte und Toranus unwillig brummte. So musste der König die Entscheidung alleine treffen.
»Nun gut. Wir werden sehen, was Eure Hilfe wert ist«, sagte er schließlich kühl. »Ihr könnt uns begleiten. Aber sollte sich offenbaren, dass ihr einen Hinterhalt plant, so wird Toranus Euch zeigen, was wir davon halten.«
Als wäre es sein Stichwort, stieß der Drache eine grüne Rauchwolke aus seinen Nasenlöchern und ließ seinem Maul eine kleine Stichflamme gegen die Sellag entweichen. Einige wichen erschrocken zurück. Doch Perlug blieb, in einem Anfall von unerwarteter Tapferkeit, stehen und verbeugte sich erneut. »Selbstverständlich!« Der Sellag tat übertrieben freundlich. Hondor begann bereits jetzt sein einschmeichelndes Gehabe auf die Nerven zu gehen.
»Gut, ich sehe, wir verstehen uns.« Hondor gab sich, als ob er zufrieden wäre, obwohl ihm bewusst war, dass er am Besten zwei sehr wachsame Augen auf die Sellag haben musste. Doch vielleicht würden sie sich tatsächlich für seine Zwecke einsetzen lassen.
»Ich hoffe, Ihr seid bereit zum Aufbruch«, fuhr Hondor im befehlenden Tonfall fort. »Wir wollten soeben losziehen, bevor Ihr uns gestört habt und wir haben keine Zeit, noch länger zu warten. Da ihr zu Fuß seid, werden wir ohnehin länger brauchen, als geplant, also können wir uns keine unnötigen Pausen leisten. Seid darauf vorbereitet. Wenn Ihr nicht mithalten könnt, dann bleibt Ihr zurück.« Die Sellag sollten von Beginn an wissen, dass Hondor sich nicht von ihnen abhängig fühlte. Er wusste, dass sie, im Gegenteil, von den Menschen abhängig waren, denn dem König fiel es nicht schwer, zu erraten, worin Perlugs eigent-

liches Interesse lag. Wenn er sich nicht ihnen anpasste, konnte er sehen, wie er an seinen Schatz herankam. Lange würde er ohnehin keine Freude daran haben.
Perlug nickte ergeben. »Wir können sofort losziehen.«
Hondor meinte zu bemerken, wie Unruhe in den Reihen der Krieger aufkam, aber das brauchte ihn kaum zu belasten. Er klopfte Toranus freundschaftlich auf den Hals und der Drache verstand das Zeichen. Er spreizte die Flügel und erhob sich mit einigen kräftigen Schlägen gen Himmel, während Perlug begann, seinen Kriegern Befehle in der sellagischen Sprache zuzubrüllen und sich die Gruppe dann in Richtung der Straße nach Alland Pera in Bewegung setzte.

Obwohl Toranus sich zurückhielt und in einer gemäßigten Geschwindigkeit flog, mussten die Sellag einen schnellen Trab einhalten, um den Schatten des Drachenkörpers am Boden nicht zu verlieren. Hinter sich hörte Hondor, wie Usadim und Irindan Wetten abschlossen, wann die Ersten tot umfallen würden. Einige fielen bereits ein Stück zurück. Hondor meinte sogar, von oben Perlugs hängende Zunge sehen zu können.

Zweimal fünfzig Kils nach Mittag wurde Hondor plötzlich aus seinen Gedanken gerissen, als Toranus unvermittelt ein Stück an Höhe verlor. Er blickte nach unten und stellte fest, dass die Sellag verschwunden waren. Ein kurzer Blick über seine Schulter verriet ihm aber, dass sie sehr wohl noch da, aber ein deutliches Stück zurückgefallen waren. Dann sah er, was denn Drachen dazu veranlasst hatte, seine Höhe zu verringern: Mitten im Gras, das sich unter ihnen über einige sanfte Hügel wölbte, offenbarte sich ein großer schwarzer Fleck. Es wirkte, als wäre der Boden an dieser Stelle abgebrannt worden. Kreisrund erstreckte er sich über gut fünfzig Barret, doch die Ursache dafür war auf diese Höhe nicht auszumachen.
»Lass uns das genauer in Augenschein nehmen«, entschied Hondor. Auch die anderen hatten den merkwürdigen, schwarzen Fleck entdeckt und gaben einige verständnislose Laute von sich. Toranus schien nur auf Hondors Worte gewartet zu haben und sank schnell weiter herab, sodass Hondor sich an den großen Rückenschuppen festklammern musste, um nicht das Gleichgewicht zu verlieren.
Als sie etwas näher heruntergekommen waren, kamen entsetzte Laute

über die Lippen der Menschen. Nun konnten sie erkennen, dass sich auf dem geschwärzten Boden die Umrisse mehrerer verbrannter Körper abzeichneten. Wenige Augenblicke später setzte der Drache hart am Rand des Brandflecks auf und sie sprangen von seinem Rücken.
Es roch durchdringend nach verbranntem Fleisch und Übelkeit stieg in den vier Männern auf. Doch sie überwanden ihren Ekel und begannen, sich die Toten näher anzusehen. Es handelte sich um Menschen und Sellag.
»Hier muss ein Aufstand stattgefunden haben«, stellte Usadim fest, während er sich angewidert umblickte. »Es scheint so, als sei es einigen Menschen gelungen, sich gegen die Sellag aufzulehnen.«
»Aber ohne großen Erfolg«, fügte Irindan betroffen hinzu.
Hondor fuhr mit dem Fuß prüfend durch das verkohlte Gras. Schwarzer Ruß blieb an seinen hellbraunen Lederstiefeln hängen. Vorsichtig tippte er ein verrußtes Schwert an, das auf dem Boden lag. »Es muss eine Schlacht gegeben haben. Doch woher rühren diese Verbrennungen?«
In diesem Moment erreichte auch die Gruppe der Sellag den Schlachtplatz. Perlug rang verzweifelt nach Atem, als er sich zu ihnen gesellte und die anderen Sellag ließen sich, ein Stück entfernt, röchelnd und ächzend ins Gras fallen.
»Wer oder was mag hierfür verantwortlich sein?«, fragte Perlug schnaufend, als er ein wenig zu Atem gekommen war.
»Woher sollen wir das wissen?«, gab Hondor bissig zurück. »Zumindest ein Teil davon ist doch wohl nicht schwer zu erraten. Mich macht es nur froh, dass es den Menschen gelungen ist, einige von Euch elenden Kreaturen mit in den Tod zu nehmen, bevor sie von Euren Schlächtern eingeäschert wurden.«
Ein Stöhnen durchbrach die Stille der Toten. Suchend blickten sie sich um, woher das schwache Lebenszeichen gekommen war. Ein Stück außerhalb des verkohlten Kreises, etwa fünf Barret entfernt, lag ein Sellag. Da er sich nicht genau innerhalb des Feuers befunden zu haben schien, war er nicht verbrannt, aber doch böse zugerichtet. Seine Schmerzen mussten unerträglich sein und spiegelten sich in dem verzweifelten Stöhnen wider.
Nando, der schweigend über den Platz geschlichen war, war zuerst bei ihm. Die anderen folgten ihm. Es gab keinen Zweifel daran, dass es wohl keine Rettung für den Sellag geben würde. Sein Ende war bereits

nahe, aber vielleicht konnten sie davor noch eine paar Antworten von ihm bekommen.
Nando ließ sich neben ihm ins Gras sinken. Der Sellag spürte ihre Gegenwart und schlug flatternd die Augen auf. Nando stützte seine Kopf, während die anderen betroffen auf ihn herab starrten. Obwohl er für die Menschen einen Feind darstellte, weckte dieses Bild des Elends Mitleid in ihnen.
Hondor fragte ihn, was vorgefallen war, doch er war unsicher, ob der Sellag sich seiner Umgebung bewusst war oder ihn überhaupt verstand. Er tat es anscheinend nicht, denn seine Augen zeigten kein Verständnis.
»Was ist hier passiert?«, wiederholte Perlug in der sellagischen Sprache. Nun schien der Sellag zu verstehen. Er röchelte, dann würgte er einige unverständliche Worte hervor, röchelte wieder, hustete und spuckte Blut.
»Er sagt, es gab eine Schlacht. Sie haben einige menschliche Aufständler angegriffen, die Alland Pera besetzt haben«, übersetzte Perlug die Worte.
»Und wie kam es zu dieser Verbrennung?«
Perlug übersetzte die Antwort des Verletzten, bis dessen Worte in einem erneuten Hustenanfall untergingen.
»Er sagt, dass die beiden Heerführer gegeneinander gekämpft haben. Kalerid, der alte Anführer hat sich den Menschen angeschlossen«, wiederholte Perlug das Gesagte. »Die Schlacht war schon so gut wie entschieden. Die Sellag wollten sich zurückziehen, als plötzlich eine Feuerwelle über sie hereinbrach. Woher sie herrührt, weiß er auch nicht. Doch er sagt, dass Rofin entkommen ist und er hat auch Kalerid fliehen sehen, als alles vorbei war.«
So, als wüsste der Sellag, dass nun seine letzte Aufgabe erfüllt war, verloren seine Augen plötzlich ihren Glanz und er stieß seinen letzten Atem mit einem gurgelnden Geräusch aus. Dann rollte sein Kopf zur Seite und er rührte sich nicht mehr. Nando ließ den Kopf des toten Sellag vorsichtig ins Gras gleiten und schloss ihm die Augen. Das Gesicht des alten Mannes wirkte sehr nachdenklich, als er aufstand. Hondor schien es, als wüsste er etwas, das ihm selbst noch verborgen blieb, doch Nando schüttelte nur den Kopf auf seine stumme Frage.
»Ich denke, wir sollten weiter nach Alland Pera fliegen und dort nach dem Rechten sehen. Hier können wir nichts mehr tun.« Nando be-

stieg bereits Toranus' Rücken und deutete den anderen, es ihm gleich zu tun.
»Du hast es gehört, es geht weiter«, sagte der König zu Perlug, der etwas unschlüssig dastand. »Du solltest deine Leute wieder auf die Beine bringen.«
Perlug nickte stumm, drehte sich um und trottete zu seinen Gefolgsleuten hinüber.
»Moment noch«, hielt ihn Hondor unvermittelt zurück. »Was meinte er mit den *beiden* Heerführern?«
Perlug verzog kurz das Gesicht. »Rofin hat Kalerid für tot erklären lassen und sich selbst zum neuen Heerführer ernannt«, erklärte er dann. »Aber es wundert mich nicht, dass Kalerid lebt. Und er ist sicherlich nicht gut auf Rofin zu sprechen.« Mit diesen Worten drehte sich Perlug um und ging.

»Also, was ist?«, fragte Hondor, als der Sellag abgezogen war.
»Ich denke, wir haben das Amulett gefunden«, erklärte Nando »oder kennen zumindest seinen momentanen Besitzer.«
»Kalerid!«, vollendete Hondor Nandos Gedanken.
»Genau.« nickte der bestätigend. »Die Ursache für die Feuerwelle war mit Sicherheit das Amulett. Wahrscheinlich hat ihn die Auseinandersetzung so in Zorn versetzt, dass er sich auf das Amulett übertragen hat.«
»Und wohin ziehen wir nun weiter?«, fragte Toranus, als sich die Männer auf seinen Rücken schwangen.
»Theoretisch sind wir bereits unserem Ziel sehr nahe.« Hondor zeigte gen Horizont. Nicht weit von ihnen entfernt erhob sich der sanfte Hügel, an dessen Hängen die Dächer von Alland Pera zu erkennen waren. Hoch darüber erhoben sich die beiden Türme des Schlosses.
»Dort werden wir Kalerid und das Amulett finden, wenn er es tatsächlich in seinem Besitz hat«, fügte er hinzu.
»Und, wenn die Aussage des Sellag der Wahrheit entspricht, befindet sich Alland Pera wieder in der Hand von Menschen.« Usadim klang hoffnungsvoll. »Eine ganze Stadt voller Verbündeter, das kann uns nur von Nutzen sein.«
»Doch wir können schlecht mit einer Sellag-Truppe in die Stadt eindringen. Das wird nur Ärger und Misstrauen hervorrufen«, gab Toranus zu bedenken.

Die Menschen konnten ihm nur zustimmten. »Dann sollen sich die Sellag dort vorne…«, Hondor deutete wieder in Richtung der Hauptstadt, »…hinter dem letzten Hügel vor der Stadt verborgen halten und einen Späher postieren, bis wir ihnen ein Zeichen geben.«
»Und was tun wir?«, wollte Usadim wissen.
»Wir werden die Stadt von der Luft aus betreten«, antwortete Hondor, als wäre es das Selbstverständlichste von der Welt. »Die Plattform des Westturms dürfte genug Platz bieten, dass Toranus dort landen kann. Von dort aus können wir den Schlosshof und auch den Marktplatz überblicken und die Lage zuerst einmal in Augenschein nehmen, bevor wir mit den Menschen dort Kontakt aufnehmen. Man weiß nie, was alles geschehen ist. Schließlich haben sich die Leute dort mit einem Sellag verbündet.«
»Und wir haben uns gleich mit einer ganzen Horde dieser Kreaturen eingelassen«, fügte Nando bitter hinzu.
»Aber wir vertrauen ihnen nicht.« Er machte eine deutende Geste mit dem Finger. »Und das ist der ausschlaggebende Punkt. Also, wenn wir mit ihnen Kontakt aufgenommen haben, wird es unsere erste Aufgabe sein, Kalerid das Amulett abzunehmen. Danach können wir sehen, was wir damit und mit den freien Menschen noch erreichen können.«
Seine Gefährten gaben zustimmende Geräusche von sich und Hondor pfiff Perlug nochmals zu sich.
»Nun, was ist? Ich dachte Ihr wolltet weiterziehen?«, fragte der Sellag, als er wieder bei der Gruppe Menschen und dem Drachen stand.
»Zuvor mussten wir noch unser weiteres Vorgehen besprechen«, antwortete Hondor nüchtern. »Wir haben beschlossen, die Hauptsstadt aufzusuchen. Ihr werdet Euch dort verbergen…«, wieder deutete Hondor auf den Hügel vor dem Stadttor Alland Peras, den er als Versteck für die Sellag ausgewählt hatte, »…und warten, bis wir Euch ein Zeichen geben.«
»Gut.« Perlug nickte ergeben. »Ich werde meinen Männern Euren Befehl ausrichten, sich dort unauffällig zu postieren.«
Hondor nahm die Zustimmung mit einem knappen Nicken entgegen. »Dann lasst uns zusehen, dass wir vorankommen, bevor die Nacht hereinbricht.«

# Kurena
## III

Die Seherin war außer sich vor Wut. Einen großen Teil ihres Lebens hatte sie nach dem Han-Amulett gesucht und nun befand es sich in den dreckigen Händen dieser minderwertigen Kreatur, die wahrscheinlich nicht einmal wusste, was sie da wirklich besaß. Kurena hatte mit eigenen Augen gesehen, was der Sellag vollbracht hatte, als die Schlacht fast entschieden war und sein Widersacher sich daran machte, das Weite zu suchen. Auch Kalerid war zu diesem Zeitpunkt sehr zornig gewesen und die Feuerwalze, die er hervorgebracht hatte, war recht ansehnlich für einen Laien, wie sie von ihrer Position, ein Stück vom Schlachtfeld entfernt, hatte feststellen können. Lange konnte sich das Amulett noch nicht in seinem Besitz befinden; es musste ihm gelungen sein, vor ihr den Schatz zu durchsuchen.
Noch mehr brachte Kurena das Wissen in Rage, dass das Amulett sich die ganze Zeit in ihrer Nähe befunden haben musste, ohne, dass sie es bemerkt hatte. Sie hatte sich immer eingeredet, dass ihre Sinne ausreichend geschärft waren, um es spüren zu können, wenn sie dem Amulett nahe war, doch sie hatte sich offensichtlich geirrt. Und jetzt, wo sie wusste, wer es besaß, war die unsägliche Kreatur verschwunden. Noch während den Wirren nach der Schlacht war es ihm gelungen, unterzutauchen. Erneut wünschte sich Kurena, dass sie zumindest noch das Hos-Amulett besäße. Dann würde sie ihn schon ausfindig machen. Sie rechnete damit, dass er sich noch in der Stadt befand, denn hinaus ins Land konnte er wohl kaum, nachdem er seine eigenen Leute verraten hatte. Einen ersten Vorgeschmack auf die Stimmung, die ihm gegenüber im Land herrschte, hatte er ja bereits zu spüren bekommen und die alte Seherin bezweifelte, dass er in der Lage war, das Amulett gezielt einzusetzen, falls er überhaupt begriffen hatte, was geschehen war.
Also ließ sie die ganze Stadt durchsuchen, in der Hoffnung, dass ihre Untertanen ihn finden würden. Sie malte sich aus, wie sie ihn in den Thronsaal zerren würden, denn dort saß sie bereits seit einiger Zeit und wartete ungeduldig. Er würde ihr zu Füßen geworfen werden und sie würde ihm das Amulett entreißen und es sich um den Hals legen.

Dann hätte sich endlich ihr Lebensziel erfüllt! Dann konnte ihr niemand mehr ihre Macht nehmen! Doch noch war es nicht soweit. Noch hatten sie ihn nicht gefunden und Kurenas Ungeduld wuchs.

# Kalerid
## XVII

Kalerid hatte sich verkrochen. Seine Haltung offenbarte nicht mehr viel von der Würde, die einem Heerführer der sellagischen Armeen gebührte. Er hockte mit angezogenen Beinen auf dem Boden im dunklen Keller eines kleinen Hauses, irgendwo inmitten von Alland Pera. Die Tür hatte er panisch mit einem hölzernen Regal verbarrikadiert. Er zweifelte nicht daran, dass Kurena nun hinter ihm her war. Er hatte das Verstehen und den Entschluss in ihren Augen gesehen, kurz, nachdem es geschehen war, und ihm war sofort klar geworden, dass es in diesem Moment nur eine Möglichkeit für ihn gab - sich schleunigst aus dem Staub zu machen.

Doch wie konnte man die Flucht ergreifen, wenn der Körper vor Schmerz geradezu gelähmt war? Das kribbelnde Gefühl, das von dem Amulett ausging, hatte sich zu einer rasenden Pein verstärkt, die es ihm fast unmöglich gemacht hatte, sich zu bewegen. Insgeheim dankte Kalerid Xonis, dass er dieses Mal eine bessere Entscheidung bei der Wahl seines Pferdes getroffen hatte. Die Stute hatte unbeeindruckt von dem, was geschehen war, ein wenig abseits des Schlachtfeldes ausgeharrt, während alle anderen Pferde schon gescheut und das Weite gesucht hatten. Kalerid hatte nach ihr gepfiffen und sie war ihm entgegen getrottet. Trotzdem hatte es Kalerid seinen ganzen Willen gekostet, sich, nachdem er durch den plötzlichen Schmerz zusammengebrochen war, wieder auf die Beine zu rappeln und das letzte Stück zu dem Pferd hinüber zu wanken. Wie es ihm gelungen war, sich in den Sattel zu ziehen, wusste er nicht mehr.

Die Schmerzen ließen nun langsam nach, hatten nicht mehr das betäubende Stechen, das ihn befallen hatte, doch die Glieder schmerzten noch immer.

Als er wieder zu einem vernünftigen Gedanken fähig war, begann Kalerid, seine Lage zu überdenken und kam zu dem Schluss, dass er wohl kaum noch tiefer sinken konnte. Nun hatte er sowohl sein eigenes Volk als auch die Menschen gegen sich.

Er nahm das Amulett aus dem Beutel an seinem Gürtel und hielt es mit spitzen Fingern an dem modrigen Lederband, so weit es ging, von sich. Es weckte Unbehagen in ihm, bis hin zu einer leichten Übelkeit. Er hatte nicht gewollt, dass so etwas geschah und konnte sich nicht einmal daran erinnern, wie es genau dazu gekommen war. Er hatte Rofin schon beinahe besiegt, doch es war dem elenden Verräter gelungen, sich aus seinem Griff zu winden und ehe er sich versehen hatte, hatte er sich bereits von ihm entfernt und begonnen, seine Krieger zurückzurufen. Kalerid hatte Wut verspürt (was wohl aus seiner Sicht verständlich war), dann war dieses merkwürdige, kribbelnde Gefühl in ihm aufgestiegen, das er bereits von den Momenten her kannte, in denen er das Amulett in den Händen gehalten hatte. Doch dieses Mal hatte er es nicht berührt. Es hatte sich, wie schon die ganz Zeit zuvor, in seinem Beutel befunden.

Schnell kam der Schmerz hinzu, ehe er sich überhaupt bewusst war, was geschah und er spürte den Druck in sich aufsteigen, eine Gewalt, die in seinen Adern brannte, bis er sich in einer Welle aus Feuer entlud, die direkt aus seinem Inneren zu kommen schien.

Kalerid betrachtete das Amulett ehrfurchtsvoll. Er mochte sich kaum ausmalen, was man damit bewirken konnte, wenn man wusste, wie man es kontrolliert einsetzte, und wenn man sich in einer besseren Position befand als er zu diesem Zeitpunkt.

Doch wo sollte er nun hin? Er war seinem ersten Impuls gefolgt und hatte sich in die sicheren Mauern der Stadt geflüchtet. Doch hier konnte er nicht lange bleiben. Die Menschen suchten wahrscheinlich bereits nach ihm und früher oder später würden sie ihn ausfindig machen. Aber wohin sollte er stattdessen? Hinaus in die Wälder? Aber auch die Sellag waren nicht gut auf ihn zu sprechen und er konnte sich nicht ewig verstecken. Doch vielleicht wenigstens so lange, bis er hinter das Geheimnis des Amuletts gekommen war und gelernt hatte, wie er damit umgehen musste. Irgendetwas sagte ihm, dass er damit genug Macht erreichen konnte, um sich das ganze Land zu unterwerfen. Merkwürdigerweise jagte ihm dieser Gedanke auch Furcht ein und diese Empfindung war so ungewohnt, dass er einige Zeit benötigte, sich dessen bewusst zu werden.

Einen Moment lang dachte Kalerid daran, durch den Tunnel zum Paratul zurückzukehren. Er war sich sicher, dass er das große Bauwerk aus schwarzem Stein leicht wiederfinden konnte. Doch was würde ihn am Paratul erwarten? Zwar hatte Rofin den Schatz räumen lassen, aber es war nicht gesagt, dass es dort nicht trotzdem von Sellag wimmelte und er ihnen direkt in die Arme laufen würde. Noch während er an den Paratul und Zurnam dachte, kam ihm eine andere Idee. Perlug! Es war vielleicht gar nicht abwegig, dass es ihm gelingen würde, den schleimigen Statthalter auf seine Seite zu ziehen, wenn er ihm nur die richtigen Versprechungen machte. So käme er zumindest zu einer sicheren Stadt und zu einigen Kriegern.

Kalerid beendete seine Überlegungen mit dem Entschluss, bis zum Einbruch der Nacht zu warten und dann die Stadt zu verlassen. Doch nicht durch den Tunnel. Die Gefahr, am Ende in der Schatzhöhle festzusitzen und nicht lebend herauszukommen, war zu groß. Es musste auch anders gehen. Zwar würde es nicht einfach werden, da die Tore sicherlich bewacht wurden, aber Kalerid wusste, wo die Schwachstelle der Hauptstadt lag. Einige Häuser waren so nahe an die Stadtmauer gebaut worden, dass die Mauer eine Hauswand ersetzte. Die Bewohner Alland Peras waren so sorglos, dass sie sogar Fenster hineingeschlagen hatten. Auf diesem Wege waren sie in der ersten Nacht in die Stadt eingedrungen und so würde er auch wieder herauskommen können. Er würde den Schutz der Wälder suchen, um sich nach Zurnam durchzuschlagen und dort mit Perlug in Kontakt zu treten.

# Hondor XIX / Toranus XIII

Vom Westturm aus verfolgten Hondor und seine Gefährten das Geschehen, doch so recht verstanden sie nicht, was sich unter ihnen auf dem Marktplatz und den Straßen der Hauptstadt abspielte. Die Menschen schienen die Stadt zu durchsuchen. Sie drangen in Häuser ein, blickten in jeden Winkel. Sie waren so beschäftigt mit dem, was sie taten, dass sie nicht einmal bemerkten, dass ein Drache auf ihrem Schloss gelandet war.

»Ich wette, sie suchen den Sellag«, meinte Nando, der sich neben Hondor über das Gemäuer lehnte.

»Konntet ihr sehen, ob sie einen Anführer haben?« Hondor beugte sich noch ein wenig weiter nach vorne.

»Nein«, antwortet Irindan, der auf der anderen Seite der Turmmauer hinunter auf den Schlosshof blickte, »hier konnte ich niemanden ausmachen, der die Befehlsgewalt hat.«

»Hier auch nicht«, fügte Nando hinzu. »Sie scheinen alle völlig aufgelöst zu sein.«

»Wohl kein Wunder, bei dem Spektakel, das der Sellag dort draußen zur Schau gestellt hat«, meinte Toranus, während er versuchte, die Spitze seines Schwanzes auf dem für einen Drachen doch recht knapp bemessenen Platz des Turmplateaus so unterzubringen, dass sie nicht überhing.

»Wir gehen hinunter«, entschied Hondor. Die Ungeduld nagte ohnehin schon seit geraumer Zeit an ihm. »Vielleicht können wir sie warnen, bevor sie den Sellag finden. Sie wissen nichts von der Macht des Amuletts, das er bei sich trägt, außer dem, was sie gesehen haben und wer weiß, was er damit noch alles bewirken kann. Sie sollten vorsichtiger sein.«

Toranus blieb zurück, als die vier Männer die Wendeltreppe im Inneren des Turmes hinunter stiegen. Es war sicherlich nicht der beste Weg, gleich mit einem Drachen vor den Menschen aufzutauchen, auch wenn er friedlicher Natur war. Zudem hatte Toranus auf dem Westturm einen recht günstigen Beobachtungspunkt, von dem er jederzeit eingrei-

fen konnte, sobald etwas Unerwartetes geschehen würde.
Am Fuße der Treppe befand sich eine Tür, durch die Hondor und seine Gefährten in den Schlosshof traten. Es dauerte nicht lange, dann hatten sie die Aufmerksamkeit der dort umherstreifenden Menschen auf sich gezogen. Ihre Reaktionen jedoch wichen deutlich von dem ab, was der König und seine Kameraden erwartet hatten. Einigen rissen entsetzt Augen und Mund auf, gerade so, als wäre ihnen soeben ein Geist erschienen, andere Mienen verhärteten sich, als sie erkannten, wer dort in ihre Mitte getreten war. Mehrere Frauen stießen erstickte Laute aus und nur einige wenige sanken angesichts ihres Königs auf die Knie.
Nando trat neben Hondor und murmelte mit ernster Stimme. »Scheint gar nicht so, als wären sie glücklich, ihren Befreier begrüßen zu dürfen.«
»Eher im Gegenteil«, fügte Irindan besorgt hinzu, der dicht hinter Hondor stand. »Es sieht so aus, als wären sie entsetzt über Euer Erscheinen.«
»Oder vielleicht denken sie auch, dass ein Geist vor ihnen steht«, sagte Usadim etwas spöttisch.
»Wie auch immer, sie scheinen nicht mit uns gerechnet zu haben«, beendete Hondor die Spekulationen grob. Das Gebaren, das ihnen entgegen gebracht wurde, verwirrte ihn.
Noch bevor ein Wort zwischen dem König und seinen Untertanen, sofern sie es noch waren, gefallen war, betrat ein Mann forschen Schrittes den Hof und strebte geradewegs auf die Gruppe um den König zu.
»Wir sind froh, Euch lebend wiederzusehen, Majestät«, sagte er, als er vor dem König auf die Knie sank, doch sein ernstes und verschlossenes Gesicht stand im krassen Gegensatz zu seinen Worten. Hondor hatte ganz und gar nicht das Gefühl, dass er aus tiefstem Herzen sprach.
»Ich bin Xonis«, stellte sich der braunhaarige Mann mit dem hageren Gesicht vor.
Hondor deutete ihm, sich zu erheben. »Ich danke Euch für Eure herzliche Begrüßung«, entgegnete er und konnte eine gewissen Ironie nicht aus seinen Worten verbannen, die ihm selbst einen Knoten in der Brust verursachten. »Auch ich bin hocherfreut, wenn auch überrascht, dass es Euch gelungen ist, Euch aus der Herrschaft der Sellag zu befreien.« Heucheln konnte er auch. »Seid ihr der Anführer dieser Gruppe?«
Xonis schüttelt den Kopf. »Nein, aber wenn Ihr mir die Ehre erweist, mich zu begleiten, werde ich Euch zu ihm bringen.«

Hondor nickte nur und Xonis drehte sich um, um in Richtung der Haupttreppe zu gehen. Der König und seine Gefährten folgten ihm zögernd. Hondors Misstrauen wuchs mit jedem verstreichenden Augenblick. Viel misstrauischer hätte er auch nicht werden können, wenn er sich inmitten einer Horde Sellag befunden hätte. Niemand interessierte sich dafür, was ihm und seinen Begleitern widerfahren war, oder wie sie überhaupt so plötzlich inmitten des Schlosshofes hatten auftauchen können.
Xonis führte sie durch die Gänge des Schlosses, obwohl dies kaum nötig gewesen wäre. Hondor kannte sein Schloss in- und auswendig und er erriet schnell, wohin sie ihr Weg führen sollte. Doch vermochte er nicht zu erahnen, was ihn dort erwarten würde.
»Hier ist irgendetwas faul«, flüsterte ihm Nando zu, der sich dicht an seiner Seite hielt, »es stinkt geradezu.«
Hondor brummte nur leise als Zeichen seiner Zustimmung und ging mit festen Schritten hinter Xonis her. Zu gerne hätte er ihn am Kragen gepackt und ihn geschüttelt, bis er mit der Sprache herausrücken würde.
Dann erreichten sie den Thronsaal.

Als die Flügel der gewaltigen Tür sich öffneten, setzte Kurenas Herz für einen Schlag aus. Sie hatte die eindeutige Anweisung gegeben, dass niemand sie stören sollte, solange sie den Sellag nicht gefunden hatten. Nun wurden ihr schlagartig die Hände feucht und ihre Nasenflügel begannen, vor Aufregung zu flattern.
Doch als sie die Gruppe erblickte, die nun durch die hohe Tür trat, traf die Überraschung sie wie ein Schlag. Sie musste sich zusammenreißen, um nichts von den Gefühlen preiszugeben, die in ihr aufstiegen, als sie den Mann erkannte, der zügig an Xonis vorbei trat und auf sie zukam. Seine Augen loderten. Die Seherin verkrampfte ihre Hände in die Armlehnen des Throns.
»Ihr?«, donnerte er ihr entgegen, noch bevor er die erste Stufe zum Podest des Thrones erreicht hatte. Seine Gefährten blieben ein Stück hinter ihm.
»Welch eine Freude, Euch lebend zu sehen«, entgegnete Kurena mit bemüht ruhiger Stimme, doch Hondor unterbrach sie mit einer forschen Handbewegung, die keinen Zweifel daran ließ, dass ihm nichts an freundlichen Phrasen lag.

»Schwafelt nicht!«, sagte er erzürnt. »Ich weiß, dass hier etwas nicht mit rechten Dingen zugeht. Also sprecht.«
Kurenas Augen verdunkelten sich. Heucheln war nun nicht mehr die richtige Vorgehensweise. Warum auch? Sollte der König ruhig wissen, was vor sich ging. Sollte man es einfach als seinen letzten Wunsch sehen.
»Ich denke, ich kann mit Überzeugung sagen, dass hier alles mit rechten Dingen zugeht.« Kurena blieb aufreizend gelassen. »Ich verfüge über eine freie Stadt mit freien Menschen. Was habt Ihr bisher zur Freiheit Allendas' beigetragen?«
Hondor blickte sie düster an. »Übergebt mir meinen Thron. Ich danke Euch, dass Ihr hier die Stellung gehalten habt, doch ab nun werde ich wieder die Herrschaft übernehmen.«
Kurena lachte heiser. »Oh nein, Majestät«, sagte sie übertrieben gutmütig. »Ich kann Euch jetzt nicht die Macht überlassen, zumal ich auch kaum glaube, dass meine Leute Euch folgen würden. Ich habe nämlich noch einiges vor.«
Sie sah, wie Hondor die Fäuste ballte und warf Xonis, der noch immer an der Tür stand, einen vielsagenden Blick zu. Xonis verstand und verließ, unbemerkt von den Anderen, den Raum.
Dann wurde Kurenas Aufmerksamkeit von einer anderen Person auf sich gezogen, die sich aus der, mit respektvollem Abstand warteten Gruppe von Hondors Begleitern löste und nach vorne trat.
»Wie ich sehe, hast du dich nicht verändert, Kurena«, sagte Nando, als er neben Hondor trat. »Noch immer kräftig dabei, Intrigen zu spinnen.«
Kurena hob überrascht die Augenbrauen, als sie erkannte, wer dort zu ihr sprach.
»Welch' unerwartete Überraschung, dich hier zu sehen«, entgegnete sie mit einer spöttischen Verbeugung. »Es ist lange her. Sehr schade, dass wir uns nicht unter besseren Umständen wiedersehen konnten. Obwohl... » Die Seherin legte den Kopf etwas schief, als würde sie über etwas nachdenken. »...eigentlich freut es mich, dass du hier bist. Es wird ein großer Moment werden. Denn letztendlich werde ich doch noch als Siegerin hervorgehen. Obwohl ihr mich damals verbannt habt, werde ich die Macht bekommen, die mir zusteht. Und du darfst dem großen Ereignis beiwohnen.«
Nando entgegnete nichts. Er warf Hondor einen schiefen Blick zu. Dem

König war deutlich anzusehen, dass er vor Wut kochte.
Hondor konnte nur mühsam den Drang unterdrücken, Kurena den dürren Hals umzudrehen. Doch er zweifelte nicht an der Wahrheit ihrer Worte. Sicherlich war es ihr gelungen, ihre Gefolgsleute soweit zu beeinflussen, dass sie ihm nicht mehr gehorchen würden. Er wusste von der Überzeugungskraft der Seherin.
»Nun gut«, sagte er nur, »wir werden sehen, wie weit Ihr mit Euren Plänen kommt. Ich jedenfalls habe keine Zeit, hier Konversation zu führen.« Ohne Kurena eines weiteren Blickes zu würdigen, drehte er sich um und verließ den Saal. Die anderen folgten ihm nach kurzem Zögern.
Kurena lehnte sich in dem hohen Thron zurück. Ein Lächeln umspielte ihre Lippen.

Hondor überlegte, ob es wohl ein Naturgesetz war, dass alles, was schief gehen konnte, auch schief gehen würde, während er durch die verunstalteten Gänge seines Schlosses dem Ausgangsportal entgegen ging. Seine Begleiter mussten sich eilen, mit ihm Schritt zu halten.
»Was werden wir nun tun?«, fragte Usadim, als es ihm gelungen war, zu Hondor aufzuschließen.
»Wir haben nicht umsonst eine Sellag-Truppe vor der Stadtmauer postiert«, entgegnete dieser nur bitter.
Sowohl Usadim, als auch Nando und Irindan konnten sich selbst ausmalen, was das bedeuten sollte. Doch ob sie diesen Entschluss ihres Königs gutheißen sollten, darüber war sich keiner so richtig im Klaren. Es blieb nur zu hoffen, dass der Zorn ihm nun nicht die Sinne vernebeln würde und ihn voreilige Entschlüsse fassen ließ.
Als sie auf die breite Treppe hinaustraten, gelang es Hondor gerade noch, festzustellen, dass es bereits begann, Abend zu werden, als sie sich schon von einer Gruppe Menschen umringt sahen, die mindestens das Fünffache an Köpfen zählte. Es dauerte nur wenige Augenblicke, bis man sie entwaffnet und ihnen die Hände auf den Rücken gebunden hatte. Dann stieß man sie zurück ins Schloss, geradewegs hinunter in den Kerker.

Toranus musste auf dem Westturm die Augen zusammenkneifen, um in der stechend roten Abendsonne etwas von dem erkennen zu können, was sich unten im schattigen Schlosshof abspielte.

»Das ist gar nicht fein«, murmelte er zu sich selbst, als er beobachten musste, wie Hondor und die anderen drei Männer überwältigt und gefangen genommen wurden. »Das ist gründlich schief gegangen.« Es war wohl an der Zeit, dass er sich etwas einfallen ließ.
Toranus hätte nur zu gerne gewusst, was genau vorgefallen war, doch ohne mit Hondor, Nando oder einem der anderen beiden Männer gesprochen zu haben, würde er nicht hinter dieses Geheimnis kommen. Also musste er zusehen, dass er einen Weg fand, sie zu befreien.
Der Drache ließ seinen Blick über die Schlossmauer hinüber zu Perlugs Kriegern gleiten. Wie besprochen, lagerten sie hinter dem letzten Hügel vor dem Stadttor und waren nur von dieser hohen Position zu sehen. Sogleich schloss Toranus die Sellag strikt aus seinen Überlegungen aus. Der Drache traute dem einschmeichelnden Statthalter nicht über den Weg. Und schon gar nicht würde er ihm verraten, in welcher misslichen Lage sich der König nun befand.
Toranus dachte darüber nach, wohin man die vier Männer gebracht haben mochte. Früher, vor tausend Jahren, hatte man seine Gefangenen in den Kerker geworfen und es war naheliegend, dass es wohl noch immer so war. Auf der Innenseite des Hofes konnte der Drache mehrere kleine, vergitterte Fenster erkennen, die sich nicht mal ein Barret über dem Boden befanden. Mit etwas Glück gehörten sie zum Kerker. Doch Toranus wusste, dass er nicht einfach hinunterfliegen konnte. Er musste zumindest den Schutz der Dunkelheit und einen günstigen Zeitpunkt abwarten. Dann würde er sich an die kleinen Gitterfenster herantrauen.

# Kalerid
## XVIII

Durch die schmalen Schlitze der Kellertüre konnte Kalerid erkennen, dass es in dem kleinen Haus finster geworden war. Die Nacht war hereingebrochen und der Schmerz in seinen Gliedern verschwunden. Steif erhob sich der Sellag, um einige Male auf- und abzugehen, bis er schließlich überzeugt war, dass er sich auf seine Beine verlassen konnte. Erst dann traute er sich nach draußen.

Die Hauptstadt lag im Dunkeln (es gab niemanden mehr, der des Nachts die Fackeln entzündete), und war in dem Randgebiet, in dem sich das Haus befand, auch menschenleer. Trotzdem zweifelte Kalerid nicht daran, dass noch immer nach ihm gesucht wurde. Daher duckte er sich, so gut es ihm möglich war, in die schwarzen Schatten der Häuser, als er durch die Gassen in Richtung der Stadtmauer schlich. Seine Vorsicht zahlte sich aus, denn gerade, als er an die Gabelung zweier schmaler Straßen gelangte, kreuzten drei Männer mit gezogenen Schwertern seinen Weg. Ihre suchenden Blicke sagten ihm, dass sie nach ihm Ausschau hielten, doch im Schutz der Dunkelheit des kleinen Seitensträßchens erblickten sie ihn nicht. Kalerid wartete, bis sie vorbeigezogen und ihre Stimmen in der Ferne verklungen waren, bevor er sich weiter wagte.

Ohne weitere Zwischenfälle erreichte er die Häuserreihe am Rande der Stadt, deren Rückwand von der Stadtmauer gebildet wurde. Die meisten Türen standen offen oder waren ganz aus den Angeln gerissen, da die Häuser mittlerweile schon mehrfach durchsucht worden waren - zuerst von den Sellag, dann von den Menschen - und keiner war sehr sorgsam mit den eigentlich recht hübschen, kleinen und bunten Häuschen umgegangen.

Kalerid huschte in das erste Haus, das auf seinem Weg lag, und lauschte angespannt, als er sich hinter der eingetretenen Tür an die Wand drückte. Es herrschte vollkommen Stille, kein verdächtiger Laut war zu hören, nur das leise Gurren eines Käuzchens, das sich irgendwo im Dachgiebel verbarg. Als der Sellag sicher war, allein zu sein, durchquerte er das kleine Haus. Es war nicht sonderlich schwer, das erwartete

Fenster zu finden. Kalerid konnte das weite Land auf der anderen Seite sehen. Ein Fenster an dieser Stelle anzubringen, war sowohl leichtsinnig als auch gefährlich, wie sich bereits bei dem Angriff der Sellag herausgestellt hatte, denn es machte die Stadtmauer, die die Hauptstadt eigentlich schützen sollte, angreifbar. Doch die Allendasser gingen recht unbesorgt mit solchen Dingen um, wie der sellagische Heerführer schon früh hatte feststellen können.

Ohne Zeit zu verlieren, zwängte sich Kalerid durch das nicht allzu große Fenster. Er wusste, dass es auf der anderen Seite mehrere Barret steil abwärts ging. Mit seinen langen Fingern klammerte er sich am Fensterrahmen fest, während seine Füße in den Ritzen und Fugen der groben Mauersteine nach Halt suchten. Für einen Menschen wäre der Abstieg so gut wie unmöglich gewesen, doch für ein Wesen, das sein ganzes Leben zwischen Felsen und Bergen verbracht hatte, war es ein durchaus überwindbares Hindernis.

Trotzdem musste er vorsichtig sein. Seine Krallen suchten immer wieder nach neuen Ritzen, in denen er Halt finden konnte. Als ihn nur noch zwei Barret vom Boden trennten, wagte Kalerid den Sprung und landete geschmeidig im Gras. Schnell kauerte er sich an die Mauer und sondierte die Lage. Es schien ihn niemand beobachtet zu haben. Dann richtete sich seine Aufmerksamkeit auf ein kleines Wäldchen, das ein Stück entfernt lag. Hier würde er Schutz finden können. Er musste nur den kleinen, Gras bewachsenen Hügel überwinden, der ihn davon trennte.

Kalerid holte zweimal tief Luft, dann lief er los. Er rannte durch das Gras, an dem Hügel vorbei, dem kleinen Wald entgegen. Er hatte den Hügel schon fast hinter sich gelassen, da spürte er, wie er hart in den Rücken gestoßen wurde. Der Schlag raubte ihm den Atem und er stürzte nach vorne.

Kalerid wollte ein wildes Wutgebrüll ausstoßen, aber mehr als ein dumpfes Brummen und ein Keuchen brachte er nicht zustande, als er mit der Nase im Gras lag. Doch dieser unangenehme Zustand hielt nicht lange an.

Ehe er sich versah, fasste ihn jemand am Nacken und zerrte ihn wieder auf die Füße. Eine vertraute Stimme drang an sein Ohr und er wusste für den Moment nicht so recht, ob er darüber erfreut sein sollte oder nicht.

»Was tut ihr da?«, jammerte die Stimme, die scheinbar niemals ihren schleimigen Unterton verlor. »Seht ihr denn nicht, wer das ist?«
Die Gruppe Sellag wich ein Stück zurück, als Kalerid wieder auf seinen Beinen stand und sie erkannten, wen sie dort zu Boden geworfen hatte. Einige rissen nur erschreckt die Augen auf, andere fanden noch den Anstand, sich angemessen zu verbeugen.
»Verzeiht uns, Majestät!«, jaulte Perlug weiter. Kalerid schnaubte nur und stieß die Hand beiseite, mit der Perlug fürsorglich (oder auch verzweifelt) versuchte, den Schmutz von ihm abzuklopfen.
»Was soll das?«, fauchte Kalerid den Statthalter an.
»Entschuldigt tausendfach, Majestät«, wimmerte dieser erneut und duckte sich. »Wir hielten Euch für einen Menschen... die Dunkelheit... wir hätten niemals damit gerechnet, dass Ihr... ich meine, wir dachten, Ihr seid tot.«
Kalerid unterband den Wortschwall mit einer heftigen Handbewegung und versuchte noch immer, seinen Ärger unter Kontrolle zu bringen. Er spürte bereits das unheilvolle Kribbeln. »Überlass' die Denkerei lieber den Leuten, die etwas davon verstehen.« fuhr er den Statthalter an. »Was habt ihr hier zu suchen?«
»Wir...«, Perlug wurde sichtbar nervös und senkte den Blick. Es war ganz offensichtlich, dass er etwas zu verbergen versuchte, »wir sind gekommen, um Euch zu retten.« log er so schlecht, wie es schlechter kaum ging.
Kalerid fasste ihn zornig am Kragen und zerrte ihn zu sich heran. »Wie das, wenn du dachtest, ich sei tot?«, schnaubte er und seine Augen glitzerten vor Wut. Das Kribbeln verstärkte sich und Kalerid wusste, dass er sich besänftigen musste. Doch Perlug machte es ihm wahrhaftig nicht leicht. »Wenn du schon nicht denken kannst, dann versuch auch nicht, mich zu belügen.« Kalerid packte noch etwas fester zu. »Also, wirst du nun die Wahrheit sprechen?«
Perlugs Augen weiteten sich angstvoll. »Wir... wir...«, stammelte er und röchelte unter Kalerids eisernem Griff, »...wir sind auf der Suche nach dem Schatz. Rofin hat ihn fortschaffen lassen...«, erklärte Perlug bibbernd. Sein Bündnis mit den Menschen verschwieg er besser. Seine Lage war nicht gerade geeignet für solche Offenbarungen.
»Das weiß ich!«, entgegnete Kalerid düster und ließ Perlug los. Der Statthalter griff sich unwillkürlich an den Hals, als der unangenehme Druck plötzlich verschwunden war und taumelte einige Schritte zu-

rück. »Rofin besitzt den Schatz allerdings nicht mehr. Er befindet sich nun in der Schatzkammer der Hauptstadt«, sprach Kalerid weiter und schwieg dann einige Augenblicke, um nachzudenken. Vielleicht war es gar nicht schlecht, dass er Perlug zu dieser Zeit an diesem Ort angetroffen hatte. Es ersparte ihm den Weg nach Zurnam und vielleicht eine Menge Arbeit. Der Gedanke, sich zu verkriechen und zu verstecken, widersprach ohnehin seinem Naturell. Perlug war zwar ein vollkommener Dummkopf und seine Krieger kaum heller als er, aber immerhin waren es Sellag und sie konnten kämpfen.

Zudem war Perlug ganz offensichtlich einfältig oder schlau genug, (dies vermochte Kalerid in diesem Moment nicht zu beurteilen), nicht auf Rofins Propaganda gegen ihn zu hören, oder vielleicht war Perlugs Abneigung gegen Rofin nur zu stark. Eigentlich war es auch gleichgültig. Jedenfalls stand hier ein ganzer Kriegstrupp, den er zu seinen Verbündeten machen konnte und Kalerid würde sich diese Gelegenheit nicht entgehen lassen. Mit ein wenig Geschick konnte er nun wieder die Oberhand in Alland Pera gewinnen.

»Nun gut, da deine und meine Absichten offensichtlich die Gleichen sind, nämlich den Schatz wiederzuerlangen, werde ich euch erlauben, mich zu begleiten. Alland Pera ist von einigen rebellischen Menschen besetzt, was für uns selbstverständlich kein Hindernis darstellt. Wir werden sie beseitigen und die Stadt wieder einnehmen.« Kalerid genoss für einen Moment dieses Hochgefühl, das ihm so lange abhanden gekommen war. »Wenn ihr mir gute Dienste leistet, soll euch das nicht ungelohnt bleiben.«

In Perlug kam augenblicklich die Habgier wieder hoch. Es sah ganz so aus, als könnte er sich doch noch den angemessen Teil an Reichtum und Ruhm sichern, sogar ohne den Ekel erregenden Menschen weiter ums Maul streichen zu müssen. Und nicht nur das. Womöglich konnte er es Rofin noch heimzahlen und als Sieger aus diesem ‚Spiel' hervortreten. Doch eine Sorge blieb. Hoffentlich würde Kalerid nicht herausbekommen, dass er sich mit den Menschen verbündet hatte. Außerdem gab es nicht nur Menschen in der Hauptstadt, sondern auch einen Drachen, der über sie wachte. Die beeindruckenden Fähigkeiten des Untiers hatten sie bereits mehr als deutlich zu spüren bekommen und durch seine Anwesenheit würde die Einnahme der Stadt nicht so einfach werden, wie Kalerid es sich wohl vorstellte. Doch sollte er dem Heerführer verraten, dass der Drache sich in der Stadt befand, oder

würde er dadurch Misstrauen und Verdacht hervorrufen? Aber wenn er dieses Wissen nicht preisgeben würde, würden sie direkt in die Fänge des Untiers laufen und die Übernahme wäre von vorneherein zum Scheitern verurteilt.
»Wir sind stolz, Euch begleiten zu dürfen«, sagte Perlug schließlich vorsichtig. »Doch es gibt noch etwas, von dem Ihr anscheinend noch nicht wisst, Majestät.«
Kalerid legte fragend die Stirn in Falten.
»Wir konnten beobachten«, fuhr Perlug fort, »dass der Drache des Muteral sich nun auf dem Turm des Schlosses befindet.«
Kalerids Miene wurde sehr ernst, als er diese Neuigkeit vernahm. Er runzelte die Stirn und schien über dieses Problem zu sinnieren. Dann sagte er etwas, mit dem Perlug nicht gerechnet hatte.
»Vielleicht gibt es eine Lösung für dieses Problem«, brummte er und begann, den kleinen Lederbeutel an seinem Gürtel zu befingern. »Doch ich muss darüber in Ruhe nachdenken und einen Plan erarbeiten. Ich werde mich dafür zurückziehen.« Kalerid warf einen flüchtigen Blick zu dem kleinen Wald, der schon zuvor sein Ziel gewesen war. »Und niemand - ist das klar...«, Kalerid deutete mit seinen langen Fingern drohend in Richtung Perlug, der unwillkürlich ein Stück zurückwich, » *Niemand* wird mich dabei stören. Egal, was geschehen sollte. Ihr wartet hier und haltet euch bereit, ganz gleich, wie lange es dauert. Wenn ich zurückkehre, werden wir die Stadt erobern.« Mit diesen Worten drehte sich Kalerid um und stapfte davon.
Perlug nickte noch, als sich der Heerführer bereits ein ganzes Stück entfernt hatte. Verwirrung stand in sein Gesicht geschrieben. Was mochte dies nur bedeuten? Kalerids Worte hatten nicht nur etwas sehr Gefährliches, sonder auch etwas sehr Unheimliches an sich gehabt. Von den umstehenden Kriegern war kein Wort zu vernehmen.
Nach einigen Augenblicken der Ratlosigkeit fing sich der Statthalter wieder. »Ihr habt es gehört«, pfiff er seine Männer an, »also geht zurück auf Eure Posten.« Die Krieger trotteten murrend und murmelnd davon.
Perlug selbst ließ sich an Ort und Stelle ins Gras fallen. Was heckte Kalerid wohl aus? Wie lange mochte er wohl fern bleiben? Und was sollte er machen, wenn Hondor ihm vorher das Zeichen geben würde? Was war eigentlich aus den Menschen geworden? Sie befanden sich schon lange in der Stadt und bisher hatten sie kein Lebenszeichen von

sich gegeben. Ob wohl etwas Unvorhergesehenes vorgefallen war?

# Rofin
## VII

Rofin hielt sich den verletzen Arm, den er nur notdürftig mit einem abgerissenen Stück Leinen hatte verbinden können, nachdem sie nach Ornam zurückgekehrt waren, und ließ sich stöhnend auf die Holzbank sinken. Die Wunde hatte zwar aufgehört zu bluten, doch der pochende Schmerz blieb.
Nun war er endlich allein. Sogar Gorban hatte er letztendlich aus dem kleinen Haus verbannen können. Den ganzen Abend hatte der sonst so wortkarge Statthalter Erklärungen und Antworten von ihm verlangt, die er selbst nicht kannte. Er hatte es gewagt, ihm Vorwürfe über den beträchtlichen Verlust seiner Krieger zu machen und ihn beschuldigt, sie wissentlich in diese Falle gelockt zu haben. Rofin fand sein Verhalten ungeheuerlich, doch er hatte weder die Kraft, noch die Nerven gehabt, sich mit den Statthalter auseinander zu setzen.
Jetzt war er allein und konnte zum ersten Mal, seit dem erschreckenden Vorfall auf dem Schlachtfeld, einen klaren Gedanken fassen. Merkwürdigerweise dachte er zuerst an den jungen Kellon. Rofin selbst hatte nicht sehen können, was genau geschehen war, denn er hatte bereits den Rückzug angetreten, als dieses Geräusch und die darauf folgenden Schreie ihn dazu bewegt hatten, sich nochmals umzudrehen. Dann hatte er das entsetzte und schmerzverzerrte Gesicht Kellons gesehen, bevor dieser, wie viele andere Sellag, von der Feuerwelle verschlungen wurde. Und inmitten des Infernos stand Kalerid; unbehelligt von den Flammen und überaus zornig. Rofin ging dieses Bild nicht mehr aus dem Kopf, doch er konnte nicht begreifen, was dort geschehen war.
Rofin bedauerte Kellons Tod. Er hatte begonnen, den jungen Krieger zu mögen, vielleicht auch nur den bewundernden Blick, mit dem er stets zu ihm aufgesehen hatte. Rofin hatte sogar mit dem Gedanken gespielt, ihn zu einem seiner Kommandanten zu machen. Doch weit mehr als Kellons Verlust bedauerte er seine eigenen Niederlage im Kampf gegen Kalerid. Er hatte ihn unterschätzt und das Weite suchen müssen. Erst später hatte er bemerkt, wie schwer ihn Kalerid getroffen hatte und wie heftig die Wunde an seinem Arm blutete.

Welche Zauberei hatte Kalerid auf dem Schlachtplatz zur Schau gestellt? Woher kam diese plötzliche Macht, über die er verfügte? Der Ausdruck in Kalerids Gesicht hatte Rofin das Gefühl vermittelt, dass der ehemalige Heerführer selbst von dem Geschehen überrascht war, wenn nicht sogar erschrocken. Hatten die Menschen ihm diese Fähigkeit verliehen?
Rofin fand keine Antworten auf all seine Fragen. Auch wollte ihm kein passender Einfall kommen, wie es nun weitergehen sollte. In Ornam konnte er nicht ewig verweilen, wenn er seine gerade neu gewonnene Stellung als Heerführer der Sellag, nicht wieder an Kalerid verlieren wollte. Doch einen neuen Angriff zu wagen und in die Hauptstadt einzudringen, war ihm zu gefährlich. Wer wusste, welche Macht sich noch in Kalerid und hinter den Stadtmauern verbarg? Zudem war es zweifelhaft, dass Gorban und seine Krieger noch einmal mit ihm ziehen würden. Der Statthalter Ornams hatte sich als störrischer erwiesen, als er zuerst vermutet hatte. Rofin bezweifelte, dass er selbst mit all der Macht eines Heerführers Gorban noch einmal dazu bewegen konnte, gegen Kalerid und Alland Pera zu ziehen.
Während sich seine Gedanken ständig im Kreise drehten, ohne auf Antworten zu stoßen, forderten die letzten zwei durchwachten Nächte ihren Tribut. Das Feuer im Kamin verbreitete eine wohlige Wärme, doch der Rauch brannte in seinen Augen. Ohne es selbst zu bemerken, schloss Rofin die schweren Lider. Er war eingeschlafen, bevor sein Kopf den Tisch vor ihm berührt hatte.

# Derias

## I

In dieser Nacht verzichteten König Durendas und sein jüngerer Sohn darauf, die Armee ruhen zu lassen. Es trieb sie voran, denn sie hatten bereits die Grenze zu Allendas überschritten und befanden sich nun in einem weit ausgedehnten Wald. Bisher war ihnen kein Sellag vor Augen getreten, trotzdem war es zu gefährlich, mitten in der Nacht in einem unbekannten Waldgebiet zu lagern. Es war besser, den Wald schnellstmöglich hinter sich zu lassen und in übersichtlicheres Gelände zu kommen.

Derias konnte jedoch nur vermuten und aus den Beobachtungen seiner Späher schließen, dass sein Vater und sein Bruder zu diesen Schlüssen gekommen waren. Es missfiel ihm, dass Dorian in dieser Nacht auf ein Ruhelager verzichtete. Seine Männer hatten bereits die vorhergehende Nacht in recht unwirtlichem Gelände, mehrere tausend Barret nördlich vor Wernborn, verbracht und, obwohl seine Truppe kräftezehrende Kriegszüge gewohnt war, sah man den Männern die Anstrengung deutlich an. Hatten bis jetzt die Verfolgung seines Bruders und das Vorhaben, dabei unentdeckt zu bleiben, ihre ganze Aufmerksamkeit erfordert, so verlangte nun die Dunkelheit und das fremde, unüberschaubare Gelände noch ein Vielfaches an Konzentration von allen ab. Sie hielten sich etwas östlich von dem Weg, den Dorians Truppe gewählt hatte. Die Dichte des Waldes machte es ihnen nicht leichter und Derias wünschte sich, dass er bald ein Ende nehmen mochte.

Sein Wunsch erfüllte sich schneller, als er vermutet hatte. Plötzlich befanden sie sich am Rande einer Lichtung. Simeras von Folland, der voran ritt, brachte sein Pferd abrupt zum Stehen und sein Blick, soweit er in der Dunkelheit zu erkennen war, verriet nicht weniger Überraschung, als sie Derias empfand.

Mitten im Wald, wo man weit und breit keine vernünftige Menschenseele vermuten würde, erstreckte sich eine baumlose Senke, in deren Mitte sich ein, im fahlen Mondlicht mächtig anmutendes Gebäude erhob, dessen schwarze Wände massiv und abweisend wirkten.

Was allerdings noch viel mehr überraschte, war das Lager, das sich um

dieses Festung herum befand. Fackeln erhellten die zahlreichen Zelte und dazwischen schlichen Gestalten umher, die ihnen überraschenderweise bekannt vorkamen.
»Sind das die Eindringlinge?«, hörte Derias hinter sich einen seiner Krieger leise fragen. Derias wusste keine rechte Antwort darauf.
»Sie sehen dem Fremdling, der den Allendasser und die beiden Lemberusken begleitet, sehr ähnlich«, sprach sein Hauptmann die Feststellung aus, die Derias selbst bereits gemacht hatte. »Was hat das wohl zu bedeuten?«
»Entweder, dass dies nicht die Eindringlinge sind oder, dass wir in eine Falle gehen sollen«, entgegnete Derias ernst.
Er hatte sich gerade entschieden, dass es eigentlich auch nicht seine Aufgabe war, dieses Rätsel zu lösen, als sich die Lösung bereits von selbst aufdrängte: Sie wurden entdeckt.

Es ging sehr schnell. Derias war zwar ein Heerführer, der sich stets um diplomatische Regelungen bemühte, doch wurde er angegriffen, so setzte bei ihm umgehend der Verteidigungsinstinkt ein. Seine Männer folgten ihm, ohne zu zögern. Sie waren in der durchaus besseren Position - beritten, mit widerstandsfähigeren Rüstungen ausgestattet und zahlenmäßig den Angreifern fast ebenbürtig. Derias' Männer waren kampferprobt und diszipliniert. Zudem schien der Angriff der fremden Wesen nicht im Geringsten überlegt und durchdacht zu sein. Sie wirkten überreizt, zügellos und schienen nicht mit ihrem Verstand bei der Sache zu sein. Derias kannte dieses Verhalten bereits von anderen Gegnern, die zu viele Niederlagen hatten einstecken müssen. Der Anführer der angreifenden Truppe brüllte seine Gefolge in einer fremden Sprache an und sie stürmten mit lautem Geschrei nach vorne.
Die Schlacht war beinahe so schnell vorüber, wie sie begonnen hatte, doch endete sie in einem hässlichen Gemetzel. Derias' Krieger gingen als Sieger daraus hervor und die Verluste auf der gegnerischen Seite waren so gewaltig, dass letztendlich niemand übrig geblieben war. Erst, als das Kampfgeschehen vorbei war, wurde Derias bewusst, dass sie nicht alleine geblieben waren. Sie hatten Verstärkung bekommen, aus dem Inneren der dicken Mauern. Männer, die lange, braune Gewänder und Kettenhemden trugen, standen nun zwischen den toten Angreifern und Derias' Männern. Sie blickten diese an, als wären sie gerade vom Himmel herunter gestiegen. Derias musterte sie eingehend.

Ein breitschultriger, gut beleibter Mann löste sich aus der Gruppe und trat auf ihn zu.
»Ich bin Mondernas Bunos, Abt dieses Klosters.« Er verbeugte sich tief.
»Wir danken Euch! Woher Ihr auch kommen mögt, Ihr habt uns von einer langen Sorge befreit. Hembras hat unsere Gebete erhört. Wie können wir Euch für Eure Hilfe danken?«
Derias blickte noch immer schweigend von seinem Pferd auf ihn hinunter. Ihm kam die Situation merkwürdig grotesk vor. Es schien gerade so, als hätte er sich unfreiwillig zu dem gemacht, was er eigentlich nicht sein wollte - zum Befreier von Allendas, oder zumindest einem kleinen Teil davon - während der eigentliche Befreiungszug wahrscheinlich noch immer durch diesen Wald schlich und nach etwas Ausschau hielt, was er befreien konnte. Wo er gerade bei diesem Gedanken war, fiel Derias ein, dass sie nun wohl den Anschluss an die Truppen seines Bruders verloren hatten. Doch möglicherweise war das gar nicht so tragisch.
Simeras von Folland gesellte sich an die Seite seines Herrn, gerade in dem Moment, als dieser dem Abt etwas erwidern wollte.
»Eure Befreiung verdankt Ihr wohl weniger Euren Gebeten, als einem unglücklichen Zufall, obwohl Ihr ihn aus Eurer Sicht wohl eher als glücklich bewerten müsst«, sagte der Königssohn von oben herab.
»Doch Eurer Unwissenheit im Bezug auf unseren Herkunftsort kann ich wohl Abhilfe schaffen. Ich bin Derias von Husand, Thronfolger von Lohringen.«
»Ihr seid gekommen, um Allendas aus seiner Not zu befreien?«, fragte Bunos hoffnungsvoll, wenn auch etwas irritiert über das kühle Verhalten des Fremden.
»So kann man es wohl nennen.« Derias hielt es nicht für zwingend notwendig, die genauen Einzelheiten ihrer Anwesenheit zu klären.
»Doch meine Männer haben bereits einen langen Ritt hinter sich und sind müde von der Schlacht.«
»Ihr seid uns willkommen«, Bunos machte eine einladende Geste. »und könnt in unserem Kloster verweilen, solange es Euer Wunsch ist. Wir werden Euch gerne bewirten und Eure Pferde versorgen.«
Derias willigte ein und Bunos geleitete die Männer durch das große Tor ins Innere des Klosters.

Zorina und Moran kehrten von ihrem Beobachtungspunkt, oben auf

den Wehrmauern des Klosters, zurück in die Küche, als auch die Kriegsschar dort eintraf. Gebannt beobachteten sie, wie mehr und mehr Männer in den großen Raum strömten, bis er fast zum Bersten gefüllt war. Einen solchen Auflauf hatte die alte Klosterküche wohl schon lange nicht mehr erlebt, wenn überhaupt jemals zuvor.
Zorina konnte es sich nicht verkneifen, den Männern bewundernde Blicke zuzuwerfen. Sie hatte bereits von hoch oben auf den Mauern feststellen können, wie beeindruckend die Truppe war. Die Krieger waren allesamt breitschultrige und groß gewachsene Männer. Zu gerne wäre sie während der Schlacht mit den Mönchen hinausgegangen, um ihnen zu helfen, oder wenigstens, um ihnen beim Kämpfen zuzusehen, doch Moran hatte sie mit bangem Blick zurückgehalten.
Bargos wurde angesichts des plötzlichen Ansturms auf sein Reich merklich nervös. Er murmelte einige sehr unfeine Ausdrücke, die Hembras sicherlich nicht gerne in seinen Gemäuern hörte, und wies sogleich die jungen Mondernas an, einige Kisten des eingelagerten Gemüses aus den Kellergewölben hinaufschaffen, dazu Käselaibe, Schinken und alles Brot, das noch auf Lager war.
Zorina und Moran boten sich an, beim Putzen des Gemüses zu helfen, als die Mönche die Kisten neben dem großen Kamin abstellten. Bargos nahm ihre Hilfe gerne in Anspruch und setzte einen großen Kessel Wasser aufs Feuer, bevor er begann, eine kräftige Gemüsesuppe zuzubereiten. Es würde allerdings einige Zeit brauchen, bis die Suppe genießbar war. In der Zwischenzeit wurde das Brot, der Käse und der Schinken unter den Kriegern verteilt, die sich darauf stürzten, als hätten sie schon seit Wochen nichts mehr zwischen die Zähne bekommen. Pogan half dabei, Wein auszuschenken und seine Bewunderung für die Männer in ihren glänzenden Rüstungen schien nicht geringer zu sein als Zorinas.
»Woher sie wohl kommen?«, flüsterte Moran Zorina leise zu, als sie zusammen neben dem Kamin hockten und das Gemüse schälten.
Zorina zuckte leicht mit den Schultern. »Woher auch immer, sie müssen den Krieg gewohnt sein. Ihre Rüstungen sind hervorragend gearbeitet. Sie müssen viel Erfahrung in der Fertigung haben.« Da sprach die Tochter eines Schmiedes aus ihr.
»Vielleicht hat Hembras sie geschickt«, meinte Moran, als sie nach einer weiteren Karotte griff, doch Zorina reagierte nicht mehr darauf. Sie war bemüht, bei dem Tumult, den die Krieger machten, das Gespräch

zwischen Bunos und dem Anführer der Kriegsschar zu belauschen. Bunos hatte ihm seinen Stuhl zur Verfügung gestellt, der sich an seinem üblichen Platz in der Nähe des Kamins befand und stand beinahe andächtig daneben. Es schien geradezu, als wäre auch der Abt der Ansicht, dass die Krieger wahrhaftig vom Himmel herabgestiegen waren.
»Wir können Euch den ganzen dritten Oberstock und einen Teil des zweiten zu Verfügung stellen«, hörte sie ihn sagen. »Zwar haben wir nicht genug Betten, doch der Platz ist ausreichend und es lassen sich bestimmt ausreichend Decken und Stroh auftreiben.«
Der Kriegsführer antwortet etwas, das Zorina nicht verstand, danach hörte sie ihn sagen: »Wir werden ohnehin morgen früh weiter reiten.«
Zorinas Herz begann schneller zu schlagen. Die Fremden hatten also vor, ihren Befreiungszug weiter zu führen und sie war fest entschlossen, dabei zu sein.
»Sie ziehen morgen früh weiter«, flüsterte Zorina Moran aufgeregt zu und diese blickte sie etwas verständnislos an, als würde sie nicht so recht verstehen, was Zorina dabei so erregte. »Wir müssen mit ihnen gehen«, fügte sie deshalb noch hinzu.
»Sie werden Krieg führen«, entgegnete Moran empört, als hätte Zorina soeben etwas sehr Ungehöriges gesagt. »Das ist nichts für Frauen. Sie werden uns sicherlich nicht dabei haben wollen.«
»Das werden wir sehen«, entgegnete Zorina etwas eingeschnappt. »Wir könnten ihnen anbieten, sie zu führen. Sie werden sicherlich einen Führer gebrauchen können.«
Schweigend bearbeiteten sie die letzte Kiste Gemüse und Zorina entschloss sich, in jedem Fall die Krieger zu begleiten, egal, ob die zögerliche Moran dabei sein würde oder nicht.
Die Suppe kochte und die Krieger schlugen sich die Mägen mit Brot und Käse voll und tranken dabei Unmengen von Wein. Irgendwann verschwand Bunos, um die Suche nach Decken zu veranlassen und Zorina witterte ihre Chance. Sie ging hinüber zu dem Anführer und war sich dabei Morans tadelndem Blick in ihrem Rücken sehr wohl bewusst. Doch daran störte sie sich nicht.
»Ich heiße Zorina«, stellte sie sich vor.
Der Anführer hob seinen Blick vom Teller und taxierte sie lange abwägend, bis Zorina sich zu fragen begann, was wohl in seinem Kopf vorging.

»Derias von Husand, Thronfolger von Lohringen«, sagte er schließlich knapp.
»Ich habe Euch kämpfen sehen«, sprach Zorina weiter, selbst nicht sicher, was sie sagen sollte. Derias' abschätzender Blick hatte sie unsicher gemacht. »Ihr versteht was davon.«
Ein heiseres Lachen entrann der Kehle des Thronfolgers. »Das will ich wohl hoffen, Mädchen«, sagte er prustend.
Zorina wusste nun endgültig nicht mehr, was sie sagen wollte oder sollte. Die Reaktion des Mannes verunsicherte sie zutiefst und ihre Überzeugung begann zu schwinden.
»Was kann ich denn für Euch tun?« Derias hatte aufgehört zu lachen, als er ihre Verwirrung bemerkte und fragte sie jetzt in gutmütigem Tonfall.
Zorina kratze ihren ganzen Mut zusammen. »Ich habe gehört, dass ihr morgen weiterziehen wollt. Ich möchte Euch begleiten.« Sie erwartete, dass Derias sie erneut auslachen würde, doch er gab keinen Ton von sich. Er musterte sie wieder eine Weile. »Habt Ihr eine Ahnung, worauf Ihr Euch da einlassen wollt? Wir machen keinen Ausflug.«
»Das weiß ich«, beeilte sich Zorina zu antworten. »Ich habe bereits eine lange Reise hinter mir. Ich habe schon einiges durchgemacht.« Zu gerne hätte sie dem Kriegsherrn von den Abenteuern erzählt, die sie erlebt hatte, doch sie bezweifelte, dass Derias jetzt die Geduld aufbringen würde, ihr zuzuhören.
»Nun gut, dann kommt mit, wenn Ihr unbedingt wollt«, entgegnete Derias, für Zorina unerwartet schnell. »Aber erwartet nicht, dass wir Rücksicht auf Euch nehmen werden.«
»Natürlich nicht«, erwiderte Zorina, vielleicht ein wenig zu eifrig. »Ich brauche auch keine Rücksicht.«
»Gut«, Derias nickte zufrieden, »morgen kurz nach Sonnenaufgang reiten wir los. Wir werden nicht auf dich warten.«
»Ihr gedenkt also wirklich, mit ihnen zu gehen?«, wiederholte Moran zum sechsten Mal, als sie hinter Zorina die Wendeltreppe zum zweiten Oberstock hinaufstieg.
»Ja!«, erwiderte Zorina, wie jedes Mal, brav.
»Aber was machen wir, wenn unsere Männer zurückkehren?«
»Wir?« Zorina zog übertrieben überrascht beiden Augenbrauen nach oben. »Wieso wir? Ich dachte, Ihr wolltet nicht mitkommen?«
»Soll ich Euch etwa allein mit all den Männern gehen lassen?«, fragte

Moran empört zurück.
»Ihr denkt also, ich brauche eine Anstandsdame.« Zorina war amüsiert. Sie wusste, dass Moran ihr nicht die Wahrheit sagte. Der Bäuerin brannte es selbst unter den Nägeln, mit auf diese Reise zu gehen, sie brauchte nur einen Grund, um es vor sich selbst zu rechtfertigen.
Sie reagierte nicht auf Zorinas Aussage. »Also, was machen wir dann?«
»Es wird sich schon jemand finden, der ihnen sagt, dass wir mit den Kriegern gezogen sind«, antwortete Zorina leichthin, »und auf dem Rücken eines Drachen dürfte es ihnen wohl nicht zu schwer fallen, einen solchen Kriegszug auszumachen.«
Sie hatten ihre Gemächer erreicht. Moran würde diese Nacht in Hondors Kammer verbringen, da der gesamte dritte Oberstock des Klosters von den Kriegern in Beschlag genommen worden war und sie nicht allein zwischen so vielen Männern bleiben wollte.
»Dann sehen wir uns morgen früh«, verabschiedete sich Zorina.
»Schlaft gut«, entgegnete Moran.
Zorina wünschte ihr das Gleiche und beiden Frauen verschwanden in ihren Räumen, um zumindest etwas Schlaf zu bekommen, bevor das nächste Abenteuer auf sie warten würde.

Am nächsten Morgen, noch bevor die Sonne aufgegangen war, fanden sich Zorina und Moran mit Pogan im Klosterhof ein. Zorina trug nun nicht mehr die braune Kutte, sondern die Kleidung, die sie von Moran bekommen hatte. Die Bauersfrau hatte noch immer ihr grünes Wollkleid an. Sie wartete mit ihrem Sohn unter dem überdachten Kreuzgang, während Zorina in den Stall ging, um sich dort ihr eigenes und Hondors Pferd für Moran zu holen. Wieder fiel der Abschied der Mutter sehr viel schwerer als dem Sohn. Pogan würde im Kloster bleiben. Dort wusste ihn seine Mutter gut aufgehoben. Die Mönche würden sich um ihn kümmern und auf ihn achten. Der Junge nahm es gelassen hin, dass seine Mutter ihn drückte und küsste, doch in dem Schweigen des ohnehin stillen Jungen war auch ein wenig Beklemmung zu erkennen.
Es dauerte eine Weile, bis Zorina wieder mit den aufgezäumten Tieren zurückkehrte. Die beiden Frauen stiegen in den Sattel, während sie beobachteten, dass nicht nur die Krieger, sondern auch einige Mönche den Hof betraten. Bunos hatte Derias einige Männer, unter ihnen

Mondernas Biram, zur Verfügung gestellt, wie sie beim Morgenmahl erfahren hatten. Der Abt selbst würde im Kloster verbleiben, um dort mit den anderen Mönchen die Stellung zu halten. Auch wenn keine Sellag überlebt hatten, wusste man nie, was noch geschehen konnte.
Als Biram nach den Zügeln seines Pferdes griff, trat Mondernas Burrenos zu ihm und übergab ihm einen gefüllten Lederbeutel. Die Beiden wechselten einige Worte, die Zorina nicht verstand. Trotzdem glaubte sie zu wissen, was der schrullige Heiler Biram mit auf den Weg geben hatte.
Während sie bereits auf den Rücken ihrer Pferde saßen und warteten, dass die Vorbereitungen abgeschlossen wurden, überprüfte Zorina zum wiederholten Male die Sichel, die sie an ihrem Gürtel befestigt hatte. Sie verlieh ihr ein sicheres Gefühl, und das Wissen, dass sie aus der Hand ihres Vaters stammte, beruhigte sie ungemein. Zorina hatte versucht, Moran dazu zu überreden, sich von dem Waffenmeister des Klosters auch ein Schwert, oder zumindest einen handlichen Dolch aushändigen zu lassen, aber Moran hatte sich strikt geweigert.
Derias betrat als letzter der Krieger, gefolgt von Bunos, den düsteren Hof. Als er an den beiden Frauen vorbeiging, nickte er ihnen grüßend zu. Zorina nickte zurück, während Moran sich zurückhielt. Dann ging der Thronfolger von Lohringen hinüber zu Simeras, von dem Zorina noch am Vorabend erfahren hatte, dass er Derias' Hauptmann war, und der bereits das prächtige Pferd seines Kommandanten am Halfter hielt. Derias sprach kurz mit ihm und schwang sich dann gewandt in den Sattel. Er hob den Arm und Zorina konnte sehen, wie die Krieger um ihn herum aufmerksam die Köpfe hoben. Dann gab er den Befehl und der Trupp setzte sich in Bewegung. Sie verließen den Hof und durchquerten das zerstörte Lager der Sellag. Zorina sah, dass einige Mönche bereits dabei waren, die toten Sellag zusammenzutragen und zu verscharren. Das Bernam-Kloster war nun befreit, und Allendas wartete darauf, dass ihm die gleiche Gunst widerfuhr.

# Hondor XX / Toranus XIV

»Ich habe immer gewusst, dass man dieser alten Hexe nicht trauen kann«, wiederholte Hondor zum hundertsten Mal. Die Gefährten, die auf den alten Holzbänken in dem faulig riechenden Kerkerraum hockten, während der König unruhig auf und ab ging, verdrehten die Augen. Sie kannten diese Aussage bereits auswendig, doch weiter brachte es sie auch nicht. Der Tag war verstrichen, ohne dass sich Kurena oder einer ihrer Gefolgsleute hatten blicken lassen oder dass sonst etwas geschehen war.

Zumindest hieß das, dass sie Kalerid und das Amulett noch nicht gefunden hatten und das beruhigte Nando ein wenig, denn in Kurenas Händen würde das Amulett um ein Vielfaches gefährlicher sein als bei einem ahnungslosen Sellag. Doch solange sie in dem feuchten Kerker fest saßen, konnten sie kaum verhindern, dass Kurena nicht doch noch das Amulett bekommen würde und diese Sorge nagte an Nandograls Nerven und auch denen seiner Weggefährten.

»Ich möchte wissen, was aus Toranus geworden ist«, sagte Nando besorgt. »Hoffentlich ist ihm nichts zugestoßen.« Er war überzeugt, dass der Drache gesehen hatte, was mit ihnen geschehen war und die Tatsache, dass er bis jetzt noch nichts unternommen hatte, um sie aus ihrem Loch herauszuholen, bereitete ihm Sorgen.

Hondor reckte sich erneut zu dem kleinen vergitterten Fenster hinauf und spähte in den Hof. Dummerweise konnte man von dort aus nicht bis zum Westturm blicken, wo sie den Drachen zurückgelassen hatten. Zudem war es mittlerweile dunkel geworden.

»Es ist ziemlich ruhig geworden dort draußen«, stellte der König fest, während er über den Hof spähte. »Keine Menschenseele, soweit ich sehen kann. Bleibt nur die Frage, ob das ein gutes oder ein schlechtes Zeichen ist.« Hondor stemmte sich etwas höher, um noch besser sehen zu können. »Aber auch von Toranus ist keine Spur zu entdecken.«

Ein dumpfes Geräusch verriet im selben Moment, dass er sich geirrt hatte. Dann sah er sich zwei großen gelbroten Augen und einer langen Schnauze gegenüber. Erschrocken wich er einen Schritt zurück.

»Na endlich«, rief Nando, der im selben Moment zu Hondor getreten war.
»Das ist aber keine feine Begrüßung«, murmelte der Drache beleidigt. »Es war mir nicht möglich, früher zu kommen. Schließlich musste ich warten, bis die Luft rein war. Wir sollten uns beeilen. Jederzeit kann jemand auftauchen.«
Toranus umfasste die Gitterstäbe mit seinen langen Krallen und zog daran. Nichts rührte sich. Nando, Hondor und die beiden anderen Männer kamen ihm zu Hilfe, doch die Eisenstangen und die Steine, in die sie eingelassen waren, blieben davon unbeeindruckt.
»Kein Grund zu verzagen«, meinte Toranus, als sie schnaufend abließen, ohne einen Erfolg erzielt zu haben. »Wofür habt Ihr denn einen Drachen? Tretet ein Stück beiseite!«
Die Menschen wichen zurück, bis sie mit dem Rücken an die gegenüberliegende Wand stießen und Toranus blickte sich noch einmal prüfend um, bevor er mit seiner Arbeit begann. Er ließ eine kleine, blaue Stichflamme aus seinem Mund entweichen. Es dauerte eine Weile, doch dann begannen die Eisenstäbe zu glühen, bis sie schließlich nachgaben und schmolzen. Toranus bog mit seinen unempfindlichen Drachenkrallen das weiche Metall zur Seite. Nun war der Weg frei. Auch wenn ihre Ungeduld es ihnen schwer machte, mussten sie noch einige Augenblicke warten, bis das Metall abgekühlt war, dann konnten sich die vier Männer hindurch in die Freiheit zwängen, wo sie sich sogleich in den Schatten der Gemäuer duckten, um unentdeckt zu bleiben.
»Steigt auf meinen Rücken«, sagte der Drache eilig. »Wir müssen von hier verschwinden. Dann können wir in Ruhe überlegen, wie es weitergehen soll.«
Die Männer ließen sich das nicht zweimal sagen und kurze Zeit später erhob sich der Drache in die Lüfte, um die Stadt zu verlassen.

# Herras

## XX

Der Vormittag war voller erfreulicher und unerfreulicher, überraschender und unangenehmer Ereignisse gewesen. Nachdem sie am frühen Morgen, noch bevor die Sonne aufgegangen war, den Wald hinter sich gelassen hatten und das erste besetzte Dorf in ihre Sichtweite gekommen war, hatte Dorian im Einverständnis mit seinem Vater ein provisorisches Lager errichten lassen. Die Krieger sollten sich ausruhen. Sie hatten einen langen Ritt hinter sich und es war zu dunkel, um einen Angriff im unbekannten Gebiet zu wagen, obwohl man im Schein des fahlen Mondes erkennen konnte, dass das Dorf nur ein paar wenige Häuser umfasste.

Dorians Kriegstrupp war so groß, dass er fast die gesamte ebene Wiese vor dem Waldgebiet einnahm. Die Masse an Kriegern verlieh ihnen Macht, doch sie vergrößerte die Gefahr, entdeckt zu werden, um ein Vielfaches. So kehrte kaum Ruhe im Lager ein. Die Krieger lagen mit gezogenen Schwertern und flachem Schlaf im Gras und man konnte die allgemeine Anspannung spüren.

Dorian schickte noch einmal Späher aus. Während sie das Waldgebiet durchquert hatten, hatte er mehrmals das Gefühl gehabt, verfolgt zu werden, doch seine Späher konnten nichts berichten. Anscheinend hatten die Verfolger das Interesse an ihnen verloren, oder er hatte sich schlichtweg geirrt.

Bei Morgengrauen war es niemandem sehr schwer gefallen, sich von seinem Ruheplatz zu erheben und so war die Truppe schon zum Abritt bereit gewesen, bevor die Sonne vollständig hinter dem Horizont hervor gekrochen war.

Sie näherten sich dem Dorf, dessen Namen auch Herras nicht bekannt war, und beim Herankommen zeigte sich bald, dass es wahrhaftig sehr klein war. Es war nicht einmal groß genug, um alle Krieger dort eindringen zu lassen und wenn, wäre es einem wohl kaum möglich gewesen, sich selbst um die eigene Achse zu drehen.

So wählte Dorian eine Gruppe von hundert Kriegern aus, die den Be-

freiungszug durchführen sollten, während die anderen sich um das Dörfchen postierten. So würde kein Sellag entkommen können und das war einer der wichtigsten Punkte, auf die es zu achten galt. Denn solange ihre Truppe unentdeckt blieb, hatten sie das Überraschungsmoment auf ihrer Seite.
Herras suchte sich mit seinen Kameraden und König Durendas einen Platz am südlichen Ortsrand und beobachtete, wie geschickt Dorian und seine Männer vorgingen. Es war eindeutig nicht der erste Übergriff, den der jüngere Königssohn anführte.
Die ganze Aktion dauerte nicht länger als fünfzig Kils, danach war das Dorf übernommen, die Sellag allesamt getötet und die überlebenden Menschen befreit. Dorian gab ihnen ihr Dorf zurück und dazu einige Hinweise, wie sie es in Zukunft besser verteidigen konnten, bevor er sich mit seinen Männern zurückzog. Sie hatten nicht die Zeit, lange zu verweilen, auch wenn die Dorfbewohner sie gerne gefeiert hätten.

Herras beobachtete, wie Dorian seine Männer auf der Hauptstraße zusammenrief. Sie kamen ihnen entgegen und Herras wusste, dass mit ihnen das Unvermeidbare kam. Die Tatsache, dass Marek sich zurückgezogen hatte, verriet ihm, dass es ihm ebenfalls bewusst war. Herras begann zu bereuen, nicht von Anfang an offen zu Durendas und seinen Söhnen gewesen zu sein. Schließlich war klar, dass Mareks Herkunft irgendwann enthüllt werden würde. Er hatte es ja auch so gewollt. Und jetzt war es zu spät, etwas zu ändern.
Dorians Gesicht war ungewohnt verschlossen, als er geradewegs auf Herras und die beiden Waldmenschen zutrat. Marek hielt sich etwas verdeckt hinter ihnen und Herras konnte die Unruhe des Sellag in seinem Rücken spüren.
»Ihr seid nicht ganz offen zu uns gewesen«, stellte Dorian hart fest, als er sein Pferd vor Herras zum Stehen gebracht hatte.
Herras senkte schuldbewusst den Kopf. Es hatte keinen Sinn, es zu leugnen und es wäre auch nicht richtig gewesen.
Bevor er allerdings etwas erwidern konnte, hatte sich Durendas genähert und richtete sich mit einem misstrauischen Seitenblick, der Herras schwer traf, an seinen Sohn. »Wie meinst du das, Dorian?« wollte er nachdrücklich wissen.
»Der Fremde, den die Allendasser Freund nennen…«, Dorian machte eine knappe Kopfbewegung in Richtung Marek, »…gehört dem Volk

der Eindringlinge an, wie ich und meine Männer soeben feststellen mussten.« Dann richtete sich Dorian wieder an Herras. »Was spielt Ihr für ein Spiel mit uns?«

»Ich weiß, dass es nicht richtig war, es vor Euch zu verbergen«, entgegnete Herras mit demütigem Tonfall. Wenn er nun die falschen Worte wählte, mochte womöglich der Befreiungszug schon hier zu Ende sein. »Doch wir wussten nicht, wie wir es Euch hätten erklären sollen. Ja, er gehört zum Volk unserer Feinde, aber er hat sich uns angeschlossen und wir vertrauen ihm.«

Dorian musterte zuerst Herras und dann Marek lange, bevor er antwortete: »Und wer sagt uns, dass wir mit ihm keinen Verräter in unseren Reihen haben?«

Herras wünschte sich, dass Dorian nicht gerade diese Frage gestellt hätte. Noch immer war dies der Punkt, der ihn selbst an dem Wesen Marek am meisten beschäftigte. Trotzdem versuchte er, all seine Überzeugung in die Antwort zu legen. »Er besitzt unser vollstes Vertrauen. Er hat unser Leben gerettet. Und solange er bei uns ist, kann er uns auch schlecht verraten.«

Dorian dachte einen Augenblick über Herras' Worte nach, doch dieser konnte nicht erraten, zu welchem Schluss er kam. »Und hast du selbst nichts dazu zu sagen?«, wandte er sich dann mit eisigem Blick an Marek.

Zuerst dachte Herras, der Sellag wollte nicht antworten, bis er begriff, dass Marek sein Pferd gemächlich um die Gruppe herumlenkte, um es vor Dorian und Durendas zum Stehen zu bringen. Es gelang dem ihm, den Blick des Königs und seines Sohnes offen zu begegnen. »Die Tatsache, dass ich noch hier bin, dürfte wohl Beweis genug sein«, entgegnete er in friedlichem Tonfall.

Durendas, der bisher seinem Sohn das Reden überlassen hatte, ergriff nun wieder das Wort.

»Noch hat er nichts getan, was uns an seiner Ehrlichkeit hat zweifeln lassen«, stellte er fest. »Doch Euch ist wohl allen bewusst, dass wir ihn nun genauer im Auge behalten werden.«

Marek brachte ein demütiges Nicken zustande. »Ich gebe mich voll und ganz in Eure Hand.«

Herras wusste, dass es den Sellag einige Überwindung kostete, eine solch unterwürfige Aussage hervorzubringen und seine Achtung für Marek wuchs. Doch mochte er nicht voraussagen, was geschehen wür-

de, wenn Marek seinem Anführer gegenüberstehen würde. Man konnte nur abwarten.
»Ich hoffe sehr, Ihr habt nicht noch mehr solcher Überraschungen für uns«, fügte Dorian hinzu und sein Tonfall ließ keinen Zweifel daran, dass er auf weitere Unehrlichkeiten nicht so gutmütig reagieren würde.
»Keine, von denen wir selbst wissen«, erwiderte Herras wahrheitsgemäß.
»Gut«, Dorian nickte knapp, »dann lasst uns weiter ziehen.« Der Königssohn ließ seinen Hauptmann kurz in sein Horn stoßen und die Krieger bezogen wieder Aufstellung. »Wo liegt das nächste Dorf?«, wandte Dorian sich erneut an Herras.
»Der Norden ist dünn besiedelt«, erwiderte dieser. »Es dürfte einige tausend Barret entfernt sein.«
Durendas und Dorian gaben ihren Pferden die Sporen und ritten an, um gleich in einen gemäßigten Galopp überzugehen. Ihre Krieger und Begleiter folgten ihnen.

# Kalerid

## XIX

Perlug staunte und wunderte sich. So recht war ihm nicht klar, was Kalerid in dem kleinen Hain vollbrachte, doch es offenbarten sich immer seltsamere Dinge. Zuerst war lange Zeit gar nichts geschehen, dann hatte es angefangen, zu knallen und zu rauchen. Jetzt, wo die Sonne aufging, konnte man sehen, dass auf jedes dieser ungewöhnlichen Geräusche mal eine kleinere, mal eine größere Rauchwolke folgte, die sich dann mit dem aufsteigenden, dünnen Morgennebel vermischte. Zweimal konnte man einen Baum fallen hören und ab und zu wehte der Wind einen herben Fluch des Heerführers zu ihnen herüber.

»Vielleicht hat er dort auch einen Drachen versteckt.« hörte der Statthalter einen seiner Männer spekulieren.

»Wohl kaum.« entgegnete ein anderer. Doch eine konkrete Vorstellung, was dort inmitten der Bäume vor sich ging, schien auch er nicht zu haben.

Erneut ertönte ein lauter Knall und dieses Mal erleuchtete ein roter Feuerschein für kurze Zeit den kalten Morgenhimmel. So schnell wie er gekommen war, war er auch wieder verschwunden.

Perlug wusste, dass seine Männer langsam unruhig wurden, was durchaus verständlich war angesichts dieses seltsamen Schauspiels. Ihm selbst erging es nicht anders.

Die merkwürdigen Dinge, die Kalerid in dem kleinen Wald verursachte, hatten Perlug fast die Menschen und den Drachen, die sich noch in der Stadt befanden, vergessen lassen. Aber solange sie ihm kein Zeichen gaben, brauchten sie ihn auch nicht zu interessieren. Trotzdem verspürte er eine geringe Sorge. Wahrscheinlich lag es jedoch mehr daran, dass er sich darüber Gedanken machte, was wohl in der Hauptstadt vorgehen mochte, dass selbst der Drache nicht mehr zurückkehrte.

Seine Sorge diesbezüglich verflog allerdings, als er sah, wie eine dunkle Gestalt, bei der es sich unverkennbar um einen Drachen handelte, am Morgenhimmel auftauchte und sich mit kräftigen Flügelschlägen über ihn hinwegbewegte. Auf seinem Rücken konnte man die Umrisse von vier Menschen erkennen. Damit gab es nun ein anderes Problem, über das sich Perlug sorgen konnte. Von der Höhe, in der sie sich befanden, konnten die Menschen und der Drache sicherlich deutlich erkennen, was Kalerid in dem kleinen Hain bewerkstelligte. Perlug bezweifelte, dass dies gut war. Doch es gab nichts, das er im Moment hätte tun können, um es zu verhindern.

# Hondor XXI / Toranus XV

»Was geht dort vor sich?«, fragte Irindan und deutet hinunter auf einen kleinen Hain, den sie gerade überflogen. Eine helle Flamme loderte kurz unter ihnen auf und erlosch sogleich wieder. Auch die anderen blickten hinunter und bekamen gerade noch das Ende des Schauspiels mit. Sie hatten nun die Gruppe von Sellag hinter sich gelassen und ihr Ziel lag eigentlich hinter dem kleinen Hain. Dort hatten sie landen wollen. In ihrer Entscheidung, nicht direkt zu den Sellag zurückzukehren, sondern sich erst alleine zu besprechen, waren sie sich einig gewesen, doch jetzt, als sie das Feuer unter sich auflodern sahen, drehte Toranus von seinem Kurs ab und begann, über dem Wald zu kreisen.

»Wir haben das Amulett gefunden«, stellte Nando, überraschend gelassen, fest.

»Dann lass uns runtergehen«, entschied Hondor schnell.

Da für Toranus der Wald zu dicht war, als dass er dort hätte landen können, setzte er auf der Wiese, zwischen dem Waldrand und der Gruppe Sellag auf. Die vier Männer sprangen von seinem Rücken. Hondor hatte noch nicht ganz den Boden berührt, als er schon sah, dass Perlug und einige seiner Krieger auf ihn zugestürmt kamen.

Im kleinen Wald hinter ihnen krachte es erneut, als die Sellag den Drachen und seine menschlichen Begleiter erreichten. Hondor und die anderen erwarteten sie mit verschränkten Armen und hoch erhobenen Häuptern.

»Was geschieht da?«, fragte Hondor und deutete mit dem Daumen über seine Schulter in Richtung der aufsteigenden Rauchwolke, während Perlug noch nach Atem rang.

»Wo seid Ihr gewesen?«, stieß der Sellag schließlich hervor, Hondors Frage wissentlich ignorierend. »Wir haben uns schon Sorgen um Euch gemacht.«

»Das ehrt Euch«, entgegnete Hondor ironisch. So leicht ließ er sich nicht ablenken. »Also, was geschieht dort?«

Perlug zuckte mit den Schultern. »Keine Ahnung«, erwiderte er mit aufgesetzter Unschuldsmiene, die ihn, wie Hondor empfand, noch

dämlicher erscheinen ließ. »Bis eben habe ich nichts bemerkt.«
Hondor zog überrascht beide Augenbrauen nach oben und achtete sorgsam darauf, dass es nicht weniger gespielt wirkte, als Perlugs Vorführung. »Habt Ihr es mit den Augen und Ohren?«, fragte er übertrieben besorgt, doch dann machte er eine abweisende Handbewegung und seine Stimme wurde hart. »Vielleicht hat es Euch noch niemand gesagt, aber Ihr seid kein guter Lügner, Perlug, und ein noch schlechterer Mime. Also, raus mit der Sprache.«
Perlug wirkte plötzlich niedergeschlagen. »Ich weiß es nicht«, gestand er mit einer hilflosen Handbewegung und der Ausdruck seiner Augen verriet nicht nur, dass er jetzt die Wahrheit sprach, sondern, dass es ihm auch Sorgen bereitete, was dort, zwischen den Bäumen verborgen, geschah.
»Wer verbirgt sich dort im Wald?«, hakte Nando nun nach.
»Kalerid, der Heerführer«, antwortet Perlug, ohne einen Versuch, zu lügen.
»Also ist er noch im Besitz des Amuletts«, stellte Nando fest. »Und er scheint langsam dahinter zu kommen, welche Kräfte es birgt.«
»Dann sollten wir ihm das Ding abnehmen, bevor er in der Lage ist, es gezielt einzusetzen«, beschloss Hondor.
»Was für ein Amulett?«, fragte Perlug plötzlich dazwischen.
Den vier Menschen und dem Drachen war die Überraschung deutlich anzusehen. Sie hätten erwartet, dass Perlug durch Kalerid von dem Amulett erfahren hatte, aber offensichtlich war dem nicht so.
»Das erklären wir Euch später«, sagte Hondor und er log weitaus besser, als der Sellag. Er verschwendete nicht einen Gedanken daran, Perlug über die Macht des Amuletts aufzuklären. »Zuerst werden wir in den Wald gehen und die Sache dort erledigen. Ihr werdet hier auf uns warten - und kommt nicht auf dumme Ideen. Toranus wird auf Euch Acht geben.«
Der Drache nickte zustimmend und Perlug wurde gar nicht erst nach seiner Meinung gefragt. Mit entschlossen Schritten ging Hondor davon, in Richtung Waldrand und winkte seinen Begleitern, mit ihm zu kommen.

Als sie ein Stück in den Wald hineingegangen waren und die Bäume sie noch vor den neugierigen Blicken der Sellag schützen, winkte Hondor sie zusammen.

»Ist es nicht gefährlich, sich jetzt an ihn heranzuschleichen?«, sprach Irindan seine Sorge aus, als er sich neben ihm ins Unterholz gehockt hatte.
»Das ist es wohl«, stimmte ihm Nando zu und ließ sich ebenfalls nieder. »Obwohl es nicht so scheint, als könne er schon gezielt mit dem Amulett umgehen.«
»Wir müssen ihn von hinten angreifen«, sagte Hondor. »So haben wir die größte Chance, ihn zu überwältigen. Einer von uns muss ihm, so schnell es möglich ist, das Amulett entreißen.«
Wieder knallte es und ein weiterer Baum fiel krachend zu Boden.
»Er muss irgendwo dort sein«, stellte Usadim fest und zeigte in die Richtung, aus dem die Geräusche gekommen waren. »Lasst uns vorsichtig heranschleichen, damit er nicht zu früh auf uns aufmerksam wird.«
Gesagt, getan. Sie schlichen von Baum zu Baum und verbargen sich hinter den Sträuchern, bis sie eine Lichtung erreichten. Sie hatte allerdings keinen natürlichen Ursprung, wie sie deutlich erkennen konnten, sondern entstammte Kalerids Übungen. Die zerborstenen und verkohlten Bäume lagen kreuz und quer umher und das Gras und Unterholz war angekokelt oder von Feuer geschwärzt.
Sie hockten sich hinter einen Strauch und beobachteten den Sellag, der ihnen glücklicherweise den Rücken zudrehte und sich auf einen Gegenstand konzentrierte, den er in seiner Hand hielt. Es war nicht schwer zu erraten, dass es sich dabei um das Han-Amulett handelte.
»Er könnte es gezielter einsetzen, wenn er es um den Hals legen würde«, flüsterte Nando leise. »Aber auf diese Idee scheint er noch nicht gekommen zu sein.«
»Und es ist auch nicht nötig, dass wir ihn darauf bringen«, zischte Hondor zurück. »Wir greifen ihn von hinten an, solange er sich noch konzentriert. Ich zähle bis drei, dann schlagen wir zu.« bestimmte der König knapp. Dann begann er zu zählen. Er kam bis zwei...

# Rofin
## VIII

Am Morgen hatte Gorban Rofin aus seinem Schlaf gerissen. Seine Krieger hatten einige sehr merkwürdige Beobachtungen über dem kleinen Wald in der Nähe Ornams gemacht und der Statthalter hielt es für angebracht, dass der Heerführer sich dies selbst ansah.
Gorbans Wunsch mürrisch folgend, hatte Rofin eine Zeit lang beobachtet, wie die Rauchwolken zwischen den Bäumen aufstiegen, und dabei hatte ihn ein Verdacht beschlichen. Aber obwohl Gorban recht großes Interesse an dem Phänomen bekundet hatte, hatte es Rofin ein erhebliches Maß an Anstrengung, (mehr als es einem Heerführer, der bedingungslose Ergebenheit verlangen durfte, eigentlich angestanden hätte) gekostet, den Statthalter zu überreden, ihm einige seiner Männer zur Verfügung zu stellen und ihn zu dem kleinen Hain zu begleiten. Schließlich hatte Gorbans Neugier über den Schrecken des vergangenen Tages gesiegt und sie hatten sich auf den Weg gemacht.

Vorsichtig schlichen sie zwischen den Bäumen hindurch, bis sie eine Lichtung erreichten und Rofins Verdacht sich bestätigte. Sie verbargen sich hinter einem hohen Gebüsch und beobachteten durch die Lücken der Zweige, was Kalerid vollbrachte.
Es dauerte nicht lange, bis sie bemerkten, dass sie nicht die einzigen Zuschauer dieses Spektakels waren. Schnell entschloss sich Rofin, seinen Plan, Kalerid zu überwältigen und ihm das kleine, unscheinbare Objekt, das ihm diese Macht verlieh, abzunehmen, zu ändern und sich zuerst um die anderen Beobachter zu kümmern.
Auf sein Kommando hin umrundeten die Sellag, im Schutz des Unterholzes, die verkohlte und rauchig riechende Lichtung und pirschten sich von hinten an die Menschen heran. Was genau er vorhatte, wusste Rofin selbst noch nicht, doch irgendetwas sagte ihm, dass es vernünftiger wäre, einige Worte mit den Menschen zu wechseln, anstatt sie sofort zu überwältigen und zu töten. Er zog sein Schwert aus der Scheide, hielt es aber gesenkt, als er den Anführer der Menschen vorsichtig von hinten an der Schulter berührte.

Die Faust traf ihn hart und überraschend schnell. Rofin wurde von dem wuchtigen Schlag nach hinten geschleudert und fand sich rücklings im Laub liegend wieder. Der Sellag deutete seinen Kriegern, sich nicht auf die Menschen zu stürzen, während er sich etwas benommen das lange Kinn rieb.

»Immer mit der Ruhe«, sagte er beschwichtigend, als auch die Menschen ihre Sicheln und Schwerter zogen. »Ich denke, uns verbindet das gleiche Ziel.«

»Uns gegenseitig in die ewige Verdammnis zu schicken?«, riet Hondor mit zornig funkelnden Augen. Er hatte den Sellag, den er noch als Handlanger des Heerführers erlebt hatte, sofort wiedererkannt.

Rofin schüttelte dem Kopf, während er sich wieder auf die Beine rappelte.

»Wohl eher, dem ein Ende zu setzen.« Rofin deutete auf Kalerid, der nichts von den Geschehnissen hinter den Büschen mitbekommen zu haben schien. Er konzentrierte sich noch immer auf das Amulett in seiner Hand.

»Es kann Euch doch nur recht sein, wenn Euer Heerführer an Macht gewinnt«, entgegnete Hondor und drückte sein Schwert an Rofins Hals. »Bisher hat er sich noch nicht sonderlich gut angestellt.«

»Nun, wenn Euch seine Taten bisher nicht zugesagt haben«, Rofin hielt noch immer beschwichtigend die Hände von sich gestreckt, »...dann wird es Euch freuen zu hören, dass er nicht mehr unser Heerführer ist.«

Hondors Gesicht verzog sich zu einem Ausdruck spöttischer Überraschung. »Es scheint nicht so, als würde er schon über diese Neuigkeit Bescheid wissen.«

»Möglicherweise wurde vergessen, ihn darüber in Kenntnis zu setzen.« entgegnete Rofin nicht weniger ironisch. »Es ist wohl an der Zeit, ihm dies mitzuteilen.«

»Und warum verschwendet Ihr dann Eure Zeit mit uns?«

»Weil ich aus irgendeinem Grund das Gefühl habe, dass Ihr mehr wisst als wir. Was ist das für ein Ding, mit dem er da hantiert?«

»Woher sollen wir das wissen?«, log Hondor gekonnt.

»Ihr wärt sonst nicht hier.« Rofin bewies einen ungeahnten Scharfsinn.

»Und warum solltet wir es Euch verraten, wenn wir etwas wüssten?«, hielt der König dagegen. Solange er die Fragen stellen konnte, hatte er

die Oberhand.
»Weil wir am selben Strang ziehen.« antwortete Rofin freundlich. »Ich habe gesehen, was dieses Ding vollbringen kann. Es ist gefährlich!«
»Ein Grund, Euch nicht zu verraten, was es damit auf sich hat.« Hondor war bewusst, dass er mit diesen Worten zugab, etwas über das Amulett zu wissen, aber ihm war bewusst, dass Rofin das ohnehin bereits klar war.
»Und weil wir in der Überzahl sind«, fügte Rofin noch im gefährlich-verschwörerischen Tonfall hinzu.
Das war ein gutes Argument, wie Hondor sich eingestehen musste. Die vier Menschen hatten gegen die Überzahl an Sellag keine Chance.
»Also gut.« Er war trotzdem entschlossen, dieses Spiel für sich zu entscheiden. »Machen wir ein Geschäft. Ihr besorgt uns das Amulett und wir verraten Euch anschließend, was man damit alles anstellen kann.«
Wenn Rofin zustimmen würde, hätte er zwei Fliegen mit einer Klappe geschlagen. Sie konnten sich selbst das nicht ungefährliche Unternehmen ersparen, Kalerid zu überwältigen und sie würden obendrein etwas Zeit schinden.
Für einige Augenblicke machte sich Unentschlossenheit in Rofins Gesicht breit, doch dann nickte er.
»In Ordnung. Da ich das Ding sowieso haben will, geh' ich auf dieses Geschäft ein. Aber lasst es Euch nicht einfallen, mich betrügen zu wollen.«
»Niemals!« Hondor stellte einen übertrieben ehrlichen Gesichtsausdruck zur Schau. »Wir ziehen doch alle am selben Strang.«
»Ich werde natürlich ein paar meiner Männer hier lassen, damit Ihr nicht verschwindet, während wir Eure Arbeit erledigen«, fügte Rofin noch hinzu.
Hondor senkte ergeben den Kopf. »Tut, was Ihr für richtig haltet.«

Rofin wies Gorban und vier seiner Krieger an, bei den Menschen die Stellung zu halten, während er die anderen mit sich winkte.
Sie schlichen entlang des dichten Gebüschs, bis sie dessen Ende erreicht hatten. Dann fielen sie von hinten über Kalerid her. Es ging alles überraschend schnell, wie Hondor beobachten konnte und er dankte gerade im Stillen Hembras für das Glück, dass ihm diese Gruppe Sellag über den Weg gelaufen war, als er sah, wie Rofin beinahe ein plötzliches Ende genommen hätte. Die magische Kraft, die Kalerid während seiner Kon-

zentration aufgebaut hatte, entlud sich mit einem Schlag, als der erste Sellag ihm von hinten in den Nacken schlug. Der Hieb saß. Kalerid sank benommen zu Boden, doch die Druckwelle riss auch die anderen Sellag von den Füßen. Kalerid stand als Erster wieder auf den Beinen, doch durch seinen Sturz war ihm das Amulett entglitten und lag nun zwischen Moos und verkohltem Laub auf dem Waldboden. Gorbans stechender Blick hielt Hondor davon ab, seinem Impuls zu folgen und dorthin zu hechten, wo das Han-Amulett schwarz glänzte. Angespannt musste der Mensch beobachten, was weiter geschah. Im ersten Augenblick dachte er, Kalerid hätte den Verlust des Amuletts bemerkt, da er sich suchend umblickte, doch als er den benommenen Blick des Sellag sah, wurde ihm klar, dass er versuchte, die Orientierung wiederzugewinnen. Rofin war unterdessen ebenfalls, wenn auch schwankend, auf die Füße gekommen und seine Krieger taten es ihm nach und nach gleich. Zumindest war die Feuerwelle ausgeblieben, wofür die Sellag ihrem Schöpfer hätten die Füße küssen sollen, wie Hondor empfand, doch er wusste nichts über den Glauben dieser Kreaturen, sofern sie überhaupt einen besaßen.
Als Rofins Stand an Sicherheit gewonnen hatte und er gewahr wurde, dass Kalerid der Schlag kräftig mitgenommen hatte, stieß er einige wenige, kehlige Laute in sellagischer Sprache aus und seine Krieger, zumindest diejenigen, die auf ihren Beinen stehen konnten, eilten herbei und kümmerten sich um den ehemaligen Heerführer. Innerhalb weniger Augenblicke war er überwältigt. Sie warfen ihn erneut nieder und drückten sein Gesicht in den geschwärzten Boden. Einer stemmte Kalerid sein Knie in den Rücken, während ein anderer ein kräftiges Lederband aus dem Beutel an seinem Gürtel hervorholte und ihm die Hände zusammenschnürte.
Kalerid kam bei dieser groben Behandlung schnell wieder zu Sinnen. Er zischte und fauchte Wörter, die Hondor nicht verstand, die jedoch eindeutig nicht freundlicher Natur waren. Dabei wand er sich hin und her. Doch die Fesseln hielten und Rofin blieb von Kalerids Gebaren unbeeindruckt. Er blickte sich suchend um. Auch ihm war aufgefallen, dass Kalerid das Amulett verloren hatte. Nun hielt er Ausschau danach, während seine Männer Kalerid auf die Füße zerrten.
»Dort drüben«, rief Hondor über die Hecke hinweg und deutete auf die Stelle, an der das schwarz glänzende Amulett zwischen dem Moos das Sonnenlicht reflektierte. Rofin folgte der Richtung seines Fingers und

erblickte es. Hastig nahm er das kleine Objekt an sich und Hondor sah beunruhigt, wie er die Faust darum schloss, als wollte er es nie wieder hergeben. Es würde nicht leicht werden, ihm das Objekt wieder zu entlocken, auch wenn er nicht wusste, wie er damit umzugehen hatte. Auf Rofins Gesicht zeigte sich ein triumphierender Blick, als er, gefolgt von seinen Kriegern und dem gefesselten Kalerid, auf die Menschen zukam. In Hondor kam der Verdacht auf, dass sich das Blatt mal wieder zum Schlechten für sie gewendet hatte. Besorgt beobachtete der König, wie Rofin das Amulett sorgsam in seinem Beutel verstaute. Sein kurzer, dafür aber sehr überraschter Gesichtsausdruck, bevor er das Amulett wegsteckte und die Tatsache, dass der Sellag einen Augenblick auf seine kribbelnde Hand starrte, fiel Hondor nicht auf.
»Sagt mir, wie man damit umgeht und ich lasse Euch am Leben«, sagte Rofin, als er die Gruppe von Menschen erreicht hatte und bestätigte damit Hondors Verdacht. Was sollte er nun darauf erwidern? Kalerid, der noch immer in der sellagischen Sprache fluchte, verschaffte ihm ein wenig Bedenkzeit.
»Stopft ihm das Maul«, wandte sich Rofin zornig an seine Krieger und Kalerid wurde daraufhin mit einem Knebel aus einem Stück seines Gewandes versehen, der ihm das Reden unterband. Rofin nickte zufrieden. »Also, was ist?«, wandte er sich erneut fordernd an die Menschen.
»Es ist nicht einfach«, erwiderte Hondor zögernd. »Wie ihr selbst gesehen habt, braucht man sehr viel Übung, um das Amulett zu benutzen. Man kann sich sehr leicht selbst schaden. Mein Freund hier ist jedoch im Umgang mit dem Amulett geschult.« Hondor deutete auf Nando, der sofort verstand und zustimmend nickte. »Um Euer selbst willen, würde ich Euch raten, ihm das Amulett zu übergeben.«
»Wenn er weiß, wie man mit dem Ding umgeht, ist er mit Sicherheit der Letzte, dem ich es in die Hände geben werde«, knurrte Rofin. Hondor hätte sich selbst ohrfeigen können. Er musste endlich lernen, die Sellag nicht zu unterschätzen.
»Aber er kann mir erklären, wie man es gebraucht, damit ich mich nicht selbst gefährde, wenn Euch mein Leben so sehr am Herzen liegt und wenn Euch Eures etwas bedeutet«, fuhr Rofin zynisch fort.
Hondor konnte förmlich spüren, wie sich die Schlinge um seinen Hals zuzog. Doch Nando kam ihm zu Hilfe.
»Das will ich wohl tun«, entgegnete er hilfsbereit und freundlich. »Doch es braucht gewisse Fähigkeiten. Es wird einige Tage dauern, bis

ihr alle Geheimnisse des Amuletts kennt.«
»Ich habe Zeit«, entgegnete Rofin gelassen.

# Kurena
## IV

Kurena konnte geradezu dabei zusehen, wie ihre Macht schwand. Ihre Gefolgsleute wurden zunehmend unruhiger und auch misstrauischer. Zuerst der Zwischenfall mit Kalerid, gefolgt von dessen spurlosem Verschwinden. Und dann auch noch der unerklärliche Ausbruch der Gefangenen. Da halfen auch nicht die sorgsam zurechtgelegten Vorhersagen, die Kurena sich in der Nacht erdacht hatte, um sich die Unterstützung ihrer Untertanen zu sichern. Sie waren bereits völlig vergessen, als Angos am Morgen zu ihr gekommen war, um ihr vom Ausbruch der Gefangenen zu berichten.

Als der junge Mann ihr dann noch von den recht merkwürdigen Beobachtungen erzählt hatte, die sie während der Nacht von den Stadtmauern gemacht hatten, musste Kurena mit Unbehagen feststellen, dass sie auch in seinen Augen nicht mehr die grenzenlose Loyalität erkennen konnte, die ihr bisher von ihm entgegengebracht worden war.

Sie folgte ihm auf die Stadtmauer. Der Morgen graute und Nebel hing über den Wiesen, doch er war nicht dicht und sie konnten über die hügelige Wiese zu dem kleinen Hain hinüberblicken. Erneut stieg eine Rauchwolke über den Baumspitzen auf.

»Bevor es hell wurde, konnten wir das Leuchten von Feuer und Blitze sehen«, erklärte Xonis, der die Stellung gehalten hatte. »Und seht, hier vorne.« Er deutete zu den Gras bewachsenen Hügeln. »Wir haben entdeckt, dass sich dort eine Gruppe von Sellag verborgen hält. Und was noch viel interessanter ist...« Xonis machte eine Kunstpause. »Es befindet sich noch eine weitere Kreatur dort. Sie sieht aus, wie ein Drache.«

Kurena kniff die Augen zusammen und starrte etwas genauer auf den Punkt, den Xonis ihr zeigte. Wahrhaftig, dort im Gras schien eine recht große, echsenähnliche Kreatur zu liegen, die deutlich an einen Drachen erinnern ließ.

Kurena rieb sich nachdenklich das Kinn, während sie überlegte, was das alles zu bedeuten hatte. Sie war sich den erwartungsvollen Blicken der anwesenden Männer deutlich bewusst.

»Der entflohene Sellag befindet sich dort im Wald«, sagte sie schließ-

lich, als sie sich die Tatsachen zurecht gelegt hatte. »Und er hat das Amulett in seinem Besitz.« Kurena dachte weiter nach. »Außerdem sind die entkommenen Menschen bei ihm. Ob sie ihm freundlich oder feindlich gesinnt sind, vermag ich nicht zu sagen, doch der Drache ist ihr Verbündeter, denn mit seiner Hilfe sind sie entkommen. Auf welcher Seite die Gruppe von Sellag steht, ist schwer zu deuten, doch sicherlich sind sie hier, um die Stadt zurückzuerobern.« Sie beendete ihre Ausführungen und war zufrieden mit sich. Sie hatte recht klug und vor allem vorausschauend geklungen und ihre Worte hatten die überzeugende Wirkung nicht verfehlt, wie sie in den Gesichtern der Männer lesen konnte.
»Und was tun wir nun?«, fragte Angos nach einem Moment des erstaunten Schweigens.
»Sie alle stellen eine Bedrohung für uns dar«, entschied Kurena und warf kurzerhand alle Pläne, die sie sich gemacht hatte, über den Haufen. »Wir müssen sie alle vernichten.«
»Es sind sehr viele«, warf Angos besorgt ein.
»Doch wir sind in der Überzahl«, antwortete Kurena. »Und es gibt keinen Grund, sich zu fürchten. Ich werde mein inneres Auge schärfen und ich werde sehen, wie wir handeln müssen, um siegreich zu sein.« Sie versuchte, all ihre Überzeugung in diese Worte zu legen. »Beobachtet die Lage weiter.« wies sie ihre Männer an. »Ich werde Euch Bescheid geben, wie wir vorgehen werden.«
Bevor jemand etwas entgegnen konnte, drehte sie sich um und stieg mit festen Schritten die Stadtmauer hinunter, um sich wieder in ihre Gemächer zu begeben. Sie brauchte eine Eingebung… und zwar schleunigst!

# Derias
## II

Derias' Kriegszug folgte dem seines Bruders in einigem Abstand, doch es war nicht schwer, ihren Spuren zu folgen, denn die Zeichen, die sie hinterließen, waren unübersehbar. Dorians Truppe schien recht erfolgreich zu sein, auch wenn Derias bezweifelte, dass es so einfach bleiben würde. Denn ganz gleich, wohin er und seine Krieger kamen, fanden sie in den Dörfern jubelnde Menschen vor und obwohl Derias beflissentlich seine Truppe aus den Dörfern fern hielt, konnten sie von weiten erkennen, dass Dorian keine halben Arbeiten machte.
Zudem bekamen die Menschen durch ihre Befreier neuen Mut und neue Tatenkraft. Sie begannen, ihre wieder gewonnene Freiheit zu nutzen. Je weiter Derias' Krieger in das Land eindrangen, desto öfter begegneten sie Menschen, die in größeren und kleineren Gruppen, mit Sensen, Äxten und was sie sonst noch so fanden, bewaffnet, umherzogen. Von einer Gruppe Bauern, die Derias anhielt und vor der er sich und seine Mannen als Nachhut Dorians ausgaben, erfuhr er, dass sich die Allendasser nach Westen und Osten aufmachten, um die dort gelegenen Dörfer zu befreien. Dorians Befreiungszug schien die Tatkraft der geschlagenen Menschen wiedererweckt und ihnen neuen Lebenswillen gegeben zu haben. Jeder wehrfähige Mann schien ein wenig vom Ruhm und der Rache für sich beanspruchen zu wollen. Hätte ein Außenstehender den jetzigen Zustand der Allendasser mit dem vor einigen Tagen vergleichen können, so hätte er wohl nicht geglaubt, dass es sich um dieselben Menschen handelte.

Es war schon spät, als Derias' Späher berichteten, dass sein Bruder ein kleines Dorf an den Ufern eines Flusses befreit hatte und nun seine Truppen dort für die Nacht ihr Lager aufschlagen ließ. Derias veranlasste daraufhin, dass seine eigenen Männer sich im Schutze eines kleinen Hains ihr Nachtlager suchten. Noch wollte er nicht von Dorian entdeckt werden.
Als Derias in der Nacht in seinem Zelt lag, wollte die Ruhe nicht einkehren. Obwohl es für ihn selbst ein ereignisloser Tag gewesen war,

hatte ihn ein ungutes Gefühl befallen. Es ging alles viel zu leicht. Zwar wusste Derias, dass sein Bruder ein hervorragender Kriegsherr war, doch er wusste auch, dass eine Aufgabe, die zu leicht zu bewältigen war, meist ein schlechtes Ende nach sich zog.
Derias ahnte nicht, dass sich nur einige Barret entfernt Zorina und Moran in ihrem Zelt mit ähnlichen Gedanken plagten. Auf Zorina lastete schwer die Macht des Amuletts, das sie bei sich trug. Neue Vorahnungen verfolgten sie bereits den ganzen Tag und dieses Mal waren sie weit unangenehmerer Natur als diejenigen, die ihre Zukunft mit Hondor betrafen. Je weiter sie nach Süden kamen, desto unruhiger wurde sie und damit wuchs auch Morans Sorge. Zorina berichtete der Bauersfrau von den Bildern, die sie vor Augen hatte, doch es gelang ihr nicht, ihren wirklichen Schrecken zu vermitteln. Visionen von Toten und fließendem Blut, dazwischen immer wieder das Bildnis einer alten Frau, deren Züge jedoch stets so verschwommen blieben, dass es ihr nicht gelang, sie zu erkennen, quälten das Mädchen. Immer wieder griff die alte Frau mit weit aufgerissenen Augen nach ihr, versuchte sie zu packen, doch je mehr Zorina versuchte, ihr Antlitz zu erkennen, desto unklarer wurde es.

Am nächsten Morgen, als die Späher meldeten, dass Dorians Truppen weiter zogen und von ihren bisherigen Siegen geradezu beflügelt zu sein schienen, waren Derias und die beiden Frauen völlig übernächtigt. Doch alle rissen sich zusammen, sich ihre Schwäche nicht anmerken zu lassen, als sie sich in den Sattel schwangen.

An diesem Tag begann Zorina, sich intensiv nach dem Sinn zu fragen. Nicht nach dem Sinn des Kriegszugs, mit dem sie unterwegs war, sondern nach dem Sinn von Derias' Handeln. Von den Kriegern hatte sie erfahren, dass dies nicht der wirkliche Befreiungstrupp war, sondern nur die sehr viel kleinere Nachhut. Für die Krieger gab es daher nicht viel zu tun… nichts, außer darauf zu achten, von dem Kriegszug nicht entdeckt zu werden.
Doch warum? Was führte Derias im Schilde? Zorina beobachtete den breitschultrigen Mann, der vor ihr ritt. Die Bewunderung für ihn verwandelte sich mehr und mehr in Misstrauen. Er sprach nicht mit ihr, beriet sich nur mit seinem Hauptmann und seinen Vertrauten. Warum sollte er auch mit ihr sprechen. Zorina wagte es selbst nicht, ein Ge-

spräch mit ihm zu beginnen, dabei brannten ihr eine Unmenge Fragen unter den Nägeln. Einmal hatte sie es gewagt, ihn nach seiner Herkunft zu fragen und nur eine knappe, abweisende Antwort erhalten. Moran hatte ihr daraufhin geraten, ihn nicht weiter zu belästigen.
Zu gerne hätte Zorina das Hos-Amulett zu Derias' Absichten befragt, doch sie konnte es noch immer nicht gezielt einsetzen. Sie würde es sicher auch nicht lernen, wenn ihr niemand erklärte, wie es anzuwenden war. Nur mit Konzentration allein war es nicht zu bewältigen, das hatte sie bereits ausprobiert. Also konnte sie nur die Eindrücke über sich ergehen lassen, die ihr das Amulett bescherte.
Zorina fühlte sich überflüssig. Derias brauchte ihre Dienste nicht, solange er nur der Vorhut folgte. Dabei hätte sie allen Grund zur Freude gehabt, denn die Krieger der Vorhut machten ihre Sache gut. Allendas war auf dem besten Wege, wieder ein freies Land zu werden. Wohin sie kamen, waren die Dörfer befreit und die Bevölkerung dabei, ihr Leben wieder selbst in die Hand zu nehmen. Doch bei alldem blieb noch immer die Sorge um Hondor, Irindan und die anderen Männer. Es hatte kein Lebenszeichen von ihnen und dem Drachen gegeben, doch sie waren auch noch weit entfernt von Elland und noch weiter von Alland Pera. Zorina ahnte nichts von dem, was dort vor sich ging. Hätte sie es gewusst, wäre sie vielleicht froh gewesen, nicht dabei zu sein. Bei Derias' Kriegern befand sie sich in Sicherheit und konnte trotzdem an der Befreiung Allendas teilhaben. Auch wenn sie noch immer nicht wusste, was Derias' Absichten waren.

# Hondor XXII / Kalerid XX / Kurena V / Rofin IX

Auch Hondor und seine Begleiter verbrachten eine schlaflose Nacht unter den wachsamen Augen ihrer sellagischen Bewacher. Zur selben Zeit, als sowohl Dorians als auch Derias' Truppen sich zum Aufbruch rüsteten, saßen sie noch immer auf dem Moos bewachsenen Boden im kleinen Tannenhain und waren zur Tatenlosigkeit verdammt.

Rofin hatte sich mit Nando ein Stück von der Gruppe entfernt. Der Sellag war versessen darauf, von dem Menschen die Geheimnisse des Amuletts zu erlernen - und zwar sofort. Er ließ sich auch durch kein Argument davon abbringen. Nun saßen sowohl Nando als auch Rofin mit gekreuzten Beinen auf der verkohlten Lichtung und boten ein recht unbeeindruckendes Stillleben. Trotzdem schweifte Hondors Blick immer wieder zu den sehr ungleichen Männern hinüber, während er sich das Hirn zermarterte. Der König war sich sehr wohl bewusst, wie viel Mühe es Nando gekostet hatte, den Sellag davon zu überzeugen, dass eine vollkommene, geistige Klarheit Voraussetzung war, um das Han-Amulett beherrschen zu können und das dafür zuvor einige Zeit tiefster Meditation erforderlich war.

Hondor war dankbar für Nandos Versuch, auf diesem Weg Zeit zu gewinnen. Er wusste, dass der alte Mann darauf hoffte, dass er einen Weg finden würde, aus den Händen der Sellag zu fliehen, während er selbst ihren Anführer hinhielt. Doch Hondor fehlte jede passende Eingebung und er verfluchte sich dafür. Die Sellag waren in der Überzahl und weitaus besser bewaffnet. Zudem schien derjenige von ihnen, der Gorban genannt wurde, von besonders misstrauischer Natur zu sein, denn sein Blick verlor nie seine Schärfe und seine Haltung zeigte nicht die Spur von Müdigkeit.

Hondor fühlte sich in der Zwickmühle. Es blieb ihm nicht verborgen, dass Rofin langsam unruhig wurde und Nando ihn nicht mehr ewig würde hinhalten können. Bald würde der Sellag Ergebnisse fordern und

bis dahin musste ihm etwas eingefallen sein, bevor Rofin womöglich zu dem Schluss kam, dass er die Menschen doch nicht benötigte.
Hondor setzte eine geringe Hoffnung auf Toranus. Der Drache musste sich langsam über das lange Ausbleiben seiner Freunde wundern. Doch dem Drachen würde es kaum gelingen, in den Wald einzudringen, geschweige denn, sich mit seinem massigen Leib darin zu bewegen. Die Lage war wirklich verfahren.
Als Hondor soweit war, zu glauben, nur noch ein Wunder könnte ihnen das Leben retten, geschah wahrhaftig eines. Es war wohl kein Wunder des Himmels, denn Hembras hätte kaum ein Wunder geschickt, das mit Kriegsgebrüll und Waffengeklirr daher kam, aber das war Hondor in diesem Moment völlig gleich.
Die Geräusche, die plötzlich von der Wiese vor dem Tannenhain zu ihnen herüber klangen, lenkten die Sellag ab und ehe sich Hondor und seine Begleiter versahen, war ein Großteil ihrer Bewacher bereits aufgesprungen und in Richtung des Kriegslärms gelaufen, als würden sie davon magisch angezogen. Auch Rofin vergaß Nando, jedoch nicht das Amulett, das er eilig in seinem Lederbeutel verstaute, bevor er von der kleinen Lichtung und an den Menschen vorbei, aus dem Wald heraus rannte. Nur Gorban blieb von alldem unbeeindruckt. Seine Augen schweiften keinen Moment von seinen Gefangenen ab.
Hondor fühlte in sich eine gewisse Unruhe aufsteigen. Auch er hätte zu gerne nachgesehen, was außerhalb des kleinen Waldes vor sich ging. Immerhin befand sich auch Toranus noch immer dort, wenn er nicht mittlerweile geflüchtet war. Gorban schien allerdings den Drang im Gesicht des Menschen erkannt zu haben und ehe Hondor sich versah, spürte er die Schwertklinge des Sellag an seinem Hals. Hondor hob beschwichtigend die Hände und auch seine Kameraden wagten es nicht mehr, sich zu rühren.
»Keine Bange, wir werden schon gehen und nachsehen«, brummte Gorban und zeigte damit, dass er Hondor Gedanken sehr genau erraten hatte. »Aber so, wie ich es will.«
Gorban kam auf die Füße, ohne die Klinge von Hondors Hals zu nehmen. »Steht auf!« befahl er den Menschen. Sehr langsam erhoben sich die drei Männer und Nando kam mit bedachten Schritten zu ihnen hinüber, ohne den Blick von Gorban und Hondor zu nehmen.
»Ihr geht voraus«, befahl Gorban weiter. »Aber schön langsam. Keine schnellen Bewegungen.«

Nando, Irindan und Usadim gingen langsam voraus, bedacht darauf, nicht zu stolpern und den Sellag womöglich durch eine unbeabsichtigte Bewegung zu reizen. Hondor folgte ein Stück hinter ihnen. Gorbans Schwertspitze, die sich in seinen Rücken bohrte, verursachte eine brennende, warnende Anspannung und der König wagte kaum zu atmen. Der Weg aus dem kleinen Wald zog sich quälend in die Länge, doch mit jedem Schritt wurden die Kampfgeräusche lauter, bis sie endlich den Waldrand erreicht hatten.
Nandogral und die beiden anderen Männer blieben gehorsam zwischen der äußersten Baumreihe stehen und warteten schweigend, bis Hondor und der Sellag zu ihnen aufgeschlossen waren. Auf die Wiese hinaus hätte in diesem Moment ohnehin keiner von ihnen treten wollen.
Es war kein schöner Anblick, der sich ihnen dort bot. Menschen und Sellag standen sich im erbitterten Kampf gegenüber. Die freien Menschen der Hauptstadt hatten sich anscheinend entschlossen, Perlugs Truppe, die vor ihren Toren lagerte, entgegen zu treten. Ein gewagtes Unterfangen, wie Hondor fand, doch es war Kurena offenbar erneut gelungen, die Menschen mit ihren erfundenen Voraussagungen all ihre Bedenken vergessen zu lassen.
Als Hondor seinen Blick über das Schlachtfeld schweifen ließ, vermochte er nicht vorherzusagen, wer als Sieger aus diesem Gefecht hervorgehen würde. Die Menschen waren den Sellag zahlenmäßig deutlich überlegen, doch die Sellag waren hemmungsloser. Auf den ersten Blick schienen die Fronten recht ausgeglichen zu sein, doch ein gekonnter Beobachter hätte bemerkt, dass die Sellag das Geschehen bestimmten.
Rofin hatte sich (ob freiwillig oder notgedrungen wusste wohl nur er selbst) auf die Seite der Sellag geschlagen und befand sich bereits inmitten der Schlacht.
Hondor fiel auf, dass Toranus nirgendwo zu entdecken war und Unruhe erfasste ihn. Hatte der Drache sie etwa im Stich gelassen? Der König hatte bei seinen Fluchtplänen fest auf ihn gezählt. Doch als Hondor seinen Blick gen Himmel richtete, sah er Toranus über der Wiese kreisen. Er hatte sich aus dem Schlachtgetümmel entfernt und sich in eine sichere Distanz begeben. Es war ihm nicht zu verdenken. Wahrscheinlich hatte er ohnehin nicht gewusst, auf welche der beiden Seiten er sich hätte schlagen sollen. Verbündete waren sie alle nicht.
Gorban stieß Hondor hart in die Rippen. »Los, weiter!«, knurrte er ihm von hinten ins Ohr. Hondor folgte seinem Befehl und auch die anderen

taten noch ein paar weitere zaghafte Schritte nach vorne, hinaus auf die Wiese.

Genau genommen war es Wahnsinn, sich auf das Schlachtfeld zu begeben, auch wenn sie nur am Rande standen und ihnen die kämpfenden Sellag den Rücken zukehrten, aber allein auf diese Weise konnten sie darauf hoffen, von Toranus entdeckt zu werden. Hondor war sich sicher, dass der Drache nach ihnen Ausschau hielt.

Gorban war sich dieser Tatsache nicht bewusst - wie sollte er auch, wenn er keine Ahnung von der Anwesenheit des Drachen hatte - und wiegte sich, angesichts der überlegenen Position, die sein Schwert ihm in Hondors Rücken verschaffte, in Sicherheit. Gelassen blickte er über das Schlachtgeschehen hinweg.

Doch diese Sicherheit blieb ihm nur kurz erhalten. Hondor sollte nicht umsonst auf Toranus gehofft haben. Es dauerte nicht lange, bis der Drache zu ihnen herunter stieß. Mit einem dumpfen Schlag, der den Boden erzittern ließ, setzte er am Rande des Platzes auf und fegte mit einer schwungvollen Drehung seines Schwanzes einige der Sellag von den Beinen.

Gorban war überrascht genug, um einen Lidschlag lang von Hondor abzulassen. Diese Gelegenheit ließ der König sich nicht entgehen. Er rammte dem Sellag den Ellenbogen in die Rippen, woraufhin dieser sich vor Schmerzen zusammenkrümmte. Hondor setzte mit der Faust nach und warf Gorban damit zu Boden.

»Steigt auf!«, rief ihnen Toranus ungeduldig und mit abflugbereit gespreizten Schwingen zu. Nandogral und Irindan saßen bereits auf seinem Rücken, während Usadim sich im Handgemenge mit einem Sellag befand, der den Schlag des Schwanzes erstaunlich gut weggesteckt hatte. Hondor eilte zu Toranus hinüber und auch Usadim gelang es, seinen Widersacher abzuschütteln. Sie schwangen sich auf den Drachenrücken und noch bevor sie richtig saßen, begann Toranus, mit den Flügeln zu schlagen und sich in die Lüfte zu erheben. Gorbans wutentbranntes Geschrei folgte ihnen, während die Kämpfenden nichts von alledem mitbekamen.

Die Schlacht schritt voran und keine der beiden Seiten war bereit, klein bei zu geben, weder Kurena, die sich dicht an der Stadtmauer, ein wenig abseits des Schlachtfeldes hielt, noch Perlug und Rofin, die zu unfreiwilligen Verbündeten geworden waren. Ihr gemeinsames Ziel bestand

darin, die aufsässigen Menschen zu unterwerfen oder zu töten, um endlich wieder Einzug in die Hauptstadt halten zu können und damit ihre Machtposition wieder zu festigen.
Im Gegensatz dazu erhoffte sich Kurena ein weiteres Stück Freiheit zurückzugewinnen und, was ihr noch weitaus wichtiger war, endlich in den Besitz des Amuletts zu kommen. Irgendwo dort draußen war es, das sagte ihr Gefühl. Sie hielt Ausschau nach Kalerid. Er war der Letzte, von dem sie wusste, dass er es hatte. Bedauerlicherweise konnte sie ihn nirgendwo entdecken. War der Sellag womöglich gar nicht anwesend? Doch wer trug stattdessen das Amulett bei sich? Kurena spürte seine Anwesenheit jetzt fast körperlich und sie war sich sicher, dass dieses Gefühl nicht ihrer Einbildung entsprang. Es war irgendwo dort draußen auf dem Schlachtfeld. Sie machte sich bereits auf die unangenehme Aufgabe gefasst, den Befehl zu geben, alle Sellag töten und durchsuchen zu lassen, als sich das Blatt erneut wendete.

Gorban hatte kaum seinen Schock über den Verlust seiner Gefangenen überwunden, als ihn bereits der nächste ereilte. Ein derber Fluch kam über seine Lippen, als er sah, wer aus dem Wald heraus eilte. Doch statt sofort zu reagieren, zögerte er. Wie hatte er Kalerid vergessen können? Doch er war überzeugt, dass Kalerid in tiefer Bewusstlosigkeit gelegen hatte. Aber bewusstlos war Kalerid nun ganz bestimmt nicht mehr. Er wirkte recht munter und es war ihm gelungen, sich seiner Fesseln zu entledigen. Wahrscheinlich hatte er sich nur besinnungslos gestellt. Gorban war sich bewusst, dass es nun ihm zufiel, ihn aufzuhalten, aber er konnte sich nicht überwinden, seiner Aufgabe nachzukommen. War nicht noch immer Kalerid der wahre Heerführer? Hatte Rofin ihn nicht belogen und sollte nicht Kalerid seine wahre Loyalität gelten? Während Gorban noch darüber grübelte, welche Entscheidung für ihn die Günstigste sein würde, verstrich seine Chance ungenutzt. Ehe er sich versah, war Kalerid im Kampfgetümmel verschwunden.

Für Kalerid war es keine Frage gewesen, auf welche Seite er sich zu stellen hatte. Nachdem er festgestellt hatte, dass die Menschen mit den Sellag in einen Kampf verwickelt waren, war sein Entschluss schnell gefasst. Rofin besaß nun das Amulett und er würde wohl kaum die Gelegenheit bekommen, es von ihm zurückzuerobern, vor allem, da er allein für sich kämpfte. Sein eigenes Volk hatte ihn ausgeschlossen und

sich gegen ihn gestellt.
Kalerid kam gut durch das Schlachtgetümmel. Inmitten des Durcheinanders war seine Chance am Besten, unbemerkt zu bleiben, denn kaum jemand hatte Zeit, sich sein Gegenüber genau anzusehen. Kalerid selbst war es egal, wer sich ihm in den Weg stellte. Egal ob Mensch oder Sellag, er schlug sich durch, nur darauf bedacht, auf die andere Seite zu gelangen, wo er Kurena vermutete, die wahrscheinlich ein Stück abseits das Kampfgeschehen beobachtete, wie es ihre Angewohnheit war.
Kalerid hatte soeben einen unachtsamen Sellag grob zur Seite gestoßen, als sich eine Schlinge um seinen Hals legte und zuzog. Die Hände des Sellag schossen nach oben an seinen Hals, aber es war zu spät, der Strick hatte sich bereits fest zusammengezogen und ließ ihm gerade noch genug Platz zum Atmen.
Als Kalerid den Kopf hob, blickte er direkt in die triumphierenden Augen Angos'. Als einer der wenigen berittenen Menschen war es für ihn ein Leichtes gewesen, den Sellag im Gewirr ausfindig zu machen.
»Sieh mal einer an, wen wir da haben.« Hämisch grinste Angos Kalerid herab. »Wir haben Euch schon vermisst. Schade, dass Ihr uns so plötzlich verlassen habt.«
Kalerid verzichtete darauf, auf Angos' Bemerkung einzugehen. Stattdessen zerrte er an der Schlinge um seinen Hals, in dem Versuch, sich von der unangenehmen Enge zu befreien - erfolglos. Angos hielt ihn mit eisernem Griff.
»Lasst mich frei«, keuchte Kalerid und blickte den Menschen über sich zornig an. »Ich muss zur Seherin. Ich habe eine wichtige Nachricht für sie.«
Angos lachte. »Das trifft sich gut«, sagte er mit einem bösen Grinsen, das Kalerid nichts Gutes erahnen ließ. »Das habe ich auch.«
Ohne Vorwarnung ritt Angos an, doch langsam genug, um Kalerid die Möglichkeit zu geben, mit ihm Schritt zu halten. Kalerid blieb keine andere Wahl, als ihm zu folgen. Mühsam stolperte er nun über das Schlachtfeld; die Schlinge um seinen Hals erinnerte ihn unangenehm daran, dass er nicht fallen oder zu langsam werden durfte. Endlich hatten sie das Schlachtfeld hinter sich gelassen und das Laufen wurde leichter für den Sellag. Kalerid atmete auf. Angos hielt nun auf die Stadtmauer von Alland Pera zu und dort konnte der Heerführer auch Kurena entdecken.
Kalerid ging keuchend in die Knie, als Angos sein Pferd endlich zum

Stehen brachte und Kurena blickte interessiert auf seinen Fang hinunter.
»Gebt mir das Amulett!«, befahl sie ohne Umschweife.
Kalerid konnte zuerst nur den Kopf schütteln, bevor er wieder zu Atmen kam. »Ich habe das Amulett nicht mehr«, stieß er schließlich hervor. »Doch ich wollte zu Euch kommen, und Euch mitteilen, wer es hat, als Euer Henker mich überfallen hat.«
Kurena ging nicht darauf ein und Angos schnaubte kurz abfällig.
»Also, dann heraus mit der Sprache! Wer hat es?«, fragte Kurena.
»Ein Sellag namens Rofin«, antwortete Kalerid ehrlich und beschrieb das Aussehen seines ehemaligen Lakaien. Kurena warf Angos einen knappen Blick zu und dieser verstand. Obwohl es ihm nicht recht zu sein schien, Kurena mit dem Sellag allein zu lassen, warf er den Strick zu Boden, als die Seherin es ablehnte, ihn zu übernehmen, und ritt davon, um sich auf die Suche nach Rofin zu machen. Kalerid streifte sich die Schlinge über den Kopf und zog tief Luft in seine Lungen.
Kurena warf ihm von dem pechschwarzen Wallach, auf dem sie thronte, einen warnenden Blick zu, bevor auch sie ihre Augen in die Richtung wandte, in die Angos verschwunden war. Erst jetzt fiel Kalerid auf, dass sie auch ein Schwert mit ihren faltigen, eingefallenen Händen umklammert hielt.

Angos fand Rofin inmitten des Kampfgetümmels. Der Sellag hatte sich mit einem Menschen im erbitterten Gerangel verkeilt, sodass er nicht mitbekommen konnte, wie Angos sich einen Weg durch kämpfende und niedergestreckte Körper bahnte. Fast hätte der Mensch den Sellag übersehen, doch in diesem Moment richtete sich Rofin auf und schwang sein Schwert über dem Kopf, um seinem Gegner den vernichtenden Schlag zu versetzen. In diesem Augenblick sah er Angos direkt in die Augen, ohne sich dessen bewusst zu sein. Angos allerdings war sich sehr wohl bewusst, wer ihm gegenüberstand. Mit einem schnell angerittenen Galopp überwand er die letzten Barret zu dem Sellag und riss ihn von den Füßen, noch bevor dieser sein Schwert niedersausen lassen konnte. Doch so schnell, wie Rofin zu Boden ging, so schnell war er auch wieder auf den Beinen. Mit einem wilden Schrei blickte er sich nach seinem neuen Angreifer um, während der Niedergeworfene seine Möglichkeit zur Flucht nutzte. Angos riss sein Pferd knapp herum und preschte zu Rofin zurück. Der Sellag fasste seinen neuen Gegner genau ins Auge und stieß sein Schwert in die Höhe. Angos hatte nicht mit der schnellen Reaktionsgabe des Sellag gerechnet. Er konnte nicht anders, als seinen eigenen Plan, Rofin das Schwert während des Ritts in die Rippen zu stoßen, zu verwerfen, als er selbst dem Sellag ausweichen musste. Sein Pferd kam durch den plötzlichen Seitenschritt, der von ihm verlangt wurde, ins Taumeln, fing sich aber wieder und Angos konnte Rofins nächsten Schlag mit dem Schwert abwehren. Obwohl es ihm nicht gefiel, musste Angos die Fähigkeiten des Sellag bewundernd zu Kenntnis nehmen. Er hatte sich mit erstaunlicher Schnelligkeit auf die neue Situation eingestellt und ließ Angos keine Lücke, um durchzustoßen. Angos versuchte zwei Angriffshiebe, die der Sellag jedoch parieren konnte. Das Pferd verlieh dem Menschen zwar eine überlegene Position, doch schränkte es ihn in seiner Bewegungsfreiheit ein, sodass er nicht zu dem Sellag durchkam. Also ließ sich Angos aus dem Sattel gleiten. Er musste Rofin im Kampf Mann gegen Mann gegenübertreten.

Rofin ließ Angos keinen Moment zur Besinnung. Als der Mensch gerade den Boden berührte, begann er mit einem neuen Angriff. Der Sellag bewies eine erstaunliche Geschicklichkeit und Angos hatte Schwierigkeiten, die schnelle Hiebfolge abzuwehren, bis er sich endlich in den Rhythmus hineingefunden hatte. Erst dann konnte er zum Gegenangriff übergehen. Es gelang ihm, Rofin ein Stück zurückzudrängen, aber nicht, ihn zu überwältigen. Schließlich gewann Rofin erneut die Oberhand und zwang Angos, einige Schritte zurückzuweichen. Dann stieß Angos unerwartet an etwas, das hinter ihm lag. Er kam aus dem Gleichgewicht und fiel rücklings über einen toten Menschkörper. Das Schwert glitt ihm aus der Hand.

In Rofins Augen funkelte gehässige Freude, als er sich über den Menschen beugte. Er erlaubte sich einen kurzen Moment, den Triumph auszukosten, bevor er sein Schwert erhob, um Angos' Leben ein Ende zu setzen.

Doch Rofin triumphierte einen Moment zu lang. Angos' tastende Hand fand das Schwert, das nur ein kurzes Stück entfernt neben ihm auf dem Boden gelandet war. Mit aller Verzweiflung riss er die Klinge nach oben, gerade in dem Moment, als sich Rofin zu ihm herabbeugte, um seinem Opfer beim Sterben besser in die Augen blicken zu können. Die Augen des Sellag weiteten sich vor Überraschung, als Angos' Schwert die Schlagader seines Halses durchtrennte und dunkelrotes Blut in

einem Schwall aus der Wunde spritze. Einen Augenblick rührte sich Rofin nicht. Dann ging er in die Knie und seine Augen verloren ihren Glanz, bevor er schwer zu Seite kippte und sich nicht mehr rührte.
Angos atmete erleichtert auf. Aber er durfte nicht zu lange liegen bleiben; um ihn herum war die Schlacht noch immer in vollem Gange. Der Mensch kam schwer auf die Beine und begann schnell, den Sellag zu durchsuchen. Da Rofin nicht viel bei sich trug, worin er Wertgegenstände hätte verbergen können, griff Angos sogleich zu dem Lederbeutel am Gürtel des Sellag und riss ihn kurzerhand an sich. Zufrieden stellte er fest, dass sich darin befand, was er suchte. Sorgfältig verbarg er den Beutel in seinem Wams, während er nach seinem Pferd pfiff. Die braune Stute trabte willig heran, unbeeindruckt von dem, was um sie herum geschah, und Angos schwang sich in den Sattel, um zu Kurena zurückzukehren.

»Ich habe es!«, rief Angos, schon bevor er sein Pferd vor Kurena und Kalerid zum Stehen gebracht hatte. Er zog den Beutel hervor und Kalerid meinte, Kurenas Hände zittern zu sehen, als sie danach griff, obwohl ihrem Gesicht kaum eine Regung anzusehen war. Auch er selbst verspürte eine gewisse Zufriedenheit, obwohl er gegen den Drang ankämpfen musste, den kleinen Beutel einfach aus Kurenas Händen zu reißen. Angos würde nicht zögern, ihn auf der Stelle zu töten.
»Hervorragend!«, sagte die Seherin anerkennend zu Angos und rief nach Xonis, der sich gerade von der anderen Seite des Schlachtfeldes näherte. »Ruf die Truppen zurück in die Stadt!«
Der junge Mann nickte und drehte dann, obwohl er etwas verwundert schien, sein Pferd herum, um die Menschen zurückzurufen.
»Was machen wir nun?«, fragte Kalerid, der nur schwer den Blick von dem kleinen Lederbeutel in Kurenas Hand abwenden konnte. Er war sehr an dem weiteren Schicksal des Amuletts interessiert.
»Wir?« Kurena tat übertrieben verwundert. »Ich wüsste nicht, wofür wir Euch noch brauchen sollten.«
Im Blick der Alten war etwas zu erkennen, das Kalerid Böses ahnen ließ. Instinktiv wich er einige Schritte zurück.
»Aber was ist mit unserer Abmachung?«, fragte er und seine Hand fuhr unwillkürlich an seine Seite, doch die Scheide seines Schwertes war leer. Kurena hatte es ihm abnehmen lassen, als er gefangen genommen wurde. »Habe ich Euch nicht im Kampf gegen mein Volk gehol-

fen? Habe ich nicht dazu beigetragen, dass ihr nun das Amulett in den Händen haltet?«
»Und dafür danke ich Euch auch recht herzlich.« Kurena lachte ihn aus. »Doch jetzt gibt es nichts mehr für Euch zu tun.« Kalerid beobachtete, wie die Seherin einen viel sagenden Blick mit Angos wechselte. Dieser nickte kaum merklich und umfasste den Griff seines Schwertes fester. Kalerid traf in diesem Moment die einzig kluge Entscheidung. Er drehte sich um und rannte, so schnell ihn seine Beine trugen, davon. Angos folgte ihm im strammen Galopp, aber da war der Sellag bereits im Gewirr der sich zurückziehenden Menschen, unschlüssigen Sellag und herumliegenden Toten verschwunden.
»Lass' ihn«, rief Kurena ihm zu, die ihr Pferd bereits gemächlich in Richtung Stadttor lenkte. »Es ist egal, wie weit er kommt. Lange hat er ohnehin nicht mehr.«
Angos verharrte. So recht verstand er nicht, was die Seherin mit ihren Worten meinte, doch er verließ sich darauf, dass sie wusste, was sie tat. Dann folgte er den letzten, teils schwer verwundeten und angeschlagenen Menschen durch das Stadttor. Hinter ihm wurden die großen Holztore zugezogen und verriegelt.

Toranus mit den vier Männern auf seinem Rücken hatte das Schlachtfeld nicht verlassen. Gemächlich drehte der Drache seine Runden, hoch oben über den Köpfen der Krieger und weit außerhalb ihrer Reichweite. Es war wichtig, zu wissen, wie der Kampf ausging. Und noch wichtiger war es, zu erfahren, wem das Han-Amulett in die Hände fiel. Hondor hatte das unbestimmte Gefühl, dass Rofin es nicht lange behalten würde. Und er behielt Recht.
Als Angos sein Pferd durch die Kriegsschar hetzte, lenkte er ihre Aufmerksamkeit auf sich. Toranus ging ein wenig tiefer und verkleinerte die Kreise, die er zog, sodass sie beobachten konnten, was vor sich ging. Sie sahen, wie Rofin sein Leben verlor. Sie verspürten kein Mitleid mit ihm und doch versetzte sein Tod Nando in hellste Aufregung. Er hatte es vorausgesehen und es kam, wie es kommen musste: Angos nahm Rofins Beutel mit dem Amulett an sich und brachte ihn Kurena. Es ging zu schnell, um ihn daran zu hindern.
»Noch ist es nicht zu spät«, meinte Toranus, als er wieder ein wenig an Höhe gewann. »Ich kann mich auf sie stürzen und wir können ihr das Amulett wegnehmen.«

Obwohl die Tatsache, dass Kurena nun im Besitz des Amuletts war, für Nando dem Weltuntergang gleich kam, hielt er den Drachen zurück.
»Nein!«, rief er ihm über Hondors Schulter hinweg zu. »Sie hält das Amulett bereits in den Händen und sie ist skrupellos genug, um es sofort zu benutzen. Sie hat das Wissen und die Macht dazu.«
Toranus fügte sich widerwillig Nandos Willen und Hondor widersprach nicht. Er verließ sich auf die Einschätzung des alten Mannes. Die Schlacht war beendet und das Feld leerte sich, bis schließlich nur noch die Toten zurückblieben, für die sich offensichtlich niemand verantwortlich fühlte. Durch Nandos, mit höchster Wahrscheinlichkeit berechtigten Befürchtungen zur Tatenlosigkeit verdammt, mussten Hondor und die anderen zusehen, wie sich Kurena in der Hauptstadt verschanzte, während sich die verbliebenen Sellag, die etwas ratlos über den plötzlichen Rückzug ihrer Gegner waren, in der Nähe des kleinen Hains sammelten. Toranus drehte nun ab und entfernte sich ein Stück, um etwas entfernt zwischen den Hügeln zu landen.
»Was wird sie mit dem Amulett tun?«, fragte Hondor Nando, noch bevor er von Toranus' Rücken heruntergerutscht war. Er hätte sich die Haare raufen können. Wie hatte seine Mutter, die als weise und gutherzig galt, sich so in der alten Seherin täuschen können? Wie hatte er sich so täuschen können? Warum hatte er nie auf sein Gefühl gehört?
»Wenn sie noch die Kurena ist, die ich vor vielen Jahren kannte«, entgegnete Nando nachdenklich und sichtbar beunruhigt, »dann hat sie nun die Macht, die sie immer angestrebt hat und sie wird nicht zögern, es jedem zu beweisen. Sie ist nun allmächtig!«
»Was bedeutet das?«, fragte Irindan bang. Er ließ sich schwer ins Gras sinken.
»Das bedeutet, dass sie nun tun kann, was man will.« In Nandos Stirn gruben sich tiefe Sorgenfalten. »Mit dem Amulett kann man weitaus mehr, als Feuerwalzen erzeugen. Man kann den Himmel und die Erde ebenso beeinflussen, wie die Menschen und alle anderen Lebewesen. Man kann Leben erschaffen und es vernichten.«
Betretenes Schweigen folgte Nandos Ausführungen.
»Aber sie will herrschen! Das haben wir selbst gesehen«, sagte Usadim schließlich, der neben Irindan im Gras saß. »Deshalb wird sie wohl kaum alles Leben vernichten, denn dann gibt es nichts mehr, worüber sie herrschen kann.«
»Aber um angemessen herrschen zu können, wie es ihren Vorstellun-

gen entspricht, muss sie deutlich machen, welche Macht sie besitzt«, gab Nando zu bedenken. »Kurena wird nicht zögern, Angst und Schrecken unter den Menschen zu verbreiten, um sie von ihrem Können zu überzeugen und sie willig und unterwürfig zu machen.«

Irindan war bei Nandos Worten immer bleicher geworden. »Wie wird sie das anstellen?«

»Auf jede Art, die ihr in den Sinn kommt«, antwortete Nando gedrückt.

»Dann sollten wir nicht zu lange warten. Wir müssen etwas unternehmen. Und zwar schleunigst«, warf Toranus nun bestimmt ein. »Es hat keinen Sinn, wenn wir hier herumsitzen und darüber nachdenken, was passieren könnte. Wir müssen etwas dagegen tun, bevor es geschieht.«

»Das sind wahre Worte«, stimmte Hondor dem Drachen zu. »Doch wie gelangen wir in die Stadt? Wie können wir zu Kurena durchdringen, ohne dass sie uns vorher tötet?«

Ratloses Schweigen folgte auf Hondors Frage und sie begannen zu grübeln.

# Kalerid
## XXI

Während Hondor und seine Kameraden über ihr weiteres Vorgehen nachdachten, war Kalerid zu Perlugs versammelter Truppe gestoßen, zu denen sich auch Gorban und seine verbliebenen Männer gesellt hatten. Er war zu dem Entschluss gekommen, dass Rofins Tod für ihn nicht ohne Nutzen war. Jetzt war er, so wie er es sowieso immer gewesen war, der einzige rechtmäßige Heerführer der sellagischen Truppen. Der Verräter war tot. Doch Kalerid durfte nicht zu viel Zeit verlieren. Womöglich kam noch ein anderer, egoistischer Untertan auf den Gedanken, sich für diesen Posten berufen zu fühlen.
Perlugs Blick verriet, dass er wohl schon genau mit diesem Gedanken gespielt hatte, als Kalerid selbstsicher, wenn auch ohne Schwert, in die Gruppe trat und keinen Zweifel daran ließ, wer und was er war.
Perlugs Gesicht verlor schnell den entsetzten Ausdruck und er setzte sein vorbildlichstes, einschmeichelndes Lächeln auf, als er zu Kalerid herantrat.
»Ich freue mich, Euch lebend zu sehen, Majestät«, begann der Statthalter von Zurnam, mit beinahe Ekel erregender Freundlichkeit. Kalerid unterband seinen Redefluss, so schnell er konnte.
Auch Gorban trat zu Kalerid heran, wenn auch zögernder und mit schuldbewusster Miene. Es war keine kluge Entscheidung gewesen, sich gegen den Heerführer zu stellen, solange nicht gesichert war, dass dieser wahrhaftig nie wieder auftauchen würde. Gorban war jedoch ein Sellag, der den Folgen seines Handelns offen ins Gesicht blickte.
»Verzeiht, Majestät«, sagte er nur knapp und nickte dem Heerführer untergeben zu.
Unter normalen Umständen hätte Kalerid wohl nicht lange gezögert und Gorban für seinen Verrat das Leben genommen, aber auch er hatte dazu gelernt. Er hatte bereits am eigenen Leib gespürt, dass einen die Umstände manchmal zwangen, sich auf die falsche Seite zu stellen. Und so tat Kalerid etwas, was er zuvor noch nie in seinem Leben getan hatte: Er verzieh Gorban. Außerdem war ihm klar, dass er höchstwahrscheinlich für sein weiteres Vorgehen jeden Mann brauchen würde.

»Ich nehme an, du weißt nun, wem deine Treue zu gelten hat«, erwiderte er kalt und Gorban senkte ergeben den Blick, als Zeichen, dass er verstanden hatte. »Rofin ist tot«, fuhr Kalerid nach einer kurzen Pause unbeeindruckt fort.

Weder in Perlugs, noch in Gorbans Augen zeigte sich Betroffenheit über den Verlust, doch damit hatte Kalerid auch kaum gerechnet. »Ich war und bin der Heerführer und ich verlange uneingeschränkten Gehorsam von jedem von euch.« Kalerid hatte bei den letzten Worten die Stimme soweit gehoben, dass jeder der Sellag ihn hören konnte und musste. Zustimmendes Gemurmel folgte. Kalerid blickte zufrieden in die Runde.

»Unsere wichtigste Aufgabe ist es nun, die Hauptstadt zurückzuerobern und unsere Machtposition zu sichern«, erklärte er sein Ziel, auch wenn er noch nicht genau wusste, wie er es erreichen sollte. Er hatte nicht vor, auf das Amulett zu sprechen zu kommen, doch dieses Vorhaben wurde schnell vereitelt.

»Wer ist in dem Besitz dieses Anhängers?«, fragte Gorban plötzlich unvermittelt und offenbarte damit einen Scharfsinn, mit dem Kalerid nicht gerechnet hatte. Gorban wusste von dem Amulett, das war Kalerid klar gewesen, doch dass er sich so viele Gedanken über das Geschehen machte, war er von kaum einem seiner Untergebenen gewohnt.

Perlugs Gesicht verriet, dass er keine Ahnung von dem Amulett und seinen Fähigkeiten hatte. »Welcher Anhänger?«, fragte er überrascht.

»Dabei handelt es sich um nichts, was dich zu interessieren hat«, fuhr Kalerid ihn heftig an und griff Gorban am Ellenbogen, um ihn ein Stück von Perlug wegziehen. Wenn man ihn genau beobachtete, konnte man sehen, wie er seine kleinen Ohren spitzte.

»Eine Seherin namens Kurena, sie ist Anführern der menschlichen Rebellen, ist nun im Besitz des Amuletts«, erzählte Kalerid Gorban leise, sich vollends bewusst, dass sie Perlugs ganze Aufmerksamkeit hatten. Ihm war klar, dass er einen Verbündeten unter den Anführern brauchte. Und der besonnene Statthalter von Ornam schien ihm dafür weitaus besser geeignet als Perlug. Außerdem bedurfte es bei ihm weniger ausführlicher Erklärungen. Selbstverständlich verzichtete Kalerid darauf, zu erwähnen, dass er selbst es gewesen war, der Kurena zum Amulett verholfen hatte. »Und sie hat durchaus den Eindruck gemacht, als wüsste sie, welche Mächte sich in dem Amulett verbergen«, fuhr er stattdessen fort, »und dass sie bereit ist, sie gegen uns einzusetzen.«

Gorbans graue Stirn bekam tiefe Falten. »Das ist nicht gut«, stellte er fest. »Das Amulett ist sehr gefährlich. Es kann uns alle vernichten.«
»Das weiß ich selbst«, kläffte Kalerid, so dass der Statthalter vor Verblüffung einen Schritt zurück trat. Der Heerführer riss sich schnell zusammen und blickte sich um. Die Sellag, die überrascht zu ihnen hinüber sahen, wandten schleunigst die Augen wieder zu Boden, als sie Kalerids zorniger Blick traf. Der Heerführer drehte sich wieder zu Gorban und sprach mit gemäßigter Stimme weiter. »Deshalb müssen wir es zurückbekommen, bevor sie etwas damit anstellen kann.«
»Aber wie soll das geschehen?« Gorban rieb sich nachdenklich das Kinn. »Wie können wir in ihre Nähe gelangen, ohne dass sie davon erfährt? Wenn sie uns bemerkt, wird sie kurzen Prozess mit uns machen.«
»Genau dort liegt unser Problem.« entgegnete Kalerid, doch bevor er weiter sprechen konnte, verengten sich Gorbans Augen, als ob er eine Idee hätte. Kalerid blickte ihn fragend an.
»Es gibt sicherlich noch jemanden, der überlegt, wie an das Amulett heranzukommen ist«, führte Gorban seine Überlegungen mit einem Scharfsinn aus, der Kalerid erneut überraschte. »Die Menschen, die wir vor dem Kampf im Wald festgesetzt haben. Sie haben auch ein außerordentliches Interesse an diesem Amulett bewiesen. Vielleicht sollten wir uns mit ihnen...«
»...verbünden!«, fiel ihm Kalerid empört ins Wort. Er erinnerte sich nur flüchtig an die Gruppe Menschen. Er hatte sie nur am Rande wahrgenommen, als er von Rofin und seinen Kriegern überwältigt worden war.
Diesmal ließ sich Gorban nicht von Kalerids Ausbruch beeindrucken. »Jawohl«, entgegnete er fest, »sie haben uns gegenüber einige Vorteile. Zum Beispiel einen Drachen, der die Fähigkeit hat, zu fliegen und einen alten Mann, der sich mit dem Amulett auskennt. Das alles könnte uns dienlich sein, und es dürfte uns nicht schwer fallen, uns ihrer zu entledigen, wenn wir das Amulett erst einmal in unserem Besitz haben.«
Kalerid dachte ernsthaft über Gorbans Vorschlag nach. »Gar nicht dumm«, murmelte er schließlich. »Aber welchen Grund sollten die Menschen haben, sich mit uns zu verbünden?«
»Den gleichen wie wir. Solange das Amulett in der Stadt ist, werden sie kaum eine Chance haben, sich dort durchzusetzen, denn sie sind weit in der Unterzahl.«
»Nun gut«, Kalerid gab sich überzeugt, »dann versuchen wir, mit ihnen

in diplomatischen Kontakt zu treten.« Als er das Wort ‚diplomatisch' aussprach, verzog er das Gesicht, als hätte er es mit etwas sehr Widerwärtigem zu tun. Doch Gorbans Argumente besaßen eine gewisse Überzeugungskraft.

»Macht euch zum Aufbruch breit«, befahl er den Kriegern. Es war noch nicht an der Zeit, ihnen Näheres zu erklären.

# Derias
## III

»Wir werden verfolgt.« Dorian lenkte sein Pferd neben das seines Vaters, um ihm von der Entdeckung zu berichten, die die Nachhut seines Kriegszuges gemacht hatte.
»Ich weiß«, antwortete König Durendas und seine Augen funkelnden wissend, als er seinen jüngeren Sohn anblickte. »Oder besser, ich habe es erwartet.«
Dorian stand die Verwunderung ins Gesicht geschrieben. »Aber warum tut er das?«
»Weil es deinem Bruder, auch wenn er ein hervorragender Diplomat ist, schwer fällt, eine Fehlentscheidung einzugestehen. Dafür ist er zu stur«, erklärte der König von Lohringen in gutmütigem Tonfall, während ihre Pferde ruhig Seite an Seite gingen, »und zu eitel, um uns alleine ziehen zulassen. Lieber beobachtet er uns aus der Ferne, als vor uns hinzutreten und zuzugeben, dass er vorschnell entschieden hat. Trotzdem meint er es gut. Er ist hier, weil er um uns besorgt ist.«
Dorian verzog missbilligend das Gesicht. »Sollen wir Derias in dem Glauben lassen, dass er und seine Männer von uns unentdeckt geblieben sind? Wenn er schon hier ist, dann kann er auch einen Teil der Arbeit erledigen.«
Der Kriegszug bog auf eine staubige Straße ein, an dessen Rand eine hohes Gebüsch wuchs. Durendas schmunzelte über seinen Sohn. »In solchen Situationen ist es am Besten, Männern wie Derias offen entgegenzutreten…«, sagte er hintergründig. »Was hältst du davon, wenn wir ihm eine Überraschung bereiten?«
Der König brachte sein Pferd zum Stehen und wandte sich an Dorians Hauptmann, Jaranas von Husand, der hinter ihnen neben Herras ritt. »Führt Ihr den Trupp weiter!«, wies er den Hauptmann an. »Wir haben hier noch etwas zu erledigen und werden später wieder zu Euch stoßen.« Wenn Jaranas verwirrt über die Anweisung seines Königs war, ließ er es sich nicht anmerken. Er nickte knapp und ließ den Trupp wieder anreiten. Verwundert konnte Herras über die Schulter hinweg beobachten, wie der König und sein Sohn sich hinter dem dichten Strauch-

werk verbargen, während der Kriegstrupp davon zog.
Es dauerte fast fünfzig Kils, bis der Trupp von Derias sich näherte.
»Sie kommen«, raunte Dorian seinem Vater zu, als das Getrampel von Pferdehufen zu hören war. Derias' Gruppe legte ein deutlich höheres Tempo vor. Dorian richtete sich im Sattel auf, um über das Gebüsch hinwegspähen zu können. Derias' rote Banner waren nicht mehr weit entfernt. Es dauerte nur noch wenige Augenblicke.
Dorian gab das Kommando. »Jetzt!«, rief er und die beiden Lohringer brachen durch eine Lücke im Gebüsch.
Derias riss sein Pferd so kräftig an den Zügeln, dass es kurz bockte. Seine Hand fuhr sogleich an den Griff seines Schwertes. Hinter ihm kam der Trupp mit einigem Aufruhr abrupt zum Stehen. Simeras brüllte jedoch einige Befehle und so kam keine Unruhe unter den Männern auf. Zorina und Moran reckten neugierig die Köpfe, um einen Blick auf das zu erhaschen, was vor ihnen geschah.
Als Derias erkannte, wer dort so plötzlich vor ihm stand, ließ er die Hand langsam wieder sinken. Dabei zog er verärgert die Augenbrauen zusammen. »Wie kommt es, dass mein Vater und mein Bruder sich hinter den Hecken herumtreiben, als wären sie gewöhnliche Strauchdiebe?«
»Ungewöhnliche Menschen gehen ungewöhnliche Wege.« Durendas bedachte seinen Sohn mit einem gutmütigen Blick. »Ich freue mich dich hier zu sehen, mein Sohn.«
»Allerdings frage ich mich, warum mein Bruder uns an den Fersen klebt, als wäre er ein dahergelaufener Halunke, der etwas Böses im Schilde führt?«, fragte Dorian neckend seinen Bruder und boxte ihm dabei freundschaftlich an den Oberarm. Sein Ärger auf ihn war in der kühlen Herbstluft verflogen.
»Ich führe nichts Böses im Schilde«, entgegnete Derias beleidigt. »Ich habe keinen Grund dazu. Wenn sich allerdings mein Vater und mein Bruder auf ein vollkommen waghalsiges Vorhaben einlassen, dann sollte jemand da sein, der ein wachsames Auge auf sie hat.«
»Ach so!«, kam es wie aus einem Mund von Vater und Sohn.
»Und wie ich feststellen konnte, war das auch nötig«, fuhr Derias fort »Ihr habt einen sellagischen Verräter in Euren Reihen.«
»Nun«, Dorian rieb sich übertrieben nachdenklich das Kinn, »es wird dich überraschen, aber das ist uns auch schon aufgefallen.«
»Meinst du allerdings nicht…«, fügte sein Vater hinzu und imitierte

dabei Dorians Gesichtsausdruck, »dass du ein besseres Auge auf uns haben könntest, wenn dein Trupp zu uns stoßen würde?«
Derias verstand die Einladung.
»Möglicherweise…« erwiderte er grinsend.

»Eine Frage habe ich allerdings noch.« wandte sich Durendas an seinen ältesten Sohn, während sich die Truppen vereinigten. Derias blickte seinen Vater fragend an.
»Wer kümmert sich um Lohringen, während wir uns hier befinden?«
»Ich habe Worrenz von Husand diese Aufgabe übertragen.« antwortete Derias. »Ich bin sicher, er wird sie zu unser aller Zufriedenheit erledigen.«

Bald hatten Sie Elland erreicht. Die Truppen lagerten auf einem sanft geschwungenen Hügel, während Dorian und Derias an dessen Fuße Brugen fast in Alleingang befreiten. Das Dorf war nahezu verwaist; es gab keine gefangenen Menschen. Trotz der geringen Herausforderung konnte man erkennen, dass sie perfekt aufeinander eingespielt waren.
Herras und Zorina hatten sich schnell angefreundet. Nachdem sich Derias' und Dorians Truppen zusammengeschlossen hatten, gab es für die Allendasser, die sich dabei gefunden hatten, viel zu erzählen. Es wurde eine lange Nacht am Lagerfeuer. Natürlich durften dabei die Lemberusken nicht fehlen und auch Marek ließ geduldig die misstrauischen und abschätzenden Blicke über sich ergehen, als er seinen Teil der Geschichte erzählte. Sogar Biram und die anderen Mönche erwiesen sich außerhalb der Klostermauern als überaus gesellig.
»Ich kann nicht glauben, dass ich dachte, er könne seinem Bruder etwas Böses wollen.« Zorina wirkte beschämt, als sie diese Worte zu Herras sprach und dann in Derias' Richtung nickte, der ihnen den Rücken zugewandt am Feuer saß.
»Macht Euch nichts draus«, versuchte Herras sie aufzumuntern. »Er war mir zuerst auch nicht sonderlich angenehm. Manchmal kann man jemanden nicht sogleich richtig einschätzen, vor allem wenn man seine Absichten nicht kennt.«
Doch Herras und Zorina verband dazu noch etwas anderes – die Sorge um Hondor. Noch war sein Leben nicht sicher. Niemand wusste, was aus den vier Männern und dem Drachen geworden war, nachdem sie das Kloster verlassen hatten. Alland Pera war nicht mehr weit entfernt,

nur noch einige Tagesritte. Solange mussten sie sich noch gedulden, bevor sie Gewissheit haben würden.

# Kurena
## VI

Kurena saß entspannt zurückgelehnt auf Ihrem Thron und beobachtete das festliche Treiben im Saal. Die Menschen um sie herum feierten keinen Sieg, aber ein erneutes Überleben. Sie selbst hingegen feierte ihren größten Triumph und genoss ein Gefühl, nach dem sie ihr ganzes Leben lang gestrebt hatte - das Gefühl, allmächtig zu sein. Doch davon ahnten die Menschen um sie herum nichts - außer Angos.
Die Seherin kostete die Macht, die sie durchströmte, in vollen Zügen aus, während ihre Hand schützend auf dem Beutel ruhte, der am Gürtel ihres Gewandes befestigt war. Sie konnte spüren, welche Veränderungen in ihr vorgingen. Es gab einige interessante Entwicklungen zu beobachten, wie sie selbst zugeben musste. Fast alles um sie herum verlor an Bedeutung und begann, unwichtig zu erscheinen. Sie hatte das Gefühl zu schweben. Auch die Zeit war ihr nun gleichgültig. Die innere Unruhe, von der Kurena ihr Leben lang stets befallen war, war verschwunden und einer tiefen Ausgeglichenheit gewichen. Eile gab es plötzlich nicht mehr. Zwar hatte sie noch große Pläne, doch sie hatte Zeit. Noch an diesem Tag würde Allendas von den widerwärtigen Eindringlingen befreit sein. Auch den schwächlichen König würde es danach nicht mehr geben und die Menschen würden sie als neue Herrscherin loben und preisen.
Kurena war sich Angos' durchdringendem Blick durchaus bewusst, der sie schon verfolgte, seit sie in den Thronsaal zurückgekehrt waren. Er war allein. Xonis war aus der Schlacht nicht zurückgekehrt. Sie lächelte ihm entgegen, als er zu ihr an den Thron heran trat.
»Was bedrückt Euch?«, fragte sie ihn freundlich, als er sich neben ihr auf die Stufen sinken ließ.
Angos hatte die Veränderungen bemerkt, die seine Anführerin durchlebt hatte, seitdem er ihr das Amulett gebracht hatte. Sie hatte eine neue Aura, die etwas Gefährliches und Erschreckendes ausstrahlte und es beunruhigte ihn, wenn er auch nicht festzustellen vermochte, warum.
»Was ist das für ein Amulett, das ich Euch gebracht habe?«

»Etwas, wonach ich schon lange gesucht habe«, erwiderte sie tiefgründig. Der Ausdruck ihrer hellblauen Augen war nicht zu deuten.
»Ich habe gesehen, was man damit tun kann. Die Macht, die der Sellag offenbart hat, sie entstammte diesem Objekt«, fuhr Angos fort. »Was habt Ihr damit vor?«
»Lasst Euch überraschen!« Kurenas viel- und doch nichtssagendes Lächeln vertiefte sich. »Doch du braucht nicht besorgt zu sein.«
Angos blieb trotzdem besorgt. Als Kurena am späten Abend den Saal verließ, folgte er ihr mit gebührendem Abstand.

# Hondor XXIII / Kalerid XXII

Die Sonne war hinter dem Horizont verschwunden und mit jedem Tag, den der Winter näher rückte, brachte die Nacht mehr Kälte mit sich. Doch zumindest war der Himmel wolkenlos und es würde voraussichtlich in dieser Nacht nicht regnen.
Hondor und seine Begleiter hatten sich in ein kleines Tal zwischen zwei Hügeln zurückgezogen. Ein Lagerfeuer zu entzünden, wagten sie nicht und so hatten sie einige wenige große Steine aufgehäuft, die Toranus immer wieder mit einer dünnen, bläulichen Flamme erhitzte. Daran konnten sie sich wärmen.
Sie hatten lange gegrübelt und ihre Gedanken hin und her gewälzt, ohne eine annehmbare Lösung gefunden zu haben. Durch eines der Stadttore konnten sie nicht, das würde zu viel Aufmerksamkeit erregen. Die kleinen Fenster an der Außenmauer waren eine Möglichkeit, aber wie sollten sie unbemerkt zu Kurena durchdringen können? Wenn sie aus der Luft kamen, hatten sie das gleiche Problem. Die Ratlosigkeit hatte tiefe Falten in ihre Stirnen gemeißelt und der Zeitdruck schaffte eine unangenehme Unruhe.
Dann plötzlich kam Bewegung in die Stille der Nacht. Erst eine, dann immer mehr Gestalten erschienen auf der Kuppe des Hügels. Im Schein des Mondes konnte man eindeutig erkennen, dass es sich um Sellag handelte.
»Wir bekommen Besuch«, meldete Toranus, der die Bewegungen als Erster wahrgenommen hatte, und richtete sich alarmiert auf. Auch die Menschen sprangen auf die Füße und zogen ihre Waffen.
»Was wollen die nun schon wieder?«, Usadim sprach die Frage aus, die allen zum diesem Zeitpunkt durch den Kopf schoss. »Uns angreifen?«
»Es sieht nicht so aus«, entgegnete Hondor, der das Gebaren der Sellag aufs Genaueste beobachtete. »Wenn Sie uns angreifen wollten, dann würden sie nicht nur von einer Seite kommen. Und sie sind zu langsam dafür. Außerdem dürften sie doch mittlerweile wissen, dass wir einen Drachen bei uns haben.«
Trotzdem blieben sie kampfbereit stehen, bis Kalerid und seine Truppe

zu ihnen hinunter gestiegen war.
»Was wollt Ihr?« Der König hatte sich entschlossen, direkt in die Offensive zu gehen.
»Einen Pakt schließen«, antwortete Kalerid ebenso knapp. Es lag ihm nichts daran, lange Reden zu führen. Er musste einfach tun, was er tun musste, auch wenn er gerne anders gehandelt hätte. Vor allem hätte er gerne einen Fehler, den er begangen hatte, wieder gut gemacht, denn er hatte Hondor wieder erkannt. Er wusste, wer vor ihm stand. Der König, der sich als sein eigener Hauptmann ausgegeben hatte und von dem er sich hatte übertölpeln lassen.
»Wofür soll das gut sein?«, hakte Hondor skeptisch nach.
Der Sellag schnaubte kurz und ein wenig verächtlich, angesichts Hondors Frage. »Könnt Ihr Euch das nicht denken?« Der König bekam den Eindruck, dass es nicht Kalerids Einfall gewesen war, zu ihnen zu kommen. »Wir haben ein gemeinsames Ziel - das Amulett. Es ist nur vernünftig, wenn wir unsere Kräfte zusammentun, anstatt allein zu kämpfen.«
Hondor dachte einen Augenblick über diese Worte nach. Unrecht hatte der Sellag nicht, aber die Sache konnte wohl kaum ohne Haken sein.
»Wir sollen Euch also helfen, das Amulett zurück zu bekommen?« Hondor blieb ruhig, aber distanziert. »Und was werdet ihr mit uns machen, wenn Ihr das Amulett habt?«
Kalerid zögerte kurz. »Ihr werdet uns helfen, das Amulett zu vernichten, damit niemand es in die Hände bekommen kann, um damit Schaden anzurichten.«
‚Er meint wohl, damit niemand es mehr bekommen kann, der dir die Herrschaft über Allendas streitig machen kann', dachte Hondor grimmig bei sich. Er machte sich keine Illusionen über den wahren Hintergrund von Kalerids Vorhaben. Doch er behielt es für sich und ließ den Sellag stattdessen weiter sprechen.
»Dafür verspreche ich Euch auf Lebenszeit ein freies Leben in Allendas«, fügte der Sellag hinzu.
»Woher weiß ich, dass Ihr Euer Wort haltet?«
»Ihr müsst mir vertrauen. Eine andere Wahl habt Ihr nicht. Wenn Ihr nicht bereit sein solltet, uns zu helfen, wird das Amulett Allendas vielleicht zerstören. Die Tatsache, dass Ihr selbst daran interessiert seid, es zurück zu bekommen, verrät, dass Ihr ähnliche Befürchtungen hegt.«
»Nun gut.« Hondor nickt langsam. »Aber Ihr werdet verstehen, dass

ich mich erst mit meinen Kameraden beraten muss. Ihr entschuldigt?«
Kalerid nickte knapp und Hondor winkte die Menschen und den Drachen ein Stück weg von der Sellag-Gruppe, wo sie dann ihre Köpfe zusammensteckten.
»Ich traue ihm nicht«, sagte Irindan sogleich.
»Ich auch nicht«, entgegnete Hondor nachdenklich. »aber er hat Recht. Ohne ihre Unterstützung werden wir das Amulett niemals zurückbekommen und Kurena wird sich nicht scheuen, es einzusetzen.«
»Das heißt, wir sollen und auf dieses Bündnis einlassen?«, fragte Usadim.
»Ich denke schon«, warf Nandogral ein.
»Ich ebenfalls«, stimmte ihm Toranus zu. »Ich denke, am wichtigsten ist es nun, das Amulett zurück zu erlangen. Und wenn uns das gelungen ist, können wir weitersehen. Zur Not werde ich auch mit dieser Truppe von Sellag fertig.«
»Dann ist es also beschlossen?«, fragte Hondor ein letztes Mal, bevor er den Entschluss als endgültig erklärte. Er bekam kein begeistertes, aber ein zustimmendes Gemurmel als Antwort.
Sie traten wieder auseinander, um zu den wartenden Sellag zurückzukehren.
»In Ordnung«, verkündete Hondor, als er dem erwartungsvollen Blick von Kalerid begegnete. »Wir machen gemeinsame Sache.«
»Ich wusste, Ihr würdet vernünftig sein.« Kalerid wirkte zufrieden.
»Und wie habt Ihr Euch unser gemeinsames Vorgehen vorgestellt?«, fragte Hondor weiter. Er war sich ziemlich sicher, dass Kalerid nicht ohne einen fertigen Plan zu ihnen gekommen war. Er irrte sich nicht. Kalerid hatte einen Plan, auch wenn er bei den anderen Sellag nicht gerade auf Zustimmung gestoßen war. Darum brauchte er sich jedoch nicht zu scheren.
»Also, es wäre wohl das Einfachste...«, begann Kalerid seine Vorgehensweise zu erklären.
In diesem Moment wurde es dunkel. Dicke Wolken, die aus dem Nichts gekommen zu sein schienen, hatten sich vor den Mond geschoben. Wind kam auf, wurde heftiger und in der Ferne grollte ein tiefer Donner.
»Sie hat begonnen«, sagte Nando unheilvoll. »Wir müssen uns beeilen.«
Erneut versuchte Nandogral zum Himmel hinauf zu blicken, obwohl es

dort nichts außer tiefster Schwärze zu sehen gab, doch er musste den Blick bald wieder senken, als ihm der Regen heftig in die Augen kam.
»Die Zeit drängt!« Der Sturm riss Nando die Worte geradezu von den Lippen und wirbelte sie tüchtig durcheinander. ‚ängt' war alles, was noch bei dem wenige Barret entfernten Hondor ankam. Damit konnte der König wenig anfangen und in einer teils verständnis-, teils hilflosen Geste hob er die Schultern.
Nando sah ein, dass es keinen Sinn hatte. Er kämpfte gegen den immer stärker werdenden Sturm an, musste sich tief ducken, um die wenigen Schritte, die ihn von Hondor trennten, überwinden zu können, ohne dass es ihn von den Beinen riss. Neben Hondor blieb er schweigend stehen. Es hatte kaum Sinn, seine Worte noch einmal zu wiederholen, denn sie konnten ohnehin nichts anderes tun, als Kalerid und seinen Sellag bei ihrem Tun zuzusehen.
Die ersten Sellag waren gerade dabei, mühevoll den Rücken des Drachens zu besteigen. Sechs Mann passten hinauf, doch nur sehr dicht gedrängt und sie mussten Acht geben, nicht gleich wieder heruntergeblasen zu werden. Hondor hatte von Anfang an Sorgen gehabt, dass Toranus bei diesem Wetter überhaupt aufsteigen konnte, doch dieser hatte davon nichts hören wollen. Verbissen legte er sich gegen den Wind und spreizte die Flügel, als die Sellag ihm deuteten, dass sie bereit waren. Als er sich erhob, schwankte er für einige Momente beängstigend in den gefährlichen Wirbeln des Sturms und die Sellag auf seinem Rücken wurden kräftig durchgeschüttelt, bis er sich wieder gefangen hatte. Dann zog er davon, bis er bald hinter dem dichten Vorhang fortwährender Regenströme verschwunden war.
»Hoffentlich geht das nicht schief«, brüllte Hondor gegen den Wind Nando an.
»Wenn es schief geht, sind wir alle verloren«, entgegnete Nando nicht weniger laut. Er zweifelte nicht daran, dass dies erst der Anfang des Schreckens war.

Mit eiserner Verbissenheit rang Toranus mit dem Sturm, erkämpfte sich jedes weitere Barret in Richtung der Hauptstadt mit reiner Willenskraft, während der Regen erbarmungslos auf ihn niederprasselte und er kaum die Klaue vor den Augen erkennen konnte. Die Sellag auf seinem Rücken hatten keine andere Wahl, als sich festzuklammern und das Beste zu hoffen.

Angestrengt überlegte der Drache, wie weit es wohl noch zur Hauptstadt war oder ob er womöglich die Richtung verloren hatte, als etwas Unerwartetes geschah. Sowohl der Niederschlag als auch der Sturm hörten so plötzlich auf, wie sie über sie hereingebrochen waren. Der Drache machte, aufgrund des so abrupt abhanden gekommen Widerstands, einen Schuss nach vorne. Die Sellag kamen gefährlich ins Wanken, doch sie konnten sich auf seinem Rücken halten. Toranus verlangsamte seinen Flug und schaute sich überrascht um. Er hatte Alland Pera erreicht, schwebte nun über der ruhigen Stadt. Ein Blick hinter sich zeigte ihm aber, dass der Regen keineswegs aufgehört hatte. Rund um die Stadtmauer herum befand sich eine Wand aus Regen und Schwärze. Nur über der Hauptstadt gab es ein Loch in der Wolkendecke, durch das man die Sterne funkeln sehen konnte.
Toranus drehte und hielt auf den kleinen Platz direkt hinter dem Stadttor zu, der als Landeplatz ausgemacht worden war. Es war nicht gut, wenn der Drache zu weit in die Stadt vordrang. Die Gefahr, entdeckt zu werden, war zu groß. Das Überraschungsmoment war im Augenblick ihr einziger Verbündeter.
Toranus ging im steilen Sturzflug hinab, da der knapp bemessene Platz ihm keine andere Möglichkeit ließ. Kaum war er gelandet, sprangen die ersten Sellag von seinem Rücken ab und nachdem der letzte den Boden berührt hatte, stieg der Drache bereits wieder auf. Es gab noch eine Menge für ihn zu tun, denn eine ganze Meute Sellag wartete noch auf ihn und der Flug war keine Freude.

Kalerid, der es sich selbstverständlich nicht hatte nehmen lassen, bei dem ersten Trupp dabei zu sein, was wegen seiner vorhandenen Ortskenntnisse auch nicht unvernünftig war, sah sich suchend um. Nirgendwo in diesem Randgebiet der Stadt war eine Menschenseele zu sehen, niemand bewachte das Tor. Anscheinend war Kurena sich ihrer Sache sicher genug, dass sie auf solche Nebensächlichkeiten verzichtete. Eigentlich war Kalerid auch nicht überrascht darüber. Er hatte nicht damit gerechnet, Kurena hier draußen vorzufinden. Er konnte sich gut vorstellen, dass sie sich im Schloss befand, wo es noch um einiges sicherer war.
Es galt, keine Zeit zu verlieren. Kalerid wollte nicht Herrscher eines völlig zerstörten Landes sein. Also ließ er einen seiner Krieger zurück, um den folgenden den Weg zu weisen, und machte sich mit den ver-

bliebenen vier auf, um über die ansteigende Pflasterstraße zum Schloss zu gelangen.
Auch auf ihrem Weg begegnete ihnen niemand. Wahrscheinlich hatten sich die Ratten bei ihrer Herrin im Thronsaal verkrochen und sahen ihr bei ihrem hinterhältigen Treiben zu.
Was Kalerid jedoch nicht wusste, war, dass die meisten der ‚Ratten' nicht die geringste Ahnung hatten, was außerhalb der Stadtmauern vor sich ging. Sie feierten noch immer im Thronsaal ihren Sieg. Doch das Fest neigte sich langsam seinem Ende zu.
Kalerid und seine Krieger erreichten das Schloss auf dem Hügel inmitten der Stadt unbehelligt und durchquerten das weit offen stehende Schlosstor. Nun war Vorsicht geboten. Der Heerführer deutete seinen Kriegern, ihre Schwerter zu ziehen und sich an die Wand zu ducken. Er selbst umschloss das Schwert, das er sich in Ermangelung seines eigenen von einem seiner Krieger ‚geborgt' hatte, mit festen Griff und schlich voran, ein paar Schritte in den Schlosshof hinein. Auch hier herrschte gähnende Leere und langsam begann sich Kalerid zu fragen, ob Kurena ihren Anhängern bereits ein Ende gesetzt hatte.
Sie warteten eine Zeit lang. Um genau zu sein, solange, bis die nächste Gruppe von sechs Kriegern die Straße hinauf gestampft kam. Durch die Verstärkung und die bisherige Ereignislosigkeit der ganzen Mission beflügelt, entschloss sich Kalerid, nun ins Schloss selbst vorzustoßen. Hätte er ein wenig besser aufgepasst, hätte er gesehen, dass nur wenige Augenblicke zuvor das Feuer, das den Thronsaal beleuchtet und die Fenster erhellt hatte, erloschen war. Das Fest war beendet, als Kalerid seine Krieger über den Hof jagte. Das erneute Zusammentreffen zwischen Menschen und Sellag verlief heftig.

# Kurena
## VII

Während sich im Hof eine noch unterlegene Anzahl Sellag und eine weit größere, dafür aber sehr betrunkene Horde Menschen eine Keilerei lieferten, die den Namen Schlacht schon gar nicht mehr verdient hatte, hockte Angos in der schützenden Dunkelheit auf der obersten Treppenstufe des Westturms und beobachtete Kurena.

Der Anblick war faszinierend und erschreckend zugleich. Ihr schlohweißes Haar hatte sich gelöst und wehte lang und dünn im Nachtwind. Ihr langes Gewand wogte um ihre Beine und leuchtete tiefrot im Mondlicht, das durch die Wolkenlücke auf die Plattform schien. Sie stand bereits eine ganze Weile dort und hatte dabei Angos den Rücken zugewandt, sodass er nicht erkennen konnte, was sie tat. Doch drangen heisere Worte einer fremden, rauen Sprache, die er nicht verstand, an seine Ohren, immer wieder durchbrochen von krächzendem Kichern und bösem Lachen. Angos lief ein kalter Schauer über den Rücken.

Dann begann Kurena, sich langsam wiegend um sich selbst zu drehen. Nun gelang es Angos, einen Blick auf ihr Gesicht zu werfen. Er bereute es sofort. Es war kein schöner Anblick, der sich ihm bot. Kurenas Antlitz war zu einer Grimasse verzerrt. Ein irrer Ausdruck lag darin. Ein Ausdruck, der entweder nur einem vollkommen Wahnsinnigen gehören konnte, oder jemandem, der soeben die Herrschaft über die ganze Welt an sich gerissen hatte. Das Amulett hatte sie sich um den Hals gelegt und hielt es gegen den Himmel. Ihre dürren Hände umklammerten den schwarzen Hemalton und ihre Augen hatten einen glasigen und gleichzeitig unheilvollen Glanz.

Über den Rand der Turmmauer hinweg konnte Angos die Blitze durch die dichte Regenmauer zucken sehen. Das Rauschen des Sturms klang bis zu ihnen hinüber. Er zweifelte nicht daran, dass die Seherin für dieses außergewöhnliche und Furcht erregende Ereignis verantwortlich war.

»Alles mein«, krächzte Kurena nun, in der Überzeugung, allein zu sein. »Endlich gehört mir, was mir schon immer zustand. Ich habe die Macht. Ich ganz allein! Und niemand wird es wagen, sich gegen mich zu stel-

len. Niemand! Sie werden mich fürchten. Ich allein habe die Macht.«
Kurena begann, sich immer schneller im Kreis zu drehen und fiel dabei in einen Singsang, der Angos durch Mark und Bein ging.
Die Erkenntnis traf ihn wie ein Schlag. Nicht nur, dass dieses Amulett, welchen Einfluss es auch immer auf Kurena ausübte, die alte Seherin völlig wahnsinnig zu machen schien, sie hatte es wohl auch von Anfang an geplant. Angos stach es ins Herz. Er fühlte sich verraten und betrogen. Er war für Kurena in den Kampf gegangen, hatte ihr zur Seite gestanden und wäre für sie gestorben... nein nicht für Kurena - für Allendas und die Freiheit der Menschen. Er war ihr gefolgt, weil er in dem festen Glauben war, dass dies auch Kurenas Ziele waren, doch sie hatte von Beginn an nur ihre eigenen, selbstsüchtigen Pläne verfolgt. Und die waren noch finsterer, als die der Sellag.
Angos spürte Verzweiflung und hilflose Wut in sich aufsteigen. Wie konnte dieses alte Weib ihn und alle Menschen, die für sie gekämpft hatten, derartig hintergehen? Sie hatte sie sogar dazu gebracht, sich gegen ihren eigenen König zu stellen.
Tränen der Enttäuschung und der Wut rannen über Angos' Wangen, als er die Fäuste ballte. Er wollte sie schütteln, wollte sie schlagen und ihr das Amulett entreißen. Blind vor Tränen und mit der Entschlossenheit eines Verzweifelten, sprang er auf die Beine und stürzte hinaus auf die Plattform des Turmes. Kurena wirbelte noch immer im Kreis, ihre Worte waren in ein irres Lachen übergegangen. Angos griff nach ihr, doch er bekam sie nicht zu fassen. Sie schien ihn gar nicht zu bemerken, schien in ihrer eigenen Welt gefangen. Erst, als sie mit ungebremster Wucht gegen ihn stieß, kam sie zu sich, doch nun war es zu spät. Die Wucht des Aufpralls ließ sie zurückstolpern, sie taumelte gegen die niedrige Brüstung, vergeblich nach Halt suchend.
Angos streckte die Arme nach ihr aus, um sie festzuhalten. Es wäre ein Leichtes für ihn gewesen, sie an den Schultern zu packen und zurück zu ziehen. Nur ein kurzes Stück trennte ihn noch, nur ein Schritt. Doch er hielt inne. Alles in ihm sträubte sich dagegen, diesen letzten Schritt zu tun.
Für einen winzigen Moment zeigte sich ein klarer Ausdruck in Kurenas Augen. Der Schrecken der Erkenntnis spiegelte sich darin, bevor sie das Gleichgewicht verlor und rückwärts in die Tiefe stürzte. Ein letzter, heiserer Schrei kam über ihre Lippen.
Angos blieb mit der verwirrenden Mischung aus Entsetzen und Befrie-

digung zurück und sackte in sich zusammen.

# Hondor XXIV / Kalerid XXIII

Die Keilerei schritt voran, jedenfalls konnte man das, was im Schlosshof geschah, beim besten Willen nicht anders bezeichnen. Sellag und Menschen lagen sich in den Haaren, im wahrsten Sinne des Wortes, auch wenn bei den Sellag nicht viele Haare zu finden waren. Der ohnehin nicht als elegant zu bezeichnenden Kampfstil der Sellag und der übermäßige Alkoholgenuss der Menschen ließ aus dem Kampf ein wildes Gerangel werden. Von Voranschreiten konnte, wenn man es genau nahm, ebenfalls kaum die Rede sein. Obwohl immer mehr Sellag den Schlosshof erreichten, rückte für keine der beiden Seiten der Sieg näher und so ließ sich auch nach vielen Kils noch kein Ende ausmachen.
Doch das Ende kam. Es kam plötzlich und es kam von oben. Es schlug mitten in der Horde kämpfender Menschen und Sellag auf, direkt vor Kalerids Füßen. Die Krieger, egal ob Menschen oder Sellag, vergaßen für den Moment, worum es ging und stoben auseinander.
Kalerid erkannte sofort, was oder besser wer dort zu seinen Füßen lag und auch den anderen blieb es nicht lange verborgen.
Die Seherin war tot, daran gab es keinen Zweifel, wenn man sich ihren Schädel und das Rückgrat ansah. Während die Sellag diese Erkenntnis mit Gelassenheit zur Kenntnis nehmen konnten, machte sich unter den Menschen schlagartig Entsetzen breit.
Kalerid war es gleich, was um ihn herum vorging oder wer wie stark betroffen war. Er nutzte die Gunst des Augenblicks. Das Amulett glänzte im fahlen Mondlicht neben Kurenas Kopf und Kalerid beugte sich zu ihm hinab. Er meinte bereits das Kribbeln spüren, das er empfinden würde, wenn er es wieder in seinen Händen halten würde und vor Aufregung wurde sein Mund trocken.
Mit prüfendem Blick drehte er Kurenas zerschmetterten Schädel grob hin und her, um von seinem eigentlichen Vorhaben abzulenken.
»Sie ist tot«, erklärte er überflüssigerweise mit ernster Miene, während er unauffällig die Faust um das Amulett schloss. Mit einer kurzen, heftigen Bewegung zerrte er an dem Lederband um Kurenas Hals, um es zu zerreißen, doch trotz des scheinbar modriger Zustands weigerte

sich das Band standhaft, nachzugeben. Auch der zweite und dritte Versuch blieb erfolglos. Kalerid spürte bereits die ersten neugierigen Blicke auf sich ruhen. Er fluchte innerlich und dann zog eine andere Empfindung seine ganze Aufmerksamkeit auf sich, ließ ihn erstarren. Die kalte Schneide einer sorgsam geschliffenen Sichel fuhr ihm von hinten um den Hals und bohrte sich drohend in seine Haut.

»Es scheint so, als kämen wir gerade rechtzeitig«, sagte eine nur allzu vertraute Stimme hinter ihm. Hondor trat in Kalerids Sichtfeld, während sich die Klinge an seinem Hals kein Stück bewegte. »Es war sehr vernünftig, nicht länger zu warten, Usadim.« Der König blickte über Kalerid hinweg zu der Person, die hinter ihm stand und ihn in Schach hielt.

»Habe ich es nicht gesagt?«, entgegnete Usadim in wütendem Ton. »Man kann ihm einfach nicht trauen!«

Hondor schaute zu Kalerid hinunter, der noch immer abwartend in gebückter Haltung verharrte, während alle anderen im Hof Versammelten schweigend das Geschehen verfolgten.

»Obwohl ich sicher bin, dass Ihr uns gleich informiert hättet, sobald Ihr das Amulett zurückerobert hättet, nicht wahr? Schließlich sind wir doch Verbündete.« Hondors Stimme quoll über vor Ironie, doch Kalerid erwiderte seinen Blick eisig.

»Aber selbstverständlich doch«, erwiderte er höhnisch. Zwar war er nicht in der Position, in der es angeraten war, große Töne zu spucken, aber das vertraute Kribbeln, das von seiner Faust ausging, verschaffte ihm Selbstsicherheit.

Hondor lächelte grimmig. »Dann lasst es jetzt los.«

»Was?«

»Ihr seid doch sonst nicht so schwer von Begriff. Das Amulett natürlich.«

Dem Sellag gelang es, seine Unschuldsmiene zu wahren. »Ich habe kein Amulett.«

»Gebt es her, oder ich muss es mir holen. Mit oder ohne Eure Hand!«, fuhr Hondor ihn ungehalten an.

»Das würde ich Euch nicht raten«, entgegnete Kalerid noch immer gelassen. Er war bereit.

Hondor stieß ein wütendes Grollen aus. Er hob den Fuß, um nach der Faust des Sellag zu treten.

Die Druckwelle riss ihn von den Füßen, schleuderte ihn mehrere Bar-

ret weit zurück, bis er an die Nordwand des Schlosshofes krachte und benommen zusammensank. Usadim ging es kaum besser und die Menschen und Sellag, die ein Stück weit entfernt gestanden hatten, fielen durcheinander.
Kalerid war mit dem erzielten Ergebnis unzufrieden. Er hatte gehofft, wenigstens eine kleine Feuerwalze ausstoßen zu können, aber dennoch hatte die Druckwelle ihren Zweck erfüllt. Schnell sprang er auf die Füße, riss Kurena nun rücksichtslos das Amulett vom Hals und brüllte den Sellag zu, die langsam wieder auf die Beine kamen: »Nehmt die Menschen gefangen. Fesselt sie und bringt sie in den Kerker. Lasst keinen entkommen. Niemand wehrt sich, sonst wird noch sehr viel Schlimmeres geschehen.«
Die Sellag begannen schleppend, den Befehlen ihre Anführers zu folgen und die Menschen, die aufgrund ihres weniger massiven Körperbaus (und viele von ihnen auch aufgrund des Alkohols in ihrem Blut) von der Druckwelle noch deutlich benommener waren, ließen es fast wehrlos über sich ergehen. Zudem hatte die soeben zur Schau gestellte Macht des Amuletts ihre Erinnerungen an die Feuerwelle aufgefrischt und sie konnten sich lebhaft vorstellen, was der Sellag mit *‚noch Schlimmeres'* meinte. Für viele der Menschen war mit Kurenas Tod auch ein großer Teil ihres Mutes und ihrer Hoffnung gestorben.

Angos hatte sein Entsetzen überwunden, wenn auch nicht den Schmerz, betrogen worden zu sein. Er war, zuerst schlafwandlerisch, dann immer festeren Schrittes, den Turm hinab gestiegen, dessen Ausgang direkt in den Schlosshof führte.
Er hatte nicht den Blick über die niedrige Mauer der Turmplattform gewagt, sonst wäre er bereits auf das, was sich dort unten im Hof abspielte, vorbereitet gewesen. Doch erst, als er die letzte Stufe hinter sich gebracht hatte, wurde er auf das Gewirr der vielen Stimmen aufmerksam. Er verbarg sich im Schatten der Tür und spähte hinaus. Das Herz stockte ihm, als er sah, dass seine Kameraden von den Sellag überwältigt worden waren. Hilflos musste er zusehen, wie sie gefesselt und vom Hof geführt wurden. Erneut stieg Wut in ihm auf, als er feststellen musste, dass der Sellag, den Kurena als ihren Verbündeten gepriesen hatte, nun das Kommando gegen sie führte. Und noch Schrecklicheres spielte sich vor seinen Augen ab.

Hondor spürte, wie er grob auf die Füße gezerrt wurde. Der Nebel in seinem Kopf lichtete sich nur langsam. Hinter seiner Stirn pochte ein gewaltiger Schmerz und Übelkeit drohte, ihn zu überwältigen. Er sah sich außerstande, Widerstand zu leisten, als seine Arme grob auf den Rücken gedreht und zusammengebunden wurden. Dann begannen sie, ihn wegzuführen, ohne dass er sich hätte wehren können.
»Der bleibt hier.« Dumpf drang Kalerids Stimme an sein Ohr. »Ich werde ihn gleich töten, damit ein für alle Mal Ruhe ist.«
Hondor hört die Worte, begriff sie auch, aber sein Körper wollte und konnte einfach keinen Widerstand leisten. Der Schmerz lähmte ihn. Er sehnte sich nach der kühlen Dunkelheit einer Ohnmacht… oder des Todes.
Hondor vernahm das Geräusch eines Schwertes, das aus der Scheide gezogen wurde. Er machte sich bereit. Gleich würde es vorbei sein. Er bedauerte, dass es nicht anders gekommen war. Er hatte alles versucht, doch es war ihm nicht gelungen. Er war ein König, der nicht in der Lage gewesen war, sein Land zu schützen. Vielleicht hatte er nichts Besseres als den Tod verdient. Sollte es doch so kommen, wie es musste. Hondor hielt den Atem an. Mit geschlossenen Augen wartete er auf den tödlichen Schlag.

Angos zögerte nicht mehr, als er sah, was geschehen sollte. Es hieß, jeder würde eine Möglichkeit erhalten, seine Fehler wieder gut zu machen und er dankte Hembras dafür, dass er nun seine Gelegenheit bekam. Er würde seinen König retten, das war er ihm schuldig, selbst wenn er es mit seinem Leben bezahlen würde. Kurzentschlossen sprang er aus dem Schatten, rannte über den Hof und stürzte sich auf Kalerid. Es gelang ihm, den Sellag ein Knie in den Magen zu rammen. Kalerid krümmte sich schmerzerfüllt zusammen, bevor ihn Angos' Kinnhaken zu Boden schickte. Dann überwältigten zwei Sellag-Krieger den Menschen. Sie warfen ihn zu Boden, fesselten seine Arme und rissen ihn auf die Beine.
Kalerid lag auf dem Boden und hielt sich das Kinn. Er fluchte derb, bevor er sich wieder aufrappelte. Fauchend machte er eine unwirsche Geste.
»Bringt sie weg!«, brüllte er und wischte sich das Blut von der aufgesprungenen Lippe. Ihm war die Lust auf eine genussvolle Hinrichtung Hondors vergangen. »Ich kümmere mich später um sie. Das werden sie

alle noch bereuen.«
Die beiden Menschen wurden in den Kerker gezerrt, während sich Kalerid in den Thronsaal begab.

# Hondor
## XXV

Hondor erwachte aus der Bewusstlosigkeit, die ihn übermannt hatte, doch er hielt die Augen geschlossen, konzentrierte sich auf sich selbst und die Eindrücke, die er empfing. Die Übelkeit war verschwunden, aber der dumpfe Schmerz, der hinter seiner Stirn pochte, war geblieben, auch wenn er nicht mehr so heftig tobte. Irgendjemand hatte ihn auf einen Haufen Stroh gebettet und ein Stück Stoff unter seinen Kopf geschoben. Das Gemurmel leiser Stimmen drang an sein Ohr. Er meinte, das Kribbeln neugieriger Blicke auf seiner Haut zu spüren.

Als er endlich die Augen öffnete, blendeten ihn sogar die dünnen Sonnenstrahlen, die durch die kleinen vergitterten Fenster fielen. Es dauerte einige Augenblicke, bis er seine Umgebung erkennen konnte. Die dunklen Augen eines jungen Mannes, den Hondor als Angos, einen von Kurenas Anhängern, wieder erkannte, musterten ihn sorgenvoll. Wenn Hondor sich recht erinnerte, war er es auch gewesen, der ihm das Leben gerettet hatte, aber der König traute seinen Erinnerungen nicht so recht.

»Bei Hembras, Ihr seid erwacht«, stieß Angos hervor und rückte ein Stück näher an Hondors Seite. Das Gemurmel im Raum wurde etwas lauter und Hondor sah, um sich herum, die Menschen auf dem Boden sitzen und an den Wänden lehnen.

»Es scheint so«, entgegnete er matt.

»Wie fühlt Ihr Euch, Majestät?« Besorgnis lag in Angos' Stimme.

»Es geht«, log Hondor und versuchte, sich aufzusetzen. Angos griff ihm sogleich hilfreich unter die Arme und Hondor fiel auf, dass sie nicht mehr gefesselt waren. Für einen Moment überfiel ihn Schwindel und er musste sich zusammenreißen, um es sich nicht anmerken zu lassen.

»Wie lange war ich ohne Besinnung?«, fragte er, um sich selbst abzulenken.

»Viele fünfzig Kils, Majestät« Usadim, der zu seiner anderen Seite saß wirkte nicht weniger besorgt, als Angos. »Es ist bereits Nachtmittag. Die Sonne hatte schon vor langer Zeit ihren höchsten Punkt erreicht.«

Hondor nickte schwach als Zeichen des Verstehens und ließ misstrauisch den Blick über die Anwesenden schweifen. Er dachte an ihr letztes Zusammentreffen zurück. Da waren sie ihm nicht gerade wohl gesonnen gewesen.
Angos schien erraten zu haben, was im Kopf seines Königs vor sich ging. »Ich habe ihnen alles erklärt«, sagte er reuevoll und senkte die Augen. »Wir stehen auf Eurer Seite, Majestät und wir bereuen, dass wir Euch verraten haben. Kurena hat uns betrogen und getäuscht. Sie hat uns nur benutzt, um ihre eigenen, niederträchtigen Ziele zu erreichen. Wir können nicht erwarten, dass Ihr uns verzeiht, aber wir sind bereit, alles zu tun, um unsere Schuld wieder gut zu machen.« Angos machte eine kurze Pause. »Doch vielleicht ist es dafür nun zu spät.«
Hondor blickte zu Usadim, der aufmunternd nickte und damit Angos' Worte bestätigte, dann schweiften seine Augen über die Mitgefangenen. Die meisten begegneten ihm mit traurigem Blick oder wichen ihm verlegen und schuldbewusst aus. Hondor war überzeugt von der Ehrlichkeit in Angos' Aussage.
»Noch leben wir«, sagte er schließlich, »und solange ist es noch nicht zu spät. Die letzten Tage haben mich gelehrt, dass es immer weiter geht und es immer einen Ausweg gibt, solange man noch am Leben ist. Lasst uns nachdenken, was wir nun tun können.«

# Toranus
## XVI

»Was machen wir jetzt mit denen?« Nandogral saß neben Irindan im Gras und deutete hinüber zu den beiden Sellag, die mit den Lederbändern ihrer eigenen Kettenhemden gut verschnürt dalagen. Die beiden Menschen genossen den Sonnenschein, doch die Sorgen lasteten schwer auf ihnen. Nachdem in der Nacht das Unwetter so plötzlich aufgehört hatte, wie es gekommen war, hatte sich der Himmel wieder aufgeklart und das schöne Wetter des Spätherbstes hatte sich durchgesetzt. Da es zu keinen weiteren Katastrophen gekommen war, war Nandogral der Überzeugung, dass Kurena besiegt worden war. Ob nun von Kalerid und seinen Kriegern oder Hondor und Usadim, die sich mit zwei heftigen Faustschlägen einen Platz auf dem Rücken des Drachen erkämpft hatten, wusste er nicht. Den Sellag wäre es natürlich angenehmer gewesen, wenn die vier Menschen niemals wieder die Stadt betreten hätten, aber damit hätte sich Hondor nicht einverstanden erklärt.

Die Opfer von Hondors und Usadims durchschlagender Kraft waren Perlug und ein weiterer Sellag mit unbekanntem Namen. Perlug bereute es mittlerweile zutiefst, sich so lange vor dem bevorstehenden Kampf gedrückt zu haben, denn so hatte es ihn bei der letzten Drachenladung Sellag erwischt.

»Vielleicht können wir sie als Geiseln verwenden«, schlug Irindan halbherzig vor.

»Es sah nicht so aus, als wollten die Sellag sie zurückhaben. Zumindest den einen nicht.« Nando schielte hinüber zu Perlug, von dem, seitdem er aus seiner Ohnmacht erwacht war, hin und wieder ein böses Knurren zu vernehmen war. Der andere Sellag verhielt sich erfreulich ruhig. Nando legte wieder den Kopf zurück ins Gras und ging nun auf die eigentlichen Aussage Irindans ein. »Aber du hast recht. Hondor und Usadim scheinen keinen Erfolg gehabt zu haben, sonst wären sie schon längst zu uns zurückgekehrt. Ich hoffe, sie sind noch am Leben.«

Toranus kreiste hoch über ihnen und behielt das Gelände im Auge. Nandogral hatte ihm dabei zugeschaut, bis er aus seinem Sichtfeld verschwunden und seitdem auch nicht mehr aufgetaucht war. Die Berichte des Drachen waren auch nicht sonderlich aufbauend gewesen. Zwar hatte er in der Nacht die Stadt im Auge behalten und auch die Schlacht war ihm nicht unbemerkt geblieben, doch was genau geschehen war, vermochte auch er nicht zu sagen. Nun konnte er nur noch berichten, dass sich den ganzen Tag über weder ein Sellag noch ein Mensch in der Stadt hatte blicken lassen.

»Was können wir tun?«, fragte Irindan sorgenvoll.

»Abwarten oder in die Stadt gehen.« Nando schien von beidem nicht begeistert zu sein.

Irindan schnaubte durch die Nase. Keine der beiden Alternativen war wirklich besonders ansprechend, aber weiter tatenlos auf der Wiese herumzusitzen und in den Himmel zu starren, schien ihm nicht nur nervenzehrend, sondern auch sinnlos. In die Stadt zu gehen, hieß jedoch womöglich, direkt dem Feind in die Arme zu laufen. Außerdem, was sollten sie dann mit ihren beiden Gefangenen anfangen? Kalerid hatte nicht den Eindruck gemacht, als würde ihm viel an ihrem Leben liegen, also konnten sie sie kaum als Geiseln verwenden. Aber sie einfach zu töten, obwohl sie bereits überwältigt waren, das brachten weder Irindan, noch Nandogral oder Toranus fertig. Wenn die beiden Sellag ihnen nicht wie zwei Klötze an den Beinen hängen würden, hätten sie mehr Möglichkeiten.

»Vielleicht sollten wir Toranus bitten, die beiden irgendwo im Wald auszusetzen«, schlug er vor. »Dann könnten wir auf seinen Rücken steigen und uns zumindest ein wenig umsehen.«

Nando erschien der Vorschlag nicht dumm, obwohl er bezweifelte, dass sie viel ausrichten konnten. Aber die Hoffnung darauf, wenigstens etwas zu tun, war besser als gar nichts.

Doch bevor Nando seine Meinung zu Irindans Vorschlag kundtun konnte, zog etwas anderes die Aufmerksamkeit des Bauern auf sich.

»Was geschieht dort?« Er reckte interessiert den Kopf, während er Richtung Westen deutete. Nandogral begriff sogleich, was er meinte.

Ein ganzes Stück entfernt rannten zwei Sellag über die flache Wiese. Es schien, als wären sie vor etwas oder jemandem auf der Flucht. Kein Kil später kamen zwei Reiter in ihr Sichtfeld. Selbst aus dieser Entfernung konnten Nandogral und Irindan an ihren Rüstungen erkennen, dass er keine Allendasser waren.

»Wer sind die?« fragte Irindan verwundert, doch Nando konnte nur

ratlos mit den Schultern zucken.
Im strammen Galopp holten die Reiter die beiden flüchtenden Sellag ein und machten kurzen Prozess mit ihnen. Schnell und lautlos fielen sie ins Gras. Die Reiter ließen sie achtlos liegen, machten kehrt und ritten wieder zurück, ohne Nando und Irindan bemerkt zu haben.
»Zumindest scheinen sie die Sellag ebenso wenig zu mögen wie wir«, stellte Irindan trocken fest.
»Doch wir können nur hoffen, dass sie uns freundlicher gesonnen sind«, fügte Nando wenig optimistisch hinzu.
In diesem Moment setzte Toranus mit einem dumpfen Schlag neben ihnen auf und faltete seine Flügel an seinen Flanken zusammen.
»Hast du das gesehen?«, wollte Nando sogleich wissen. Er war froh, den Drachen wieder in seiner Nähe zu haben.
Toranus nickte. »Selbstverständlich«, entgegnete er gelassen. »Und ich habe noch viel mehr gesehen. Hinter dem Wald befindet sich eine ganze Armee dieser Fremden.«
»Was tun sie?«, hakte Nandogral sogleich nach. Er hatte noch immer Bedenken über die Absichten der Fremden.
»Gute Dinge«, antwortete Toranus ruhig. »Sie erobern die Städte und töten die Sellag.«
»Und die Menschen?«
»Die befreien sie und lassen sie am Leben.«
»Dann sind sie unsere Rettung«, rief Irindan erfreut. »Werden sie hierher kommen?«
»Sie ziehen Richtung Süden.« Toranus wirkte zuversichtlich. »Ich hab sie bereits eine Weile beobachtet.«
»Dann lasst uns auf sie warten.« Irindan platzte fast vor neu gewonnener Hoffnung und Enthusiasmus. »Sie können uns helfen, Alland Pera zu befreien.«

Ungefähr fünfzig Kils später kamen sie von Osten her um den Wald herum. Nandogral und Irindan beobachteten mit weit aufgerissenen Augen, wie sie sich ihnen näherten. Ihre Banner leuchteten gelb und rot und ihre Rüstungen glänzten in der Herbstsonne. Sie boten einen wahrlich prächtigen Anblick, der den beiden Männern das Herz höher schlagen ließ. Der Drache lag ruhig neben ihnen und versuchte, einen möglichst ungefährlichen Eindruck zu machen.
Immer mehr Krieger kamen hinter den Bäumen zum Vorschein, wäh-

rend sich die Spitze des Zuges ihnen näherte. Nando und Irindan winkten aufgeregt, um sie auf sich aufmerksam zu machen, obwohl sie auf der ebenen Wiese kaum zu übersehen waren. Der Zug hielt direkt auf sie zu. Voran ritten zwei junge Krieger. Ihre Rüstungen wirkten noch kostbarer als die der anderen Reiter und ihre Helme wurden von roten und gelben Federn geziert. Nandogral schloss daraus, dass es sich bei den beiden Männern um die Anführer handelte. Dahinter folgte ein alter Mann auf einem großen Schimmel, der nicht weniger würdevoll wirkte wie seine jüngeren Begleiter. Neben ihm ritten einige Männer und Frauen, die in Nandograls Augen wie Allendasser wirkten. Sie waren etwas kleiner und schmaler als die breitschultrigen und hoch gewachsenen Krieger. Als sie noch ein wenig näher gekommen waren, merkten Nandogral und Irindan, dass ihnen die zwei Frauen, die sich in der Begleitung der Krieger befanden, bekannt vorkamen. Und ganz offensichtlich erkannten diese sie auch, denn plötzlich ertönte ein spitzer Freudenschrei und eine schmale Frau mit dunkelbraunem Haar gab ihrem Pferd die Sporen, löste sich aus der Gruppe und galoppierte auf sie zu. Irindan rannte ihr entgegen und als Moran vom Pferd sprang, schlossen sie sich erleichtert in die Arme. Nando folgte ihnen etwas langsamer und auch Toranus erhob sich und bewegte sich mit bedächtigen Schritten auf das wiedervereinte Bauernpaar zu. Er erreichte sie im selben Augenblick, als auch die Reiter auf sie trafen. Zorina stieg vom Pferd und begrüßte Nando und Irindan mit einer freundschaftlichen Umarmung und den Drachen mit einem liebevollen Klaps auf die Seite. Doch ihre Augen schweiften enttäuscht umher, als würde sie etwas oder jemanden suchen.

»Ich bin froh, dass euch nichts geschehen ist«, brachte Moran hervor. »Wir haben uns Sorgen um euch gemacht.«

»Uns geht es gut.« Irindan hatte einen Arm um Morans Taille gelegt und drückte sie sanft an sich. Seine Worte klangen, als wollte er noch etwa hinzufügen, doch er schwieg und musterte, wie Nandogral, die anderen Fremden. Einer von ihnen war eindeutig ein Allendasser, woher die beiden anderen mit den feuerroten Haaren kamen, wusste er nicht. Zu Nandograls Überraschung befand sich auch ein Sellag unter ihnen.

Die zwei jungen Anführer und der Ältere stiegen aus den Sätteln. Sie begegneten den Blicken, mit denen sie bedacht wurden, nicht weniger interessiert. Vor allem der Drache zog ihre Aufmerksamkeit auf sich.

»Seid gegrüßt«, begann der Alte nun das Gespräch und wirkte dabei ein wenig amüsiert. »Wie ich sehe, kennt Ihr Euch bereits.«
»Auch wir grüßen Euch«, erwiderte Nandogral die höfliche Begrüßung und kam sogleich zu der Frage, die ihm am meisten auf der Seele brannte: »Wer seid Ihr?«
»Wir kommen aus Lohringen, dem Land, das im Norden an das Eure grenzt, um die Hilfe zu leisten, um die wir gebeten wurden«, entgegnete Dorian. Er hatte sich bereits daran gewöhnt, dass kein Allendasser eine Ahnung hatte, wo sich Lohringen befand. »Mein Name ist Dorian von Husand und dies sind mein Bruder Derias von Husand und mein Vater König Durendas. Herras...«, nun deutete Dorian, auf den jungen Mann, den Nando bereits als Allendasser erkannt hatte, »kam zu uns und berichtete uns von der misslichen Lage Eures Landes. Er bat um unsere Hilfe und wir sind seiner Bitte gefolgt.«
»Ihr lebt noch!?! König Hondor erzählte uns, was Ihr für Ihn getan habt. Er dachte, Ihr hättet den Tod gefunden.« Nandogral begegnete Herras' Blick mit Ehrfurcht. »Es ist Euch tatsächlich gelungen, Hilfe herbeizuholen. Wie gelang Euch diese Heldentat?«
Herras errötete angesichts des Respekts des alten, wenn auch ihm unbekannten Mannes und sein Blick schweifte kurz zu dem rothaarigen Mädchen und dem jungen Mann an seiner Seite. »Nur durch die Unterstützung guter Freunde«, antwortete er dann. »Aber das ist eine lange Geschichte. Ich werde sie Euch zu einem geeigneteren Zeitpunkt erzählen.«
Nandogral hoffte darauf, dass er sein Versprechen wahr machen würde, denn er hatte eine schier unerschöpfliche Fülle an Fragen. Unter anderem natürlich auch, wie es kam, dass sich ein Sellag in ihren Reihen befand, der ganz offensichtlich ihr Vertrauen genoss oder zumindest von ihnen nicht als Gefahr angesehen wurde. Doch nun war es zuerst an ihm, zu erzählen. Zuvor meldete sich allerdings Zorina zu Wort.
»Wie geht es König Hondor?« Sie wusste, dass auch Herras die Frage nach dem Wohlergehen seines Freundes am Herzen lag. »Wo ist er?«
»Um ehrlich zu sein, genau wissen wir es nicht. Er befindet sich in der Hauptstadt, doch wir haben seit einiger Zeit nichts mehr von ihm und seinem Begleiter gehört«, gestand Nandogral. »Auch das ist eine lange Geschichte, doch ich werde sie Euch erzählen, denn wir benötigen dringend Eure Hilfe.«
Also erzählte Nando alles, was in den letzten Tagen geschehen war. Er

erzählte zuerst von Toranus und seiner Herkunft, während die anderen dabei den Drachen bewundernd beäugten, dann berichtete er von den Ereignissen im Bernam-Kloster, von den Amuletten, von dem eines bereits die ganze Zeit bei den Lohringern gewesen war, ohne dass sie davon wussten, von Kurena und der Schlacht, dem Bündnis mit den Sellag und dem letzten Angriff auf die Stadt. Es vergingen ganze dreißig Kils, bis er seine Erzählung beendet und alle Fragen der Lohringer, Herras' und Zorinas beantwortet hatte.
Dann dauerte es eine Weile, bis die Fremden alles, was sie gehört hatten, verarbeitet und überdacht hatten. Schließlich nickte Durendas entschlossen. »Wir haben bereits einen Großteil dieses Landes befreit. Warum sollten wir also nun vor seiner Hauptstadt zurückschrecken?«
»Ihr sagt es, Vater«, stimmte ihm sein jüngerer Sohn zu. »Lasst uns in die Stadt reiten und sie von den Sellag befreien.«
»Das Amulett ist in der Stadt«, gab Nandogral zu bedenken. »Es kann gefährlich sein. Selbst in den Händen einer ungeübten Person.«
»Ach, was kann ein kleines Stück Stein uns schon erschrecken«, entgegnete Derias überzeugt.
»Wenn Ihr wüsstet, was es anrichten kann, dann würdet Ihr anders sprechen.« Nandogral versuchte nur, das Schlimmste zu verhindern.
Derias begann, unruhig von einem Fuß auf den anderen zu treten. Er war noch nicht völlig von der Ungeduld der Jugend befreit. Doch bevor er etwas erwidern konnte, meldete sich der junge, rothaarige Mann, von dem Nandogral noch immer nicht wusste, dass er und seine Schwester aus Lemberus stammten, zu Wort. »Wieso versuchen wir nicht zuerst herauszufinden, wie die Lage in der Stadt ist?«, schlug er vor.
»Und wie soll dies geschehen?«, fragte Durendas ruhig und interessiert.
Merit begann, seinen Plan darzulegen: »Ihr habt uns erzählt, dass ihr zwei Geiseln der Sellag in den Händen habt. Darunter ein Vertrauter des Anführers.« Nandogral nickte bestätigend. »Wir sollten ihn in die Stadt schicken. Wenn er nicht zurückkehrt, wissen wir, dass die Sellag die Macht über die Stadt haben. Wenn jedoch König Hondor bereits den Thron wieder übernommen hat, kann er ihm die Lage erklären und dann zu uns zurückkehren.«
Durendas machte ein ernstes, doch verstehendes Gesicht. »Im Ansatz ist Euer Plan nicht schlecht, doch wie verhindern wir, dass er nicht abhaut oder uns die Sellag auf den Hals hetzt?«

»Dafür werde ich sorgen«, meldete sich Marek plötzlich zu Wort und hatte mit einem Schlag die Augen aller auf sich gerichtet. »Ich werde ihn begleiten.«

Niemand schien von dieser Idee besonders begeistert zu sein, doch Marek war das allgemeine Misstrauen mittlerweile gewöhnt. »Oder hat jemand einen anderen, besseren Vorschlag? Als Menschen könnt Ihr nicht ungefährdet in die Stadt.«

Niemand hatte etwas zu erwidern.

»Wir wissen noch immer nicht, ob wir ihm vertrauen können«, gab Dorian zu bedenken, der sich bisher auf die Rolle eines aufmerksamen Beobachters beschränkt hatte.

»Ich vertraue ihm«, entgegnete Merit sogleich. »Wir konnten uns bisher immer auf ihn verlassen. Er hat uns noch nicht hintergangen.«

Die anderen zögerten. »Ich vertraue ihm auch«, sagte Maleris dann nach einer Weile und wieder folgte ein Moment des angespannten Schweigens.

Dann gab sich Herras aufgrund des strengen Blickes, den ihm Maleris zuwarf, und seines eigenen Gewissens, das ihm keine Ruhe ließ, geschlagen. Merit hatte Recht. »Ich auch«, fügte er schließlich hinzu.

»Nun gut.« Durendas zuckte mit den Schultern. »Auch ich konnte noch nichts Böses an ihm erkennen. Lassen wir ihn gewähren. Verlieren können wir ohnehin nichts. Wir können noch immer die Stadt besetzen, wenn es misslingen sollte.«

Mit den Worten des Königs war es beschlossene Sache.

# Kalerid
## XXIV

Kalerid schlief den Schlaf der Gerechten, zumindest war dies seine Ansicht. Nicht nur die Zurückeroberung der Stadt, sondern auch das Wissen, dass sein ärgster Widersacher Rofin aus dem Weg geräumt war, die aufständischen Menschen unterworfen und die Reichtümer des Muterals sicher in den Schatzkammern des Schlosses verstaut waren, verschafften ihm ein angenehmes Ruhekissen.
So war es bereits spät am nächsten Tag, als der Heerführer noch immer im großen Saal mit zurückgelegtem Kopf im Thron saß und unüberhörbar vor sich hin schnarchte. Die vergangenen Tage waren auch für einen Sellag hart gewesen und es galt, neue Kraft zu schöpfen. Kalerid hatte sich viel vorgenommen. Er musste seine Macht in Allendas endlich festigen und Ordnung schaffen. Nun hatte er mit dem Amulett auch ein Mittel, dies zu erreichen.
Bei solch großen Plänen waren die Menschen im Kerker vorerst unwichtig und Perlug, den er, wie er nicht ohne eine gewisse Erleichterung festgestellt hatte, seit dem Eindringen in die Stadt nicht mehr gesehen hatte, war mittlerweile völlig vergessen. Doch diese Freude sollte nicht lange währen.
Gorban betrat den leeren Thronsaal, gefolgt von zwei weiteren Gestalten. Der Statthalter von Ornam ließ die hohe Tür nicht ungewollt geräuschvoll ins Schloss fallen. Kalerid erwachte grunzend.
»Verzeiht die Störung, Majestät.« Gorban verbeugte sich gerade so tief, wie nötig, damit Kalerid es nicht als respektlos empfand, aber er es mit seinem Gewissen vereinbaren konnte und ging dann an dem großen Tisch entlang zum Thron hinüber. »Hier sind Perlug und ein Fremder, die Euch zu sprechen wünschen.«
Da Gorban den beiden Ankömmlingen den Rücken zukehrte, konnte er nicht sehen, dass es einen kräftigen Stoß Mareks bedurfte, um Perlug dazu zu bewegen, die weiteren Schritte zum Thron zu überwinden.
Kalerid knurrte noch immer verschlafen, doch als er Perlugs Namen vernommen hatte, richtete er sich schlagartig auf und wischte sich unwirsch mit dem Handrücken über die Augen, um den letzten Rest des

Schlafes zu vertreiben.
»Was zum Teufel...«, entfuhr es ihm, bevor er seine Gäste musterte und stockte.
»Marek!«, stellte er überrascht fest. »Welche Überraschung... ich bin erfreut, dich lebend wieder zu sehen.«
»Wirklich, Majestät«, entgegnete Marek. Wie Kalerid dort so vor ihm im Thron hing, kam er ihm plötzlich gar nicht mehr so groß und mächtig vor, wie er ihn in Erinnerung hatte. Nun kam es ihm lächerlich vor, dass er sich jemals gefürchtet hatte, ihm wieder gegenübertreten zu müssen, solange er seine Aufgabe nicht erfüllt hatte. »Ich bedauere, dass ich die Aufgabe, die Ihr mir aufgetragen habt, nicht erfüllen konnte.«
»Ach ja, - der König.« Kalerid machte eine großzügige Geste. Über die ganzen Ereignisse der letzten Tage war die Kopfjagd auf den falschen König völlig in Vergessenheit geraten. »Ich nehme an, er ist dir entwischt.«
»Nun«, antwortet Marek und begegnete dabei gelassen dem Blick seines Heerführers. »Um genau zu sein, hatte ich niemals die Möglichkeit, den König entwischen zu lassen. Der Mensch, den wir jagten, war nicht der König...«
»Ich weiß, ich weiß...«, unterbrach ihn Kalerid, nicht gewillt, weiter über diese peinliche Verwechslung zu reden. »Wie bedauerlich, dass deine Anstrengungen völlig umsonst waren.«
»Nicht völlig«, entgegnete Marek geheimnisvoll und Kalerid zog interessiert seine Augenbrauen nach oben. »Doch das tut hier nichts zur Sache«, fuhr Marek fort. »Wenigstens bin ich rechtzeitig gekommen, um diesen Wurm hier bei seinen hinterhältigen Machenschaften zu erwischen.«
Marek ergriff Perlug am Arm, der versuchte, sich dem Griff zu entwinden, und zog sein Schwert, um es ihm in die Rippen zu pressen. Dann entriss er ihm eine zerknitterte Schriftrolle und reichte sie Kalerid.
»Glaubt ihm nicht«, wimmerte Perlug unterdessen. »Es ist ein Hinterhalt.« Perlug wurde klein und kleiner, während Kalerid das Papier entrollte. Ein kurzer Blick genügte, bis er feststellte, dass er nicht lesen konnte, was dort stand. Das Geschriebene war in der allendassischen Sprache verfasst. Herrisch warf der Heerführer das Papier wieder vor Perlugs Füße. »Ließ es mir vor!«, befahl er mit düsterem Blick. »Und wage es nicht, mich zu belügen!« Marek unterstützte Kalerids Worte,

indem er sein Schwert kräftiger in Perlugs Rippen drückte. Langsam griff dieser nach der Rolle und begann, mit zittriger, leiser Stimme, zu lesen. Mit jedem Satz verdunkelten sich Kalerids Augen mehr.

»Wie kannst du es wagen...«, donnerte Kalerid. Er stand auf und beugte sich über Perlug, der allein durch die Macht der Worte in die Knie ging.

»Es ist nicht wahr«, jammerte er kläglich. »Glaubt ihm nicht. Es ist ein Hinterhalt.«

»Schweig!«, brüllte der Heerführer.

Marek beobachtete das Geschehen gelassen und war sich dabei dem prüfenden Blick Gorbans durchaus bewusst.

»Natürlich versucht er, es jetzt zu leugnen«, sagte Marek ruhig. »Aber ich habe ihn auf frischer Tat ertappt. Kurz vor der Stadt konnte ich sehen, wie er die Nachricht einem Kontaktmann übergeben wollte.«

»Ich habe immer gewusst, dass du ein Heuchler bist«, herrschte Kalerid den wimmernden Perlug an. »Du würdest jeden verraten, solange es nur zu deinem Vorteil ist.«

»Niemals!« brachte Perlug kläglich hervor.

»Oh doch«, fiel ihm Marek sofort wieder ins Wort. »Ich wurde sofort aufmerksam, als ich sah, dass er etwas mit einem gerüsteten, menschlichen Reiter zu schaffen hatte. Zum Glück konnte ich ihn überwältigen, bevor er die Schriftrolle übergeben konnte. Nur leider ist der Reiter entkommen.«

»Trotzdem, das war sehr gut.« Kalerid nickte großzügig, ohne seinen Blick von Perlug abzuwenden. So konnte er den zufriedenen Ausdruck in Mareks Augen nicht sehen. Der Plan schien aufzugehen.

»Er lügt!« versuchte es Perlug erneut.

»Der Einzige, der hier lügt, bist du«, fuhr Kalerid ihn an. »Ich habe es hier schwarz auf weiß.« Der Heerführer zerrte Perlug auf die Beine und entriss ihm das Papier, nur um es ihm selbst vor die Nase zu halten, während er mit der anderen Hand seine Kehle umfasste. Perlug gab einen erstickten Laut von sich. »Sie haben dir Münzen und Gold versprochen und dafür wolltest du sie in die Stadt führen.« Perlugs Wimmern ging in ein Gurgeln über, als Kalerids Griff um seinen Hals fester wurde. »Ich habe immer gewusst, dass man dir nicht trauen kann.« Perlugs Gesicht lief dunkel an. »Ich hätte dich schon viel früher umbringen sollen.« Perlugs Augen trübten sich. »Aber einen solchen Fehler kann man ja aus der Welt schaffen.« Kalerid drückte weiter erbarmungslos

zu, bis Perlugs Augen vollständig ihren Glanz verloren und sein Körper in sich zusammensackte. Dann ließ er den erschlafften Körper achtlos zu Boden fallen, wo er regungslos liegen blieb.
»Schaff' ihn hier raus.« Kalerid winkte Gorban herbei, der sich sogleich ausdruckslos den toten Perlug über den Rücken hievte und hinausstapfte.
Marek hatte unbeeindruckt beobachtet, was geschehen war. Er hatte nicht mit Perlugs Tod gerechnet, aber er kam ihm nicht ungelegen. So konnte er zumindest nicht mehr reden.
Kalerid ließ sich grunzend auf den Thron fallen, während sich Marek daran machte, den Plan weiter zu verfolgen.
»Ihr wusstet schon immer, wie man solche Angelegenheiten regelt, Majestät«, sagte er betont beeindruckt. »Doch muss ich bedauernswerterweise mitteilen, dass das Problem damit noch nicht aus der Welt geschafft ist.«
Kalerid blickte lauernd auf Marek herab.
»Allerdings bin ich sicher, ihr werdet auch dafür eine Lösung finden«, beeilte dieser sich, hinzuzufügen.
»Um was handelt es sich?«, fragte der Heerführer.
»Ich bin natürlich nicht mit Perlug in das Schloss zurückgekehrt, ohne abzuwarten, was diese Fremden Reiter zu tun gedenken«, begann Marek zu erklären. »Ich hielt mich in der Nähe der Stadtmauer verborgen. Ich war sicher, dass sie nicht abziehen würden, auch wenn sie nun keinen Kontaktmann mehr haben würden, und, zu meinem Bedauern, behielt ich Recht. Sie haben vor dem östlichen Stadttor Stellung bezogen.«
Kalerids Brauen zogen sich grimmig zusammen. »Woher kommen die Fremden? Und was wollen sie?«
»Woher sie kommen, weiß ich nicht.« Marek machte eine entschuldigende Geste. »Doch sie scheinen nicht aus Allendas zu stammen. Vielleicht kommen sie aus einem der angrenzenden Länder.«
Er machte eine kurze Pause, um die folgenden Worte richtig wirken zu lassen.
»Möglicherweise sind es auch keine wirklichen Feinde.« Marek hielt Kalerids Blick mühelos stand. Der Heerführer hatte sich in seinem Sessel nach vorne gebeugt und hörte seinem ehemaligen Lakaien interessiert zu. »Es scheint eher eine Truppe von Söldnern oder Heimatlosen zu sein. Vielleicht haben sie von unserer Eroberung Allendas' erfahren und versuchen nun, ihren Vorteil daraus zu schlagen.«

»Was genau willst du damit sagen?«, hakte Kalerid ungeduldig nach.
»Dass man sie vielleicht auch für unsere Zwecke gebrauchen könnte, wenn man ihnen das richtige Angebot machen würde. Sie sind stark, gut bewaffnet und scheinen kampfgeübt zu sein. Es würde nicht schaden, sie auf unserer Seite zu haben.«
Kalerid dachte nach und fuhr sich dabei über das Kinn.
»Das hört sich nicht dumm an«, meinte er schließlich. »Wie viele sind es?«
»Nur etwas mehr als zwei Dutzend«, antwortete Marek.
Kalerid lachte kurz. »Für einen Eroberungstrupp reicht das nun wirklich nicht.« Ganz offensichtlich hatte er nach Mareks Schilderungen mit einer größeren Armee gerechnet. »Meinst du, dass man etwas mit ihnen anfangen kann?«
»Vielleicht solltet ihr selbst einen Blick auf sie werfen, Majestät«, schlug Marek vor.
»Schaden kann es nicht«, meinte Kalerid und erhob sich erneut von seinem Thron. »Irgendwie müssen wir uns sowieso um sie kümmern.«

Kalerid und Marek bestiegen die Stadtmauer in der Nähe des Osttores. Der Abend war bereits angebrochen und die Sonne stand tief und verschleiert am Horizont.
»Dort könnt Ihr sie sehen.« Marek deutete über die Mauer hinweg auf die Gruppe Menschen, die nahe dem Waldrand, nicht weit entfernt, auf der Wiese lagerten. Auf diese Entfernung konnte Kalerid nichts sonderlich Feindseliges an ihnen erkennen, doch er konnte ihre Rüstungen in der Sonne glänzen und ihre prächtigen Pferde auf der Weide grasen sehen.
»Nicht schlecht«, meinte Kalerid, wenn auch nicht übermäßig beeindruckt. »Und du denkst, sie könnten uns hilfreich sein?«
»Durchaus, Majestät.« Marek nickte. »Man müsste nur mit ihnen verhandeln.«
»Gut.« Kalerid wandte sich plötzlich entschlussfreudig zu ihm. »Da du, nun, wo du zurückgekehrt bist, wieder den Platz meines Lakaien eingenommen hast, wirst du die Verhandlungen übernehmen. Geh zu ihnen und lade sie für heute Abend zu einem Fest im Schloss ein. Da sie uns weit unterlegen sind, brauchen wir wohl kaum etwas vor ihnen zu fürchten. Alles andere können wir dann verhandeln.«
»Ich?«, entfuhr es Marek überrascht und dieses Mal war seine Regung

nicht vorgetäuscht. Nun wichen sie doch unerwartet von seinem Plan ab.

»Fürchtest du dich etwa?«, fragte Kalerid, Mareks Reaktion falsch deutend, bohrend. »Es war deine Idee.«

»Nein, nein!«, beeilte sich Marek, zu beteuern. »Wenn ihr es wünscht Majestät, werde ich mich sogleich auf den Weg machen.«

Mit einer knappen Verbeugung wandte er sich um und stieg die Treppe hinab. Er zweifelte nicht daran, dass Kalerid jeden seiner Schritte genau beobachten würde.

# Herras XXI / Hondor XXVI / Kalerid XXV / Marek IV

»Warum kommt er allein?«, fragte Herras ratlos in die Runde, als Marek ihnen, vom Osttor her, entgegen kam und den Waldrand mit den hoch aufragenden Tannen erreichte. Hinter dem Wald, gut vor den Blicken, aus Allendas verborgen, lagerten die beiden lohringischen Truppen und hielten sich kampfbereit.

Die kleine Gruppe, die aus Durendas, seinen beiden Söhnen, den Waldmenschen, Zorina, Nando, Irindan, Herras und vierzehn Kriegern bestand, erhob sich, als Marek sie erreichte.

»Was ist geschehen?«, wollte Durendas sogleich wissen.

»Euer Plan ist aufgegangen«, begann der Sellag zu berichten. »Er ist auf den angeblichen Verrat hereingefallen. Perlug ist tot und ich konnte Kalerids Vertrauen gewinnen. Er hält Euch für eine kleine Gruppe Söldner, die mit ihm ins Geschäft kommen wollen. Von Euren Truppen hat er keine Ahnung. Doch leider bekam ich nicht die Gelegenheit, ihm den Vorschlag zu unterbreiten, mich hierher zu begleiten. Stattdessen bittet er Euch, heute Abend zu einem Fest im Schloss zu erscheinen.«

Einen Augenblick herrschte überraschtes Schweigen.

»Dann sollten wir nicht zögern, dieses großzügige Angebot anzunehmen.« Durendas hatte sich auf sein Schwert gelehnt und wirkte tatenfreudig. Seine Söhne wechselten skeptische Blicke, widersprachen ihrem Vater aber nicht.

»Was ist mit Hondor und den anderen Menschen?«, erkundigte sich Zorina besorgt. »Leben sie noch?«

Marek nickte. »Sie sind im Kerker gefangen, aber sie sind noch am Leben.«

»Dann müssen wir sie befreien«, entfuhr es der jungen Frau sofort. Sie war erleichtert und besorgt zugleich.

Durendas macht eine beschwichtigende Handbewegung. »Alles zu seiner Zeit«, sagte er ruhig. »Wir werden in die Stadt gehen und es wird sich sicherlich eine Möglichkeit zum Übergriff ergeben. Wir brauchen nur einen neuen Plan.«

»Ihr könnt in die Stadt gehen, wir nicht«, gab Herras zu bedenken. »Kalerid kennt uns bereits. Ich weiß nicht, wie gut sein Erinnerungsvermögen ist, aber wenn er uns wiedererkennt, wird unsere Tarnung sofort fallen. Das ist zu gefährlich.«

»Hat er etwas über das Amulett gesagt?«, fragte Nandogral.

»Er sagte nur«, berichtete Marek wahrheitsgemäß, »dass er eine machtvolle Waffe besitzt.«

»Ich denke, ich weiß, wie unser Plan aussehen sollte«, sagte Durendas und rieb sich den Bart. Dann begann er, sein Vorhaben zu schildern.

»Majestät, hier bringe ich Euch die Fremden«, kündigte Marek seine Begleiter an, als Durendas, gefolgt von seinen Söhnen und einer Reihe kräftiger Krieger, den Thronsaal betrat. »Sie kommen mit friedlichen Absichten und sind bereit, über ein Bündnis mit Euch zu verhandeln.«

Es herrschte nun geschäftiges Treiben im großen Saal. Die Vorbereitungen für die Feierlichkeiten waren bereits im vollen Gange.

Kalerid brummte zufrieden, als er sich aus dem Thron erhob.

»Seid willkommen«, begrüßte er die Fremden. »Ich bin sicher, es werden sehr interessante Verhandlungen werden.« Der Heerführer ließ seinen Blick über die beeindruckenden Gestalten wandern und stellte fest, dass sie ihn in der Größe um einiges überragten. Zwar schien ihm der Anführer der Söldner schon etwas in die Jahre gekommen zu sein, doch das musste nicht unbedingt ein schlechtes Zeichen sein. Er hatte Erfahrung und konnte sein Leben ganz offensichtlich verteidigen. Schließlich blieb der Blick des Sellag an den langen Schwertern hängen.

»Da Ihr mit friedlichen Absichten kommt, macht es Euch sicherlich nichts aus, Eure Schwerter abzulegen.«

Die Lohringer nickten ergeben und begannen widerstandslos, ihre Schwertgürtel an einen bereitstehenden Sellag abzugeben.

»Verzeiht mir diese Maßnahme«, plauderte Kalerid munter weiter. »Aber Ihr werdet verstehen, die Zeiten sind schwierig.«

Durendas nickte verständnisvoll. »Wir danken Euch für Eure großzügige Einladung.«

Der Tisch war gedeckt, Bierkrüge bereitgestellt und die letzten Vorräte aus den Lagerräumen hervorgeholt worden. Kalerid hatte bereits beschlossen, dass am nächsten Morgen neue herbeigeschafft werden

mussten.
»Lasst uns Platz nehmen und erzählt mir, wer Ihr seid!« Der Heerführer machte eine einladende Geste und die Lohringer sowie die anwesenden Sellag-Krieger, setzten sich an die prunkvolle Tafel.
Kalerid betrachtete seine Gäste abwartend und Durendas räusperte sich. »Es ist mir eine Ehre, Euch nun von Angesicht zu Angesicht gegenüberzusitzen«, begann der König schließlich und in Kalerids Gesicht zeigte sich sogleich eine gewisse Genugtuung angesichts dieser Verehrung.
»Die Taten, die Ihr in diesem Land vollbracht habt, sind bereits weit über dessen Grenzen bekannt. Zwar sind wir nur ein paar heimatlose Ritter, doch wir sind aus dem fernen Norden gekommen, um Euch zu ehren und Euch unsere Unterstützung anzubieten.«
Kalerid entblößte geschmeichelt seine Vorderzähne und richtet sich auf, um größer zu wirken. »Das sind große Worte«, entgegnete er großmütig. »Doch was verlangt Ihr für Eure Dienste?«
»Nicht viel«, antwortete nun Dorian, »nur eine passende Unterkunft für uns und etwas Lohn für das Nötigste.«
In Kalerids Ohren klang dies durchaus annehmbar. »Nun gut.« Er nickte langsam. »Ich denke, wir könnten ins Geschäft kommen. Wir können einige kampffähige Männer gut gebrauchen.« Kalerid ließ seinen Blick noch einmal anerkennend über die beeindruckenden Staturen der Lohringer wandern. »Meine Truppen haben in den letzten Tagen leider einige Verluste einstecken müssen.«
,Größere Verluste, als du ahnst', dachte Derias grimmig bei sich. Er hatte sich entschlossen, zu schweigen und es sich zur Aufgabe gemacht, den sellagischen Heerführer zu beobachten, in der Hoffnung, das Amulett zu entdecken. Nandogral hatte es ihm beschrieben und er hatte bereits Zorinas Amulett gesehen. Doch an Kalerid konnte er nichts erkennen, was dem ähnlich sah.
Kalerid ahnte nicht, dass Derias' einziges Interesse dem Amulett in seinem Beutel galt und wertete den aufmerksamen Blick milde lächelnd als offene Bewunderung. Derias fiel es schwer, sich ebenfalls ein Lächeln abzuringen.
»Doch nun haben wir alle Aufstände niedergeworfen«, fuhr Kalerid nicht ohne Stolz fort. »Allerdings brauche ich gute Krieger, um den Frieden zu erhalten.«
»Ich bin sicher, dass wir Euch dabei sehr wohl behilflich sein können«,

erwiderte Durendas und senkte ergeben den Blick. ‚Auf unsere ganz eigene Weise', fügte er im Gedanken hinzu.
»Dann ist das Geschäft besiegelt.« Kalerid klatschte zufrieden in die Hände. »Lasst uns darauf trinken.« Der Heerführer griff nach seinem Bierkrug und hob ihn in die Luft. Die Anwesenden taten es ihm gleich und prosteten sich zu.
Kalerid leerte seinen Krug in einem Zug und stellte ihn krachend auf den Tisch. Dann breitete er in einer einladenden Geste die Arme aus. »Esst und trinkt. Wir wollen unser Bündnis feiern.«

Zu dem Zeitpunkt, als im Thronsaal wieder einmal ausgelassen gefeiert wurde und die Sellag es sich gut gehen ließen, während sich die Lohringer in Zurückhaltung übten, landete Toranus erneut auf dem Westturm. Dort stiegen Herras, Nandogral, Irindan und Mondernas Biram von seinem Rücken. Im Schutz der Dunkelheit würden sie Hondor und die anderen Menschen befreien, solange der größte Teil der Sellag abgelenkt war. Trotzdem blieben sie sehr achtsam, als sie die Wendeltreppe hinunter und über den dunklen Hof in das Innere des Schlosses schlichen. Nur die Fackel, die Herras trug, erhellte ihnen den Weg.
Währendessen kehrte der Drache wieder zum Lager der Lohringer Krieger zurück, die sich nun vor den Stadttoren postiert hatten, um Merit und seine Schwester, Zorina und Moran zu holen. Obwohl die Männer dagegen gewesen waren, die drei Frauen an dieser Unternehmung teilnehmen zu lassen, hatten sich diese nicht davon abbringen lassen. Die Sorge um ihre Gefährten trieb sie an und sie waren stur genug gewesen, auf ihrem Willen zu beharren, bis sich die Männer schließlich geschlagen geben hatten.
Einige Kils später erreichte auch die zweite Gruppe unter Merits Führung den Kerker, wo Nandogral und Biram sich bereits an der verriegelten Tür zu schaffen machten, während Herras und Irindan Wache standen. Die beiden Sellag-Wachen lagen tot am Boden. Zwei Armbrustbolzen hatten ihnen die Schädel durchbohrt. Herras fühlte ein wenig Stolz; Merits Bemühungen, ihn in den Schießkünsten zu unterweisen, waren nicht völlig ohne Nutzen geblieben.
»Seid Ihr schon soweit?« Maleris blickte Nando, der gerade den letzten Lederbeutel an der Tür befestigte, neugierig über die Schulter.
»Es dauert nicht mehr lange«, antwortete dieser, ohne von seiner Arbeit aufzublicken.

»Ich würde zu gerne wissen, was es mit diesem schwarzen Pulver auf sich hat.« Merit stand neben seiner Schwester und war im Moment mehr hinderlich als förderlich. Es hatte sich nicht die Gelegenheit ergeben, den Lemberusken und allen anderen, die nicht bei dem Angriff auf das Bernam-Kloster dabei gewesen waren, zu erklären, um was es sich bei dem Feuerpulver handelte und was man damit bewirken konnte. Nur Biram und Zorina wussten, was nun gleich geschehen würde und auch Nando war von Burrenos in das Geheimnis des schwarzen Pulvers eingeweiht worden, auch wenn er noch nicht mit eigenen Augen gesehen hatte, wie es angewandt wurde.

»Das werdet Ihr gleich sehen.« Biram ordnete noch einmal die kurzen Stricke, die aus den Säckchen herausragten, damit sie nicht zu früh ausbrannten.

Es war der Voraussicht von Burrenos zu verdanken, dass er sogleich nach dem Angriff der Sellag damit begonnen hatte, neues Feuerpulver herzustellen, auch wenn seine Vorräte an Substanzen nur noch für eine kleine Menge ausgereicht hatten und, dass er Biram einen Teil davon mit auf den Weg gegeben hatte.

Zorina hatte die Fackel von Herras übernommen und hielt sich damit ein Stück von den Männern entfernt.

»Wir müssen sie zuvor warnen«, warf sie besorgt ein und meinte damit die Gefangenen hinter der verriegelten Kerkertür. Die Tür war aus massivem, mit Eisen beschlagenem Holz und wies nicht die kleinste Öffnung auf. Zorina war nicht einmal sicher, ob die Menschen, die sich dahinter befanden, sie überhaupt hören würden. Es konnte gefährlich werden, wenn sie in ihrem Gefängnis von der Gewalt des Feuerpulvers überrascht würden, ohne davor gewarnt worden zu sein.

»Was sind das für Geräusche?« Usadim hielt neugierig ein Ohr an die Kerkertür. Das Kratzen und Scharren, das nur sehr leise durch das dicke Holz drang, hatte nun aufgehört.

»Was immer es ist, seid vorsichtig!«, ermahnte ihn Hondor. Der König hockte blass und matt an der gegenüberliegenden Wand und konnte nur beobachten, was sein Freund tat. Angos und die anderen Menschen drängten sich um die beiden Männer.

Mit einer unwirschen Handbewegung deutete Usadim ihnen, ruhig zu sein. Dann presste er sein Ohr noch etwas fester an das Holz. Die merkwürdigen Geräusche wischen plötzlich dumpfen Stimmen. Einige

wenige Worte wurden gesprochen, doch er konnte sie nicht verstehen. Die Tür ließ kaum etwas durch.
Plötzlich wich Usadim erschreckt zurück. Jemand hatte an die Tür gehämmert, genau dort, wo sich sein Ohr befand. Dann hört er eine Stimme, viel deutlicher als zuvor. Der Sprechende musste sehr nahe an der Tür stehen und er brüllte. Usadim erkannte die Stimme. Sie gehörte Nandogral, wie er erleichtert feststellte, und nun war sie laut genug, dass auch die anderen verstehen konnten, was er sagte.
»Geht zurück… soweit Ihr könnt!«, konnten sie ihn durch die Tür rufen hören. »Geht in Deckung.« Einen Augenblick fragte sich Usadim, was dies wohl zu bedeuten hatte, doch er tat, wie ihm geheißen und hockte sich neben Hondor auf den Boden. Der König wirkte nicht weniger verwirrt als er. Auch die anderen Gefangenen zögerten nicht, dieser Anweisung Folge zu leisten und drängten sich, so dicht es ging, an die hintere Mauer. Alle verharrten, ohne einen Laut von sich zu geben. Eine Weile geschah nichts, doch als die Ersten die angehaltene Luft entweichen ließen, erschütterte ein gewaltiger Knall das Gemäuer. Langsam kippte die Tür aus den Angeln und schlug krachend auf dem Boden auf.
Im Thronsaal bemerkte niemand etwas davon. Dort hatte in diesem Moment ein Kampf zwischen Menschen und Sellag begonnen.

Das Fest war im vollen Gange. Die Sellag tranken, aßen und grölten, dass die Wände wackelten. Die Lohringer waren schon lange zu dem Schluss gekommen, dass es nicht nur das neue Bündnis war, das sie feierten, sondern der endgültige Sieg.
Der übermäßige Alkoholgenuss war Kalerid und seinen Kriegern schon deutlich anzumerken. Ihre Stimmen wurden immer lauter und ihre Bewegungen ungezielter. Langsam brauchten die Lohringer auch nicht mehr zu verbergen, dass sie sich mit dem Alkohol zurückhielten. Ihre Gastgeber hatten längst den Überblick verloren.
Der richtige Augenblick war nahe. Die Lohringer wechselten vielsagende Blicke, die von den Sellag nicht einmal mehr zur Kenntnis genommen wurden. Sie durften auch nicht zu lange warten. Es musste geschehen, bevor die ersten Sellag womöglich das Fest verlassen würden, und feststellen konnten, was außerhalb des Thronsaals vor sich ging.
Kurz vor Mitternacht nickte Durendas kaum merklich und gab damit

das Zeichen. Die Anspannung, die sich in den Lohringern aufgebaut hatte, konnte sich nun entladen. Der Übergriff ging schnell. Stühle fielen krachend nach hinten, als sie aufsprangen. Die Sellag brüllten überrascht und kamen ebenfalls, wenn auch wankend, auf die Beine.
Wie abgesprochen, stürzten sich Durendas und Derias auf Kalerid, während Dorian sich einen noch recht beherrschten Gorban vornahm und die anderen Krieger über die perplexen Sellag herfielen. Zwar waren sie den Verteidigern durch das Fehlen ihrer Schwerter und auch in der Anzahl unterlegen, aber sie waren schnelle und kraftvolle Faustkämpfer und besaßen gegenüber den Sellag den Vorteil eines klaren Verstandes.
Marek stand mit gezogenem Schwert und eingezogenem Hals ein Stück abseits neben dem Thron. Sowohl unbehelligt von den Lohringern, wie auch von den Sellag, hatte er sich unentschlossen zurückgezogen, um abzuwarten.
Derias hatte Kalerid mit einem kräftigen Fausthieb zu Boden geschickt. Der Sellag lag schnaubend und grölend auf dem Rücken, während Derias ihm sein Knie kräftig in die Rippen drückte, um ihm am Boden zu halten.
»Das Amulett«, stieß er unter Anstrengungen hervor.
Sein Vater wusste durchaus, worauf es ankam. Er hatte bereits begonnen, Kalerid zu durchsuchen, während sein Sohn ihn in Schach hielt. Es war nicht einfach, den rasenden Sellag am Boden zu halten und gerade in dem Augenblick, als Durendas nach dem Lederbeutel an Kalerids Gürtel griff, gelang es diesem, einc Hand frei zu bekommen und sein Schwert zu ziehen. Das silberne Metall blitzte im Schein der Fackeln und Derias wich instinktiv zurück. Sein Vater verpasste den Moment. Nur einen Lidschlag später klang Durendas' überraschter Aufschrei durch die Kampfgeräusche, als Kalerid das Schwert in die ungeschützte Seite des Königs rammte und es mit der gleichen Wucht wieder heraus zog.
Derias war erstarrt vor Entsetzen, als er sah, wie der König nach seiner Wunde tastete. Blut quoll zwischen seinen Fingern hervor und er fiel auf die Knie.
Kalerid verpasste seine Gelegenheit nicht. Er sprang auf die Füße und ergriff die Flucht.
»Vater!«, stieß Derias verzweifelt hervor und stürzte auf seinen Vater zu, versuchte ihn zu stützen. Auch Dorian, der nur wenige Augenblicke

zuvor Gorban mit seinem eigenen Schwert den Todesstoß versetzt hatte, eilte herbei und ging neben seinem Vater in die Hocke.
Durendas hustete schmerzerfüllt und ein dünnes Rinnsal Blut floss aus dem Mund des alten Königs, der nun in den Armen seines jüngeren Sohnes lag. Seine Lunge war verletzt. Seine Söhne waren bleich vor Entsetzen und über Dorians Wange rann eine einzelne Träne.
»Nein!« Mehr als dieses eine, zitternde Wort brachte er nicht über die Lippen.
Durendas blickte in die Gesichter seiner Söhne und schüttelte matt den Kopf.
»Es ist ein gutes Ende«, kam es schwach über seine Lippen, dann schloss er die Augen und sein Kopf fiel zur Seite. Ein letztes Mal stieß seine Lunge Atem aus und dann war es vorbei.
Derias und Dorian starrten fassungslos auf den toten Körper ihres Vaters und Königs herab. Sie waren zu sehr in den Empfindungen dieses schmerzlichen Verlustes gefangen, um wahrzunehmen, was um sie herum geschah.
Der Kampf war vorüber, die Sellag getötet. Kalerids und Mareks Verschwinden hatte niemand bemerkt.

Kalerid hatte keinen Gedanken daran verschwendet, das Amulett zu verwenden. Dazu wäre ihm auch wohl kaum die Zeit geblieben. Fast unbemerkt war er durch das Kampfgetümmel zum großen Tor geeilt und hatte den Thronsaal verlassen - jedoch nur fast unbemerkt. Marek war die Flucht des Heerführers nicht entgangen und er wusste, was zu tun war. Er bahnte sich seinen Weg durch die kämpfenden Krieger und erreichte das große Tor einige Augenblicke nach Kalerid. Als er in den Flur trat, hatte der Heerführer bereits das Ende des Ganges erreicht und stürzte die Treppe hinunter. Marek musste sich beeilen, um ihn nicht zu verlieren.
Als er im Schlosshof angekommen war, war Kalerid schon beinahe durch das Tor hinaus entkommen.
»Wartet, Majestät!«, rief Marek ihm nach, ohne lange zu überlegen. Wenn Kalerid erst einmal in die Stadt geflüchtet war, würde es schwer werden, ihm auf den Fersen zu bleiben.
Kalerid blieb stehen, als er die Worte vernommen hatte und drehte sich um, um zu sehen, wer ihn gerufen hatte. Sein ganzes Gebaren wirkte gehetzt, doch als er Marek sah, der auf ihn zukam, schien er sich zu

entspannen.
»Du konntest ihnen also auch entkommen«, stellte er erfreut fest, als sein ehemaliger Lakai ihn erreicht hatte. »Welch' ein Glück. Schnell, wir müssen die Stadt verlassen.«
»Warum so eilig, Majestät«, fragte Marek ruhig und zog sein Schwert. Kalerid schaute ihn einen Moment lang verständnislos an.
»Du steckst mit ihnen unter einer Decke«, stieß er erregt hervor, als er begriff. »Du...« Weiter kam er nicht, denn dann fuhr ihm die Schwertklinge an den Hals.
»Gebt mir das Amulett, Majestät«, forderte Marek sehr nachdrücklich. Kalerid hob die Hände beschwichtigend, machte allerdings keine Anzeichen, nach dem Beutel an seiner Seite zu greifen.
»Du machst einen großen Fehler...« Der Heerführer klang beinahe mitleidig.
»Das Amulett, Majestät«, unterbrach ihn Marek erneut brüsk. Wieder reagierte Kalerid nicht darauf. Leise schnaubend lachte er Marek aus. Dieser entschloss sich, keine Zeit mehr zu verschwenden. Flink griff er nach dem Beutel an Kalerids Gürtel und riss ihn an sich, bevor der Heerführer nach seinem Handgelenk greifen konnte. Er umklammerte das braune Leder und konnte zufrieden das Amulett darin spüren. Doch dieser kurze Augenblick der Unaufmerksamkeit genügte Kalerid. Er rammte Marek die Faust gegen das Kinn. Dieser taumelte durch die Wucht nach hinten und schlug mit dem Rücken hart auf das Pflaster. Sein Schwert flog einige Barret weit, doch den Beutel hielt er noch immer fest umklammert.
Kalerid lachte rau und zog nun sein Schwert. Lässig hielt er es Marek an die Brust und beugte sich ein wenig über den Wehrlosen.
»Ich sagte doch, du machst einen Fehler«, sagte er in einem übertrieben gutmütigen Ton und bleckte die Zähne. »Gib es mir wieder zurück.«
Marek zeigte sich in dieser Beziehung allerdings nicht sehr viel kooperativer als der Heerführer zuvor. Seine Finger hatten sich so fest wie Eisenklammern um das weiche Leder geschlossen und er war sich selbst nicht sicher, ob er sie jemals wieder lösen konnte.
»Gib es heraus«, wiederholte Kalerid noch einmal gefährlich ruhig.
Er starrte Marek in die Augen und bemerkte dabei nicht, wie sich dessen Füße in seinen Knien verhakten.
»Niemals«, stieß Marek angespannt hervor. Eine kurze, ruckartige Bewegung riss Kalerid von den Beinen. Mit einem zornerfüllten Schrei

krachte er auf die Seite. Marek rollte sich ein Stück von ihm weg, doch ihm wurde schnell klar, dass er nicht viel dadurch gewonnen hatte. Schnell stand Kalerid wieder, bereit, sich auf ihn zu stürzen, gerade als auch Marek wieder auf die Füße kam. Mit erhobenem Schwert hechtete der Heerführer auf ihn zu.

Marek war sich sicher, dass er sein Leben nun verwirkt hatte, als plötzlich ein leises Pfeifen die Luft durchschnitt. Etwas streifte Kalerid am Arm und hinterließ dort einen tiefen Schnitt, aus dem sogleich dunkles Blut schoss. Kalerid grunzte schmerzerfüllt und verharrte inmitten seiner Bewegung. Ungläubig drehte er sich um und entdeckte einige Barret entfernt eine Gestalt. Herras war gerade dabei, einen neuen Bolzen anzulegen. Marek erlaubte sich ein kurzes erleichtertes Aufatmen, als er auf Kalerids Gesicht, das ihm nun seitlich zugewandt war, sah, dass alle Entschlossenheit daraus wich. Dann erklangen Geräusche vom Schlosshof zu ihnen herüber. Ohne einen weiteren Laut von sich zu geben, dreht sich Kalerid auf dem Absatz herum und rannte durch das Stadttor. Marek sah ihn im Schatten der Häuser verschwinden, gerade als Hondor, gestützt von Zorina und Nandogral und gefolgt von den anderen Menschen, den Hof betrat. Die beiden Waldmenschen gingen entschlossen voran.

Herras stand wie angewurzelt da und ließ langsam die Armbrust sinken. Er starrte in die Dunkelheit hinter dem Schlosstor, gerade so, als könne er nicht glauben, dass Kalerid ihnen entkommen war.

Marek verschwendete keinen Gedanken daran, ihm zu folgen. Der Heerführer war bereits in den verwinkelten Gassen der Hauptstadt verschwunden. Doch Marek war nicht unzufrieden mit sich. Er hatte, was er wollte. Seine verkrampften Finger lösten sich nur mühsam von dem kleinen Lederbeutel, als die Menschen auf ihn zukamen.

Marek kannte Hondor nicht, hatte ihn noch nie gesehen, aber er erkannte an dem Gebaren der anderen Menschen, dass es sich um den König handeln musste. Als dieser dann auf Herras zutrat, der sich nun langsam aus seiner Starre löste und ihn trotz seines angeschlagenen Zustands umarmte, als hätte er einen tot geglaubten Freund wieder gefunden, hatte er Gewissheit.

Der König sah mitgenommen aus, doch er bemühte sich, aus eigener Kraft zu gehen, als er Marek entgegentrat und diesen mit einer Mischung aus Neugierde und Misstrauen musterte.

»Wer ist das?«, fragte er die umstehenden Menschen und ihm erschien

es, als würde niemand eine Gefahr vermuten. »Ein Freund, den wir auf unserem Weg gefunden haben«, erklärte Herras.
Hondor nickte verstehend.
»Kalerid ist entkommen«, begann Marek, nach einer kurzen, erwartungsvollen Stille.
»Das habe ich befürchtet«, entgegnete Hondor.
Herras trat an seinem König vorbei und näherte sich dem Sellag. »Du hast ihn entkommen lassen?«
»Wir!«, verbesserte ihn Marek eisig. »Dafür habe ich jedoch ein Geschenk für Euch, Majestät.« Feierlich überreichte er Hondor den Beutel. Dieser brauchte nicht hineinzusehen, um zu wissen, was sich darin befand. Anerkennung leuchtete in seinen Augen und Nando gab einen leisen, erleichterten Ton von sich, während die anderen stumm staunten.
»Ihr habt wahre Treue bewiesen. Wir sind Euch zu Dank verpflichtet«, sagte Hondor und verneigte sich kurz sehr königlich vor Marek, bevor er Herras einen schiefen Blick zuwarf. Dieser nahm ihn betroffen zur Kenntnis und senkte beschämt die Augen.
»Ich wusste, dass wir uns auf dich verlassen können.« Merits Worte waren nicht ohne Stolz, als er den Sellag freundschaftlich gegen die Schulter schlug. Marek ließ diese Geste willig über sich ergehen. Ein schiefes Grinsen legte seine Vorderzähne frei.
Endlich gelang es Herras, sich zu überwinden. »Ich muss dich um Verzeihung bitten.« Es klang wahrhaftig ehrlich. »Es tut mir leid, dass ich an dir gezweifelt habe.«
Für einen Moment verfinsterte sich das Gesicht des Sellag wieder und Herras, sowie alle anderen, begannen zu befürchten, dass er nicht gewillt war, die Entschuldigung anzunehmen.
Doch dann geschah wieder etwas, womit niemand gerechnet hatte: Marek begann, rau zu lachen. »Schon vergessen! Du hattest wohl allen Grund dazu«, meinte er mit einer abwinkenden Geste, und schlug Herras an die Schulter, so wie Merit es zuvor bei ihm getan hatte. Die Wucht des sellagischen Schlages riss Herras von den Beinen und er landete unsanft auf dem harten Boden. Marek lachte weiter und nach einem kurzen Moment der Verblüffung stimmten auch die Menschen mit ein, schließlich sogar Herras. Maleris half ihm, sich wieder aufzurappeln und Herras legte ihr erleichtert und zufrieden den Arm um die Schulter und drückte sie an sich. Für einen Moment schien die Welt

wieder in Ordnung zu sein.

Schwere Schritte und das Klirren von Rüstungen kündeten davon, dass die Lohringer sich dem Hof näherten. Sie traten durch das Schlosstor hinaus und die gelöste Stimmung schwand sogleich, als die Menschen den Ausdruck auf ihren Gesichtern sahen. Es waren keine jubelnden Krieger, die dort in die dunkle Nacht hinaus traten, sondern ein Trauerzug. Dorian und sein Bruder Derias liefen an der Spitze, dahinter folgten ihre Männer. Sie umringten ihren toten König, den sie auf eine Holzbahre gebettet hatten. Tiefe Trauer stand in ihren Gesichtern.
Die Menschen wichen betroffen zur Seite, um den Lohringern Platz zu machen. Obwohl die Wenigsten über die Fremden Bescheid wussten, wirkte die deprimierende Stimmung ansteckend. Alle schwiegen.
Nur Maleris gab einen entsetzten Laut von sich. Sie zog Herras mit sich, als sie auf Derias und Dorian zuging. Hondor folgte ihnen, von Zorina und Nandogral gestützt.
»Wie entsetzlich«, stieß Maleris hervor und schlug die Hand vor den Mund, als sie nahe bei den Brüdern stand und in Durendas totes Gesicht starrte. Ihre Augen füllten sich mit Tränen. Auch Herras fiel es schwer, die Fassung zu wahren. Obwohl er ihn noch nicht lange kannte, hatte er den alten, weisen König bewundert.
»Es tut mir leid«, hauchte er, mit schwacher Stimme.
Dorian schüttelte schwach den Kopf. »Es war ein ehrenvoller Tod.« Neben der Trauer in seiner Stimme klang eine nicht unbedeutende Menge Stolz mit. »Er hatte es sich gewünscht, auf eine solche Weise sterben.«
Nun erreichte auch Hondor die Lohringer. Der König wusste nicht viel über diese beeindruckenden Männer, denn die Zeit im Kerker hatte nur gereicht, dass Zorina ihm einen kurzen Bericht über die Lage geben konnte.
»Ich weiß bis jetzt leider nur wenig von dem, was Ihr für uns getan habt, aber es war wohl mehr, als wir je vergelten könnten«, begann Hondor unter deutlichen Schmerzen, aber so ehrerbietend, wie es den Lohringern gebührte. »Und Ihr habt dafür einen schweren Verlust erleiden müssen. Es gibt keine Worte, mit denen ich den Umfang meines Bedauerns ausdrücken könnte.«
Dorian und Derias musterten Hondor für eine lange Weile. »Unsere Trauer ist tief«, begann Dorian, »doch wir bedauern nichts. Unser Vater hat seine Entscheidung getroffen und er hat dies aus voller Über-

zeugung getan. Unsere Mission war erfolgreich und er wäre sehr stolz darauf. Lasst uns diesen Sieg in seinem Gedenken in Ehren halten. Euer Land ist nun frei und er kann in Frieden ruhen.«
Hondor war sehr bewegt, durch diese mächtigen Worte. »Dieser Sieg und die Taten Eures Vaters werden meinem Land unvergessen bleiben«, versprach er mit voller Überzeugung.
Dorian und Derias nahmen die Worte stumm nickend zur Kenntnis.
»Wie können wir Euch unseren Dank erweisen?«
»Ihr braucht uns nicht zu danken«, entgegnete Derias. »Wir haben eine alte Schuld beglichen.«
Hondor musterte den Lohringer, ohne zu verstehen.
»Fragt Eure Kameraden.« Derias deutete auf Herras. »Er kann Euch die Antworten auf Eure Fragen geben. Unsere Truppen lagern draußen vor der Stadt. Wir haben ihnen eine Nachricht zu überbringen.«
Hondor verneigte sich verständnisvoll und der lohringische Trupp begann, sich wieder in Bewegung zu setzen. Unter den betroffenen Blicken der Allendasser verließen sie den Hof, doch bevor sie durch das große Tor traten, drehte sich Derias noch einmal um.
»Einen Dienst könnt Ihr meinem Vater noch erweisen«, sagte er ernst. »Gebt ihm eine würdige Grabstätte.«
»Es wird uns eine Ehre sein«, erwiderte Hondor. Einen kurzen Augenblick konnte er die Dankbarkeit in Derias' Augen im Schein der Fackeln leuchten sehen, bevor dieser sich umwandte und endgültig den Hof verließ.

Als der letzte Lohringer in der Dunkelheit verschwunden war, gab Hondor einen schmerzerfüllten Laut von sich. Er spürte, wie seine Knie weich wurden. Die Schmerzen drohten, ihn zu übermannen.
»Ihr müsst Euch hinlegen«, sagte Zorina besorgt und umfasste den Arm des Königs fester. »Eure Wunden müssen versorgt werden.«
Hondor sah sich nicht in der Lage, ihr zu widersprechen. Er nickte matt und reichte Nandogral den Beutel mit dem Amulett, den er bereits die ganze Zeit umklammert hielt. »Verwahre es gut«, brachte er über die Lippen, dann wurde es dunkel um ihn.

# Danach

## Tag I

Als Hondor erwachte, fand er sich ausgestreckt auf dem Bett in seinen Gemächern wieder. Die Fenster waren abgedunkelt und nur mattes Licht erhellte den Raum. Vorsichtig blickte der König um sich und stellte beruhigt fest, dass seine Räumlichkeiten von den Sellag verschont worden waren. Nichts hatte sich verändert und das gab Hondor ein anheimelndes und wohliges Gefühl.
Der Schmerz in seinem Kopf war fast vollständig verschwunden. Dafür spürte Hondor etwas Warmes und Feuchtes auf seiner Stirn. Behutsam tastete er danach.
»Ihr solltet den Umschlag dort lassen, wo er ist, Majestät.«
Erst als Hondor die Stimme vernahm, wurde ihm bewusst, dass Zorina an der Seite seines Bettes saß und irgendwie kam es ihm ganz selbstverständlich vor, dass sie da war. »Es hat eine ganze Weile gedauert, bis Nandogral und Maleris sich darauf einigen konnten, welche die richtigen Kräuter für Eure Behandlung sind.«
Hondor ließ die Hand wieder sinken. »Zumindest scheinen sie letztendlich die richtige Entscheidung getroffen zu haben«, meinte er. Seine Stimme klang zuerst etwas heiser, bis seine Stimmbänder sich wieder auf das Sprechen eingestellt hatten. »Die Schmerzen sind beinahe verschwunden.«
»Das ist gut zu hören«, erwiderte Zorina mit einem sanften Lächeln. Nicht zum ersten Mal, doch dieses Mal bewusst, fiel Hondor auf, wie hübsch sie war und ein warmes Gefühl machte sich in seiner Brust breit.
»Ihr wart beinahe achtzehn mal fünfzig Kils bewusstlos«, fuhr Zorina fort. »Maleris sagt, Ihr braucht auf jeden Fall noch viel Ruhe.«
Hondor nahm diese Anordnung mit Unwillen zur Kenntnis. Zu gerne wäre er aufgestanden, um einen Blick auf sein Land zu werfen und zu sehen, was nach der Niederschlagung der Sellag geschehen war. Doch er konnte nicht leugnen, dass die Lemberuskin mit ihrer Anordnung

wahrscheinlich Recht hatte.
»Was ist geschehen?«, fragte er Zorina, um seine Neugier zumindest ein wenig stillen zu können.
»Oh.... eine Menge.« Sie schien einen Moment darüber nachzudenken, wo sie anfangen sollte. »Noch in der Nacht hat Herras die Stadt durchsuchen lassen. Sie haben alle Straßen und Häuser durchkämmt, doch Kalerid ist spurlos verschwunden. Er muss auf irgendeinem Weg aus Alland Pera entkommen sein. Toranus und die Lohringer haben sich sofort bei Tagesanbruch auf den Weg gemacht, um das Land zu durchsuchen. Sie wollen sicher gehen, dass keine Sellag zurückgeblieben sind. Vielleicht gelingt es ihnen, Kalerid doch noch ausfindig zu machen.« Zorina machte eine kurze Pause. »Die Mönche haben König Durendas im Hause Hembras aufgebahrt. Sie sind sicher, Hembras wird darüber nicht erzürnt sein.«
»Ihm wird das Opfer, das der König für unser Land erbracht hat, nicht entgangen sein.« Hondor war zuversichtlich. »Sie kommen also aus Lohringen?«
»Ja«, Zorina nickte bestätigend. »Herras und seine Gefährten haben einen weiten Weg auf sich genommen.«
Hondors Lippen formten einen schmalen Schlitz. »Ich bin froh, dass er noch lebt. Er ist der beste Freund, den ich habe.« Dann zeigte sich ein Grinsen auf seinem Gesicht. »Ich bin gespannt auf seine Geschichte.« Schließlich wurde der König wieder ernst. »Was ist mit den beiden Amuletten?«
Zorina dreht sich etwas um und deutete auf zwei kleine Kästchen aus massivem Holz, die auf einem niedrigen Tisch hinter ihr standen. »Nandogral war der Ansicht, dass dies der sicherste Ort wäre, um sie aufzubewahren, solange er abwesend ist. Er hat die Schatullen eigenhändig ausgesucht und solange die Amulette nicht zusammenkommen und unberührt bleiben, könne nichts passieren.«
»Wo ist er hin?«, fragte Hondor etwas verwundert. Er hatte den alten Mann bei allem, was sie zusammen durchgemacht hatten, als Freund gewonnen und nicht erwartet, dass er es so eilig haben würde, wieder zu verschwinden.
»Er meinte, er müsse einen alten Freund abholen.« Zorinas lächelte. »Sie werden aber wieder zurückkehren.«
»Hoffentlich rechtzeitig zu unserem Fest«, antwortete Hondor. »Er wird sich doch unsere Siegesfeier nicht entgehen lassen.«

»Genau das habe ich ihm auch gesagt.« Sie hatte ein schelmisches Grinsen in den Augen. »Alle freuen sich bereits darauf. Sie haben es verdient, wieder einmal richtig zu feiern. Obwohl sie schwere Zeiten hinter sich haben, arbeiten alle hart, um die Stadt wieder herzurichten. Es scheint gerade so, als wollen sie etwas wieder gut machen.«

Hondor schwieg.

»Mein Vater ist tot«, sprach Zorina leise weiter.

»Das tut mir leid.« Hondor griff nach ihrer Hand. Zorina ließ es geschehen, schüttelte dabei aber heftig den Kopf. Tränen glänzten dabei in ihren Augen.

»Ich habe es schon gewusst. Vielleicht war es das Amulett...« Sie wechselte das Thema. »Usadim ist bereits in den königlichen Vorratskammern und prüft die Bestände. Er ist ziemlich erzürnt.« Zorina schmunzelte melancholisch.

»Alle arbeiten und ich liege hier herum«, meinte Hondor betroffen. Er fühlte sich wirklich elend dabei.

»Und das wird auch so bleiben«, entgegnete Zorina streng. »Maleris hat bereits gedroht, ihren Bruder auf Euch anzusetzen, wenn Ihr nicht auf sie hört. Also haltet Euch lieber an das, was sie sagt, Majestät.«

Hondor setzte einen ergebenen Gesichtsausdruck auf. »Was würde ich nur ohne Euch tun«, sagte er leise. »Ich habe Euch noch gar nicht gedankt. Ihr habt sehr viel auf Euch genommen und Ihr hattet es die ganze Zeit über nicht leicht.«

Zorina offenbarte ein sanftmütiges Lächeln. Hondor gefiel der Glanz in ihren braunen Augen.

»Ohne Euch hätten wir es nicht geschafft.«

»Ihr braucht mir nicht zu danken, Majestät«, antwortet Zorina zärtlich. »Wir haben alle getan, was getan werden musste.«

»Bitte Zorina, nennt mich Hondor.«

»Ihr müsst Euch nun ausruhen, Hondor.«

Er zog Zorinas Hand zu sich heran und hauchte einen Kuss darauf. Dann schloss er gehorsam die Augen.

# Tag II

Während Hondor sich in seinen Gemächern unter den wachsamen Augen Zorinas und Maleris' erholte, ging in Alland Pera die Beseitigung aller Spuren der Besatzung langsam, aber stetig voran. Jeder bemühte sich nach seinen Kräften zu helfen, doch nur ein Bruchteil der einstigen Bevölkerung war noch übrig. Die Stadt wirkte geradezu verwaist. Es würde Jahre, wenn nicht Jahrzehnte dauern, bis Alland Pera, sowie ganz Allendas, wieder im vollen Glanz erblühen würde. Die toten Sellag wurden ein Stück außerhalb der Stadt begraben und die Mönche, die sich Dorians Truppe angeschlossen hatten, beseitigten unter fortwährenden Gebeten den Scheiterhaufen, den die Besatzer für die menschlichen Leichen errichtet hatten. Sie begruben die Toten auf einem neu angelegten Friedhof in der Nähe des Westtores. Alle verbliebenen Handwerker der Stadt zimmerten Kreuze für die Gefallenen, auch wenn es kaum möglich war, den zum Teil fast völlig entstellten Körpern den richtigen Namen zuzuordnen.

Usadim begann mit den spärlichen Mitteln, die ihm in seinen Vorratskammern geblieben waren, ein Festmenü auf die Beine zu stellen, und kam zu dem Schluss, dass er noch dringend zusätzliche Vorräte benötigte. So machte er sich selbst mit seinem Wagen und einer nicht unbeträchtlichen Summe aus den Goldvorräten des Muteral auf den Weg zu den umliegenden Dörfern.

Am Abend dieses Tages kehrte Toranus nach Alland Pera zurück. Seine Jagd nach Kalerid war erfolglos gewesen. Ohne ein Wort rollte sich der Drache auf einem nahe gelegenen Hügel zusammen und schlief den Rest der Nacht.

Auch die zurückkehrenden lohringischen Krieger hatten nichts Positives zu vermelden. Nach ihren Berichten hatten die Allendasser schon selbst dafür gesorgt, ihr Land von den Eindringlingen zu befreien, doch von Kalerid fehlte weiterhin jede Spur.

An diesem Abend kam Herras in Hondors Gemächer und brachte seine Spielkarten mit. Sie spielten, solange es der geschwächte Zustand des Königs zuließ. Die beiden Freunde hatten sich viel zu erzählen.

# Tag III

Am Morgen des dritten Tages fühlte sich Hondor kräftig genug, aufzustehen. Da er bereits angezogen und gewaschen war, als Zorina und Maleris zu ihm kamen, gab auch die Heilerin ihre Einwände auf und ließ ihn gewähren. Gemeinsam mit Zorina ging Hondor hinaus in die Stadt. Bereits im Schlosshof begegneten sie Herras, der noch immer dabei war, eifrig die Aufräumungsarbeiten zu organisieren. Zu Hondors Erstaunen war auch Marek anwesend und beobachtete interessiert, was Herras tat. Diesem schien die Anwesenheit des Sellag keineswegs unangenehm zu sein. Glücklich darüber, dass sein König und Freund sich wieder fast vollkommener Gesundheit erfreute, berichtete Herras ihm über die gemachten Fortschritte. Auch Usadim war an diesem Morgen zurückgekehrt und lud seine Waren vom Wagen. Sein rundes Gesicht strahlte, als er Hondor über den Hof hinweg zuwinkte, bevor er mit einer Kiste voller Rüben im seitlichen Eingang verschwand.

Als Herras nach einiger Zeit endlich bereit war, den König gehen zu lassen, begann dieser mit Zorina einen Rundgang durch die Stadt. Überall waren Menschen damit beschäftigt, die abgebrannten Häuser vorerst notdürftig wieder herzurichten und die Straßen zu säubern. Wohin sie kamen, winkten und jubelten die Menschen ihrem König zu.

Gegen Mittag erreichten sie das Westtor. Sie verweilten einen Augenblick schweigend vor dem neu angelegten Friedhof, auf dem noch nicht alle Gräber geschlossen waren und noch lange nicht jeder Tote ein Kreuz besaß.

Dann besuchten sie das Lager der Lohringer, das diese zwischen den Hügeln vor der Stadt errichtet hatten. Die gelben und roten Zelte leuchteten in der Sonne. Sie kamen gerade rechtzeitig, um die Rückkehr der letzten Krieger mitzuerleben. Hondor nahm die schlechten Nachrichten, die sie brachten, mit überraschendem Gleichmut hin. Kalerid war spurlos verschwunden. Doch das Land war von den Sellag befreit und die Allendasser hatten viel dazu gelernt. Sie würden nie wieder so leichtfertig in den Tag hinein leben und sie würden sich nicht noch einmal so einfach von einem Feind unterwerfen lassen. Wenn Kalerid schlau war, würde er sich niemals wieder in Allendas blicken lassen, doch sollte er wahnwitzig genug sein, eines Tages noch einmal

zurückzukehren, würde er nicht mehr so leichtes Spiel haben.
Hondor verweilte bis zum Nachmittag bei den Lohringern. Die robuste, spartanische Art der hoch gewachsenen Männer faszinierte ihn und er hatte das Gefühl, dass er von ihnen viel lernen konnte.
Am Nachmittag kehrte dann auch Nandogral zurück. Er trabte auf Graufells Rücken gemächlich über die sanften Hügel daher, den Strohhut tief ins Gesicht gezogen und ein Lied vor sich hin pfeifend, als hätte es die letzten Tage für ihn nie gegeben. Hondor begrüßte seinen Freund überschwänglich und Nando wirkte erleichtert, den König wohlauf zu sehen. Der alte Mann berichtete von dem, was er auf seinem Weg gesehen hatte. Überall waren die Aufräumungsarbeiten in vollem Gange. Die Bewohner von Allendas hatten sich als weitaus widerstandsfähiger und robuster erwiesen, als man bei ihrem ersten Anblick denken mochte. Sie hatten sich erstaunlich schnell von ihrem Schock erholt und begonnen, ihr Leben und ihr Land wieder in Ordnung zu bringen. Oder vielleicht waren sie zu dem Schluss gekommen, dass die Arbeit es leichter machte, über das, was ihnen widerfahren war, hinwegzukommen. Allerorts trauerte man um die Toten, doch es hatte kaum einen Sinn, das Land in tiefster Verzweiflung zerfallen zu lassen. Hondor war stolz auf die Bürger seines Landes. Es war ihnen gelungen, über sich selbst hinaus zu wachsen und wenn alles, was geschehen war, auch schrecklich sein mochte, so hatte es zumindest diesem Zweck gedient.

Die Lohringer hatten indes den Vorschlag der Mönche angenommen, am Abend eine Andacht im Hause Hembras', wo man Durendas aufgebahrt hatte, abzuhalten.[22]
Ein großer König und ein bewundernswerter Mann verdiente einen gebührenden Abschied. Die schwarze Halle war überfüllt mit Lohringern, Menschen und Mönchen, als Biram begann, die Andacht zu halten. Dorians und Derias' Augen waren angefüllt von Tränen des Stolzes, als sie die großen Worte über ihren eindrucksvollen Vater vernahmen.

»Ich denke, ich kenne einen ehrwürdigen Platz für die Ruhestätte Eures Vaters«, sagte Hondor, als er in Begleitung der beiden Königssöhne

[22] Der König ruhte, ohne dass ein Mensch auch nur den Hauch einer Ahnung hatte, genau über der Steinplatte, die den Eingang zum Tunnel verbarg, der bis zur Höhle des Muteral führte.

die Kapelle verließ.
Die Brüder blickten ihn mit noch immer bewegten Augen fragend an.
»Einen Tagesritt entfernt gibt es einen Hügel namens Paratul, unter dem sich ein altes Gewölbe befindet. Es wäre die geeignete Grabstätte für einen lohringischen König. Helaras ließ diese Höhle bauen, um den Muteral zu verstecken.«
Durendas' Söhne dachten einen Augenblick über Hondors Worte nach, dann nickten sie. »Lasst ihn uns dort hinbringen«, sagte Derias. »Wir werden übermorgen bei Tagesanbruch losreiten. Unsere Krieger haben dann genug geruht. Dann werden wir unseren Vater zur letzten Ruhe betten.« Die Königssöhne verabschiedeten sich mit einem stummen Nicken und folgten ihren Kriegern hinaus vor die Stadt.

# Tag IV

Der nächste Tag stand völlig unter den Vorzeichen des großen Festes, das für den Abend geplant war. Der Thronsaal hatte seine Wandbehänge wieder und erstrahlte fast wieder im alten Glanz, als Tische und Stühle für den Abend gerückt wurden.
Sobald die Sonne untergegangen war und unter Usadims aufmerksamen Augen die langen Tische mit allerlei Speisen beladen worden waren, füllte sich der Saal, wie schon lange nicht mehr. Allendasser, Mönche und Lohringer saßen einig beieinander. Hondor hatte am Kopfende der Tafel Platz genommen. Zu seiner Rechten saßen Zorina, Nandogral und Marek, links von ihm Herras, Maleris und Merit. Irindan und seine Frau saßen ein Stück entfernt. Die Stimmung im Saal war bei weitem nicht so überschwänglich, wie es früher bei solchen Festen üblich war, aber sie war entspannt und friedlich.
Als alle Köstlichkeiten, die Usadim in seiner Küche hergerichtet hatte, aufgetragen waren und etwas Ruhe eingekehrt war, erhob sich Hondor und räusperte sich vernehmlich, um die Aufmerksamkeit aller zu gewinnen.
»Meine Freunde«, begann er, »wir alle haben eine schwere Zeit hinter uns. Unser Land musste schlimme Gewalt über sich ergehen lassen und geriet in schwere Not, aus der wir uns aus eigener Kraft nicht hätten erretten können. Doch so aussichtslos uns die Lage auch erschienen sein mag, der Himmel schickte uns ein Zeichen. Er hat uns Freunde geschenkt, die uns beistanden.« Hondor ließ seinen Blick für einen Moment auf den anwesenden Vertretern der Lohringer Truppen ruhen. »Und er schenkte uns Menschen, die den Mut und die Entschlossenheit aufbrachten, sich gegen das Schicksal zu stellen.« Nun wandte er sich zu den Menschen an seiner Seite. »Ihnen allen gebührt unser Dank und unsere Bewunderung.« Die anwesenden Allendasser begannen zu klatschen und Hondor musste einige Augenblicke warten, bis wieder Ruhe eingekehrt war. »Wir können ihnen niemals genug danken für das, was sie für uns und unser Land getan haben, doch ich weiß, dass sie immer in unserem Gedenken sein werden.« Der König machte erneut eine kurze Pause. »Unser Land hat schwere Verluste ertragen müssen. Sie werden wohl nie völlig vergessen sein, aber wir haben ein

Geschenk erhalten, das es uns zumindest ermöglichen wird, Allendas wieder aufzubauen. Der Muteral befindet sich in den Schatzkammern dieses Schlosses und ich bitte Euch, Nandogral«, Hondor blickte den alten Mann an, der zur Feier des Tages seinen Strohhut gegen eine dunkelblaue Samtkappe ausgetauscht hatte, »über die gerechte Verteilung der Reichtümer zu wachen. Jeder soll soviel bekommen, dass die Einbuße an Hab und Gut ausgeglichen werden kann.« Nandogral gab durch ein Nicken sein Einverständnis und alle im Saal staunten über ihren König.

»Zum Schluss«, sprach Hondor weiter, »bevor wir uns an diesen herrlichen Speisen wohl tun können, möchte ich noch ein persönliches Anliegen vorbringen.« Hondor drehte sich um und blickte Zorina tief in die Augen. Der jungen Frau begann plötzlich der Magen zu flattern, als Hondor ihre Hand ergriff und sie sanft auf die Beine zog. »Zorina«, sagte er mit ernster Stimme, »ich möchte dich bitten, meine Gemahlin zu werden.«

Die Überraschung, die Hondor erwartet hatte, blieb aus. Stattdessen zeigte sich ein wissendes Lächeln auf Zorinas Gesicht. »Zu gerne«, antwortete sie leise. Der König beschloss, seine zukünftige Frau zu einem späteren Zeitpunkt zu fragen, warum sie dabei Moran zugezwinkert hatte. Ihr Kuss wurde von zustimmendem Jubel begleitet.

»Nun esst und feiert«, rief Hondor endlich, als sie sich voneinander gelöst hatten und niemand ließ sich zweimal auffordern.

# Tag V

Obwohl die Feierlichkeiten bis spät in die Nacht angedauert hatten, waren bei Sonnenaufgang alle zum Aufbruch bereit. Die Luft war kalt, als Hondor zusammen mit Zorina, Herras, Nandogral, Marek, den beiden Waldmenschen und Irindan mit seiner Frau durch das Westtor zum Lager der Lohringer hinübergingen. Samlas, der schwarze Hengst, trottete zufrieden schnaubend hinter seinem Herrn her. Er war eindeutig erleichtert, dass Hondor wieder zurückgekehrt war und die anderen Pferde ließen sich, so schien es, von seiner guten Stimmung anstecken.

Dicke Nebelschwaden waberten niedrig über die grasbedeckten Hügel und strichen still über die Kreuze des neu angelegten Friedhofes. Der Winter näherte sich und der Spätherbst war eindeutig bereit, den Widerstand aufzugeben und ihm Platz zu machen.

Die Lohringer erwarteten sie bereits im Sattel. Der Sarg mit Durendas' totem Körper war schon vor dem Morgengrauen in einer Prozession von den Mönchen vor die Stadtmauern gebracht worden. Nun ruhte er auf einem Wagen, der bereit war, den König auf seine letzte Reise zu bringen.

Die Begrüßung fiel knapp aus. Die beiden Königssöhne, ebenso wie der Rest der lohringischen Truppen, schienen von einer gewissen Ungeduld befallen. Bereits wenige Augenblicke, nachdem der König und seine Begleiter ihre Pferde bestiegen hatten, setzte sich der Zug Richtung Elland in Bewegung. Toranus zog in großen Kreisen über ihre Köpfe, um König Durendas das letzte Geleit zu geben.

Die Tage waren deutlich kürzer geworden und so hatte sich bereits die Dunkelheit über das Land gelegt, als der Trauerzug Elland und den Paratul erreichte.

»Wir sind da«, rief Hondor, als er sein Pferd an der Spitze des Zuges zum Stehen brachte. Die Fackeln, die die Krieger trugen, spendeten ausreichend Licht, um zu sehen, wie geschunden der Hügel war. Die aufgewühlte Erde war aufgeweicht und spritzte ihnen an die Beine, als sie von ihren Pferden stiegen.

»Dort ist der Zugang.« Hondor deutete mit seiner Fackel in Richtung

des dunkeln Bogens, von dem aus der Gang in die Erde führte.
»Bringt den Sarg«, befahl Derias seinen Kriegern. Sein ausdruckloses Gesicht verriet nicht, ob er diesen Ort als letzte Ruhestätte seines Vaters für angemessen hielt oder nicht. Hondor bekam das ungute Gefühl, dass der Verlust tiefer saß, als es die Königssöhne zugegeben hätten.
Die Mönche hatten den Sarg bereits vom Wagen gezogen und ihre Lampen entzündet, die an langen Ketten rhythmisch hin und her schwangen und dabei einen schweren Duft verströmten. Mit tief in ihre Gesichter gezogenen Kapuzen trugen sie ihn zum Eingang der Höhle, während die Krieger schweigend und mit gesenkten Köpfen Aufstellung zu beiden Seiten des Bogens bezogen.
Hondor wurde klar, dass weder die Mönche, noch Dorian und Derias viel Zeit und Worte verlieren würden und beeilte sich, voran in den dunklen Tunnel zu gehen.

Die Höhle war vollkommen leer. Nichts war zurückgeblieben, das an den Muteral erinnerte, irgendjemand musste die letzten verblieben Edelsteine und Münzen zusammengerafft und weggeschafft haben.
So, als hätten sie es schon hunderte Male zuvor getan, stellten die Mönche den Sarg wortlos in die Mitte des großen Raumes und bezogen im Kreis darum Aufstellung. Der erdrückende Duft der Lampen umnebelte sie, als sie unvermittelt mit einem monotonen Singsang begannen, dessen Sprache nicht nur den Königssöhnen, sondern auch Hondor völlig unbekannt war. Dorian und Derias hatten sich seitlich neben den Sarg gekniet und verharrten schweigend mit gesenkten Köpfen und geschlossenen Augen in dieser Position. Beide hatten ihre rechte Hand auf den Sarg gelegt und nahmen Abschied von ihrem Vater und König.
Ohne sich umzublicken, spürte Hondor, dass Zorina und die anderen dicht hinter ihm standen und das Geschehen gebannt beobachteten. Sie wagten kaum zu atmen, um den Moment nicht zu zerstören.
Kils vergingen. Schwerer Duft und monotoner Gesang erfüllten den Raum. Dann plötzlich, ohne ein Vorzeichen, standen Dorian und Derias auf, verneigten sich ein letztes Mal vor ihrem Vater und verließen, ohne die anderen Anwesenden anzublicken, die Höhle.
Der Gesang verstummte so plötzlich, wie er begonnen hatte, doch den Bernam-Mönchen war nicht anzumerken, dass sie über das Verhalten der Königssöhne verwundert waren. Sie wandten sich langsam und an-

dächtig von dem Sarg ab und verließen ebenfalls die Höhle.
Der plötzliche Abbruch der Andacht wirkte verstörend auf Hondor und seine Begleiter. Sie wechselten verwirrte und verwunderte Blicke, doch niemand brachte in diesem Moment ein Wort über die Lippen. Sie starrten noch einen weiteren Augenblick auf den Sarg, bevor sie sich dazu überwinden konnten, ihre Schritte ebenfalls in Richtung des dunkeln Tunnels zu lenken, der sie wieder hinaus in die Nacht führen würde. Bevor sie die Höhle verließen, drehte Hondor sich noch einmal um.
»Möge Hembras mit Euch sein, Majestät«, sagte er leise und sie verneigten sich tief. Dann ließen sie Durendas alleine zurück.

Als sie wieder hinaus in die kalte Nachtluft traten, waren Dorian und Derias umringt von ihren Kriegern. Die Mönche hatten sich ein Stück zurückgezogen. Schweigen lag über der Gruppe.
Zorina musterte mit traurigen Augen die Truppe und legte ihre Hand auf Hondors Arm.
Hondor nickte stumm. Behutsam suchten sie ihren Weg durch die Krieger, bis sie die Königssöhne erreicht hatten.
»Es ist ein guter Ort«, sagte Dorian, als er Hondor bemerkt hatte. »Er hätte ihm gefallen.« Dorians Stimme verriet Anerkennung und Hondor bemerkte mit Erleichterung, dass seine Augen wieder ihren lebendigen Glanz zurückbekommen hatten.
»Er wird in Ehren gehalten werden«, versprach Hondor ehrlich.
Auf Derias' Zeichen hin begannen die Krieger, ihr Lager zu errichten und Feuerstellen zu entfachen.
»Wir werden die Nacht hier verbringen«, erklärte er Hondor. »Morgen früh werden wir nach Lohringen zurückkehren. Unser Land braucht einen neuen König.«
»Ich bin sicher, Lohringen wird zwei würdige Anführer bekommen«, erwiderte Hondor zuversichtlich. Derias musterte ihn für einen Moment mit einem Blick, der viel und doch nichts sagte, doch Hondors erwartete Antwort darauf, wie die beiden Brüder die Nachfolge regeln wollten, blieb aus. Er hoffte nur, es würde besser enden als vor tausend Jahren.
»Wir müssen uns zur Ruhe begeben«, sagte Derias stattdessen grob. »Ich möchte den Rest unserer Reise, wenn möglich, ohne Unterbrechungen zurücklegen. Die Männer müssen ausgeruht sein.« Ohne ein

weiteres Wort drehte sich der Königssohn, oder vielleicht zukünftige König Lohringens, um und ging zu seinen Kriegern. Sein Bruder folgte ihm.

»Wir sollten uns auch schlafen legen«, sagte Hondor zu der etwas ratlos zurückgeblieben Gruppe. »Wir können morgen nach Alland Pera zurückkehren.« Die anderen nickten zustimmend. Es war ihnen angenehmer, bei Tageslicht zu reisen, auch wenn das Land nun wieder frei und sicher war. Langsam setzten sie sich in Bewegung und stapften durch die schlammige Erde den Paratul hinauf, auf dessen Kuppe sich Toranus zusammengerollt und das Geschehen aufmerksam beobachtete hatte.

»Alles in Ordnung?«, fragte der Drache, als Hondor und seine Gefährten sich neben ihm auf ihren Decken niederließen. Marek, Irindan und Moran, die mit Toranus auf die Rückkehr der anderen gewartet hatten, blickten sie fragend an.

»So in Ordnung, wie es eben sein kann«, meinte Hondor etwas matt. Toranus' Körper strahlte eine angenehme Wärme aus und es dauerte nicht lange, da waren sie eingeschlafen, noch bevor im Lager der Lohringer vollkommene Ruhe eingekehrt war.

# Tag VI

Am nächsten Morgen war die Zeit des Abschieds gekommen. Die Luft war kalt und klar am Paratul. Als Hondor und die anderen erwachten, hatten die Lohringer bereits ihre Sachen gepackt und in den Satteltaschen verstaut. Sie waren für ihre Heimreise bereit und die Ungeduld, die wohl tief in ihrem Wesen verwurzelt zu sein schien, war ihnen deutlich anzumerken.

Derias und Dorian überprüften gerade die Geschirre ihrer Pferde, als Hondor und seine Begleiter den Hügel herunter kamen.

»Nun ist es also soweit«, begann Hondor zögernd. Er wusste nicht so recht, was er nun sagen sollte.

»Ja«, bestätigte Derias, »es wird Zeit für uns aufzubrechen.«

»Dann bleibt uns wohl nichts anderes übrig, als Euch viel Glück zu wüschen und Euch ein letztes Mal zu danken.« Hondor streckte Derias die Hand entgegen und der Königssohn ergriff sie. Die anderen folgten ihrem Beispiel. Dann stiegen die Lohringer auf ihre Pferde.

»Lebt wohl.« Dorian verneigte sich knapp.

»Ich hoffe, wir werden uns eines Tages einmal wieder sehen«, erwiderter Hondor hoffnungsvoll.

»Dessen bin ich mir sicher.« Derias nickte. »Ich werde Euch unsere Gesandten schicken.«

»Und wir werden sie freudig empfangen«, erwiderte Zorina.

»Ihr werdet eine strahlende Königin abgeben, dessen bin ich mir sicher.«

Hondor spürt, dass Derias seinem Pferd nur zu gerne gleich die Sporen gegeben hätte und davon geritten wäre, doch er musste noch etwas ausharren.

Hondor wandte sich nun an Biram, der zu ihm heran geritten kam. Die Mönche umringten sie mit gebührendem Abstand. In Birams gut verschlossenen Satteltaschen befanden sich die beiden Schatullen aus dunklem Holz, in denen die Amulette sicher verwahrt waren. Hondor hatte sich mit Nando lange beraten, was mit ihnen geschehen sollte. Sie zu zerstören, wäre wohl die sicherste Lösung gewesen, doch weder der König noch Nando konnten sich dazu durchringen, diese Entscheidung zu treffen, abgesehen davon, dass niemand wusste, ob und wie man diese machtvollen, von Hembras selbst erschaffenen Objekte zerstören konnte. Vielleicht konnte das nur Hembras selbst. Also hatten sie entschieden, sie gut verwahren und bewachen zu lassen. Nando legte noch einmal die Hand auf die Satteltasche, während Hondor mit Biram sprach. Zu seiner eigenen Überraschung verspürte er keinerlei Wehmut, als er sich von den Amuletten verabschiedete, denen er einen Großteil seines Lebens geopfert hatte.

»Bringt sie Mondernas Bunos«, hörte er Hondor sagen. »Er wird wissen, was damit zu tun ist.«

»Wir werden sie mit Leib und Leben schützen«, versicherte Biram. »Es wird niemals wieder geschehen, dass Hembras' heilige Amulette für böse Zwecke missbraucht werden.«

»Möge Hembras mit Euch sein.« Hondor reichte dem Mönch die Hand.

»Möge er auch über Eure Wege wachen«, erwiderte dieser und gesellte sich dann zu seinen Brüdern, die sich den Lohringern anschlossen.

Letztendlich blieben nur noch Irindan und Moran. Die Bauern wirkten etwas verloren zwischen den lohringischen Kriegern und den wehrfähigen Mönchen. Sie würden die Gruppe bis zum Bernam-Kloster begleiten, um ihren Sohn zu holen. Dann würden sie sich ein neues Zuhause suchen müssen. Mit dem gut gefüllten Goldsäckchen, das sie von Hondor bekommen hatten, würde es ihnen sicher nicht allzu schwer fallen.

Zorina umarmte Moran lange und Hondor klopfte Irindan aufmunternd auf die Schulter.

»Ich wünsche Euch alles Gute für die Zukunft und ich danke Euch für alles, was ihr für uns getan habt.«

Irindan senkte etwas verlegen den Kopf. »Es war uns eine Ehre, Euch beistehen zu dürfen.«

»Wenn ihr Hilfe braucht, könnt ihr immer auf uns zählen.« Hondor drückte Irindan fest an sich.

»Ich danke Euch, Majestät.« Der Bauer war so gerührt, dass ihm eine Träne über die Wange rollte. »Ich wünsche Euch auch alles Gute für die Zukunft.« Schnell wandte sich der Bauer ab und gesellte sich mit seiner Frau zu den ungeduldig wartenden Kriegern.

Nun konnte Dorian endlich den Befehl geben. Die Truppe setzte sich in Bewegung und die Mönche bildeten die Nachhut. Während sie den Paratul umritten, beeilten sich die zurückgebliebenen Allendasser, den

Hügel zu erklimmen. Sie blickten der Truppe nach, wie sie über Ellands Ebene, durch die Schneise im Mirn-Wald, Richtung Norden ritten und irgendwann hinter Brugen verschwanden.
Erst dann gelang es ihnen, den Blick abzuwenden und es kam der Moment, den Hondor gefürchtet hatte.
»Wir werden uns nun auch von Euch verabschieden«, sagte Merit. »Wir müssen zurück zu unserem Stamm. Ich bin meinem Vater einige Erklärungen schuldig.«
Hondor seufzte schwer. Es war vorher zu sehen gewesen, doch es tat ihm trotzdem leid. »Ihr müsst tun, was Eure Pflicht ist«, sagte er niedergeschlagen. Er hätte gerne mehr von den Waldmenschen erfahren. Die Zeit war zu kurz gewesen, um allen die Ehre zu erweisen, die ihnen gebührt hätte.
»Ich werde mit ihnen gehen«, warf Herras unerwartet ein. Ein fragender und verwunderter Blick Hondors traf ihn. »Schließlich muss ich Maleris' Vater um die Hand seiner Tochter bitten.« Strahlend legte er den Arm um die Hüfte des Mädchens und zog sie an sich. Sie schenkte ihm dafür einen liebevollen Blick.
Hondor lachte und fragte sich, wie ihm diese Tatsache entgangen sein konnte. »Dann kann ich Euch wohl nicht halten.«
»Wir werden bald wieder zurückkehren«, versprach Maleris. Sie verabschiedeten sich herzlich. Das schmerzende Gefühl war reiner Freude gewichen. Sie umarmten sich und schulterten dann ihre Rucksäcke.
Als auch die beiden Lemberusken mit Herras außer Sichtweite waren, bestieg endlich auch die übrig gebliebene Gruppe ihre Pferde und blickte gen Himmel. Toranus glitt tief und gemächlich über ihnen durch die Lüfte. Auf seinem Rücken saß Marek. Das Reiten auf dem Drachenrücken fiel dem Sellag ganz offensichtlich leichter als auf dem eines Pferdes. Doch für den Sellag würde es ansonsten nicht leicht werden. Er musste nun seinen Platz finden in einer für ihn fremden Welt. Vielleicht konnte Toranus ihm sogar dabei helfen, denn diese beiden Wesen waren sich nicht unähnlich, wie Hondor empfand.
Sie begannen sich auf den Weg zu machen - auf den Weg in Richtung Alland Pera. Es gab noch viel zu tun, aber für die neue Zukunft, die sie sich erkämpft hatten, lohnte es sich.

# Menschen, Sellag und andere Geschöpfe

## Allendasser

| | |
|---|---|
| *Angos* | Kurenas Helfer |
| *Felin* | alte Frau, Drachenkundlerin |
| *Harus* | Vater von König Hondor |
| *Herras* | Hauptmann Hondors |
| *Hondor* | König von Allendas |
| *Irindan* | Bauer |
| *Kurena* | Seherin, Beraterin am Hofe Hondors |
| *Mondernas Bargos* | Mönch des Bernam-Klosters |
| *Mondernas Benan* | Mönch des Bernam-Klosters |
| *Mondernas Biram* | Mönch des Bernam-Klosters |
| *Mondernas Bran* | Mönch des Bernam-Klosters |
| *Mondernas Bunos* | Abt des Bernam-Klosters |
| *Mondernas Burrenos* | Mönch und Heiler im Bernam-Kloster |
| *Moran* | Frau von Irindan, Mutter von Pogan |
| *Nandogral (Nando)* | Kräuterbauer |
| *Pogan* | Sohn von Moran und Irindan |
| *Usadim* | Leibkoch König Hondors |
| *Xonis* | Kurenas Helfer |
| *Zorina* | Tochter des königlichen Schmieds |

## Lemberusken

| | |
|---|---|
| *Alonan* | Waldmensch, Vater von Maleris |
| *Anan* | GeGrune |
| *Bandas* | Stammesvater von Asan |
| *Busog* | Waldmensch, Stammeswächter |

| | |
|---|---|
| *Hana* | Grune |
| *Korin* | Waldmensch, Späher |
| *Lusa* | GeGrunin |
| *Maleris* | Waldmensch vom Stamme Arond |
| *Marin* | Waldmenschen-Kind |
| *Mennegis* | Waldmenschen-Kind |
| *Merit* | Waldmensch vom Stamme Arond |
| *Mosa* | Waldmenschen-Kind, Bruder von Sorras |
| *Olas* | Organisatorin des Stammestreffens |
| *Senis* | Waldmenschen-Kind |
| *Sentas* | Oberhaupt des Stammes Astus |
| *Sollas* | Oberhaupt des Stammes Arond, Vater von Merit |
| *Sorras* | Waldmenschen-Kind, Bruder von Mosa |
| *Tuna* | Grune |

## Lohringer

| | |
|---|---|
| *Derias von Husand* | Sohn von Durendas |
| *Dorian von Husand* | Sohn von Durendas |
| *Durendas* | König von Lohringen |
| *Hagenras* | Zwillingsbruder von Helaras |
| *Helaras* | Sohn von Horras, Befreier von Allendas |
| *Horras* | Alter König von Lohringen |
| *Jaranas von Hunsand* | Hauptmann von Dorian |
| *Simeras von Folland* | Hauptmann von Derias |
| *Warrenas von Torrand* | Abgesandter aus Lohringen |
| *Worrenz von Husand* | Händler aus Lohringen |

## Sellag

| | |
|---|---|
| *Bawog* | Sellag-Krieger |
| *Berlid* | Kalerids Vater |
| *Gorban* | Sellag-Krieger |
| *Kalerid* | Heerführer der Sellag (meistens) |
| *Kalmog* | Sellag-Krieger |
| *Kellon* | Sellag-Krieger |
| *Kornos* | Sellag-Krieger |
| *Marek* | Sellag-Krieger |
| *Nukan* | Sellag-Krieger |
| *Perlug* | Sellag, Statthalter von Zurnam |
| *Rofin* | Sellag-Krieger (zeitweise Heerführer) |

## Andere

| | |
|---|---|
| *Alinda* | Tochter von Enimeda und Hembras |
| *Enimeda* | Gemahlin von Hembras |
| *Graufell* | Esel von Nandogral (hat *braunes* Fell) |
| *Hembras* | Gott der Allendasser |
| *Olog* | Rabenvogel von Lemberus |
| *Ralirand* | König des früheren Aurantiens |
| *Samlas* | Pferd König Hondors |
| *Seloni* | Tochter von Enimeda und Hembras |
| *Somon-Wölfe* | Raubtiere im *schwarzen Wald* |
| *Toranus* | Drache, Bewacher des Muteral |

Leseprobe aus »Weibsbilder - Schicksalhaftes und Makaberes aus der Welt der Frauen« von Nadine T. Güntner

# GRETA, DIE BÄCKERIN

Es war früh am Morgen, die Sonne dachte noch nicht daran aufzugehen und die Vögel schliefen noch auf ihren Ästen, als Greta den kleinen Backraum ihres Häuschens betrat. Sie band sich ihre, wie immer blütenweiß saubere Schürze um und machte sich sogleich daran, den Ofen anzuheizen. Es gab viel zu tun. Sie musste sich sputen, um rechtzeitig fertig zu werden, denn es war Sonntag und sonntags morgens herrschte in ihrer kleinen Bäckerei stets besonders viel Andrang. An diesem Tag gönnten sich sogar die Dorfbewohner, die es sich sonst nicht leisten konnten, eines ihrer berühmten, weichen und duftenden Brote.
Greta machte sich daran, Mehl aus der Vorratskammer und frisches Wasser aus dem Brunnen hinter dem Haus heran zu schaffen und gab alles in den großen Knettrog. Die Arbeit fiel ihr nicht leicht. Ihre Behinderung machte ihr dabei zu schaffen, aber sie hatte in all den Jahren gelernt, damit umzugehen. Seit ihrer Geburt war sie mit dieser Verkrüppelung gestraft. Ihre ganze Kindheit hatte sie darunter gelitten. Sie war wegen ihres Buckels und des Beins, das sie nur nachziehen konnte, stets gehänselt worden. Die anderen Kinder hatten sie von ihren Spielen ausgeschlossen und ihr böse, hässliche Namen gegeben. Die Erwachsenen hatten hinter ihrem Rücken getuschelt und mit dem Finger auf das unglückliche Kind gezeigt. Sogar der Pfarrer hatte von der Kanzel dem unschuldigen Mädchen etwas von Gottes Strafe gepredigt.
Noch heute, wenn sie allein war, meist morgens in ihrer Backstube und wenn noch alle Anderen in ihren Betten lagen, musste sie immer wieder daran denken. Es würde sie niemals loslassen, wenn sie nicht endlich mit all dem abschloss. Auch ihre Eltern hatten sie niemals geliebt. Für sie war sie ein Nichtsnutz, eine unnötige Belastung. So sehr sie sich auch bemüht hatte, sie hatte nie dieselbe Leistung erbringen können wie ihre gesunden Geschwister. Sie hatte nicht so hart auf dem Feld arbeiten können und bei den Hausarbeiten hatte sie ungeschickt und tollpatschig gewirkt. Greta wusste, dass es ihren Eltern lieber gewesen wäre, wenn sie tot gewesen wäre. Dann hätten sie einen unnötigen Esser weniger gehabt. Oft hatte Greta ihren Wunsch geteilt.
Doch sie hatte überlebt, war erwachsen geworden und hatte mit der Zeit begonnen, trotz allem, was sie hatte durchmachen müssen, ein Selbstbewusstsein zu entwickeln, das vor allem vom Trotz geprägt war. Sie wollte nicht länger ein unnützes Mitglied der Gesellschaft sein. Sie

wollte etwas leisten. Und sie hatte einen Wunsch.
Auf der Suche nach ihrem Platz im Leben war sie dem Bäcker des Dorfes begegnet. Er war ein guter Mann und er hatte Mitleid mit ihr gehabt. Ohne langes Zögern hatte er sie in die Lehre genommen und ihr alles beigebracht, was er wusste. Es dauerte nicht lange und es stellte sich heraus, dass sie Talent hatte. Greta machte die Arbeit Spaß und es störte sie auch nicht, mitten in der Nacht aufzustehen, solange sie ihr Ziel vor Augen hatte.
Sie lebte mit dem Bäcker zusammen in dessen kleinem Haus und erlebte zum ersten Mal in ihren Leben, was es hieß, respektiert und gemocht zu werden. Doch der Bäcker war alt und kurz nachdem Greta ihre Lehre beendet hatte, war er gestoben. Da ihm das Glück im Leben auch nicht hold gewesen war und er früh Frau und Kinder verloren hatte, hatte er Greta die Bäckerei und das kleine Haus, das damit verbunden war, vererbt. So war Greta unerwartet zu ein wenig Besitz gekommen und damit war, ebenso unerwartet, ihr Ansehen gewachsen. Menschen, die sie früher gehänselt und verspottet hatten, grüßten sie mit einem Mal freundlich. Greta ließ es sich niemals anmerken, wie zuwider ihr diese verlogene Art war. Sie grüßte stets freundlich zurück und niemand hätte jemals erahnen können, was in ihrem Inneren vorging.
Ihre Eltern hatten nicht lange genug gelebt, um den kleinen Erfolg ihrer Tochter mitzuerleben und wie Greta empfand, war das auch gut so. Sie hatte ihren Eltern keine Träne nachgeweint.
Greta brauchte ihre Eltern nicht. Sie brauchte keinen Menschen. Die Menschen selbst hatten ihr beigebracht, ohne sie auszukommen. Sie hatte ein Ziel und dafür arbeitete sie hart. Alles andere war gleichgültig. Sie verdiente zwar nicht viel mit dem Verkauf ihrer Brote, aber da Greta auch nicht viel zum Leben brauchte, hatte sie sich bald ein wenig Geld zusammengespart. Genug Geld, um sich ihren Traum erfüllen zu können.

Greta knetete den Teig so sorgfältig und mit soviel Liebe, wie sie es noch nie zuvor getan hatte. Dann kam die Hefe dazu. Ein letztes Mal ordentlich durchkneten. Während der Teig gehen musste, schürte sie noch einmal das Feuer im Ofen, dann konnte sie sich für einen Moment hinsetzen und ausruhen, bevor die Brote geformt werden mussten und in den Ofen kamen.
Jetzt, wo sie an dem alten Tisch in ihrer Backstube saß und ihre be-

mehlten Finger faltete, konnte sie ihren Gedanken nachhängen und zum ersten Mal ihre Vorfreude richtig genießen. Schließlich war heute der große Tag. Heute würde sich ihr Traum erfüllen, für den sie so hart gearbeitet hatte. Für diesen einen Tag hatte sie ihre ganzen Ersparnisse ausgegeben. Dafür hatte sie sogar ihre Bäckerei geschlossen und den langen und schwierigen Weg in die nächste Stadt auf sich genommen. Es war nicht leicht gewesen, jemanden zu finden, der bereit war, ihren Traum zu erfüllen. Sie hatte vorsichtig sein müssen, doch schließlich war es ihr gelungen, die richtige Person ausfindig zu machen. Zum Glück gab es immer jemanden, der bereit war, für ein paar Münzen keine Fragen zu stellen.
Schließlich war Greta mit ihrem Schatz, den sie besser, als alles andere hütete, ins Dorf zurückgekehrt und die Menschen hatten noch am selben Tag vor ihrer Bäckerei Schlange gestanden, da sie ihre Brote vermisst hatten. Greta hatte es mit Zufriedenheit zur Kenntnis genommen. All das sicherte ihr die Erfüllung ihres Lebenstraums.

Jetzt war es an der Zeit. Der Teig war bereit und herrlich in der Knetform aufgegangen. Die Sonne zeigte sich nun bereits als erster, dünner Streifen goldenen Lichts am Horizont. Nun fehlte nur noch eine letzte Zutat, die garantieren würde, dass es dieses Mal ein ganz hervorragendes Brot werden würde. Das Beste, das sie je gebacken hatte. Die Dorfbewohner würden über alle Maßen beeindruckt sein. Greta holte ihren Schatz aus seinem Versteck unter den Bodendielen hervor und gab ihn in den Teig. Alles musste noch einmal gut durchgeknetet werden, dann konnte sie mit dem Backen beginnen. Sie musste sparsam sein. Es durften nicht zu wenige Brote werden, denn heute sollte jeder eines bekommen.

Als die Sonne zwar noch tief, aber schon voll und leuchtend am Himmel stand, türmten sich Unmengen herrlich duftender, goldbrauner Brote auf ihrem Ladentisch. Greta betrachtete ihr Werk zufrieden und wischte sich die mehligen Finger an der Schürze ab, bevor sie sie ablegte. Sie legte sie ordentlich zusammen und in den Schrank zurück. Sie würde sie nicht mehr brauchen. Anschließend machte sich Greta daran, ihren Laden zu öffnen. Die ersten Dorfbewohner warteten bereits vor der Tür, um einen der wohlriechenden, noch lauwarmen Laibe zu bekommen.

Noch bevor die Kirche begann, hatte Greta den größten Teil ihrer Brote verkauft. Heute war das Verkaufen besonders anstrengend, denn es durfte nichts vergessen gehen. Heute musste über alles genau Buch geführt werden.
Greta ging nicht in die Kirche. Es schien ihr an diesem Tag nicht angebracht. Nachdem der Pfarrer seine Predigt beendet hatte, verkaufte sie auch noch ihre restlichen Brote. Das Letzte, Greta empfand es als besonders passend, erhaschte der Pfarrer höchstpersönlich, und man konnte ihm seine Freude darüber deutlich am Gesicht ablesen. Gretas Freude war nicht weniger groß.
Dann schloss Greta ihren Laden. Ein wenig Wehmut verspürte sie schon, als ihr bewusst wurde, dass es das letzte Mal war. Sie musste sich irgendwo ein neues Leben aufbauen. Hinkend begab sie sich in ihren Schlafraum und machte sich daran, das Nötigste zusammenzupacken, was sie dafür brauchen würde. Viel konnte sie nicht tragen.

Als Greta am Nachmittag das Dorf verließ, lag es ausgestorben da. Es gab keine spielenden Kinder, keine schnatternden Frauen und Reden schwingende Männer. Es war weit und breit keine lebende Seele mehr aufzufinden.
Greta blickte ein letztes Mal zurück, als sie ihr Heimatdorf über die Hauptstraße verließ und lächelte dabei zufrieden. Zum ersten Mal in ihrem Leben war sie vollkommen glücklich. Sie hatte mit ihrer Vergangenheit abgeschlossen. Nun konnte sie ein völlig neues Leben beginnen.

ENDE